DROEMER

TIBOR RODE

LUPUS

THRILLER

Alles Böse kehrt zurück.

DROEMER

Besuchen Sie uns im Internet:
www.droemer-knaur.de

FSC
www.fsc.org
MIX
Papier | Fördert gute Waldnutzung
FSC® C083411

Originalausgabe September 2024

Ein Imprint der Verlagsgruppe
Droemer Knaur GmbH & Co. KG, München

Redaktion: Birgit Förster
Covergestaltung: ZERO Werbeagentur, München
Coverabbildung: Composing unter Verwendung von © PixxWerk®, München, und Shutterstock.com
Satz und Layout: Adobe InDesign im Verlag
Druck und Bindung: CPI books GmbH, Leck
ISBN 978-3-426-28401-8

2 4 5 3 1

Sämtliche handelnden Personen, Namen, Orte und Vereinigungen in diesem Buch entspringen allein der Fantasie des Autors. Alles in diesem Buch ist Fiktion.

»Jeder Jäger wird einmal ein Hase,
früher oder später, denn die Ewigkeit ist lang.«

Wilhelm Busch

Für meine Mutter Gondel

PROLOG

»Lauf in den Wald!«, hatte Vater gerufen. Alex spürte die Panik. Aber auch, dass er keinen Widerspruch duldete. Ungewohnt streng hatte er geklungen, die Hintertür aufgerissen und Alex hinaus in den Garten gelassen, nein gestoßen. Und dann, noch bevor die Tür sich wieder ganz schloss, erklang der Schrei. Ein Laut voller Verzweiflung und Schmerz. Und so rannte Alex los, hinaus in die Dunkelheit. »Unser kleiner Märchenwald«, hatte Mutter die Bäume am Ende ihres Gartens immer genannt. Bei dem Gedanken an Mama spürte Alex ein Stechen in der Seite. Oder kam es vom Laufen? Irgendetwas war mit ihr geschehen. Doch die Bilder wollten nicht mehr zurückkommen. Gerade eben hatte Alex noch gewusst, warum Papa so gebrüllt hatte, warum dessen Hände ganz rot und klebrig gewesen waren. Doch jetzt war dort in Alex' Gedanken nur noch das Bild eines großen schwarzen Mauls, das Ähnlichkeit mit der Kiefernreihe hatte, die in diesem Moment vor Alex auftauchte. Kühle Luft und der Geruch nach Moos und feuchter Erde drangen aus dem Gehölz. Wieder ertönte aus Richtung des Hauses ein Schrei, der mittendrin erstarb.

Alex blieb stehen und lauschte. Das Haus lag nun ganz still und friedlich dort, alle Fenster waren beleuchtet. Plötzlich klapperte etwas. War das die Hintertür? Alex nahm wieder Tempo auf und lief noch schneller, ließ das Fußballtor, das Vater für die Geschwister aus Dachlatten gezimmert hatte, links liegen und überlegte kurz, sich im Schuppen zu verstecken, in dem Vater seine Werkstatt hatte. Aber Vater hatte befohlen, in den Wald zu laufen. Und so gehorchten die kurzen Beine eher, als der Kopf es tat, und rannten weiter und weiter. Als endlich der vertraute Trampelpfad in Sicht kam, verließen Alex die Kräfte. Die letzten Schritte gerieten zu einem Stolpern, dann knickten die Knie ein. Der weiche Waldboden verstärkte das Gefühl, dass nun, wo der schützende Wald erreicht war, alles gut werden würde. Der Herzschlag beruhigte sich, und das Pochen in den Schläfen ließ langsam nach. Alex rollte sich zusammen und schloss die Augen, wollte einschlafen, damit das Ganze nur ein Traum war. Als die Kälte Alex schließlich wieder weckte, war das einzige Geräusch im Wald das gleichmäßige, laute Atmen. Alex hielt die Luft an, doch das Atemgeräusch verstummte nicht. Langsam öffnete Alex die Augen und erstarrte. Keine drei Meter entfernt stand ein riesiges Tier. Sein silberfarbenes Fell glänzte im bläulichen Licht des Vollmondes. Schwer atmend, mit angelegten spitzen Ohren und gesenktem Kopf betrachtete es Alex aus gelb funkelnden Augen. Die Nasenflügel bewegten sich auf und ab, als es versuchte, Witterung aufzunehmen.

In diesem Moment fiel ein Schuss.

1

Nicht immer verzogen sich mit den Wolken auch alle Sorgen. Manchmal zeigten sich im grellen Licht der Sonne erst neue Probleme. So war es ihr heute ergangen. Es war der erste Morgen seit Tagen, an dem es nicht regnete und der sie trotzdem mit einer bösen Überraschung begrüßt hatte. Ein Schlagloch rüttelte sie durch. In Jennys Rücken verschob sich etwas, ein stechender Schmerz zog von den Schulterblättern bis ins Brustbein, was ihren Ärger auf ihren Vater noch verstärkte.

»Landwirtschaftlicher Verkehr frei« hatte ein Schild am Anfang des Weges die Durchfahrt für alle anderen verboten. Auch wenn ihr alter Toyota wie ein Geländewagen aussah, war er nicht wirklich für diese Art von Wirtschaftswegen gebaut. Hier fuhren Trecker, Mähdrescher und ab und zu der Landrover ihres Vaters. Doch heute zeigten sich in dem vom Niederschlag der letzten Tage aufgeweichten Boden mehr Reifenspuren als üblich.

Irritierend war auch der Zaun, der die Straße seit Anfang des Weges nach links begrenzte und der ihr noch nie zuvor aufgefallen war. Offenbar war er neu errichtet, was auch der frische Baumschnitt verriet, der alle paar Meter zum Abtransport bereitlag. Der Zaun selbst war aus eisernen Gitterstäben, deren dunkle Lackierung in der Sonne schwarz glänzte. Er war bestimmt zwei Meter hoch und oben beinahe waagrecht nach vorn gebogen, vermutlich, um das Überklettern unmöglich zu machen. Auf der Krone glaubte sie Stacheldraht zu erkennen. Zudem sah sie in regelmäßigen Abständen Kameras. Ein wenig erinnerte sie das Ganze an die alten DDR-Grenzanlagen, die sie nur von Fotos und Erzählungen kannte. Was war der Zweck dieser Einhegung? Soweit sie wusste, waren hier nichts als Wiesen und Weiden. Erneut versank der Vorderreifen in einer Kuhle, und sie schlug mit der Stirn gegen die Sonnenblende. Sie schaute in den Rückspiegel, unter ihrem Pony bildete sich eine kleine rote Beule.

»Fuchsrote Haare, rehbraune Augen. Meine kleine Jägerin«, so hatte Jo sie immer beschrieben und ihr dabei stolz über den Hinterkopf gestrichen, was sie nicht gemocht hatte. Sie wusste, dass ihr Blick auf andere manchmal etwas melancholisch wirkte und ihr das ein ums andere Mal besorgte Nachfragen bescherte, ob mit ihr alles in Ordnung sei. Meist war es das, aber nicht heute. Sie fand selbst, dass sie besonders müde dreinblickte. Am Morgen hatte sie noch nicht einmal Make-up auftragen können, womit sie sonst ihre vielen Sommersprossen verbarg.

Normalerweise hätte sie um diese Uhrzeit auch schon lange in der Tierklinik sein sollen, würde jetzt im OP-Raum stehen und den Winkel des Tibiaplateaus eines Labradors auf etwa fünf Grad drehen, um das gerissene Kreuzband zu ersetzen. Stattdessen irrte sie auf der Suche nach Joachim durchs Gelände. Nur durch Zufall hatte sie am Morgen bemerkt, dass er in der Nacht nicht nach Hause gekommen war. Wie so oft war er am gestrigen Abend bei einbrechender Dunkelheit hinaus zur Jagd gefahren. Sie hatte ihm noch eine Thermoskanne mit heißem Apfelsaft gefüllt und, wenn auch widerwillig, ein paar Sandwiches für seine Brotdose bereitet. Danach hatte er sich verabschiedet und war vom Hof gefahren. Sie genoss die Abende, an denen sie allein zu Hause war. In der ersten Zeit, nachdem sie mit ihren nun zweiundvierzig Jahren zurück nach Waldenow auf den elterlichen Hof gezogen war, war sie über Joachims Gesellschaft noch froh gewesen. Anfangs hatten ihre Gespräche, meist ging es um Politik, sie noch von dem alles einnehmenden Liebeskummer abgelenkt. Aber seit sie vor Kurzem die Wahrheit erfahren hatte, konnte sie die Gegenwart des Mannes, den alle nur Jo nannten, nicht mehr gut ertragen. Am liebsten wäre sie sofort wieder ausgezogen, doch so einfach war es nicht. So war sie also gestern Abend allein gewesen, hatte sich in der Mikrowelle etwas Popcorn zubereitet, auf dem Tablet noch eine schwedische Krimiserie weitergeschaut und war um kurz vor Mitternacht schließlich über ihrer Bettlektüre eingenickt.

Es war nicht Jo, den sie heute Morgen als Erstes vermisst hatte, sondern der Weimaraner Bruno, der Jagdhund ihres Vaters. Schlief sein Herrchen nach einer langen Nacht im Wald bis zum Mittag, ließ sie ihn morgens, bevor sie zur Arbeit fuhr, in den Garten. Doch heute Morgen hatte Bruno sie nicht in der Küche freudig begrüßt, und sie hatte ihn nirgendwo im Haus entdecken können. Als sie auf der Suche nach ihm schließlich die Tür zum Schlafraum ihres Vaters geöffnet hatte, fand sie auch dessen Bett unberührt. Für einen kurzen Moment dachte sie, Jo sei bereits am frühen Morgen wieder aufgebrochen, vielleicht zur Nachsuche von in der Nacht angeschossenem Wild. Doch dann sah sie in dem Schränkchen in der Küche nach: Die Herztabletten waren mit den Wochentagen von Montag bis Sonntag beschriftet, und die Tablette für heute lag noch dort. Seit der Herzoperation vor zwei Jahren gehörte es zu Jos unverzichtbarer Routine, die kleine Pille jeden Morgen sofort nach dem Aufstehen zu nehmen. Ihre erste Reaktion war ein Gefühl von Ärger, wie sie es in den vergangenen Tagen Jo gegenüber so oft empfunden hatte. Doch dann kamen die düsteren Gedanken. Was, wenn ihm etwas zugestoßen war?

Obwohl sie sich zuletzt emotional von ihm entfernt hatte, konnte sie ein Gefühl der Verantwortung für ihn nicht ganz verleugnen. Noch nicht. Und vor allem hatte sie noch so viele dringende Fragen an ihn. Ein Anruf auf seinem Mobiltelefon blieb unbeantwortet, sodass sie auf seiner Mailbox eine Rückrufbitte hinterließ. Und so war sie schließlich, nachdem sie auch die Garage leer vorgefunden hatte, aufgebrochen. Sie hatte Jo schon oft auf der Jagd begleitet und kannte seine bevorzugten Reviere. Nachdem vorgestern, mit dem letzten Tag im August, die Schonzeit für die Hirsche geendet hatte und Jo einige Tage zuvor von einem kapitalen Zwölfender geschwärmt hatte, vermutete sie, dass er zur Hirschkanzel beim alten Wasserturm in Loitz hinausgefahren war. Nun holperte ihr betagter Wagen über den einzigen Weg, der dort hinführte. Die Straße war eng und kurvenreich, sodass sie Jos Fahrzeug, wenn er es denn tatsächlich am Ende dieses Weges geparkt hatte, noch nicht sehen konnte.

Ihr Handy begann summend auf der Ablage hinter dem Schalthebel zu tanzen. Sie überlegte, mit welchen Worten sie Jo zusammenstauchen würde. Letztlich war auch dies eine Episode seines grenzenlosen Egoismus: Offenbar besaß er nicht genügend Empathie, um sich das Ausmaß ihrer Sorgen vorzustellen. Vielleicht war es aber auch eine Reaktion auf ihre Streitereien in den vergangenen

Tagen. Vermutlich wollte er, dass sie sich sorgte, wollte er ihr beweisen, dass sie ohne ihn nicht sein konnte. Doch da irrte er sich gewaltig. Sie griff nach dem Telefon, aber es war nicht Jo, der anrief, sondern eine unbekannte Nummer, deren letzte Ziffern sie unter einem Fleck auf dem Display nicht erkennen konnte. Sie lenkte mit der einen Hand, rubbelte den Dreck mit dem Ärmel ihrer Bluse weg und drückte den grünen Annahmebutton.

»Hallo?«, meldete sie sich skeptisch.

»Mit wem spreche ich?«, fragte eine routiniert klingende Männerstimme. Der Tonfall des Anrufers ließ in ihr eine böse Ahnung aufsteigen. Sie verlangsamte die Fahrt.

»Wer spricht denn dort?«, fragte sie zurück.

»Mein Name ist Frederik Bach. Von der Staatsanwaltschaft in Stralsund. Spreche ich mit Jennifer Rausch?«

Sie spürte, wie ihr Herz schneller schlug.

»Ja.«

»Joachim Rausch ist Ihr Vater?«

In ihrem Hals bildete sich ein Kloß.

»Ja.« Die böse Vorahnung schien zur Gewissheit zu werden. Sie bremste ab und blieb stehen.

»Wissen Sie, wo wir Ihren Vater erreichen können?«

Sie stutzte. »Nein«, entgegnete sie irritiert.

»Sie haben keinen Kontakt? Keine Handynummer oder Ähnliches?«

»Nein, ich meine, doch. Es ist nur so, dass er heute Nacht nicht nach Hause gekommen ist.«

Eine kurze Pause entstand.

»Was ist passiert?«, brach es aus ihr heraus. »Warum wollen Sie meinen Vater sprechen? Und woher haben Sie meine Nummer?«

In diesem Moment schreckte sie zusammen, als direkt hinter ihr das Heulen einer Polizeisirene ertönte. Sie schaute in den Rückspiegel und sah hinter sich einen dunklen BMW mit aufgesetztem Blaulicht auf dem Dach, der ihr nun zusätzlich mit der Lichthupe Signale gab. Die Schlammpiste war zum Überholen zu eng.

»Was zum Teufel ist hier los?«, stieß Jenny hervor, während sie wieder anfuhr.

2

Die Antwort auf ihre Frage erhielt sie hinter der nächsten Wegbiegung: Dort parkte der dunkelgrüne Geländewagen ihres Vaters, sofort zu erkennen an den ersten vier Buchstaben des Kennzeichens VG für Vorpommern-Greifswald, gefolgt von JO für dessen Vornamen und der Zahl 1950 – sein Geburtsjahr. Für einen skurrilen Anblick sorgte das rot-weiße Absperrband, das um beide Außenspiegel und den gesamten Wagen herumgewickelt worden war. Als sie zwei geparkte Streifenwagen und dahinter weitere parkende Autos entdeckte, fühlte sie denselben Schmerz in der Brust wie beim Durchfahren des Schlaglochs vor einigen Minuten. Sie rollte aus und parkte ebenfalls an der Seite, direkt vor dem Landrover. Sofort wurde sie von ihrem Hintermann überholt, der weiterfuhr und neben dem Streifenwagen anhielt. Jetzt erst sah sie auf der Heckscheibe den Schriftzug »Hundeführer«. Der Fahrer stieg aus und eilte zu einer kleinen Gruppe am Straßenrand. Ihr Blick fiel auf zwei uniformierte Polizisten. Einer war riesig, hatte aber ein Milchgesicht, der andere war kleiner und deutlich älter – beängstigend waren die Maschinenpistolen, die beide schussbereit vor ihrer Brust hielten.

»Sind Sie das mit dem Toyota?«, tönte die Stimme aus dem Handy, welches sie noch immer in der Hand hielt. Aus der Gruppe löste sich eine Person, die wie sie selbst ein Mobiltelefon am Ohr hielt, und kam auf sie zu. Er trug einen Anzug aus mintgrünem Cordstoff, hatte braun gelockte Haare und ein Gesicht, dessen schmale Wangen die markante Kiefer- und Kinnpartie noch hervorhoben. Sie schätzte ihn auf knapp über vierzig. Als er vor ihr stand, fielen ihr seine Augen auf, die gegen die noch tief stehende Sonne passend zur Farbe des Anzugs grün strahlten. Bemerkenswert war zudem der schmale Oberlippenbart, der sie an französische Mantel-und-Degen-Filme erinnerte und den man wohl eher in den Hipsterhochburgen von Berlin als hier im beschaulichen Vorpommern erwartet hätte. Sein Händedruck war kräftig. Allerdings verrieten dunkle Schatten unter seinen Augen, dass er zuletzt nicht viel geschlafen hatte.

»Frederik Bach mein Name, wie schon am Telefon gesagt, bin ich der zuständige Staatsanwalt.«

»Was ist hier los?«, begrüßte sie ihn ohne Umschweife und steckte ihr Handy in die Jackentasche. Sie zeigte auf den Landrover. »Wo ist mein Vater, und wo ist Bruno?«

»Bruno?«

»Der Hund meines Vaters!«

»Ich erkläre Ihnen alles«, sagte ihr Gegenüber. Der Klang seiner Stimme war gleichermaßen beschwichtigend wie bestimmt. Aber sie hatte keine Zeit, auf Erklärungen zu warten.

»Das hier ist das Fahrzeug meines Vaters. Er ist gestern Abend zur Jagd gegangen und nicht wieder heimgekommen. Ich suche ihn. Er hatte seinen Jagdhund Bruno dabei.« Sie deutete mit wachsender Sorge auf die beiden Polizisten mit den Pistolen im Anschlag. »Sagen Sie mir bitte, was hier los ist!«

Ihr Gesprächspartner zögerte kurz. »Der Hund ist im Kofferraum«, sagte er dann. »Kommen Sie bitte mit.« Er ging voran und führte sie zu den anderen. Während sie dem Mann folgte, breitete sich ein lähmendes Gefühl von Angst in ihr aus. Seit ihrer Kindheit war sie mit Vierbeinern besser klargekommen als mit Zweibeinern. Ihre Sorgen um Jo hatten sie nach dem, was sie zuletzt erfahren hatte, selbst überrascht. Aber jetzt bemerkte sie, dass ein großer Teil ihrer Befürchtungen Bruno galt. Er war in den vergangenen Wochen ihr stiller Vertrauter gewesen, ihr Tröster, ihr Seelenretter. Sollte ihm etwas zugestoßen sein, würde etwas in ihr zerbrechen. In diesem Moment ertönte über ihr das Knattern eines Hubschraubers. Er flog nicht besonders hoch.

»Das ist Jennifer Rausch, die Tochter des Halters«, stellte der Staatsanwalt sie der kleinen Gruppe vor. Einer von ihnen war der Hundeführer, der sie vor einigen Minuten auf der Anfahrt noch bedrängt hatte.

»Das Auto gehört meinem Vater«, bestätigte sie.

»Ich meinte den Halter des Hundes.« Der Staatsanwalt trat an das Fahrzeug, formte die Hände zum Trichter und versuchte, durch die getönte Heckscheibe zu schauen, ohne dabei das Glas der Scheibe zu berühren. Aus dem Inneren ertönte ein dumpfes Bellen. Jenny spürte, wie ein Gefühl der Erleichterung sie durchströmte. »Oh, mein Gott, Bruno!«, rief sie aus und machte einen Schritt auf den Kofferraum zu. In der verdunkelten Heckscheibe konnte sie nur ihr eigenes Spiegelbild erkennen: Sie sah größer aus als ihre knapp 1,70 Meter, aber auch schmaler als in Wirklichkeit. Zwar war sie dank der einen oder anderen gemeinsamen Joggingrunde mit Bruno entlang der Peene gut in Form, aber die letzte Zeit nach der Trennung von René und dem Aufarbeiten ihrer Familiengeschichte hatte sie wenig Appetit verspürt und abgenommen. Sie wollte den Kofferraum öffnen, um Bruno zu befreien, doch der Staatsanwalt hielt ihren Arm sanft zurück. Erneut ertönte ein leises Bellen, diesmal gefolgt von einem lang gezogenen Jaulen.

»Wir müssen ihn da sofort rausholen!«, sagte sie.

»Haben Sie einen Schlüssel für den Wagen?«

Sie schüttelte den Kopf. Zwischen seinen Zähnen bemerkte sie ein Kaugummi.

»Wir dürfen keine potenziellen Spuren am Fahrzeug verwischen.«

»Bruno ist vielleicht seit gestern Abend dort drin, und das ohne Wasser!«

»Sie hat recht!«, mischte sich der Hundeführer ein. »Hier geht das Tierwohl vor.«

»Sind die von der Spurensicherung denn mit der Heckscheibe fertig?«, fragte der Staatsanwalt einen der Streifenbeamten, der bejahte. »Dann legen Sie los!«

Jenny beobachtete, wie der Polizeibeamte zum Kofferraum des geparkten Streifenwagens ging und mit einem neonorangen Nothammer, wie sie ihn aus öffentlichen Linienbussen kannte, zurückkehrte. Der Hundeführer blickte erneut durch die getönte Heckscheibe. »Ich denke, wir können es wagen, das Sicherheitsglas sollte für den Hund keine Gefahr darstellen.« Der Polizeibeamte trat heran und schlug mit Wucht gegen die Scheibe, die erst beim zweiten Schlag mit einem explosiven Knall zersprang. Mit gezielten kleineren Schlägen hämmerte der Beamte danach die Glasreste aus dem Rahmen, während Bruno laut zu bellen begann. Jenny lief zum Heck und schaute durch das nun weitestgehend fensterlose Heck in das Fahrzeuginnere. Als Bruno sie durch die Gitter seiner Hundebox erkannte, begann er sofort, laut zu jaulen, wobei sein Schwänzchen mit festen Schlägen gegen das Innere der Box schlug. Jenny wollte hineingreifen, um die Tür zu öffnen, wurde jedoch abermals gestoppt. »Nichts anfassen!«, ermahnte Bach. »Der Hund könnte Spurenträger sein. Wir sollten ihn zuerst in der Box zur Untersuchung nach Greifswald bringen.«

»Er muss etwas trinken!«, protestierte Jenny, während sie seinen Zustand mit dem fachmännischen Blick der Tierärztin prüfte. Auch wenn er aufgeregt und vermutlich etwas dehydriert war, wirkten seine Augen wach und aktiv. Der Hundeführer verschwand und kam mit einer faltbaren Gummischale wieder, in die er aus einer PET-Flasche einen halben Liter Wasser füllte. Dann hielt er sie so an die Box, dass Bruno durch die Gitterstäbe trinken konnte. Gierig schlabberte er beinahe die gesamte Schale leer.

»Scheint so, als ob er tatsächlich seit gestern Abend hier eingesperrt war«, kommentierte Jenny.

Sie spürte den Drang, Bruno zu befreien und zu trösten, ihn mit sich zu nehmen. Ärger stieg in ihr auf. »Was soll das hier alles bedeuten?«, wandte sie sich an den Staatsanwalt.

»Ich habe das Auto samt Inhalt als möglichen Tatort beschlagnahmt.«

»Möglicher Tatort? Was soll das bedeuten? Was ist mit meinem Vater geschehen?«

»Das wissen wir nicht. Eine Joggerin hat heute Morgen die Polizei informiert, wegen des hier abgestellten Autos und des darin zurückgelassenen, heulenden Hundes. Das kam ihr ungewöhnlich vor.«

Wieder knatterten die Rotoren des Hubschraubers, der mittlerweile über ihren Köpfen eine kleine Runde geflogen war.

Jenny schaute nach oben. »Ist der wegen uns hier?«

»Sie suchen die Gegend mit einer Wärmebildkamera ab.«

»Wegen eines geparkten Autos und eines darin eingesperrten Hundes so einen Aufmarsch?«, fragte Jenny.

»Sie haben recht«, entgegnete ihr Gegenüber. Er stockte. Sie sah, wie er versuchte, sie zu schonen.

»Sagen Sie schon!«

»Wir haben auch Blut gefunden«, sagte der Staatsanwalt. »Viel Blut.«

3

Erst jetzt bemerkte Jenny das Blut an der Wagentür. Zuvor hatte ihre ganze Aufmerksamkeit Bruno gegolten, der nun zwar nicht mehr verdursten würde, aber noch immer leise vor sich hin jaulend in seiner Box ausharrte. Der Landrover Defender hatte eine dunkelgraue Farbe, und das ebenfalls dunkel oxidierte Blut war auf dem Metalliclack gegen das Licht der aufsteigenden Sonne nur zu erkennen, wenn man danach suchte. Es war rund um den Griff der hinteren Tür verteilt, und auch an der Fahrertür waren einzelne Schlieren zu erkennen.

»Im Innenraum ist noch mehr«, bemerkte der Staatsanwalt. »Aber besorgniserregend ist vor allem dies …« Er führte sie an dem geparkten VW-Bus mit dem Behördenkennzeichen vorbei zu einer Fläche neben der Straße. Nun sah sie einige Meter entfernt einen Mann und eine Frau in den typisch weißen Anzügen der Spurensicherung, die gerade dabei waren, etwas neben dem Weg zu untersuchen. Sie trugen weiße Haarnetze, Mundschutze und hatten über ihre Schuhe große blaue Stulpen gezogen. Die Frau fotografierte etwas, während der Mann neben einem Alukoffer hockte und mit einem Tupfer und einem Röhrchen hantierte. Sie machte einen weiteren Schritt nach vorn und erkannte nun, wovon der Staatsanwalt gesprochen hatte. Als Tierärztin und Jägerin war sie den Anblick von Blut gewohnt, aber das hier war etwas anderes: Das war ein Blutbad in freier Natur. Hier hatte jemand oder etwas große Mengen an Blut verloren. Es klebte an den hohen Grashalmen, war aber auch in die Spurrinnen des Weges hineingelaufen und dort zu einem blutigen Brei aus Schlamm angetrocknet. Wenn man genau hinsah, erkannte man nach hinten weg sogar so etwas wie eine Schleifspur.

»Ist das menschliches Blut?«, wollte sie wissen.

»Das wissen wir noch nicht.«

»Sie glauben, mein Vater …?« Sie beendete den Satz nicht.

»Wir glauben gar nichts. Um eine Gewalttat auszuschließen, habe ich Sie angerufen. Sie wissen also nicht, wo Ihr Vater sein könnte?«

Sie schüttelte den Kopf. »Wie gesagt, ich kam selbst hierher, um ihn zu suchen. Ich habe ihn gestern Abend zum letzten Mal gesehen, als er zur Jagd losfuhr.«

»Um wie viel Uhr?«

Sie zuckte mit den Achseln. »Gegen 22 Uhr, schätze ich.«

»Das passt«, murmelte der Staatsanwalt.

»Was passt?«

»Die Uhrzeit stimmt mit der elektronischen Parkscheibe Ihres Vaters überein. Sie klebt an der Innenseite der Windschutzscheibe seines Autos und zeigt 23 Uhr.«

»Elektronische Parkscheibe?«

»Die Dinger stammen, glaube ich, aus Dänemark. Da sie, wie für Parkscheiben erlaubt, bei Ankunft die Zeit immer automatisch bis zur nächsten halben oder vollen Stunde vorstellt, heißt das, dass Ihr Vater den Wagen hier zwischen 22:30 Uhr und 23:00 Uhr abgestellt haben muss. Hätte er den Wagen danach noch einmal bewegt, hätte sich die Uhrzeit auf der Parkscheibe neu eingestellt. Wissen Sie, wo er nach seiner Ankunft hier hingegangen sein könnte?«

»Sind Sie Jäger?«, fragte sie Bach.

Der verzog das Gesicht. »Tiere töten ist nicht so meins.«

Jenny wollte etwas entgegnen, verkniff es sich aber, sie hatten Wichtigeres zu tun. »Wenn er hier parkt, geht er meist als Erstes zum Hochsitz. Er lässt dann Bruno erst einmal im Auto, damit sein Geruch das Wild nicht verscheucht. Ebenso die Tasche mit den Handschuhen, dem Messer und dem anderen Zeugs zum Aufbrechen des geschossenen Wilds. Ich habe die Tasche neben Bruno im Kofferraum gesehen. Wenn er etwas schießt, kommt er zurück, holt Bruno und die Tasche. Daher vermute ich, er ist nicht zurückgekommen.«

»Wissen Sie, wo der Hochsitz ist?«

Sie nickte. »Ich kann hingehen und nachschauen.« Sie sah das Zögern in Bachs moosgrünen Augen. »Was? Lassen Sie mich raten: Ich soll keine Spuren verwischen.«

»Das auch.«

»Und was noch? Befürchten Sie, hier läuft ein Killer herum?«

»Kein Killer, aber es gab in den vergangenen Tagen Gerüchte.«

»Was für Gerüchte? Muss man Ihnen denn jedes Wort aus der Nase ziehen?«

»Es wurde ein Wolf gesichtet.«

»Ein Wolf?«

»Er soll keine Scheu vor Menschen haben.«

Jenny stockte, als ihr bewusst wurde, was ihr Gesprächspartner da gerade andeuten wollte. »Das viele Blut, mein verschwundener Vater – Sie glauben, ein Wolf könnte ihn getötet haben? Daher also der ganze Aufwand!« Sie schaute in den Himmel, vom Hubschrauber war nichts mehr zu sehen, aber sie hörte ihn noch weiter entfernt. Die Kaubewegungen der Kiefermuskeln ihres Gegenübers wurden schneller. Ein kalter Schauer lief ihr über den Rücken.

»Wie gesagt, derzeit glauben wir noch gar nichts«, wiegelte er ab. »Ich werde den Wolfsbeauftragten vom Veterinäramt einschalten, vielleicht sollten wir auf ihn warten, bevor Sie hier nun allein herumlaufen.«

»Das wird nicht nötig sein«, sagte Jenny bestimmt.

»Wieso das?« Bach hob irritiert die Augenbrauen.

»Ich bin die Wolfsbeauftragte des Landkreises.«

4

»Das kann nicht sein!« Brian Auster, der IT-Chef des kleinen Unternehmens *Fenceattack* am Stadtrand von Potsdam beugte sich hinunter, um selbst auf den Monitor zu schauen. Eine der Werkstudentinnen, die sich hier ein paar Euro dazuverdienten, hatte eine halbe Stunde vorher Alarm geschlagen. Nun zeigte sie auf die Spalte, die mit dem Begriff »*Predator*« überschrieben war.

»Das kann nicht sein«, murmelte Brian Auster erneut und öffnete mit der Maus ein Fenster auf dem Bildschirm, in das er einige Befehle eintippte. Sie standen im Kontrollcenter von *Fenceattack,* einem noch jungen Start-up, das sich mit einem Haufen Venture-Capital und Fördergeldern der Europäischen Union einem der international politisch brisantesten Themen des gesellschaftlichen Diskurses gewidmet hatte – dem *Human-wildlife conflict,* dem Zusammentreffen von Menschen und Wildtieren. Genauer gesagt, hatte das Unternehmen sich damit beschäftigt, wie man diesen Konflikt lösen könnte: indem man Zäune baut. Dabei war ihr innovatives Produkt kein Zaun im herkömmlichen Sinne, sondern man warb mit der Bezeichnung eines »modularen, autonomen und intelligenten Weideschutzzauns zur Erkennung und Vergrämung von Wildtieren«. Einer ihrer Hauptabsatzmärkte war Deutschland, wo die Diskussion um die Rückkehr der Wölfe zuletzt eskaliert war. Zu viele Weidetierhalter hatten in den vergangenen Jahren feststellen müssen, dass normale Zäune Wölfe nicht aufhielten, selbst wenn sie Strom führten. Wölfe konnten springen, vor allem aber waren sie schlau und lernten rasch dazu. Bekam ein Wolf erst einmal spitz, dass ein Stromschlag ihn nicht tötet, war das nächtliche Mahl aus frischen Lämmern, Rindern oder sogar Pferden zu verlockend, um ihn vom Überqueren des Zauns abzuhalten.

Also brauchte man eine Barriere, die intelligenter war als der Wolf. Und hier kam *Fenceattack* ins Spiel. Mittels Kameras und künstlicher Intelligenz konnte der Zaun nicht nur erkennen, welche Tierart vor ihm auftauchte, sondern er war auch in der Lage, einzelne Wölfe voneinander zu unterscheiden. Der Zaun wusste somit genau, welcher Wolf wann schon einmal versucht hatte, bei ihm anzuklopfen. Wurde ein Wolf am Tag zuvor mit Strom vertrieben, dann nutzte der Zaun für dieses Tier heute Lichtblitze, morgen einen auf Wölfe optimierten Ultraschall-Impuls, übermorgen sonderte der Zaun einen Duftabwehrstoff ab, und am Tag darauf machte er Lärm. Vor allem aber protokollierte die installierte Software alle Ereignisse einer Nacht, was auch das Tracking von Wolfspopulationen ermöglichte. Mehr als fünfundsechzig Kilometer Zaun zur Abschreckung von Wildtieren hatte *Fenceattack* bislang in verschiedenen Teilen der Welt errichtet, fünfunddreißig Kilometer davon in Deutschland, und man befand sich noch immer in der Betatest-Phase. Die Werkstudentin war seit dem Morgen damit beschäftigt, die nächtlichen Aufzeichnungen der Zäune aus dem nordöstlichen Teil Deutschlands auszuwerten, und hatte eine halbe Stunde nach Dienstbeginn aufgeregt ihren direkten Vorgesetzten informiert. Der hatte nun die gespeicherten Kameraaufnahmen des betroffenen Zaunabschnitts in der Nähe von Waldenow herangezoomt und beugte sich noch weiter vor, sodass er beinahe den Bildschirm berührte.

»Im hohen Gras kaum zu erkennen«, resümierte er.

»Ich finde, hier sieht man die wolfstypische Schnauze sehr schön«, widersprach die Studentin, während sie das Bild anhielt. »Nimmt man die jungen Birken als Maßstab, wirkt er allerdings sehr groß, viel zu groß für einen Wolf.«

»Aktivieren Sie jetzt noch einmal das Live-Tracking-Tool«, sagte Auster.

Sie tat, wie ihr geheißen, und über die Aufzeichnungen legte sich eine transparente Maske mit einer virtuellen Sucherscheibe in der Mitte, die an ein Fadenkreuz erinnerte. Während der Rechner arbeitete, war es rot, dann wurde es grün, was bedeutete, dass die millionenschwere Software von *Fenceattack* unter dem Einsatz der modernsten neuronalen Netze der KI-Forschung das Objekt eindeutig identifiziert hatte. IT-Chef und Studentin schauten erneut ungläubig auf das Ergebnis, das in der Mitte der Bildschirmanzeige grün blinkte: *Wolfsmensch*.

5

Sie sind die Wolfsbeauftragte?«, stellte der Staatsanwalt überrascht fest. Zuvor hatte er den milchgesichtigen Polizisten und dessen Kollegen mit den Maschinenpistolen im Anschlag zur Absuche des von Jenny beschriebenen Hochsitzes geschickt, was bei ihr eine grundsätzliche Nervosität auslöste. Was, wenn Jo dort tatsächlich tot aufgefunden wurde? Seine Herztabletten hatte sie noch in der Gesäßtasche. Was, wenn er sie nicht mehr brauchen würde? Bei diesem Gedanken stieg wieder die Scham der vergangenen Stunde in ihr hoch. In ihrem Kopf herrschte Gefühlschaos. Sie hatte in den letzten Tagen, nachdem sie die Wahrheit herausgefunden hatte, versucht, den Mann zu hassen, um den sie sich jetzt wohl öffentlich sorgen sollte, obwohl ihr nicht danach war, schließlich war es ihr Vater.

»Ich bin Tierärztin, Amtsveterinärin und seit voriger Woche die neue Wolfsbeauftragte des Landkreises Vorpommern. Und mir ist von den Wolfssichtungen, von denen Sie sprechen, nichts bekannt«, versuchte sie ihre Gedanken abzuschütteln. »Als Wolfsbeauftragte werden mir in der Regel alle Wolfsbegegnungen und auch Schäden gemeldet.«

»Die Joggerin, die den Wagen Ihres Vaters aufgefunden hat, hat berichtet, dass sie einen Wolf gesehen hat. Er stand dort.« Bach zeigte auf eine Lücke in der Böschung, hinter der ein abgemähtes Stoppelfeld zu erkennen war.

»Sie meinte, er war sehr groß, etwa wie ein Kalb, habe hohe Schultern gehabt, und das Fell sei rötlich braun gewesen. Die Beine seien dafür sehr kurz gewesen. Er sei nicht davongelaufen, auch nicht, als sie geklatscht und geschrien habe. Erst als sie einen Stein aufgehoben und in seine Richtung geworfen habe, habe er sich plötzlich zurückgezogen und sei dort in den Wald verschwunden.«

Jenny versuchte, das Gehörte zu verarbeiten.

»Die Joggerin meinte auch, der Wolf sei wohl der Grund dafür, dass der Hund Ihres Vaters wie wahnsinnig angeschlagen habe. Nur deshalb war ihr der Landrover als ungewöhnlich aufgefallen. Wer lässt am frühen Morgen seinen Hund allein im Auto zurück?«

»Und weil Sie hinter allem einen möglichen Wolfsangriff vermuten, so ein Aufwand?«

»Tatsächlich gab es in dieser Gegend in den vergangenen Tagen wohl mehrere Wolfssichtungen.« Bach drehte sich um und rief einen der verbleibenden Polizisten bei seinem Namen, der daraufhin zu ihnen herüberkam. Er war kleiner als Jenny und drahtig, seine Haut braun gegerbt, eher wie bei einem Gärtner.

»Piet, erzähl mal, was du mir vorhin berichtet hast.«

Der Polizist nahm seine Mütze ab und gab Jenny die Hand. »Ich hoffe, wir finden Ihren Vater. Ich kenne Jo schon lange, und er ist ein feiner Kerl.« Er sprach mit breitem norddeutschem Akzent.

»Frau Rausch ist im Landkreis für die Wölfe zuständig.«

»Ich weiß«, sagte Piet, was bei Bach eine überraschte Reaktion auslöste. »Erzähl ihr von den Wolfssichtungen!«

Piet schien kurz zu zögern. »Wie ich sagte, vielleicht ist es nur Gedöns. Keine Ahnung, was man darauf geben kann. Kennen Sie das ›Fortschritt‹? Die alte Kneipe an der B 109?«

Sie schüttelte den Kopf, wobei ihr Blick immer wieder in die Richtung abglitt, in die die beiden Polizisten auf der Suche nach Jo verschwunden waren.

»Dort bin ich manchmal nach Feierabend. Also ziemlich oft. Und der Jo, Ihr alter Herr, der auch.«

Die Kneipe meinte er. Sie wusste, dass Jo abends gern auf ein Bier verschwand, aber nicht, wie die Gaststätte hieß.

»Jedenfalls haben dort in den letzten Tagen einige erzählt, dass sie einem Wolf begegnet sind.«

Stolpe an der Peene
Vor einigen Tagen

Nach dem gemeinsamen Frühstück und dem anschließenden Zähneputzen im Gebäude des evangelischen Kindergartens machten sich die »Zapfenzwerge« auf in den nahen Wald. Es waren dreizehn Kinder, weshalb sich jeweils zwei der Kleinen an den Händchen hielten und eine der Betreuerinnen mit einem hellblonden Mädchen das Schlusslicht bildeten. Eine weitere Betreuerin ging voran und zog in einem Bollerwagen den Proviant für den Tag hinter sich her. Der Schülerpraktikant sicherte das Grüppchen vorschriftsmäßig zur Straßenseite ab. Alle Kinder trugen neongelbe Westen, auf denen neben einem gemalten Tannenzapfen und einem stilisierten Zwerg auch das Logo einer Versicherung abgebildet war, deren örtliche Agentur die Warnkleidung spendiert hatte.

Es war eine sogenannte »Waldkindergartengruppe«, was bedeutete, dass man die meiste Zeit draußen im Freien verbrachte. So konnten die Kleinen von früh auf die Natur erforschen und erleben. Anders als ihre stubenhockenden Kameraden nutzten sie zum pädagogischen Spielen die Materialien, die die Natur ihnen zur Verfügung stellte. Sie beobachteten Pflanzen und Tiere, spielten mit Stöcken, matschten im Schlamm und kletterten auf Bäume. Und wenn sie nicht gerade auf dem Weg in den Wald oder zurück in den Kindergarten waren, durften sie sich vollkommen frei bewegen und lernten so früh Selbstständigkeit. In täglich geübter Routine warteten die Sprösslinge an der Ampel, bis diese Grün zeigte, überquerten in Zweierreihe die Landstraße, steuerten auf den etwas versteckten Waldweg zu und passierten die Schranke, die unbefugten Fahrzeugen den Zutritt zum Naturschutzgebiet versperrte.

Zu ihrer Linken erstreckte sich im Übergang zum moorigen Gelände hohes Schilfgras, von dem die Kinder gelernt hatten, dass es den Bibern als Deckung diente. Zur Rechten säumte hinter einem schmalen Graben ein Wall mit Weiden den Weg, deren knorrige Stämme das ein oder andere Märchengesicht verbargen. Die Gruppe näherte sich bereits der Abzweigung, wo es über die alte Holzbrücke, über den Nebenlauf der Peene, vorbei am morschen Aussichtsturm zu der Holzhütte ging, die der Kindergartengruppe tagsüber als Basislager diente, als die Betreuerin, die voranging, abrupt stehen blieb und den Finger an den Mund legte. Auch die Kinder stoppten. Sie kannten diese Geste bereits, wenn sie versuchten, auf ihrem Weg Geräusche der meist unsichtbaren Biber wahrzunehmen. Doch heute schaute die Betreuerin nicht zur Schilfseite, in der sich die Biberburgen verbargen, sondern in Richtung einer der Wei-

den, wohinter sich nur grüne Wiesen erstreckten. Einen Moment bewegte sich niemand, dann löste die Betreuerin sich aus der Erstarrung und deutete weiterzugehen.
»Was ist los?«, rief ihre Kollegin von hinten.
»Ich dachte, ich hätte etwas gehört!« Die Betreuerin zog mit einem kräftigen Ruck am Griff des Bollerwagens, damit er im matschigen Grund wieder Fahrt aufnahm. Nach wenigen Metern wiederholte sich das Prozedere. Wieder starrte die Betreuerin auf die Reihe der Bäume neben ihnen, um herauszufinden, was sie gehört hatte.
Und dann erschien er. Vielleicht lag es an der erhöhten Position oder daran, dass neben den Kleinsten auf dieser Welt alles andere ohnehin größer wirkte, aber er war riesig. Ein gewaltiger Schädel mit dreieckigen, oben abgerundeten Ohren, dem wolfstypischen, dunklen Gesicht, begleitet von hellen Partien seitlich des Mauls und an der Kehle. Dazu ein gedrungener Körper mit kräftigen Beinen. Er schaute aus zwei mandelförmigen Augen auf die kleine Gruppe und begann zu knurren. Es war ein drohendes Geräusch, das seine Wirkung nicht verfehlte.
Zwei der Kinder begannen erschrocken aufzuheulen, ein anderes zu weinen. Verängstigt wich die Gruppe zurück, die Betreuerin, die das Tier entdeckt hatte, blieb eisern stehen und machte sogar einen Schritt auf das Tier zu. Sie wedelte mit den Händen und schrie den Wolf mit sich überschlagender Stimme an, rief, er solle sie in Ruhe lassen, dahin gehen, wo der Pfeffer wächst, sich trollen. Doch das schien den Wolf nicht zu beeindrucken, im Gegenteil: Er senkte den Kopf, was den Blick auf seine im Nacken aufgestellten Haare freigab, und begann, mit den Zähnen zu fletschen, wobei vier beängstigend lange Reißzähne zum Vorschein kamen.
Die Kinder schoben sich kreischend enger zusammen, nun weinten beinahe alle. Das mit zitternder Stimme vorgetragene »Bleibt ruhig, und bewegt euch nicht« der zweiten Betreuerin am Ende der Gruppe kam zu spät. Zwei der größeren Jungs drehten sich plötzlich wie auf Kommando um und begannen, in die Richtung davonzurennen, aus der sie gekommen waren. Dies blieb von dem Wolf nicht unbemerkt. Er hob den Kopf, bewegte die Ohren und verfolgte die beiden Jungs mit seinem Blick. Plötzlich schnellte er zur Seite, um

den beiden nun von der Gruppe getrennten Knirpsen nachzusetzen, als ein lauter Knall über die Wiese hallte. Der Wolf stoppte mitten in der Bewegung, drehte eine erschrockene Pirouette und rannte mit großen Sätzen in die andere Richtung davon.

»Der Knall kam von einem Vogelschreckgerät auf den Feldern dahinter«, beendete Piet seine Erzählung. »Vielleicht hat er den Jungs das Leben gerettet. Den Kindern ist am Ende nichts passiert. Aber der Vater von einem der Jungen kommt regelmäßig ins ›Fortschritt‹ und hat dort von dem Vorfall berichtet. Die Gruppe ist sofort zurück in den Kindergarten, und für diese Woche sind alle Waldausflüge gestrichen.«

»Warum weiß ich als Wolfsbeauftragte nichts davon?«, fragte Jenny.

»Die Leitung des Kindergartens wollte wohl den Ball flach halten. In der Vergangenheit gab es immer wieder mal Versuche, deren Mittel für die Waldgruppe zu kürzen. Aber im ›Fortschritt‹ hängen abends auch immer ein paar Erntehelfer aus Polen rum, und die sind dem Tier ein, zwei Tage später auch begegnet. Sie meinten, es sei kein normaler Wolf, sondern viel größer. Ein richtiger Kaventsmann.«

Sie hörte von alldem zum ersten Mal, auch ihr Vater hatte ihr nichts davon erzählt. Obwohl er wusste, dass sie nun beim Kreis für die Wölfe zuständig war. Auch darüber hatten sie zuletzt gestritten. »Und Jo war dabei, als das erzählt wurde?«, versicherte sie sich.

»Ja!«

»Und was hat er dazu gesagt?«

Der Polizist zuckte mit den Schultern. »Sie wissen, wie er ist. Er meint selten, was er sagt. Ist impulsiv.«

Sie warf dem Polizisten einen auffordernden Blick zu.

»Also Jo meinte, wenn er den vor die Flinte bekommt, schießt er den ab und vergräbt ihn. Das sei der einzige Weg, mit den Viechern umzugehen. Allerdings müsse man aufpassen, dass er keinen Tracker trägt. Sonst würde irgendwann seine Tochter vor der Tür stehen, also Sie.« Nun wirkte er verlegen. »Kneipengedöns. Wie ich schon sagte.«

Sie spürte Wut in sich aufsteigen. Und sie wusste, dass Jo es todernst gemeint hatte.

»Selbst wenn ein Wolf meinen Vater angegriffen hätte, wo ist dann seine Leiche geblieben?«, fragte sie. »Wölfe verschleppen ihre Beute manchmal bis zu zwanzig, selten vierhundert Meter weit ins Dickicht.« Sie schaute sich um. Der Weg war zwar von Gebüsch gesäumt, aber wirkliche Verstecke gab es nicht. »Aber sie nehmen sie nicht kilometerweit mit.«

»In einer Doku habe ich gesehen, dass sie ihre Beute manchmal komplett auffressen, mit Haut und Haaren«, sagte Piet. »Oder andere Aasfresser erledigen den Rest.«

Bei diesen Worten wurde ihr übel. Piet hatte recht, sie wusste, dass Wölfe beispielsweise auch die Keulen erlegter Schafe abtrennten und für den Nachwuchs mitnahmen. Aber dass von einem Wolfsriss gar nichts übrig blieb, kam wohl höchstens bei kleineren Beutetieren vor.

»Wenn wir neben dem Auto einer vermissten Person eine riesige Blutlache im Sand finden und eine Zeugin in unmittelbarer Nähe einen Wolf angetroffen hat, schließen wir erst einmal nichts aus. Ich habe eine Hundertschaft aus Stralsund angefordert, um die nähere Umgebung zu durchkämmen«, sagte Bach.

In diesem Moment kam Unruhe auf. Einer der Streifenpolizisten ging zu ihnen herüber und sprach dabei etwas in sein Funkgerät, das an seiner Schulter befestigt war.

»Das waren Benno und Arnd. Sie haben beim Hochsitz etwas gefunden!«, unterbrach er ihr Gespräch.

Jenny spürte, wie ihr flau wurde, sie griff nach Bachs Arm, der sie festhielt. Dabei rutschte der Ärmel seines Sakkos hoch und gab den Blick auf die Ausläufer eines großflächigen Tattoos frei.

»Was haben sie gefunden?«, fragte er.

Mit unschlüssiger Miene blickte der Polizist zwischen Jenny und dem Staatsanwalt hin und her. »Sie sollten es sich besser selbst anschauen.«

6

Spät kam er auf die Weide. Das Leben als Schäfer war nicht immer einfach: Er hatte nicht nur neunundsiebzig Schafe zu hüten, sondern hatte auch noch drei Kinder und eine Frau. Da Letztere bereits morgens um sechs aus dem Haus musste, um pünktlich um 7 Uhr bei ihrer Arbeitsstelle in der Zuckerfabrik zu sein, oblag es ihm, sich morgens um die Kinder zu kümmern: Wecken, Anziehen, Frühstück machen, Zähneputzen, Brotdosen befüllen, zur Bushaltestelle fahren, den Kleinsten in die Kita bringen. Am Morgen war die Routine von dem Arztbesuch des Mittleren unterbrochen, dessen Impfungen aufgefrischt werden mussten. Trotz Termin hatten sie warten müssen, und erst nachdem er ihn am Schulzentrum abgesetzt hatte, konnte er endlich zur Weide fahren. Auch wenn Schäfer heutzutage nicht mehr bei den Tieren auf der Weide übernachteten, hatte es seinen Grund, dass viele seiner Kollegen aus dem Verband alleinstehend waren. Schafe oder Familie, das war für viele ein Entweder-oder. Und auch sie hatten finanziell zu kämpfen. Der Weidevertrag saß ihm im Nacken, die Kosten uferten aus, und die finanzielle Unterstützung vom Staat blieb aus.

Er steuerte seinen weißen Bulli rückwärts auf den Feldweg, um den Anhänger mit den Möhren an das Gatter heranzufahren. Mittendrin stockte er und starrte in den Außenspiegel, erstaunt über das, was er sah. Oder besser über das, was er nicht sah: kein einziges Schaf. Normalerweise kamen die Tiere herangelaufen, wenn sie seinen Motor hörten, aber nicht heute. Eine böse Vorahnung stieg in ihm auf. Er riss die Handbremse hoch und stieg aus. Keines der Schafe war zu sehen. Weder die Heidschnucken noch die Rhönschafe, die er zur Deckzeit voneinander trennte. Die Zucht von Rhönschafen, einer gefährdeten Rasse, war seine Spezialität. Sie waren nicht so massig wie die gewöhnlichen Heidschnucken und daher leichter zu handhaben. Er passierte den Wolfsschutzzaun, den er bereits vor Wochen montiert hatte, ein einfacher Zaun mit viertausend Volt Strom, der billig in der Anschaffung war, aber bislang seinen

Dienst getan hatte, und öffnete das Gatter. Die Weide war ein typisches Pfeifenstielgrundstück, das zunächst schmal zwischen zwei städtischen Wiesen mit altem Baumbestand verlief und sich erst weiter unten verbreiterte, bis es schließlich am Flussufer der Peene endete.

Er hetzte über die Weide, die hier weitestgehend abgegrast war, rutschte bei jedem Schritt aus den Gummistiefeln, die im Winter zu eng und im Sommer zu groß waren. Das erste Schaf fand er im Knick. Den Kehlbiss erkannte er sofort. Die meisten seiner Schafe hatten keine Namen, sondern nur gelbe Marken im Ohr mit Nummern, dies war Nummer 2341, ein Mutterschaf. Der Bauch war geöffnet, der Pansen lag einige Meter entfernt, ein Bein fehlte komplett. Er schaute auf und sah keine drei Meter weiter den nächsten Kadaver und dahinter noch einen. Die Luft blieb ihm weg. Er lief weiter hinab in Richtung des Flusses und begann, im Geiste die Anzahl der Leichen zu zählen, die er dabei passierte. Ein weiteres Tier mit aufgerissenem Bauch, aus dem die Gedärme herausquollen, bewegte sich noch. Er stoppte kurz und übergab sich mitten auf die Wiese. Als er wieder hochschaute, sah er ein Jungtier, das hinkend mit verletzter Flanke Schutz hinter einem der Bäume suchte und dabei den Elektrozaun berührte, woraufhin es zu Boden stürzte und auf dem Rücken liegen blieb.

Panisch griff er nach seinem Telefon, suchte im Laufen nach der Nummer der Tierklinik und wählte. Jetzt erblickte er die Gruppe von Schafen, die dicht gedrängt am Ufer der Peene standen. Auf den ersten Blick zählte er nicht mehr als zwei Dutzend. Neunundsiebzig minus vierundzwanzig Tiere … das konnte doch nicht sein. Als er die Schafe fast erreicht hatte, stoben sie ängstlich auseinander und gaben den Blick auf den Fluss frei, in dem er weitere tote Tiere treiben sah. Von irgendwo ertönte ein klägliches, verzweifeltes Mäh. Er spürte, wie sich etwas tief in ihm drin zusammenballte, explosionsartig in seiner Brust ausbreitete und schließlich als verzweifelter Schrei aus seiner Kehle brach.

»Hallo? Wer ist da, bitte?«, kam eine Stimme aus dem Handy, das er noch immer in der Hand hielt. Jetzt erst realisierte er, dass es die Tierklinik war, deren Nummer er eben gewählt hatte. »Ich brauche

Hilfe«, stammelte er völlig außer Atem in sein Mobiltelefon, während er in die gebrochenen Augen eines auf der Wasseroberfläche treibenden Kadavers blickte. Es war Trude, sein Leitschaf. »Ist Frau Doktor Rausch da? Sie muss sofort kommen!«

7

Jenny spürte, wie ihr Mobiltelefon in der Tasche vibrierte, aber sie ignorierte es. Als sie den Blick des Polizisten gesehen hatte, wusste sie Bescheid. Als Tierärztin behandelte sie zwar Tiere, ihre größten Kämpfe trug sie allerdings mit deren Besitzern aus. Ungefiltert bekam sie deren Emotionen ab, meist war es Sorge, manchmal Wut und nicht selten Trauer. Sie wusste, wie es ist, wenn man schlechte Nachrichten zu überbringen hat, und vermutlich setzte sie dabei denselben Blick mit dieser Mischung aus Mitleid, Trost und Härte auf wie der Polizist, als er eben zu ihnen herübergekommen war und von dem Fund am Hochsitz berichtet hatte. Und hätte sie es ihm nicht schon vom Gesicht abgelesen, hätte sie es sich spätestens zusammenreimen können, als die beiden Rechtsmediziner keine zehn Meter entfernt damit begannen, ihre Ausrüstung zusammenzupacken – vermutlich um sich auf den Weg zu einem weiteren möglichen Tatort zu machen. Bach und der Polizist waren einige Meter weiter gegangen und hatten kurz leise miteinander geredet. Nun kam Bach mit ernster Miene zu ihr zurück.

»Ich will ihn sehen«, sagte sie, bevor er etwas sagen konnte.

»Sie haben ihn unter dem Hochsitz gefunden. Gewehr und Fernglas liegen neben ihm«, entgegnete Bach. »Er ist offenbar schon gestern Abend beim Besteigen des Hochsitzes verstorben. Mein aufrichtiges Beileid. Es tut mir leid.«

Sie atmete tief durch, wusste nicht, wie sie reagieren sollte. Wahrscheinlich erwartete man von ihr, dass sie weinend zusammenbrach. Aber sie empfand keine Trauer.

»Hatte Ihr Vater Vorerkrankungen?«

Sie holte die Packung mit den Tabletten hervor und hielt sie in die Luft. »Probleme mit dem Herzen«, kommentierte sie.

Bach nickte, wobei er nachdenklich weiter auf seinem Kaugummi herumkaute.

»Und das viele Blut?«, fragte sie.

»Die Kollegen sagen, die Leiche ist weitestgehend unversehrt.

Vermutlich stammt das Blut hier von einem verletzten Wild, das von dem Wolf gerissen wurde, den die Joggerin gesehen hat. Das werden wir testen. Also eher ein Unfall und kein Verbrechen.«

Erneut atmete sie tief ein. Sie fühlte plötzlich eine große Leere in sich. »Kann ich ihn sehen?«

»Warum nicht? Wir müssen ohnehin auf den Bestatter warten. Ich begleite Sie.« Gemeinsam liefen sie den Pfad entlang, den Jenny zuletzt im Winter mit ihrem Vater gegangen war, als sie zusammen auf der Jagd gewesen waren.

Plötzlich fiel ihr wieder der schwarze Zaun auf, den sie bereits auf der Fahrt hierher gesehen hatte und der beim letzten Mal noch nicht hier gestanden hatte. Er begrenzte die Wiesen und Felder vor ihnen. Nun sah sie auch deutlich die Kameras sowie weitere elektrische Installationen am Zaun, die sie sich nicht erklären konnte.

»Vorsicht, der führt Strom!«, sagte der Polizeibeamte, der vor ihnen ging und dem ihr Interesse für den Zaun nicht verborgen geblieben war. Der Hinweis war überflüssig, denn alle paar Meter wiesen Schilder auf die elektrische Spannung hin.

»Wofür ist der?«, fragte sie.

»Weideschutz«, entgegnete der Polizeibeamte. »Eine Firma aus Brandenburg hat hier einige Kilometer Zaun zum Test aufgestellt. Ich habe neulich einen der Schwertransporte begleitet, die die Zaunstücke hergebracht haben.«

Das musste ganz schön teuer sein, dachte Jenny.

»Sind Sie sicher, dass Sie sich das antun wollen?«, fragte Bach, der schräg vor ihr ging. »Ich meine, das mit Ihrem Vater. Sie können auch zurückbleiben.«

»Ich will ihn sehen«, entgegnete sie entschlossen. Sie hatte keine Ahnung, was der Anblick bei ihr auslösen würde, aber irgendetwas in ihr verlangte nach der endgültigen Bestätigung.

»Ich habe meinen Vater im vergangenen Jahr verloren«, sagte Bach.

»Das tut mir leid.«

»Das muss es nicht. Er hatte bis auf einige harte Jahre ein gutes Leben. Aber mit dem Verlust des Vaters kommen nicht nur die Trauer und die vielen Erinnerungen an die glücklichen Tage aus der

Kindheit. Es wird einem klar, dass man selbst zur nächsten Generation gehört, die dran ist. Seitdem lebe ich bewusster. Genieße die schönen Momente mehr.«

Jenny sagte nichts, sondern versuchte stattdessen, sich an schöne Momente ihrer Kindheit zu erinnern. Tatsächlich gab es einige davon. Sie hatte im Großen und Ganzen eine gute Kindheit gehabt, wenn auch keine liebevolle. Das machte es für sie umso schwerer, *die* Wahrheit zu ertragen. In diesem Moment spürte sie ein Bedauern. Es war ihr noch so viel unklar, sie hatte noch so viele Fragen an Jo. Und nun stahl er sich einfach so davon? Esther, Jos Frau, war bereits lange tot, sie konnte ihre Fragen also auch nicht mehr beantworten. Als ihr dies bewusst wurde, stieg Panik in ihr auf. Was, wenn sie nun nicht mehr die ganze Wahrheit erfahren würde? Wenn nun niemand mehr lebte, der all ihre Fragen beantworten konnte? Sie beschleunigte den Schritt, überquerte die Lichtung, auf der Jo in der Vergangenheit wohl dem einen oder anderen Wildschwein aufgelauert hatte, suchte die Lücke im Dickicht und betrat das Feld. Bach geriet neben ihr außer Atem, so schnell lief sie nun. Jo war tot, sagte sie zu sich selbst. Wie sehr sie auch rannte, sie würde den Tod nicht mehr überholen können.

Zu ihrer Rechten sah man in einiger Entfernung schon die beiden Polizisten, die rauchend am Fuß des Hochsitzes warteten. Als sie sie erblickten, drückten sie ihre Zigaretten an den Stelen der Kanzel aus.

»Dort vorn«, sagte einer der beiden. Es war ein Jägerstand der besseren Sorte. Nicht selbst gezimmert, sondern aus edlem Lärchenholz gefertigt, das in der Sonne gelblich schimmerte. Sie wusste, dass ein Teil von Jos Abfindung, die er beim Ausscheiden aus dem Institut bekommen und gut angelegt hatte, in den Bau dieses Hochsitzes geflossen war. Die Leiter bestand aus massiven, eingelassenen Sprossen, die Kanzel selbst ähnelte eher einer Gartenhütte auf Stelzen und war von unten nicht einsehbar. Sie brauchte einen Moment, bis sie den Körper am Fuße der Leiter auf dem Boden entdeckte. Mit wackeligen Knien näherte sie sich. Der Körper lag bäuchlings auf dem Boden. Als sie ihn genauer erkennen konnte, fühlte sie Erleichterung, wofür sie sich abermals sofort schämte. Zu braunen Jagdstiefeln trug der Tote Kniestrümpfe und Lederhose, obenherum eine Lodenkotze, den ärmellosen Umhang, den man auch Wetterfleck nannte und den vor allem traditionelle Jäger bevorzugten. In diesem Fall schien er zerrissen. Neben dem kahlen Kopf der Leiche, der blass und blau aussah und nur noch von einem grauen Haarkranz umgeben war, lag ein Jägerhut mit Gamsbart. Halb unter dem Körper erkannte sie eine Bockbüchse. Sie wagte einen weiteren Schritt nach vorn und erkannte erst jetzt die kleine Wunde kurz hinter der Schläfe. Es sah beinahe so aus, als würde das halbe Ohr fehlen.

Auch Bach schien die Wunde entdeckt zu haben. »Die Verletzung ist zu klein, um das viele Blut vorn zu erklären. Stammt vermutlich vom Sturz von der Leiter.«

»Oder Tierfraß«, mutmaßte sie.

»Die Leiche wird natürlich obduziert, aber erst mal sieht alles nach einem Unfall aus.«

Jenny schaute die Leiter hinauf und erstarrte, als sie die Außenwand des Hochsitzes sah. »Was zum Teufel …?«, sagte sie und zeigte auf ein hellrotes Graffiti, das sich beinahe über die gesamte Außenwand des Hochsitzes erstreckte. An den jeweiligen Enden war die noch feuchte Farbe nach dem Auftragen nach unten verlaufen.

»Mörder!«, las Bach laut ab.

»Und ein Hakenkreuz!«, stellte sie fest. »Das ist neu!«

»Vandalismus auf Hochsitzen ist leider nicht neu. Da haben wir hier jedes Jahr ein Dutzend Fälle. In Blesewitz ist vergangenes Jahr sogar einer angezündet worden.« Bach wandte sich zu ihr. »Ich lasse Sie einen Moment mit Ihrem Vater allein, damit Sie Abschied nehmen können.«

Jenny schüttelte den Kopf. »Das ist nicht nötig.«

Bach warf ihr einen irritierten Blick zu.

Jenny schaute auf den Toten. »Das ist nicht mein Vater.«

8

Das Peenetal erstreckte sich idyllisch vom Kummerower See bis hinauf zur Mündung des Peenestroms, der als Meeresarm der Ostsee die Insel Usedom vom Festland trennte. Gespeist wurde es vom Fluss Peene, dessen Bett vor zehntausend Jahren als Schmelzrinne der abziehenden Gletscher in den Grund der Moränen geschliffen wurde. Entlang des Laufs der Peene erstreckten sich heute weite Moore, Wälder und Wiesen, die zahlreichen seltenen Tierarten wie Amphibien, Vögeln und Kleintieren Unterschlupf boten. Mit der nahen Ostsee als gigantischem Wärmespeicher waren die Sommer hier im Peenetal wärmer und länger und die Winter milder und kürzer. Und so war es auch im September noch sommerlich warm, wenn auch nicht mehr so heiß wie im Juli und August. Die Sonne hatte mittlerweile auch die letzten Wolken am Himmel verscheucht. Es war ein herrlicher Tag geworden, was so gar nicht zu Jennys Gemütszustand passen wollte. Auf dem Weg in die Tierklinik hatte sie ihr Mobiltelefon auf laut gestellt und die Nachrichten abgehört, danach sofort in der Klinik angerufen. Sie parkte hinter der Klinik und betrat die Räume mithilfe der Zugangsapp auf ihrem Smartphone durch den Hintereingang. Die Digitalisierung machte auch vor den Tierärzten nicht halt, was ihr ganz und gar nicht behagte.

»Wir hatten uns schon Sorgen gemacht«, begrüßte Mona, eine ihrer vier Tierarzthelferinnen, sie. »Heute Morgen war hier schon Chaos. Phillip ist bedient! Die Putzfrau hat vergessen, die Mülleimer zu entleeren, und muss wohl auch noch das Jod umgeworfen haben. Die Schweinerei durfte also ich beseitigen. Und dann tauchst du nicht auf, und er muss deine OP übernehmen!«

Sie erklärte Mona in kurzen Worten, was geschehen war, dann erzählte Mona ihr von Helges Anruf. »Er war ganz aufgelöst«, berichtete die Tierarzthelferin ihr, »geradezu panisch.«

Daraufhin war Jenny auf direktem Wege zu dessen Weide gefahren. Mona hatte ihr noch gesagt, dass Helge Schulze von einem »Schlachtfeld« auf seiner Weide gesprochen hatte.

Die Schafherde graste keine zwei Kilometer entfernt von dem Hochsitz, an dem sie soeben den unbekannten Toten gefunden hatten. Nachdem sie verkündet hatte, dass der Tote nicht ihr Vater ist, hatte der Staatsanwalt den Tatort sofort abgesperrt und die Ermittlungen wieder aufgenommen. Tatsache war, dass ihr Vater dennoch spurlos verschwunden war. Und wegen des unbekannten Toten war sein Verschwinden jetzt umso rätselhafter. Sie glaubte, an der Reaktion des Staatsanwalts auf die Tatsache, dass der Tote nicht ihr Vater war, mehr als nur Erstaunen abgelesen zu haben: Ihr Vater war plötzlich nicht nur noch ein etwaiges Opfer, sondern auch ein potenzieller Verdächtiger. Denn neben der Möglichkeit, dass jemand es auf zwei Jäger abgesehen hatte, wobei niemand überhaupt wusste, wer der tote Mann am Hochsitz war, bestand auch die Möglichkeit, dass Jo etwas mit dessen Tod zu tun hatte und deswegen nun untergetaucht war. Bach hatte diesen Verdacht nicht laut ausgesprochen, aber allein, dass sie selbst die zweite Möglichkeit nicht ganz auszuschließen vermochte, führte bei ihr erneut zu Gewissensbissen. War es normal, dass sie Jo nun schon einen Mord zutraute? Oder war sie mittlerweile paranoid? Sie hatte über die Jahre gelernt, dass sie eher zu hart mit sich selbst war als zu milde. Aber sie musste auch erkennen, dass sie in den letzten Wochen ihren inneren Kompass verloren hatte.

Nun bog sie auf die kurvenreiche Straße ab, die zu Helge Schulzes Weide führte. Sie kannte Helge schon seit ihrer Kindheit, denn sie waren zusammen zur Schule gegangen. Doch nach der zehnten Klasse hatten sich ihre Wege getrennt: Sie hatte Abitur gemacht und er im Schafzuchtbetrieb seines Vaters angefangen, den er bereits in jungen Jahren hatte übernehmen müssen. Zuletzt war sie bei ihm auf der Weide gewesen, um einen Befall von Nasendasseln zu bekämpfen. Das waren Fliegen, die ihre Eier in den Schleimhäuten und Nebenhöhlen der Tiere ablegten, wo die Larven sich einnisteten und manchmal bis ins Gehirn vordrangen. Die Nasendasseln nisteten sich ein, wie die Wahrheit es tat, wenn man sie einmal erkannt hatte, dachte sie. Es war ein Zufall, der sie zur Wahrheit geführt hatte, und er hatte mit der roten Kiste zu tun, die hinten in ihrem Kofferraum lag und die sie hoffentlich jetzt nicht brauchen würde.

Sie sah Helge Schulze bereits von Weitem. Er stand am Gatter und hob die Hand. Normalerweise war er ein groß gewachsener Mann, doch jetzt wirkte er klein und krumm, beinahe so, als sei er in der Mitte durchgebrochen. Sie fuhr so nahe wie möglich an ihn heran, um die Straße für den Verkehr frei zu halten, und stieg aus. Erst jetzt sah sie, dass Helges Kleidung rot getränkt war und er in der rechten Hand ein blutiges Messer hielt. Erschrocken blieb sie stehen. »Ich musste sie töten!«, rief er ihr zu und begann zu schluchzen.

9

Sie saßen nebeneinander auf Helges Anhänger und tranken Pfefferminztee aus dessen Thermoskanne. Mit Wasser aus der Tränke hatte sie Helges Hände gesäubert und den Mann erst einmal beruhigt. Dann hatten sie das Massaker besichtigt. Insgesamt hatte sie fünfundfünfzig tote Schafe gezählt. Nachdem sie nicht zu erreichen gewesen war, hatte Helge selbst einige der noch lebenden, aber schwer verletzten Tiere erlöst. Gemeinsam hatten sie noch ein Schaf gefunden, das sich in Panik in dem Weidezaun verfangen hatte und das sie sofort hatte einschläfern müssen. Danach hatte sie die Wunden der überlebenden Tiere versorgt, wobei sie nicht sicher war, ob es alle schaffen würden. Vier der Schafe hatte sie für den Abtransport in die Tierklinik vorbereitet, sie warteten auf einen mit Helge befreundeten Schäfer, der aus Greifswald mit seinem Schafanhänger auf dem Weg zu ihnen war.

Helge starrte ins Leere. Sie bemerkte, dass der Becher in seiner Hand noch immer zitterte. Jenny schaute auf den Ärmel ihrer Bluse, an dem Blut war.

»Ich helfe dir beim Ausfüllen der Formulare«, sagte sie. »Im roten Kasten im Kofferraum habe ich das Set für die DNA-Proben. Sobald das Rissgutachten vorliegt und feststeht, dass das ein Wolf war, erhältst du eine Entschädigung. Wir müssen noch deinen Wolfsschutzzaun fotografieren. Die Einhaltung des Mindestschutzes ist Voraussetzung für die Auszahlung der Entschädigung. Sei froh, dass du einen hast, auch wenn er in diesem Fall nichts genützt hat, garantiert er dir zumindest Schadensersatz.«

Helge entgegnete nichts, sondern starrte weiter geradeaus.

»Das Wichtigste ist, dass wir das innerhalb von vierundzwanzig Stunden weitergeben.«

»Ich erhalte keine Entschädigung«, sagte er schließlich.

»Bitte?« Sie glaubte, nicht richtig verstanden zu haben.

»Ich habe das Wasser nicht ausgekoppelt, damit die Tiere dort trinken können.«

Sie erinnerte sich an die Tiere, die auf der Flucht im Fluss ertrunken waren. Gemeinsam hatten sie vergeblich versucht, alle Kadaver aus dem Wasser zu bergen, mussten aber auf Helges Kollegen warten, der eine Wathose mitbringen wollte. Helge hatte recht: Weiden mussten von allen Seiten eingezäunt werden, auch zur Flussseite, es sei denn, man besaß Herdenschutzhunde. Und das tat Helge nicht. Sie musste durch die Sache mit ihrem Vater so durcheinander sein, dass ihr das nicht gleich aufgefallen war. Helge würde keine Entschädigung bekommen.

»Ich bin am Ende«, sagte Helge.

Sie legte ihre Hand auf seine Schulter. »Ich kann dir etwas Geld leihen, um neue Schafe zu kaufen.«

Er schüttelte den Kopf. »Ich meine hier oben.« Er tippte auf seine Schläfe. »Ich will das nie wieder erleben. Weißt du, dass ich Trude großgezogen habe? Mit der Flasche!« Tränen stiegen in seine Augen. »Meine Kinder haben sie geliebt! Als sie ein Lamm war, haben sie mit ihr gespielt. Wie soll ich es ihnen beibringen? Dass ein Wolf sie getötet, nein zerfleischt hat. Er hat ihr das Fell heruntergerissen, ich habe ihre Gedärme gesehen.«

Sie musste an Bruno denken. Nur widerwillig hatte sie sich damit einverstanden erklärt, dass der Hundeführer ihn in die Gerichtsmedizin nach Greifswald brachte, damit eventuelle Spuren an ihm ausgewertet werden konnten. Sie hielt dies für unnütz: Ihr Vater hatte ihn im Auto gelassen, wie er es immer tat, bis er etwas geschossen hatte. Außer dem Kofferraum hatte Bruno seit gestern Abend nichts zu sehen bekommen. Sie hatten vereinbart, dass sie ihn nachher abholte. Sie schaute auf die Uhr. Das hier würde noch eine Weile dauern.

»Fünfundfünfzig tote Tiere! Was war das für ein Monster?«, sagte Helge nun. Er drehte sich zu Jenny.

»Es gibt keine Monster«, entgegnete sie.

»Doch, die gibt es! Mein Großvater hat eins gesehen. Kurz vor Ende des Zweiten Weltkriegs. Er war damals in Gristow stationiert. Nicht weit von hier entfernt. Er hat uns Kindern oft davon erzählt.«

Gristow, 1944

»Aaaaachtung!« Die Holzkiste, deren Gurte eben noch straff am Lasthaken hingen, begann, bedenklich zu schaukeln. Erneut warf sich etwas von innen gegen die Wände und brachte damit die Fracht endgültig aus dem Gleichgewicht.

»Reichsforschungsanstalt Riems«, stand in lilafarbener Druckschrift auf beiden Längsseiten der Kiste, aus der jetzt ein wütendes Knurren zu vernehmen war.

»Zurück, zurück!«, schrie der Offizier, der auf der nun leeren Ladefläche des Lastwagens stand, um die Verladeaktion von dort zu überwachen.

Das Ladegut pendelte mittlerweile in großen zentrischen Kreisen über dem Deck des am Anlegeplatz wartenden Lastschiffs Hagenow. Wieder ertönte ein Knurren. Plötzlich riss einer der zwei Spanngurte, was den hölzernen Kasten sofort in gefährliche Schieflage versetzte. Der Inhalt rutschte mit einem dumpfen Schlag gegen die tiefer liegende Seite, woraufhin sich aus dem Inneren ein zorniger Jammerlaut erhob.

»Zurüüüüüüück!« Mit beiden Händen malte der Offizier hektische Kommandos in die Luft.

In diesem Moment gab auch der zweite Gurt dem Gewicht der Last nach. Das Geheule aus der mit einem plötzlichen Ruck tiefer sinkenden Kiste übertönte die Warnrufe der auseinanderstiebenden Meute Uniformierter.

Nun hing die Kiste an den letzten Fasern der reißenden Riemen.

»Räumt! Räumt!«, dröhnte das Kommando des Truppenführers durch den kleinen Hafen, als der hölzerne Kasten sich endgültig vom Haken löste und zu Boden fiel.

Während die kleine Gruppe Wehrmachtssoldaten versuchte, sich hinter den drei Lastern, die im Halbkreis um die Kaimauer parkten, in Sicherheit zu bringen, schlug die Fracht mit dem krachenden Lärm zersplitternden Holzes auf.

Dann herrschte Stille.

»Ist es tot?«

»Ich kann nichts sehen!«

»Zielt!«

»Ruhe!«, rief der Offizier, der auf der Ladefläche verharrte.

Eine Minute der Regungslosigkeit verging, ohne dass ein Laut aus der Kiste drang.

»Schober, gehen Sie, und überprüfen Sie, ob der Inhalt noch lebt!«

Nur widerwillig löste der Angesprochene sich aus der sicheren Deckung. Zögernd näherte er sich der deformierten Kiste. Mit der Hand richtete er seinen Helm, dann umklammerte er sein zum Schuss bereites Gewehr. Er ging wie ein Krebs: seitlich, dann einen Schritt direkt darauf zu, wieder ein Stück seitlich, zwei Schritte darauf zu. Erst als er bis auf einen Meter an die verunfallte Ladung herangetreten war, schien seine Körperhaltung sich langsam zu entspannen. Vorsichtig ging er in die Hocke und schob mit dem Gewehr am ausgestreckten Arm ein loses Brett zur Seite.

In diesem Augenblick schnellte ein schwarzer Schatten aus der Kiste und riss dem Soldaten den Kopf von den Schultern.

»Das ist ja gruselig«, kommentierte Jenny Helges Erzählung. »Dein Großvater war einer der Soldaten?«

»Er hat so viel Schreckliches in diesem Krieg erlebt, aber dies war die Geschichte, die er uns später immer wieder erzählt hat.«

»Und was ist aus dem Monster geworden?« Sie betonte das Wort »Monster«, wie man es mit Dingen tat, an die man nicht glauben mochte.

»Das wollte er uns nicht sagen. Er meinte nur, der Krieg habe viele Monster erschaffen, die entkommen seien.«

»Das glaube ich auch«, gab Jenny ihm recht. Sie streichelte ihm über den Rücken. »Aber das hier war keines von ihnen. Das hier war ein Wolf. Man nennt das ›Surplus Killing‹. Laufen die Schafe panisch durcheinander, löst das beim Wolf immer wieder von Neuem den Beutefangreflex aus, bis sich nichts mehr bewegt. Das geschieht extrem selten. Aber es war eindeutig ein Wolf. Die meisten deiner Tiere starben am Kehlbiss. Der Abstand der Eckzähne, alles passt. Bei einigen Tieren ist der Bauchraum geöffnet. Der Wolf beginnt meist dort mit dem Fressen. Andere hat er nicht richtig zu fassen bekommen und nur verletzt.«

Helge schüttelte den Kopf. »Ich musste sie selbst töten, um sie zu erlösen. Meine eigenen Schafe!« Erneut schluchzte er. Es brach ihr das Herz, den großen Mann weinen zu sehen.

»Mein Vater ist verschwunden«, sagte sie, um Helge auf andere Gedanken zu bringen.

»Jo?«, fragte Helge ungläubig und drehte sich zu ihr.

»Er ist gestern zur Jagd gegangen und nicht mehr wiedergekommen. Stattdessen war bei seinem Auto überall Blut. Und an der Hirschkanzel beim Wasserturm lag ein toter Unbekannter.«

»Was ist denn das für eine Geschichte?« Helge runzelte die Stirn. »Und da belästige ich dich mit meinen Sorgen, das tut mir leid!«

Sie strich ihm über den Rücken. »Das muss es nicht, Helge. Aber dort, wo mein Vater verschwunden ist, will jemand heute Morgen einen Wolf gesehen haben.«

»Du meinst …?« Helge deutete zur Weide mit den toten Tieren.

»Ich habe keine Ahnung«, sagte sie. »Fünfundfünfzig tote Schafe, ein unbekannter toter Jäger und ein verschwundener Jo, und das alles in einer Nacht – irgendetwas Seltsames geht hier vor.« Ihr fiel das frisch gesprühte Hakenkreuz auf dem Hochsitz wieder ein. Auch darauf konnte sie sich keinen Reim machen.

In diesem Moment klingelte ihr Telefon.

»Bach hier«, meldete sich der Staatsanwalt. »Ich wollte Ihnen sagen, Sie können Ihren Hund hier in der Rechtsmedizin in Greifswald abholen. Und ich habe Neuigkeiten in Bezug auf den Toten auf dem Hochsitz. Es ist alles sehr merkwürdig.«

10

Brian Auster, der IT-Chef von *Fenceattack*, Darius Gorski, der CEO, und Helen Roux, die für die Pressearbeit zuständig war, saßen zusammen im Konferenzraum. Er war der einzige Ort, an dem man sich ungestört unterhalten konnte, das übrige Büro war ein großer offener Raum. Integrativ, kollegial, transparent – das war das Motto, das das Start-up für alle Mitarbeiter ausgegeben hatte. Aber nicht an diesem Vormittag. Heute saßen die zwei Personen, die die Führungsspitze bildeten, mit ihrer Pressesprecherin hinter der Glaswand des Konferenzabteils und sprachen mit gedämpften Stimmen.

»Das kann nicht sein. Die künstliche Intelligenz macht keine Fehler«, sagte Auster. Er kam aus Texas und sprach mit breitem amerikanischem Akzent, wozu seine Baseballcap der Dallas Cowboys passte, die er auch im Büro nur selten ablegte. »Wir haben sie mit Millionen von Daten gefüttert. Und sie lernt ständig dazu. Mittlerweile betreiben wir Wildkameras weltweit, die täglich weiteres Bildmaterial zum Training der KI liefern.«

»Was ist, wenn sich jemand zum Beispiel als Wolf verkleidet hat?«, fragte Gorski.

»Das würde die KI nicht überlisten. Wir arbeiten mit einer Software, die auch für die Gesichtserkennung bei Menschen eingesetzt wird. Unsere Wavelet-Analyse hat in Verbindung mit der Gabor-Transformation eine auf unsere Zwecke übertragene Falschrückweisungsrate von 0,01 Prozent. Das heißt nichts anderes, als dass unsere Erkennungssoftware in 99,99 Prozent aller Fälle funktioniert. Wir können sogar einzelne Wölfe eines Rudels voneinander unterscheiden. Da werden wir wohl noch einen Clown im Wolfskostüm erkennen. Professionelle Masken sind mit Löchern für Augen, Nase und Mund ausgestattet, die zur restlichen Maske Abweichungen in Textur und Temperatur aufweisen, was unsere Software sofort erkennt. Zudem setzen wir Wärmebildgebungsverfahren ein, die das veränderte Ein- und Ausatmen um die Nasenlöcher bei Masken sofort detektieren würden.«

»Und das heißt?«, resümierte Roux. So wie sie dem Unternehmen in der Presse zu Glanz verhalf, verstand sie es auch, sich selbst in Szene zu setzen. Niemals sah man sie ohne perfektes Make-up und Designerkleidung. Wer mit ihr zusammenarbeitete, wusste, dass man sich von der optischen Oberflächlichkeit, die sie ausstrahlte, nicht täuschen lassen durfte: Ihr Verstand war dem aller anderen weit überlegen.

»Das heißt, jede Art von Maskierung kann ausgeschlossen werden. Wir haben es hier tatsächlich mit einem Wolfsmenschen zu tun«, beantwortete Auster ihre Frage.

»Du meinst so etwas wie einen Werwolf?«, fragte Gorski spöttisch. Auster zuckte mit den Schultern. Im Raum trat Stille ein.

»Wo ist überhaupt Walter?«, fragte Auster. Walter Gehrling war der Gründer und Geldgeber von *Fenceattack*. Und auch wenn er offiziell keine Position im Management bekleidete, so schaute er normalerweise doch täglich vorbei. Gehrling hatte Auster eingestellt, die beiden verband eine langjährige Freundschaft. »Walter weiß, wie gut unsere Software ist.«

»Ich konnte ihn heute Morgen nicht erreichen. Es geht nur die Mailbox ran«, antwortete Roux.

»Sehr ungewöhnlich«, entgegnete Auster, der nach seinem Smartphone griff und etwas eintippte.

»Scheiß auf Walter!«, entfuhr es Gorski, während er auf einem Kugelschreiber kaute.

»Oder unsere Software ist tatsächlich nicht so gut, wie du behauptest, Brian«, kam Roux zurück zum Thema. »Wir hatten vor einigen Tagen schon den Fall, dass die Software das Tier, das vor ihr stand, nicht erkennen konnte und es stattdessen als Schattenwolf aus *Game of Thrones* identifizierte. Du erinnerst dich?«

»Ich habe es euch damals gesagt, und ich wiederhole es: Das war kein Versehen. Es muss sich bei dem Tier um eine bislang unbekannte Tierart gehandelt haben!«

»Ach, Brian! Hör doch auf! Eine unbekannte Tierart mitten in Vorpommern? Die genauso aussieht wie der Schattenwolf in *Game of Thrones?* Willst du uns veralbern?«

»Ich habe die Fotoaufnahmen von dem Tier eingehend studiert

und einem Freund gezeigt, der Biologe ist. Er ist sich sicher, dass es sich nicht um einen Wolf handelt. Das Fell war röter, der Kopf massiver, der Körper gedrungener. Er hat mir erklärt, dass es solche Schattenwölfe bis vor dreizehntausend Jahren tatsächlich gab. Und so einer stand nun eben vor unserem Zaun! Ich habe ja auch keine Erklärung dafür, aber die KI macht keine Fehler! Das könnt ihr euch mit eurem begrenzten menschlichen Verstand einfach nicht vorstellen!«

Gorski wollte etwas entgegnen, wurde jedoch von Roux abermals unterbrochen. »Wenn ich die beiden Möglichkeiten gegeneinander abwäge, Brian, dass wir es hier mit einem Werwolf oder, wie in dem Fall neulich, mit einem Schattenwolf aus *Game of Thrones* zu tun haben oder aber unsere Software fehlerhaft ist, dann erscheint es mir wahrscheinlicher, dass die Software spinnt. Für mich heißt das, die Software ist peinlicher Schrott. Wenn das rauskommt, können wir zumachen.«

Austers Gesichtsfarbe näherte sich nun seiner rötlichen Haarfarbe an.

»Wer weiß noch davon?«, fragte Gorski.

»In Sachen Werwolf eine Werkstudentin«, sagte Roux. »Sie sitzt draußen.«

»Sie hat wie alle anderen auch eine Vertraulichkeitserklärung unterzeichnet. Wir sollten dennoch mit ihr reden und ihr mitteilen, dass der Fehler identifiziert und behoben wurde.«

»Und was ist, wenn es noch einmal geschieht?«, fragte Roux.

»Dafür, dass das nicht passiert, sorgt Brian.« Gorski wandte sich an den IT-Chef. »Ich erwarte, dass du den Fehler findest und beseitigst. Und zwar bis gestern!«

Auster schüttelte den Kopf. »Ich habe versucht, es euch zu erklären ...«

»Schluss jetzt!« Gorski schlug mit der flachen Hand auf den Tisch und sprang auf. »Wir sind kurz vor Abschluss der neuen Finanzierungsrunde. Ich erwarte, dass du dich kümmerst und mir nicht ernsthaft erzählst, dass da draußen ein Scheißwerwolf oder irgendwelche Fantasietiere vor unseren Kameras herumlaufen! Und du kümmerst dich um die Werkstudentin«, wandte er sich an Roux. »Ich will, dass nichts nach außen dringt!«

Roux nickte zustimmend, während Auster zusammengesunken mit düsterem Blick auf einen imaginären Punkt auf dem Konferenztisch starrte. »Ich baue auf euch!« Gorski ging zur Tür und verließ den Raum.

Roux seufzte. »Mach dir nichts draus, Brian. Keine Software ist fehlerfrei, und das weiß auch Gorski. Wir sind in der Beta-Phase. Weißt du, dass die Raumsonde Mariner 1 1962 nach dem Start abstürzte, weil die Programmierer einen winzigen Bindestrich im Programmiercode vergessen hatten?«

Brian löste sich aus seiner Starre. »Es war kein Bindestrich, sondern ein sogenannter Überbalken in der mathematischen Gleichung. Ich sage dir, Helen: Es gibt keinen Software-Fehler. Ich habe keine Ahnung, was sich da letzte Nacht in Vorpommern vor unserem Zaun gezeigt hat. Aber es war nichts, was wir bisher kennen.« Er erhob sich und ließ Roux allein zurück, die ihm mit sorgenvoller Miene hinterherschaute.

11

Es war eine gut fünfundzwanzigminütige Autofahrt zur Rechtsmedizin nach Greifswald. Obwohl es erst Mittag war, fühlte sie sich total gerädert. Die Suche am Morgen, der unbekannte Tote und vor allem der Anblick der vielen toten Schafe hatten an ihrer Seele gerüttelt. Der Tag war wie ein einziger Albtraum, aus dem es kein Erwachen gab. Sie hatte schon einmal so einen Tag erlebt. Sie rechnete: Bald dreißig Jahre war dies nun mittlerweile her.

Wusterhusen, 1995

Es war der Tag der Jugend-Kreismeisterschaften im Vielseitigkeitsreiten. Jenny trat mit dem Pony »Praline« an, das ihrem Reitverein gehörte und genauso agil war, wie sein Name es vermuten ließ, nämlich gar nicht. Sie war mit einer Freundin zum Gelände des Zucht-, Reit- und Fahrvereins Wusterhusen gefahren, der die diesjährige Meisterschaft für den Kreis Vorpommern ausrichtete, und wartete aufgeregt darauf, dass ihre Mutter Esther noch rechtzeitig vor ihrer Prüfung erschien, um zuzuschauen. Sie hatte noch einen Friseurtermin gehabt und meinte schon, es könne knapp werden. Es war das erste Turnier, an dem Jenny teilnahm, umso größer war ihre Aufregung. Die Minuten vergingen, und als schließlich ihr Name aus einem quakenden Lautsprecher aufgerufen wurde, war von Esther immer noch nichts zu sehen. Praline und sie absolvierten den Parcours erfolgreicher als erwartet, und nachdem alle Prüfungen vorbei waren, stand fest, dass sie den dritten Platz gemacht hatte. Vereinskameradinnen und Gegnerinnen gratulierten ihr, während Jenny weiterhin nach ihrer Mutter Ausschau hielt.
Als sie sie endlich sah, wusste sie, dass sie nicht beim Friseur gewesen war, sondern wieder getrunken hatte. Sie stapfte in ihren hochhackigen Schuhen wankend über das schlammige Gelände und schleuderte dabei ihre Handtasche, als sei sie ein Lasso. In ihrem knallgelben Kostüm war sie zu Jennys Scham nicht zu übersehen.

Ihre Haare waren das Gegenteil von frisch frisiert, wirkten eher wie eine verrutschte Perücke. Sie redete laut mit sich selbst und bedachte diejenigen, die ihr mit einer Mischung aus Furcht und Vorsicht auswichen, mit üblen Flüchen. Jenny sah zu, dass sie zu ihr kam, Praline am Zügel.

»Da bist du ja, mein Kind«, begrüßte Esther sie. »Wie siehst du bloß wieder aus? Hättest dich ja mal ein bisschen hübsch machen können für das Turnier«, legte sie nach.

Jenny hatte die guten Reitsachen nach der Schule nicht finden können, ihre Mutter hatte ihr entgegen ihrer Ankündigung am Morgen nichts herausgelegt. Vermutlich hatte sie mal wieder seit Tagen keine Wäsche gemacht, im Waschraum türmten sich die Berge. So hatte sie improvisieren müssen und sah in der Tat etwas unpassend aus, was ihr bereits peinlich genug war. Sie wollte einen Arm um ihre Mutter legen, um sie zurück zum Parkplatz zu schieben, doch ihre Mutter stieß sie weg.

»Fass mich nicht an, du stinkst nach Pferd. Wasch dich erst einmal!«, lallte ihre Mutter.

»Ich habe es auf das Podium geschafft«, sagte Jenny und präsentierte die Urkunde. Vielleicht bekam sie so ein schlechtes Gewissen, weil sie den Wettkampf verpasst hatte. Ihre Mutter nahm die Urkunde, hielt sie weiter weg, weil sie keine Lesebrille aufhatte oder zu betrunken zum Lesen war, und ließ sie dann fallen. Das schneeweiße Papier segelte auf den vom Regen der letzten Tage aufgeweichten Boden.

»Nur Dritter!«, platzte es aus ihrer Mutter heraus. »Es gibt Menschen wie dich, die auf einem Pferd sitzen, und es gibt Reiter. So eine gute Reiterin wie ich wirst du niemals werden!«

Jenny bückte sich und hob die Urkunde auf, doch es war zu spät, Matsch klebte überall. Sie spürte, wie ihr Tränen in die Augen stiegen. »Ich bringe das Pferd in den Stall, und dann möchte ich nach Hause!«, schluchzte sie.

»Erst will ich etwas trinken!«, verkündete ihre Mutter, ohne auf Jennys Tränen einzugehen, und zeigte auf den Getränkewagen, der neben Softdrinks auch Bier und Wein ausschenkte. Jenny wusste, wie es ausgehen würde, aber sie hatte das Pony zu versorgen.

Zwei Stunden später holte ihr Vater sie von der Unfallstelle ab. Sie waren kaum achthundert Meter weit gekommen. Obwohl der Baum, gegen den sie beim Überholen geschleudert worden waren, das Auto auf der Fahrerseite zermalmt hatte, war Jenny auf der Rückbank bis auf ein paar blaue Flecken vom Anschnallgurt unverletzt geblieben. Die Feuerwehr hatte sie aus dem Auto befreit, in dem sie einige Zeit schräg hinter ihrer toten Mutter hatte ausharren müssen, aber die Zeit kam ihr im Nachhinein vor wie Sekunden. Am schlimmsten aber war das gleichmäßige Ticken des noch eingerasteten Blinkers gewesen. Ihr herbeigerufener Vater hatte kein Wort gesprochen, als er endlich an den Unfallort kam. Minutenlang hatte er das Tuch, das die Leiche ihrer Mutter neben dem Autowrack bedeckte, angestarrt. Auch auf der Rückfahrt schwieg er. Erst als sie auf den Hof fuhren und er die schmutzige Urkunde bemerkte, die Jenny die ganze Zeit über in der Hand gehalten hatte, schaute er sie an und gratulierte ihr.

»Ich bin stolz auf dich«, sagte er und fügte hinzu: »Wir beide sind jetzt allein.« Er stieg aus und ging ins Haus. Als Jenny wenig später folgte, mittlerweile schmerzte auch ihr Nacken, saß ihr Vater in seinem Sessel vor dem Fernseher und schaute die Nachrichten.

Der Wagen hinter ihr hupte, weil die Ampel auf Grün umgesprungen war. Sie fuhr an. Schon lange hatte sie nicht mehr an diesen Tag gedacht. Die großartige Fähigkeit des Gehirns, schlimme Erinnerungen tief im Unterbewusstsein zu vergraben, funktionierte auch bei ihr. Sie orientierte sich kurz. Sie kannte die Rechtsmedizin in Greifswald gut, war als Tierärztin schon häufiger dort gewesen. Immer wenn der Verdacht auf einen Wolfsriss vorlag, arbeitete sie mit dem dortigen »Forensische-Genetik«-Team zusammen: Sie nahm als Tierärztin auf der Weide Proben am gerissenen Tier, die Rechtsmediziner analysierten sie. Wo die Abriebe am besten entnommen werden mussten, wie lange sich DNA-Spuren überhaupt hielten und was bezüglich einer möglichen Kontamination, zum Beispiel mit DNA von auf der Wiese herumlaufenden Hütehunden, bedacht werden musste, all dies hatte sie von den Rechtsmedizinern in Greifswald gelernt.

Auch jetzt hatte sie einen Kasten mit Proben im Kofferraum, die sie dort abgeben konnte, wenn sie Bruno in Empfang nahm. Der Gedanke an Bruno und die Tatsache, dass sie ihn gleich mit nach Hause nehmen konnte, löste in ihr ein wohliges Gefühl von Wärme aus. Zum ersten Mal hatte sie heute das Gefühl, sich im Strom der Ereignisse, der sie seit dem Morgen mit sich gerissen hatte, irgendwo festhalten zu können. Sie fand einen Parkplatz direkt gegenüber dem rechtsmedizinischen Institut und wollte gerade an der Tür des unscheinbaren gelben Gebäudes klingeln, als hinter ihr ein bekanntes Hundebellen ertönte. Bruno versuchte, an ihr hochzuspringen, wobei sie ihn mit einer Hand im Nacken kraulte. In der anderen hielt sie die Kiste mit den DNA-Proben von Schäfer Schulzes Wiese.

»Er musste mal raus«, begrüßte Staatsanwalt Frederik Bach sie und zog Bruno an der Leine zurück.

12

Zehn Minuten später saßen sie im Büro von Prof. Dr. Grothmann, dem leitenden Rechtsmediziner des Greifswalder Instituts. Vor ihr dampfte ein Becher mit heißem Instantkaffee. Bruno lag zu Jennys Füßen und machte einen zufriedenen Eindruck. Voller Unbehagen fiel ihr auf, dass der Staatsanwalt wieder auf einem Kaugummi herumkaute.

»Der Wolf ist also zurück«, resümierte Grothmann Jennys Erzählungen. »Ich denke, der DNA-Test ist in diesem Fall beinahe überflüssig, denn wer oder was tötet ansonsten fünfundfünfzig Schafe? Aber wir können daran wenigstens erkennen, ob es ein einziger Wolf war oder ein ganzes Rudel und zu welcher Population er gehört.«

»Fünfundfünfzig tote Schafe?« Bach zog die Brauen hoch und nahm einen Schluck Kaffee. »Das ist ja schrecklich!«

»Es war ein grausamer Anblick. Ich kann mich nicht daran gewöhnen.«

»Man gewöhnt sich niemals daran«, sagte Grothmann mitfühlend. »Anderenfalls sollte man seinen Job aufgeben.«

Jenny nickte. »Irgendwelche Spuren von meinem Vater?«, fragte sie. Nach der hektischen Begegnung am Morgen musterte sie den Staatsanwalt erstmals in Ruhe. Es war lange her, dass sie jemanden in einem Cordanzug gesehen hatte, aber er sah an ihm nicht altbacken, vielmehr chic aus. Seine leicht gebräunte Haut setzte sich von dem weißen Oberhemd ab, das er trug, und verlieh ihm ein gesundes Aussehen. Es schien so, als ob er eher ein Mann der leisen Töne wäre, was bei ihm aber nicht schüchtern, sondern überlegen wirkte. Insgesamt machte er einen kompetenten Eindruck.

Bach schüttelte den Kopf. »Leider noch nichts Neues.«

»Und das Blut?«

»Wir testen gerade mit dem Serum-Präzipitin-Test, ob es vom Tier oder Menschen stammt. Das wird aber mindestens bis heute Abend dauern. Die gute alte Uhlenhuth-Probe. Die Methode wurde übrigens vor hundertzwanzig Jahren hier in Greifswald erfunden. Wenn es Menschenblut ist, machen wir danach einen DNA-Test, um es einer Person zuzuordnen«, antwortete Grothmann.

»Hierfür brauchen wir dann bitte noch Proben von Ihrem Vater«, ergänzte Bach. »Zahnbürste oder Kamm wären gut.«

Jenny nickte. »Sie sagten, es gebe Neuigkeiten wegen des Toten am Hochsitz?«

»Deswegen bin ich eigentlich hier«, sagte Bach. »Wir haben die Leiche identifiziert. Bei dem Toten handelt es sich um Walter Gehrling. Sagt Ihnen der Name etwas?«

Jenny schüttelte den Kopf.

»Er wohnt in Lörrach und ist dort seit vorgestern als vermisst gemeldet. Er ist in Lörrach abends zur Jagd gegangen und nicht mehr wiedergekommen. Seine Familie hat eine Vermisstenanzeige aufgegeben.«

»Er verschwand auch auf der Jagd?«, fragte Jenny ungläubig.

Bach nickte.

»Wo liegt Lörrach?«

»Im äußersten Südwesten der Bundesrepublik. Im sogenannten Dreiländereck.« Bach griff in die Innentasche seiner Anzugjacke und holte sein Mobiltelefon hervor, öffnete den Bildschirm und las ab. »Lörrach ist genau 1068 Kilometer entfernt von hier.«

Jenny wusste nicht, was sie dazu sagen sollte. »Zwei Jäger verschwinden, einer taucht tausend Kilometer entfernt tot wieder auf, der andere bleibt vermisst. Was hat das zu bedeuten?«, dachte sie laut. »Wie ist er gestorben?«, drängte sich ihr plötzlich eine Frage auf. Sie bemerkte, wie Grothmann und Bach Blicke tauschten.

»Er wurde umgebracht?«, schlussfolgerte sie.

»Die Obduktion ist noch im Gange«, sagte Grothmann. »Aber so wie es aussieht, starb er durch einen Genickbruch, vermutlich ausgelöst durch den Sturz vom Hochsitz. Ich habe erst einmal zu den Kollegen Kontakt aufgenommen, die den Fall in Lörrach bearbeiten. Meine Hoffnung war, dass Ihnen der Name etwas sagt.«

Abermals schüttelte sie den Kopf.

Bruno gab japsende Laute von sich, sein Atem ging schnell. »Er träumt«, kommentierte sie. Vermutlich verarbeitete er die Aufregung der vergangenen Stunden. Sie senkte die Stimme, um ihn nicht zu wecken. »Und das Hakenkreuz-Graffiti mit dem Wort ›Mörder‹?«, flüsterte sie.

»Die Kriminaltechniker haben es gesichert, in der Tat scheint es frisch zu sein.«

Sie stellte sich vor, wie in einer Asservatenkammer im Polizeigebäude nun eine abmontierte Holzwand mit rotem Hakenkreuz stand.

»Ist bei Ihrem Vater eine Nazivergangenheit bekannt?«

»Wie meinen Sie das? Er wurde 1950 geboren!«, entgegnete sie. »Als Hitler starb, war er also noch nicht auf der Welt. Vielleicht galt das Graffiti diesem Jäger aus Lörrach. Wie hieß er gleich?«

»Walter Gehrling.«

In diesem Moment erwachte Bruno und schaute sich irritiert um. »Alles gut«, sagte Jenny und strich ihm sanft über den Kopf. Bruno erhob sich und drehte sich einmal um sich selbst.

»Ich denke, wir sind auch fertig«, bemerkte Grothmann mit dem Blick auf den unruhigen Hund. »Ich werde Sie natürlich über das Ergebnis der Blutproben informieren«, sagte er, während er sich erhob.

Zwei Minuten später standen Jenny und Bach vor der roten Eingangstür in der Greifswalder Kuhstraße.

»Haben Sie vielleicht noch Zeit, etwas essen zu gehen?«, fragte Bach mit Blick auf seine Uhr. Erst jetzt bemerkte Jenny, dass ihr Magen knurrte. »Gern«, sagte sie.

»Die Straße runter ist ein guter Imbiss, die Leute nennen ihn auch ›Café Leiche‹, weil dort den Tag über die Pathologen herumhängen.«

Sie musste lächeln. Das erste Mal am heutigen Tag. »Ich kenne mich ja nicht so aus, aber ist es normal, dass Sie sich als Staatsanwalt so sehr in die Ermittlungen einbringen? Ist das nicht eher etwas für die Polizei?«

Bach lächelte nun auch, wobei sie erfolglos nach dem Kaugummi in seinem Mund Ausschau hielt.

»Uns als Staatsanwaltschaft obliegt die Leitung der Ermittlung. In der Tat beauftragen wir damit in neunundneunzig Prozent der Fälle die Kollegen von der Polizei. Wenn es sich um besonders wichtige oder schwerwiegende Tatvorwürfe handelt, übernehmen meine Kolleginnen oder ich aber auch persönlich die Ermittlungen.«

»Und dies ist so ein wichtiger Fall?«

»Ihr Vater war offenbar gut bekannt mit dem Leitenden Oberstaatsanwalt, meinem Chef. Er hat mich heute Morgen aus dem Bett geklingelt.«

Das wusste Jenny nicht, aber ihr Vater war so ziemlich gut bekannt mit jedem. Ein begnadeter Strippenzieher, schon zu DDR-Zeiten hatten sie offenbar einen Haufen Privilegien genossen, von denen niemand so genau wusste, weshalb sie ihnen zustanden. Aber sie war damals zu klein gewesen, um sich zu erinnern.

»Und dann kam noch der Bericht der Zeugin, die einen Wolf gesehen haben will. Wenn der Begriff Wolf im Zusammenhang mit toten oder vermissten Personen fällt, werden alle im Justizministerium sehr nervös, und der Druck kommt auch bei uns Staatsanwälten an.«

»Sie glauben immer noch, dass der Wolf etwas mit Jos Verschwinden zu tun hat? Und was ist mit dem Toten am Hochsitz?«

»Die beiden Männer treffen sich zur Jagd oder sind unabhängig voneinander jagen. In der Nähe des Autos fällt der Wolf Ihren Vater an und verletzt ihn. Walter Gehrling flieht vor dem Wolf, sucht verzweifelt auf dem Hochsitz Schutz, indem er die Leiter hinaufklettert. In Panik verfehlt er eine Stufe, oder aber der Wolf holt ihn ein und packt ihn am Mantel, der dabei zerreißt. Gehrling fällt die Leiter hinunter und bricht sich das Genick.«

»Und danach sprüht der Wolf das Wort ›Mörder‹ und ein Hakenkreuz auf den Hochsitz und flieht«, ergänzt sie. »Das ist Unsinn! In der Bundesrepublik Deutschland ist kein Wolfsangriff auf Menschen dokumentiert, eher werden sie vom Blitz erschlagen oder sterben bei einem Autounfall. Und niemand in diesem Land hat vergleichbare Panik vor Gewittern oder Autos.«

»Das mag sein, aber der Wolf ist schon lange ein Politikum. Wie die Kernkraft, die Migration oder das Gendern. Man ist dafür oder dagegen, und eine der beiden Seiten wird ständig befeuert und wiegelt damit die andere Seite auf.«

Mit dieser Aussage hatte Bach recht. Obwohl sie erst kurz im Amt war, hatte auch sie als Wolfsbeauftragte den Druck, der von den verschiedenen Seiten auf sie ausgeübt wurde, bereits zu spüren bekommen.

»Besser, wir beweisen rasch, dass Sie recht haben und hinter dem Tod Gehrlings und dem Verschwinden Ihres Vaters kein Wolf steckt«, sagte Bach. »Und am besten tun wir das, indem wir Ihren Vater wohlbehalten auffinden. Nur er weiß, was letzte Nacht wirklich geschehen ist.«

Sie spürte, wie sich ihr Puls bei Bachs Ausführungen beschleunigte, und brauchte einen Moment, um diese Reaktion zu verstehen: Zum ersten Mal seit Stunden machte sie sich die Möglichkeit bewusst, dass Jo wieder lebend auftauchen könnte. Und dieser Gedanke erschreckte sie.

13

Lars Zimmermann gähnte. In der Redaktion des *Greifswalder Boten* war es bemerkenswert ruhig. Die Volontärin war ausgerückt, um über den Willkommenstag der Azubis am Universitätsklinikum Greifswald zu berichten, zwei der Redakteure hatten sich gleichzeitig krankgemeldet, was den lange vorhandenen Verdacht erhärtete, dass sie etwas miteinander hatten, und Klara, die stellvertretende Chefredakteurin, war bei einer Pressekonferenz anlässlich des 250. Geburtstags von Greifswalds bekanntestem Sohn Caspar David Friedrich. Das berühmte Sommerloch hatte es dieses Jahr nicht gegeben: Ein erneuter Bürgerentscheid über geplante Container für Asylsuchende, Streit über den Ausbau von Windkrafträdern und eine Posse um die Abschaffung von Straßenbaubeiträgen hatten für genügend Unruhe gesorgt, um wochenlang die Seiten der kleinen Regionalzeitung zu füllen. Doch jetzt herrschte eine Flaute, und zwar nicht nur im redaktionellen Teil. Eigentlich störte ihn dies nicht, denn er war dem Stress der Großstadt vor einigen Jahren entflohen, um hier am Greifswalder Bodden seine Work-Life-Balance, wie die jungen Menschen es nannten, aufzupolieren und in Ruhe zu angeln.

Aber die Auflagenzahl des *Greifswalder Boten* war über die vergangenen Jahre stetig geschmolzen, und auch die Anzeigenkunden zogen sich immer mehr zurück. Wo man früher mühelos noch eine ganze Seite verkaufte, verhandelte man heute bestenfalls über ein Viertel. Auch die umsatzstarken Beilagen wurden immer weniger. Gerade gestern hatte er ein unangenehmes Telefonat mit den Eigentümern der Zeitung, einer Mediengruppe aus dem Saarland, geführt. Sie hatten über die Möglichkeit gesprochen, die Printausgabe nur noch einmal in der Woche erscheinen zu lassen oder ganz einzustampfen und sich auf die Online-Ausgabe zu konzentrieren. Letzteres wäre für ihn ein Graus, er war noch vom alten Schlag, musste Papier und Druckerschwärze riechen, am Frühstückstisch das Knittern der Zeitung hören. Und mit Online-Ausgaben konnte man keine Mücken erschlagen, und davon gab es hier in diesem Spätsommer extrem viele. Er kratzte sich am Unterarm und streckte sich.

»Wir brauchen mal wieder eine Sensation«, hatte der Vorstandsvorsitzende der Muttergesellschaft gefordert. »Etwas, das den Karren aus dem Dreck zieht.«

Eine Sensation in Vorpommern. Er musste laut lachen. Gerade hatte er einen Artikel über den Besuch zweier Streichelponys in der Pommernseniorenresidenz in der Tallinner Straße in den Online-Auftritt eingestellt, und nun knurrte sein Magen. Er würde das Büro abschließen und angeln gehen. In diesem Moment meldete der Computer den Eingang einer E-Mail. Vermutlich eine weitere Einladung zum rotarischen Entenrennen oder maritimen Kinderfest im Museumshafen. Gelangweilt öffnete er den Eingangskorb und stutzte. Der Absender der E-Mail lautete »Aletheia Anonym«. Kurz überlegte er, sie in den Spam-Ordner zu verschieben, doch dann besann er sich, dass sie immer noch eine Zeitung waren. Aus seiner Zeit beim *Stern* in Hamburg kannte er noch den Umgang mit Informanten. Erinnerte sich an die große Geheimhaltung, wenn es um anonyme Tippgeber ging. Aber die Zeiten, in denen er Sensationsnachrichten und Skandalen nachjagte, waren lange vorbei.

Der Betreff der E-Mail lautete allerdings »Werwolf in Vorpommern«, was in ihm eine gewisse Enttäuschung verursachte. Doch nur irgendein Ramsch. Er öffnete die E-Mail und begann zu lesen.

»Sehr geehrter Herr Zimmermann,
das Unternehmen *Fenceattack* ist führend in der Entwicklung von Zäunen, die mit künstlicher Intelligenz gesteuert werden. Hauptaufgabe ist die Erkennung und Abwehr von Eindringlingen jeder Art, wobei der Zaun auf verschiedene Verteidigungsmechanismen zurückgreifen kann. Am 01.09. um 4 Uhr nachts haben die Kameras und Sensoren des Zauns einen Angreifer identifiziert. Die künstliche Intelligenz von *Fenceattack* ist aufgrund Trainings mit Millionen von Vorbildern unfehlbar und hat den Angreifer dennoch als ›Wolfsmenschen‹ identifiziert – d. h. halb Wolf, halb Mensch. Innerhalb des Unternehmens soll

dies vertuscht werden, um kein Aufsehen zu erregen. Anbei ein Screenshot der Nacht. Unten rechts erkennen Sie die Kategorisierung der KI. Ich dachte, Sie interessiert dies vielleicht. Suchen Sie nicht nach mir, und behandeln Sie den Absender dieser Nachricht vertraulich. Dann melde ich mich bald erneut bei Ihnen.
Aletheia«

Er las die E-Mail noch einmal. Dann öffnete er nach kurzem Zögern den Anhang, der aus einer einzigen Bilddatei bestand. Zu sehen war eine Schwarz-Weiß-Aufnahme, die ganz offenbar nachts aufgenommen worden war, aber technisch so sehr aufgehellt war, dass Einzelheiten glasklar herausstachen. Der Boden wirkte auf den ersten Blick, als sei er verschneit, doch bei genauerem Hinsehen erkannte er knöchelhohes Gras, das lediglich durch den starken Kontrast weiß wirkte. Im hinteren Bereich des Bildes war eine Reihe halbhoher Bäume zu sehen, auf deren Stämmen er eindeutig die Maserung von jungen Birken erkannte. Im rechten Bildausschnitt säumten Büsche das Bild, die vereinzelt auch zwischen den Birken wuchsen. Sein Blick verharrte in der Mitte der Aufnahme, in der zwei Augen wie kleine Leuchtdioden in die Kamera blickten.

Sie gehörten zu einem Kopf, der allerdings weitestgehend hinter einem Busch verborgen war. Viel konnte man nicht erkennen, mit einiger Fantasie identifizierte man eine Wolfsschnauze. Auch der Körper wurde von den Büschen verdeckt. Ungewöhnlich war die Höhe, in der die Augen erschienen; im Verhältnis zu den Birken schätzte er die Höhe auf gute 1,80 Meter. Er schob sich näher zum Bildschirm heran und kniff die Augen zusammen, um auch ohne seine Lesebrille mehr Einzelheiten zu sehen. Im Zwielicht der Zweige glaubte er so etwas wie die Umrisse einer menschlichen Hand zu erkennen, es konnte aber auch eine optische Täuschung sein. Über die Erscheinung war grafisch ein schmales rotes Kreuz gelegt, das an ein Zielfernrohr erinnerte. Er nahm den Kopf zurück und schaute sich den unteren Bildrand an, auf dem links »*Fenceattack*« und rechts »Category: *Wolve // Human*« stand.

Ratlos lehnte er sich in die Lehne des billigen Bürosessels zurück und atmete tief durch. Er dachte einen Moment nach, dann streckte er sich und gab auf der klobigen Tastatur, deren Tasten im Laufe der Zeit bereits einige der aufgedruckten Buchstaben verloren hatten, das Wort »Aletheia« ein. Er drückte Enter und schaute auf die von der Suchmaschine gelieferten Ergebnisse. »Göttin der Wahrheit«, las er den ersten Treffer leise ab und wechselte zurück zur Fotoaufnahme. Nachdenklich strich er sich erneut über die Stoppeln seines Dreitagebarts. Dann hatte er eine Entscheidung getroffen. Er würde jetzt angeln gehen. Ein Werwolf! Sicher, beim *Stern* hatten sie damals auch Hitlers angeblichen Tagebüchern nachgejagt. Aber ein Werwolf: Das war selbst ihm zu verrückt. Jetzt war er beim *Greifswalder Boten,* jetzt war er Angler, auch als Journalist. Er schob die E-Mail in den virtuellen Mülleimer, nahm seine Jacke und verließ die Redaktion.

14

Sie saßen auf Plastikstühlen an einem runden Tisch und aßen. Der Staatsanwalt hatte Gyros bestellt, sie war beim Salat geblieben, den Schafskäse ließ sie heute weg.

»Sie essen kein Fleisch?«, fragte Bach.

»Nur selten und keins aus dem Supermarkt. Wenn überhaupt, nur welches, das ich selbst geschossen habe. Jegetarierin nennt man das wohl.«

Bach stutzte, während er einen Schluck aus einer Wasserflasche nahm. Er hatte mit, sie ohne Kohlensäure bestellt. »Sie jagen auch?«

»Seit ich sechzehn bin. Mein Vater«, sie verbesserte sich, »Jo hat mich schon als Kind mit zur Jagd genommen. Ich bin damit groß geworden.«

»Tierärztin und Jägerin, wie passt das denn zusammen?«

Sie schaute auf. »Sie sind doch auch Jurist und Staatsanwalt.«

»Wie meinen Sie das? Das schließt sich ja nicht aus!«

»Tierärztin und Jägerin auch nicht. Sie verfolgen die Kriminellen, um die Rechtschaffenen zu schützen, und dienen so der Gesellschaft. Ähnliches tue ich als Jägerin. Ohne uns Jäger würden sich bestimmte Wildarten unkontrolliert ausbreiten mit verheerenden Folgen für das gesamte Ökosystem und somit auch für die Gesellschaft. Und wir tun viel mehr als nur jagen. Wir richten Ruhezonen ein, pflegen Brutplätze, sammeln Daten über das Wild. Manchmal füttern wir es im Winter sogar oder helfen bei der Verabreichung von Medikamenten.« Sie hatte sich in Rage geredet. Normalerweise störte es sie nicht mehr, wenn man sie angriff, weil sie Jägerin war. Aber heute machte es sie sauer. »Laut Studien gehen fünfzig Prozent der Baumarten durch Wildverbiss verloren, was die Vielfalt des Waldes bedroht. Ohne Wildmanagement kein Waldmanagement. Wussten Sie das?«

Er schüttelte den Kopf. »Das sind für mich alles nur Ausreden. Die Natur ist meines Erachtens immer am besten dran, wenn man sie einfach in Ruhe lässt. Ohne uns Menschen würde sie doch auch überleben! Wenn Sie mich fragen: Am Ende wollen nur ein paar Schießgeile im Wald legal ihren Jagdinstinkt ausleben. Von Mordlust will ich mal nicht sprechen, und Sie mögen mit Ihrem Idealismus eine löbliche Ausnahme sein.«

Nun spürte sie richtige Wut in sich aufsteigen. Vermutlich wollte er sie mit seinen Worten nur provozieren, und das war ihm gelungen.

»Wissen Sie, dass ich als Jägerin ständig mit genau solchen Vorurteilen und Pöbeleien konfrontiert bin? Dass ich auf Instagram sogar Morddrohungen bekomme, weil ich dort über meine Jagd berichte? Dass manche Menschen lieber mich als ein Stück Wild tot sehen würden?«

»Das wusste ich nicht«, sagte Bach ernsthaft betroffen, während er sich den Mund mit einer Papierserviette abwischte. »Das ist auch nicht in Ordnung. Rufen Sie mich an, wenn das wieder passiert, dagegen kann man etwas tun. Bedrohung im Internet ist eine Straftat!«

»Dann müssten wir wohl jeden Tag telefonieren! Dabei frage ich mich: Was ist besser? Ich, die ihr Fleisch selbst erlegt, oder Sie, der industriell gefertigtes Gyros in sich reinschiebt. Wer musste wohl mehr leiden? Ihr Schwein oder mein Reh?«

Bach schaute betroffen auf den Rest Gyros auf seinem Teller.

»Glauben Sie mir, ich weiß, was es bedeutet, ein Tier zu erlegen«, fuhr sie fort. »Nachdem ich es geschossen habe, ehre ich es, gedenke ihm in einer stillen Minute. Aber mit dem Schießen ist es nicht getan. Danach werden noch im Wald die Organe entnommen. Ich ziehe das Fell ab und zerlege das Tier höchstpersönlich, mit meinen eigenen Händen. Ich weiß, woher das Fleisch auf meinem Teller stammt, was ich esse und was dafür getan werden musste. Sie hingegen, Sie gehen einfach in den Supermarkt und kaufen sich eine Packung Fleisch, als würde es dort im Regal wachsen. Und ich möchte gar nicht wissen, unter welchen prekären Umständen Ihr Schwein aufgezogen wurde und am Ende gestorben ist, damit Sie es hier für ein paar Euro inklusive Pommes und Zaziki verzehren können.«

Bach legte seine Gabel zur Seite. »Toll, jetzt habe ich keinen Appetit mehr.«

»Sie haben angefangen«, sagte sie und schob sich demonstrativ ein Salatblatt in den Mund.

»Ich habe gerade ein Ermittlungsverfahren auf dem Tisch. Wir haben nach einem Hinweis des amtlichen Pflanzenschutzdienstes auf einem Gewerbehof achtzehn Tonnen in Europa nicht zugelassene hochgiftige Pflanzenschutzmittel sichergestellt. Danach haben wir bei neununddreißig Ankäufern Razzien durchgeführt und insgesamt achtundzwanzig Ermittlungsverfahren eingeleitet. Einige der Beschuldigten haben auch Salat angebaut, nicht weit von hier entfernt.«

Jenny brauchte einen Moment, um den Themenwechsel nachzuvollziehen, dann legte auch sie ihre Gabel auf dem Tellerrand ab und lehnte sich mit verschränkten Armen zurück. Einen Moment herrschte Schweigen.

»Ich muss mich entschuldigen«, unterbrach Bach schließlich die Stille. Auf seiner rechten Wange bemerkte sie eine kleine, lang verheilte Narbe, über deren Herkunft sie nachgrübelte.

»Sie hatten heute einen so schrecklichen Tag, und ich provoziere Sie auch noch.«

»Es geht schon«, entgegnete sie nicht ohne Trotz. Tatsächlich fühlte sie in diesem Moment eine große Erschöpfung in sich aufsteigen. Sie spürte, wie er sie mit seinen grünen Augen musterte.

»Sie waren nicht besonders eng mit Ihrem Vater?«, fragte er schließlich.

»Es ist kompliziert«, entgegnete sie in einem Tonfall, der verdeutlichte, dass sie nicht darüber sprechen wollte.

Bach nickte verständnisvoll, und es schien nicht gespielt.

»Macht mich das verdächtig?«, fragte sie.

Bach fixierte sie mit ernstem Blick, als dächte er wirklich über ihre eigentlich spaßig gemeinte Frage nach. »Nicht mehr oder weniger als jeder andere«, entgegnete er schließlich.

Wenn sie es recht bedachte, hatte er gar nicht so unrecht: Sie hatte durchblicken lassen, dass sie kein besonders gutes Verhältnis zu ihrem Vater hatte. Zudem war sie wohl die Letzte, die ihn lebend gesehen hatte. Und hätte Bach die Wahrheit gekannt, hätte sich der Verdacht noch erhärtet, denn sie hatte durchaus einen Grund gehabt, Jo zu hassen.

»Was denken Sie gerade?«, wollte Bach wissen.

»Die Aussage der Zeugin, die das Auto meines Vaters gefunden hat, kommt mir merkwürdig vor«, sagte sie. »Groß wie ein Kalb soll der Wolf gewesen sein, den sie gesehen hat, haben Sie heute Morgen gesagt. Einen gedrungenen Körper, rotes Fell und kurze Beine soll er gehabt haben. Das klingt alles erst einmal nicht nach einem typischen Wolf.«

»Ich selbst konnte auch noch nicht mit ihr reden, nur die Kollegen von der Polizei. Als ich am Wasserturm ankam, war sie bereits fort, weil sie zur Arbeit musste. Wir können zu ihr fahren und sie gemeinsam befragen, das hatte ich sowieso noch vor.« Er lächelte sie an, und eine Reihe blendend weißer Zähne kam zum Vorschein.

Sie spürte, wie ihr plötzlich das Blut in die Wangen schoss, und sie konnte es sich nicht recht erklären. »Ich soll Sie begleiten?«

»Sie sind die Wolfsbeauftragte«, entgegnete Bach. »Na ja, und ich habe kein Auto.«

»Und Sie bekommen von der Staatsanwaltschaft auch keines gestellt?«, fragte sie verwundert.

»Ich habe keinen Führerschein.«

15

Bach kontaktierte die Zeugin via Handy, während er neben Jenny auf dem Beifahrersitz saß. Sie hieß Marie Maertens, was ihr nichts sagte, und arbeitete als Angestellte in einem Notariat in Anklam.

Bruno durfte heute ausnahmsweise auf der Rückbank liegen. Es war nicht der schlimmste Tag in seinem Hundeleben gewesen, aber vielleicht der zweitschlimmste. Sechs Jahre war es her, dass Jo ihn eines Abends zu ihr in die Tierklinik gebracht hatte.

Neubrandenburg, 2018

Sie hatte Nachtschicht in der Tierklinik und stellte sich aufgrund der Ferienzeit auf eine eher ruhige Nacht ein, als kurz vor Mitternacht plötzlich Jo in ihrem Behandlungsraum stand. Sonst mit einer stoischen Ruhe ausgestattet, wirkte er an diesem Abend aufgewühlt und durcheinander. Die Jagdkleidung, die er trug, war durchnässt und schmutzig. Seine Haare klebten nass an der Stirn, und auf seiner Jacke erkannte sie frisches Blut.

»Ich habe einen halb toten Hund auf der Rückbank«, raunte er ihr zu, bevor sie hatte fragen können. Gemeinsam liefen sie zu seinem Auto, das Jo direkt vor dem Eingang geparkt hatte. In einer Wanne, in der Jo normalerweise das erlegte Wild transportierte, lag zusammengekauert ein junger Rüde. Während sie die Kiste zu zweit durch den strömenden Regen hineintrugen, sah sie das Blut, das sich auf dem Wannenboden gesammelt hatte. Es war ein Weimaraner mit mausgrauem Fell, und auch wenn er die Augen geschlossen hielt und sie so die für Welpen typische himmelblaue Farbe nicht sehen konnte, erkannte sie doch, dass es noch ein sehr junger Hund war.

»Was ist passiert?«, schrie sie gegen eine Sturmböe an.

Jo antwortete nicht, sondern deutete nur auf die Stufe vor dem Eingang, damit sie nicht stolperte. Gemeinsam mit den beiden Helferinnen hoben sie den Hund auf den OP-Tisch. »Er hat einen Durchschuss am Becken«, schnaufte Jo außer Atem, bevor sie ihn raus-

schickte. Zwei Stunden später kam sie in den Warteraum, wo Jo, gehüllt in eine Decke, zusammengesackt auf einem der Stühle schlief.
»Hat er überlebt?«, fragte er, als sie ihn sanft weckte.
»Was ist passiert?«, wollte sie wissen.
Jo richtete sich auf und rieb sich über das Gesicht. Seine Kleidung war noch immer klamm, er wirkte müde. »Ich habe ihn gefunden. In der Nähe der Deponie. Ich kauerte in einer Senke vor einem Maisfeld, als ich hinter einem Brombeerbusch das Jammern hörte. Erst dachte ich, es wäre ein Igel oder Rehkitz, aber dann fand ich ihn.«
»Wer hat auf ihn geschossen?«, wollte sie wissen.
»Du weißt, wie das läuft«, entgegnete er düster.
Sie verstand sofort, was er meinte. Es war ein unausgesprochenes Geheimnis, dass manche der älteren Jäger ihre Jagdhunde, wenn diese nicht gehorchten oder sie mit ihren Leistungen in der Jagdausbildung unzufrieden waren, des Nachts in den Wald brachten und erschossen. »Du meinst, es war Absicht?«, fragte sie entsetzt.
»Jedenfalls hat man ihn einfach liegen lassen. Wird er es überleben?«
»Ich habe mein Bestes gegeben. Er hat viel Blut verloren, und die Wunde war von dem vom Regen aufgeweichten Boden stark verunreinigt. Aber bis hierher hat er es schon einmal geschafft.«
Jo nickte und erhob sich. »Ich gehe nach Hause«, sagte er. »Soll ich dich mitnehmen?«
Sie lächelte. »Danke, aber ich habe noch sechs Stunden vor mir.«
»Wie läuft es mit diesem André?«, fragte ihr Vater, als er vor ihr stand.
»René«, verbesserte sie. »Alles bestens.«
»Ich hoffe, er behandelt dich gut.«
»Ich weiß«, sagte sie lachend. »Sonst kommst du mit deinem Jagdgewehr.«
Nun musste auch er ein wenig lächeln. »Vielleicht schaust du mal wieder zum Mittagessen vorbei. Du kannst ihn ja mitbringen.«
»Das werde ich!«
»Und ruf mich an, wenn es Bruno besser geht!«

»Bruno?«

»So heißt er jetzt.«

»Alles klar!« Sie umarmte ihren Vater und sah zu, wie er die Klinik verließ. »Bruno«, wiederholte sie und spürte ein Frösteln, das sie sich nicht erklären konnte.

»Ja oder nein?« Sie schaute in das erwartungsvolle Gesicht des Staatsanwalts. »Ob Sie gegen oder für den Abschuss des Wolfs sind. Ich meine, die Jägerschaft würde ihn lieber heute als morgen tot sehen. Als Wolfsbeauftragte des Kreises müssen Sie aber wohl eher auf der Seite des Wolfs sein, oder?«

»Da ist viel Emotionalität in dem Thema«, entgegnete sie vorsichtig. »Ich frage mich manchmal, ob diese negative Sicht auf den Wolf etwas mit dem Bild zu tun hat, das uns allen in unserer Kindheit via Märchen vermittelt wurde.«

»Märchen?«

»In *Rotkäppchen* ist der Wolf eine niederträchtige Figur, die eine alte Frau gefressen hat und dazu noch versucht, ein Kind zu überlisten. Bei *Der Wolf und die sieben Geißlein* verschlingt er gleich sechs von ihnen. Wir haben den Wolf jahrhundertelang dämonisiert und müssen uns nicht wundern, wenn man heute Angst vor ihm hat. Aber natürlich ist es ein Problem, wenn der Wolf in einer Nacht fünfundfünfzig Schafe tötet. Und wenn ich die grausam zugerichteten Kadaver sehe und regelmäßig verletzte Tiere einschläfern muss – wie soll ich da nicht auf die Idee kommen, den Wolf ins Bundesjagdgesetz aufzunehmen? Es ist schwierig.«

Bach verzog die Mundwinkel. »Ihr Vater hat das offenbar weniger differenziert gesehen«, spielte er auf die Erzählung des Polizeibeamten an, der am Morgen berichtet hatte, dass Jo in der Kneipe damit geprahlt hatte, den Wolf töten zu wollen, wenn er ihm begegnete.

»Jos Gabe war, die Dinge zu vereinfachen. Manchmal wünschte ich mir, ich könnte das auch.«

»Hatte er irgendwelche Feinde?«

Eine Frage wie aus einem *Tatort*-Film, dachte Jenny. Offenbar standen die Ermittlungen tatsächlich ganz am Anfang.

»Er hatte wenige Freunde. Aber ich denke nicht, dass er mit jemandem wirklich über Kreuz lag. Allerdings habe ich in den letzten Jahren kaum Einblick in sein Leben gehabt, ich bin gerade erst zurück zu ihm auf den Hof gezogen.«

Aus dem Augenwinkel sah sie, wie Bach sie musterte.

»Es sollte nur vorübergehend sein«, ergänzte sie. »Ich habe mich gerade von meinem Lebenspartner getrennt.«

Bach nickte und verzichtete auf Nachfragen. Er griff in die Innentasche seines Jacketts und holte eine Packung Kaugummis hervor.

»Können Sie das lassen?«, bat sie.

»Was?«, fragte er überrascht.

»Das Kaugummikauen. Ich habe damit ein Problem.«

»Ein Problem womit?« Er klang irritiert.

»Wenn jemand Kaugummi kaut. Das klingt vielleicht ein wenig irre, nennt sich aber Misophonie. Bestimmte Geräusche machen mich einfach wahnsinnig. Und dazu gehören Kaugeräusche. Oder Atmen.«

»Oh, das tut mir leid«, sagte Bach und steckte das Kaugummi wieder weg. »Soll ich auch aufhören zu atmen?«

»Geht schon.« Sie musste lächeln, bemerkte aber, dass ihr Beifahrer begann, auf den Fingernägeln zu kauen.

»Ist vielleicht auch besser, wenn ich weniger davon nehme. Ich versuche, mir das Rauchen abzugewöhnen.«

»Es sind Nikotinkaugummis?«

»Ich kaue davon viel zu viele.«

»Sorry, das wusste ich nicht«, sagte sie. Nun fühlte sie sich schlecht. »Dann nehmen Sie ruhig eins, bevor Sie noch Ihre Fingernägel aufessen!«

»Schon gut! Ich sollte Sie mit meiner Sucht nicht auch noch belästigen. Ich nehme stattdessen einfach schnell ein paar Kilo zu!«

Sie musste erneut schmunzeln und wunderte sich über sich selbst. Normalerweise behielt sie die Tatsache, dass sie unter Misophonie litt, für sich. Sie schaute auf das Navi, das sie anwies, in einhundert Metern von der Bundesstraße 109 in eine Nebenstraße abzubiegen.

»Warum haben Sie eigentlich keinen Führerschein?«

Bach zuckte mit den Schultern. »Nach dem Abitur bin ich nach Berlin gegangen. Da brauchte man keinen Führerschein.« Bei der

Erwähnung von Berlin spürte sie einen Stich in der Brust. »Und danach fehlte mir irgendwie die Zeit. Oder die Lust.«

»Und wie kommen Sie hier ohne Auto aus?«

»Ich finde eigentlich immer eine Dumme, die mich fährt.«

Sie schaute zu ihm herüber und erntete ein freches Grinsen.

»Vielen Dank!«, sagte sie.

Er strich sich über das Gesicht, wobei sie über dem schmalen schwarzen Fitnesstracker, den er trug, erneut das Tattoo auf seinem Unterarm bemerkte. Es schien der Abschluss eines größeren Motivs zu sein.

»Darf man als Staatsanwalt Tattoos tragen?«, fragte sie.

Bach zog rasch den Ärmel seines Sakkos mitsamt der Hemdmanschette herunter, sodass das Tattoo wieder vollständig verdeckt war.

»Ist die Frage nicht ein wenig spießig?«, entgegnete er.

»Sie haben einen spießigen Job!«

Er zuckte mit den Schultern. »Bei der Einstellung hat es niemand bemerkt, und ich denke, ein Grund, mich aus dem Dienst zu entlassen, ist es nicht. Vielleicht lasse ich mir einmal, um alle zu provozieren, ein Paragrafenzeichen auf den Hals tätowieren.«

Sie schaute zu ihm herüber, ob er es ernst meinte, konnte seine Miene aber nicht eindeutig lesen. Sie selbst hatte keine Tätowierung. Weniger aus Spießigkeit, sondern weil sie sprunghaft war: Was sie heute liebte, konnte sie morgen verabscheuen. Ein Tattoo aber hatte etwas Endgültiges. Vielleicht mochte sie es auch einfach nicht, sich festzulegen, und war deshalb mit zweiundvierzig noch allein. Wobei dies derzeit eher unfreiwillig war. »Wir sind gleich da«, wechselte sie das Thema.

16

Das Notariat lag zentral am Marktplatz von Anklam. Sie fanden einen Parkplatz und gingen das letzte Stück zu Fuß, Bruno hatte sie nach der vergangenen Nacht nicht im Auto lassen wollen und mitgenommen. Marie Maertens stellte sich als tierlieb heraus und begrüßte Bruno überschwänglich, bevor sie sie in ein Konferenzzimmer der Kanzlei führte.

»Das ist Jenny Rausch, sie ist Wolfsbeauftragte des Kreises«, stellte Bach sie vor, nachdem er selbst einen Ausweis vorgezeigt hatte, der ihn als Staatsanwalt zu erkennen gab. Sie beide bedienten sich an den Getränken auf dem Konferenztisch, während Bruno eine Schale mit frischem Wasser hingestellt bekam.

»Haben Sie den Mann mittlerweile gefunden?«, fragte Marie, als sie ihnen gegenübersaß. Sie war eine zierliche Frau mit langen braunen Haaren und braunen Augen. Sie war etwas kleiner als Jenny, schien allerdings sehr fit zu sein. Sie trug Hose und Bluse, und man sah, dass sie regelmäßig Sport trieb. Ihr Alter war schwer zu schätzen, Jenny vermutete, dass sie über fünfzig war, auch wenn sie jünger aussah.

»Leider nein«, entgegnete Bach, ohne zu erwähnen, dass sie die Tochter des Vermissten war. »Wir sind noch dabei, den Sachverhalt zu klären, und daher wollte ich auch noch einmal mit Ihnen sprechen«, fuhr er fort.

»Ich habe den Polizisten heute morgen alles erzählt. Ich wüsste nicht, wie ich noch weiterhelfen könnte.«

Marie Maertens kniff die Lippen zusammen, was wohl Bedauern ausdrücken sollte. Sie selbst hatte einen roten Kaffeebecher vor sich stehen, auf dem »Best Mom« stand.

»Vielleicht berichten Sie mir noch einmal, was heute Morgen passiert ist«, bat Bach sie.

Sie nickte. Ihr Blick wanderte in Richtung Decke, offenbar überlegte sie, wo sie mit der Erzählung beginnen sollte.

Beim Wasserturm, am Morgen gegen 6 Uhr

Marie Maertens prallte jeden Morgen gegen eine imaginäre Wand. Egal, wann sie ins Bett ging, um Punkt 5:30 Uhr war die Nacht für sie beendet, und sie wachte auf. Danach war an Weiterschlafen nicht mehr zu denken, und so hatte sie gelernt, das Beste aus der morgendlichen Schlaflosigkeit zu machen. Wenn sie nicht Wäsche bügelte – bei einer vierköpfigen Familie fiel so einiges an – oder einmal an sich dachte, in der Küche saß und ein E-Book las, ging sie laufen. Manchmal sogar dreimal pro Woche. Sie hasste es, beim Joggen Leuten zu begegnen, fand, dass Laufen, in engen Sportklamotten und vor Anstrengung laut keuchend, eine private Angelegenheit war. Aus demselben Grund ging sie auch nicht in Fitnessstudios, sondern trainierte lieber im heimischen Keller.

So war sie also auch am heutigen Morgen aus den Federn gesprungen, hatte sich aus dem Schlafzimmer geschlichen, um ihren Mann nicht zu wecken, ihre Sportklamotten angezogen und war losgelaufen. Da es Richtung Herbst ging, wurde die Morgenluft bereits kühler, was das Atmen angenehm erfrischend machte. Sie lief ihre Hausstrecke: ein kurzes Stück an der Bundesstraße, die selbst um diese Uhrzeit bereits gut befahren war, dann über einen Feldweg, der in einer großen Acht einmal am Wasserturm entlang, vorbei an Feldern und Wiesen, zurück zu ihrem Haus führte.

In den vergangenen Wochen hatte sie wegen des schrecklichen schwarzen Zauns, der beinahe über Nacht errichtet worden war, ihre Laufroute ändern müssen. Allein dies führte dazu, dass sie an diesem Morgen an dem Landrover vorbeikam, der nahe der Böschung abgestellt war. Er hatte ein örtliches Kennzeichen, und am Tau auf den Scheiben war zu erkennen, dass er länger nicht bewegt worden war. Während sie noch überlegte, was es mit dem Auto auf sich hatte, und lieber einen großen Bogen darum machte – man wusste ja nie –, hörte sie plötzlich ein weit entferntes dumpfes Bellen. Es war eines von der verzweifelten Sorte. Sie selbst hatten keine Hunde, aber ihre Mutter besaß einen. Es war diese Art von Bellen, das der Hund ausstieß, wenn er neben der leeren Wasserschale oder vor einer verschlossenen Tür saß und auf sich aufmerksam machen wollte. Irritiert blieb sie stehen und schaute sich um, bis sie begriff, dass die Geräusche aus dem Auto kamen. Dessen Scheiben waren stark getönt, und in dem glänzenden Schwarz des Glases spiegelte sich das dunkle Orange der am Horizont aufgehenden Sonne. Vorsichtig ging sie auf das Fahrzeug zu, und als sie näher trat, wurde aus dem Bellen plötzlich ein wildes Kläffen, das eindeutig aus dem Kofferraum kam. Sie schaute sich um, und da sah sie ihn.

Keine zwanzig Schritte entfernt, in einer Lücke der Böschung, die den Weg von den Feldern trennte, zeichnete sich gegen den von der aufgehenden Sonne noch lila gefärbten Himmel der Umriss eines Tieres ab, das sie beobachtete. Es war riesig, deutlich größer als ein Hund, aber kleiner als ein Pferd. Erst auf den zweiten Blick erkannte sie, dass es ein Wolf war. Während hinter ihr der Hund im Kofferraum weiter eskalierte, verharrte sie für einen Moment in Schockstarre, dann erinnerte sie sich daran, was sie über das richtige Verhalten bei Wolfsbegegnungen gelesen hatte.

»Hau ab!«, rief sie, wobei ihre Stimme brach. Dann begann sie zu zischen, als würde sie eine Katze vertreiben wollen. Doch der Wolf bewegte sich kein Stück, stand regungslos da und starrte sie an. Starren war nicht gut, erinnerte sie sich und vermied ihrerseits direkten Augenkontakt. Sie wusste nicht, ob sie die Tipps mit denen für eine Begegnung mit einem Bären verwechselte, aber nun machte sie sich größer, stellte sich auf die Zehenspitzen und hob zusätzlich die Arme, um ihre Körperfläche zu vergrößern. Dabei begann sie, laut zu rufen, und traute sich sogar, einen Schritt auf den Wolf zuzumachen, der noch immer nicht von der Stelle wich. Einmal trippelte er mit den Vorderbeinen, als wolle er sie kurz entlasten; sie sah, wie er seine Rute bewegte, doch dann blieb er wieder einfach nur stehen.

Aus dem Kofferraum hörte sie neben dem Bellen ein lautes Schlagen, offenbar randalierte der Hund vor Aufregung. Vielleicht war es gar nicht so gut, dass sie zwischen dem Wolf und dem Hund im Auto stand, sollte das Tier es auf den Hund abgesehen haben. Sie machte zwei, drei schnelle Schritte zur Seite, was der Wolf mit einer kaum merklichen Drehung seines Kopfes quittierte. Aus diesem Winkel betrachtet, war sie sich gar nicht mehr so sicher, ob es sich

tatsächlich um einen Wolf handelte. Das Fell sah deutlich rötlicher aus, eher wie bei einem Fuchs. Der Körper war massig, der Kopf groß wie drei Wassermelonen, aber die Beine wirkten kurz. Nachdem der Wolf nicht von der Stelle wich, beschlich sie Panik. Sie schaute sich um. Auf das Dach des Autos konnte sie von der Heckseite nicht klettern, und auch ansonsten sah sie keine Verstecke.
Was sollte sie tun, wenn der Wolf sich dafür entschied, anzugreifen? Haien schlug man auf die Nase, aber wie sollte man sich gegen einen Wolfsangriff wehren? Eine große Hilflosigkeit überkam sie. Sie begann abermals, mit den Armen zu rudern und laut zu rufen. In diesem Moment machte der Wolf einen Schritt auf sie zu, und sie sah, wie er versuchte, mit einer Bewegung seiner Schnauze ihren Geruch aufzunehmen. Dann entdeckte sie vor sich einen Stein. Sie bückte sich, nahm ihn und warf ihn in Richtung des Tieres, darauf bedacht, es nicht zu treffen. Als der Stein zwei Meter vor ihm auf dem Boden aufprallte und noch ein Stück in seine Richtung rollte, zuckte das Tier erschrocken zusammen und machte einen Schritt zurück. Sie nahm den nächsten, er landete noch ein Stück näher am Wolf. Und wieder wich er zurück. Der nächste Stein flog, und der Wolf schaute ein letztes Mal zum Auto, als wollte er dem Hund darin sagen: »Freundchen, diesmal hast du Glück gehabt!« Dann drehte er sich um und trabte ohne jede Eile davon.
Sie schaute ihm nach, bis er im nahen Wald verschwunden war, ging zur Motorhaube des Fahrzeugs, auf die sie im Notfall klettern konnte, nahm mit zitternden Händen ihr Mobiltelefon, das sie beim Joggen in einer speziellen Manschette am Oberarm trug, und wählte die Nummer der Polizei. Der Hund im Wagen war mit dem Verschwinden des Wolfs verstummt.

Marie Maertens griff zur Wasserflasche und schenkte sich ein Glas ein, das sie in einem Zug austrank. Die Erinnerung an den Morgen schien sie noch immer mitzunehmen.

»Aus meiner Sicht haben Sie alles richtig gemacht«, bemerkte Bach. Jenny verkniff sich eine Bemerkung. Vermutlich hätte sie in der Angstsituation genauso wie die Frau gehandelt, aber dem Protokoll für das richtige Verhalten bei Wolfsbegegnungen entsprach das

Bewerfen mit Steinen natürlich nicht. Allerdings war es auch ungewöhnlich, dass das Tier offenbar keinerlei Scheu gezeigt hatte.

»Und Sie sagten, das Fell sei rot gewesen. Sind Sie sicher?«, fragte sie.

»Wegen der aufgehenden Sonne war alles in Orange getaucht, und natürlich war ich ziemlich aufgeregt. Und dennoch würde ich sagen, dass das Fell eindeutig rötlich war.«

»Und was meinen Sie mit kurzen Beinen?«

»Ich habe im Zoo in Stralsund Wölfe gesehen, und das, was mir als Erstes aufgefallen war, sind die hohen Beine. Doch in diesem Fall war es anders. Die Beine dieses Wolfs waren kurz, eher wie bei einem Dackel, halt nur viel größer.«

»Wie bei einem Dackel?« Jenny warf Bach einen vielsagenden Blick zu, was Marie Maertens nicht verborgen zu bleiben schien.

»Ich weiß, es klingt etwas merkwürdig, aber genau so war es!«

»Und ist Ihnen noch etwas anderes aufgefallen? Ein zweites Auto oder andere Personen?«, fragte Bach. »Sind Sie auf Ihrer Laufstrecke irgendjemandem begegnet?«

Die Frau schüttelte den Kopf.

»Haben Sie das Blut gesehen?«

Erneut verneinte sie. »Das hat erst die Polizei entdeckt.«

»Und kennen Sie den Besitzer des Pkw?«, wollte Bach wissen.

Wieder schüttelte Marie Maertens den Kopf. »Der Polizist hat eine Kennzeichenabfrage gemacht und mir den Namen genannt. Ich habe ihn schon wieder vergessen, aber er sagte mir nichts.« Die Frau wusste noch immer nicht, dass sie mit der Tochter des Vermissten sprach.

»Ich wäre Ihnen dankbar, wenn Sie mir Ihre genaue Laufstrecke aufzeichnen und zusenden würden«, bat Bach. »Vielleicht in einem Kartenausdruck aus dem Internet. Sie können sie mir gern per E-Mail zusenden.« Er griff in die Innentasche seines Sakkos und holte eine Visitenkarte hervor. Es war lange her, dass Jenny eine Visitenkarte gesehen hatte, in der digitalen Welt von heute hielt sie sie für ausgestorben. Als Bach sie der Frau über den Tisch schob, sah sie erneut sein Tattoo unter der Manschette blitzen.

Plötzlich öffnete sich die Tür zum Konferenzraum, und eine Kollegin steckte den Kopf hinein und rief: »Wir bräuchten das Zimmer jetzt für eine Beurkundung!«

»Wir sind fertig«, stellte Bach fest und erhob sich. Kurz darauf standen sie vor dem Notariat.

»Das war kein Wolf, den die Frau beschrieben hat«, bemerkte Jenny.

»Vielleicht ein Monster-Dackel«, sagte Bach und grinste.

In diesem Moment klingelte sein Mobiltelefon. Er hörte eine Weile zu, dann legte er auf.

»Das Ergebnis der Analyse der Blutlache neben dem Auto Ihres Vaters liegt vor«, sagte er und runzelte die Stirn. »Kein Tierblut. Es ist Menschenblut.«

17

Sie hatte den Staatsanwalt in Greifswald abgesetzt und war danach direkt nach Hause gefahren. In der Klinik hatte sie sich für heute abgemeldet, die überlebenden Schafe von Schäfer Schulze waren von ihren Kollegen versorgt worden, bis jetzt hatten es alle geschafft. Sie fühlte bleierne Müdigkeit. Hinter ihren Augen pochte ein dumpfer Schmerz. Es war zwar erst Nachmittag, aber zu Hause angekommen, würde sie eine lange heiße Dusche nehmen und sich danach sofort ins Bett legen. Bei dem Gedanken daran spürte sie plötzlich große Einsamkeit. Seit sie wusste, dass die Blutlache neben Jos Auto nicht von einem Tier, sondern von einem Menschen stammte, musste sie der Möglichkeit ins Auge sehen, dass Jo tatsächlich nicht mehr lebte. Sie musste noch seine Zahnbürste und den Kamm, den er benutzte, in die Rechtsmedizin nach Greifswald schicken. Bach hatte angekündigt, dass jemand die Sachen abholen käme. Sie hatte ihm nicht verraten, dass sie seit gut zwei Monaten ein Gutachten zu Jos DNA in der Schreibtischschublade in ihrem Zimmer versteckte, das sie ihm hätte geben können.

Was war letzte Nacht nur geschehen? An seinem Hochsitz war ein unbekannter Toter gefunden worden. Ob Jo Feinde gehabt habe, hatte Bach sie gefragt, und sie hatte verneint. Feinde nicht, aber Geheimnisse. Sie erinnerte sich an eine Szene, als sie noch ein Kind gewesen war. Es musste einige Zeit nach der Wende gewesen sein, sie schätzte, sie war damals ungefähr dreizehn Jahre alt.

Waldenow, 1995

Jenny saß im Wohnzimmer und las in einem Comic. Am Morgen waren sie auf dem Wochenmarkt in Anklam gewesen. Dort gab es neben den vielen Wagen, die Kuchen, Käse, Fleisch, Gemüse, Obst oder frischen Fisch anboten, auch einen Stand, der gebrauchte Comics verkaufte. Wenn sie Jo zum Wochenmarkt begleitete, wo er dem Schlachter in aller Frühe frisches Wildfleisch brachte, welches dieser in seine Auslage legte, durfte sie sich von ihrem Taschengeld Comics kaufen. Neben den alten DDR-Comics, die Mosaik oder Fix & Fax in Atze hießen, gab es vor allem eine große Auswahl von Micky Maus- und Lustiges Taschenbuch-Ausgaben, in die sie ihr Geld investierte. Schon auf der Rückfahrt begann sie im Auto zu lesen und setzte dies zu Hause fort. So saß sie auch an diesem Mittag im heimischen Wohnzimmer, las, kicherte und aß dazu Kirschen vom Obststand. Eine gezeichnete Welt gefiel ihr viel besser als die wirkliche, denn man konnte die doofen Dinge einfach weglassen.

Sie hatte nicht gehört, wann und wie der Mann auf ihren Hof gekommen war, aber irgendwann horchte sie auf, als sich draußen eine fremde Stimme erhob. Ein Mann sprach laut und wütend, und darauf hörte sie Jo etwas erwidern – noch wütender, noch lauter. Sie war vom Küchenstuhl gerutscht, einen Kirschkern im Mund, und war zum Fenster gegangen. Und weil sie von dort nichts hatte sehen können, war sie zur Küche gelaufen und hatte durch den Hinterausgang gespäht. Von dort aus beobachtete sie, wie Jo sich mit einem Kerl stritt. Er war kleiner als Jo, aber dafür stämmiger. Da er ihr den Rücken zuwandte, konnte sie sein Gesicht nicht erkennen. Sein Kopf war rasiert, und zu einem T-Shirt trug er Hosenträger, Jeans und schwere Stiefel.

»Das schuldest du uns!«, hörte sie den Mann sagen, nun mit gedämpfter Stimme.

»Ich schulde euch gar nichts! Mach, dass du vom Hof kommst, und tauche hier nie wieder auf!«

Sie sah, dass Jo ein knallrotes Gesicht hatte, mit an den Schläfen hervortretenden Adern. Sein Gegenüber, den sie jünger schätzte, ging auf die Zehenspitzen und hob drohend seinen Arm.

»Auch wenn du jetzt den braven Familienvater spielst. Uns wirst du nicht so einfach los, Jo. Man kann seine Gesinnung nicht ablegen wie einen Mantel. Ich kenne dein kleines Geheimnis!«

In diesem Moment schlug Jo den Mann mit einem überraschenden Faustschlag nieder. Jenny schrie erschrocken auf, aber Jo war viel zu sehr in Rage, um dies mitzubekommen. Als der Fremde zu Boden ging, trat Jo ihm mit voller Wucht gegen den Körper, dann gegen *den rasierten Schädel. Immer wieder, bis der andere sich nicht mehr regte.*

»Du wirst deine braune Fresse halten!«, zischte Jo, während er sich über ihn beugte. »Das Rudel ist Geschichte! Für immer! Ich will dich hier nie mehr sehen. Und wenn du anfängst, Dinge rumzuerzählen, oder wenn du Jenny zu nahe kommst, bringe ich dich um! Das schwöre ich bei Gott!«

Wieder gab er ihm einen Tritt, woraufhin ein leises Stöhnen ertönte. Dann packte er ihn, noch immer rasend vor Wut, und schleifte ihn über den Hof die Einfahrt hinunter. Jenny beobachtete das Ganze mit zitternden Knien, und als sie Jo die Einfahrt schwer atmend zurückkommen sah, lief sie schnell zurück zum Küchentisch und tat so, als habe sie nichts mitbekommen. Jo ging ins Bad. Sie hörte, wie er sich wusch, und als er kurz darauf in die Küche kam, um sich eine Flasche Bier zu holen, lächelte er sie an, ging zu ihr und gab ihr einen Kuss auf die Haare, bevor er ihr einige Kirschen stibitzte.

Den Fremden hatte sie nie wieder gesehen und die Geschichte irgendwann vergessen oder einfach verdrängt. Bis sie ihr jetzt wieder eingefallen war. Sie fuhr mit dem Wagen die Einfahrt hinauf und parkte ihn vor Jos Garage. Bruno sprang von der Rückbank und lief schwanzwedelnd zur Tür. Sie fragte sich, ob er sein Herrchen wohl vermisste. Für Jo waren Hunde immer bloß Mittel zum Zweck.

»Du verdirbst ihn, er soll arbeiten«, sagte er, wenn sie Bruno zu sehr mit Liebe oder Leckerlis verwöhnte. Sie hatte immer vermutet, dass es heimlich irgendwo in seinem Herzen doch einen Platz für den Hund gab und Jo dies nur nach außen hin verbarg, um seinem Image als traditionsbewusster Jäger gerecht zu werden. Doch seit einiger Zeit war sie sich dessen nicht mehr so sicher. Menschen, die man liebte, belog man normalerweise nicht. Und wer noch nicht einmal ein Kind lieben konnte, der mochte auch keine Tiere. Sie überlegte kurz, dann ließ sie das Wohnhaus links liegen und ging hinüber zur Scheune. Bruno folgte ihr widerwillig. Sie hob einen der Steine vor dem Eingang hoch, der innen hohl war, nahm den dort versteckten Schlüssel und öffnete damit das Schloss, das mindestens genauso alt war wie die Scheune selbst. Bevor Esther und Jo den Hof noch vor der Wende übernommen und renoviert hatten, diente die Scheune zur Lagerung von Heu und Stroh, verfügte aber auch über zwei ehemalige Boxen für Pferde. In einem dieser Pferdeställe hatte sie vor Kurzem ihr gesamtes bisheriges Leben eingelagert: Fein säuberlich gestapelt standen dort dreißig nagelneue Umzugskartons.

Nachdem René ihr im Juni verkündet hatte, dass er ein Jobangebot als Assistenzarzt an der Charité annehmen und zurück nach Berlin gehen würde, war ihre Liebe, die schon zuvor symbolisch auf der Intensivstation gelegen hatte, endgültig gestorben. René war nur ihr zuliebe ins Peenetal gezogen. Aber in der Weite der Landschaft hatte er sich bald verloren. Er brauchte offenbar die Mauern der Großstadt wie ein Bild seinen Rahmen. So war er gegangen, und sie hatte die gemeinsame Wohnung aufgelöst.

Bruno rannte in die Scheune und begann sofort, wie wild auf dem Boden zu schnüffeln. Vermutlich gab es hier Mäuse. Sie schaute auf ihr Stand-up-Paddleboard, das neben dem Eingang an der Wand lehnte. Es war eine ihrer liebsten Beschäftigungen, damit morgens bei Sonnenaufgang über die Peene zu paddeln, aber auch dafür hatte sie zuletzt wenig Zeit gehabt. Sie ging an dem Abteil mit ihren Umzugskartons vorbei und steuerte die zweite Pferdebox an. Hier lagerten die Sachen von Esther und Jo, das Haupthaus des Hofs hatte weder Keller noch Dachboden. Einmal, als sie aus der Klinik nach Hause gekommen war, hatte sie Jo nirgends finden können und ihn erst nach längerer Suche hier mit einer leeren Flasche Wodka entdeckt. In der Hand hatte er ein gemaltes Porträt von Esther gehalten, das sie als junge Frau zeigte und das er schnell zur Seite gelegt hatte, als er sie bemerkt hatte. Er war so schwer betrunken gewesen, dass sie ihm an jenem Abend ins Bett hatte helfen müssen, und am nächsten Tag hatte er sich an nichts mehr erinnern können.

Sie fand den Koffer, verdeckt von einem Satz Sitzkissen für Sommermöbel, die es gar nicht mehr gab, und öffnete ihn. Es war ein großer, alter DDR-Reisekoffer aus Pappe mit einem gewöhnungsbedürftigen Hahnentrittmuster, an den Seiten durch Holzleisten verstärkt. Sie fragte sich, wofür man in der DDR überhaupt so große Koffer benötigte, wenn man ohnehin kaum reisen durfte. Er war vollgestopft mit den Trophäen und Erinnerungsstücken zweier Leben. Sie wusste nicht, wonach sie überhaupt suchte. Aber da Jo vielleicht nie mehr nach Hause kommen würde, wuchs in ihr die Sorge, dass sie niemals die Antwort auf die Frage bekam, die sie seit Wochen so sehr beschäftigte: die Frage, woher sie kam und wer sie war.

Zudem hatte der Staatsanwalt sie um ein Foto von Jo gebeten. Er war nicht der Typ gewesen, der sich vor die Kamera eines Handys stellte, daher hoffte sie, hier fündig zu werden. Sie räumte ein altes Mikroskop, wie es vor vielen Jahrzehnten einmal modern gewesen war und das offenbar aus Jos Leben als Forschungsleiter auf der Insel Riems stammte, zur Seite. Dazu passte ein in der Mitte geknicktes Schwarz-Weiß-Foto, auf dem fünf Männer in weißen Arztkitteln abgebildet waren. Vier standen im Halbkreis, zwei lächelten milde, zwei andere schauten ernst in die Kamera. Vorn saß ein Jüngerer mit einem breiten Lachen. Einer der Abgebildeten war Jo; auch wenn er auf dem Bild viel jünger war, erkannte sie ihn an seinem typisch herausfordernden Blick. Ein Schnappschuss aus dem Labor in Riems.

Sie fixierte Jos Gesicht, versuchte, sich vorzustellen, wie alt er zum Zeitpunkt der Aufnahme gewesen war und was Jo in jenem Moment wohl von ihr gewusst hatte. Hatte der Ernst in seinem Blick auch mit ihr zu tun? Sie drehte das Foto auf die Rückseite, um nach einem Datum zu suchen, und stutzte. Dort standen mit einem Kugelschreiber fünf Namen geschrieben: Heinz, Gunnar, Walter, Jo und Jasper, darunter »Riems, 1985«. Was Jo betraf, hatte sie recht gehabt, aber sie stolperte über den Namen Walter, den sie heute schon einmal gehört hatte. Sie faltete das Foto wieder zusammen und steckte es in die hintere Tasche ihrer Jeans.

Neben dem Mikroskop standen in dem Koffer hochkant Alben mit verblichenen Fotos, die sie rasch durchblätterte und auf denen sie kein Bild entdeckte, auf dem sie jünger als vier Jahre war. Sie fand eine Mappe mit allerlei DDR-Unterlagen, darunter der Kfz-Brief für einen Trabant aus dem Jahr 1978, das Mitgliedsbuch der Demokratischen Sportbewegung sowie eine DDR-Promotions-Urkunde der Humboldt-Universität Berlin, ausgestellt für Herrn Joachim Rausch aus dem Jahr 1979. Sie stutzte, als sie einen grünen Pirol-Aktenordner fand. Sie öffnete ihn. Darin waren Schreiben und Befunde der

Ernst-Moritz-Arndt-Universität abgeheftet. Sie blätterte den Ordner durch und spürte, wie sich auf ihrem ganzen Körper eine Gänsehaut ausbreitete.

Offenbar hatte Esther in den Achtzigerjahren gleich mehrere Fehlgeburten erlitten. Das hatte sie nicht gewusst. Sofort meldete sich ihr schlechtes Gewissen: Wie oft hatte sie Esther seit ihrer Kindheit für ihren übermäßigen Alkoholkonsum verdammt, der verhindert hatte, dass sie eine gute Mutter hatte sein können, und der sie letzten Endes auch unter die Erde gebracht hatte. Sie hatte sich niemals gefragt, warum Esther trank. Zuletzt hatte sie eine Ahnung davon gehabt, aber dieser Ordner änderte noch einmal alles. Sie legte die Unterlagen vorsichtig zurück und hatte dabei ein Gefühl, als habe sie gerade die Totenruhe gestört.

Bruno kam, stupste sie ungeduldig in die Seite und leckte jaulend über ihre Hand. Vermutlich hatte er recht, und sie sollte nicht im Leben von Esther und Jo herumschnüffeln. Aber sie hatte jedes Recht dazu. Beide hatten sie ihr Leben lang um die Wahrheit betrogen, also musste sie sie nun selbst herausfinden. Sie nahm ein weiteres Büchlein im DIN-A4-Format und blätterte es durch. Es enthielt lange Listen mit Namen und Adressen, die mit »Kunden« überschrieben waren. In der Mehrzahl schien es sich um Landwirte zu handeln. Dahinter fand sie in einer Spalte die Namen von Antibiotika und anderen Medikamenten, die ihr zum Teil nichts sagten. Dies war kein Wunder, denn die ebenfalls angegebenen Lieferdaten stammten aus den Neunzigerjahren und der Zeit um die Jahrtausendwende. Offenbar handelte es sich um Listen von Patienten ihres Vaters. Sie wunderte sich, warum er diese in dem Koffer mit den persönlichen Andenken aufbewahrte. Soweit sie wusste, war er ein leidenschaftlicher Tierarzt gewesen, aber dass seine Leidenschaft so weit ging, dass er Patientenunterlagen über Jahrzehnte archivierte, war ihr nicht bewusst gewesen. Ihr Blick fiel auf ein Bündel Akten, das mit einem Gürtel aus grobem Leinen zusammengehalten wurde. Zuoberst war eine vergilbte braune Akte verschnürt, auf der in schwarzen Lettern »Reichsforschungsanstalt Riems« stand.

»Projekt Lupus«, las sie den aufgedruckten Titel, daneben prangte ein »Streng Geheim«-Stempel in verblichenem Rot nebst Wappen, das aus einem Reichsadler bestand, der in seinen Klauen ein Hakenkreuz hielt. Dies war das zweite Mal innerhalb kürzester Zeit, dass sie ein Hakenkreuz sah. Darunter schienen noch neuere Akten zu sein, sie bog die obere zur Seite und erkannte auf dem Aktentitel darunter Ährenkranz, Hammer und Zirkel aus dem Wappen der DDR. Auf dieser Akte stand »Akademie der Landwirtschaftswissenschaften«, darunter die Abkürzung »FLI«.

Gerade wollte sie sich das Bündel Akten genauer ansehen, als ihr ein anderer Gegenstand in dem Koffer auffiel, bei dessen Anblick ihr Herz augenblicklich schneller schlug: ein gelb-brauner Kuschelbär. Das Plüschtier war hässlich; der offenkundige Versuch, ein süß ausschauendes Plüschtier zu kreieren, war in irgendeinem DDR-Spielzeugkombinat krachend gescheitert. Um den Hals trug der Bär eine Medaille, auf dem Kopf thronte eine rote Plastikkrone. Sie griff danach, und sofort durchströmte sie ein heimeliges Gefühl, wie sie es schon lange nicht mehr verspürt hatte. Sie drehte das Kuscheltier, das definitiv nicht Teil ihrer Kindheit auf dem Sonnenhof gewesen war, in den Händen hin und her, und dann begann sie plötzlich zu weinen, ohne zu wissen, warum. In ihrem Kopf hörte sie die Melodie von »Sandmann, lieber Sandmann«, und dann sah sie vor ihren geschlossenen Augen das fein geschnittene Gesicht einer jungen Frau mit schwarzen Haaren und großen braunen Augen, die nicht ihre Mutter Esther gewesen war. Ein tiefes Knurren von Bruno riss sie aus ihrem Tagtraum, dann rannte er laut bellend an ihr vorbei aus der Scheune.

»Bleib!«, rief sie ihm noch hinterher, doch da war er schon draußen. Sie legte das Kuscheltier zurück, klappte den Koffer zu und lief Bruno nach. Sie entdeckte ihn wedelnd und bellend vor dem Eingang zum Haus. Aufgeregt sprang er auf und ab und fixierte dabei den Türgriff. Immer wieder kratzte er mit der Pfote am Türblatt. Jenny schaute sich auf dem Hof um – war Jo etwa zurückgekehrt? Sie eilte zum Haus und schloss die Tür auf. Sofort schoss Bruno hinein.

»Jo?«, rief sie, als sie den Flur betrat. In diesem Moment hörte sie, wie im Wohnzimmer etwas umfiel, dann ein lautes Jaulen und gleich darauf das Klirren von zersplitterndem Glas. Hektisch blickte sie sich um. Ihre Waffen waren im Waffenschrank im ersten Stock eingeschlossen. Zur Küche, in der Dutzende von Messern lagerten, traute sie sich nicht. Sie nahm sich den langen Schuhlöffel, der im Flur hing und dessen silberner Griff einen Entenkopf darstellte, und ging mit vorsichtigen Schritten in Richtung der Stube, aus der die Geräusche gekommen waren. Ihr Herz schlug ihr bis zum Hals, der Schuhanzieher in ihrer Hand zitterte.

»Hallo!«, rief sie erneut. Sie blieb stehen und horchte. Alles schien ruhig. Gerade als sie den nächsten Schritt machen wollte, kam Bruno mit eingekniffenem Schwanz aus der Wohnzimmerstube geschossen und schmiegte sich an ihr Bein. Er schien unverletzt. Nun vernahm sie erneut ein Geräusch aus dem Raum vor ihr. Ein Schaben, ein Schieben, dann das Drehen eines Türgriffs. Langsam beugte sie sich vor und lugte um die Ecke. Ihr Blick fiel auf den Couchtisch, das Sofa, dann einen Gummibaum, der umgestürzt war, davor lagen Tonkugeln auf den Fliesen. »Hallo?«, rief sie erneut, so laut sie konnte. Bruno blieb noch immer an ihrer Seite. Sie beugte sich weiter vor und hatte nun einen freien Blick auf die Terrassentür. Sie stand offen, die Scheibe war eingeschlagen, Glasscherben lagen auf den weißen Fliesen davor.

Sie hob den Schuhanzieher und betrat das Zimmer. In diesem Moment kam hinter einem der Vorhänge eine schwarz gekleidete Person hervor. Sie schrie erschrocken auf und schleuderte den Schuhlöffel in deren Richtung, während Bruno laut zu kläffen begann. Das Wurfgeschoss verfehlte die fremde Gestalt um einen guten Meter und traf stattdessen eine Lampe auf dem Beistelltisch, die scheppernd zu Boden stürzte. Die Gestalt lief zur Terrassentür und floh nach draußen. Ohne nachzudenken, folgte sie, bremste vor den Glassplittern auf dem Boden jedoch geistesgegenwärtig ab und griff nach Brunos Halsband. Er riss an ihrem Arm, doch sie war stark genug, um ihn zurückzuhalten. Durch diese kurze Verzögerung verlor sie jede Chance, die Gestalt einzuholen. So konnte sie nur noch hinterherschauen, wie der Einbrecher von der leicht erhöht gebauten Terrasse hinunter in den Garten flüchtete und schließlich über ein Beet hinter dem Gewächshaus verschwand. Ungläubig versuchte sie zu verstehen, was sie gerade gesehen hatte – der oder die Einbrecherin hatte den Kopf eines Wolfs.

18

Der Chefredakteur des *Greifswalder Boten* betrat die Kneipe durch die Hintertür, die für Stammgäste der heimliche Haupteingang war. Durch die Vordertür verirrten sich nur Touristen und Restaurantbesucher, die wegen der Seniorenteller kamen. Der größte Vorteil der nach hinten rausgehenden unscheinbaren Stahltür war der direkte Zugang zum Parkplatz hinter dem Flachbau. Nur die wenigsten Gäste waren noch völlig nüchtern, wenn sie das Lokal verließen, da war es gut, wenn man das Auto schnell und möglichst unauffällig erreichte. Und ohne Auto kam man nicht aus, denn das »Fortschritt« lag mitten an der B109. Der Name war Programm, und zwar in einer ironischen Art und Weise, denn im Schankraum war nichts wirklich fortschrittlich. Die Inneneinrichtung stammte noch aus den Zeiten vor der Wende: mit Eichenholz verschalte Wände, abgehangene Decken und in der Mitte von allem ein hölzerner Tresen, an dem in den vergangenen Jahrzehnten mehr verhandelt worden war als die Getränkewahl.

Der Boden war leicht zu reinigen, weil er gefliest war, und dennoch klebte es bei jedem Schritt. Geheizt wurde im Winter noch immer nur mit Schnäpsen und einem alten Kachelofen direkt neben dem Tresen. Und mit Zigaretten, denn das »Fortschritt« war eine Raucherkneipe. Lediglich die Stühle und Barhocker schienen im Laufe der Zeit nach und nach ersetzt worden zu sein, hatten sie doch über die Jahre noch mehr Last zu tragen gehabt als so mancher DDR-Bürger. Zimmermann hob die Hand zum Gruß, steuerte auf seinen Stammplatz in der hinteren Ecke des Tresens zu und hatte sein Glas mit dem Pils bereits vor sich stehen, bevor er Platz genommen hatte.

Im Sommer konnte man in der Peene auch mittags auf ein paar Rotfedern hoffen, doch heute war es zu kühl gewesen, nichts hatte angebissen, und so hatte er sein Angelzeug zusammengepackt und kurzerhand beschlossen, heute Würstchen statt Fische zu angeln. Lars Zimmermann nahm einen der Teller vom Tresen, stellte sich auf den Fuß seines Barhockers, beugte sich vor und fischte mit der

Zange aus dem Elektro-Kochtopf hinter dem Tresen eine der Knackwürste aus dem heißen Wasser, auf dessen Oberfläche sich eine schöne weiße Fettschicht gebildet hatte.

»Was ist mit Buletten?«, fragte er in Doris' Richtung, während er eine der senfgelben Flaschen schüttelte, um anschließend den letzten Rest herauszuquetschen.

»Da kannst du mal den Piet fragen«, entgegnete die Wirtin, die er noch nie ohne Zigarillo im Mundwinkel gesehen hatte, und deutete dabei auf einen der anderen Stammgäste, der einen Teller mit einer Pyramide aus Frikadellen vor sich stehen hatte.

»Polizeiarbeit macht hungrig«, rief Piet, während er sich eine der Papierservietten in den Kragen stopfte. Sein Bierglas war bereits halb geleert. »Wenngleich einem heute bei Helges Geschichte der Appetit durchaus verloren gehen konnte«, ergänzte er.

Lars schaute auf Schäfer Schulze, der neben Piet saß und mit düsterer Miene auf eine ganze Versammlung leerer Schnapsgläser starrte.

»Was ist dir denn für eine Laus über die Leber gelaufen, Helge?«, fragte er, während er mit einem lauten Knacken von der Wurst abbiss und sich dabei fluchend die Zunge verbrannte.

»Wohl eher ein Wolf über die Weide«, antwortete Piet mit vollem Mund und leckte sich Senf vom Daumen.

»Das war kein Wolf, das war ein Monster!«, brach es aus Helge heraus, wobei er mit der Hand mehrere Schnapsgläser umfegte, die in weiten Kreisen über den Tresen rollten. Jetzt sah Lars erst, wie angeschlagen der Schäfer bereits war. Offenbar hatte er noch einiges mehr intus, als die leeren Gläser vor ihm vermuten ließen. »Fünfundfünfzig Schafe in einer Nacht!«, lallte er und sank sogleich wieder in sich zusammen.

»Fünfundfünfzig Schafe?«, fragte Lars, der das Würstchen nun erst einmal abkühlen ließ und seine Zunge mit einem großen Schluck vom eiskalten Pils gekühlt hatte.

»Der Wolf. Er hat fünfundfünfzig seiner Tiere gerissen«, antwortete Piet, während er den Teller mit den Buletten zu Lars hinüberschob, dessen Hunger plötzlich einer inneren Aufregung wich. »Und neulich hat er eine Kindergartengruppe in Stolpe erschreckt. Ohne jede Scheu.«

»Kein Wolf. Das war kein Wolf. Es war ein Monster!«, nuschelte Helge leise vor sich hin.

»Dazu passt allerdings, was ich heute erlebt habe.« Piet senkte die Stimme und schaute sich mit verschwörerischer Miene um. Um diese Zeit, zwischen Mittag und Abend, war die Gaststätte nur spärlich besucht. Lediglich ein Vierertisch war von polnischen Lkw-Fahrern besetzt, Lars hatte deren Trucks draußen auf dem Parkplatz gesehen.

»Es geht um Jo.«

»Joachim?«, fragte Lars.

Piet nickte. »Er wird vermisst.«

»Jo wird vermisst?«

Piet hielt sich den Zeigefinger vor den Mund. »Leise! Du weißt, ich darf nichts aus dem Dienst erzählen. Aber er ist heute Nacht nicht von der Jagd zurückgekommen.«

»Vielleicht ist er irgendwo versackt«, entgegnete Lars. »Ich weiß noch, wie er vor einigen Jahren einfach für ein paar Tage nach Hamburg gefahren ist. Ich meine, er ist Witwer …«

»Nein, nein, nein«, unterbrach ihn Piet und rückte mit einem Seitenblick zu Doris, die ein Tablett voll Bier für die Lkw-Fahrer zapfte, noch näher an ihn heran. »Sein Auto, sein Hund, alles war noch da im Wald. Und unter seinem Hochsitz lag ein Toter.«

»Ein Toter?«

»Das ist jetzt egal!«, Piet machte eine wegwischende Handbewegung. »Jedenfalls war neben Jos Auto eine riesige Blutlache. Und die Joggerin, die uns angerufen hat, meinte, in der Nähe einen Wolf gesehen zu haben …« Piet blickte sich noch einmal nach allen Seiten um, Helge schien auf seinem Platz eingenickt zu sein. »Er ist erst weggelaufen, als sie mit Steinen nach ihm geworfen hat.«

»Ein Wolf?«, wiederholte Lars laut. Er hatte bei Helges Bericht von den toten Schafen bereits an die E-Mail von heute Vormittag gedacht, in der der anonyme Informant von einer angeblichen Werwolf-Sichtung berichtet hatte. Und nun dies.

»Und was unternehmt ihr jetzt?«, fragte er.

Piet zuckte mit den Schultern. »Der Staatsanwalt persönlich hat sich der Sache angenommen, keine Ahnung, warum.«

»Der Staatsanwalt persönlich?« Lars spürte, wie etwas in ihm erwachte, das er seit Langem verloren geglaubt hatte. »Der alte Schiller?«

Piet schüttelte den Kopf. »Bach. Einer von den aufstrebenden Jungen.«

Lars kramte in seiner Tasche und holte einen zerknitterten Zehner hervor, den er auf den Tresen vor sich legte. Dann trank er sein Bier in einem Zug aus und erhob sich.

»Wo zum Teufel willst du hin?«, fragte Piet. »Du bist doch gerade erst gekommen.«

»Das stimmt nicht. Tatsächlich war ich aber viel zu lange weg«, sagte Lars, nahm sich eine Bulette von dessen Teller, ging zu Helge und half ihm auf die Beine. »Komm, Helge, ich bring dich nach Hause, und du erzählst mir mal in Ruhe, was passiert ist.«

»Alles Nazis!«, lallte der und schlang seinen Arm um Zimmermanns Schulter.

19

Die beiden Polizeibeamten kannte sie vom Morgen. Es waren der Milchgesichtige und der Ältere, die am Wasserturm noch mit ihren Maschinenpistolen patrouilliert waren. Nun hatten beide das Haus durchsucht, während sie draußen warten musste. Jetzt waren sie alle in der Küche, Jenny saß am Küchentisch, ein Glas Wasser vor sich.

»Am besten gehen wir gleich noch einmal gemeinsam durch die Räume, und Sie schauen, ob etwas gestohlen wurde. Durchsucht wurde nichts, vermutlich haben Sie ihn gestört.«

»Bruno war es«, sagte sie und deutete auf den Hund, der entspannt auf dem Küchenboden lag und an einem Knochen nagte, den er zur Belohnung erhalten hatte. »Er muss ihn gehört haben.«

»Die Spurensicherung ist unterwegs. Da Ihr Vater vermisst wird, denke ich, dass die von der Kripo hier einen größeren Aufschlag machen werden.«

Das hatte ihr gerade noch gefehlt. Sie dachte an die warme Dusche und ihr Bett, die nun in weite Ferne gerückt waren. Von draußen hörte sie das Knirschen der Kiesel, dann das Schlagen einer Autotür. Als sie zum Küchenfenster ging, sah sie noch ein Taxi vom Hof fahren. Kurz darauf klopfte es am Türrahmen der offenen Tür, und Frederik Bach schaute vom Flur in die Küche. Obwohl sie sich heute Morgen erst kennengelernt hatten, hatte sie das Gefühl, ein vertrautes Gesicht zu sehen. Beinahe spürte sie das Verlangen, ihm um den Hals zu fallen. Der Schock nach dem Einbruch hatte für heute das Fass zum Überlaufen gebracht. Vor den Polizeibeamten hatte sie ihre Tränen gerade noch zurückhalten können. Es war Jo gewesen, der ihr als Kind beigebracht hatte, dass Tränen ein Zeichen von Schwäche sind. »Kämpferherz kennt keinen Schmerz«, pflegte Jo immer zu sagen. Heute wusste sie, dass der Spruch aus der Zeit gefallen und falsch war. Durch einen Tränenausbruch wurden Hormone wie Oxytocin und Endorphine ausgeschüttet, weswegen es einem hinterher meistens besser ging. Aber als Kind hatte sie keine

Ahnung davon gehabt und dem vertraut, was ihre Eltern sagten. Und so war sie in dem festen Glauben aufgewachsen, dass man Tränen zu unterdrücken hatte, und was man von klein auf antrainiert bekam, war nur schwer abzulegen.

»Geht's Ihnen gut?«, fragte Bach, kam auf sie zu und blieb direkt vor ihr stehen.

»Geht schon«, sagte sie und rückte ihre Bluse zurecht.

Bach grüßte die Polizisten. »Danke fürs Bescheidsagen, Jungs!«

»Wir dachten, wegen der Sache heute Morgen ist das interessant für Sie.«

Bach nickte zustimmend. »Darf ich?«, fragte er und setzte sich. »Die Kollegen haben am Telefon gesagt, der Einbrecher trug eine Wolfsmaske?«

Sie nickte, immer noch unfähig, etwas zu sagen.

»Eine Maske oder einen Wolfskopf wie bei einer Kostümierung?«

Jenny versuchte, sich die Bilder von dem flüchtenden Einbrecher in Erinnerung zu rufen. Doch das, was sie gesehen hatte, war nur ein Umriss gegen die tief stehende Sonne gewesen. »Eher so einen richtigen Kopf aus Kunstfell zum Überstülpen, mit Augen und mit Zähnen. Wie bei *The Masked Singer*. Kennen Sie die Sendung?« Mit Jo hatte sie die Gesangsshow ein paarmal angeschaut, es war der kleinstmögliche Nenner, auf den sie sich beim Fernsehprogramm hatten einigen können.

»Ich habe gar keinen Fernseher mehr, sondern streame nur noch«, entgegnete Bach. »Aber ich kann mir vorstellen, was Sie meinen.«

»Genau weiß ich es aber nicht.« Sie rieb sich die Augen. »Ich habe ihn kaum gesehen.«

»Wir warten draußen und weisen die Spurensicherung ein, wenn sie kommt«, sagte einer der Polizisten, und beide gingen vor die Tür. Sie vermutete, dass sie vor allem rauchen gehen wollten. Bach musste denselben Gedanken gehabt haben, denn sie sah, wie er in seine Jacketttasche griff, um eines der Nikotinkaugummis herauszuholen. Dann musste ihm eingefallen sein, dass sie es nicht mochte, wenn jemand in ihrer Gegenwart Kaugummi kaute, denn er zog die Hand wieder heraus, legte sie in die andere und begann, mit den Händen zu kneten, bis seine Knöchel weiß wurden. Auch für ihn musste es ein langer Tag gewesen sein.

»Sie wissen noch nicht, ob etwas gestohlen wurde?«

»Ich muss schauen, aber ich kenne mich in den Sachen meines Vaters nicht besonders gut aus.«

»Der Einbruch muss auch nichts mit seinem Verschwinden zu tun haben. Vielleicht war es nur ein Zufall.«

»Aber wahrscheinlich ist es schon, oder?«

Bach sagte nichts und gab ihr damit recht. »Was hat Ihr Vater beruflich gemacht?«

»Nennen Sie ihn einfach Jo«, sagte sie. »Er war Pensionär. Schon seit langer Zeit.«

»Und davor?«

»War er Tierarzt und davor Veterinärmediziner auf der Insel Riems.«

Bach hob die Augenbrauen. Sie wusste die Reaktion nicht genau zu deuten. »Derselbe Beruf wie Sie?«

»Ist es ungewöhnlich, dass Kinder in die Fußstapfen ihrer Eltern treten? Ich denke nicht. Was hat Ihr Vater gemacht?«

»Er hatte nicht viel Glück in seinem Leben«, entgegnete er.

Sie sah, wie sich seine Miene verdüsterte. Wieder griff er in die Innentasche des Jacketts, wieder zog er die Hand leer hinaus. Stattdessen nahm er einen Kugelschreiber vom Küchentisch, den Jo zum Kreuzworträtsellösen benutzt hatte, und begann, ihn geschickt in der Hand zu drehen. Sie wartete ab, aber als er nicht weitersprach, verzichtete sie auf Nachfragen.

»Mein Vater war auf Riems, hat dann ein Abfindungsangebot angenommen und danach als Tierarzt gearbeitet«, sagte sie. »Möchten Sie einen Kaffee?«

»Gern«, antwortete er.

Sie erhob sich und ging zur Kaffeemaschine.

»Vegetarierin, aber die umweltschädlichen Kapseln benutzen?«, sagte Bach.

»Jegetarierin«, verbesserte sie. »Und ich habe nicht behauptet, dass ich die Welt retten möchte. Ich merke aber schon, in welchen Schubladen Sie denken. Jägerin und jetzt auch noch Kaffeekapselnutzerin. In Ihren Augen bin ich offenbar ein Ungeheuer. Die Dinger hier sind umweltfreundlich, glaube ich.« Sie drehte eine Kapsel zwischen ihren Fingern und suchte vergeblich nach einem entsprechenden Hinweis.

Bach konnte sich ein Grinsen nicht verkneifen. »Verzeihen Sie, ich glaube, dieses Moralisierende an mir ist eine Berufskrankheit.«

Sie brühte zwei Kaffee auf. »Milch?«

Er schüttelte den Kopf, nahm einen Schluck und stieß einen zufriedenen Laut aus. »Die letzte Sucht, die ich mir gestatte«, sagte er und stellte den Becher ab.

Sie holte die Hafermilch aus dem Kühlschrank, um ihre Laktoseunverträglichkeit nicht herauszufordern. Auch sie nahm einen Schluck. Der Kaffee tat gut.

»Und was hat Ihr Vater nach der Pensionierung gemacht?«

»Er war sehr umtriebig«, sagte sie. »Hatte viele Freunde und Interessen. Und er hat immer viele Geschäfte gemacht. Ein bisschen Wildfleischhandel hier, Investitionen dort. Schon zu DDR-Zeiten ging es uns finanziell gut.«

»Investitionen?«

»Dort drüben liegt ein Stapel mit Prospekten von Fonds, in die er investiert hat. Er hatte immer ein Gespür dafür, auf wen oder was er setzen musste, um finanziell auf der Sonnenseite mitzuschwimmen. Nicht zuletzt haben Esther und er dieses Anwesen ›Sonnenhof‹ genannt.«

»Eine Gabe«, bemerkte Bach.

»Ich würde eher sagen, Erfahrung. Jo sagte immer, in der DDR zu leben war, wie im Dunkeln durch ein Zimmer zu tapsen. Es geht so lange gut, bis man sich irgendwo den Zeh anstößt. Und das hat er wohl häufiger getan.«

20

Sie meinten vorhin, Jo hatte viele Interessen?«

»Die Jagd und die Politik, das war seins. Aber er war nicht politisch engagiert, hatte kein Amt oder so. Seine Bühne war der Frühstückstisch. Beim Zeitunglesen hat er sich über alles und jeden aufgeregt. Und dann war da noch die Virologie. Auf Riems hat er zu DDR-Zeiten die virologische Abteilung geleitet. Während der Corona-Pandemie ist das in ihm alles wieder erwacht. Es hätte mich nicht gewundert, wenn er selbst begonnen hätte, an einem Impfstoff zu forschen, wie früher auf Riems. Er hat dort sogar alte Kollegen besucht, nachdem er zuvor Jahrzehnte keinen Fuß auf die Insel gesetzt hatte …« Sie stockte.

»Was ist?«, fragte Bach.

»Da fällt mir ein, dass es bei seinem Besuch dort einen Vorfall gegeben haben muss. Es ist zwei, vielleicht drei Wochen her. Ich war nachmittags zu Hause, weil ich zuvor Schicht im tierärztlichen Notfalldienst gehabt hatte.«

Waldenow, vor einigen Wochen

Sie hatte gerade mit Bruno eine große Runde entlang der Peene gedreht. Es war ein lauer Nachmittag. Der leichte Wind, der von der Ostsee herüberwehte, sorgte für eine willkommene Abkühlung. Sie hatte die Gelegenheit genutzt, ihre Gedanken zu sortieren, und dabei Roland Kaiser gehört. Keine Musik, die bisher ihrem Geschmack entsprochen hatte. Sie war eher zufällig auf das Album gestoßen, und beim ersten Mal Hören hatte sie es nur aus Belustigung getan. Doch dann hatte sie gemerkt, dass die seichten Liedtexte, die sich nahezu ausschließlich um das Thema Liebe drehten, sie entspannten. Die belanglosen Reime vermittelten eine Leichtigkeit, nach der sie sich nach der Trennung von René sehnte: Liebe kam, Liebe ging. Auch andere hatten Liebeskummer. Und am Ende wurde alles wieder gut. Liebe war nur ein großes Spiel, ein Songtext.

Als sie die Einfahrt hinaufging, erschrak sie, als Jo von hinten an sie

heranfuhr, die Motorgeräusche hatte sie wegen der Kopfhörer nicht gehört. Sie machte ihm Platz, und er rollte an ihr vorbei, ohne zu grüßen. Sein Auto parkte er nicht in der Garage, sondern davor. Als sie ihn vor der Haustür mit einer Akte unter dem Arm traf, sah sie ihm an, dass ihn etwas beschäftigte.
»Ich habe dir doch gesagt, lass die Kopfhörer weg! Irgendwann werden sie dich umbringen«, herrschte er sie an. Seine Laune schien auf dem Tiefpunkt zu sein.
»Du solltest auch etwas Musik zur Entspannung hören«, entgegnete sie. »Alles in Ordnung bei dir? Wie war es bei deinen alten Kollegen?«
Statt zu antworten, bediente er sich an der üppig ausgestatteten Hausbar. Sie bemerkte, dass sein Whiskeyglas voller war als sonst.
»Was ist das denn für eine Akte?«, fragte sie, als sie den orangefarbenen Einband auf dem Tisch entdeckte, wo Jo sie abgelegt hatte. »MfS«, stand in großen Lettern darauf. Und ein Aktenzeichen.
Jo setzte sich in seinen Sessel und stellte das Whiskeyglas auf seinem Bauch ab. »Das ist meine Stasi-Akte.«
Jenny setzte sich ihm gegenüber, Bruno legte sich vor ihre Füße auf die Fliesen. »Ich dachte, du wolltest sie nicht einsehen, um die Geister der Vergangenheit nicht zu wecken.«
»Manchmal suchen die Geister dich heim«, entgegnete er und nahm einen großen Schluck.
»Und was hat das mit Riems zu tun?«, fragte sie und gab sich die Antwort im selben Moment selbst. »Einer der ehemaligen Kollegen? Warst du deshalb dort?«
»Sie haben mich rausgeworfen«, antwortete Jo, während er aufstand, das Glas zur Seite stellte und zu dem Tisch mit der Akte ging.
»Was hast du getan?«
»Ihn zur Rede gestellt.« Er nahm die Akte.
»Deswegen bist du dorthin gefahren?«
»Ich weiß zwar nicht, wo er wohnt. Aber ich weiß, wo er arbeitet.«
»Und dann?«
»Nichts. Ich habe ihn damit konfrontiert, und er hat alles abgestritten. Und dann ist die Situation ein wenig eskaliert.«
Jetzt erst bemerkte sie zwei rote Striemen an Jos Hals, einer schien ein wenig zu bluten. »Habt ihr euch geschlagen?«

Jo fasste sich an den Hals. »Das ist vom Sicherheitsdienst. Viel jünger als ich waren die. Die sollten sich schämen, so mit einem alten Kollegen umzugehen.«
Stille trat ein. Jenny konnte sich vorstellen, wie die Männer von der Security Jo aus dem Institut geschafft hatten, nachdem er einen der Mitarbeiter attackiert hatte.
»Wer war es?«, fragte sie.
Jo hatte die Akte vom Tisch genommen und zum Kamin getragen, der im Sommer nicht benutzt wurde. Er öffnete die Scheibe und schob die Akte unter den Abzug. Dann griff er nach einer Zeitung, die im Kaminholzhalter klemmte und bereits vergilbt war, rollte sie zusammen und zündete das Ende an. Nachdem er das Feuer durch Anpusten angefacht hatte, schob er die brennende Zeitungsfackel zur Akte, die ebenfalls sofort Feuer fing. Es roch nach Rauch. Er schloss die Scheibe und schaute kniend zu, wie Akte und Zeitung Funken stiebend verbrannten.
»Wer war es?«, wiederholte Jenny ihre Frage.
Jo erhob sich und ging zurück zu seinem Whiskeyglas. »Vergiss es«, sagte er und setzte sich. »Es war ein Fehler von mir, dorthin zu gehen. Manchmal muss man die Vergangenheit einfach ruhen lassen.« Er trank das Glas in einem Zug aus. »Die Geister wird man sonst nicht mehr los.«

Bach lehnte sich zurück und verschränkte die Arme vor der Brust. »Sie hören Roland Kaiser?«, fragte er. Er schaute durchs Küchenfenster in Richtung der beiden Polizisten, die davorstanden und rauchten. »Ich glaube, nach diesem Geständnis muss ich Sie verhaften lassen!«

Sie spürte, wie sie rot wurde. Warum erzählte sie diesem Mann so etwas? »Ich bin kein Fan. Das ist eher wie Medizin.«

»Und Sie wissen bis heute nicht, mit wem Ihr Vater in Riems aneinandergeraten ist?«

Sie schüttelte den Kopf.

»Dennoch ist das für mich ein Ermittlungsansatz. Waren Sie schon einmal auf der Insel?«

Jenny fühlte, wie ihr langsam alles zu viel wurde. »Brauchen Sie wieder einen Fahrdienst?«, fragte sie und gähnte. Draußen fuhr ein Auto vor, und sie hörte die Polizisten mit jemandem sprechen. Die Spurensicherung war da, um Beweise zu sichern und Fotos zu machen. In diesem Moment fiel ihr das Foto wieder ein, das sie in dem Koffer entdeckt hatte. Sie holte es aus der Tasche und schob es über den Tisch. »Das habe ich gefunden. Aufgenommen wurde es 1985 im Labor in Riems. Da rechts in der Mitte, das ist Jo. Auf der Rückseite stehen Namen, und einer lautet Walter. Hatten Sie nicht gesagt, der Tote vom Hochsitz hieß auch Walter?«

Bach nahm das Foto und betrachtete es. Sie sah, wie seine Unterlippe zitterte. »Alles in Ordnung?«, fragte sie.

»Ja«, antwortete er nach einer weiteren Sekunde. »Haben Sie vielleicht einen Orangensaft oder etwas Süßes für mich?«

Sie ging zum Kühlschrank und schenkte ein Glas Apfelsaft ein, den sie frisch gepresst von einem Apfelbauern in der Nähe kauften.

»Danke, manchmal bin ich einfach unterzuckert.« Er nahm einen großen Schluck. Mittlerweile hatte er das Foto umgedreht und las die Namen auf der Rückseite. »Kann ich das behalten?«

Sie nickte.

»Wissen Sie schon mehr über diesen Walter?«

»Die Kollegen aus Walters Heimat schicken Informationen und einen Auszug aus ihrer Ermittlungsakte.« Bach steckte das Foto ein und erhob sich. Er stand vor einem Stapel Unterlagen, die in einem überquellenden Korb neben der Mikrowelle lagen. Er nahm die oberste Mappe in die Hand, auf der ein gefährlich dreinschauender Wolf mit einem Fadenkreuz darüber abgebildet war. *»Fenceattack«*, las Bach laut ab. »Wir schützen, was Sie lieben. Investieren Sie in eine sichere Zukunft.«

»Das sind die Investments, von denen ich sprach. Davon sind ständig welche im Briefkasten. Ich schaue es mir gar nicht mehr an.«

Bach legte es zurück. »Bleiben Sie heute Nacht hier?«

Eine Frage, über die Jenny sich noch keine Gedanken gemacht hatte. In der Tat weckte die Vorstellung, nach dem Einbruch allein in dem Haus zu übernachten, ein gewisses Unbehagen bei ihr. Auch musste sie die Terrassentür reparieren lassen. »Ich kann in der Tierklinik übernachten, wir haben dort einen Schlafplatz für die Nachtschicht«, sagte sie.

Bach nickte zufrieden. Auch sie stand auf. Bruno, der seinen Knochen verspeist hatte und ihr heute nicht mehr von der Seite wich, tat es ihr gleich.

»Irgendetwas Neues wegen der Hakenkreuz-Schmierereien?«, fragte sie.

»Unsere Kriminaltechniker sagen, das Graffiti war frisch, nicht älter als vierundzwanzig Stunden, die Farbe war sogar noch feucht.«

»Ich habe heute schon wieder ein Hakenkreuz gesehen«, fiel es ihr wieder ein.

»Wo?«

»Ich war in der Scheune und habe in alten Sachen von Jo gekramt, bevor Bruno anschlug und ich hier ins Haus gerannt bin und den Einbrecher überrascht habe. Da war so etwas wie eine alte Akte. Ich glaube, ›Reichsforschungsanstalt Riems‹ stand darauf.«

»Kann ich die sehen?«

Sie zögerte. Dachte an die Krankenhausakte von Esther, das Plüschtier. Es waren sehr persönliche Gegenstände. Dann fiel ihr wieder ein, dass Esther und Jo auch auf sie und ihre Gefühle keine Rücksicht genommen hatten. »Wir müssen einmal über den Hof.«

Sie ging vor und begegnete in der Tür den Polizisten mit zwei weiteren Männern, die sie noch nicht kannte, die aber wieder große schwere Koffer mit sich trugen. Bach begrüßte sie und stellte sie als die Kriminaltechniker vor, die nach Fingerabdrücken des Einbrechers suchen würden.

Sie gingen um die Garage herum. Schon von Weitem sah Jenny, dass die Tür zum Schuppen offen stand. Offenbar hatte sie in der Eile vergessen, sie hinter sich zu schließen. Sie ging ein wenig schneller.

»Sie haben einen ganz schönen Schritt drauf«, bemerkte Bach.

In der Tat rannte sie durch den Tag, vielleicht aber rannte sie seit einigen Wochen auch nur vor etwas weg.

Sie betrat die Scheune, und während sie die hintere der beiden Pferdeboxen ansteuerte, ahnte sie bereits, was einige Sekunden später Gewissheit wurde: Der alte Koffer war verschwunden.

21

Der CEO von *Fenceattack* Darius Gorski stand vor dem unscheinbaren Eingang des »Potsdam Gentleman Gun Clubs« und telefonierte. Jeder Dienstagabend war in seinem vollen Terminkalender für Schießtraining reserviert. Der P.G.G.C., wie er sich abgekürzt nannte, hatte das Thema Schießsport aus der biergeschwängerten Atmosphäre der deutschen Schützenvereinslandschaft in das edle Ambiente eines englischen Herrenclubs gehoben. Das Konzept funktionierte und zog vor allem wohlsituierte Mitglieder mittleren Alters an, die aus den verschiedensten Gründen das Bedürfnis hatten, mit einer Waffe umgehen zu können. Darius Gorski besuchte seit seiner Jugend Fitnessclubs und trainierte neben Jiu-Jitsu seit einigen Jahren auch Mixed Martial Arts, den wohl härtesten Vollkontaktkampfsport der Welt. Aber auch als harter Bursche wusste er, dass in manchen Situationen nichts half außer einer gut ausgestatteten Handfeuerwaffe.

»Walter Gehrling ist tot?«, wiederholte er ungläubig. »Ermordet?«

Während sein Gesprächspartner redete, zog er hektisch an der Zigarette.

»Und Jo wird vermisst?«, gab er das Gehörte wieder, wobei er nun nervös auf und ab ging. »Was für eine Kacke ist da am Dampfen?« Er lief ein Stück in Richtung des unbeleuchteten Parkplatzes, um ungestörter zu sein. »Zwei Gesellschafter tot. Vor unserem Zaun tauchen plötzlich angebliche Schatten- und Werwölfe auf. Ich sage Ihnen, irgendjemand hat es auf uns abgesehen!« Er konnte seinen Ärger nur schwer verbergen. Wieder hörte er kurz zu, dann sprach er mit gedämpfter, aber scharfer Stimme weiter. »Hören Sie, Sie kümmern sich um die Sache mit den Gesellschaftern und ich um das Geschäft! Wir sind schon zu weit gekommen, um uns nun aufhalten zu lassen!« Kaum hatte er ausgesprochen, schaute er sich um, ob ihn jemand gehört hatte. Erneut zog er an der Zigarette, deren Glut hell in der einsetzenden Dämmerung aufleuchtete. »Wir müssen uns treffen!«, forderte er. »Wenn wir angegriffen werden, müssen wir hart zurückschlagen!« Erneut zog er beim Zuhören ungeduldig an der Zigarette. »Ich verspreche Ihnen, das Projekt ist nicht gefährdet. Wir sind weiter im Zeitplan. Wir haben unsere Hausaufgaben gemacht!«

Er nickte, als sein Gesprächspartner am anderen Ende der Leitung etwas erwiderte. Dann beendete er das Gespräch ohne Abschiedsgruß. Er ließ die Zigarette fallen und trat den Stummel mit einer wütenden Drehung seines Fußes aus, als würde er ein lästiges Insekt zertreten. »Verdammt! Verdammt!«, rief er, bevor er seine Hände in den Taschen seiner Bomberjacke vergrub und mit energischen Schritten auf den Eingang des »Potsdam Gentleman Gun Clubs« zulief.

22

»Vielleicht sollten Sie einmal den Führerschein machen«, sagte Jenny, während sie den Ortsausgang von Waldenow passierten. Bach saß auf dem Beifahrersitz. Sie hatte ein paar Sachen für die Nacht eingepackt und angeboten, Bach zur nächsten Bushaltestelle zu fahren.

»Ich bin nicht besonders begabt in solchen Dingen«, entgegnete er.

Jenny schaute zu ihm hinüber. »In solchen Dingen?«

»Ich meine Prüfungen. Das ist nichts, was ich besonders gerne mache.«

»Wer tut das schon«, bemerkte sie. »Aber braucht man nicht auch fürs Jurastudium ein paar Prüfungen?«

»Es war ein Kampf.«

Etwas in seinem Tonfall hielt sie davon ab, weiter nachzuhaken. Bach begann, im Takt der Radiomusik mit den Zeigefingern auf das Armaturenbrett zu trommeln. Ihr fiel auf, wie gepflegt seine Hände aussahen, sie schnitt zwar nur Tieren die Krallen, aber sie erkannte das Ergebnis einer guten Maniküre.

»Kauen Sie ruhig eins von den Nikotinkaugummis«, sagte sie.

Er schüttelte den Kopf. »Irgendwann muss ich das Nikotin ja mal ausschleichen, sonst komme ich davon nie runter.«

Sie deutete auf seine Hände. »Spielen Sie Schlagzeug?«

Er hörte sofort auf zu trommeln. »Nicht mehr.«

»Aber Sie haben es getan. In einer Band?« Sie sah, dass er nickte. »Und welche Musikrichtung?«

»Kein Schlager. Also nichts für Sie.«

»Sehr lustig!« Sie ärgerte sich, dass sie ihm von ihrer Roland-Kaiser-Episode erzählt hatte.

»Eher das Gegenteil davon: Metal. Können Sie damit etwas anfangen?«

»Ist das nicht die Musik, bei der die Sänger klingen, als hätten sie Schmerzen?«

»Das ist Heavy Metal und muss nicht immer so sein. Aber selbst wenn, ist auch das Kunst, und viele, so wie ich, hören es gern.«

»Und Sie machen sich über Roland Kaiser lustig!«

Bach konnte sich einen Lacher nicht verkneifen. Eine Weile fuhren sie schweigend. Es tat ihr gut, mal über etwas anderes zu reden als über die schrecklichen Ereignisse des Tages.

»Was war in dem Koffer, der gestohlen wurde?«, stieß Bach sie von ihrer kleinen mentalen Insel der Erholung.

»All das, was von zwei Leben am Ende überbleibt. Persönliche Dinge von Jo und Esther. Fotos, Erinnerungsstücke. Und das Foto mit den Männern im Laborkittel, das ich Ihnen gegeben habe. Eigentlich nichts, was einen Fremden interessieren könnte.«

»Und Sie sind sicher, dass der Einbrecher nicht Jo selbst war?«

»Er hätte einen Schlüssel gehabt!«

»Ja, aber Sie sagten, Sie waren gerade in der Scheune, als Ihr Hund auf den Einbrecher aufmerksam wurde. Vielleicht wurde die Scheibe nur eingeschlagen, um Sie aus der Scheune in das Haus zu locken, damit man den Koffer stehlen konnte. Und wer außer Ihnen und Jo wusste von diesem Koffer? Außerdem war der Eindringling komplett maskiert. Vielleicht, weil Sie ihn kennen.«

Das klang alles durchaus plausibel. Ein Gedanke, auf den sie noch gar nicht gekommen war. Jo als Einbrecher? Und dann auch noch in der Maske des von ihm so gehassten Wolfs? Vor einigen Wochen hätte sie diese Theorie weit von sich gewiesen, aber heute wusste sie gar nicht mehr, was sie denken und glauben sollte.

»Ich weiß es nicht«, sagte sie. Sie erinnerte sich an die Gestalt des weglaufenden Einbrechers. Für Jo, der unter Herzinsuffizienz, Meniskusschäden in beiden Knien und Rückenproblemen litt, hatte er sich eigentlich zu geschmeidig bewegt. »Ich glaube aber eher nicht, dass er es war«, resümierte sie.

»Sonst noch irgendetwas, was Ihnen einfällt?«

Sie musste an das Plüschtier denken, das sie in dem Koffer gefunden hatte, und sofort spürte sie wieder das Bedürfnis zu weinen wie ein kleines Kind. Vielleicht lag es auch an dem traurigen *Before you go* von Lewis Capaldi, das gerade im Radio gespielt wurde.

»Der tote Walter Gehrling und Ihr Vater haben also im selben

Institut gearbeitet. Vielleicht sollten wir da einmal vorbeischauen. Eventuell hat jemand dort in letzter Zeit zu einem der beiden Kontakt gehabt, weiß, warum Walter Gehrling hier oben im Norden war, oder hat einen Hinweis für uns, wo wir nach Ihrem Vater suchen können.«

»Ich kenne dort jemanden«, sagte Jenny. »Wir haben während der Vogelgrippenepidemie geholfen, Vogelkadaver einzusammeln, und sie zur Verprobung nach Riems gebracht. Zudem arbeiten wir bei meldepflichtigen Krankheitsausbrüchen ab und zu mit Riems zusammen.«

»Hervorragend, vielleicht können Sie uns dort für morgen einen Termin organisieren. Am besten wäre es, wenn wir mit jemandem sprechen könnten, der sowohl Ihren Vater als auch Walter Gehrling noch kannte.«

Damit konnte sie dienen. Während sie im Stau standen, griff sie nach ihrem Telefon und scrollte die Kontaktliste durch. Beim Namen Ansgar Schilling blieb sie hängen. Sie wählte Ansgars Telefonnummer aus.

»Woher kennen Sie ihn?«, fragte Bach.

»Schon ewig«, entgegnete Jenny. »Ich war noch ein Teenager, als ich ihn zum ersten Mal traf.«

Sonnenhof, 1998

Jenny war allein zu Hause. Dies war nichts Besonderes, denn Jo war immer viel unterwegs, wobei er meist ein großes Geheimnis daraus machte, wohin er ging. Sie saß vor dem Fernseher und schaute eine Folge von Remington Steele, *als sie ein Auto auf den Hof fahren hörte. In dem Glauben, dass Jo nach Hause kam, lief sie zum Hausflur und öffnete die Tür, doch es war nicht Jos Wagen. Ein pinkfarbenes Cabrio parkte direkt vor dem Eingang, und gerade stieg ein Mann aus, den sie noch nie zuvor gesehen hatte. Sie schätzte ihn auf knapp dreißig Jahre. Mit seinem karierten Flanellhemd, unter dem ein leichter Bauchansatz zu erkennen war, dem ordentlich gekämmten Seitenscheitel und dem großen Brillengestell erinnerte er sie ein wenig an einen Lehrer. In der Hand trug er einen Kasten in der*

Größe eines Schuhkartons. Als er sie sah, hob er erfreut die Hand und grüßte. »Du musst Jenny sein«, rief er und kam auf sie zu. »Hallo, ich bin Ansgar. Ist Jo da?«, fragte er.

Sie lebten auf dem Land, und auch wenn er für sie ein Fremder war, hegte sie keinerlei Scheu. Jo bekam ständig Besuch von Leuten, die sie nicht kannte. Mit einigen ging er in sein Arbeitszimmer, mit anderen in die Scheune gegenüber. Manche speiste er auch direkt an der Tür ab.

»Er ist nicht da!«, sagte sie und horchte mit einem Ohr ins Wohnzimmer, wo gerade die Vorabendserie nach der Werbung weiterging. »Und ich weiß auch nicht, wann er wiederkommt.«

Nun stand der Mann direkt vor ihr. »Das ist schade«, sagte er nachdenklich und schaute zu ihr hinunter. Von Nahem sah sie fettige Strähnen in seinen schwarzen Haaren. Seine Zähne waren etwas schief, aber sein Lächeln war freundlich und gewinnend. »Ich habe hier ein Geschenk für ihn.« Er hielt ihr den Karton entgegen, und sie wich etwas zurück, als sie glaubte, ein Rascheln darin zu hören.

Es war tatsächlich ein gewöhnlicher Schuhkarton mit einem Nike-Zeichen darauf, allerdings hatte jemand zahlreiche Löcher in den Deckel hineingestochen. Der Mann quittierte ihren Schreck mit einem Lächeln. »Ich glaube allerdings, das Geschenk ist eher für dich gedacht.«

Aus dem Wohnzimmer drangen nun laute Action-Geräusche. Sie verpasste das Spannendste ihrer Serie. Langsam wurde Jenny misstrauisch. Ein fremder Mann an der Haustür, der mit Geschenken lockte, war auch ihr suspekt.

»Ich bin ein ehemaliger Kollege von Jo. Und wie er dir vielleicht erzählt hat, arbeiten wir in Riems oft mit Meerschweinchen. Er hat uns neulich besucht und meinte, wenn wir mal eins übrig haben, würde seine Tochter Jenny sich freuen. Vergangene Woche haben die Meerschweinchen viele Junge bekommen, und hier bin ich!« Nun ging er in die Hocke, stützte sich mit einem Knie ab und öffnete vor ihren Augen den Karton. Zum Vorschein kam ein braunweiß geschecktes Meerschweinchen, das ihr mit blinzelnden Augen skeptisch entgegenschaute und dabei sein kleines, rosa Näschen rümpfte.

Beim Anblick des süßen Tierchens war sämtliche Skepsis verflogen. Tränen der Rührung schossen ihr in die Augen, und sie streckte den gekrümmten Zeigefinger aus, um das Tier vorsichtig zu streicheln.
»Das ist für mich?«, fragte sie ungläubig.
»So hat Jo es bestellt. Nimm!« Er hielt ihr den Karton entgegen, und sie griff zu. Ihre Fernsehsendung war ihr plötzlich egal.
»Bestell deinem Vater schöne Grüße von mir. Und sag ihm, ich denke oft an die alten Zeiten zurück!« Ansgar richtete sich wieder auf und ging zurück zu seinem Cabrio, dessen Tür er öffnete.
»Besonders gern mögen sie übrigens Gurke!«, rief er ihr mit einem Augenzwinkern noch zu, dann stieg er ein und fuhr davon.
Als Jo wenig später nach Hause kam, war er schlecht gelaunt und reagierte vollkommen anders auf Ansgars Besuch als von ihr erwartet. Rasend vor Wut nahm er den Karton mit dem Meerschweinchen, das mittlerweile »Karamell« hieß, stülpte den Deckel darauf, hielt ihn weit entfernt vom Körper, als enthielte er eine Bombe, und lief damit trotz Jennys heftiger Proteste aus dem Haus. »Den knöpf ich mir vor!«, murmelte er mit hochrotem Kopf, bevor er verschwand und Jenny tränenüberströmt zurückließ. Nach seiner Rückkehr am späten Abend war er wie ausgewechselt und erklärte ihr, dass das Halten von Meerschweinchen Tierquälerei sei. Am darauffolgenden Tag fuhr er mit ihr zu einem Bauern in der Nähe und kaufte ihr einen Hasen, den sie »Vanille« nannte.
Das Meerschweinchen sah sie nie wieder.

»Er hat Ihnen ein Meerschweinchen geschenkt?«, fragte Bach.

»Ich hatte meine Mutter verloren. Alle waren damals sehr bemüht um mich.«

»Und was ist mit dem Meerschweinchen geschehen?«

»Ich habe meinen Vater niemals danach gefragt. Ich denke, ich habe mich vor der Antwort gefürchtet.«

»Und Ansgar? Haben Ihr Vater und er sich damals gestritten?«

»Auch Ansgar hat nie wieder davon gesprochen.«

Bach verzog unbefriedigt den Mund. Ein Freizeichen ertönte.

»Hi, Jenny«, meldete Ansgar sich. »Sorry, hat etwas gedauert, ich musste erst mal den Schutzhandschuh ausziehen.«

Sie begrüßte ihn und erklärte, worum es ging, und Ansgar war sofort bereit, sie beide am nächsten Vormittag zu treffen.

»Können Sie mich dann morgen gegen 11 Uhr in der Staatsanwaltschaft in Stralsund abholen?«, fragte Bach, nachdem sie aufgelegt hatte. »Das liegt für Sie ja praktisch auf dem Weg …«

Eine halbe Stunde später hatte sie Bach abgesetzt und fuhr in Richtung Tierklinik, in der es einen Raum mit einem Bett mit einer viel zu harten Matratze gab, in dem die Ärzte während der Nachtschichten im Notdienst ruhen konnten. Heute hatte die Klinik keinen Notdienst, sodass sie dort ungestört nächtigen konnte. Ihr Blick fiel auf ein Schild, das den Weg zu einem Hotel wies. Sie kannte es, weil sie dort regelmäßig Freunde untergebracht hatte, die sie hier besuchen kamen. Nach der Hochzeitsfeier einer Kollegin hatte sie sogar selbst schon dort übernachtet. Es war ein aufwendig renoviertes altes Landgut, in dessen Flügeln man jeweils ein Dutzend Hotelräume untergebracht hatte. Sogar ein eigenes Gebäude mit Schwimmbad und Saunen gab es. Spontan setzte sie den Blinker und folgte dem Wegweiser. Heute Nacht brauchte sie flauschiges Bettzeug und riesige Kissen zum Kuscheln.

23

Als sie am nächsten Morgen erwachte, war alles anders. Zunächst hatte sie überraschend gut geschlafen, was an der Erschöpfung gelegen haben musste. Sie hatte nichts geträumt und war wach, kurz bevor der Wecker klingelte. Endlich konnte sie die ersehnte lange Dusche nehmen, während Bruno auf der mitgebrachten Decke weiterdöste. Und gerade als sie danach mit einer Gesichtsmaske auf dem Bett saß, brach der Sturm über sie herein. Das Smartphone, auf dem sie, während die Maske wirkte, eine Runde *Candy Crush* spielte, vibrierte in ihrer Hand. Die Nummer des Anrufers war in ihrem Telefon eingespeichert, und so erschien der Name des Landrats Martin Brock auf ihrem Display. 7 Uhr morgens war eine ungewöhnliche Zeit für einen Anruf ihres Vorgesetzten als Wolfsbeauftragte.

»Guten Morgen«, meldete sie sich.

»Was in aller Herrgotts Namen …?«, setzte der Landrat an, und in diesem Moment wusste sie bereits, dass etwas nicht stimmte.

»Wieso haben Sie mich nicht informiert?«

»Informiert?« Sie setzte sich auf. »Worüber?«

»Muss ich es erst aus der Zeitung erfahren? Können Sie sich vorstellen, was heute Morgen bei mir los ist? Sogar das Büro der Ministerpräsidentin und das ZDF haben schon bei mir angerufen!« Ihr Gesprächspartner schien ernsthaft sauer zu sein.

»Entschuldigen Sie, wovon reden Sie überhaupt?«, wurde nun auch sie ärgerlich.

»Schauen Sie in den *Greifswalder Boten!* Ich erwarte, dass Sie um 9 Uhr bei mir im Büro sind und mir die Sache erklären!«

Der Anruf war beendet.

Sie schaute ungläubig auf das Telefon, dann öffnete sie den Browser und gab in der Suchmaschine »*Greifswalder Bote*« ein. Sie folgte dem Link und landete auf der Titelseite des Online-Auftritts der Zeitung. Von einem großen Foto schaute ihr mit schiefem Blick Helge Schulze entgegen. Sie bemerkte gleich, dass er während der Aufnahme nicht ganz nüchtern gewesen war. Vor der Brust hielt er den

Ausdruck eines weiteren Fotos, auf dem ein Schaf zu sehen war, das treuherzig in die Kamera blickte. Sie erkannte das Leitschaf Trude sofort. Ihr Blick wanderte zur Überschrift.

»*55 Schafe von Wolf auf Weide in Vorpommern zerfleischt, Schäfer Schulze: ›Es war ein Monster!‹*« Sie las den Artikel.

»*Kindergartengruppe entkam dem aggressiven Tier nur knapp*«, lautete eine der nächsten Zwischenüberschriften. Darunter wurde der Vorfall mit den Kindern geschildert, nur um einiges dramatischer, als der Polizist es am Tag zuvor getan hatte.

»*Versucht der Kreis zu vertuschen?*«, wurde der letzte Absatz des Artikels eingeleitet. »*Vom Büro der Kreisverwaltung war zu den Ereignissen keine Stellungnahme zu erhalten. ›Wir wissen von nichts‹, ließ der zuständige Landrat Brock verlauten. Die Wolfsbeauftragte Rausch, frisch im Amt, war für die Zeitung nicht erreichbar. Kai Hansen von der Kreisjägerschaft vermutet hinter dem Schweigen der Verantwortlichen ein System. ›Man will beim Landkreis nicht wahrhaben, dass der Wolf nicht in unsere Kulturlandschaft passt, also stellt man sich tot. Die neue Wolfsbeauftragte ist zwar immerhin Jägerin, scheint aber überfordert. Doch 55 massakrierte Schafe kann man nicht einfach übergehen! Vielleicht muss erst ein Kind sterben, bevor man dort endlich aufwacht! Wir brauchen den Abschuss!‹*«

Jenny warf ihr Smartphone auf das Bett neben sich, nahm ein Kissen, hielt es sich vor das Gesicht und schrie vor Wut hinein. Ihr Handy klingelte erneut, eine unbekannte Nummer.

»Ja?«, meldete sie sich skeptisch.

»Deutsche Presseagentur, spreche ich mit der Wolfsbeauftragten des Kreises Vorpommern Jenny Rausch?«

»Ja, aber …«

»Es geht um den Problemwolf. Ich habe ein paar Fragen.«

»Es gibt keinen Problemwolf!«, sagte sie und beendete das Gespräch. Kurz darauf vibrierte das Telefon erneut, und sie schaltete es aus. Die Gesichtsmaske klebte am Kissen.

Beim Frühstück im Restaurant des Hotels sah sie am Tresen die gedruckte Ausgabe des *Greifswalder Boten*, von dessen Titelseite ihr Helge entgegenschaute. Sie nahm eine Zeitung mit zum Platz und las den Artikel noch einmal. Es war derselbe wie online, allerdings war er noch um ein paar Fotos ergänzt worden. Eines zeigte die Blutflecken im Gras auf Helges Weide. Ein anderes einen Haufen toter Tiere auf einem Hänger. Die Qualität war nicht herausragend, sie vermutete, dass Helge oder sein Kollege sie selbst gemacht und dem Journalisten zur Verfügung gestellt hatten. Unter dem Artikel fand sie den Namen des Verfassers: Lars Zimmermann. Sie hörte, wie zwei Bedienungen, die an diesem Morgen im spärlich besuchten Frühstücksraum nur wenig zu tun hatten, über die Story sprachen.

»Bald kannste nicht mehr in den Wald gehen!«, sagte die eine, und die andere gab ihr recht. »Ich fahr jedenfalls nicht mehr mit dem Fahrrad zur Arbeit, bis sie den geschnappt haben! Alles Schuld der Grünen, sage ich dir! Ich weiß, was ich nächstes Mal wähle!«

Jenny schüttelte den Kopf und stürzte den Kaffee herunter, ohne das üppige Frühstücksbüfett zu beachten, als eine andere Meldung in der Zeitung ihre Aufmerksamkeit weckte.

»Toter unter Hochsitz in Loitz gefunden«, lautete die Überschrift. Die Meldung hatte nicht mehr als fünf Zeilen. *»Am gestrigen Mittag wurde die Leiche eines Mannes unter einem Hochsitz nahe dem alten Wasserturm entdeckt. Der noch unbekannte Tote wurde zur Identifizierung in die Rechtsmedizin nach Greifswald gebracht, um die Umstände des Todes aufzuklären. Weitere Hintergründe sind noch nicht bekannt.«*

Offenbar war Bach gegenüber der Zeitung weniger auskunftsfreudig gewesen als der angetrunkene Helge. Sie blätterte weiter, fand aber zu ihrer Erleichterung kein Wort zu Jos Verschwinden. Sie klemmte die Zeitung unter den Arm und holte Bruno, der nicht mit ins Restaurant durfte und artig auf sie gewartet hatte. Danach buchte sie an der Rezeption das Zimmer für die nächsten drei Nächte und fuhr direkt in die Tierklinik. Dort empfing sie ihre beste Tierarzthelferin, die auch ihre Lieblingskollegin war.

»Was ist los, Süße?«, begrüßte Mona sie, und in diesem Moment löste sich etwas in ihr. Jenny begann zu schluchzen, und Mona nahm sie in den Arm und strich ihr über den Rücken. Erst jetzt merkte sie, wie sehr ihr solche zärtlichen Gesten in den vergangenen Monaten gefehlt hatten, wie sehr sie sich nach Liebe sehnte. Und das schon ihr ganzes Leben lang. Sie dachte an den Koffer in der Scheune und an das Kuscheltier, das sie darin gefunden hatte, das ihr gleichzeitig bekannt und unbekannt vorgekommen war. Vor ihren geschlossenen Augen tauchte ein Erinnerungsfetzen auf.

Der Sonnenhof, Anfang der Neunziger

Jenny stand inmitten eines riesigen Waldes. Aber es war kein normaler Wald: Nicht die Blätter, sondern die Bäume selbst trugen alle Farben des Regenbogens. Aus irgendeinem Grund kannte sie die Namen der Bäume, bestaunte tiefrote Eichen, goldgelbe Kiefernstämme und purpurfarbene Kastanien. Dazwischen wuchsen Pflanzen, die wie riesige Lollis aussahen und einen zuckersüßen Duft verströmten. Sie leckte daran, und es schmeckte wunderbar nach Himbeere. Während sie durch den Wald ging, nein, sie schwebte, kam ihr ein tellergroßer Schmetterling entgegengeflogen. Er war himmelblau mit lila Tupfen und schien mit ihr spielen zu wollen. Mal flog er ihr entgegen, dann wieder davon. Sie gluckste vor Freude und versuchte, nach ihm zu greifen, doch immer wenn sie ihn beinahe berührte, entwischte er ihr. So führte er sie immer tiefer hinein in den Wald, und sie bemerkte nicht, wie die Farben der Bäume um sie herum immer dunkler wurden. Erst als auch der Schmetterling ein dunkles Blau angenommen hatte, fiel ihr auf, dass um sie herum plötzlich alles schwarz war.
Die Lollipflanzen waren verschwunden, und an ihrer Stelle standen nun tiefschwarze Stängel mit ausgefransten Blüten, die an die Felder verblühter Sonnenblumen am Ende des Sommers erinnerten. Die Bäume sahen nun aus wie nach dem Waldbrand im Landgrabental, zu dem Jo vor einiger Zeit mit ihr gefahren war, um beim Aufräumen zu helfen. Die Unbeschwertheit, die sie eben noch empfunden hatte, wich einer lähmenden Angst. Während sie in die pechschwarzen Baumwipfel schaute, die sich hoch über ihr mit einem knisternden Geräusch aneinanderrieben, öffnete sich vor ihr plötzlich eine große Lichtung, auf der drei menschengroße Fliegenpilze standen, deren feuerroter Schirm mit den weißen Punkten und weißen Stielen zwischen all dem Schwarz regelrecht leuchtete. Es waren zwei große und ein kleiner, und als sie sie sah, spürte sie das Verlangen, hinzulaufen und sie zu umarmen.
Und während sie lief, wurde ihr bewusst, dass sie selbst ein kleiner

Fliegenpilz war. Als sie die kleine Gruppe beinahe erreicht hatte, legte sich mit einem Mal über alles ein großer Schatten, und als sie verstand, woher er kam, war es schon zu spät: Vom Himmel schwebte ein riesiger Drache mit rot leuchtenden Augen und breiten Schwingen. Sie schrie auf und rannte schneller, kam aber nicht mehr voran. So war sie hilflos, als der Drache plötzlich sein Maul öffnete und zwischen riesigen Greifzähnen erst kleine, dann große Flammen ausspuckte. Der Drache schien sie dabei anzulachen. Dann wandte er den Kopf und schoss eine riesige Stichflamme auf die drei Pilze, woraufhin diese zu brennen begannen und, begleitet von ihren Schreien, vor ihren Augen zusammenschmolzen.

Sie erwachte von ihren eigenen Schreien und brauchte einen Moment, bis sie verstand, dass sie in ihrem Bettchen im Kinderzimmer im Sonnenhof lag und alles nur ein Traum gewesen war. Ein furchtbarer Albtraum. Sie suchte nach ihrem Kuscheltier, stutzte kurz, als sie Hasi sah, nahm den Plüschhasen und kroch aus dem Bett. Ihr Gesicht war nass vom Weinen. Noch immer mit pochendem Herzen und vom Schluchzen bebender Brust lief sie über die kalten Fliesen durch den Flur zum Schlafzimmer ihrer Eltern. Ihr Vater schnarchte laut, und so weckte sie ihre Mutter Esther, indem sie an ihrem Arm zog, der schlaff aus dem Bett hing. Es dauerte, bis Esther zu sich kam, und erst als sie ihr sanft in den Arm kniff, öffnete sie ihre Augen.

»Ich hatte einen Albtraum«, raunte sie, und ihre Stimme klang ganz heiser. »Kann ich zu euch ins Bett?« Sie umrundete das Bett und wollte gerade hineinklettern, als Esther sich aufrichtete und ihr mit dem Fuß den Weg ins elterliche Bett versperrte.

»Es ist mitten in der Nacht!«, stellte sie mit harschem Ton fest. »Du weißt doch, dass dein Vater morgen früh rausmuss!«

Jenny versuchte, die Barriere ihrer Mutter zu umgehen und ins Bett zu klettern, doch Esther hielt sie nun mit den Armen zurück.

»Ich hatte so eine Angst …«, brachte sie wie zur Entschuldigung schluchzend hervor. »Da war ein Drache und …«

»Ruhe jetzt!«, unterbrach Esther sie etwas zu laut, woraufhin Jo ein tiefes Grummeln von sich gab. Sie roch die Alkoholfahne, die von Esther ausging. »Siehst du, jetzt hast du Papa geweckt!«, zischte sie.

»Das kommt von dem ganzen Quatsch, den du liest! Geh sofort zurück in dein Bett! Und morgen unterhalten wir uns, Fräulein!«
Esther drehte sich weg und legte sich wieder hin, wobei sie zuvor ihr Kopfkissen mit den Händen bearbeitete, als würde sie einen Teig kneten. Jenny verharrte kurz am Fußende, dann ging sie mit zitternden Knien zurück in ihr Zimmer und versteckte sich im Kleiderschrank. Sie kuschelte sich in die Winterbettdecke, die dort auf dem Boden lagerte, und drückte sich eng an Hasi. Als sie sich endlich traute, die Augen zu schließen, sah sie kurz den schwarzen Wald, bevor er verblasste und sich in Luft auflöste.
In den Folgejahren hatte sie diesen Traum in einigen Abwandlungen immer wieder. Mal war der Wald ein Labyrinth, oder es handelte sich stattdessen um Häuserschluchten, die Bäume waren dann Türme oder Hochhäuser, aber immer tauchten am Ende die kleine Fliegenpilzfamilie und der Drache auf, und die Pilze verbrannten, ohne dass sie etwas dagegen tun konnte.

»Alles in Ordnung? Du weinst ja!«, stellte Mona fest und wischte ihr mit den Daumen die Tränen aus dem Gesicht.

»Es war alles ein bisschen zu viel«, sagte sie und spürte, wie Bruno sich an ihre Beine schmiegte. Sie verehrte Tiere auch wegen ihrer grenzenlosen Empathie. Zwischen Lachen und Weinen kraulte sie Bruno das Ohr. »Ich erzähle dir später alles, kannst du heute auf Bruno aufpassen?«, fragte sie.

»Aber natürlich. Mach frei, bis die Dinge sich geklärt haben!«

»Deshalb bin ich ja hier!« Ihr Tierarztkollege Phillip willigte sofort ein, sie bis zum Ende der Woche zu vertreten.

Kurz darauf saß sie wieder im Auto, schaltete an einem Bahnübergang ihr Handy ein und erschrak über die Anzahl der Anrufe in Abwesenheit, alles ihr unbekannte Nummern. Das Telefon war auch ihr Diensthandy, und die Nummer war auf der Website, die sie als Wolfsbeauftragte vorstellte, veröffentlicht. Sie scrollte durch die Liste mit den empfangenen SMS. Die meisten Nachrichten informierten sie über entgangene Anrufe oder Nachrichten auf der Mailbox ihres Mobiltelefons. Bei einer SMS blieb sie hängen. *»Bitte rufen Sie mich an, es geht um Ihren Vater. Lars Zimmermann.«*

24

Helen Roux stand vor der Firmenzentrale von *Fenceattack* und rauchte, als ihr Mobiltelefon läutete. Die Nummer sagte ihr nichts, aber als Leiterin der Presseabteilung bekam sie viele Anfragen von ihr unbekannten Anrufern.

»Lars Zimmermann, vom *Greifswalder Boten*«, meldete sich eine Stimme, der man anhörte, dass sie heute noch nicht viel gesprochen hatte. Der Anrufer räusperte sich. »Ich habe Informationen, wonach in einer der vergangenen Nächte hier im Gebiet von Vorpommern das Erscheinen eines Wolfsmenschen identifiziert worden sein soll. Und zwar vor Ihrem Zaun! Wie ist Ihr Kommentar hierzu?«

Es kam nicht oft vor, dass Helen sprachlos war, aber jetzt war einer dieser raren Momente. Sie machte zwei Schritte vorwärts und ertränkte den Rest ihrer Zigarette in einer zum Aschenbecher umfunktionierten Vase, in der sich Regenwasser gesammelt hatte. »Bitte, was?«, fragte sie, um Zeit zu gewinnen. Viele glaubten, als Pressereferentin müsste man eine gute Journalistin sein. Doch das stimmte nicht: Viel wertvoller war eine gute Schauspielausbildung. Sie hatte ihre nach dem Schulabschluss in Marseille und einigen Studienabbrüchen an der Schauspielschule in Wien absolviert.

»Ich weiß, es klingt verrückt, aber ich habe hier Beweise vorliegen«, füllte der Gesprächspartner die Pause.

Mittlerweile hatte sie das Smartphone vom Ohr genommen, auf Lautsprecher gestellt und die Kurzbiografie von Lars Zimmermann auf der Website des *Greifswalder Boten* geöffnet: Chefredakteur *Greifswalder Bote,* ehemaliger Chefreporter *Stern,* Journalist *Hamburger Morgenpost,* Volontär *Radio Hamburg.*

»Hallo? Sind Sie noch da?«, ertönte wieder die Stimme, aus der sie nun erste Anzeichen von Streitlust heraushörte.

»Sorry, habe ich richtig gehört? Sagten Sie Wolfsmensch?« Sie war mit der Betonung, die sie in die Frage hineingelegt hatte, zufrieden. Eine Mischung aus Überraschung und Belustigung.

»Ich kann auch sagen: Werwolf. Ich weiß, es klingt verrückt. Aber nicht ich habe mir das ausgedacht, sondern offenbar hat Ihr KI-Zaun das so gemeldet. Ich habe hier noch die Pressemappe liegen, die Sie verteilt haben, als Sie mit dem Bau des Zauns begonnen haben. Wenn ich mich richtig erinnere, hatte sogar die Ministerpräsidentin den ersten Spatenstich gesetzt. Und in dieser Mappe steht, ich zitiere: ›Dank modernster künstlicher Intelligenz und der Nutzung neuronaler Netze hat der Zaun eine Erkennungsquote von 100 %.‹ Nehme ich das für bare Münze, muss das also tatsächlich ein Werwolf gewesen sein, den Ihr Zaun neulich nachts erkannt hat. Oder aber die Angaben in Ihrer Broschüre hier stimmen nicht. Was also soll ich berichten?«

»Ich denke, Sie sind hier einer absurden Fehlinformation aufgesessen«, sagte sie, nun in einem strengeren Ton. »Selbstverständlich hat unser Zaun keinen Wolfsmenschen identifiziert. Ich weiß nicht, wovon Sie reden, und Sie wollen sich wohl kaum blamieren und so einen Unsinn berichten. Anderenfalls wäre das wohl eher ein Thema für unsere Rechtsanwälte.«

»Sie dementieren also, dass ein Wolfsmensch gesichtet wurde?«

»Allerdings!«

»Gut. Geben Sie mir das auch schriftlich? E-Mail genügt.«

»Wenn Sie mir verraten, woher Sie diesen Unsinn haben!«

»Informantenschutz.«

»Ich verstehe. Lassen Sie mich raten: Hat es Ihnen ein Vampir zugeflüstert? Oder vielleicht Catwoman? Melden Sie sich gerne wieder bei mir, wenn Sie ernsthafte Anfragen haben. Aber nicht mit so einem Blödsinn!«

»Dann bedanke ich mich für das Gespräch, es war sehr aufschlussreich!« Der Anruf wurde beendet.

Roux atmete tief durch und überlegte einen Augenblick. Dann rief sie Gorski an, der heute noch nicht im Büro aufgetaucht war. »Wir haben ein Problem«, sagte sie.

»Du meinst den Tod von Walter?«

»Walter ist tot?« Roux spürte, wie sich unter ihr der Boden zu öffnen schien. »Und Joachim Rausch ist verschwunden. Er wird vermisst.«

Roux wusste nicht, wie sie mit dieser Nachricht umgehen sollte. Walter Gehrling war tot? Er hatte sie vor gut zwei Jahren ins Unternehmen geholt.

Potsdam, 2022

»Sie bauen Zäune?«, fragte Helen. Sie war im Internet auf die Stellenanzeige aufmerksam geworden.

»Leitung Presseabteilung – Junges Berliner Hightech-Start-up sucht Pressereferentin (m/w/d) ab sofort. Sie haben Erfahrungen in den Medien und verfügen über Charme, Einsatzbereitschaft und einen gesunden Menschenverstand? Außergewöhnliche Leistungen belohnen wir mit überdurchschnittlicher Bezahlung.«

Sie hatte sich beworben und war umgehend zum Einstellungsgespräch eingeladen worden. Und nun saß sie nicht in Berlin, sondern in Potsdam. Ihr Gesprächspartner war kein junger Entrepreneur, sondern ein Mann über sechzig mit Übergewicht, Halbglatze und getönter Brille; und wie sie gerade erfahren hatte, handelte das Unternehmen auch nicht etwa mit Hightech, sondern mit Zäunen.

Ihr Gastgeber, der sich als Walter Gehrling mit dem Zusatz »Walter genügt« vorgestellt hatte, lächelte. »Unterschätzen Sie nicht die Bedeutung von Zäunen. Sie sind wahrscheinlich eine der wichtigsten Erfindungen der Menschheit. Egal, wo Sie sind, schauen Sie aus dem Fenster, und Sie werden auf einen Zaun schauen.« Immerhin saßen sie in einem neu errichteten Bürogebäude mit viel Glas, wenngleich ihr Gesprächspartner es geschafft hatte, sein eigentlich modernes Büro mittels eines Perserteppichs und diverser antiker Möbel in ein Büro der Sechzigerjahre, inklusive Barschrank, zu verwandeln.

»Wollen Sie?«, fragte er, als er sich einen Cognac einschenkte. Sie verneinte. Alkohol trinken im ersten Bewerbungsgespräch gehörte wohl nicht zu den Dingen, die man tun sollte, wenn man den Job haben wollte. Allerdings wollte sie ihn aktuell gar nicht mehr. »Oder doch«, sagte sie daher und nahm aus dem schweren Glas, das er ihr über den Schreibtisch schob, einen großen Schluck. Eigentlich mochte sie so hartes Zeug nicht, aber dies schmeckte gar nicht so schlecht,

auch wenn sie nach dem Trinken einen heftigen Hustenreiz verspürte.
»Ein sehr eleganter Brandy«, kommentierte Walter. »Zehn Jahre gereift in Eichenfässern. Er kommt aus Spanien. Und damit sind wir beim Punkt: Alles kommt von irgendwo. Aber damit es ein ›Hier‹ und ein ›Dort‹ überhaupt geben kann, brauchen wir Grenzen und damit auch Zäune. Ohne Zäune wäre alles eins. Zäune malen Grenzen in die Landschaft. Und Zäune schützen: Eigentum, Tiere, Kulturen, Landschaften. Zäune schließen ein, aber auch aus. Beispielsweise sorgen sie dafür, dass Gefangene nicht aus Strafanstalten ausbrechen. Man kann also sagen, Zäune ermöglichen uns erst ein geordnetes Zusammenleben.«
So gesehen hatte er recht: Über die Bedeutung von Zäunen hatte sie noch niemals zuvor nachgedacht.
»Das Problem ist aber, dass nahezu jeder Zaun überwunden werden kann. Denn ein Zaun ist statisch, er kann nicht auf Angreifer reagieren. Ein Zaun ist dumm. Ist die Leiter lang oder der Bolzenschneider kräftig genug, bekommen Sie jeden Zaun geknackt. Unsere Vision ist es, Zäune zu erschaffen, die intelligenter sind als diejenigen, die davorstehen und sie überwinden wollen. Und zwar mithilfe von künstlicher Intelligenz. Wir bauen also Zäune, aber wir sind auch ein Hightechunternehmen.«
Helen nahm einen weiteren Schluck, und langsam breitete sich das wohlig warme Gefühl in ihrem Magen auch in ihrem Kopf aus; sie begann, sich wohlzufühlen. Plötzlich empfand sie das Büro nicht mehr nur als kitschig, sondern auch als gemütlich. Sogar die großväterliche Art von Walter mochte sie nun.
»Aber Zäune haben auch ein Imageproblem: Denn alles, was andere ausschließt, alles, was trennt, hat es erst einmal schwer. Es sei denn, man schützt die Gemeinschaft vor einem gemeinsamen Feind. Dann nennt man den Zaun plötzlich Schutzzaun. Also haben wir uns überlegt, gegen welchen gemeinsamen Feind unser Zaun helfen könnte, und wir mussten nicht lange suchen: der Wolf. In einer ersten Vermarktungsphase werden wir uns daher darauf konzentrieren, unseren Zaun als einen Schutzzaun gegen Wolfsangriffe zu gestalten.«

»In einer ersten Phase?«

»Wir werden sehen, ob wir in den nächsten Jahren weitere gemeinsame Feinde finden.«

Helen nickte. Walter war zumindest ein guter Verkäufer. Auf einmal mochte sie Zäune – und spanischen Brandy.

Er schrieb etwas auf einen Zettel und reichte ihn ihr über den Schreibtisch.

»Was ist das?«, fragte sie.

»Ihr Gehalt.«

Sie las die Zahl von dem Zettel ab und spürte, wie ihr Gesicht zu glühen begann – und das kam nicht nur vom Brandy.

»Also, Frau Roux, wollen Sie uns helfen, Zäune zu verkaufen, um die Welt vor dem bösen Wolf zu schützen?« Er hob sein Glas und hielt es ihr zum Anstoßen entgegen.

Sie zögerte nur kurz, dann erwiderte sie die Geste. Es sollte nicht der letzte Brandy sein, den sie mit Walter zusammen trank.

»Von welchem Problem sprachst du denn eben, wenn du noch gar nichts von Walters Ermordung wusstest?«, fragte Gorski.

Helen atmete tief ein, um sich wieder auf das Hier und Jetzt zu konzentrieren. »Walter wurde ermordet?«, fragte sie. Zum Gefühl der Trauer gesellte sich Fassungslosigkeit. »Warum?«

»Ich habe keine Ahnung. Die Polizei mauert noch. Was also ist das Problem, dessentwegen du mich angerufen hast?«

Sie konnte keinen klaren Gedanken mehr fassen. Walter war tot? Ermordet?

»Die Presse hat von der Sache mit dem Wolfsmenschen Wind bekommen. Gerade hat ein Journalist mich angerufen und um Bestätigung gebeten.«

»Dieser Mistkerl! Ich wusste, dass Brian nicht die Klappe hält!«

»Wir wissen nicht, woher sie es haben«, entgegnete sie. Sie glaubte nicht, dass Brian das Leck war. »Ich habe es natürlich dementiert, aber der Journalist sagt, er habe Beweise vorliegen.«

»Wie hieß der Journalist?«

»Lars Zimmermann vom *Greifswalder Boten.*«

»Ich kümmere mich darum. Vermutlich kommen in nächster

Zeit eine Menge Fragen auf uns zu. Wir brauchen eine Kommunikationsstrategie.«

»Alles klar, ich …« Sie schaute auf das Display. Offenbar war es aus der Mode gekommen, sich zu verabschieden.

Ihre Brust schnürte sich zusammen. Die Geschichte mit dem Werwolf war ihr bereits merkwürdig vorgekommen, aber nun war auch noch Walter tot. Ermordet. Und hatte er gesagt, Jo Rausch würde vermisst? Etwas stimmte hier nicht, und sie musste so schnell wie möglich herausbekommen, was es war.

25

Der Kreissitz befand sich in der Feldstraße in Greifswald. Hier hatte auch Jenny ein Büro zugewiesen bekommen, an dem auf einem Schild neben der Tür zwar ihr Name stand, aber tatsächlich nutzen tat sie ihr Büro nur als Ablageort für allerlei Unterlagen. Sie hatte eine Wolf-Sprechstunde einmal in der Woche eingeführt, so war es mit dem Landrat verabredet gewesen, als der sie für die Stelle der Wolfsbeauftragten hatte locken wollen. Das Amt war nicht besonders beliebt, geriet der Wolfsbeauftragte doch sehr schnell zwischen die Fronten der Wolfsbefürworter und -gegner. Ein Grund, warum ihr Vorgänger schließlich entnervt aufgegeben hatte: Vor dem Eingang zum Kreissitz war nachts der abgetrennte Kopf eines Jungwolfs abgelegt worden. Der dazugehörige Kadaver fand sich Tage später auf der Insel Usedom – das Tier war erschossen worden. Danach war es nicht verwunderlich, dass niemand den Job hatte machen wollen, bis der Kreisrat sie überredet hatte.

Man kannte sich aufgrund ihrer Tätigkeit als Amtsveterinärin. Auch diese Aufgabe war nicht immer einfach und konfliktfrei, insbesondere wenn man Tierhaltungsverbote durchzusetzen hatte, aber sie hatte sie neben ihrer Tätigkeit als freiberufliche Tierärztin über Jahre zur Zufriedenheit aller Beteiligten ausgeführt und sich damit offenbar für das Amt der Wolfsbeauftragten qualifiziert. Insofern stand der Landrat eigentlich in ihrer Schuld, umso erstaunlicher war sein Verhalten vom Morgen, als er sie am Telefon beinahe schon angebrüllt hatte. Sie legte sich als Tierärztin, wenn es sein musste, mit aggressiv schnaufenden Ochsen, austretenden Hengsten, zähnefletschenden Rüden und um sich beißenden Katern an. Aber mit lauten Männern hatte sie so ihre Probleme. Vielleicht lag es an Jo, der ebenfalls zu regelmäßigen Wutanfällen neigte. Oder, wie eine Therapeutin, die sie während ihres Studiums ein paarmal aufgesucht hatte, gemutmaßt hatte, an der schwachen Mutterfigur in ihrem Leben. Wütende Männer machten ihr Angst. Wie bei bellenden Hunden führte dies bei ihr allerdings nicht dazu, dass sie sich zurückzog, sondern dazu, dass sie in die Offensive ging. Insofern hatte sie wenig Lust auf den Termin beim Landrat, zumal sie sich nichts vorzuwerfen hatte. Die Ergebnisse der von ihr genommenen DNA-Proben von Helge Schulzes Weide lagen noch nicht vor, und von den anderen angeblichen Wolfsbegegnungen hatte sie nur zufällig erfahren.

Obwohl sie zehn Minuten zu früh war, war der Landrat bereits in seinem Büro. Die Vorzimmerdame ließ sie mit einem mitleidsvollen Blick direkt durch. Brock sah gestresst aus. Der Anzug wirkte ungebügelt und saß schlecht. Seine Gesichtsfarbe war weiß, und eine Haarsträhne stand an der Seite waagrecht ab. Er telefonierte mit dem Handy und bedeutete ihr, sich zu setzen.

»Natürlich ist mir das nicht egal«, hörte sie ihn sagen. »Ich bin kein Parteipolitiker. Meine Sorge gehört den Bürgern und Bürgerinnen und nicht den Wählern! Das können Sie mir glauben.« Während er zuhörte, nickte er beflissentlich. »Das verspreche ich Ihnen! Danke. Auf Wiedersehen!«

Mit den Händen ordnete er seine Frisur. »Der Staatsminister«, sagte er zu ihr. »Verzeihung, wenn ich heute Morgen etwas unangemessen reagiert habe. Aber ich stehe unter großem Druck. Ich bin seit sechs Jahren im Amt. Wir hatten seitdem viele Krisen zu bewältigen: Sturmflut, Werftenpleite, Flüchtlingsströme, Corona. Aber noch niemals gab es so einen Wirbel wie jetzt, wo der Wolf in unserem Landkreis wildert. Es ist verrückt!«

Er lehnte sich zurück und atmete tief durch. Jenny sah, wie überfordert er mit der Situation zu sein schien. Hatte sie bei ihrer Ankunft noch befürchtet, sich verteidigen zu müssen, so hatte sie nun das Bedürfnis, ihm Trost zu spenden. »Noch steht nicht fest, dass Schulzes Tiere tatsächlich von einem Wolf getötet wurden. Ich warte noch auf die DNA-Ergebnisse. Deshalb hatte ich Sie noch nicht informiert.«

»Der Vorsitzende des Landesjagdverbandes meinte, es könne keine Zweifel daran geben, dass das ein Wolf war. Fünfundfünfzig tote Tiere in einer Nacht. Wer soll es sonst gewesen sein? Löwen leben hier ja nicht.«

Grundsätzlich hatte er recht. In diesem Fall war die Bestätigung der DNA-Probe wohl eher eine Formalie. Aber als Wolfsbeauftragte war sie Teil einer Behörde, und in Behörden waren Formalien nun einmal einzuhalten. Das hatte sie in den vergangenen dreißig Tagen im Amt bereits gelernt.

»Und dennoch sieht das Protokoll vor, dass wir erst nach Vorliegen der DNA-Probe von einem Wolf ausgehen …«, warf sie ein.

»Also unter uns, Frau Rausch: Wenn es denn ein Wolf war, was tun wir dann? Können wir ihn entnehmen?«

Sie schüttelte den Kopf. »Für einen Abschuss genügt das nicht. Solche Übertötungen kommen immer wieder mal vor.«

»Und was ist mit der Kindergartengruppe?«

»Davon weiß ich nichts, der Vorfall wurde mir nicht gemeldet.«

Brock beugte sich vor und suchte auf seinem Schreibtisch nach etwas. »Es soll weitere Sichtungen gegeben haben, bei denen das Tier den Kontakt zu Menschen nicht gescheut hat. Eine gestern Morgen am Wasserturm in Loitz …« Er hob Akten in die Höhe und schob einen Berg Unterlagen zur Seite, ohne fündig zu werden. Offenbar meinte er den Vorfall im Zusammenhang mit Jos Verschwinden und wusste anscheinend noch nichts davon, dass es sie persönlich betraf.

»Wenn mir nichts gemeldet wird, kann ich auch nichts unternehmen«, sagte sie. Sie deutete auf die Zeitung, die ganz oben auf Brocks Schreibtisch lag. »Ich werde mit dem Journalisten sprechen, der den Bericht über den Wolf geschrieben hat. Vielleicht hat er noch mehr Informationen für mich.«

Nachdem der Reporter sie angerufen und auf ihrem AB um einen Rückruf gebeten hatte, hatte sie auf dem Weg hierher bereits versucht, ihn zurückzurufen, war aber auch nur auf dessen Mailbox gelandet. Heutzutage verfügte man über immer mehr Kommunikationsmöglichkeiten und erreichte sich dennoch immer seltener. Ein Paradoxon.

Brocks Telefon klingelte. Er bedachte es mit einem verächtlichen Seitenblick und machte keine Anstalten, den Anruf anzunehmen. »Können Sie mir erklären, warum der Wolf die Gemüter so sehr erhitzt?«, fragte er matt. Er lockerte den Knoten seiner Krawatte und nahm einen großen Schluck aus seinem Becher. »Ich glaube, er ist ein Symbol, ein Menetekel«, beantwortete er seine Frage selbst. »Er steht für das Fremde.« Er deutete auf die Zeitungen. »Wenn ich das Zitat lese, dass er nicht in unsere Kulturlandschaft passt, dann klingt das nach viel mehr als nur nach einer Diskussion über ein ungeliebtes Raubtier. Ich meine, der Wolf ist ein Zugewanderter. Ein Migrant, und den will man hier bei uns eben nicht haben!«

Diese Argumentation war Jenny nicht unbekannt: Die Politisierung des Wolfes. Sie selbst sah es viel nüchterner. »Na ja, aber er tötet halt auch Nutztiere«, entgegnete sie. »Ich kann schon verstehen, wenn Schäfer wie Helge Schulze ein Problem mit dem Wolf haben. Der Großteil seiner Herde wurde massakriert. Wegen der toten Schafe steht er vor dem finanziellen Abgrund. Das hat wohl eher nichts mit Angst vor Migration zu tun … und für die Jäger ist abgemacht, dass das Wild wegen des Wolfs keine sicheren Ruheplätze mehr findet, sondern aus dem Wald vertrieben wird!«

»Wie dem auch sei. Nun haben wir ihn hier und müssen etwas unternehmen! Ich brauche von Ihnen irgendetwas, das ich denen da oben und der Presse entgegenhalten kann! Derzeit stehen wir da wie unwissende Idioten!«

»Sobald mir die DNA-Test-Ergebnisse vorliegen, sage ich Bescheid. Und ich versuche, herauszufinden, was mit der Kindergartengruppe ist und warum man mich nicht informiert hat.«

»Tun Sie das!«, sagte Brock. »Ich habe hier eine Telefonnummer.« Wieder suchte er seinen Schreibtisch ab, doch diesmal fand er tatsächlich einen gelben Post-it mit einer Telefonnummer und gab ihn ihr. »Und informieren Sie mich bitte ab jetzt sofort, wenn Sie etwas Neues in Erfahrung gebracht haben.«

Sie nickte. In diesem Moment fiel ihr etwas ein. »Mir ist aufgefallen, dass an einigen Stellen im Kreisgebiet ein neuer Zaun steht. Groß, schwarz, glänzend. Wirkt beinahe etwas bedrohlich.«

Brock runzelte die Stirn. »Haben Sie die Unterlagen dazu nicht gesehen?«

Sie wusste nicht, wovon er sprach.

»Das sind Weideschutzzäune. Von so einer neuen Firma aus Berlin.« Abermals beugte er sich vor, schien etwas in dem Chaos auf seinem Schreibtisch zu suchen, gab aber sofort auf. »*Fanhack* oder so ähnlich heißt das Unternehmen.«

»*Fenceattack!*« Jenny erinnerte sich an die Mappe auf dem Küchentisch ihres Vaters.

»Genau!«, bestätigte Brock. »Hat Ihr Vorgänger Sie denn gar nicht eingewiesen?«

»Als ich anfing, war er doch schon auf Kur.«

»*Fenceattack* hat unser Gebiet zum Leuchtturmprojekt erkoren. Die haben hier in Absprache mit der Kommune und Landwirten kilometerweise Zäune gezogen. Die funktionieren mit automatisiertem Lernen.«

»Sie meinen künstliche Intelligenz?«

Er nickte. »Vor einiger Zeit war ein Vertreter des Unternehmens hier und hat uns das als Pilotprojekt verkauft. Es gab eine Versammlung im Festsaal in Liepen, und am Ende haben fast alle dafürgestimmt. Wenn ich es richtig erinnere, erkennt der Zaun die Wölfe wieder, die versuchen, ihn zu überwinden, und bekämpft sie individuell.«

»Mit Strom?«

»Und Lärm, Düften und vielem anderen. Willkommen in der neuen Welt. Vielleicht hätte ein solcher Zaun Helge Schulze gerettet, aber seine Weide gehörte offenbar nicht zu den Pilotweiden.«

»Pilotweiden!«, wiederholte Jenny. Obwohl sie sehr offen für neue Technik war, in der Tierklinik auf neueste Diagnostikmethoden zurückgriff, war sie gegenüber vielem, was die schöne neue Welt im Gepäck hatte, dennoch misstrauisch. Dazu gehörten Begriffe wie »Wolfschutzzäune« und »Pilotweiden«.

»Sie sagten, ›fast alle‹ waren damit einverstanden?«

»Wie immer gibt es einige Querköpfe. Wie diesen Kai Hansen von der Kreisjägerschaft. Er hat ein ziemliches Theater gemacht und versucht, die anderen gegen die Zaunbaupläne und unsere Behörde aufzuhetzen. So wie jetzt mit seinen unsäglichen Äußerungen im *Greifswalder Boten!* Ich denke, das ist die Retourkutsche dafür, dass wir den Zaun am Ende gebaut haben!«

Sie kannte Kai Hansen. Er galt als schwieriger Mensch, der keinem Streit aus dem Weg ging. Doch nicht nur deshalb hegte sie arge Bedenken gegen ihn.

Bruno hatte sich von seiner lebensrettenden Operation gut erholt. Durch den Schuss hatte er einen Beckenbruch erlitten. Das knöcherne Becken des Hundes ähnelte einer Kiste mit innenliegenden Querstreben. Meistens brach das Becken an drei Stellen, doch in diesem Fall hatte das ein- und wieder austretende Projektil sehr viel mehr Schaden angerichtet. Sie hatte die tragenden Knochen wieder aufgebaut und das Becken mit Zugschrauben fixiert. Anfangs hatte sie Bedenken, ob der Hund je wieder normal laufen können würde. Für die ersten Wochen nach dem Eingriff hatte sie ihm aus einem ausrangierten Golftrolley und einem Tragegurt für Babys einen Hunderollstuhl gebaut; nachdem erste Belastungsversuche erfolgreich waren, eine Schlinge zur Rehabilitation der Hinterbeine. Doch die biegsamen Knochen junger Hunde verfügten über beeindruckende Heilungskräfte, und nach wenigen Monaten merkte man Bruno nichts mehr von seiner Verletzung an. Wenn sie ihren Vater auf dem Sonnenhof besuchte und Bruno beim Herumtollen im Garten beobachtete, erinnerte nichts mehr an das wimmernde Häufchen Elend, das ihr Vater in der Nacht zu ihr in die Tierklinik gebracht hatte. Auch seelisch schien Bruno den Vorfall verarbeitet zu haben. Selbst Fremden gegenüber war er aufgeschlossen, und außer dass er manchmal wimmernd aus dem Traum hochschreckte, konnte sie in seinem Wesen keinerlei Nachwirkungen erkennen.

Bis sie eines Tages mit Bruno in der Greifswalder Altstadt unterwegs war und in der Baderstraße auf Kai Hansen traf. Sie kannte ihn nicht nur als Referenten aus ihrer Jägerausbildung bei der Kreisjägerschaft, sondern hatte auch einige Wochen zuvor eine hartnäckige Hufrehe beim Sportpferd seiner Frau behandelt. Als Hansen an ihr vorbeiging, sie erkannte und ihr für die erfolgreiche Behandlung dankte, begann Bruno neben ihr zu knurren, was er noch nie zuvor getan hatte. Jenny gab der Leine einen Ruck, doch er beruhigte sich nicht, und als sie zu Bruno herunterblickte, bemerkte sie dessen zwischen den Hinterbeinen eingeklemmte Rute.

»Was ist denn mit dir los, mein kleiner Rabauke?«, sagte Hansen. Als er sich Bruno zuwandte, jaulte dieser und wich erschrocken zu-

rück, sodass es Jenny beinahe die Leine aus der Hand riss. Über Brunos Reaktion erschrocken, zog sie ihn zu sich heran und tadelte ihn, was sie sofort bereute, als sie merkte, wie Bruno sich fest an sie drückte.

»Ein hübsches Tier«, bemerkte Hansen mit einem Lächeln, das seine Augen nicht erreichte.

»Ich weiß gar nicht, was mit ihm los ist, sonst verhält er sich nicht so«, bemerkte sie. »Er gehört Jo.«

Sofort bereute sie ihre Bemerkung, weil sie so klang, als wäre ihr als Hansens ehemaliger Jagdschülerin und Tierärztin Brunos aggressives Verhalten ihm gegenüber peinlich. Aber vielleicht stimmte das auch ein bisschen.

Hansens Blick verharrte einen Augenblick zu lang auf dem Tier, dann wandte er sich wieder Jenny zu. »Jagdhunde sind manchmal wie eine Wundertüte, man weiß nie, was man bekommt. Grüß deinen Vater von mir«, sagte er und verabschiedete sich.

Jenny schaute ihm hinterher, und als sie sich erneut zu Bruno wandte, sah sie, dass er zitterte und in einer großen Lache aus Urin saß. In diesem Augenblick wurde ihr klar, wer in jener Nacht auf ihn geschossen hatte.

»Hansen meinte, der Zaun würde nicht nur eine dramatische Zerschneidung des heimatlichen Landschaftsbildes bedeuten, sondern durch die eingezäunten Flächen würden für wandernde Arten Barrieren entstehen, die den Lebensraum und letztlich die bejagbare Fläche des jeweiligen Reviers beschränken«, erinnerte der Landrat sich.

»Und damit hat er nicht ganz unrecht«, musste Jenny feststellen, auch wenn es ihr schwerfiel, mit diesem Mann einer Meinung zu sein.

»Ich denke, in Wirklichkeit ging es ihm ums Geschäft: Jeder weiß, dass er in den vergangenen Jahren massenhaft billiges Ackerland erworben hat, weil er im Peenetal ein Hotel mit Golfanlage errichten will, und der Zaun durchkreuzt diese Pläne im wahrsten Sinne des Wortes.«

»Und dennoch behindert so ein Zaun nicht nur den Wolf, sondern verhindert auch jede Menge Wildwechsel.«

»Die Betreiber haben uns erklärt, dass der Zaun dank seiner intelligenten Steuerung wechselndes Wild erkennt und durch bewegbare Öffnungen im Zaun passieren lässt. Aber Hansen wollte das nicht hören. Überhaupt habe ich manchmal das Gefühl, ihr Jäger seid gegen alles: Tun wir nichts gegen den Wolf, schimpft ihr. Und halten wir ihn mittels eines solchen Zauns fort, auch.« Brock beugte sich zu ihr vor und senkte die Stimme. »Am liebsten wäre auch mir ein toter Wolf«, sagte er leise, als könne jemand zuhören.

Jenny zögerte. »So wie der, dessen Kopf man meinem Vorgänger vor das Rathaus gelegt hat?«, fragte sie. Die dafür Verantwortlichen hatte man bis heute nicht gefunden, aber sie wusste auch nicht, ob man überhaupt noch danach suchte.

Brock lehnte sich zurück und begann mit der einen Hand, seinen Nacken zu massieren. »Nicht so! Das war natürlich eine kranke Nummer. Aber nur von einem *toten* Wolf geht am Ende keine Gefahr mehr aus.«

Jenny wusste nicht, was sie erwidern sollte, war sich vor allem nicht sicher, ob Brock sie gerade dazu aufgefordert hatte, den Wolf illegal abzuschießen. Hatte er sie nur deshalb als Wolfsbeauftragte eingestellt? Weil sie auch Jägerin war?

»Wölfe stellen keine Gefahr für Menschen dar«, sagte sie, »weil sie unter normalen Umständen keine Menschen angreifen.«

»Ihr Wort in Gottes Ohr«, sagte Brock und lehnte sich zurück. »Hoffentlich weiß das der Wolf auch, der Schulzes Schafe gerissen hat. Ich sage Ihnen: Wenn hier bei uns ein Mensch zu Schaden kommen sollte, bricht die Hölle über uns herein.«

26

Hannes Bauer mied beim Pilzesuchen jedes Risiko. Die Lamellenpilze ließ er links liegen, stattdessen suchte er nach Totentrompeten mit ihren unverkennbaren schwarzen Trichtern oder nach dem genauen Gegenteil, den schneeweißen Riesenbovisten, die wie Fußbälle auf der Wiese wuchsen. In Scheiben geschnitten, paniert und in Butterschmalz ausgebraten wären sie das perfekte Abendessen. Bei dem bloßen Gedanken lief ihm das Wasser im Mund zusammen. Seit seiner Frühpensionierung wusste er die neu gewonnene Freizeit zu nutzen. Die Arthrose im linken Bein, die Hauptgrund für die Verrentung war, machte ihm bei feuchtem Wetter zu schaffen, aber heute war es trocken und sonnig, und so hatte er sich den alten Bastkorb geschnappt und war hinaus in die Natur gegangen, um für das Abendessen zu sorgen. Nach dreißig Jahren harter Arbeit als Tischler war seine Rente klein, und kein Essen war günstiger als das, welches die Natur spendierte.

Er war mit dem Fahrrad bis zum alten Wasserturm gefahren und hatte es dort an eine der schlanken Birken angeschlossen. Es mochte unwahrscheinlich sein, dass hier draußen jemand sein Fahrrad stahl, aber er war eben in allen Lebenslagen ein eher vorsichtiger Mensch. Mit etwas Glück hatte er noch ein paar Jahre vor sich. Seine älteste Tochter, die in Schwerin lebte, war gerade zum zweiten Mal schwanger, und er freute sich darauf, die Enkelkinder aufwachsen zu sehen. Die nächste Reise in die Landeshauptstadt war schon geplant.

Er blieb kurz stehen und sog den Geruch der warmen Sommerluft ein, der ihn auch mit neunundfünfzig Jahren noch immer an seine Kindheit erinnerte. Kurz orientierte er sich: Die größte Chance, einen Riesenbovist zu finden, hatte man auf stickstoffreichen und gedüngten Böden. Immer ein gutes Zeichen waren Brennnesseln, denn wo Brennnesseln wuchsen, konnten auch Riesenboviste hervorragend gedeihen. Er verließ den Schutz des kleinen Baumhains und damit auch den Schatten. Neben einem abgemähten Weizenfeld steuerte er auf eine freie Wiesenfläche zu. Weit entfernt hörte er das Blöken eines Kalbs. Kurz blieb er stehen und lauschte: Ansonsten war es vollkommen ruhig. In seiner Jugend hatte es ihm niemals laut genug sein können, und nun, im Alter, suchte er die Ruhe.

Er ging weiter, als er sich plötzlich beobachtet fühlte. Ein Gefühl, das man nicht beschreiben konnte, das sich im Unterbewusstsein manifestierte. Er blieb stehen und schaute sich um. Außer einer Wolke vom Wind aufgewirbelten Staubes war auf dem Stoppelfeld nichts zu sehen. Auf der anderen Seite lag keine zwanzig Meter entfernt das kleine Birkenwäldchen, an dessen Anfang er sein Fahrrad hatte stehen lassen. Er verharrte für einen Moment und starrte auf die Bäume, ohne dass sich etwas regte. Dann lockerte er sich und ging weiter. Doch das Gefühl bohrender Blicke in seinem Rücken blieb. Er ging schneller, was mit seinem lahmenden Bein nicht gerade leicht war. Weg vom Wald, weiter in Richtung der offenen Felder. Dorthin, wo der Riesenbovist sich besonders wohlfühlte.

Das Knacken eines trockenen Asts ließ ihn abermals zu der kleinen Ansammlung von Bäumen herumfahren. Das Geräusch kam direkt aus dem Wäldchen, genau auf seiner Höhe. Abermals versuchte er, zwischen den Zweigen etwas zu erkennen, doch die Bäume verschluckten das Sonnenlicht. Kurz überlegte er, ob er umkehren sollte. Er war mitten im Nirgendwo, würde ihm hier etwas passieren, konnte es lange dauern, bis man ihn fand. Zu Hause hatte er noch eine Dose mit Corned Beef. Doch dann erinnerte er sich daran, was er sich für den dritten Abschnitt seines Lebens vorgenommen hatte: mutiger zu sein. Und so ging er abermals weiter, für seine Verhältnisse lief er beinahe. Schon nach wenigen Metern wurde sein Atem schwer, und er rang nach Luft. Keine zehn Schritte weiter wurde ihm klar, dass er in den vergangenen Jahren zu wenig Sport getrieben hatte und dass er ein solches Tempo noch nicht einmal über eine kurze Distanz durchhielt. Er bekam einen Hustenanfall und beugte sich nach vorn auf die Knie. So hatte er dem Angriff, der von hinten erfolgte, nichts entgegenzusetzen. Er fiel nach vorn, und bevor er überhaupt schreien konnte, brach sein Genick unter der brachialen Beißkraft von anderthalb Tonnen.

27

Sie war vor der verabredeten Zeit bei der Staatsanwaltschaft in Stralsund. Auf dem Weg dorthin hatte sie kurz mit der Erzieherin des Waldkindergartens telefoniert. Diese hatte die Geschichte, die in der Zeitung stand, weitestgehend bestätigt. Jenny hatte versucht, sie zu beruhigen, neuerlich darauf hingewiesen, dass Wölfe in der Bundesrepublik Deutschland noch niemals einen Menschen angegriffen hatten. Man verabredete, dass sie demnächst vorbeikommen und vor den Kindern einen Vortrag zum Thema »Wolf« halten sollte, um ihnen zu helfen, das Erlebte zu verarbeiten. Aus demselben Grund habe man auf einem Elternabend auch entschieden, wieder in den Wald zu gehen, was Jenny ausdrücklich lobte. Danach hatte sie noch ein weiteres Mal versucht, den Redakteur des *Greifswalder Boten* zu erreichen, aber erneut kein Glück gehabt.

Sie parkte ihren Wagen auf einem der Parkplätze, die für die Staatsanwaltschaft reserviert waren, und ging zu dem Pförtner, der über den Eingang zum Gebäude wachte. Zu ihrer Überraschung kam Bach nicht zu ihr heraus, sondern der Pförtner bat sie nach einem kurzen Telefonat hinein. Ausgestattet mit einem Besuchernamensschild, nahm Bach sie hinter einer Sicherheitskontrolle in Empfang. Heute trug er zu einem weißen Hemd statt des Cordanzugs ein blaues Sakko und Jeans. Jenny wusste nicht, ob es an der legeren Kleidung oder an einer erholsamen Nacht lag, aber heute machte er auf sie einen frischeren Eindruck als gestern. Er schien sich wirklich zu freuen, sie zu sehen.

»Kommen Sie«, sagte er. »Mein Chef möchte mit Ihnen sprechen, und ich kann Sie auf den neuesten Stand bringen, was Ihren Vater angeht und den Leichenfund vom Hochsitz.« Er führte sie zu einem der Fahrstühle.

»Geht es um den Zeitungsartikel?«, fragte sie.

Bach nickte. Ungeduldig schaute er auf die Stockwerksanzeige über den Lifttüren. Nun merkte sie, dass er schon wieder unter Strom stand. Sie fuhren in den dritten Stock. Er führte sie durch einen der typischen Flure, wie man sie nur in Behörden fand und die bei Jenny sofort Unwohlsein auslösten. Sie wusste, warum sie mit Tieren arbeitete und am liebsten in der freien Natur unterwegs war. Der Bodenbelag quietschte unter ihren weißen Sneakern.

Bach führte sie zu einem Raum am Ende des Ganges. »Kaffee?«, fragte er und deutete auf einen runden Tisch in der Ecke. Sie bejahte und legte ihren Rucksack auf einem der Stühle ab. Sie war nicht der Handtaschentyp. Am Anfang ihrer Beziehung hatte René sie immer damit aufgezogen, dass sie nicht wie andere Frauen Mascara und Lippenstifte mit sich herumtrug, sondern Jagdmesser. Während Bach Kaffee aus einer Filtermaschine einschenkte, spazierte sie durch das Büro. Die Möbel waren nicht schön, sondern grau und funktional. Auf dem Schreibtisch türmte sich ein riesiger Stapel Akten, der so instabil aussah, dass jede Berührung zum sofortigen Zusammensturz führen musste. Daneben standen gleich zwei Monitore. Ihr Blick fiel auf einen silbernen Bilderrahmen mit dem Foto einer hübschen blonden Frau in ihrem Alter. Sie spürte einen seltsamen Stich in der Brust, den sie sofort wegatmete. Was war nur mit ihr los? Sie kannte den Staatsanwalt doch kaum und verspürte einen Anflug von Eifersucht, weil er das Foto einer anderen Frau auf seinem Schreibtisch stehen hatte? Sie verhielt sich wie ein Teenager. Vermutlich war er glücklich verheiratet, vielleicht hatte er sogar Kinder.

»Das ist meine Schwester«, hörte sie ihn sagen und schaute auf. Er wartete vor der röhrenden Kaffeemaschine und hatte sie offenbar beobachtet.

Sie spürte, wie ihr sofort das Blut in die Wangen schoss. »Sie ist sehr hübsch!«, kommentierte sie und deutete zur Ablenkung auf die Wand. Dort hing in einem großen schwarzen Rahmen eine Platin-Schallplatte.

»Überreicht an *Forgeed Fury* für mehr als 250 000 verkaufte Langspieltonträger des Albums *Burn to fly*«, las sie von einer Plakette ab und drehte sich erstaunt um.

»Die Band, in der Sie gespielt haben?«, fragte sie. Er nickte. »So viel verkaufte Platten sind beachtlich«, bemerkte sie.

»Insgesamt waren es vier Millionen.«

»Und Sie sind dennoch Staatsanwalt geworden?«

»Es war eine schwierige Entscheidung.«

»Und wie fanden Ihre Bandkollegen das?«

»Die haben einen neuen Schlagzeuger.«

Sie schaute auf den Schreibtisch, wo in einer stilisierten Hand aus Kupfer zwei Drumsticks steckten.

»Ihr Kaffee«, sagte Bach und stellte ihn auf dem Besprechungstisch ab. In diesem Moment klopfte es, und Bach öffnete die Tür. Ein Mann um die sechzig betrat den Raum. Er war so groß, dass er den Kopf einziehen musste, um nicht den Türrahmen zu berühren. Seine grauen Haare waren raspelkurz rasiert, was nicht nur die fliehende Stirn kaschierte, sondern ihm gemeinsam mit seiner Breite auch eine gewisse Autorität verlieh. Auch seine Hände waren riesig, wie sie feststellte, als er ihr die Hand gab. Er stellte sich als Oberstaatsanwalt vor, was ihr nicht viel sagte, aber nach weit oben in der Behördenhierarchie klang.

»Sie müssen Frau Rausch sein, die Wolfsbeauftragte«, sagte er mit lautem Bass. Sie nickte.

»Wir können uns setzen«, sagte Bach und deutete auf den Tisch. Jenny gesellte sich zu dem Kaffee, den Bach ihr zubereitet hatte, der Oberstaatsanwalt setzte sich gegenüber. Im Sitzen war er beinahe so groß wie sie im Stehen. Obwohl Bach auch groß und kräftig war, wirkte er neben ihm wie eine Miniaturausgabe. Ihr fiel auf, dass Bach mit der Hand einen kleinen roten Gummiball knetete. Vermutlich Therapiestufe zwei bei Nikotinentzug.

»Herr Bach meinte, es sei nicht notwendig, dass ich dazukomme. Aber es geht um Jo Rausch, Ihren Vater, und da wollte ich mit Ihnen persönlich sprechen«, begann der Oberstaatsanwalt die Unterhaltung. »Er gilt weiter als vermisst. Wir haben mittlerweile ein Foto von Ihrem Vater an alle Polizeidienststellen geschickt und planen nun eine Öffentlichkeitsfahndung. Nachdem Sie kein aktuelles Foto gefunden haben, wie Kollege Bach mir mitgeteilt hat, haben wir von der Meldebehörde ein Passbild angefordert.«

Sie nickte. »Mit der DNA-Analyse des am Tatort gefundenen Blutes rechnen wir frühestens morgen oder übermorgen«, fuhr der Oberstaatsanwalt fort. »Was uns beschäftigt, sind aktuell also zwei

Fragen: Was ist mit dem tot aufgefundenen Walter Gehrling geschehen, und wo ist Ihr Vater? Zur ersten Frage haben die Kollegen vom LKA mittlerweile neue Erkenntnisse. Dort wird mit Hochdruck ermittelt.« Er schaute Bach an, der wie aufs Stichwort die Akte vor sich öffnete. »Wir können nicht ausschließen, dass Walter Gehrling gewaltsam vom Hochsitz gestoßen wurde«, sagte er und warf Jenny einen mitleidigen Blick zu, den sie nicht genau einordnen konnte. Nach wie vor fragte sie sich, ob man Jo für einen Verdächtigen oder für ein potenzielles zweites Opfer hielt.

»Gibt es dafür irgendwelche Anhaltspunkte?«

Bach tauschte mit seinem Vorgesetzten einen kurzen Blick aus. Sie sah, wie der Oberstaatsanwalt kaum merklich nickte. Ihr Herz begann, schneller zu schlagen, als ihr bewusst wurde, dass sogar sie eine Verdächtige sein konnte. War dies vielleicht eine geheime Befragung? Versuchte Bach, sie aufs Glatteis zu locken? War das der Grund, weshalb er sie hierherbestellt hatte? Sie spürte, wie ihr heiß wurde. Sie griff nach der Kaffeetasse, stellte sie aber wieder ab, ohne etwas zu trinken.

»Die Verletzung an der Schläfe«, sagte Bach. »Der Rechtsmediziner hält es für wahrscheinlich, dass sie ihm vor dem Sturz zugefügt wurde. Sein Mantel war zerrissen. Das Genick ist am zweiten Halswirbel glatt gebrochen. Zudem stammt das Graffiti mit dem Wort ›Mörder‹ und dem Hakenkreuz wohl tatsächlich aus der gleichen Nacht, sodass es mit der Tat im Zusammenhang stehen könnte.«

»War denn dieser Walter Gehrling ein Nazi?«, fragte sie.

»Wie wir dank des von Ihnen gefundenen Fotos herausgefunden haben, war er ein Arbeitskollege Ihres Vaters. Mittlerweile konnte ich aber auch mit den Kollegen vom LKA in Lörrach sprechen. Walter Gehrling und Ihr Vater waren etwa gleich alt, hatten mit der Nazizeit also beide nichts am Hut. Wie Ihr Vater lebte er bis zur Wende hier in Mecklenburg-Vorpommern, zog nach der Wiedervereinigung aber bald in den Westen. Erst nach Bayern, dann nach Baden-Württemberg, wo er bis zu seinem Verschwinden wohnte. Trotz seines Alters war er allerdings geschäftlich immer noch aktiv. Und sehr interessant: Er war Gesellschafter eines Unternehmens namens *Fenceattack*, das er mitgegründet hatte.«

»Die Firma, die hier überall die Zäune aufgestellt hat?«

»Und von der Ihr Vater eine Broschüre in seiner Küche liegen hatte, wie Sie sagten, um darin zu investieren«, vollendete Bach ihre Gedanken.

Jenny hielt die Luft an und atmete laut aus.

»Vielleicht fühlt sich jemand durch die Zäune gestört«, sagte sie und dachte an das Gespräch mit dem Landrat.

»Sie meinen Tierschützer?«, warf der Oberstaatsanwalt ein.

»An die dachte ich weniger«, sagte sie. »Aber ich habe heute Morgen gehört, dass nicht jeder mit dem Zaunbau einverstanden war. Fragen Sie einmal den Vorsitzenden des Kreisjägerverbandes Kai Hansen, der in der Zeitung zitiert wird.« Sie erzählte, was der Landrat ihr über den Zaunbau und Hansens Einwände erzählt hatte. Ob ihn das gleich zu einem Verdächtigen machte, wusste sie nicht. Aber jemandem, der auf Hunde schoss, traute sie alles zu. Und zumindest erklärte es dessen aggressiven Auftritt in dem Zeitungsbericht. Sie sah, wie Bach etwas in einem kleinen Block mit Ledereinband notierte, den er aus der Innentasche seines Sakkos hervorgeholt hatte.

»Da der Tote und Jo Rausch sich kannten, kann es auch ein persönliches Motiv gegeben haben, sowohl für den Tod von Walter Gehrling als auch für das Verschwinden Ihres Vaters«, warf der Oberstaatsanwalt ein.

»Sie meinen, dass Jo Walter Gehrling getötet hat und danach geflohen ist?«, fragte sie ganz direkt.

Der Oberstaatsanwalt zuckte mit den Achseln. »Hätte er denn einen Grund dafür gehabt?«

»Ich weiß es nicht. Bis gestern kannte ich noch nicht einmal den Namen dieses Mannes. Und was wäre in dem Fall mit der Blutlache?«

Im Raum trat Schweigen ein. »Das alles aufzuklären ist am Ende Sache des LKA«, sagte der Oberstaatsanwalt. »Man hat dort bereits eine Soko mit dem Namen ›Wolf‹ gegründet. Sie habe ich vor allem hierhergebeten, Frau Rausch, weil ich mit Ihnen über den Wolf sprechen wollte.«

»Da sind Sie heute nicht der Erste«, entgegnete Jenny. »Ich komme gerade aus dem Büro des Landrats.«

»Dann nimmt man das Thema dort auch ernst?«

»Dort hat man auch allen Grund dazu, denn es wurden fünfundfünfzig Schafe getötet, und das ist ein Fakt. Ich wüsste aber nicht, was es die Staatsanwaltschaft angehen würde. Oder verfolgen Sie jetzt auch schon Schafsmörder?« Sie hatte ihre Entgegnung schärfer formuliert als beabsichtigt, aber sie war es leid, dass heute jeder bei der Erwähnung des Begriffs »Wolf« den Verstand verlor. »Halten Sie es tatsächlich noch immer für möglich, dass hinter alldem ein Wolf steckt?«, ergänzte sie.

»Als Alternativszenario, ja. Solange wir es nicht ganz ausschließen können, müssen wir auch diese Theorie weiterverfolgen. Wir haben eine vermisste Person und eine riesige Blutlache sowie eine Zeugin, die in zeitlichem Zusammenhang und in unmittelbarer Nähe einen ungewöhnlich aufdringlichen Wolf gesehen hat. Zudem habe ich mir sagen lassen, dass der Genickbruch neben dem Kehlbiss eine der bevorzugten Tötungsarten des Wolfes ist. Und dies kann im Einzelfall auch einmal vollkommen unblutig erfolgen, etwa wenn der Wolf das Opfer an der Kleidung erwischt und totschüttelt. Zudem hat die Rechtsmedizin einige Haare an der Kleidung des Toten entdeckt, die vom Fell eines Wolfs stammen könnten. Wir können also nicht sicher ausschließen, dass ein Wolf für diese Attacken verantwortlich ist.«

Ein solcher Fall des unblutigen Tötens war Jenny nicht bekannt, aber ausschließen konnte sie es natürlich auch nicht, und das wusste der Oberstaatsanwalt auch.

»Wir haben versucht, DNA-Spuren an der Kleidung des Opfers zu sichern, aber warten auch hier noch auf Ergebnisse.«

»Was ist mit dem Zaun?«, fragte Jenny.

Der Oberstaatsanwalt stutzte. Sie schaute zu Bach, der ebenfalls nicht reagierte, sondern stattdessen wieder etwas auf seinen Block kritzelte.

»Der Weg vom Auto meines Vaters zum Hochsitz führte am Zaun entlang. Ich habe gestern gesehen, dass dort überall Kameras verbaut sind. Sie könnten etwas aufgezeichnet haben.«

Der Oberstaatsanwalt schaute erneut zu Bach. Der hörte auf, den Ball zu kneten, und ließ ihn aus seiner Hand rollen. Er öffnete die

Akte und blätterte sie mehrmals durch. »Ich werde beim LKA nachfragen, ob das Kameramaterial bereits ausgewertet ist«, sagte er schließlich.

»Das hätten Sie vielleicht schon gestern veranlassen sollen«, bemerkte der Oberstaatsanwalt, während er sich erhob und seinen Stuhl an den Tisch schob.

Bach ignorierte den Tadel und schaute auf die Smartwatch an seinem Handgelenk. »Wir müssen auch los!«, sagte er.

»Könnte ich vielleicht noch kurz Ihre Toilette benutzen?«, fragte Jenny.

»Ich bringe Sie hin!«, bot der Oberstaatsanwalt an.

»Ich rufe wegen der Videobilder des Zauns noch bei der Soko an und komme gleich nach!« Bach ging zu seinem Schreibtisch und hob den Telefonhörer ab.

Der Oberstaatsanwalt öffnete die Bürotür und ließ sie vorgehen. Er führte sie den Gang hinunter, bis er vor einer Tür stehen blieb, die wie jede andere aussah. »Hier wohne ich«, sagte er. »Gehen Sie weiter in Richtung Fahrstuhl. Auf der linken Seite sind die Toiletten. Halten Sie mich bitte auf dem Laufenden, wenn es Neuigkeiten zum Wolf gibt«, sagte er.

Sie wollte schon weitergehen, als ihr einfiel, dass Bach ihr erzählt hatte, dass der Fokus auch auf diesem Fall lag, weil der Oberstaatsanwalt und Jo gute Freunde waren. »Woher kennen Sie Jo eigentlich?«, fragte sie.

Der Oberstaatsanwalt sah sie erstaunt an.

»Ich meine, meinen vermissten Vater Joachim Rausch«, präzisierte sie ihre Frage. »Woher kennen Sie sich?«

»Ich kenne ihn leider nicht«, entgegnete der Oberstaatsanwalt. »Aber ich drücke Ihnen die Daumen, dass die Sache gut ausgeht und ich ihn vielleicht einmal persönlich treffe.« Er schloss die Tür auf und ließ sie verwirrt zurück.

»Wollen wir? Deutschlands gefährlichste Insel wartet auf uns!«, ertönte eine Stimme hinter ihr. Als sie sich umdrehte, stand Bach vor ihr, zwischen seinen Zähnen blitzte ein weißes Kaugummi.

28

Zimmermann wischte sich den Schweiß von der Stirn. Der Gurt der Spiegelreflexkamera, die dem *Greifswalder Boten* gehörte, schnitt in seinen feuchten Nacken. Für September war es zu warm, und er hatte zu viele Kilos auf den Rippen. Schon lange hatte er sich vorgenommen, sich mehr zu bewegen, vielleicht sogar mit Sport zu beginnen. Aber er musste irgendeinen genetischen Defekt haben: Wo andere nach dem Sport von euphorischen Glücksgefühlen sprachen, war er einfach nur fertig. Sportliche Aktivitäten machten ihn depressiv, und so war der einzige Sport, den er betrieb, der Angelsport.

Das Auto hatte er schon vor einem gefühlten Kilometer stehen lassen, nun schritt er den Zaun zu Fuß ab. Als schwarzes Band verlief er neben dem Weg, soweit sein Auge reichte. Er war höher als erwartet, vor allem aber wirkte er bedrohlich. Die dunkel lackierten Metallstäbe bildeten ein enges Netz, das vor seinen Augen zu flimmern begann. Oben war der Zaun in seine Richtung gebogen, um das Überklettern zu erschweren, und die Krone bestand aus Stacheldraht, der ebenfalls schwarz gefärbt war. Sofort aufgefallen waren ihm die Kameras: Alle paar Meter waren sie an den massiven eisernen Zaunpfählen befestigt, bewegliche, schwarz glänzende Halbkugeln von der Größe einer Orange, die mit dem mechanischen Laut eines sich bewegenden Roboters jedem seiner Schritte folgten, bis die nächste Kamera übernahm. Versorgt wurden sie offenbar von kleinen Solarpanels, die auf jeden der Pfosten geschraubt waren und ihren Winkel je nach Sonneneinstrahlung von allein anzupassen schienen. Doch das war nicht alles: Zusätzlich waren in regelmäßigen Abständen ebenfalls schwarze Signallautsprecher montiert, die an kleine Megafone erinnerten. Am beängstigendsten waren die Warnschilder, die gleich in vier Sprachen – Deutsch, Englisch und Polnisch erkannte er, die vierte Sprache nicht – vor Strom warnten. »Elektrozaun«, stand dort, und darunter war ein Blitz in einem schwarzen Dreieck abgebildet, versehen mit dem Hinweis »Zaun unter Spannung«.

Das war noch nicht alles, es gab noch weitere Apparaturen, die in immer gleichen Abständen am Zaun installiert waren. Man erkannte sie nicht sofort, da sie ebenfalls schwarz lackiert und weit unten, am Fuße der Zaunpfosten, befestigt waren. Er wusste nicht, worum es sich dabei handelte, aber es erinnerte ihn am ehesten an seitlich aufgestellte Diaprojektoren oder Nebelmaschinen, wie man sie aus früheren Zeiten aus der Diskothek kannte.

Kurz war er versucht, den Zaun anzufassen, um zu prüfen, ob er wirklich Strom führte. Bei einem normalen Weidezaun hatte er dies schon getan und sich dabei einen ordentlichen, aber ungefährlichen Schlag geholt. Als er ein Junge gewesen war, hatte es zu ihren Mutproben gehört, gegen einen Elektrozaun zu pinkeln. Aber bei diesem Exemplar traute er sich nicht einmal, ihn zu berühren.

Vor sich hielt er das ausgedruckte Kamerabild, das ihm jemand unter dem Decknamen »Aletheia« anonym zugeschickt hatte und auf dem der vermeintliche Wolfsmensch zu sehen sein sollte. Er suchte die Stelle, an der es aufgenommen worden war. Bevor er die Story brachte, brauchte er irgendeine Art von Bestätigung. Die Pressesprecherin Helen Roux hatte sich große Mühe gegeben, seine Anfrage nicht nur zu dementieren, sondern sie auch noch ins Lächerliche zu ziehen. Sie war gut, aber nicht gut genug für ihn. Er kannte dieses kurze Zögern, diese Stille nach seiner Frage, die kaum länger als eine Millisekunde andauerte und dennoch so lang und laut war, dass er sie nicht hatte überhören können. Irgendetwas war hier im Busch, und zwar im wahrsten Sinne des Wortes.

Der Zaun war länger, als er erwartet hatte. Bevor er die E-Mail erhalten hatte, hatte er nichts von dem Bauwerk gewusst. Mittlerweile hatte er recherchiert und herausbekommen, dass *Fenceattack* hier vor seiner Haustür ein Pilotprojekt gestartet hatte, um die Entwicklung zu testen. Ein unüberwindbarer Schutzzaun, der mithilfe des »neuen Gottes« eines jeden Informatikers, der künstlichen Intelligenz, den Schrecken der deutschen Ordnungshüter fernhielt: den bösen Isegrim. Erst hatte man Gemeinderäte und Kreistag, dann die Landwirte und Grundbesitzer überzeugt, und nun stand er hier wie die Reinkarnation der früheren DDR-Grenzanlagen. Er hätte hier in der ehemaligen Ostzone mehr Misstrauen gegenüber solchen Bauwerken erwartet. Während eine der Kameras erneut jeder seiner Bewegungen folgte, blieb er stehen und verglich die Landschaft auf dem Foto mit der Vegetation um ihn herum.

Es passte nicht. Lange würde er bei dieser Wärme nicht mehr durchhalten. Also probierte er Plan B. Er holte aus seinem Leinenjackett einen Zettel und schrieb, auf seinen Oberschenkel gestützt, etwas darauf, darunter seinen Namen und seine Handynummer. Dann hielt er den Zettel mit seiner Notiz genau in die Kamera. Dies wiederholte er auf den nächsten Metern immer wieder, bis ihm der Schweiß hinunterlief.

Er steckte den Zettel ein und machte mit der Kamera ein paar Fotos, bei denen es ihm darauf ankam, dass der Zaun möglichst bedrohlich wirkte. Erst als er mit den Bildern, die ihm das Display seiner Digitalkamera anzeigte, zufrieden war, machte er sich auf den Weg zurück in die Redaktion.

***

Brian Auster starrte auf die Monitorwand vor sich. Er hatte den Mann bereits seit einer guten halben Stunde beobachtet. Es war Zufall, dass er darauf gestoßen war: Noch immer versuchte er zu verstehen, was es mit dem angeblichen Wolfsmenschen auf sich hatte, den die KI identifiziert hatte. Wieder und wieder hatte er die Systeme gecheckt, die Architektur des Modells kontrolliert, Hyperparameter angepasst. Er hatte Metriken wie Genauigkeit, Präzision und Recall überprüft – alles ohne Ergebnis. Schließlich hatte er vor der Monitorwand gekauert und die verschiedenen Kameraperspektiven durchgezappt, bis er auf das Livebild mit dem Kerl gestoßen war.

Dieser sah nicht aus wie der typische Spaziergänger. Zu einer hellbraunen Baumwollkakihose trug er ein blaues Leinensakko, um den Hals eine hochwertige Kamera mit Objektiv, die er noch nicht benutzt hatte. Er ging langsam, blieb oft stehen. Gerade hatte er sich mit einem Stofftaschentuch den Schweiß aus dem Nacken gewischt. Zudem schien er sich besonders für ihre Zaunanlage zu interessieren. Regelmäßig blieb er mit abschätzendem Blick stehen und schaute geradezu provozierend in die Kameras, die ihn nicht aus den Augen ließen, was dem Fremden völlig bewusst zu sein schien. Besonders auffällig war aber das Blatt Papier in seiner Hand, auf das der Mann immer wieder schaute, bevor sein Blick suchend umherwanderte. Da er das Blatt mit dem Rücken zur Kamera hielt, konnte Auster trotz der hoch entwickelten Kameras und Zoom dessen Inhalt nicht erkennen.

So ging es über Minuten: Der Mann machte ein paar Schritte, schaute in die Kamera, einmal winkte er sogar, sah dann auf das Blatt in seiner Hand, scannte die Umgebung und lief weiter. Auster wollte sich gerade von diesem Schauspiel lösen, als der Mann aus der Innentasche plötzlich einen Zettel hervorholte, sich nach vorn beugte und etwas darauf schrieb. Dann wandte er sich zum Zaun und hielt das Geschriebene direkt in die Kamera: *Ich weiß vom Werwolf! Rufen Sie mich an!*

Er zoomte heran und las den Namen und die Telefonnummer darunter. In diesem Moment öffnete sich die Tür zum Operating-Room, wie sie die Schaltzentrale nannten, und jemand steckte den Kopf hinein. Auster schloss das Kamerabild mit einer blitzschnellen Bewegung des Joysticks.

»Brian, hast du das von Walter gehört?«, fragte Helen Roux.

Auster drehte sich zu ihr. »Nein, was ist mit ihm?«, fragte er genervt.

Helen kam herein und schloss die Tür hinter sich. An ihrem Gesicht konnte er ablesen, dass etwas nicht stimmte.

»Er ist tot«, sagte sie mit brüchiger Stimme.

29

Sie haben noch einen CD-Player im Auto?«, fragte Bach verwundert.

»Im Handschuhfach sind ein paar CDs«, sagte sie, während sie sich auf den Verkehr konzentrierte. Der Wagen war in die Jahre gekommen, aber sie mochte sich nicht von ihm trennen. Er war eine der wenigen Konstanten in ihrem Leben. Eigentlich hatte sie geglaubt, nach Studienjahren in Berlin, Auslandssemestern in Dublin und Lund und Reisen durch Asien und Südamerika hier in Vorpommern Wurzeln geschlagen zu haben. Doch nach der Trennung von René und nachdem sie die Wahrheit erfahren hatte, fühlte sie sich plötzlich heimatlos. Dazu passte, dass sie nun auch im Hotel lebte. Zum allerersten Mal kam ihr der Gedanke, von hier wegzugehen.

»Ein Swiftie«, hörte sie Bach sagen, der sich durch ihre CDs wühlte.

»Und was für einer!« Sie zeigte ihm ihr perlenbesetztes buntes Armband, das sie am rechten Handgelenk trug. »Make the friendship bracelets, take the moment and taste it«, sang sie.

»Was soll das sein?«

»Eine Songzeile aus *You're on Your Own, Kid*. Danach haben sich alle Swifties Freundschaftsarmbänder gekauft.«

»Bist du nicht ein bisschen zu alt dafür?«

Sie schlug nach ihm, verfehlte ihn aber.

»Das ist besser!«, rief er aus. Er öffnete eine Hülle und schob eine CD in den Schlitz des Autoradios. Kurz darauf erklang der erste Song von Nirvanas letztem Album, das sie schon in ihren verzweifeltsten, aber auch glücklichsten Momenten gehört hatte.

Auf dem Weg nach Riems fuhren sie an Helge Schulzes Schafweide vorbei, die weit unter der Landstraße an der Peene lag und die sie von hier aus der Ferne zum großen Teil überblicken konnten. Jenny wurde langsamer und blieb mit Warnblinklicht am Straßenrand stehen.

»Sehen Sie sich das an!«, sagte sie und zeigte auf die Weide. Aus der Ferne erkannte man ein Meer von weißen, hüfthohen Holzkreuzen, die in Reih und Glied auf der Wiese aufgestellt worden waren.

»Ich vermute mal, das sind fünfundfünfzig Stück«, sagte Jenny.

»Sieht aus wie ein Soldatenfriedhof. Ist das nicht etwas übertrieben oder pietätlos?«, bemerkte Frederik.

»Ich denke, Helge sieht das anders. Aber ich fürchte, hier wird er instrumentalisiert von der Anti-Wolfs-Lobby. Ich kann mir nicht vorstellen, dass er es war, der all die Holzkreuze besorgt hat.« Sie startete den Motor, und sie fuhren weiter.

»Wussten Sie, dass die Insel Riems auch das Alcatraz der Viren genannt wird?«, fragte Bach. Er saß auf dem Beifahrersitz und trank einen Kefir-Drink. Die Fahrt von Stralsund nach Riems dauerte etwa eine halbe Stunde.

Natürlich wusste sie es. Nicht nur, weil ihr Vater dort gearbeitet hatte, sondern weil jeder Tierarzt in der Umgebung die Insel Riems kannte. Sie beherbergte das Bundesforschungsinstitut für Tiergesundheit und war vermutlich weltweit eine der wichtigsten Forschungsanstalten für Tierseuchen. Aber dort lagerten neben den schlimmsten Tierseuchen auch so ziemlich alle bekannten, für Menschen tödlichen Erreger wie das Ebola-Virus, und daher war der normalen Bevölkerung seit einem guten Jahrhundert der Zugang zu den Forschungseinrichtungen auf dem Eiland im Greifswalder Bodden verboten.

»Waren Sie schon einmal dort?«, fragte sie.

Bach verneinte. Er trug heute einen Duft, den sie mochte. Doch das änderte nichts an der Tatsache, dass er ihr gestern nicht die Wahrheit gesagt hatte, als er ihr erzählt hatte, dass der Fall innerhalb der Staatsanwaltschaft besondere Priorität genießen würde, weil Jo und der Oberstaatsanwalt sich kannten. Kurz überlegte sie, ihn damit zu konfrontieren. Aber es würde ihm ein Leichtes sein, sich herauszureden. Nein, sie beschloss, es für sich zu behalten und herauszufinden, warum er sie angelogen hatte.

»Noch nie«, entgegnete er erwartungsgemäß.

»Es gibt mehrere Sicherheitsbereiche. Die erste Vorsichtsmaßnahme ist schon einmal die, dass sich das Institut auf einer Insel befindet, auf die man nur über einen Damm gelangt. Die Sicherheitskontrollen am Eingang sind dementsprechend streng. In den Bereich der Stufe vier kommt man am Ende nur noch über interne Schleusen. Dort haben nur neun Mitarbeiter Zutritt. Es dauert eine Stunde, bis man die Sicherheitskleidung angelegt hat, und eine weitere Stunde, wenn man hinterher duschen muss. In allen Räumen herrscht zudem Unterdruck. Obwohl das Labor hermetisch abgeriegelt ist, garantiert dies, dass, wenn doch einmal ein Leck entsteht, keine Luft von drinnen nach außen dringt.«

»Klingt nicht besonders verlockend«, entgegnete Bach.

»Keine Sorge, wir bleiben in dem Sicherheitsbereich der unteren Stufe«, entgegnete Jenny.

Ein Ortsschild kündigte an, dass sie Riemserort erreichten. »Wie alle Beschäftigten der Insel Riems zu DDR-Zeiten haben auch wir hier früher gewohnt. Ich erinnere mich aber nicht mehr daran, denn wir sind noch vor der Wende weggezogen. Jo hat mir erzählt, dass Riemserort wie die Insel selbst Seuchensperrgebiet war. Niemand durfte hierher oder weg. Das heißt, man lebte hier völlig isoliert, quasi wie auf einer Marsstation. Zum Ausgleich hat man versucht, es den Menschen hier so angenehm wie möglich zu machen, daher hatten die Bewohner von Riemserort einige Privilegien, die andere DDR-Bürger nicht hatten.«

Und Jenny fand, das sah man heute noch. Sie fuhren durch eine hübsche Siedlung mit gemütlichen Flachbauten auf Einzelparzellen. Die vor Jahrzehnten angelegten Grundstücke waren für DDR-Verhältnisse groß und von waldigem Bewuchs begrenzt. Die Straße schwenkte nach links und gab für einen kurzen Moment den Blick auf die Ostsee frei. Hinter einer schmalen Bucht erhob sich die Silhouette von Gebäuden mit roten Dächern und einem ebenfalls roten, gemauerten Schornstein. Wenig später passierten sie einen kleinen Hafen und bogen dann auf den Damm ein, der zur Insel führte. Ein Schild verbot die Weiterfahrt für Unberechtigte.

»Schon ein wenig gruselig«, sagte Bach.

»Das letzte Mal, das hier ein Virus entwischt ist, war 1982: die Maul- und Klauenseuche. Seitdem hat man über 380 Millionen

Euro in einen Neubau investiert. Aber hundertprozentige Sicherheit gibt es nicht.«

»Soll mich das beruhigen?«

»Wenn heute Abend Ihre Augen anfangen zu bluten, sollten Sie einen Arzt aufsuchen«, entgegnete sie und verkniff sich ein Grinsen, als sie Bachs gezwungenes Lächeln notierte.

30

Sie parkte auf einem der Besucherparkplätze und meldete sie bei der Pförtnerloge an, wo sie Besucherausweise erhielten. Kurz darauf erschien Ansgar. Zwei Jahre war es her, dass sie ihn zuletzt gesehen hatte. Damals hatten sie und viele andere Helfer verendete Kormorane und Silbermöwen an der Küste geborgen und zur Untersuchung auf das Vogelgrippevirus H5N1 nach Riems gebracht. Ansgar hatte die Säcke entgegengenommen und bedauert, dass er für einen Kaffee keine Zeit gehabt hatte. Seitdem hatte sie nichts mehr von ihm gehört.

Er musste mittlerweile schon über fünfzig Jahre alt sein und war auf den ersten Blick kaum wiederzuerkennen: Obwohl er einen weißen Kittel trug, sah man sofort, dass er seit ihrem letzten Treffen mindestens zwanzig Kilo abgenommen hatte. Statt Seitenscheitel trug er nun rasierten Kahlkopf, die leichten Pausbäckchen waren eingefallenen Wangen gewichen. Dazu trug er einen coolen Dreitagebart. Auch die Brille war verschwunden.

»Gut siehst du aus«, sagte sie, bevor sie ihn kurz umarmte und ihren Begleiter vorstellte.

»Es ging nicht mehr so weiter«, kommentierte er ihr Lob.

»Wie hast du das geschafft?«, wollte sie wissen, während sie zum Eingang des Instituts schlenderten.

»Viel Sport und Fasten, die typische 16:8-Methode.«

»Respekt«, sagte sie.

Anders als viele andere Bauten auf der Insel war das weiße zweigeschossige Hauptgebäude mit rotem Walmdach noch historisch. Der Eingang bestand aus einem beeindruckenden Podest, und über der Tür war in großen Lettern »FRIEDRICH LOEFFLER INSTITUT« in die Fassade gehauen.

Ansgar öffnete die Tür und ließ sie in die Empfangshalle. Auch hier drinnen war Jenny lange nicht mehr gewesen, und so beeindruckten sie die gemalten Wandbilder aufs Neue, die im beinahe comicartigen Stil in Lebensgröße Szenen aus der Geschichte der Veterinärmedizin und der Insel zeigten und dabei nicht vor der brutal anmutenden Realität zurückschreckten: Da lag eine Kuh mit nach oben gebundenen Beinen und geöffnetem Bauchraum, deren Innereien auf dem gekachelten Boden abgelegt waren, während unter dem Licht einer OP-Lampe Ärzte und Helfer mit langen Messern in ihrer Bauchhöhle arbeiteten. Daneben hockte eine Forscherin mit rundem Rücken über ein Mikroskop gebeugt. Auch Bach bliebt beeindruckt vor dem Bild stehen.

»Manche Besucher empfinden das als martialisch«, kommentierte Ansgar. »Aber das ist, was wir hier tun: Forschen, um zu heilen. Wir verändern hier die Erreger, um festzustellen, welche Eigenschaften sie haben, suchen aber vor allem nach deren Schwachstellen, um sie unschädlich zu machen. Die Kuh auf dem Bild kommt nicht von ungefähr: Die Bekämpfung der furchterregenden Maul- und Klauenseuche war einer der Hauptgründe gewesen, warum Friedrich Loeffler das Institut 1910 hier gründete.«

»Ich habe Ställe und Außengehege gesehen«, sagte Bach. »Sie forschen auch an Tieren?«

»Leider ja. Wir beherbergen hier vor allem Rinder, Wildschweine und Alpakas. Wenn wir das komplexe Zusammenspiel von Erreger und Wirt im Hinblick auf die Entwicklung von Impfstoffen verstehen wollen, sind wir leider weiterhin auf Versuchstiere angewiesen. Aber jeder Tierversuch muss extra beantragt und begründet werden, und wir bemühen uns, das zu reduzieren. Eigentlich müsste hier an der Wand aber keine Kuh, sondern ein Meerschweinchen abgebildet sein. Zu Spitzenzeiten wurde hier auf Riems an bis zu 70 000 Meerschweinchen pro Jahr geforscht. Drüben in Riemserort steht sogar ein Denkmal, das an die Tierchen erinnert.«

Jenny sah, wie Bach ihr einen kurzen Blick zuwarf. Offenbar dachte er genau wie sie gerade an die Geschichte, wie sie Ansgar kennengelernt hatte.

Sie sollten beide einen weißen Kittel anziehen und fanden sich kurz darauf an Ansgars Arbeitsplatz wieder.

»Das ist der Probenbearbeitungsraum«, erläuterte er und zeigte auf einen Arbeitsplatz unter der Abzugshaube. »Hier in Sicherheitsstufe zwei arbeiten wir aber nicht mit pathogenen Viren«, fuhr er fort, als er Bachs besorgten Blick bemerkte.

Sie saßen auf einfachen Bürostühlen, in ihren Kitteln sahen sie aus wie eine kleine Forschungsgruppe.

»Ich habe versucht, noch jemanden zu finden, der Walter Gehrling und deinen Vater kannte, aber ich fürchte, der Einzige, der mit beiden noch zusammengearbeitet hat, bin ich«, begann Ansgar. »Dein Vater wird vermisst?«

Sie nickte. »Seit gestern. Er ist zur Jagd gefahren und nicht wiedergekommen. Seinen Wagen und den Jagdhund hat er zurückgelassen.« Von der Blutlache erwähnte sie nichts.

»Das klingt mysteriös«, sagte Ansgar.

»Deshalb sind wir hier«, mischte Bach sich ein.

»Wann haben Sie Joachim Rausch zum letzten Mal gesehen oder gesprochen?«

Ansgar pustete einen Schwall Luft aus. »Das ist gar nicht lange her. Vor einigen Wochen tauchte er hier im Institut auf.« Sein Blick verdüsterte sich.

»Was wollte er?«

»Angeblich nur seinen alten Arbeitsplatz besuchen. Er hat an der Loge unten nach mir gefragt. Und da mein Vater und er alte Freunde waren, habe ich ihn reingeholt, so wie euch. Ich habe ihn ein bisschen herumgeführt. Doch als wir in meinem Büro waren, genau hier, wo wir jetzt stehen, da ging er mich plötzlich an. Er erzählte mir, dass er seine Stasi-Akte eingesehen hatte, und beschuldigte mich, ein Stasi-Spitzel zu sein. Er behauptete, ich hätte ihn damals in der DDR bespitzelt.«

»Und was haben Sie geantwortet?«, fragte Frederik.

»Dass es absurd ist! Ich war damals noch ein Teenager. Er war furchtbar aufgeregt, und am Ende musste ich ihn vom Sicherheitsdienst herausbringen lassen.«

Jenny erinnerte sich an Jos Bericht von dem Vorfall. Und die roten Striemen an dessen Hals.

»Aber es hat mich beschäftigt. Man wird nicht gern als Informant beschuldigt. Später habe ich ihn dann noch einmal kontaktiert und den Vorwurf ein für alle Mal entkräftet.«

»Wie das?«

»Indem ich ihm die Stasi-Akte meines Vaters geschickt habe. Daraus ergab sich, dass mein Vater von demselben Informanten bespitzelt wurde wie Jo. Und so weit gehen, zu behaupten, dass ich meinen eigenen Vater bespitzelt hätte, wollte er dann doch nicht. Er hat sich bei mir entschuldigt.«

Frederik nickte. »Und Walter Gehrling? Wann haben Sie den zuletzt gesehen?«

»Der ist tot, sagtest du am Telefon?«, wandte Ansgar sich an Jenny.

Sie nickte, wiederum ohne zu erwähnen, dass er ermordet worden war.

»Den habe ich einmal in der Zeitung gesehen. Als hier dieser Zaun gebaut worden ist. Sonst gar nicht.«

»Seit wann sind Sie hier tätig?«, fragte Bach.

Ansgar lächelte. »Beinahe mein ganzes Leben. Mein Vater arbeitete hier, und ich habe schon in den Achtzigerjahren als Teenager begonnen, mich um die Tiere zu kümmern. Tierpfleger waren hier immer rar.«

»Kennen Sie dann vielleicht die Männer auf diesem Foto?« Er griff in seine Sakkotasche und holte die alte Fotografie hervor, die Jenny ihm gestern überlassen hatte.

Über Ansgars Gesicht huschte ein Lächeln. »Das sind Heinz, Walter, Jo und mein Vater Jasper. Es ist hier in einem der Pausenräume aufgenommen worden, ich schätze, irgendwann in den Achtzigerjahren.«

»Das ist Ihr Vater?«, fragte Bach und zeigte auf die Person ganz außen.

Tatsächlich bemerkte Jenny nun, nach Ansgars Typveränderung, eine gewisse Ähnlichkeit zwischen ihm und dem Mann auf dem Foto.

»Er war damals zuständig für die Versuchstiere, weshalb ich den Job als Tierpfleger bekommen habe.«

»Können wir mit Ihrem Vater sprechen?«

»Leider nein, er ist vor einigen Wochen nach langer Krankheit verstorben.«

»Das tut mir leid«, sagte Jenny.

Ansgar nahm ihre Beileidsbekundung mit einem dankbaren Lächeln entgegen. »Das ist Jennys Vater Joachim Rausch«, fuhr er fort und zeigte auf dem Foto auf Jo. »Er leitete damals die Virologie. Und hier haben wir Walter Gehrling, der in der Pathologie arbeitete. Ich weiß nicht, ob er zum Zeitpunkt der Aufnahme des Fotos bereits deren Leiter war.«

»Und wer ist das?«, fragte Bach und deutete auf die Person, die auf der Rückseite des Fotos nur mit dem Vornamen Heinz betitelt war. »Heinz Danner. Er leitete im Institut die Epizootiologie oder auch Epidemiologie genannt.« Jenny fiel wieder auf, wie Bach in seinem kleinen Notizbuch mitschrieb.

»Wissen Sie, ob er noch lebt?«, fragte der Staatsanwalt.

Ansgar schüttelte den Kopf. »Das Letzte, was ich von ihm gehört habe, war, dass er nach der Wende ausgewandert ist. Ich glaube, nach Amerika.«

»Und der Fünfte?«

Ansgars Gesichtsausdruck veränderte sich. »Das war Gunnar.«

»Gunnar und wie weiter?«, fragte Jenny.

»Grabowski. Er war der Jüngste von allen. Eine tragische Geschichte.«

Bach starrte durch Ansgar hindurch, schien über irgendetwas nachzugrübeln. Als er keine Anstalten machte nachzuhaken, fragte Jenny: »Was für eine Geschichte?«

»Er starb 1986 bei einem Hausbrand in Riemserort. Das muss kurz nach Aufnahme des Fotos passiert sein. Es war damals eine große Tragödie. Hast du noch nie davon gehört?« Er schaute Jenny ungläubig an. Sie schüttelte den Kopf.

Riemserort, 1986

Es war der Abend nach den Maidemonstrationen. Die ganze Belegschaft des VEB Friedrich-Loeffler-Instituts war samt ihren Familien mit den Institutsbussen nach Greifswald gefahren und hatte sich mit den dort wohnenden Kollegen getroffen. Nachdem man mit den selbst gebastelten Transparenten, die die Erfolge des Instituts lobten, an den Ehrentribünen vorbeigezogen war, ging es am frühen Abend zurück nach Riems, wo kostenloses Eintopfessen auf alle wartete. Ansgar war einer der wenigen, die nicht mitgefahren waren. Während andere Repressionen zu befürchten gehabt hätten, wenn sie den Maifeiertag schwänzten, war man ihm noch dankbar: Man konnte die Tiere nicht den ganzen Tag über allein lassen. Ausmisten, Füttern, Tränken nachfüllen. Jemand musste die Drecksarbeit machen, und Ansgar hatte sich sofort angeboten. Dies war nur vordergründig selbstlos, denn er hasste Menschenmengen. Eigentlich hasste er sogar Menschen. Aber er liebte die Tiere. Tiere konnten nicht böse sein. Sie konnten gefährlich sein, er hatte gesehen, wie einer der Ärzte beim Besamen von einer Kuh eingequetscht worden war. Aber die Kuh hatte nicht aus Bösartigkeit gehandelt. Vor allem aber konnte er sich, wenn alle fort waren, in Ruhe um seine besonderen Freunde kümmern, die in einem Quarantäne-Teil des Instituts lebten, zu dem nur eine Handvoll Leute Zugang hatten. Er gehörte offiziell nicht dazu, aber er hatte durch all die Absperrungen und losen Bretter einen Weg gefunden, dorthin zu gelangen. Und während er sonst immer Gefahr lief, entdeckt zu werden, wenn er bei ihnen war, konnte er heute, wo alle fort waren, ohne jede Furcht zu ihnen gehen. So war es einer der schönsten Nachmittage seit Langem gewesen.

Nach der Rückkehr der Feiernden, die im Betriebshof Eintopf aßen, bis ihnen der Bauch schmerzte, und mehr Bier tranken, als ihnen guttat, hatte er sich mit einem Teller Suppe in einen ruhigen Winkel zwischen den Ställen zurückgezogen. Vor allem hatte er keine Lust auf seinen Vater, der keine Gelegenheit ausließ, ihn zu belehren. Er war mit den Tieren stets zu zaghaft, die Ställe zu dreckig, das verteilte Futter zu üppig. Überhaupt war er verweichlicht und zu sentimental, wenn er bei dem Anblick der toten Versuchstiere in der Sterilisationsanlage weinte. So kauerte er an einem der Bretterzäune, hatte die Wursteinlage herausgefischt, um sie später an die Hunde zu verfüttern, und hatte heimlich einen Becher Bier getrunken, bis er irgendwann eingedöst war.

Der Feueralarm erschreckte ihn fast zu Tode. Über die Insel waren mehrere Sirenenmasten verteilt, und da einer der Feuermelder ganz in seiner Nähe stand, war er bei dem ersten Signalton beunruhigt aufgesprungen. Dabei war die leere Bierflasche zu Bruch gegangen. Er hatte einen Moment gebraucht, bis er verstand, dass es irgendwo brannte. Wie alle auf der Insel war er an ständige Probe- und Fehlalarme gewöhnt, doch heute roch er den Rauch. Und er sah den Feuerschein, der keine fünfhundert Meter Luftlinie entfernt den Himmel rot erleuchtete. In der Richtung stand auch ihr Zuhause, ein schickes Haus mit Garten, und so begann er zu laufen. Dabei spürte er eine merkwürdige Mischung aus Angst und Erregung. Hier geschah sonst niemals etwas.

Manchmal hatte er das Gefühl, in einem Gefängnis zu leben, genau wie die Tiere, um die er sich kümmerte. Er war jung und erlebnishungrig, und da war man für jede Abwechslung dankbar. Was aber, wenn ihr Haus brannte? Er dachte an die »Wostok 1«, die er in den vergangenen Wochen mühsam zusammengebaut hatte, den Paul-Young-Starschnitt, der aus elf Teilen bestand – vier westdeutsche Bravo-*Ausgaben in Serie, die er sich clever beschafft hatte – und den es in der gesamten DDR wohl nur einmal gab. Je mehr er darüber nachdachte, umso größer wurde seine Sorge, und so fühlte er große Erleichterung, als er sein Zuhause unversehrt vorfand. Doch dieses Gefühl dauerte nur so lange, bis er verstand, dass einen Straßenzug weiter einer der neueren Bungalows in Brand stand.*

Er war noch vor der Betriebsfeuerwehr angekommen, deren Mitglieder nach den Feierlichkeiten offenbar eine Weile brauchten, um sich und die Löschfahrzeuge in Stellung zu bringen. Es war das Haus der Grabowskis. Sie hatten einen Sohn, der etwas jünger war als er und mit dem er manchmal zusammen abhing. Vor allem aber mochte er den Hund der Familie, der Enrico hieß. Es war ein Deutscher Schäferhund, und er kannte ihn bereits als Welpen. Manchmal durfte er sogar mit ihm Gassi gehen.

Nachbarn kamen herbeigelaufen und schütteten Eimer mit Wasser ins Feuer, was die Flammen nur noch wütender zu machen schien. Sie schrien und riefen die Namen der Bewohner. Er hörte »Gunnar«- und »Agnes«-Rufe. Doch niemand rief nach Enrico. Das Haus brannte in gesamter Ausdehnung. Lediglich die Stahlträger der Holzbaukonstruktion standen noch, dazwischen war ein Meer aus Flammen, welches bis weit in den Abendhimmel reichte. Und dann sah er ihn: Inmitten des Hauses, dort, wo früher das Wohnzimmer gewesen war, stand die brennende Silhouette eines Mannes, der mit weit ausgestreckten Armen und in den Nacken gelegtem Kopf in seine Richtung blickte. Stumm, seinem Schicksal ergeben, bis er irgendwann einfach umfiel.

Einen Moment trat Stille ein. Jenny schaute auf Bach, der, während Ansgar sprach, unbeweglich dagesessen und durch diesen hindurchgestarrt hatte.

»Das muss ein einschneidendes Erlebnis gewesen sein«, stellte Jenny fest. »Wie alt warst du damals?«

»Sechzehn.«

Bach machte weiter keine Anstalten, sich ins Gespräch einzuschalten. Irgendetwas schien ihn zu beschäftigen.

»Haben Sie noch Fragen?«, versuchte Jenny, ihn aus seiner Starre zu lösen.

Bach schaute sie an, als habe sie ihn aus einem Tagtraum geweckt. »Ja, klar«, sagte er dann und wandte sich an Ansgar. »Wo war Ihr Vater während des Brandes?«

»Wie beinahe alle Männer mittleren Alters auf Riems war er bei der Betriebsfeuerwehr und hat geholfen, den Brand zu löschen. Hinterher hat er nicht mehr gerne über die Sache gesprochen. Der Anblick der verbrannten Leichen muss schrecklich gewesen sein. Ich weiß noch, dass ich irgendwann nach Hause ging und mich im Bett verkroch. Meine Gedanken galten damals auch Enrico, dem Hund. Ich erinnere mich noch, dass mein Vater spät nach Hause kam. Es war schon früher Morgen. Er war ganz verrußt und stank nach Rauch. Er hat sich ein Bier aus dem Kühlschrank genommen und sich in den Sessel gesetzt. Ich bin zu ihm und habe ihn gefragt, ob alle tot seien, und er hat genickt. ›Auch der Hund?‹, habe ich ihn gefragt, und er hat mich nur verständnislos angeschaut. Und als ich noch einmal nach dem Hund fragte, ist er ausgeflippt. Hat mich windelweich geschlagen und dabei geweint.«

Jenny wusste nicht, wie sie darauf reagieren sollte.

»Damals war es noch üblich, dass man von seinen Eltern ab und zu eins hinter die Ohren bekam«, schob er beinahe entschuldigend hinterher. »Mehr kann ich nicht sagen. Wie gesagt, ich war jung, und es ist lange her. Aber ich denke, in den alten Archiven oder im Museum in Riemserort werden Sie einiges dazu finden.« Eine kleine Pause entstand, in der Ansgar Bach das Foto zurückgab.

»Waren die fünf Männer Freunde?«, fragte Bach, während er es wieder faltete und wegsteckte.

»In erster Linie waren sie Kollegen. Aber Riemserort und die Insel waren abgeschottet vom Rest der Republik. Wir waren eine Enklave. Insofern herrschte hier stets ein bisschen Stimmung wie in einem Ferienlager. Alle hielten zusammen, tagsüber wurde hart gearbeitet und in der Freizeit gefeiert. Es gab einen gut ausgestatteten Konsum, einen Segelverein, einen Jugendclub.«

»Und gab es irgendwelche Spannungen? Streit?«, fragte Bach.

»Wie überall in der Gemeinschaft. Aber nichts Gravierendes.«

»Auch nicht zwischen den fünf?«

»Nicht, dass ich wüsste. Im Gegenteil: Der Tod von Gunnar hat damals alle noch mehr zusammengeschweißt.«

»Und Sie haben keine Ahnung, wo Jo sein könnte?«

»Wie gesagt, ich habe ihn seit Jahren nicht mehr gesehen.«

»Was geschah noch an dem Abend, als Sie Frau Rausch damals das Meerschweinchen geschenkt haben?«

Jenny schaute Bach ebenso überrascht an wie Ansgar. Sie konnte nicht glauben, dass er diese Frage tatsächlich gestellt hatte, doch Bach schaute ungerührt zu Ansgar und wartete auf eine Antwort.

»Ich weiß nicht, was Sie meinen«, sagte dieser und schaute fragend zu Jenny.

»Ich meine, dass Sie damals Frau Rausch ein Meerschweinchen nach Hause gebracht haben und dass ihr Vater es einige Stunden später genommen und gesagt hat, er bringe es zu Ihnen zurück. Er schien seinerzeit sehr aufgebracht gewesen zu sein, erzählte Frau Rausch. War Joachim Rausch an jenem Abend bei Ihnen?«

Ansgar verzog die Mundwinkel. »Ich habe keine Ahnung, also ich glaube nicht. Das ist lange her. Das Meerschweinchen war ein gut gemeintes Geschenk. Ich war zu dieser Zeit für die Meerschweinchenzucht auf Riems verantwortlich, und wenn ich mich richtig erinnere, hatte Jo erwähnt, dass Jenny ihre Mutter verloren hatte und sich über ein Meerschweinchen freuen würde.« Er wandte sich direkt an Jenny. »Ich hatte keine Ahnung, dass du es nicht behalten durftest, dass Jo damit nicht einverstanden war!«

Sie wusste nicht, was sie darauf sagen sollte. »Das konntest du auch nicht wissen«, brachte sie hervor. Sie fühlte sich von Bach verraten, dem sie diese Geschichte im Vertrauen erzählt hatte.

»Warum hast du mir niemals davon erzählt?«

Erneut suchte sie nach Worten, fühlte sich bloßgestellt. »Keine Ahnung«, stammelte sie.

»Dann habe ich keine weiteren Fragen«, unterbrach Bach die unangenehme Stille und erhob sich. Er schaute erwartungsvoll zu Jenny, die ihn mit einem bösen Blick bedachte. »Sollte Ihnen noch etwas einfallen, scheuen Sie sich nicht, mich zu kontaktieren!«

Bach zückte mal wieder seine Visitenkarte und übergab sie Ansgar, der sie mit einem freundlichen Lächeln kurz betrachtete und dann in der Hand behielt.

»Ich bringe euch noch hinaus«, sagte er und begleitete sie bis zum Ausgang.

Dort angekommen, blieb Bach stehen und wandte sich zu Ansgar. »Eine letzte Frage noch: Hatten Joachim Rausch und Walter Gehrling irgendetwas mit dem Nationalsozialismus zu tun?«

»Nationalsozialismus?«, fragte Ansgar erstaunt. »Lassen Sie das National weg, und dann wissen Sie, was uns hier beschäftigt hat.«

»Das Institut hier gab es aber schon während der Nazizeit, oder?«

»Damals hieß es Reichsforschungsanstalt. Fragen Sie im Museum in Riemserort. Dort haben sie die nationalsozialistische Vergangenheit der Insel aufgearbeitet. Wenn Sie Glück haben, treffen Sie dort den alten Wilhelm. Der ist Jahrgang 1928, und ich habe gehört, er kommt immer noch täglich ins Archiv. Der kann Ihnen mehr dazu erzählen.«

Bach bedankte sich. Sie gaben die Besucherausweise ab und verließen das Institut durch das eiserne Drehkreuz, durch das sie auch gekommen waren.

»Sind Sie völlig verrückt geworden?«, fragte Jenny, als Ansgar außer Hörweite war.

31

Sie hatten kein Recht, ihn nach der Sache mit dem Meerschweinchen zu fragen!« Sie drückte auf das Gas, und der Motor heulte wütend auf. Der Wagen raste über die Landstraße in Richtung Riemserort.

»Es kam mir komisch vor, dass ein erwachsener Mann einem Kind ein Meerschweinchen schenkt. Und Ihrem Vater offenbar auch!«

»Ich war kein Kind, sondern ein Teenager. Und ich hatte Ihnen doch erzählt, dass mein Vater ihn um ein Meerschweinchen für mich gebeten hatte!«

»Die von Ihnen beschriebene Reaktion Ihres Vaters, als er das Meerschweinchen gesehen hat, schien auf etwas anderes hinzudeuten. Und nachdem es offenbar zwischen den beiden damals gekracht hat und Ihr Vater vermisst wird, erschien es mir sinnvoll, ein wenig nachzuhaken.«

»Sagen Sie nicht immer ›Ihr Vater‹, sondern nennen Sie ihn Jo, verdammt noch mal! Sie können nicht auf den Gefühlen anderer herumdreschen wie auf einem Schlagzeug! Und nehmen Sie Ihr verdammtes Kaugummi aus dem Mund!« Sie schrie, wusste nicht, wohin mit ihrer Wut. Tränen traten ihr in die Augen. In diesem Moment schien ein Damm zu brechen, alles, was sich in den vergangenen Tagen und Wochen aufgestaut hatte, brach sich Bahn. Als sie zu Bach blickte, sah sie dessen erschrockene Reaktion, und in diesem Moment wich ihr Ärger, wie Luft aus einem Ballon. Sie nahm den Fuß vom Gas, und der Wagen rollte am Fahrbahnrand aus. Dann sank sie mit dem Kopf auf das Lenkrad und vergrub schluchzend ihr Gesicht in den Händen.

Sie spürte eine Hand, die sanft über ihre Schulter strich. »Verzeihen Sie«, hörte sie Bach leise sagen. »Manchmal überkommt mich als Staatsanwalt der Jagdinstinkt nach der Wahrheit, und vielleicht fehlt mir dann ein wenig die Empathie.«

Ihr Brustkorb bebte, während sie nach Luft rang. »Er ist nicht mein Vater«, sagte sie schließlich. »Joachim Rausch ist nicht mein Vater.«

Kaum hatte sie es ausgesprochen, spürte sie, wie sich in ihrer Brust etwas löste. Sie richtete sich auf und atmete tief durch. Bach saß in seinem Sitz, zu ihr gewandt.

»Vor einigen Wochen erhielt ich an meine Adresse in der Klinik ein Schreiben. Oder besser gesagt: eine Glückwunschkarte. Vorn drauf stand in goldenen Lettern ›Alles Gute zur Geburt‹, und als ich sie aufklappte, war darin mit der Hand nur ein einziger Satz geschrieben: ›Jo und Esther sind nicht deine Eltern.‹ Ich hätte die Karte weggeworfen, es für einen makaberen Scherz gehalten, wenn ich nicht schon immer so ein Gefühl gehabt hätte. So eine Ahnung, dass ich anders war als Esther und Jo, dass wir keine wirkliche Familie waren. Es hätte so viel erklärt. Als Tierärztin entnehme ich nach Wolfsbissen DNA-Proben. Und so habe ich von mir und von Jo eine DNA-Probe genommen und sie an ein Labor gesandt, das Vaterschaftstests anbietet. Das Ergebnis war eindeutig: Es gab keine Übereinstimmung. Nachdem ich den Koffer in der Scheune entdeckt hatte, fand ich in einem der Alben auch eine Haarsträhne von Esther, aus ihrer Jugend. Die habe ich ebenfalls eingesandt, und auch hier gab es keine Übereinstimmung. Ich bin nicht ihre Tochter.« Bei diesen Worten überkamen sie wieder die Tränen. Es war das erste Mal, dass sie es aussprach, dass sie die Wahrheit mit jemandem teilte. Und ausgesprochen klang es noch schrecklicher.

Bach beugte sich vor und nahm sie in den Arm. Er fühlte sich gut an, und sie sog den Duft seines herben Aftershaves ein. Kurz verharrten sie so, während er ihr tröstend über die Schulter strich, dann löste sie sich von ihm.

»Das heißt, Sie sind adoptiert«, fasste Bach zusammen.

»Und Esther und Jo haben mir nichts davon erzählt. Schlimmer noch: Ich habe eine Geburtsurkunde aus der DDR, auf der die beiden als meine Eltern ausgewiesen sind. Das heißt, sie muss gefälscht sein. Vermutlich hat jemand beim Geburtsregister Jo noch einen Gefallen geschuldet oder für die Ausstellung der falschen Urkunde eine Rehkeule geschenkt bekommen.« Wieder schluchzte sie. Sie richtete sich auf und suchte im Auto nach Taschentüchern.

»Das heißt, Sie wissen nicht, wer Ihre richtigen Eltern sind?«

Sie schüttelte den Kopf. »Ich habe keine Ahnung, und ich weiß auch nicht, wo ich mit meiner Suche beginnen soll.«

Bach nickte verständnisvoll. »Sagen Sie Bescheid, wenn ich Ihnen irgendwie helfen kann. Sie wissen auch, dass es in der DDR damals Zwangsadoptionen gab, bei denen regimekritischen Müttern nach der Geburt die Kinder weggenommen wurden.«

»Daran habe ich natürlich auch schon gedacht. Ich hatte vor, erst einmal selbst zu recherchieren, weitere Beweise zu sammeln, bevor ich Jo damit konfrontiere. Von ihm wären sowieso nur weitere Lügen zu erwarten gewesen. Und nun, nun …« Erneut versagte ihre Stimme. »Nun ist er verschwunden. Und ich werde die Wahrheit vielleicht nie erfahren.«

»Zu mir hat einmal jemand gesagt: Nach der Wahrheit suchen ist wie Zwiebelschälen; man muss sich Schicht um Schicht vorkämpfen, und oft fließen dabei Tränen. Geben Sie nicht auf. Wenn Sie möchten, helfe ich Ihnen.«

Bach begann zu lächeln, und sie konnte nicht anders, als es ihm gleichzutun.

»Ich benehme mich wie ein kleines Kind«, sagte sie.

»Das tun Sie nicht. Im Gegenteil: Ich finde es sehr erwachsen, wie Sie sich in den vergangenen beiden Tagen gehalten haben.«

Wieder musste sie lächeln. »Sagen Sie Jenny zu mir«, sagte sie und hielt ihm die Hand entgegen.

»Frederik«, entgegnete er und drückte die ihre.

»Wenn wir schon hier sind: Wollen wir noch zu dem Museum fahren?«, schlug er vor. »Wenn ihr hier früher gelebt habt – vielleicht weiß man dort etwas über Jo und deine heimliche Adoption.«

Sie bog am Ende des Damms, der zur Insel führte, rechts ab und fuhr in den Ort hinein. Riemserort machte auf den ersten Blick für eine ehemalige DDR-Siedlung tatsächlich einen überraschend hübschen und sogar gutbürgerlichen Eindruck. Breite Straßen, eingebettet in eine von Kiefern geprägte Landschaft. Hinter exakt geschnittenen Hecken verbargen sich hübsche Häuser mit großzügigen Grundstücken. Doch auch daran hatte der Zahn der Zeit genagt. Mitten im Ort gab es auf einer leichten Anhöhe ein großes, leer stehendes Haus, dessen Fenster mit Brettern vernagelt waren. Mit dem weiß gemauerten Stein und dem reetgedeckten Dach ein früher durchaus repräsentatives Gebäude. Über dem Eingang prangte ein verwittertes »Restaurant«-Schild, bei dem einige Buchstaben fehlten, neben der Tür eine Werbung für »Günstigen Mittagstisch«, doch hier aß schon lange niemand mehr zu Mittag.

Im Hafen passierten sie ein weiteres ungenutztes Gebäude, dessen Fassade in dem Ockergrau so vieler früherer DDR-Bauten gehalten war. Das Gelände um das Haus herum war mit einem Bauzaun abgesperrt. Sie fuhr im Schritttempo.

»Wo ist das Museum?«

»Halt einmal an!«, sagte Frederik. Sie parkte am Straßenrand und schaltete den Warnblinker ein. Frederik stapfte über den Bürgersteig zu einem aus Granitquadern gemauerten Sockel, auf dem in Hüfthöhe drei steinerne Figuren standen. Auch Jenny stieg aus. Erst als sie näher kam, erkannte sie, dass es Meerschweinchen waren. Eng aneinandergedrängt, schienen sie sich gegenseitig zu schützen, wobei sie den Sockel nach drei Seiten absicherten. Darunter war eine große steinerne Tafel angebracht, in die ein Text gemeißelt war. Dieser wies darauf hin, dass aufgrund der Empfänglichkeit der Meerschweinchen für die Maul- und Klauenseuche zahlreiche Versuche an Meerschweinchen statt an Rindern durchgeführt wurden.

So oft war sie schon auf der Insel Riems gewesen, doch dieses Denkmal war ihr noch nie aufgefallen. Beim Anblick der sich aneinanderkauernden Meerschweinchen erfasste sie Wehmut. Sie wusste, dass die Wissenschaft nicht ohne Tierversuche auskam, und dennoch kam es ihr nicht richtig vor, Tiere für Versuchszwecke zu züchten. Frederik schien ähnliche Gedanken zu haben. Jedenfalls machte er mit seinem Telefon ein Foto von dem Denkmal. In diesem Moment kam eine alte Frau auf dem Fahrrad an ihnen vorbei und hielt neben ihnen an. Sie trug ein Haartuch und ein Kleid, dessen Muster an die alten DDR-Kittelschürzen erinnerte. »Gut schaut es wieder aus, wa?«, fragte sie.

»War das nicht immer so?«

»Um Gottes willen, nein! Angesprüht haben sie es! Mit allerlei Schweinereien. Und in die Ostsee geworfen haben sie es.«

»Mit Schweinereien?«, bemerkte Frederik belustigt. »Das passt ja!«
»Mit Hakenkreuzen und so einem Mist haben sie es beschmiert!«
»Mit Hakenkreuzen? Kommt das hier häufiger vor?«
Die Frau schüttelte den Kopf. »Und ›Mörder‹ stand drauf.«
»Mörder?«, wiederholte Frederik laut. Auch Jenny horchte auf.
»Hat man die geschnappt, die das waren?«
»Die schnappt man doch nie!«
»Sie sagten, das Denkmal wurde in die Ostsee geworfen?«
»Zwei der Meerschweinchen. Die waren aus Kalksandstein, und das Salzwasser hat die kaputt gemacht. Aber sie haben sie wieder herausgeholt und alle drei aus Beton neu gemacht.«
»Wann war das?«
Sie zuckte mit den Schultern. »Vor einigen Jahren.«
»Wissen Sie, wo wir das Museum finden?«
»Sie meinen WIR IN RIEMS?«
»Wenn es so heißt.«
»Die Straße runter und bei der Gabelung links halten, dann fahren Sie direkt drauf zu. Ein rotes Gebäude! Wenn Sie dort sind, erkennen Sie es. Aber Sie müssen sich beeilen, die machen bald zu!«
Sie bedankten sich und stiegen wieder ins Auto.
»Mit Hakenkreuz und ›Mörder‹ besprüht, was sagen wir dazu?«, sagte sie, als sie wieder losgefahren waren.
»Ich werde einmal nachfragen, ob es damals eine Anzeige oder ein Verfahren wegen Sachbeschädigung gab«, sagte Frederik, während er etwas in sein Smartphone eintippte. »Glaubst du, das ist Zufall?«
»Ich glaube grundsätzlich nicht an Zufälle, außer in der Liebe.«
Jenny schaute auf die von der Frau angekündigte Gabelung und hielt sich links.
»In der Liebe?«, fragte sie.
»Ob zwei Menschen sich treffen oder nicht, das ist Zufall.«
»Du meinst zwei Menschen, die sich ineinander verlieben?«
»Oder zwei Menschen, die sich niemals ineinander verlieben, nur weil sie sich niemals begegnen. Hast du dir einmal überlegt, wie viele Menschen es da draußen gibt, die perfekt zusammenpassen, die

sich hätten verlieben, Kinder miteinander bekommen und ihr gesamtes Leben hätten teilen können, was nur deshalb nicht passiert, weil sie sich eben niemals begegnen? Menschen, die einfach zusammengehören, denen aber der Zufall der Begegnung verwehrt geblieben ist?«

Eine traurige Vorstellung, wie sie fand. Und wie viele Menschen lebten mit dem falschen Partner zusammen.

»Was für philosophische Gedanken«, bemerkte sie.

»Vermutlich habe ich deshalb damals unsere Songtexte geschrieben. Das muss raus.«

»Aber ist das nicht auch die Logik von Stalkern? Dass man zusammengehören würde, ohne dass der andere dies weiß?«, fragte sie, während sie ihr Auto anhielt und wegen der leicht abschüssigen Straße die Handbremse anzog.

Frederik lachte auf. »Vielleicht habe ich das auch in einem Geständnis in einer der Strafakten gelesen.«

Jenny steuerte auf ein rotes Backsteingebäude zu, an dem ein großes Schild angebracht war, auf dem in schwarzen Lettern »WIR IN RIEMS – HEIMATMUSEUM e. V.« stand. Sie parkten und gingen zum Museum. Nachdem Frederik den Gedanken ins Spiel gebracht hatte, dass man dort etwas über Jo und ihre Vergangenheit erfahren könnte, spürte sie tatsächlich eine gewisse Nervosität. Ein um die Klinke gewickeltes Geschirrtuch hielt die Tür offen, zumindest war das Museum noch nicht geschlossen. An der Tür wies eine Plakette darauf hin, dass der Betreiber der örtliche Heimatverein war. Drinnen war es angenehm kühl. Es roch wie in einer Kirche. Ihre Augen brauchten einen Moment, um sich an das dunklere Licht zu gewöhnen. Sie standen in einem größeren Raum, der vollgestopft war mit Wandtafeln, Möbeln und alten Instrumenten.

»Willkommen!«, sagte eine Stimme direkt neben ihnen und ließ sie herumfahren. Unmittelbar neben dem Eingang saß, zusammengekauert auf einem Stuhl, ein Greis. Sein Haar war lang und schlohweiß, der Bart ebenso. Er trug eine stark getönte Brille, an deren Seiten ein klobiger Sichtschutz vor Lichteinfall schützte. Dazu passte die gelbe Armbinde mit den drei schwarzen Punkten, die er um den rechten Arm seines viel zu großen Jacketts trug: das Blindenabzeichen. Obwohl er saß, hielt er sich mit beiden Händen an einem Spazierstock fest, der ihn beinahe überragte. »Wie viele?«, fragte er.

»Guten Tag, wir sind zu zweit«, entgegnete Jenny und ertappte sich dabei, besonders laut zu sprechen. Der Mann war blind, nicht taub, mahnte sie sich selbst.

»Das macht acht Euro; weil es schon nach 14 Uhr ist, sparen Sie zwei Euro. Tun Sie es einfach dort auf dem Tisch in die Dose, es ist eine Spende für den Verein.«

»Wir sind nicht hier, um das Museum zu besichtigen«, sagte Frederik.

»Nicht?«, fragte der Mann überrascht und hob den Kopf, als wolle er sie besser erkennen.

»Sind Sie Wilhelm?«, fragte sie. Ansgar hatte ihnen empfohlen, nach dem alten Wilhelm zu fragen, das »alte« hatte sie weggelassen. »Uns wurde geraten, mit Ihnen zu sprechen. Wir interessieren uns für die Nazi-Vergangenheit von Riems.«

Der Mann setzte sich auf und streckte ein Ohr in ihre Richtung.

»Alexandra?«, fragte er überrascht.

»Nein«, entgegnete sie verlegen. »Mein Name ist Jennifer Rausch. Und der Mann neben mir ist Frederik Bach von der Staatsanwaltschaft in Stralsund.«

»Jennifer Rausch?«, wiederholte der Mann ihren Namen, und sie spürte, wie ihr Herz in der Brust zu pochen begann. »Verwandt mit Joachim Rausch?«

»Sie kannten ihn?«, fragte sie.

Der Alte lächelte zahnlos. »Wer kannte ihn nicht, den alten Jo. Aber ich wusste gar nicht, dass er eine Tochter hat.«

»Aber er hat doch hier gelebt?«, fragte sie.

»Wir haben alle hier gelebt. Und Jo war eine große Nummer, so was wie unser inoffizieller Bürgermeister. Er war Leiter am Institut, Leiter der freiwilligen Feuerwehr, des Segelvereins, der Jagdgemeinschaft. Aber nach dem Brand war alles anders.« Seine Stimme klang nun traurig. »Da ist vieles zerbrochen. Und Jo zog weg von hier.« Der Mann hielt kurz inne, als würde er eine Schweigeminute abhalten, dann hob er den Kopf und lächelte. »Er muss Sie danach bekommen haben«, stellte er fest. »Schön, dass sie noch glücklich geworden sind, die beiden, freut mich auch für Esther.«

Sie nickte, obwohl er es nicht sehen konnte, und verzichtete darauf, den Mann darüber aufzuklären, dass Esther später Alkoholikerin geworden und früh verstorben war. Jenny fühlte Enttäuschung. Offenbar konnte er zu ihrer Herkunft nichts beitragen.

»Sie meinen den Brand bei Gunnar Grabowski?«

Der Alte reagierte nicht sofort, dann sagte er: »Ich meine den Mord an Gunnar und seiner Familie. Sogar der Hund ist gestorben.«

Frederik wartete ab, ob der Mann weitersprach.

»Ich erinnere mich noch genau. Bis zur Unkenntlichkeit sind sie verbrannt, alle vier inklusive Hund. Am Ende passte die Asche in eine Urne. Die Brandermittler haben am nächsten Tag Terpentin gefunden, in allen Räumen. Irgendjemand hat die arme Familie ermordet. Gunnar war so ein feiner Kerl. Er hat sich um seine Mutter gekümmert, sie aus Jena nach Riemserort geholt. Sie ist später am Kummer gestorben. Gunnars Frau Agnes war Lehrerin in der Grundschule und hat den Riemser Schulchor geleitet. Sie hatte sich gerade von einer schweren Krankheit erholt, als sie starb.«

»Das ist ja schrecklich!«, rief Jenny aus.

»Der Täter kam nicht von hier. Er arbeitete in Riemserort als Handwerker. Angeblich hatte er sich in Agnes verliebt, und als sie ihn abwies, weil sie glücklich verheiratet war, hat er sie und ihre Familie umgebracht. Man hat später seine Jacke mit seinem Ausweis in den verkohlten Trümmern gefunden. Und es gab Zeugen, die ihn seinerzeit in der Nähe des Tatorts gesehen haben.«

»Ein eher schwacher Beweis«, sagte Frederik.

»Darüber hat ein Gericht entschieden«, entgegnete Wilhelm. »Er wurde jedenfalls verurteilt.«

»Was war das Urteil eines DDR-Strafgerichts damals wert?«, legte Frederik nach.

»Sie haben recht: Es wurden damals Schuldige und Unschuldige verurteilt. In diesem Fall war es aber ein Schuldiger.«

»Sagt wer?« Frederik klang streitsüchtig. So kannte sie ihn noch nicht. Offenbar weckte die Geschichte in ihm den Gerechtigkeitssinn des Staatsanwalts.

Jenny fand, es war nicht der richtige Moment, um politische Diskussionen über die Justiz in der DDR zu führen.

»Eigentlich sind wir hier, um uns nach der Reichsforschungsanstalt zu erkundigen«, lenkte sie das Gespräch auf den Grund ihres Besuchs. »Ich habe zu Hause eine Akte gefunden, auf der ein Reichsadler abgebildet ist, mit Hakenkreuz und dem Hinweis ›Streng geheim‹. Es stand dort etwas von irgendeinem Forschungsprojekt namens ›Lupus‹, wenn ich es richtig erinnere. An was wurde hier während der Nazizeit denn geforscht?«

Wilhelm legte den Kopf zur Seite. »Danach fragen nicht mehr viele. Ich habe das Gefühl, das Interesse an dem Thema ist mit den Leuten meiner Generation langsam ausgestorben.«

»Wir wollen es wissen«, sagte Jenny.

»Ich war jung, als die Nazis nach Riems kamen, sehr jung. Das ist lange her, und dennoch weiß ich es noch wie heute. Das Leben ist ein Kreis: Je älter man wird, desto näher sind einem die Dinge der Vergangenheit. Obwohl ich fast noch ein Kind war, arbeitete ich schon für die Nazis. Ich war für die Brieftauben zuständig, die sie als Boten einsetzten. Ich gab ihnen Futter und Wasser und kümmerte mich auch um die Nachrichten, wenn welche kamen.«

Insel Riems, Reichsforschungsanstalt, 1943

Der mobile Brieftaubenschlag war hinter den provisorisch errichteten Baracken für die Zwangsarbeiter aufgestellt. Nachdem alle wehrfähigen Männer eingezogen worden waren, hatte man zur Aufrechterhaltung der Impfstoffproduktion vor allem Russen und Italiener nach Riems geschafft, die in zwei Schichten im Institut schufteten.

Der Taubenschlag selbst war eine Holzkarre, die an die Pferdewagen amerikanischer Siedler erinnerte. Das Dach bestand aus einer aufgesetzten Voliere, damit sich die eingesperrten Tauben durch die Gitterstäbe schon einmal die Umgebung einprägen konnten. Seit der Brieftaubenmeister, der an einem großen B auf dem Ärmel seiner Uniform zu erkennen war, vor einigen Monaten mit dem mobilen Taubenschlag und den aus der Heeresbrieftaubenanstalt in Berlin *stam-*

menden Tieren auf Riems eingetroffen war, hatten sie die Vögel trainiert. Wie Arbeiter waren natürlich auch Brieftaubenpfleger Mangelware, und so war man auf Wilhelm gekommen. Wegen seiner schlechten Augen war er im Krieg unbrauchbar, aber dank einer Brille konnte er einfache Tätigkeiten erledigen. Es dauerte nicht lange, bis er den Umgang mit den Girrvögeln gelernt hatte. Dazu gehörte nicht nur die Versorgung, sondern auch das Stempeln der Flügel mit dem unverwechselbaren Identifizierungscode einer jeden Taube oder das Beringen der Füße. Jeden Tag waren sie mit den Militärbrieftauben im Rucksack weiter vom Schlag entfernt gefahren, um sie dann freizulassen und zu schauen, ob sie sicher heimfanden. Zu Wilhelms Erstaunen kam es nicht einmal vor, dass eine Taube sich verirrte.

Mittlerweile war ein reger Brieftaubenverkehr im Gange. Wilhelm wusste nie, woher die Tauben kamen. Der Brieftaubenmeister wählte am Morgen einige Tauben aus, verpackte sie sicher in Netze und übergab sie einem der Kradmelder, der mit den Tauben im Rucksack auf seinem Motorrad davonfuhr. Erst Tage später kehrten die Tauben zurück. Wenn der Brieftaubenmeister gerade schlief oder aus anderen Gründen abgängig war, entnahm Wilhelm der Taube bei Ankunft im Schlag das kleine Briefchen mit der Nachricht aus der Kapsel am Fuß und brachte es ins Büro des Präsidenten der Reichsforschungsanstalt. Meistens waren die Nachrichten verschlüsselt, bestanden aus Buchstaben oder Zahlen, die Wilhelm nichts sagten. Dann und wann verzichtete der Absender auf eine Chiffre, so auch an diesem Tag, als Wilhelm durch das zusammengerollte dünne Pergament Wörter und Sätze erkannte. Da er allein im Taubenschlag war – die Tür konnte man von innen verriegeln, damit keines der Tiere entkam –, fühlte er sich sicher. Er entfaltete das kleine Blatt und las mithilfe der Lupe, die er in seiner Westentasche stets mit sich trug:

»Heck meldet Erfolge, warten dringend auf Serum – Projekt Lupus hat nun volle Priorität – Erwarte umgehend Bericht – RJM Göring«

Bei dem Namen Göring pfiff er leise durch seine Zahnlücke. Er faltete das Blatt wieder genauso zusammen wie zuvor und beeilte sich, es im Büro des Präsidenten Schmidt abzugeben. Es war das schöns-

te Zimmer im Institut, allein das Vorzimmer war doppelt so groß wie eine der Unterkünfte für die Italiener. Zudem roch es nach Kaffee und Zigarre. Die Sekretärin, eine Nachbarin seiner Eltern, die immer freundlich grüßte, nahm die Nachricht entgegen und brachte sie sofort in das Büro des Präsidenten. Wilhelm war schon beinahe wieder draußen, als hinter ihm die Stimme des Institutsleiters ertönte.

»Junge!« Erschrocken drehte er sich um. Der Institutsleiter war ein hochgewachsener Mann mit langem Gesicht und noch längeren Armen und Beinen. In der Hand hielt er den kleinen Zettel. »Hast du das gelesen?«

Er wusste nicht, was er sagen sollte. Natürlich musste er es leugnen, wenn er nicht gefeuert werden wollte oder Schlimmeres, aber er war kein guter Lügner. Und so stand er da, mit zitternden Knien, und bekam kein Wort heraus.

»Eine einfache Frage!«, stellte der Präsident nun noch schärfer fest. »Ja oder nein?«

Wilhelm suchte nach Worten, fand aber keine.

»Der Junge ist fast blind!«, hörte er die Stimme der Vorzimmerdame. »Schauen Sie sich seine Brille an, die Gläser sind dicker als der Boden eines Erlenmeyerkolbens! Der Knirps kann nicht lesen, und erst recht nicht etwas mit so kleiner Schrift!«

Schmidt schaute zu seiner Mitarbeiterin, dann zurück zu Wilhelm. »Blind wie ein Maulwurf also!«, stellte er fest. »Offenbar kann der Junge auch nicht reden! Schleich dich!«, rief er, und Wilhelm tat, wie ihm geheißen. Als er die Treppe zum Hof hinunterflog, bemerkte er, dass er sich in die Hose gemacht hatte.

»RJM Göring«, wiederholte Jenny, nachdem der Alte zu Ende erzählt hatte. »Was hieß das?«

»Reichsjägermeister. Göring trug viele Titel. Reichskanzler, Reichsforstminister, Reichsluftfahrtminister. Vor allem war er aber ein grandioser Kriegsverbrecher!«

»Und die Nachricht? Heck? Das Serum? Projekt Lupus? Wissen Sie, was das alles bedeuten sollte? ›Lupus‹ – derselbe Name stand auf der Akte, die Jo aufbewahrt hat!«

»Was merkwürdig ist, weil Ihr Vater zu jener Zeit noch gar nicht geboren war und erst sehr viel später nach Riems kam! Ich sage Ihnen: Die Nazis haben auch hier Schlechtes im Schilde geführt!«

»Was?«

»Wir waren immer ein Institut, das die Gesundheit in den Vordergrund gestellt hat. Vor den Nazis, nach den Nazis, bis heute! Es ging darum, zu forschen, um zu heilen. Aber die Nazis, die haben geforscht, um zu töten!«

»Sie meinen Biowaffen?«, fragte Frederik.

»Offiziell hat die Reichsforschungsanstalt an Impfstoffen gearbeitet. Und sie haben hier Pamphlete der Alliierten nach Biokampfstoffen untersucht, weil sie Angst hatten, dass die Alliierten die zu Millionen abgeworfenen Flugblätter mit Bakterien, Sporen oder Viren verseucht hatten – auf solche Ideen konnten aber nur die Nazis kommen. Und auf solche Ideen sind sie gekommen, glauben Sie mir! Und zwar hier, auf Riems.«

»Wissen Sie mehr?«

Wilhelm schüttelte langsam den Kopf. »Ich habe viel gesehen, auch schreckliche Dinge. Aber die Nazis hatten alles abgeriegelt, und es gab Bereiche, in die wir nicht hineinkamen. Einmal haben sie dort einen der Zwangsarbeiter erwischt, ich glaube, er wollte nur heimlich rauchen, und wir haben ihn nie wiedergesehen. Die Italiener erzählten sich, dass die Nazis an einer Waffe forschten. Sie nannten sie ›Arma mostruosa‹, aber mehr weiß ich nicht. Irgendwann kamen die Russen, und die haben das Institut auseinandergebaut und alles mitgenommen. Und dann kam die DDR und übernahm die Insel.«

»Arma mostruosa«, wiederholte Frederik mit erstaunlich originalgetreuem italienischem Akzent. »Monsterwaffe«, schob er die Übersetzung hinterher.

»Monsterwaffe«, wiederholte Jenny und zuckte mit den Schultern.

»Und das haben Sie alles miterlebt«, stellte Jenny beeindruckt fest.

»Ich habe nicht darum gebeten, so alt zu werden. Aber ich verstehe es als meine Verpflichtung, davon zu berichten. Daher engagiere ich mich hier im Museumsverein und freue mich, wenn Leute wie Sie durch die Tür kommen.«

Jenny strich ihm mit der Hand über die Schulter. »Wir bedanken uns«, sagte sie gerührt, und Frederik schloss sich an.

»Sie können es mir vergelten, indem ich es dort klingeln höre.« Er zeigte auf die Spardose.

In diesem Moment ertönte Frederiks Mobiltelefon. Er schaute auf das Display, zögerte kurz, formte mit seinen Lippen den Namen »Grothmann« und nahm den Anruf des Rechtsmediziners an. Er lauschte einen Moment, dann fragte er: »Wie sicher sind Sie?«, hörte erneut zu und schob ein »Wo sind Sie?« hinterher.

Jenny schaute ihn fragend an. Frederik seufzte. Er nahm Jenny einen Schritt beiseite und flüsterte: »Bei den Funktürmen hinter der Festung Spantekow wurde die Leiche eines Mannes gefunden. Grothmann wurde dazugerufen und ist der Ansicht, er könnte von einem Tier getötet worden sein.«

»Einem Tier?«

»Einem Raubtier.«

»Sie meinen, von einem Wolf?«

Frederik nickte.

32

Sie fuhr, und beide schwiegen. Aus dem Radio klang *Heart-Shaped Box* von Nirvana. Sie überlegte, ob Frederik über ihre Begegnungen auf der Insel Riems nachgrübelte oder ob er wegen des von Grothmann vermuteten Wolfsrisses schwieg. Sie dachte an ihr Gespräch mit dem Landrat vom Morgen und an dessen düstere Prognose für den Fall, dass ein Mensch durch einen Wolf zu Schaden kommt. Noch dringender aber war die Frage – und diese machte ihr zum wiederholten Male Angst –: War die nun gefundene Leiche Jo? Konnte es wirklich sein, dass er doch Opfer eines Wolfsangriffs geworden war?

Ihr Telefon klingelte. Sie stellte die Musik leiser und nahm den Anruf über den Lautsprecher des Telefons an, da sie fuhr. Eine Freisprechanlage hatte ihr alter Toyota nicht.

»Hallo?«, sagte sie.

»Frau Rausch, erreiche ich Sie endlich«, meldete sich eine dunkle Stimme. »Lars Zimmermann vom *Greifswalder Boten*. Ich denke, wir hatten bisher noch nicht miteinander zu tun. Ich kenne aber Ihren Vorgänger im Amt als Wolfsbeauftragter. Wie hieß er doch gleich? Bei zwei, drei Gelegenheiten hatte ich mit ihm das Vergnügen. Man erzählt sich, er hat einen Burn-out?«

»Dazu kann ich nichts sagen. Aber ich freue mich, Sie kennenzulernen. Auch wenn es nur am Telefon ist.«

»Haben Sie meinen Artikel heute schon gelesen?«, kam er zum Punkt.

Jenny und Frederik schauten sich an. »Allerdings«, sagte sie vielsagend. »Und offenbar nicht nur ich.«

»Ja, ich habe schon mitbekommen, dass das für Aufruhr gesorgt hat. Und sorry wegen dem, was der Hansen über Sie gesagt hat, aber ich zitiere ja nur. Und ich konnte Sie gestern nicht für eine Stellungnahme erreichen.«

Damit machte er es sich aus Jennys Sicht zu einfach, aber sie hielt es für schlauer, erst einmal abzuwarten, bevor sie es sich gleich mit ihm verscherzte.

»Jetzt sprechen wir ja«, stellte sie betont kühl fest.

»Ja, und das ist sehr gut! Zunächst: Wie ist Ihre Meinung zu den Vorfällen auf Schulzes Wiese und wie zu den kleinen Zapfenzwergen? Meinen Sie, vom Wolf geht eine Gefahr aus? Wäre es möglich, dass er einen Menschen angreift?«

Wieder blickten Jenny und Frederik sich an. Normalerweise würde sie jetzt zu ihrer Brandrede ansetzen. Darauf hinweisen, dass in der Bundesrepublik Deutschland noch niemals ein Mensch von einem Wolf getötet worden ist. Aber heute war alles anders. Sie waren auf dem Weg zum Fundort einer Leiche, von der Grothmann glaubte, das Opfer eines Wolfsangriffs vor sich zu haben. Wenn dem so wäre, würde es nicht lange dauern, bis dieser Zimmermann es wusste. Wenn er es noch nicht wusste. »Ihnen ist klar, dass das sehr unwahrscheinlich ist«, sagte sie vorsichtig.

»Aber unwahrscheinlich bedeutet nicht unmöglich?«

»Wenn Sie morgen titeln wollen: Wolfsbeauftragte hält Angriff auf Menschen für möglich, würden Sie mich falsch zitieren.«

»Ich verstehe. Das will ich auch gar nicht.«

»Sie hatten mir eine Nachricht geschrieben, dass Sie mich wegen meines Vaters Jo Rausch sprechen wollen?«

»Ja, ja, genau. Ich habe gehört, er wird vermisst?«

Wieder bewegten sie sich auf schwierigem Terrain.

»Ja, das stimmt.«

»Das tut mir leid! Ich weiß nicht, ob Sie es wissen, aber ich kannte ihn ziemlich gut.«

»Nein, das wusste ich nicht.«

»Wir waren oft zusammen in derselben Gaststätte. Und wie soll ich sagen, zuletzt wirkte er irgendwie traurig oder besorgt.«

»Davon habe ich nichts bemerkt«, sagte sie.

»Na ja, vielleicht liegt es daran … also … es schien mir, als hätte es mit Ihnen zu tun.«

»Mit mir?«, fragte sie überrascht.

»Er deutete mal so etwas an wie, dass Sie sauer auf ihn sind.«

Sie wusste nicht, was sie erwidern sollte. »Wenn das so war, dann geht es Sie vermutlich nichts an. Oder?«

»Oh, ich wollte Ihnen nicht zu nahe treten.«

»Wirklich nicht?«

»Ich mache mir nur Sorgen um Jo. Und es ist so: Er hat mir vor einiger Zeit einen Umschlag gegeben.«

»Einen Umschlag?«

»Ja, und er meinte zu mir, wenn ihm etwas passiert, dann soll ich den der Polizei überreichen.«

»Haben Sie das getan?«

»Noch nicht. Ich bin nicht sicher, was ich machen soll. Eigentlich ist ihm ja noch nichts passiert.«

»Er ist vermisst!«

»Ja, aber vielleicht ist er ja freiwillig gegangen.«

»Und haben Sie reingeschaut in den Umschlag?«

Eine kurze Pause entstand.

»Er hat mich davor gewarnt. Der Umschlag ist auch mit Kerzenwachs versiegelt. Glaubt man das?«

»Sie sind Journalist.«

»Ja, und?«

»Wollen Sie mir sagen, die Bitte, nicht hineinzuschauen, oder der Siegellack hält Sie davon ab, hineinzuschauen?«

»Er hat ihn mir als Freund gegeben, und ob Sie es glauben oder nicht, das bedeutet mir etwas. Wenn er morgen wieder auftaucht und ich habe hineingeschaut, wird er nie wieder mit mir sprechen. Sie wissen, wie er ist!«

»Sie müssen mir den Umschlag geben!«

»So lautete nicht seine Anweisung!«

»Dann bringen Sie ihn zur Polizei! Sofort! Vielleicht ist dort etwas drin, was uns hilft, ihn zu finden.«

»Oder es ist etwas darin, von dem Jo wollte, dass es erst nach seinem Tod bekannt wird! Und wenn ich es jetzt der Polizei gebe und er lebt noch, ruiniere ich sein Leben!«

Dieses Argument war nicht ganz von der Hand zu weisen.

»Dann bringen Sie ihn wenigstens morgen zur Polizei, wenn er bis dahin nicht wieder auftaucht. Oder zu mir.«

»Wie wahrscheinlich ist es denn, dass ihm etwas passiert ist? Ich habe gehört, man vermutet, er könnte Opfer eines Wolfsangriffs geworden sein?«

Frederik hob den Zeigefinger und schwenkte ihn hin und her, um ihr zu bedeuten, dies zu dementieren.

»Wer hat Ihnen das denn erzählt?«

»Ich habe es aus Polizeikreisen.«

Frederik zuckte mit den Achseln.

»Stand jetzt wissen wir nicht, wo Jo ist. Haben Sie bitte Verständnis, dass ich dazu auch nicht viel sagen kann und dass das etwas sehr Persönliches für mich ist.«

»Ja, klar. Ich hoffe, Sie finden ihn. Jo war ein guter Mann.«

»*War*«, hatte er gesagt.

»Ich halte es für sehr unwahrscheinlich, dass er von einem Wolf angegriffen wurde«, schob sie hinterher.

»Aber nicht für unmöglich?«

»Hatten wir das nicht schon?«

»Verzeihen Sie, ich mache auch nur meinen Job.«

»Und wie ist das so? Im Privatleben anderer herumzuschnüffeln?« Sie ärgerte sich noch immer, dass er den Umschlag erwähnt hatte, ihn aber nicht rausgeben wollte.

»Ich denke, es ist keine Privatsache, wenn verdiente Bürger unserer Gemeinde von Wölfen bedroht werden. Wenn hier ein gefährliches Tier herumschleicht, haben die Leute das Recht, davon zu erfahren, und ich als Journalist habe die Pflicht, es ihnen zu erzählen.«

»Wie gesagt: Ich bin überzeugt davon, dass die Menschen hier sicher sind.«

»Das kann ich so zitieren?«

Sie seufzte. »Tun Sie, was Sie nicht lassen können.« Das Gespräch lief nicht besonders gut. Vielleicht war es auch nicht der richtige Moment für so ein Telefonat.

»Etwas ganz anderes, Frau Rausch: Glauben Sie, es gibt Werwölfe?«

Frederik hob die Augenbrauen, und auch sie kam mit dem Themenwechsel nicht mit.

»Wie bitte?«

»Ich frage Sie als Wolfsexpertin und Veterinärmedizinerin, ob es Werwölfe gibt.«

»Ja, klar. Natürlich gibt es die. Nicht oft, aber ab und zu kommt auch einmal einer in meine Praxis. Es sind die normalen Wehwehchen, die man so hat, wenn man bei Vollmond zum Monster mutiert. Meistens schneide ich die Krallen und feile die Reißzähne, dann ist gut.«

»Sie veralbern mich.«

»Sie veralbern mich!« Sie überlegte, das Gespräch zu beenden.

»Sagt Ihnen das Unternehmen *Fenceattack* etwas?«

Erneuter Themenwechsel. Wieder tauschten Frederik und sie Blicke.

»Ja, die Wolfsschutzzäune.«

»Und kennen Sie deren Funktion? Wissen Sie, dass das Unternehmen künstliche Intelligenz einsetzt?«

»Grob, es wurde mir erklärt.«

»In der Nacht, in der Ihr Vater verschwand, hat die künstliche Intelligenz bei uns in der Gegend ein Lebewesen vor dem Zaun identifiziert.«

»Ein Lebewesen?«

»Einen Wolfsmenschen. Einen Werwolf. Ich habe hier Beweisfotos. Angeblich ist die Software des Zauns unfehlbar. Und ich weiß nicht so recht, wie ich damit umgehen soll. Daher dachte ich, ich frage einmal eine Expertin. Gibt es zwischen Menschen und Wölfen physiologische, evolutionäre Gemeinsamkeiten, die eine Software zu solch einem Fehlschluss verleiten könnten?«

Sie überlegte kurz. Konnte die neuen Informationen kaum verarbeiten. »Ich glaube nicht«, dachte sie laut. »Vielleicht im Verhalten, aber nicht optisch, wenn Sie das meinen. Das sind evolutionär ganz unterschiedliche Entwicklungslinien.«

»Das habe ich mir gedacht. Dann bedanke ich mich für Ihre Zeit. Und ich drücke die Daumen, dass Jo wieder auftaucht. Heute haben wir in der Redaktion ein Foto und eine Vermisstenmeldung von der Polizei erhalten, die werde ich natürlich sofort veröffentlichen. Ich hoffe wirklich, es geht ihm gut.«

»Danke schön«, sagte sie knapp. Das Gespräch wurde beendet.

»Was war das?«, fragte Frederik verwundert.

»Welchen Teil des Gesprächs meinst du?«

»Hat er das ernst gemeint mit dem Wolfsmenschen?«

»Keine Ahnung. Können wir ihn zwingen, den Umschlag herauszugeben?«

Frederik überlegte kurz. »Ich denke nicht. Wie er sagt: Jo hat ihn ihm zur Verwahrung gegeben, und wir wissen noch nicht, was mit Jo geschehen ist.«

»Wenn er Zimmermann einen Umschlag mit so einer Anweisung übergeben hat, dann muss er wohl davon ausgegangen sein, dass er irgendwie in Gefahr ist. Und dann ist der Umschlag ein Beweismittel!«

»Ich werde mit diesem Zimmermann sprechen, einverstanden?«

Sie nickte. Frederik zeigte auf den Tacho. »Pass auf, im Übergang zur B109 steht ein fest installierter Blitzer!«

»Ich weiß! Willst du fahren?«

»Mit dem Mobiltelefon am Steuer telefonieren, notorisch zu schnell fahren – du vergisst, dass du mit einem Staatsanwalt auf dem Beifahrersitz unterwegs bist.«

»Gerade weil du Staatsanwalt bist, denke ich, dass ich nichts zu befürchten habe, oder? Immerhin bin ich deine Chauffeurin.«

»Ius respicit aequitatem!«

»Was bedeutet das? Hast du dir das tätowiert?«

»Das heißt, vor dem Gesetz sind alle gleich!«

Sie dachte darüber nach.

»Was?«, fragte Frederik.

»In der DDR galt dieser Spruch nicht, gerade Jo war häufig gleicher, glaube ich. So ist er auch an meine gefälschte Geburtsurkunde gekommen.«

»Daran siehst du, wie wichtig solche Grundsätze sind.«

In diesem Moment klingelte Frederiks Handy. Er schaute auf die Nummer und runzelte die Stirn. »Bach, hier«, meldete er sich und lauschte.

»Hallo, Herr Zimmermann, nein, ich denke, wir kennen uns noch nicht. Von welcher Zeitung sind Sie?«, fragte er mit einem bedeutungsschwangeren Lächeln in Jennys Richtung und schaltete sein Telefon auf Lautsprecher.

33

Wir kennen uns in der Tat noch nicht, Herr Bach. Ich hatte in der Vergangenheit viel mit dem Oberstaatsanwalt zu tun.«

»Dann lernen wir uns jetzt kennen«, sagte Frederik. »Woher haben Sie meine Nummer?«

»Ich wäre ein schlechter Journalist, wenn ich die nicht herausbekommen würde. Herr Bach, es geht mir um den Toten am Wasserturm. Weiß man bereits mehr?«

»Es wird eine offizielle Stellungnahme geben. Bitte haben Sie Verständnis dafür, dass ich dazu wegen der laufenden Ermittlungen noch nichts sagen kann.«

»Steht denn die Todesursache fest?«

»Ja, aber auch dazu kann ich noch nichts sagen.«

»Kann ein Wolfsangriff ausgeschlossen werden?«

»Wie gesagt, derzeit kann ich dazu nichts sagen.«

»Sie dementieren also nicht, dass ein Wolfsangriff die Todesursache sein kann?«

»Weder bestätige noch dementiere ich irgendetwas.«

»Ich sprach mit der Wolfsbeauftragten Jennifer Rausch, deren Vater Joachim Rausch vermisst wird. Und sie teilte mir mit, dass auch in diesem Vermisstenfall ein Wolfsangriff für möglich gehalten wird. Was sagen Sie dazu?«

Frederik schaute zu Jenny und schüttelte ungläubig den Kopf. »Ich glaube nicht, dass Frau Rausch das so gesagt hat.«

»Hat sie«, sagte Zimmermann. »Glauben Sie mir.« Er zögerte kurz. »Wissen Sie, hier oben an der Küste kennt jeder jeden. Und in der Vergangenheit hat es sich als Erfolgsmodell erwiesen, wenn Presse und Staatsanwaltschaft zusammenarbeiten. Sie bitten uns um den Abdruck von Fahndungs- und Zeugenaufrufen, und dafür füttern Sie uns ab und an mit Informationen. So können wir alle unseren Job machen. Haben Sie nicht irgendetwas für mich *off the record?* Ich würde Ihren Namen auch nicht nennen.«

»Es klingt vermutlich zu verrückt …«, schauspielerte Frederik.

»Sagen Sie schon!« Aus Zimmermanns Stimme war Erregung herauszuhören.

»Wir ermitteln in Richtung eines mysteriösen Wolfsmenschen. Aber mehr kann ich dazu noch nicht sagen.« Frederik grinste in ihre Richtung, während er sprach.

»Ein Wolfsmensch? Sie meinen einen Werwolf?«

»Ich habe schon zu viel gesagt.« Frederik konnte sein Lachen kaum unterdrücken.

»Vielen Dank, Herr Bach, das hat mir sehr geholfen!«

Frederik legte auf und begann, laut zu lachen.

»Ich weiß nicht, ob du das nicht noch bereuen wirst«, sagte Jenny.

»Ich habe die Schnauze voll von dieser Art von Boulevardjournalismus. ›Also dementieren Sie nicht …, Frau Rausch hält es für möglich …‹ Du hast doch gehört, wie er dir das Wort im Mund umgedreht hat. Da muss man sich irgendwann auch mal wehren.«

»Offensichtlich hat er aber Blut geleckt«, stellte Jenny fest und merkte sofort, wie passend und gleichzeitig unangebracht diese Formulierung war. »Warum hast du ihn nicht nach dem Umschlag gefragt?«

»Schien mir unpassend, nachdem er gerade erst mit dir gesprochen hatte. Was hätte ich sagen sollen? Ich habe gehört, Sie verwahren einen geheimen Umschlag? Würden Sie diesen an mich herausgeben? Was hätte er dann wohl als Gegenleistung gefordert? Ich werde morgen einmal zu ihm fahren und persönlich mit ihm sprechen.«

»Du oder wir?«, fragte sie.

»Ich habe meinen Job auch schon ausgeübt, bevor ich dich kennenlernte. Das entscheiden wir morgen.«

Mittlerweile hatten sie ihr Ziel beinahe erreicht. Weil sie hier aufgewachsen war und als Tierärztin auch viel herumkam – kranke Schafe, Kühe und Schweine konnten schließlich nicht zu ihr in die Praxis kommen –, kannte sie sich in der Gegend sehr gut aus. Ein wartender Streifenwagen an einer Abbiegung von der Landstraße wies ihnen den Weg. Frederik grüßte die Beamten im Polizeiauto beim Vorbeifahren.

»Kennst du jeden von denen?«, fragte Jenny.

»Die meisten.«

»Wie lange bist du schon hier bei der Staatsanwaltschaft?«

Frederik kniff die Augen zusammen und rechnete. »Acht Jahre.«

»Und warum gerade hier?«

»Ich bin hier in der Nähe aufgewachsen.«

»Tatsächlich? Wir sind uns nie über den Weg gelaufen.«

»Ich fürchte, ich bin älter als du«, sagte Frederik. »Und ich komme aus Grimmen, also etwas entfernt vom Sonnenhof.«

»Dann sind wir beide hier nicht weggekommen«, stellte sie fest.

»Ich bin eher wiedergekommen. Ich finde, das macht einen Unterschied, ob man irgendwo einfach bleibt oder ob man sich bewusst dafür entscheidet, zurückzukommen.«

Sie fand, das hatte er schön gesagt. Auch sie war hierher zurückgekehrt. »Und was war der Grund für deine Rückkehr?«

»Mein Vater.«

Sie nickte, erinnerte sich daran, dass er ihr vom Tod seines Vaters erzählt hatte.

Sie fuhren wieder einmal über einen unbefestigten Weg. Zu ihrer Linken erstreckten sich Wiesen, rechts waren Felder. Wie gestern erwartete sie am Ende der Straße, direkt vor einem kleinen Birkenwäldchen, eine Armada von Polizeifahrzeugen. Als sie ausstiegen, spürte Jenny, dass genau wie gestern ihre Knie weich wurden. Auch wenn Jo sie ihr Leben lang angelogen hatte, was die Adoption anging, konnte sie ihre Gefühle doch nicht so einfach abstellen. Nach Esthers Tod waren sie zu zweit durch das Leben gegangen, und das hatte sie zusammengeschweißt. Auch wenn Jo immer Geheimnisse vor ihr hatte – und das größte Geheimnis war offenbar, dass sie nicht seine leibliche Tochter war –, so hatte er sie doch großgezogen und dabei insgesamt keine schlechte Figur gemacht. Vielleicht war sie in letzter Zeit zu hart mit ihm ins Gericht gegangen. Diese Gedanken kamen ihr nun, wo sie erneut befürchten musste, gleich vor seiner Leiche zu stehen.

»Ich hoffe, es wird nicht zur Gewohnheit, dass wir uns auf irgendwelchen Feldern treffen«, begrüßte der Polizist namens Piet sie, den sie von gestern kannte. Er blickte erstaunlich ernst drein, sah für seine Verhältnisse heute regelrecht blass aus. Er legte Frederik einen

Arm um die Schulter, gab ihr ein Zeichen, stehen zu bleiben, führte ihn einige Meter von ihr weg und sprach leise mit ihm. Sie sah, wie Frederik zuhörte, ab und zu nickte, dann seinen Block herauszog und etwas notierte. Dann kamen beide zu ihr zurück.

»Der Tote ist nicht dein Vater, ich meine, er ist nicht Joachim Rausch«, sagte Frederik.

Sie pustete einen Schwall Luft aus und fühlte Erleichterung. Oft würde sie diese Aufregung nicht mehr durchstehen. Frederik schaute auf den Block in seiner Hand. Seine Handschrift war kritzelig und für sie vollkommen unleserlich. »Es handelt sich um einen Mann namens Hannes Bauer. Kennst du den?«

Sie schüttelte den Kopf. Frederik kratzte sich mit der Hand an der Schläfe. »Also, die Kollegen sagen, dass die Leiche wohl ziemlich übel zugerichtet ist. Laut Dr. Grothmann steht ziemlich sicher fest, dass das ein Tier war. Ich weiß nicht, ob du noch Spuren erkennst, die Grothmann nicht sieht. Aber vielleicht solltest du dir den Anblick nicht antun.«

Sie dachte an die toten Schafe, hatte eine sehr gute Vorstellung davon, was ein Raubtier, ein Wolf, anrichten konnte.

»Ich komme mit«, sagte sie. Frederik nickte, und Piet führte sie an dem kleinen Wald entlang. »Hier haben wir sein Fahrrad gefunden. Ordnungsgemäß angeschlossen. Er hatte einen Korb dabei, sodass wir glauben, dass er Pilze sammeln wollte. Gefunden hat ihn der Landwirt, der die Flächen dort hinten gepachtet hat und heute Morgen schauen wollte, wie der Mais steht.«

»Ist er noch hier?«

»Er hat nach dem Anblick der Leiche einen Schock erlitten, hat sich aber geweigert, mit dem Rettungswagen mitzufahren, und wurde daraufhin von zwei Beamten nach Hause gebracht.«

Sie ließen den Wald hinter sich, und Jenny sah schon aus der Ferne mitten auf dem Feld einen weißen Zeltpavillon, wie man sie von Gartenpartys kannte. Als Jägerin hatte sie bereits viele tote Tiere gesehen, und auch als Tierärztin war ihr, was das Sterben anging, wenig fremd. Und dennoch hatte sie nun ein mulmiges Gefühl.

Frederik schaute ebenso angestrengt in die Ferne wie sie. Auch als Staatsanwalt war man nicht immun gegen Grausames.

»Ich warte hier«, sagte Piet nach einigen weiteren Schritten und blieb zurück. Grothmann entdeckte sie bereits einige Meter, bevor sie das Zelt erreicht hatten, und kam auf sie zu. Er trug einen der weißen Schutzanzüge, aber der Mundschutz baumelte vor seiner Brust, und die Haube, die normalerweise seine Haare verdeckte, hatte er abgezogen und trug sie nun wie die Kapuze eines Hoodies im Nacken.

»Willkommen«, begrüßte er sie. Auch er wirkte deutlich angespannter als bei ihrem gestrigen Plausch in seinem Büro. Auf der Nase saß eine Lesebrille, an seinen blauen Handschuhen erkannte Jenny frisches Blut. »Nun ist es also so weit«, sagte er an Jenny gewandt. »Wir haben in Deutschland den ersten Toten durch den Wolf.«

Sie wusste nicht, was sie sagen sollte. »Sind Sie sicher?«, fragte sie. Grothmann winkte und bedeutete ihr somit, ihn zu begleiten. Außer ihm waren noch zwei weitere Personen anwesend, die sich ebenfalls ihres Mundschutzes und der Hauben entledigt hatten. Eine junge Frau machte Fotos, ein Mann, dessen Gesicht sie nicht erkennen konnte, stand etwas abseits und telefonierte. Zudem fielen ihr zwei Herren in dunklen Anzügen auf, die in einiger Entfernung standen und rauchten. Die Bestatter.

Jenny sah den Körper des Toten bereits aus einiger Entfernung. Zunächst dachte sie an einen Irrtum oder eine optische Täuschung, denn er war viel zu klein, kaum größer als ein Kind. Doch als sie näher kamen, bemerkte sie, dass die Beine fehlten. Sie spürte Übelkeit. Grothmann ging neben der Leiche in die Hocke. Jenny versuchte, sich auf den Oberkörper zu konzentrieren, doch auch dies war kein schöner Anblick: Die Kleidung, sie tippte auf ein T-Shirt, war zerrissen, nein zerfetzt. Über den kalkweißen, aber blutverschmierten Rücken zogen sich tiefe Furchen, die die Haut bis auf die Knochen aufgerissen hatten. Der Kopf des Toten war merkwürdig zur Seite gedreht, und zwar so weit, dass er sie über die Schulter, in der ebenfalls eine große Wunde klaffte, mit einem starr geöffneten Auge anblickte, was physiologisch eigentlich unmöglich war, da er auf dem Bauch lag. Über die Stirn, das Auge und den Rest des Gesichts war Blut gelaufen und angetrocknet. Das Opfer war zum Teil skalpiert, was den Blick auf seine fleischige Schädeldecke freigab.

Überall um den Körper, vor allem aber über der riesigen Blutlache um den Torso, schwirrten grün schillernde Fliegen, von denen Grothmann sich auf bewundernswerte Weise unbeeindruckt zeigte. Er griff mit beiden Händen nach dem Nacken und bewegte den Kopf mit erstaunlicher Leichtigkeit – beinahe wirkte es so, als sei dieser nicht mehr mit dem Körper verbunden –, wobei er ihn so ablegte, dass der Tote sie nun nicht mehr anschaute.

»Das Genick ist gebrochen«, kommentierte er, überstreckte den Kopf und gab so den Blick auf eine große Bisswunde im Nacken frei. »Ein gut platzierter Tötungsbiss in den Hals«, sagte er.

Jenny nickte. Bisswunden wie diese hatte sie gerade gestern erst gesehen – auf Helges Weide. Die Eckzähne waren eindeutig zu erkennen.

Grothmann griff hinter sich und holte aus einem silbernen Alukoffer ein durchsichtiges Lineal hervor, das er auf die Wunde legte. »Der Abstand der Perforationen liegt bei 4,4 Zentimetern.«

Wieder nickte sie. Einen Abstand der durch die Eckzähne hervorgerufenen Bisswunden von vier bis fünf Zentimetern ordnete man einem Wolf zu. Eine Schmeißfliege setzte sich auf ihr Gesicht. Angeekelt verscheuchte sie die. Grothmann zeigte auf die tiefen Kratzer auf dem Rücken und legte das Lineal auf eine Stelle zwischen zwei Furchen, worauf es mit Blut beschmiert wurde und die Zahlen für Jenny nicht mehr zu lesen waren.

»Kommt auch genau hin, wenn man weiß, wie die Klauen eines Wolfes bemessen sind.« Grothmann erhob sich und ließ das Lineal auf der Leiche liegen. »Und dann haben wir die Oberschenkelknochen.« Er zeigte dorthin, wo einmal die Beine waren. »Einer der Knochen ist noch vorhanden, aber mittig zerbissen.«

Jenny vermied es, genauer hinzuschauen, ihr war schon schlecht genug. Jenny sah, wie Frederiks Blick nach unten wanderte.

»Das alles spricht für mich eindeutig für einen Wolf«, fasste Grothmann zusammen und schaute zu Jenny. »Was meinen Sie?«

Wieder wurde sie von einer Fliege angegriffen, die ihr diesmal ins Ohr flog.

»Hunde sind nicht in der Lage, so etwas anzurichten«, stellte sie fest. »Die Perforation durch die Zähne wäre viel weniger stark. Und da sie es nicht gewohnt sind zu töten, töten Hunde sehr viel stümperhafter. Meist beißen sie ihre Beute wahllos tot, was zu spezifischen großflächigen Verletzungen führt.« Sie hatte dies leider schon oft bei von frei laufenden Hunden totgehetztem Wild gesehen. »Und sie können keine Knochen in der Stärke eines Oberschenkelknochens zerbeißen. Ein Luchs würde mit einem Kehlbiss töten, der Kehlkopf ist danach meist perforiert. Vor allem aber trennt er keine Körperteile ab. Und Löwen, Tiger gibt es hier nicht.«

»Also bleibt nur der Wolf«, schlussfolgerte Grothmann. »Und nach dem, was hier in den letzten Tagen geschehen ist, ist dies ja auch nicht vollkommen überraschend.« Einen Moment schwiegen sie alle drei und starrten auf den Leichnam vor ihnen. Dann wandte Frederik sich plötzlich ab, machte drei große Schritte und übergab sich in einen nahen Busch.

34

Von Lars Zimmermann
Tötet ein Werwolf in Vorpommern?

Es klingt wie eine Geschichte aus einem schlechten Horrorfilm: In Vorpommern wurde ein Werwolf gesichtet. Allerdings nicht von einem angetrunkenen Fischer auf dem Heimweg von der Hafenkneipe oder einem Kind mit zu viel Fantasie, sondern von einer künstlichen Intelligenz. Und diese gilt allgemein als unfehlbar. Eingesetzt wird sie von *Fenceattack,* einem Potsdamer Unternehmen, das in den vergangenen Monaten bei uns in Mecklenburg viele Kilometer eines Wolfsschutzzaunes aufgestellt hat. Dieser ist mit allerlei Technik ausgestattet, und jedes Tier, das sich vor den Zaun verirrt, wird von der Software des Unternehmens mittels Kameras entdeckt und analysiert. Laut Informationen dieser Zeitung hat genau diese Software dank der dahinterliegenden *KI* vor zwei Nächten ein Lebewesen vor seinem Zaun identifiziert, das eine Mischung aus Mensch und Wolf sein soll – also ein Werwolf.
Könnte man dies nun als Beweis für die Fehlbarkeit der künstlichen Intelligenz abtun und in die Reihe der Sichtungen von Fabelwesen wie Bigfoot, dem Yeti oder dem Ungeheuer von Loch Ness stellen, so lässt aber doch aufhorchen, dass eben genau in jener Nacht, als der angebliche Werwolf von dem Zaun erkannt wurde, keine zwei Kilometer entfernt 55 Schafe des Schäfers Helge Schulze massakriert wurden (wir berichteten). Zudem liegen dieser Zeitung Informationen vor, wonach auch im Vermisstenfall Joachim Rausch ein Wolfsangriff zumindest für möglich gehalten wird. Sogar die Staatsanwaltschaft Stralsund in Person von Staatsanwalt Frederik Bach hat gegenüber dieser Zeitung exklusiv bestätigt, dass man im Fall des Wolfsmenschen ermittelt. Wenn *KI* und Staatsanwaltschaft das Auftauchen eines Werwolfs bei uns in Vorpommern für möglich halten, wollen wir

vom *Greifswalder Boten* es nicht besser wissen und dies den Lesern nicht vorenthalten. Eines sei noch nachgeschoben: Vorgestern Nacht war Vollmond. lz

Lars Zimmermann saß in seinem Schlafzimmer und las den von ihm soeben verfassten Artikel noch einmal durch. Er trug seinen Lieblingsschlafanzug. Die Jalousien waren heruntergelassen, und bis auf das Licht des Monitors war es stockdunkel. Er brauchte die Dunkelheit, um sich beim Schreiben zu konzentrieren. Zufrieden nahm er einen Schluck vom Pastis, in dem die Eiswürfel bereits geschmolzen waren. Dann fügte er noch das Foto an, das der anonyme E-Mail-Schreiber ihm zur Verfügung gestellt hatte, und drückte zufrieden auf »Veröffentlichen«. Es war an der Zeit, mit dem *Greifswalder Boten* mal wieder ein wenig Lärm zu machen. Die Eigentümer der Zeitung hatten es so gewollt.

In diesem Moment klingelte es an seiner Tür. Er erhob sich widerwillig von seinem Arbeitsplatz und tapste am Bett vorbei in Richtung Flur. Als eingefleischter Single brauchte er nicht viel Platz, und so hatte er nach seinem Umzug hierher die hektisch angemietete und ursprünglich nur provisorische Zwei-Zimmer-Bude niemals verlassen. Vermutlich war es der Postbote, er hatte neue Mehlwürmer zum Angeln bestellt.

Es klingelte erneut. Er fluchte, als er gegen eine Kiste mit alten Magazinen trat. »Immer mit der Ruhe«, rief er. Als er die Tür öffnete, brachte er noch ein erstauntes »Was …?« hervor. Der erste Schuss traf ihn mitten ins Gesicht, der zweite, noch bevor er den Boden erreichte, in den Hals. Vom dritten Schuss in die Brust bekam weder er noch einer der Nachbarn in dem Mietshaus etwas mit. Lars Zimmermann war tot, und der verwendete Schalldämpfer verhinderte, dass die Welt sofort davon erfuhr.

35

Sie saßen an einer Sitzgruppe mit Tisch in einem Multivan, der zur Rechtsmedizin gehörte, und tranken Ingwertee. »Der hilft einmalig gegen Übelkeit«, hatte Grothmann ihn angepriesen. Er hatte sich mittlerweile aus seiner Schutzkleidung gepellt, die er in einem Müllsack entsorgte. »Altes Rezept meiner Großmutter. Wenn ich Studenten zur Obduktion oder mit zum Tatort nehme, habe ich den immer dabei.«

Frederik war noch immer leichenblass und nahm dankbar einen großen Schluck. »Sorry, ich weiß nicht, was gerade mit mir los war. Ist ja nicht die erste Leiche, die ich sehe, aber die fehlenden Gliedmaßen, ich weiß nicht.«

»Schon okay«, tröstete Grothmann ihn. »Als ich den ersten Toten vor mir hatte, der schlafend im Weizenfeld vom Mähdrescher überfahren wurde, erging es mir nicht anders.«

Jenny nickte. Auch sie hatte es mitgenommen, aber als Ärztin, die am geöffneten Tier operierte, war sie einiges gewohnt. Zum Ingwertee hatte sie dennoch nicht Nein gesagt.

»Ich habe natürlich DNA-Proben genommen«, kam Grothmann wieder zur Sache. »Aber daran, dass das ein Wolf war, besteht wohl kein Zweifel.«

»Ich habe eben nach Trittsiegeln geschaut, im Boden aber nichts entdecken können«, berichtete Jenny. Sie dachte zurück an den Besuch beim Landrat. »Wir müssen sehr vorsichtig sein, wie wir diesen Vorfall in der Öffentlichkeit kommunizieren, um keine Panik zu erzeugen. Als Erstes werde ich den Landrat informieren. Wenn wirklich ein Wolf Menschen angreift und sogar tötet, müssen wir unverzüglich reagieren. Wir hatten diesen Fall in Deutschland noch nicht, aber ich bin mir sicher, dass dies zu einer Sondergenehmigung für einen Abschuss führen wird.«

»Ich kann das kaum zurückhalten, ich denke, unsere Pressestelle wird damit sehr bald herausrücken. Wir müssen die Menschen wohl auch warnen, wenn hier ein Wolf unterwegs ist, der nicht davor zurückschreckt, Menschen zu töten. Vielleicht kann ich es zurückhalten, bis die DNA-Probe vorliegt.«

Jenny nickte.

»Apropos DNA«, fuhr Grothmann fort. »Ich wollte Sie gerade anrufen, als die Meldung mit dem Leichenfund hereinkam und ich ausrücken musste: Ich habe die DNA-Untersuchung wegen der Blutlache in Sachen Ihres Vaters vorgezogen. Sie hatten uns ja seine Zahn- und Haarbürste zur Verfügung gestellt. Ein Student hat heute Nacht dankenswerterweise Überstunden gemacht: Das Blut ist nicht von Ihrem Vater!«

»Nicht?« Jenny atmete tief durch. »Vielen Dank«, sagte sie und versuchte, die Information zu verarbeiten. Das bedeutete, dass es noch immer nicht den leisesten Hinweis auf Jos Verbleib gab. Vor allem aber gab es jetzt nichts mehr, was darauf schließen ließ, dass er tot war.

»Von wem stammt das Blut dann?«, hörte sie Frederik den Gedanken, der ihr gerade in den Sinn gekommen war, laut aussprechen.

»Wir wissen immerhin, dass es das Blut eines Mannes ist«, sagte Grothmann. »Ich habe die DNA an die Datenbank des Landeskriminalamts weitergegeben, aber dort gab es keinen Treffer.«

»Wie viel Blut hat derjenige denn verloren?«, fragte Frederik.

»Genügend, um schwer verletzt zu sein. Da der Blutverlust auf einem nicht versiegelten Weg passiert ist, wissen wir allerdings nicht, wie viel von dem Blut im Erdreich versickert ist. Aber bei der von uns aufgefundenen Menge gehe ich davon aus, dass das Opfer zumindest schwer verletzt ist. Abhängig vom Körpergewicht der Person muss man ab einem Verlust von 1,5 Litern Blut von einer Lebensgefahr ausgehen. Und hier haben wir eine große Menge Blut gefunden, Sie haben es beide selbst gesehen.«

Jenny erinnerte sich an die blutgetränkten Grashalme. Frederik schaute auf die Uhr. Es war mittlerweile Nachmittag.

»Ich frage einen der Streifenbeamten, ob sie mich ins Büro fahren«, sagte er und stellte den leeren Becher auf dem Tisch ab.

»Ich kann dich fahren«, sagte Jenny. Auch wenn der Tag mit dem Besuch beim Landrat, der Fahrt nach Riems und dem Fund der Leiche hier ihr unendlich lang vorkam, wollte sie noch nicht zurück in ihr Hotel-Zuhause. Zu viele Fragen spukten ihr durch den Kopf, zu viele lose Enden eines Tages lagen vor ihr.

»Sehr gern«, sagte Frederik und erhob sich. Auf dem Rückweg rief sie den Landrat an, um ihn über die neue Entwicklung zu informieren. Nach einem langen Moment der Stille am anderen Ende der Leitung – Jenny befürchtete schon, dass der Landrat einen Schwächeanfall oder Ähnliches erlitten hatte – kündigte er an, sofort den zuständigen Minister zu informieren. »Packen Sie schon einmal Ihre Jagdausrüstung zusammen«, riet er noch, bevor sie sich zu einem weiteren Telefonat später am Abend verabredeten.

»Und du könntest den Wolf abschießen, wenn es rechtlich erlaubt wäre? Ich meine, wirklich abdrücken und ihn einfach töten, wenn er dir vor die Flinte läuft?«, nahm Frederik die Bemerkung des Landrats auf.

»Ich bin Jägerin«, antwortete sie.

»Aber als Jägerin tötest du immerhin, um das Tier zu essen.«

»Es gehört zu meinem Job, Tiere zu töten«, entgegnete sie, und es klang gefühlskälter als von ihr beabsichtigt.

»Ich dachte, Wolfsbeauftragte sollen den Wolf eher beschützen.«

»Ich meine als Tierärztin. Wir schläfern in unserer Praxis beinahe täglich Tiere ein.«

»Jetzt, wo du es sagst … da habe ich noch nie drüber nachgedacht. Ganz schön heftig.«

Sie schaute zu ihm. »Wusstest du, dass Tierärzte mit Abstand die höchste Selbstmordquote von allen Berufen haben?«

»Im Ernst? Ich dachte, Polizisten.«

Sie schüttelte den Kopf. Es war ein trauriges Thema, das sie seit ihrer Ausbildung beschäftigte. »Tierärzte sterben an ihrer Empathie. Wir begleiten viel häufiger Patienten beim Sterben, als Humanme diziner dies tun. Tiere leben einfach weniger lang. Manche meiner Patientenbesitzer haben drei bis vier Hundegenerationen, mit denen sie zu mir kommen und die ich am Ende ihres Lebens beim Sterben begleite. Vor allem aber entscheide ich als Tierarzt über Leben und Tod. Ständig muss ich abwägen, wann der richtige Zeitpunkt gekommen ist, ein Tier von seinem Leiden zu erlösen. Das wühlt auf, stimmt traurig. Viele zerbrechen an ihrem Mitleid. Ich kenne allein acht Kollegen und Kolleginnen, die Selbstmord begangen haben. Oder aber man stumpft ab. In den USA nennt man das *compassion fatigue,* Mitleidermüdung. Das ist genauso schrecklich, weil etwas in einem verkümmert, man innerlich abstumpft und gefühlsmäßig abstirbt.«

»Das klingt nicht gut ...«

»Hinzu kommt natürlich, dass wir Tierärzte die Gelegenheit zum Selbstmord haben«, fuhr sie fort. »Wir sind quasi Experten im Dosieren todbringender Medikamente, und wir haben jederzeit Zugang dazu. Wenn wir uns also entschließen, uns umzubringen, dann gelingt es uns auch. Das haben wir vielleicht mit den Polizisten gemein, die ja über Dienstwaffen verfügen. Sind wir lebensmüde, haben wir die Gelegenheit, es umzusetzen. Wenn du mich also fragst, ob ich in der Lage wäre, den Wolf zu erschießen, um zu verhindern, dass er weitere Menschen angreift: Ja, auf jeden Fall!«

Frederik schwieg beeindruckt. »Und hast du schon einmal an Selbstmord gedacht?«, fragte er schließlich.

»Niemals!«, antwortete sie. »Ob ich traurig war? Ja, mein ganzes Leben über immer wieder. War ich schon einmal depressiv? Vielleicht in den letzten Wochen oder Monaten. Habe ich daran gedacht, mein Leben zu beenden? Niemals! Als jemand, der sich jeden Tag um die Gesundheit und das Leben seiner Patienten sorgt, weiß ich auch das Leben zu schätzen. Und ich glaube, wir sind alle aus einem bestimmten Grund hier, Teil eines größeren Plans. Dazu gehört nicht, dass wir uns selbst umbringen. Wenn es mir einmal schlecht ging, hat Jo immer gemeint: Das ist okay, aber morgen ist ein anderer Tag. Wie ich schon sagte, er hat die Dinge oft vereinfacht, aber damit hatte er ausnahmsweise einmal recht!«

»*Haunted* von Jimmy Cliff«, sagte Frederik und ergänzte auf ihren fragenden Blick: »Das ist eine Liedzeile aus einem alten Reggae-Song. Ich liebe Jimmy Cliff.«

»Ich schütte dir mein Herz aus, und du konterst mit einer Liedzeile?«

»Hey«, entgegnete er. »Unterschätze nicht die Kraft der Musik. Mich hat sie jedenfalls gerettet.«

»Gerettet? Hattest du denn schon einmal den Wunsch zu sterben?«

»Das nicht. Aber es gab eine Zeit, in der ich ziemlich allein und verzweifelt war.«

Sie wartete ab, ob er mehr erzählen würde, doch er schwieg. Jenny musste lachen. »Richtige Therapiestunde mit uns beiden hier.«

»Das passiert vielleicht, wenn man auf so brutale Weise mit dem Tod konfrontiert wird«, entgegnete er. »Oder wenn man mit dem Rauchen aufhört.«

»Du kaust gar keine Kaugummis mehr.«

»Weil meine Angst vor dir offenbar größer ist als meine Nikotinsucht. Tatsächlich habe ich aber einen Riesenhunger.«

»Das sah eben noch anders aus.«

»Mein Magen ist jetzt umso leerer. Vielleicht sollten wir etwas essen. Magst du vietnamesisch?«

»Ich liebe asiatisches Essen – egal welches. Aber wollen wir nicht vielleicht einmal ins ›Fortschritt‹ fahren und hören, ob dort jemand etwas über Jos Verbleib weiß?«

36

Die Erzieherin saß auf dem Gartenstuhl vor der Hütte, die die Kindergartengemeinschaft an einem Aktionswochenende vor drei Jahren im Wald errichtet hatte. Es war ein überdimensioniertes Gartenhaus, das überwiegend als Lager für allerlei Gegenstände und Spielzeug diente und nur in Ausnahmefällen, beispielsweise bei unvorhergesehenem Gewitter, als Rückzugsort für die Gruppe genutzt wurde. Die zweite Erzieherin war mit Nele um die Ecke gegangen.

Ihr Blick glitt über die tobenden Kinder. Sie fühlte große Müdigkeit, wogegen auch der lauwarme Kaffee, der nach Thermoskanne schmeckte, nicht half. Seit der Begegnung mit dem Wolf vor einigen Tagen schlief sie schlecht. Direkt danach hatte sie bis spät in die Nacht Telefonate mit besorgten Eltern führen und die Geschichte wieder und wieder erzählen müssen. Im Anschluss hatten sie innerhalb des Trägervereins kräftezehrende Diskussionen geführt und schließlich einen emotionalen Elternabend abgehalten. Am Ende hatten sie abgestimmt, ob sie weiter in den Wald gehen sollten oder nicht: Bis auf drei Eltern waren alle dafür gewesen. Wer sein Kind in einen Waldkindergarten gab, glaubte an die Weisheit der Natur, und dort war kein Platz für kinderfressende Wölfe.

»Der Wolf hatte mehr Angst vor Ihnen als Sie vor dem Wolf«, hatte eine Mutter gesagt und damit unrecht gehabt. Sie hatte eine Mordsangst an jenem Vormittag, und auch jetzt noch spürte sie beinahe körperlich das damalige Unbehagen. Immer wieder ertappte sie sich dabei, wie sie in den Wald starrte und nach funkelnden Augen Ausschau hielt oder auf knackende Äste horchte. Als einzige Sofortmaßnahme gingen sie morgens erst einmal nicht mehr die Strecke, auf der das Tier ihnen begegnet war, sondern sammelten sich stattdessen um 8 Uhr am Waldparkplatz, von dem aus es nur noch ein paar Hundert Meter zu ihrem Waldspielplatz waren.

Sie schaute auf Anton, der mit Luca Kastanien und Eicheln sammelte, aus denen sie am waldfreien Freitag Figuren basteln wollten. Max und Maja spielten mit zwei langen Stöcken Pferd und nutzten dabei das Seil aus der Hütte als Zaumzeug. Anne zog einen Bollerwagen, in dem Julia, Alena und Ahmet saßen. Und Espen war mal wieder mit sich allein beschäftigt. Nele war mit ihrer Kollegin zum Pipi-Baum gegangen.

Aber wo war Trojan? Er war einer der größeren Jungs und daher normalerweise nicht leicht zu übersehen. Beunruhigt erhob sie sich und ging noch einmal alle Kinder durch. Trojan war nirgends zu sehen. Das Areal bestand aus einer von Bäumen gesäumten Lichtung, die normalerweise gut zu überblicken war. Sie machte ein paar schnelle Schritte auf die spielenden Kinder zu und rief Trojans Namen.

Niemand reagierte. Sie spürte, wie ihre Hände kalt wurden. Trojans Vater war einer derjenigen, die gegen die Wiederaufnahme der Waldpädagogik gestimmt hatten, aber sie hatten ihn und seine Frau davon überzeugt, dass Kinder, nachdem sie vom Pferd gefallen waren, schleunigst wieder in den Sattel mussten.

»Trojan? Trooooojann!«, rief sie. Max und Maja drehten sich zu ihr. »Habt ihr ihn gesehen?«, fragte sie. Beide blickten sich um und schüttelten den Kopf. Sie spürte, wie Panik in ihr aufstieg. »Trojaaaaan!«, rief sie wieder. »Hat ihn einer gesehen?« In diesem Moment kam ihre Kollegin mit Nele zurück. »Hast du ihn gesehen?«, rief sie ihr zu. Diese schaute sie an und schüttelte den Kopf. »Er ist weg!«, stellte sie verzweifelt fest und drehte sich im Kreis.

Nun begann auch ihre Kollegin, sich umzuschauen und zu rufen. Auch einige der Kinder riefen Trojans Namen. Sie griff nach dem Handy in ihrer Tasche. »Ich hatte nur … ich saß dort. Und eben war er noch dort am Rand, bei den Bäumen … ich weiß es gar nicht«, stammelte sie.

Sie und ihre Kollegin liefen je zu einer Seite der Lichtung, um laut rufend im Dickicht der angrenzenden Bäume nachzuschauen. Eine düstere Vorahnung beschlich sie. Was, wenn …? Sie mochte den Gedanken nicht zu Ende denken. Tränen der Verzweiflung stiegen in ihr auf. Und da sah sie sie: die gelben Kindergummistiefel. Sie lagen auf dem Boden und zeigten in den Himmel. Erschrocken schrie sie auf, bog einen Zweig zur Seite und schaute in das fröhlich lächelnde Gesicht von Trojan.

»Gefunden!«, rief er, sprang auf die Beine und lief an ihr vorbei zurück zur Lichtung. Die Erzieherin stützte sich erleichtert an den nächsten Baum und hielt sich schwer atmend die Brust.

37

Sie parkten hinter dem Lokal neben mehreren großen Lkws, die meisten davon mit ausländischen Kennzeichen. So mussten sie die Gaststätte einmal umrunden, um durch den Haupteingang hineinzugehen. Jenny war schon einige Male an diesem Restaurant an der Bundesstraße vorbeigefahren, wäre aber niemals auf die Idee gekommen, einzukehren. So viele Dinge im Leben befanden sich im »toten Winkel«, direkt neben einem, aber man übersah sie einfach. Manchmal galt das auch für wunderbare Menschen.

Bruno begann sofort zu wittern, als sie das Restaurant betraten, was vermutlich an dem für ihn ungewohnten Geruchsmix aus Zigarettenqualm, Wurst und Bier lag. Sie schaute zu Frederik und bemerkte dessen unglücklichen Gesichtsausdruck: Einen Raucher auf Entzug in eine Raucherkneipe zu schleppen, kam einer Folter gleich. So viele Nikotinkaugummis würde er gar nicht kauen können, um diese Reize auszublenden.

»Wollen wir woanders hingehen?«, fragte sie. Er schüttelte den Kopf und zeigte auf einen freien Vierertisch in der Nähe der Tür. Bruno war nur schwer vom Tresen wegzubekommen, auf dem eine gläserne Vitrine mit Frikadellen und Mettbrötchen stand. Jenny holte aus ihrer Handtasche einen Knochen. Kurz darauf lag er neben ihren Füßen und nagte an dem Kauschuh aus Horn. Tisch und Speisekarte klebten, und wie zu erwarten war, bestand die Auswahl an vegetarischen Speisen darin, eine Beilage zu bestellen.

Eine ältere Frau, die allein an einem Nachbartisch saß und mit einem Glas Bier vor sich hin rauchte, quakte ihnen ein »Is' Selbstbedienung!« entgegen und deutete auf den Tresen.

Frederik erhob sich, um an der Theke ihre beiden Bestellungen abzugeben. Hier also ging Jo ein und aus, ohne dass Jenny etwas davon gewusst hatte. Hatte sie sich in den vergangenen Jahren zu wenig für sein Leben interessiert, oder hatte er es vor ihr verborgen? Dachte sie vielleicht in ihren Beziehungen zu sehr an sich? Hatte René sie deshalb verlassen? Eigentlich hielt sie sich für einen empathischen und mitfühlenden Charakter, der sich um seine Mitmenschen kümmerte. Oder litt sie bereits an *compassion fatigue,* ohne dass sie es bemerkt hatte?

Frederik stellte einen Teller mit zwei Frikadellen, zwei kleinen Brötchen und einer Bockwurst vor sie auf den Tisch. Alles schwamm in einer Lache aus Senf. Dann kehrte er ihr den Rücken und kam kurz darauf mit zwei Cola zurück.

»Brokkoli und Salat ist aus. Sie sagt, sie macht dir eine große Kartoffel mit Quark und einer Gewürzgurke.«

»Klingt fantastisch!«

Frederik setzte sich, und Bruno schaute unter dem Tisch hervor. Frikadellen waren doch viel verlockender als ein alter Knochen. Sie schob ihn zurück unter ihren Stuhl und bestaunte den Berg Fleisch auf Frederiks Teller.

»Wenn ich esse, kann ich nicht rauchen«, sagte er und biss in eine der Frikadellen. Sie schien ihm zu schmecken.

Jenny blickte sich um. In einer Ecke lachte eine Gruppe kräftiger Männer in legeren Klamotten, die sie als Fahrer der draußen geparkten Lastwagen identifizierte.

In diesem Moment tauchte neben ihr Piet auf, den sie eben noch am Fundort des Toten gesehen hatten. Er hatte das Jackett seiner Uniform ausgezogen und das Hemd bis über die Ellbogen hochgekrempelt. In der Hand hielt er einen Krug mit Bier.

»Den habe ich dahinten aufgegabelt«, sagte Frederik und bot ihm einen der beiden freien Stühle an. Bruno begrüßte ihn freudig, als würde er ihn kennen. Piet rubbelte ihn an beiden Flanken. »Vermisst deinen alten Herrn, Großer, oder?«, sagte er. »Nichts Neues von Jo?«

Jenny schüttelte den Kopf. »Waren Sie oft zusammen hier?«

Piet lächelte. »Beinahe jeden Tag, für ein Bier reichte es meistens.« Er drehte sich zum Tresen. »Schulze und Zimmermann sind heute noch nicht aufgetaucht. Aber die drei Banausen dort am Tresen kennen Jo auch.« Er zeigte auf drei Männer in Jos Alter, die mit rundem Rücken vor ihren Biergläsern saßen und gemeinsam irgendetwas auf einem Mobiltelefon anschauten.

»Hat er noch irgendwelche Anlaufpunkte genannt? Verwandte,

Freunde, die er besuchen wollte oder wo er für ein paar Tage unterschlüpfen könnte?«, wollte Frederik wissen.

Piet schüttelte den Kopf. »Wir hatten ja schon in unserer Einsatzbesprechung mit der Soko ›Wolf‹ darüber geredet. Nicht, dass ich wüsste. Und ich habe auch die anderen Gäste hier schon befragt. Keiner weiß etwas. Sein einziger Lebensinhalt waren die Jagd, der Kerl, der hier unter dem Tisch liegt, und die junge Dame hier.« Er prostete mit seinem Glas in Jennys Richtung.

»In dieser Reihenfolge!«, sagte sie.

Piet stutzte und winkte dann ab. »Sie wissen, wie ich es meine.«

»Wo stehen wir also?«, fragte Frederik, der sich mittlerweile die zweite Bulette vorgenommen hatte.

Piet runzelte die Stirn.

»Was?«, fragte Frederik.

Der Polizist kratzte sich verlegen am Kopf. »Ich verstehe nicht, warum du dich da so reinhängst. Die Ermittlungen sind Sache der Soko, und ich meine, das ist doch nicht normal, dass du als Staatsanwalt ständig an der Ermittlungsfront unterwegs bist.«

Frederik verzog die Augenbrauen. »Die Staatsanwaltschaft ist die ›Herrin der Ermittlungen‹. § 161 Strafprozessordnung. Ich darf selbst ermitteln. Steht ausdrücklich da drin. Ich bin halt nicht so der Bürohengst.« Er leckte sich Senf vom Finger.

»Das kann ich dir nicht verübeln …«, sagte Piet und rülpste leise.

»Und die Soko ist ja aktiv. Wir haben zweimal am Tag Briefings. Also, wo stehen wir?«, wiederholte er seine Frage.

»Wir haben fünf oder sechs Fälle zu lösen«, stellte Jenny fest. Frederik hob überrascht die Augenbrauen.

»Als Erstes den Mord an diesem Walter Gehrling, der in der Nähe von Basel verschwunden ist und hier unter dem Hochsitz von Jo mit gebrochenem Genick wieder auftauchte. Von ihm wissen wir, dass er Gründer dieses Unternehmens *Fenceattack* ist, in das Jo investieren sollte oder wollte, dass er wie Jo Jäger war und zusammen mit Jo auf der Insel Riems gearbeitet hat.«

Frederik nickte, während er sich den Mund mit der Serviette abwischte.

»Er hat zusammen mit Jo auf Riems gearbeitet?«, fragte Piet.

Jenny nickte. »Früher. Hat Jo oft von der Zeit erzählt?«

Piet schüttelte den Kopf. »Niemals. Er sagte immer, damals sei viel Scheiße passiert. Ich hab es auf die DDR geschoben.«

»Viel Scheiße?«, wiederholte Jenny. Eine sehr allgemeine Formulierung.

»Als zweiten Fall haben wir das Verschwinden von Jo. In derselben Nacht, am selben Ort, an dem Walter Gehrling tot aufgefunden wurde. Ohne jede Spur.«

»Und, welches sind die weiteren Fälle?«

»Das Blut eines unbekannten Mannes am Ort von Jos Verschwinden ist Fall Nummer drei. Wer war er, und was ist mit ihm passiert?«

Frederik nickte und notierte mit der rechten Hand etwas in seinem Notizblock, was Jenny nicht erkennen konnte.

»Der vierte Fall ist die Sachbeschädigung am Hochsitz, das Beschmieren mit einem Hakenkreuz und dem Wort ›Mörder‹.«

»Diese Fälle hängen vermutlich alle miteinander zusammen, wir wissen nur noch nicht, wie«, bemerkte Frederik.

»Fall Nummer fünf ist der Einbruch bei mir zu Hause, bei dem der Koffer mit Jos privaten Habseligkeiten gestohlen wurde. Wir wissen nicht, was aus dem Koffer der Einbrecher haben wollte, aber er ist sehr zielgerichtet vorgegangen.«

Wieder nickte Frederik, während er sich mit der Serviette Senf vom Finger strich. »Auch hier ist es wahrscheinlich, dass der Einbruch mit den anderen Fällen zusammenhängt.«

»Fall sechs ist das beschmierte und zerstörte Meerschweinchendenkmal in Riemserort, weil es mit ähnlichen Parolen beschmiert wurde wie der Hochsitz.«

»Das ist Jahre her und kann Zufall sein«, bemerkte Frederik nachdenklich, während er ein Brötchen auseinanderriss und damit den restlichen Senf aufnahm.

»Vielleicht Zufall, vielleicht auch nicht.«

»Meerschweinchendenkmal?«, fragte Piet, der bisher schweigend zugehört hatte.

»Ein Denkmal für die Meerschweinchen, die auf Riems für Tierversuche genutzt wurden. Es wurde vor einigen Jahren beschmiert und zerstört.«

»Was es nicht alles gibt«, bemerkte er und nahm einen Schluck von seinem Bier.

»Und dann hätten wir noch die gerissene Schafherde und den getöteten Hannes Bauer.«

»Wofür auf jeden Fall ein Raubtier, vermutlich ein Wolf, verantwortlich ist«, entgegnete Frederik.

Jenny nickte. »Nun zu den Spuren«, sagte sie.

»Du machst das wie ein Profi«, bemerkte Frederik.

»Krimileserin«, entgegnete sie. »Und die Staatsanwaltschaft und die Polizei machen ja ihren Job nicht.« Sie deutete auf das Bier und den Teller, auf dem nun nur noch eine Bockwurst und ein Brötchen lagen.

In diesem Moment stellte von hinten eine Frau einen Teller mit einer dampfenden Kartoffel unter einem riesigen Klecks Sour Cream vor Jenny ab. »Kommt direkt aus der Mikrowelle, ist heiß!«, warnte sie mit einem Zigarillo im Mundwinkel. Jenny nahm die Papierserviette mit dem Besteck entgegen.

»In den Fällen eins bis sechs können wir den Wolf meines Erachtens als Täter ausschließen«, fuhr sie fort, während sie die Kartoffel mit der Gabel untersuchte. »Weder hatte Walter Gehrling offene Wunden, noch könnte der Wolf Jo und den unbekannten Mann, dessen Blut wir gefunden haben, so weit verschleppt haben, dass wir sie nicht finden.« Sie bemerkte, wie Piet das Gesicht verzog. »Auch wenn Sie in Ihrer Wolfs-Dokumentation etwas anderes gesehen haben.«

»Was ist mit Schulzes Herde und dem Toten bei den Funktürmen?«, fragte Piet. »Zufall?«

»Vermutlich ja …«

»Und der Werwolf?«, warf Piet ein. Jenny und Frederik schauten erst sich und dann Piet an.

»Steht in der Zeitung«, sagte Piet und holte sein Mobiltelefon hervor. Er öffnete eine Website und hielt sie in die Runde.

»Kommentar von Lars Zimmermann, Tötet ein Werwolf in Vorpommern?«, las Jenny laut ab. Dann nahm sie das Handy und hielt es so, dass Frederik und sie beide den Artikel lesen konnten. »Das hat er so veröffentlicht?«, fragte Frederik ungläubig. Piet nickte. »Das ist so im *Greifswalder Boten* zu lesen.«

Frederik fuhr sich durch die schwarzen Locken. Auch Jenny ahnte, welche Wellen der Artikel schlagen würde. »Ich hätte nicht gedacht, dass er meine Worte für bare Münze nimmt«, stellte Frederik fest und presste die Lippen aufeinander. »Ich meine, ein Werwolf? Sein Ernst?«

Piet nahm das Smartphone, lehnte sich mit verschränkten Armen zurück und schaute sie beide mit grüblerischem Blick an. »Schade, dass Lars nicht da ist. Hätte er mich mal vor dem Artikel gefragt. Ich habe nämlich eine Idee, wer dieser Wolfsmensch sein könnte.« Er grinste vielsagend und schaute sie herausfordernd an.

»Und?« Frederik tat ihm den Gefallen, nachzufragen.

»Kennt ihr die NVA-Bunkeranlage in Hanshagen?«

Jenny verneinte. Die Kartoffel war tatsächlich sehr heiß, die Sour Cream erstaunlich lecker.

»Es gibt ein ziemlich neues grünes Tor, das man nicht verfehlen kann. Aber der Zaun daneben hat viele Löcher. Die in der Politik streiten seit Langem darüber, was sie mit dem Areal anstellen wollen. Wir fahren dort nachts häufiger Streife wegen Jugendlichen, die da randalieren oder Drogen konsumieren. Das Gelände ist groß. Überall gibt es Schächte und unterirdische Gänge. Zu DDR-Zeiten sollten dort Raketen und Torpedos gelagert und gewartet werden. Daher auch die riesigen Bunker, die waren für die Gefechtsköpfe gedacht. Heute natürlich ein ideales Versteck.«

»Und was hat das mit dem Wolfsmenschen zu tun?«, fragte Frederik ungeduldig.

»Dort lebt ein Typ, ein Kerl, was soll ich sagen, ein Einsiedler. Er ist Wolfsaktivist, rennt meist in Camouflage-Klamotten herum, vor allem aber trägt er stets eine Wolfsmaske, die er sich weigert, abzunehmen.«

»Eine Wolfsmaske?«, fragte Jenny laut und dachte sofort an den Einbruch, bei dem der Einbrecher auch eine solche getragen hatte.

»Die jüngeren Kollegen sagen, er dreht auch Videos. Ich weiß nicht, wie diese Websites im Internet heutzutage alle heißen, wo die jungen Leute sich rumtreiben. Auch dort hat er immer diese Wolfsmaske auf. Das ist sein Markenzeichen.«

Einen Moment schwiegen sie, um das Gehörte zu verarbeiten,

und nur Brunos Kauen unter dem Tisch und das Gemurmel der anderen Kneipengäste war zu hören.

»Aber nicht nur das: Soweit ich weiß, hatte er neulich Ärger mit Jo. Sie sind wegen einer von Jos Wildkameras aneinandergeraten.«

»Sie sind aneinandergeraten?« Frederik richtete sich in seinem Stuhl auf.

»Ja, sie haben sich beinahe geprügelt. Ich weiß es auch nur vom Hörensagen. Jo hat hier am Tresen davon erzählt. Ich weiß natürlich nicht, ob er es ausgeschmückt hat.«

Waldenow, vor einigen Wochen

Es war früher Nachmittag. Der Tag war heiß und schwül, erst für den Abend waren schwere Gewitter vorhergesagt, die von der Ostsee in Richtung Polen zogen. Seinen ursprünglichen Plan, in der Nacht jagen zu gehen, hatte er angesichts der Wettervorhersage aufgegeben. Ein ordentlicher Regenguss konnte ihn nicht erschrecken, aber bei Blitz, Donner und Sturm würde sich das Wild nicht zeigen. Überhaupt war es in den vergangenen Monaten mit der Jagd schwieriger geworden: Seit sich hier in Greifswald das erste Wolfsrudel niedergelassen hatte, hatte sich das Wild an lang vergessene Feindvermeidungsstrategien erinnert. Es hatte seine Einstände radikal geändert und nutzte auch andere Wechsel. Umso wichtiger waren die Wildkameras, die er im Revier verteilt hatte. Nur sie ermöglichten es ihm, die neuen Wege, die das Wild nahm, aufzuspüren.

Doch in den letzten Tagen hatte er mehrere der Kameras auf mysteriöse Weise verloren. In seiner App wurde kein Bild mehr angezeigt, obwohl die Batterien voll gewesen waren. Weil es im Wald etwas kühler war, hatte er nach dem Mittagessen beschlossen, die fehlerhaften Wildkameras wenigstens zu kontrollieren, bevor die Unwetter kamen. Als er sich dem Standort der ersten ausgefallenen Wildkamera näherte, bemerkte er schon von Weitem, was das Problem war: Sie war nicht mehr da. Das Drahtseil und das Vorhängeschloss, mit denen er die Kamera gesichert hatte, lagen auf dem Waldboden vor dem Baum. Kamera und Gurt fehlten. Er beugte sich herunter und begutachtete die Stelle, an der das Stahlseil zerschnitten wor-

den war. Wenn hier kein Hirsch oder Wolf mit einem Bolzenschneider herumlief, konnte es nur ein Mensch gewesen sein.
Bei zwei weiteren Kameras war das Ergebnis dasselbe – sie waren gestohlen, das Befestigungsmaterial zurückgeblieben. Der Kreis der Verdächtigen war groß: der Jäger aus dem benachbarten Revier, den er des Öfteren vor seinen Kameras beim Herumschleichen gefilmt hatte, Wanderer, Wilderer. Doch sie hatten die Rechnung ohne ihn gemacht. Er erinnerte sich daran, dass der Verkäufer der Kamera etwas davon gesagt hatte, dass man sie mit GPS orten konnte. Er hatte die Funktion bislang nicht aktiviert und auch nicht mehr daran gedacht. Aber jetzt fiel es ihm wieder ein. Mit ein bisschen Hilfe des Supports gelang es ihm, im Auto sitzend die Ortungsfunktion zu nutzen, und plötzlich hatte er einen Standort von einer der gestohlenen Kameras, mitten im Wald in der Nähe von Hanshagen.
Mit der Flinte im Wagen fuhr er sofort zum angegebenen Ort. Man konnte den Staat bestehlen, Kapitalisten oder gierige Unternehmen, aber nicht ihn. Dafür hatte er im Leben zu viel entbehrt und zu hart gearbeitet. Sein Smartphone führte ihn auf das Gelände eines verlassenen NVA-Standorts, und es dauerte nicht lange, bis er mithilfe seiner App vor einer seiner Kameras stand. Sie war weit oben an einer Garage angebracht, und ein kleines Lämpchen leuchtete rot, als sie ihn aufnahm. Offenbar diente sie nun einem anderen Herrn.
Er musste nicht lange warten, bis er ihn kennenlernte: Er tauchte aus dem Nichts auf und hatte Glück, dass Jos Reflexe nicht mehr so instinktiv waren wie früher. So riss er zwar die Flinte hoch, schoss aber nicht auf den vermeintlichen Wolf, der plötzlich vor ihm stand. Als er bemerkte, dass es ein Mensch mit einer Wolfsmaske war, wurde Jo wütend. Nicht nur, weil er ihn erschreckt hatte, sondern auch, weil klar war, dass dies der Dieb seiner Kamera sein musste. Er hob das Gewehr und zielte mitten auf die lachende Wolfsschnauze. »Nimm die Scheißmaske runter, oder ich schieß dir den Kopf ab«, sagte er.

»Angeblich hat der Typ zitternd seine Maske abgenommen. Und ihm seine Wildkameras wiedergegeben. Jo meinte, er habe weinend um sein Leben gebettelt. Am Ende will Jo ihm gesagt haben, dass er ihn das nächste Mal wie jeden anderen Wolf erschießen und verscharren würde.«

Jenny merkte erst jetzt, dass sie die ganze Zeit während der Geschichte die Luft angehalten hatte. Die Schilderung passte zu Jo, sie glaubte jedes Wort.

In diesem Moment wurde die Tür der Kneipe aufgestoßen und schlug mit einem lauten Krachen gegen die Scheibe. Ein Windstoß fegte die Servietten von ihrem Tisch, während Frederik und alle anderen Gäste in der Kneipe sich zu dem Besucher umdrehten, der hineingestürzt kam. »Der Wolf!«, brüllte Helge Schulze mit sich überschlagender Stimme. »Er hat wieder zugeschlagen. Er hat einen Menschen getötet!«

38

Helen Roux stand im Büro des Geschäftsführers und blickte sich um. Darius Gorski hatte das Firmengebäude vor zehn Minuten verlassen. Sie hatte gerade wieder einmal vor dem Eingang gestanden und geraucht, als er an ihr vorbeigerannt war, ohne sich zu verabschieden. Seine Laune war im Keller. Kurz davor hatten sie zusammengesessen und den Artikel von diesem Lars Zimmermann gelesen, in dem er nun öffentlich gemacht hatte, was ihre Software vor ihrem Zaun entdeckt zu haben glaubte. Nun waren sie also das IT-Unternehmen mit dem intelligenten Schutzzaun, der Werwölfe entdeckte.

Gorski war ausgerastet, hatte sogar eine der Wasserkaraffen vom Konferenztisch gefegt. Er hatte ihr Vorwürfe gemacht, wieso sie den Artikel nicht hatte verhindern können, und sie hatte geantwortet, dass sie dafür eine Pistole benötigt hätte. Sie lebten in einem Land, in dem es Pressefreiheit gab. Sie hatte die Geschichte dementiert, aber das hatte Zimmermann wohl nicht gereicht. Vielleicht hätte sie sich mit ihm treffen sollen, aber da es nun einmal die Wahrheit war, dass ihre Software dieses Ergebnis geliefert hatte, war Zimmermann die Berichterstattung nicht zu verbieten, auch nicht rechtlich.

Sie hatte gewartet, bis Gorskis Maserati Grecale vom Parkplatz gerollt war, dann war sie sofort hoch in sein Büro gegangen. Als Einziger hatte er das Privileg eines Einzelbüros. Alle anderen saßen im Großraumbüro. Aber an diesem Nachmittag war niemand mehr da, dennoch schloss sie vorsichtshalber hinter sich die Tür. Sie wusste nicht genau, was sie suchte. Aber sie hatte seit gestern Abend recherchiert und war auf weitere Informationen gestoßen, die ihr Sorge bereiteten. Im für alle einsehbaren Registerportal im Internet hatte sie die Gesellschafterliste der *Fenceattack GmbH & Co. KG* eingesehen und dabei entdeckt, dass zwei der darin aufgeführten Gesellschafter tot und einer vermisst war. Das Unternehmen hatte nur zum Teil Walter Gehrling gehört, die übrigen Unternehmensanteile verteilten sich auf Joachim Rausch, Jasper Schilling, Heinz Danner und ihren CEO Darius Gorski, der später dazugekommen war. Jasper Schilling und Heinz Danner mussten so etwas wie stille Gesellschafter sein, denn diese hatte sie niemals gesehen. Daneben gab es noch einen weiteren Anteilsinhaber: eine Gesellschaft mit Sitz auf den Caymans.

Sie hatte nicht lange gebraucht, um mithilfe von Google und einer alten Freundin, die bei der *Süddeutschen Zeitung* im Archiv arbeitete, herauszufinden, dass es sich dabei um die Tochtergesellschaft einer Gesellschaft mit Sitz in Österreich handelte, die wiederum zu einer Finanzgruppe in Deutschland gehörte, die der sogenannten »Völkischen Bewegung« nahestand, einer als rechtsextrem eingestuften Gruppe. Eine rechtsextreme Fondsgesellschaft als Finanzier von *Fenceattack*.

Nachdem sie dies am Abend herausgefunden hatte, hatte sie erst einmal eine Flasche Rotwein geöffnet und ein großes Glas davon getrunken. Ihr Arbeitgeber wurde von Rechtsextremen finanziert. Sie wusste nicht, ob dies den anderen Gesellschaftern bekannt war, aber um das herauszufinden, war sie hier.

Am Morgen hatte sie bereits in Gorskis Lebenslauf recherchiert, doch keine Anzeichen für Rechtsextremismus entdecken können. Er war polnischstämmig, aber in Leipzig aufgewachsen. Nach dem Abitur hatte er an der WU in Wien studiert, dann ein Jahr in Budapest gearbeitet, bevor er zu *Fenceattack* gestoßen war. Die sozialen Medien schien er zu meiden. Viel mehr war über ihn nicht zu finden. Sie wusste, dass er Kampfsport und schnelle Autos liebte und dass er Mitglied in einem Schützenverein war. Nicht die typischen Hobbys für einen CEO, aber die Zeiten hatten sich geändert. Wer heute in der Marktwirtschaft bestehen wollte, brauchte eine gewisse Härte.

Sein Büro war klein, nicht größer als zehn Quadratmeter. Er hatte auf alles Persönliche verzichtet: keine Fotos, keine ausgestellten Denkmäler seines Lebens außer einem schweren goldenen Stiftehalter, in dem ein Montblanc-Stift steckte. Sie setzte sich auf seinen Stuhl und ließ den Blick über seinen Schreibtisch wandern. Er war tadellos aufgeräumt.

Gorski war bei den Mitarbeitern als Pedant bekannt, kein Blatt

Papier lag herum. Sie schaute auf den Rollcontainer unter dem Tisch und versuchte, die oberste Schublade zu öffnen. Sie war abgeschlossen. In Büchern oder Filmen hebelten sie die Schränke in solchen Fällen mit Brieföffnern auf, doch sie wollte keine Spuren hinterlassen. Und es war auch nicht nötig, denn sie wusste, dass Gorski den Schlüssel in einem der Leitz-Ordner im Schrank versteckte.

Sie hatte es vor einigen Monaten zufällig beobachtet, als sie vor seinem Büro auf ihn gewartet hatte. Auf dem Weg zur Tür hatte er ihn wie beiläufig in das Greifloch eines der schwarzen Leitz-Ordner gesteckt. Damals hatte er nicht bemerkt, dass sie es mitbekommen hatte, und sie hatte nicht gedacht, dass sie diese Beobachtung einmal brauchen würde, es zwischenzeitlich sogar wieder vergessen. Bis jetzt. Sie stand auf und hob jeden der Ordner, die Umsatzplanungen, Adresslisten, Präsentationen enthielten, an. Beim fünften wurde sie fündig. Sie nahm den kleinen Schlüssel und setzte sich wieder vor den Rollcontainer. Er passte. Sie drehte den Schlüssel, öffnete die oberste Schublade und erschrak. Das Erste, was sie sah, war eine große schwarze Pistole. Sie schnappte einmal nach Luft und schaute zur Tür, lauschte, ob sie von draußen irgendetwas hörte. Alles war ruhig.

Sie starrte auf die Waffe und spürte, wie ihr ein Schauer den Rücken hinablief. Aber auch das war keinerlei Beweis in irgendeine Richtung. Er war Sportschütze, und auch wenn dies vermutlich nicht den Regeln entsprach, war er sicher nicht der einzige Chef, der im Büro eine Waffe versteckte. Neben der Waffe lagen die übrigen Büromaterialien: eine Schere, Büroklammern, zwei Gummibänder. Zudem eine Packung Snus, schwedischer Tabak, den man in den Mund schob und den sie aus Schweden kannte.

Sie hielt kurz inne, als sie glaubte, von draußen ein Geräusch gehört zu haben. Sie lauschte, doch alles war ruhig. Dann öffnete sie die nächste Schublade. Hier lagen ein Schwamm zum Polieren der Schuhe, eine Schachtel Medikamente, die sie nicht kannte, und eine Packung Patronen, die vermutlich zur Pistole gehörten. Ihr Blick fiel auf einen Ringhefter. Sie griff danach und legte ihn vor sich auf den Schreibtisch. Er glich dem Investment-Prospekt, den sie mit entworfen hatte und mit dem sie Investoren anlockten.

»*Fenceattack* – Wir schützen, was wir lieben. Investieren Sie in eine sichere Heimat.« Helen stutzte. Sie kannte den Werbespruch auf dem Prospekt von *Fenceattack,* doch dieser hier war leicht abgewandelt. Sie schaute auf das Foto darunter und erschrak. Anders als auf dem Investment-Prospekt, an dessen Gestaltung sie mitgewirkt hatte, war hier hinter dem Fadenkreuz kein Wolf abgebildet, sondern etwas ganz anderes.

Ein kalter Schauer fuhr ihr über den Rücken. Sie blätterte den Prospekt auf, auch der Text in diesem Prospekt war ein komplett anderer. Sie begann zu lesen. Als sie fertig war, spürte sie eine große Leere in sich, fühlte sich benutzt und missbraucht. Erneut glaubte sie, ein Geräusch vom Flur zu hören. Schnell wollte sie die Broschüre zurück in die Schreibtischschublade stecken und stieß dabei auf ein Foto, das unter der Broschüre gelegen hatte. Sie nahm es und erstarrte. Einen Moment versuchte sie zu verstehen, was sie da sah. Sie drehte es um. Die Rückseite war mit den Worten »Das Rudel« beschriftet.

In diesem Moment wurde die Bürotür aufgerissen, und sie schaute in das überraschte Gesicht eines Mitarbeiters der Putzkolonne, die Abend für Abend die Büros säuberte. »Oh, entschuldigen Sie!«, sagte der Mann in gebrochenem Deutsch. In den behandschuhten Händen hielt er ein Reinigungsspray und einen Putzlappen. »Ich dachte, alle weg!« Starr vor Schreck, wanderte ihr Blick zwischen Gorskis offener Schreibtischschublade vor ihr und dem Mann hin und her, ohne dass sie ein Wort herausbrachte. »Ich komme später!«, sagte der Mann verunsichert und schloss die Tür. Immer noch unfähig, sich zu bewegen, verharrte sie. Sie hatte ein Problem. Ein gewaltiges Problem.

39

Das SUP glitt ins Wasser. Sie hielt es fest, und Bruno kletterte mit tastenden Schritten auf das Board. Zuckersüß sah er aus mit seiner orangefarbenen Hundeschwimmweste. Es gab Hunde, die hassten Wasser, und es gab welche, die waren kaum aus dem Nass herauszubekommen. Bruno gehörte zu letzterer Kategorie. So war er weitestgehend angstfrei auf dem Wasser und begleitete sie mit erfreutem Schwanzwedeln. Erst als er den vorderen Bereich des Schwimmboards erreicht hatte, stieg auch sie auf das SUP und stieß sich mit dem Fuß vom Steg ab. Tieforange leuchtete der Himmel am Horizont mit der einsetzenden Abenddämmerung. Sanft teilte das SUP das seichte Wasser der Peene.

Sie griff nach dem Paddel und stellte sich vorsichtig auf, während Bruno am Bug des Boards sitzend Ausschau hielt. Ein Reiher beobachtete das ungewöhnliche Duo skeptisch vom Ufer aus. Zwei Paddelschläge links und zwei Paddelschläge rechts, und sie nahmen Fahrt auf. Eine Gruppe von Schellenten schreckte in einem Seitenarm auf und flog empört schnatternd, den Po im Wasser, davon. Die letzten Stunden nach ihrem Besuch im »Fortschritt« waren die Vorboten des kommenden Wahnsinns gewesen, und als sie Frederik am Bahnhof in Anklam abgesetzt hatte, hatte sie plötzlich gewusst, dass sie aufs Wasser musste.

Sie war zum Sonnenhof gefahren und hatte das SUP samt Zubehör aus dem Schuppen geholt. Mit dem Board auf dem Dachträger ihres alten Jeeps, war sie zu ihrer Lieblingsstelle am Ufer nach Liepen gefahren. Auch wenn es für diese Jahreszeit noch immer viel zu warm war, war die Sommersaison zu Ende, und so war sie, wie erhofft, ganz allein an der kleinen Anlegestelle und musste sich zum Umziehen nicht verstecken. Der alte Neoprenanzug war ihr etwas zu groß, aber die bei vielen SUP-Ausflügen antrainierte Routine funktionierte noch.

Jetzt steuerte sie in die Mitte des Flusses, schloss die Augen und atmete tief ein. Irgendwo weit entfernt rief ein Kauz. Ansonsten war nur das Plätschern des Wassers unter ihnen zu hören. Wie hatte sie diese Ruhe, dieses sanfte Durch-das-Leben-Gleiten vermisst. Für einen kurzen Moment wünschte sie sich, für immer hier auf dem Fluss zu bleiben.

Helge Schulze hatte mit seinem Bericht vom Wolfsopfer für emotionale Reaktionen im »Fortschritt« gesorgt. Er hatte es im Radio gehört. Jenny hatte beobachtet, mit welcher Wut und Aggression die Männer am Tresen die Nachricht aufgenommen hatten. »Wir haben es gesagt!«, »War absehbar!«, »Die Politiker sind schuld!«, waren noch die harmlosesten Rufe. Der Alkoholpegel mochte eine Rolle gespielt haben, aber sie war sich sicher, dass dies ein repräsentativer Querschnitt der Reaktion in der Bevölkerung war. Als die Männer im »Fortschritt« schließlich beschlossen, die Sache selbst in die Hand zu nehmen, ihre Gewehre zu holen und das Biest zu erlegen, war Piet widerwillig zu ihnen rübergegangen, hatte auf ihren Tisch gezeigt und beschwichtigend auf die Männer eingeredet. Danach ernteten Frederik und sie bitterböse Seitenblicke und beschlossen, zu gehen. Auf dem Weg zum Auto öffneten sie auf ihren Mobiltelefonen die Websites der größten deutschen Zeitungen und fanden überall dieselben Schlagzeilen, je nach Blatt mit mehr oder weniger Emotionen unterlegt.

»Toter durch Wolf in Mecklenburg-Vorpommern?«, lautete die vorsichtige Überschrift der *Süddeutschen Zeitung.* »Erstmals Mensch in Deutschland durch Wolf getötet?«, fragte der *Spiegel.* »Mann tot nach Wolfsattacke in Vorpommern«, titelte die *Welt.* Und »Wolf zerfleischt Mann (59 †) in MV«, war die Schlagzeile der *Bild-Zeitung,* daneben war ein wie aus einem Horrorfilm geklauter Wolf mit fletschenden Zähnen abgebildet sowie ein Sarg, der von Bestattern in einen Leichenwagen geschoben wurde. Nur der *Greifswalder Bote* hatte erstaunlicherweise keine Neuigkeiten zu vermelden.

»Es wird eine große Hysterie geben«, prophezeite Frederik, und Jenny konnte ihm nicht widersprechen. Die Bestätigung ließ nicht lange auf sich warten: Der Landrat hatte sie kurz darauf angerufen und zur Besprechung für morgen früh gebeten. Er hatte einen Krisenrat einberufen. Und so hatte sie gewusst, dass nach zwei mental wie körperlich fordernden Tagen weitere anstrengende Tage vor ihr lagen.

Normalerweise ging sie in solchen Situationen gern zur Jagd. Es half ihr, allein mit ihren Gedanken in der Natur zu sein. Der Anblick der Wiesen und Bäume, die unbeeindruckt schienen von all dem, was da um sie geschah, das Wesen der Jagd, bei der es um Leben und Tod ging, all das relativierte viele Dinge. Aber heute hatte sie keine Lust auf Jagd gehabt, in den vergangenen achtundvierzig Stunden war sie mehr mit der Brutalität des Todes konfrontiert gewesen, als sie es sich je hatte vorstellen können.

Und so paddelte sie nun über die Peene dem Sonnenuntergang entgegen. Ihr Telefon hatte sie im Auto gelassen. Als Kind war sie oft hinunter zum Flussufer marschiert. Sie hatte dem Wasser Stöcke, selbst gebastelte Boote und einmal eine Flaschenpost übergeben und dabei zugeschaut, wie der Fluss die Dinge davontrug.

Damals hatte sie noch nicht gewusst, wie sehr das Leben einem solchen Fluss glich. Wie es Dinge anspülte und wieder mit sich riss. Dass es niemals wirklichen Stillstand gab und man entweder mitschwamm oder als stille Zuschauerin am Ufer zurückblieb.

Sie erhöhte die Anzahl der Paddelschläge, und als unweit von ihnen ein Fisch aus dem Wasser sprang, bellte Bruno ihm empört hinterher. Der Fluss machte eine lang gestreckte Linkskurve. War er bisher von hohem Schilfgras gesäumt, verbreiterte sich das Flussbett nun und gab den Blick auf die Uferböschung frei. Sie waren jetzt nicht weit entfernt von Helges Weide, auf der das Massaker stattgefunden hatte. Bruno vor ihr begann plötzlich zu wittern, dann stieß er einen jaulenden Laut aus und wedelte mit dem Schwanz.

Es war ein immer noch weitverbreiteter Irrtum, dass das Wedeln mit der Rute bedeutete, dass der Hund sich freute. So mancher wunderte sich, dass er von einem scheinbar eben noch freudig gestimmten Hund gebissen wurde. Tatsächlich war es ein eher neutrales Anzeichen von Erregung. So auch bei Bruno, der erneut die Nase in den Fahrtwind hielt und nun zum rechten Ufer starrte.

Und dann sah sie es: Im Schatten einer Weide stand jemand und beobachtete sie. Derjenige hatte sich vermutlich als gut versteckt betrachtet, gegen die untergehende Sonne waren vom Wasser aus nur

Schemen zu erkennen. Doch er hatte nicht mit Brunos gut entwickelter Nase gerechnet.

Sie hörte auf zu paddeln und hielt die flache Hand vor die Stirn, um etwas erkennen zu können. Als Jägerin wusste sie, wie die Silhouette von jemandem aussah, der ein Gewehr geschultert hatte, und die Person, die dort immer noch bewegungslos verharrte, trug ein Gewehr über der Schulter. Sie fühlte Unbehagen, wusste nicht, was sie tun sollte. Rufen? Ignorieren? Zwischen ihr und der Person lagen zwar gute fünfzig Meter, aber mit einem Gewehr war das keine Entfernung.

»Hallo?«, rief sie, aber der Schatten regte sich nicht, als würde derjenige darüber nachdenken, wie er auf seine Entdeckung reagieren sollte. Kurz überlegte sie, ob es eine Statue oder eine Puppe sein konnte, ohne eine vernünftige Erklärung dafür zu haben. Doch dann kam plötzlich Bewegung in die Person, und sie sah, wie der- oder diejenige das Gewehr von der Schulter nahm und auf sie anlegte.

Panisch dachte sie zuallererst an Bruno. Wenn man auf sie schoss und sie verfehlte, konnte die Kugel leicht ihn treffen. Sie ging in die Hocke, überlegte, wegzupaddeln, doch sie wäre zu langsam, mit einem Gewehr konnte man sie auch aus fünfhundert Metern Entfernung noch treffen. Zumal sie auf dem SUP eine gute Zielscheibe abgab. Wieder schaute sie zum Ufer, sah den Schatten noch immer mit dem Gewehr im Anschlag.

Im nächsten Moment landete sie schon im Wasser und schaute auf den völlig perplexen Bruno, den sie beim Sprung ins kalte Nass mit sich gezogen hatte. Einen Schwimmer in einem Fluss zu treffen, das war schon eine ganz andere Herausforderung. Sie hielt sich hinter dem SUP versteckt und half Bruno, den Kopf über Wasser zu halten. Eine Welle spülte Wasser in ihren Mund, sie schnappte nach Luft. Trotz des Neoprenanzugs, den sie trug, nahm das eiskalte Wasser ihr den Atem. Sie griff nach ihrem Bein und versuchte, das Kabel zu lösen, mit dem sie an das Brett gefesselt war. Eine Vorsichtsmaßnahme, falls man in das Wasser fiel, damit das Board nicht davontrieb. Doch jetzt hinderte es sie daran, wegzuschwimmen.

Sie schaute auf das Brett, zu Bruno und zum Ufer, wo derjenige, der dort lauerte, nun hinter dem Baum hervortrat. Es blieb ein dunkler Schatten, doch noch immer zielte er mit dem Gewehr in ihre Richtung. Ihre Finger waren kalt und klamm, und sie bekam den Klettverschluss um ihr Fußgelenk erst nach dem vierten Versuch zu fassen, dann war sie endlich frei. Sie drehte sich um, das Ufer war nur gut dreißig Meter entfernt.

»Komm, Junge!«, rief sie Bruno zu, dann begann sie zu schwimmen. Es dauerte, bis sie ihren Rhythmus fand, drehte sich immer wieder nach Bruno um, der erstaunlicherweise mit ihr mithalten konnte. Zehn Meter vor dem Ufer wurde er langsamer. Sie trat auf der Stelle und wartete, bis er sie erreicht hatte, dabei sah sie, wie die Person, die auf sie gezielt hatte, nun ihre Deckung verlassen und vorn am Ufer Stellung bezogen hatte. Kurz dachte sie, die- oder derjenige würde ins Wasser springen, das tat die Person aber nicht.

Als Bruno sie erreichte, leckte er ihr dankbar die Hände. Sie griff ihn an der Weste und schwamm die letzten Meter auf dem Rücken. Schwer atmend landeten sie am Ufer. Sie versank im Morast und stemmte ihn aus dem Wasser. Dann krabbelte sie in den Schutz zweier Büsche, wo sie sich auf den Rücken rollte und nach Luft rang. Es gab keine schnelle Verbindung vom anderen Ufer hierher. Aber sie war noch immer im Schussfeld. Bruno schüttelte sich. Sie nahm ihm im Liegen die Schwimmweste ab, dann kroch sie weiter, bis sie eine Stelle erreichte, wo hohes Schilfgras das Ufer säumte und sie sich endlich sicher fühlte.

Immer noch keuchend, kam sie langsam auf die Beine. Sie waren beide klitschnass, sie trug nur den Neoprenanzug und hatte nackte Füße. Doch es half nichts: Ihr Telefon war in ihrem Auto, und hier war weit und breit nichts außer freier Natur. Sie mussten zurücklaufen. Langsam wurde es stockdunkel. Sie orientierte sich am Ufer, schrie vor Schmerzen auf, als sie auf etwas Spitzes trat. Schon bald waren ihre Füße vom Gestrüpp und scharfen Steinen blutig. Es schien eine Ewigkeit zu dauern, bis sie endlich den Anleger sah, von dem aus sie vor einiger Zeit gestartet war. Nicht weit entfernt stand ihr Auto.

Sie wartete eine Weile im Dickicht, beobachtete Bruno, der überhaupt nicht verstand, was hier gerade geschah, und sie zitternd anschaute, ohne allerdings irgendeine Gefahr zu wittern. Dann schlich sie zu ihrem Jeep, öffnete die Fahrertür, ließ Bruno hinein und setzte ohne Licht zurück. Erst als sie fünf Minuten später auf die Landstraße bog, fühlte sie so etwas wie Erleichterung. Sie griff zum Handschuhfach und entnahm ihr Handy: Fünf Anrufe in Abwesenheit, das meiste wieder unbekannte Nummern. Vermutlich Journalisten. Sie öffnete das Telefonmenü und wollte schon Frederiks Nummer wählen, als sie es sich anders überlegte. Vor Kälte zitternd, schaltete sie ihre Klimaanlage auf volle Stufe und fuhr zu ihrem Hotel. Sie hoffte, dass die Saunalandschaft noch geöffnet hatte.

40

Als sie am nächsten Morgen erwachte, fühlte sie sich, als sei sie von einem Lkw überfahren worden. Sie musste ihren Wecker verschlafen haben, denn wach wurde sie erst, als Bruno ihr winselnd über das Gesicht leckte. Ihre Schultern und Arme schmerzten vom Schwimmen, ihre Beine vom nächtlichen Fußmarsch zurück zum Anleger. Auf dem Weg ins Bad sah sie die Blutspuren, die ihre Füße am gestrigen Abend auf dem Laminat des Hotelzimmers hinterlassen hatten. Die heiße Dusche tat gut, das Plätschern des Wassers weckte in ihr allerdings die Trauer um ihr verlorenes SUP, das nun irgendwo herrenlos auf der Peene trieb.

Obwohl sie gestern Abend, nachdem sie ihre wunden Füße versorgt und sich in der Sauna aufgewärmt hatte, total erschöpft ins Bett gefallen war, hatte ihr Gehirn nicht abschalten können. Hatte tatsächlich jemand versucht, auf sie zu schießen? Sie zu töten? Sie hatte eindeutig gesehen, wie die dunkle Gestalt am Ufer auf sie angelegt hatte – allerdings hatte sie keinen Schuss gehört. Vielleicht weil sie im Wasser kein Ziel mehr abgegeben hatte, vielleicht weil das Wasser in den Ohren beim Schwimmen den Schall verschluckt oder der Schütze einen Schalldämpfer verwendet hatte. Sie trocknete sich ab, versorgte ihre Füße ein weiteres Mal notdürftig mit Pflastern aus dem Verbandskasten in ihrem Auto und beeilte sich, mit Bruno vor die Tür zu kommen.

Dort erwartete sie eine Überraschung: Vor dem Hotel, in dem sie gestern noch der einzige Gast gewesen zu sein schien, herrschte reger Betrieb. Frauen und Männer waren in angeregte Gespräche vertieft, manche liefen mit dem Handy am Ohr hektisch umher.

»Eine Reisegruppe?«, fragte sie den jungen Hotelmitarbeiter, der ein blaues Hemd mit weinroter Weste trug und rauchend vor der Tür stand.

Der schüttelte den Kopf. »Journalisten, Reporter, Fernsehteams.« Er deutete zum Parkplatz.

Jetzt erst bemerkte Jenny, dass dieser mit Übertragungswagen und Vans zugeparkt war. ARD, ZDF, RTL, SAT.1, n-tv – kein Sender schien zu fehlen. »Alles wegen diesem Killer-Wolf. Die meisten kamen gestern spätabends. Wir sind wohl eins der wenigen Hotels in der Gegend!« Der Mitarbeiter drückte die Zigarette aus. »Ich muss in der Küche mithelfen, wir haben zu wenig Personal.« Er verschwand durch die Automatiktür.

Jenny blinzelte gegen die Sonne, die auch heute wieder schien, während Bruno sich auf den Kieselsteinen der Auffahrt erleichterte.

»Ins Gesicht geschossen«, hörte sie einen Mann mit einem schmalen Gesicht und langen blonden Haaren sagen, der an einer Zigarette zog. »Ich kenne den noch aus der Zeit beim *Stern*.«

»Was für eine Ironie, zieht an den Arsch der Welt und wird dann dort ermordet«, entgegnete sein Gesprächspartner, ein breiter Kerl mit einem Feuermal im Gesicht.

»Über wen redet ihr?«, mischte eine Frau sich ein, die eine elektrische Zigarette rauchte.

»Lars Zimmermann, Chefredakteur vom *Greifswalder Boten*. Der mit dem Artikel über den Werwolf. Er wurde letzte Nacht ermordet.«

»Oh, mein Gott!«, entgegnete sie. »Vom Werwolf?«

Ihre beiden Gesprächspartner lachten. »Nein, erschossen.«

»Das ist ja schrecklich!«

Jenny spürte, wie sich ihr der Magen umdrehte. Lars Zimmermann war tot? Hatte sie nicht gestern noch mit ihm gesprochen? Was war mit Jos Umschlag, von dem dieser Zimmermann ihr erzählt hatte? Sie pfiff nach Bruno, drehte sich um, stieß mit einem Mann zusammen, der mit einer fetten Kameratasche um den Hals aus dem Hotel kam, entschuldigte sich und sah zu, dass sie auf ihr Zimmer kam.

»Guten Morgen«, meldete Frederik sich nach dem ersten Klingeln.

»Zimmermann ist tot?«, fragte sie.

»Woher weißt du das?«

»In meinem Hotel ist alles voller Journalisten. Sie haben darüber geredet.«

»So schnell?«

»News sind anscheinend ein eiliges Geschäft. Was ist mit Jos Umschlag, von dem er berichtet hatte? Wo bist du?«, fragte sie.

»Ich kann gerade nicht. Kann ich mich später melden?«

»Klar, ruf an!«

Frederik legte auf. Sie schaute auf das Display. Er hatte gestresst geklungen und auch ein wenig reserviert. Ein ungutes Gefühl beschlich sie. Sie massierte ihren schmerzenden Nacken und rief ihre Kollegin Mona an, die sich erneut bereit erklärte, auf Bruno aufzupassen.

Auch der Frühstücksraum war überfüllt. Am Büfett fand sie einen To-go-Becher, füllte ihn mit Kaffee, nahm sich ein Croissant und ging zum Auto, wo Bruno auf der Rückbank auf sie wartete. Auf dem Weg zur Tierklinik machte sie einen Umweg zum Sonnenhof. Mit mulmigem Gefühl ging sie zum ersten Mal seit dem Einbruch ins Haus. Gestern, als sie das SUP geholt hatte, hatte sie nur die Scheune betreten. Die Fensterscheibe im Wohnzimmer war noch nicht ersetzt. Das Haus kam ihr heute besonders leer vor. Sie ging schnurstracks zum Waffenschrank im ersten Stock. Der Code lautete 1205, ihr Geburtsdatum. Sie hatte noch nie darüber nachgedacht, was es über Jos Verhältnis zu ihr aussagte, dass er ihr Geburtsdatum als PIN verwendet hatte. Sie starrte auf die Halterung, in der normalerweise Jos Waffe hing, die nun fehlte. Dann entnahm sie ihre Waffe, eine Sauer Artemis 101 mit schmalerem Pistolengriff sowie geringerem Abstand zum Abzugszüngel, und drei Packungen Munition. Anschließend steckte sie noch ihr Jagdmesser ein. Sie verstaute alles im Waffenkoffer und diesen im doppelten Boden des Kofferraums, wo auch ihre sonstige Jagdausrüstung auf ihren Einsatz wartete. So bewaffnet fühlte sie sich besser. Irgendwo dort draußen war ein Killer unterwegs. Und es war nicht nur der Wolf.

41

Helen Roux hatte eine weitere schlaflose Nacht hinter sich. Versuchte sie ansonsten, was ihre Erscheinung betraf, möglichst perfekt zu sein, so hatte sie heute Morgen nach wenigen Minuten im Bad aufgegeben: Gegen die tiefen Augenringe und die müde Haut half kein Wundermittel aus ihrem Kosmetikkoffer. Auch was ihre Kleidung betraf, hatte sie heute möglichst wenig auffallen wollen, und so trug sie einen weiten Rollkragenpullover und lässige Jeans. Als Gorski ihr vor der Kaffeeküche begegnet war, wirkte er noch immer angespannt und hatte sie nur mit einem kurzen Nicken gegrüßt. Seit sie wusste, dass er eine Pistole in seiner Schreibtischschublade aufbewahrte, hatte sie in seiner Nähe Beklemmungen. Sie selbst hielt sich an einer Tasse Tee fest und starrte ins Großraumbüro, in dem die ersten Mitarbeiter eintrafen und sich mit gedämpften Stimmen unterhielten. Das Ganze hatte etwas von einer Schafweide. Was für eine Zumutung, dreißig Menschen ohne Privatsphäre in einem einzigen Raum arbeiten zu lassen. Es war nicht Ausdruck einer besonders freien Unternehmenskultur, sondern der Verlust jeglicher Individualität, den sie ihren Angestellten zumuteten. Ungefähr genauso sexy wie Gemeinschaftsduschen.

Sie hielt nach Brian Ausschau, konnte ihn aber nirgends entdecken. Das sprach dafür, dass er im Kontrollzentrum war. Vielleicht war dies ihre einzige Gelegenheit heute, mit ihm allein zu sprechen. Gorski war in seinem Büro verschwunden und hatte die Tür verschlossen. Sie stellte den Teebecher in die Spüle und schlenderte möglichst unauffällig über den Flur zur Überwachungszentrale. Normalerweise saßen dort die Studenten und werteten die Bilder der Nacht aus. Doch die kamen aus Berlin hier heraus nach Potsdam und begannen daher meist nicht vor 9 Uhr. Wenn sie Glück hatte, hatte sie noch ein wenig Zeit mit Brian allein.

Tatsächlich saß er an demselben Platz, an dem sie ihm gestern von Walter Gehrlings Tod erzählt hatte. Er hatte bestürzt reagiert, und als sie ihm mitgeteilt hatte, dass er ermordet worden war, hatte sie in seinem Gesicht die ganze Bandbreite menschlicher Emotionen von Bestürzung über Trauer bis hin zu Angst und Panik ablesen können. Wach gehalten hatte sie letzte Nacht die Frage, was Brian von dem wusste, was sie in Gorskis Schublade entdeckt hatte. War er, genau wie sie, völlig unwissend in dieses Start-up gelockt worden? Hatten sie auch ihn getäuscht, was den wahren Zweck des Unternehmens anging? Oder war sie hier die einzige Unwissende? Ausgerechnet sie, die Pressefrau. Diejenige, die das Unternehmen nach außen hin repräsentieren sollte. Vermutlich hatten sie sie deshalb nicht eingeweiht, damit sie *Fenceattack* mit gutem Gewissen, voller Überzeugung und großer Glaubhaftigkeit als Samariter darstellen konnte: den Retter aller Schafe vor dem bösen Wolf. Dabei war *Fenceattack* der böse Wolf im Schafspelz.

Brian drehte sich nicht zu ihr um, als sie den Raum betrat. Wie meistens saß er vor einem der Monitore.

»Guten Morgen«, sagte sie. »Ich wollte dich etwas fragen.«

Nun wandte Brian sich zu ihr. »Sorry, ich dachte, du wärest eine der Werkstudentinnen.«

»Wie geht es dir?«, hielt sie die Höflichkeitsfloskeln ein.

Seine Frisur genügte, um ihre Frage zu beantworten. Allein, dass er heute kein Cappy trug, verriet viel über seinen Gemütszustand.

»Ich weiß nicht«, sagte er mit matter Stimme. »Kennst du das Gefühl, wenn man versucht, viel zu viel auf einmal zu tragen, einem etwas aus der Hand rutscht, man versucht, danach zu greifen, und dann nach und nach alles andere verliert, bis man mit leeren Händen dasteht? So komme ich mir gerade vor.«

Ein schönes Bild, dachte sie, genau so fühlte sie sich auch.

»Ich verstehe nicht, was gerade passiert. Jasper starb wohl eines natürlichen Todes, ich habe mit seinem Sohn Ansgar gesprochen. Aber Walter wurde anscheinend ermordet. Und Jo ist noch immer wie vom Erdboden verschwunden.«

»Ja, das ist auch mein Stand. Die Polizei gibt nicht viele Informationen zu Walter heraus, aber offenbar wurde er oben im Norden tot aufgefunden. Nicht weit entfernt von unserem Zaun. Was hat er dort gemacht?«

Brian zuckte mit den Schultern. »Ich habe keine Ahnung. Zuletzt habe ich vor einigen Tagen mit ihm gesprochen. Da hat er nicht gesagt, dass er verreisen wollte.«

Helen zögerte. Sie wusste nicht recht, wie sie anfangen sollte, ohne zu verraten, dass sie hinter Gorski hergeschnüffelt hatte.

»Es macht mir Angst, am liebsten würde ich mich bewaffnen«, tastete sie sich vor.

Brian starrte durch sie hindurch, ohne auf ihre Äußerung zu reagieren. Dann drehte er sich plötzlich mit seinem Bürostuhl zu den Monitoren. »Komm einmal her«, sagte er und drückte eine Taste.

Auf dem Bildschirm erschien die Aufnahme eines Mannes, der vor einer Reihe von Büschen stand und einen Zettel mit einer Telefonnummer in die Kamera hielt. Sie beugte sich vor und las laut ab, was in kritzeliger Handschrift noch auf dem Blatt notiert war: »Ich weiß von dem Werwolf, rufen Sie mich an.«

»Wer ist das?«, fragte sie.

»Ein Mann, der gestern unseren Zaun entlanggelaufen ist. Es schien, als ob er etwas suchen würde, und am Ende hat er diesen Zettel in die Kamera gehalten.«

Helen wusste nicht, was sie sagen sollte.

»Er heißt Lars Zimmermann«, fuhr Brian fort.

Lars Zimmermann, der Journalist! »Woher weißt du das?«, fragte sie.

»Ich habe angerufen. Aber es ging nur eine Mailbox dran, auf der er seinen Namen genannt hat.«

»Warum hast du angerufen?«

Brian zuckte mit den Schultern. »Ich wollte wissen, was er zu sagen hat. Aber darauf will ich nicht hinaus. Ich habe dann seinen Namen in einer Suchmaschine eingegeben.«

»Er ist Journalist«, sagte Helen. »Beim *Greifswalder Boten*. Er hatte auch mich schon kontaktiert, und ich habe alles dementiert.«

Brian wandte sich zu einem der Computer und gab etwas ein. »Er ist nicht nur Journalist, er ist ein toter Journalist«, sagte er und öffnete eine Website.

»Bekannter Greifswalder Journalist getötet – Polizei ermittelt in Mordfall«, stand dort geschrieben. Darunter war ein Foto des Mannes zu sehen, auf dem er sehr viel schlanker und gepflegter als auf ihrer Videowand aussah. Helen starrte ungläubig auf die Nachricht. Sie spürte, wie ihr schwindelig wurde.

»Er wurde erschossen«, sagte Brian und fuhr mit dem Stuhl ein Stück zurück, um sich Helen zuzuwenden.

»Erschossen?«, wiederholte sie. Erneut dachte sie an die Waffe in Gorskis Schreibtischschublade, erinnerte sich an das Gespräch mit ihm. An ihren Satz, dass sie ihn hätte umbringen müssen, um den Artikel zu verhindern. Sie spürte, wie ihr schwindelig wurde, und stolperte rückwärts auf einen der Stühle. Auch Brian schien durcheinander.

»Sorry, ich hatte das nur gerade gesehen und weiß nicht, was ich davon halten soll«, entschuldigte er sich.

In Helens Kopf rasten die Gedanken. War das eine Warnung an sie? Oder war Brian tatsächlich so ahnungslos, wie er tat? Konnte sie überhaupt noch jemandem trauen? Offenbar musste sie noch vorsichtiger sein als befürchtet.

»Was für eine Frage hattest du an mich?«, wollte Brian wissen.

»Heute Nachmittag kommen die potenziellen Investoren aus Südamerika«, entgegnete sie mit fester Stimme. »Hast du die Präsentation vorbereitet?«

42

Auf dem Weg nach Greifswald bemerkte Jenny mehrere mit Warnblinklicht parkende Autos am Straßenrand. Auf einer Abzweigung zu einem Feldweg stand ein Kleinbus mit einem Aufkleber der englischen BBC. Sie verstand nicht, wie die Medien so schnell hier sein konnten, aber es schien so, als ob der Pressesturm nicht mehr aufzuhalten wäre. Auch am Gebäude der Kreisverwaltung stand ein erstes Kamerateam des MDR. Sie ergatterte den letzten Parkplatz und eilte zur Besprechung. Die Reporter ließen sie unbehelligt, und so war sie pünktlich im Konferenzraum im dritten Stock. Vor dem Eingang traf sie überraschend auf die Polizeipräsidentin für das östliche Mecklenburg-Vorpommern und umarmte sie. Bevor diese das höchste Amt übernommen hatte, war sie Polizistin in Greifswald gewesen, und Jenny und sie hatten in der einen oder anderen Sache, bei der Jenny als Amtsveterinärin Tiere zu beschlagnahmen hatte, zusammengearbeitet.

»Müde siehst du aus«, begrüßte sie Jenny.

»Du auch«, gab sie zurück.

»Ich bin die halbe Nacht auf den Beinen gewesen. Ein Angler hatte auf der Peene am späten Abend ein herrenloses SUP samt Paddel entdeckt. Die Kollegen haben stundenlang nach dem Vermissten gesucht, und weil mein Verlobter ja hier bei der Feuerwehr arbeitet, konnte ich auch nicht schlafen. Leider blieb die Suche ohne Erfolg. Vielleicht war es auch ein Fehlalarm. Und jetzt diese Sache mit dem Wolf!«

Jenny spürte, wie ihr die Röte ins Gesicht stieg. Es konnte sich nur um ihr SUP handeln. Sie hatte gar nicht daran gedacht, was das zurückgelassene SUP auslösen konnte. Natürlich musste der Finder annehmen, dass jemand in Not geraten war. Ihre Überlegungen, wegen des Mannes, der auf sie angelegt hatte, zur Polizei zu gehen, hatten sich damit wohl erledigt. Sie hatte schon gehört, dass Leute für selbst verschuldete Sucheinsätze zahlen mussten.

Sie betraten den Saal, wo bereits weitere Teilnehmer in Uniform saßen: Feuerwehr, Technisches Hilfswerk, ein Mann in Bundeswehruniform. Und der Vorsitzende der Kreisjägerschaft Kai Hansen. Als er sie sah, nickte er ihr zu. Seit Bruno sich in dessen Gegenwart eingenässt hatte, verspürte auch sie diese enorme Antipathie, wenn sie auf ihn traf. Nach seinen Äußerungen gegenüber dem *Greifswalder Boten,* mit denen er sie nach dem Massaker auf Helges Weide angegriffen hatte, war diese umso größer geworden. So verzichtete sie darauf, seinen Gruß zu erwidern, und bedachte ihn lediglich mit einem grimmigen Blick. Stattdessen begrüßte sie weitere Mitarbeiter des Kreises, die sie vom Sehen kannte.

Auf der Leinwand, die für Videokonferenzen genutzt wurde, war ein Mann im Anzug zu sehen, der offenbar darauf wartete, dazugeschaltet zu werden. Kurz wünschte sie, Frederik wäre hier. Die letzten beiden Tage waren sie zusammen unterwegs gewesen, und erst jetzt merkte sie, wie viel Sicherheit er ihr mit seiner ruhigen, aber souveränen Art vermittelt hatte.

Nicht, dass sie keine selbstbewusste Frau war, als Tierärztin lernte man zu dominieren. Aber die Trennung von René und die Erkenntnis, dass ihre Eltern gar nicht ihre Eltern waren, hatten ihre Spuren hinterlassen. Vielleicht sogar unbewusste Wunden aus der Kindheit wieder aufgerissen. Jedenfalls fühlte sie sich gerade verletzlicher als noch vor einiger Zeit.

Sie hatte gerade neben der Polizeipräsidentin Platz genommen, sehr vorsichtig wegen ihrer schmerzenden Muskeln, als Landrat Brock eintrat. Unter dem Arm trug er einen Stapel Unterlagen.

»Vielen Dank fürs Kommen an alle«, sagte er und setzte sich an die Kopfseite des großen Konferenztisches aus Eichenholz. »Sie haben es alle mitbekommen, wir haben hier bei uns im Kreis einen Problemwolf. Keine Ahnung, ob man ihn so nennen soll. Ich kann auch Killerwolf sagen.« Er schaute auf ein Blatt Papier vor sich und sprach nach einer kurzen Besinnungspause weiter. »Gestern Nachmittag wurde hinter der Festung Spantekow bei den Funktürmen auf einem Feld der entstellte Leichnam von Herrn Hannes Bauer gefunden. Herr Bauer war ein Rentner aus Alt Sanitz, der offenbar Pilze sammeln wollte, als er angegriffen wurde. Wir warten noch auf den letzten Beweis in Form der DNA, aber der zuständige Rechtsmediziner

Herr Dr. Grothmann hat sich bereits festgelegt, dass die Angriffsspuren von einem Wolf stammen, wenn ich richtig informiert bin. Sie können das sicher bestätigen, Frau Rausch, oder?« Der Landrat blickte über seine Lesebrille zu ihr. »Frau Rausch ist unsere Wolfsbeauftragte im Kreis und hat den Leichnam mit inspiziert, soweit ich weiß.«

Alle Blicke richteten sich auf sie.

Sie räusperte sich. »Das ist richtig«, sagte sie.

Eine Pause entstand. Und als sie nichts weiter hinzufügte, fragte Kai Hansen nach: »Richtig, dass es ein Wolf war, oder richtig, dass Sie die Leiche untersucht haben?«

»Letzteres«, sagte sie und schaute Hansen direkt an. Er mochte auf wehrlose Hundewelpen schießen, aber sie hatte keine Angst vor ihm.

»Also war es nach Ihrer Auffassung kein Wolf?«, schlussfolgerte er für sie.

»Das habe ich nicht gesagt. Die Spuren am Leichnam deuten darauf hin, aber Sicherheit haben wir erst, wenn die DNA-Probe vorliegt.«

»Womit wir noch heute im Laufe des Tages rechnen«, ergänzte der Landrat. »Dr. Grothmann hat das Analyseverfahren beschleunigt.«

»Sie wollen also tatsächlich warten, bis die DNA-Probe vorliegt?«, wandte Hansen sich an Brock. »Womöglich tötet ein solch aggressiver Wolf bis dahin erneut. Wollen Sie das wirklich verantworten?« Er schaute in die Runde.

»Sie plädieren also wofür?«, fragte der Landrat.

»Den sofortigen Abschuss! Wir müssen sofort alle raus und das Monster jagen, bis wir es erlegt haben! Jede Minute, die wir hier sitzen, ist verloren!« Er schaute zur Polizei. »Erinnern Sie sich an die Löwenjagd in Brandenburg? Das war vorbildlich. Ihre Kollegen haben Hundertschaften mobilisiert. Polizei, Jäger und Amtsveterinäre haben zusammengearbeitet. Sperren Sie das betroffene Gebiet großräumig ab, lassen Sie uns alle zusammentrommeln, und dann jagen wir den Killer!«

»Nur dass es in Brandenburg am Ende gar keinen Löwen gab!«, sagte Jenny. »Eine solche Drachenjagd kann wohl kaum als Vorbild dienen!«

»Entschuldigen Sie, das wird mir ein wenig hitzig«, meldete sich die Stimme von der Videoleinwand.

»Heiner Behrend vom Umweltministerium in Schwerin«, stellte der Landrat den Anzugträger vor.

»Wie Sie wissen, erlauben uns Jagd- und Naturschutzgesetz die Jagd auf den Wolf nicht ohne Weiteres«, sagte der Vorgestellte.

»Es sei denn, Sie erteilen eine Abschussgenehmigung!«, hielt Hansen entgegen. »Worauf warten Sie? Ich bin es leid, diese Tatenlosigkeit der Politik mit anzusehen. Muss als Nächstes erst ein Kind sterben? Wollen Sie dafür dann die Verantwortung übernehmen, Herr Behrend?«

»Herr Hansen!«, ermahnte der Landrat. »Ich verstehe, dass die Emotionen hier hochkochen, und wir stehen alle unter dem Eindruck der Ereignisse, aber lassen Sie uns das hier bitte geordnet abhalten. Ich denke, wir ziehen hier alle an einem Strang.«

»Seien Sie versichert, dass wir alles in die Wege leiten, was erforderlich ist«, meldete sich der Anzugträger wieder. »Unser Rechtsamt prüft bereits, was wir für eine artenschutzrechtliche Ausnahmegenehmigung benötigen. Ein DNA-Ergebnis ist auch wichtig, damit wir überhaupt wissen, wen wir jagen.«

»Hier im Kreis ist bislang nur ein Rudel bekannt, das sich angesiedelt hat«, sagte Jenny. »Keines der Tiere ist besendert, daher können wir nicht einfach nachschauen, ob eines von ihnen in der Nähe des Risses … ich meine des Angriffs … war. Mit dem Ergebnis der DNA-Probe können wir aber sicher feststellen, ob es sich bei dem Wolf um ein Mitglied des Rudels handelt oder um einen Einzelwolf, der von auswärts zugewandert ist. Dann müssten wir schauen, ob der gesuchte Wolf geschlechts- und altersspezifische Merkmale aufweist, mit denen wir ihn von anderen Wölfen unterscheiden können.«

»Wenn er tatsächlich zum Rudel gehört, sollten wir das gesamte Rudel bejagen!«, warf Hansen ein. »Es ist wissenschaftlich erwiesen, dass Rüden, die gelernt haben, zum Selbstschutz befähigte Tiere oder Menschen anzugreifen, diese Fähigkeit immer weiter verfeinern und an andere Tiere des Rudels weitergeben können.«

»Ich weiß, dass Sie am liebsten alle Wölfe bei uns entnehmen würden, da kommt Ihnen dies gerade recht!«, kommentierte Jenny. Hansen machte sie wütend.

»Meinen Sie mit ›dies‹ etwa das Zerfleischen eines Menschen?«, gab er zynisch zurück. »Wenn Sie eine richtige Jägerin wären und nicht so eine Instagram-Hobby-Jägerin, würden Sie mir recht geben!«

Jenny spürte, wie sie dabei war, die Fassung zu verlieren. »Ich schieße wenigstens nicht auf Hundewelpen!«, entfuhr es ihr.

Für einen kurzen Moment entglitten Hansen die Gesichtszüge, was ihr verriet, dass sie ins Schwarze getroffen hatte.

»Ich schmeiße Sie beide gleich raus!«, ertönte Brocks Stimme scharf von rechts. »Letzte Verwarnung an Sie beide!« Er schaute sie über seine Brille hinweg mit strengem Blick an.

Hansen hatte sich derweil mit verschränkten Armen und rot angelaufenem Gesicht in seinem Sitz zurückgelehnt. Sie schaute auf ihr Telefon, um sich abzulenken. Keine neuen Nachrichten von Frederik. Ihre Gedanken wanderten zum Telefongespräch von heute Morgen; er hatte merkwürdig kühl geklungen, oder überinterpretierte sie da etwas? Immerhin kannte sie ihn ja noch kaum. Sie überlegte kurz, dann schrieb sie: »Bei dir alles ok?« Sie wartete kurz, ob er online ging, aber es gab keine Reaktion.

Brock faltete währenddessen eine Karte auseinander und legte sie vor sich auf den Tisch. »Wir haben in Absprache mit dem Straßenverkehrsamt und der Polizei bereits eine Sperrzone rund um den Tatort eingerichtet.« Er hielt die Karte in die Luft, auf der mit einem dicken Filzstift ein roter Bereich eingezeichnet war.

»Junge Wölfe legen an einem Tag ohne Probleme achtzig Kilometer zurück, insofern müsste die Zone sehr groß sein«, zweifelte Jenny diese Maßnahme an. Ein so kleines Gebiet wegen eines Wolfes abzusperren war in etwa so sinnvoll, wie mit einem Kescher auf Haijagd zu gehen.

»Na ja, offensichtlich fühlt das Tier sich hier ja sehr wohl, nachdem es neulich bereits eine Kindergartengruppe und danach die Schafe von Bauer Schulze angegriffen hat«, gab Hansen ihr sofort Kontra.

»Sorry, aber die Kinder wurden nicht angegriffen«, entgegnete sie. »Bleiben Sie doch bitte bei den Fakten, die Sache ist schon schrecklich genug!« Erneut kassierte sie einen tadelnden Blick vom Landrat und lehnte sich nun auch im Sitz zurück.

»Der Plan ist folgender: Wir sperren das Gebiet, warten auf die Abschussgenehmigung und entnehmen das Tier dann. Dass ein Wolf, der einmal die Grenze überschritten und einen Menschen getötet hat, es wieder tun würde, darüber müssen wir nicht diskutieren, oder?«

Die Vertreter von THW, Feuerwehr und Polizei, die sich der Diskussion bislang enthalten hatten, nickten zustimmend.

»Ich habe vom Innenministerium die Anweisung, Ihnen alles zur Verfügung zu stellen, was Sie benötigen«, sagte die Polizeipräsidentin neben ihr nun. »Unsere Hundertschaften sind einsatzbereit, und wir können aus Rostock auch einen Hubschrauber mit Wärmebildkamera anfordern.«

»Wir können die Suche mit unseren Booten von der Peene aus unterstützen und für die Verpflegung der Einsatzkräfte sorgen. Sollten Baumfällarbeiten erforderlich sein, stehen wir mit unseren Ortskräften bereit«, ergänzte der Vertreter des THW.

Ihr Telefon vibrierte in der Tasche: eine Nachricht von Frederik. »Alles gut. Ich melde mich.« Knapper ging nicht. Ein ungutes Gefühl beschlich sie.

»Wir haben vier Drohnen im Kreis mit Wärmebildkameras, die wir normalerweise zum Auffinden von Glutnestern benutzen und samt Drohnenführer kurzfristig bereitstellen können«, warf der Vertreter der Feuerwehren ein.

»Klasse!«, sagte Brock. »Ich habe auch schon Kontakt zu einem Fährtensucher aufgenommen, der aus Baden-Württemberg anreisen würde.«

»Dann hängt also alles an der Entnahmeentscheidung des Ministeriums!«, resümierte Hansen. Er schaute wieder zur Videoleinwand. »Hier wäre es im Übrigen sinnvoll, wenn Sie die Abschussgenehmigung gleich für alle Jäger des Kreises ausstellen. Dann stehen achthundert Jäger und Jägerinnen mit über tausend Wildkameras bereit, um das Tier in ihren jeweiligen Revieren zu entnehmen.«

»Seien Sie versichert, wir werden tun, was getan werden muss«, entgegnete der Anzugträger offensichtlich genervt.

»Gut, ich schlage vor, Sie alle tragen Ihre Mobiltelefonnummern in diese Liste hier ein«, sagte Brock. »Notfalls sehen wir uns in dieser Runde wieder.« Er reichte eine Liste herum. »Und bitte halten Sie sich gegenüber der Presse zurück.« Bei diesen Worten blickte er in Richtung Hansen. »Panik in der Bevölkerung nützt niemandem von uns.«

»Ein Maulkorb?«, entgegnete Hansen grinsend. »Den sollten Sie wohl lieber dem Wolf verpassen als mir.«

Kurz darauf stand Jenny vor dem Eingang der Kreisverwaltung und beobachtete, wie Hansen von Kameras und Reportern mit Mikrofonen umringt wurde. Zwei kannte sie aus ihrem Hotel. Sie streckte sich, vor allem ihre Fußsohlen schmerzten bei jedem Schritt. In diesem Moment vibrierte ihr Handy erneut, doch es war keine Nachricht, sondern ein Anruf. Frederik. »Hallo!«, begrüßte sie ihn erfreut.

»Kannst du zu mir kommen?«, fragte er ohne Begrüßung.

»Wohin?«

»In die Staatsanwaltschaft, ich hole dich wieder am Empfang ab.«

Er klang immer noch sehr förmlich. Irgendetwas in seiner Stimme irritierte sie.

»Wir haben ein paar Fragen an dich.«

Wir haben ein paar Fragen – das klang für sie, als ob Frederik hier als Staatsanwalt sprach.

»Na gut, ich bin in einer halben Stunde da«, sagte sie.

»Alles klar. Bis gleich.«

Es hatte beinahe wie eine Vorladung geklungen. Sicher, sie waren in den vergangenen zwei Tagen keine echten Freunde geworden, aber sie hatte schon das Gefühl gehabt, dass sie sich nähergekommen waren oder zumindest ganz gut verstanden hatten. Doch davon war gerade eben nichts zu spüren gewesen. Dabei hätte sie gerade heute jemanden gebraucht, dem sie sich anvertrauen konnte, insbesondere nach dem gestrigen Erlebnis auf der Peene. Als sie zu ihrem Auto ging, schaute sie sich einmal mehr um als sonst. Dass gestern Abend jemand mit einem Gewehr auf sie gezielt hatte, steckte ihr noch immer in den Knochen.

43

Die Fahrt nach Stralsund hatte sie genutzt, um ihre Gedanken zu sortieren. Und auch wenn Frederik sich darüber lustig gemacht hätte – oder gerade deswegen –, hatte sie Roland Kaiser gehört. Die seichte Musik beruhigte ihre herumwirbelnden Gedanken. Sie wusste noch immer nicht, was mit Jo geschehen war. Allerdings waren nun im Zusammenhang mit seinem Verschwinden zwei Menschen tot. Und immer noch fragte sie sich, ob Jo etwas damit zu tun haben könnte, wofür sie Scham empfand. Und wer hatte Lars Zimmermann ermordet? Und vor allen Dingen: Was war mit dem Umschlag geschehen, den Jo diesem Journalisten für den Fall, dass ihm etwas zustieß, gegeben hatte?

»Da musst du nicht alleine durch«, hallte der deutsche Schlagersänger aus ihrem Autoradio, und sie fühlte sich gleich etwas besser. Sie sehnte sich nach Normalität. Ihr gestriger Versuch, beim Paddeln auf der Peene zu entspannen, war nicht nur schiefgegangen, sondern hatte genau das Gegenteil bewirkt: Seit gestern Abend fühlte sie sich nun auch noch verfolgt. In jedem Auto, das eine längere Strecke hinter ihr fuhr, vermutete sie jemanden, der ihr nachstellte, bei Passanten am Straßenrand schaute sie, ob diese bewaffnet waren. Aber sie sehnte sich noch nach etwas anderem: nach Zuneigung. Wie gerne hätte sie jemanden gehabt, der sie in diesen Tagen einfach einmal in den Arm nimmt. Aber da war niemand.

Ob es irgendwo noch eine leibliche Mutter gab, die an sie dachte? Einen Vater, der wusste, dass er eine Tochter hatte? Wieder kam ihr das Bild einer fremden jungen Frau mit dunklem Haar in den Sinn, die ihr mit sanfter Stimme ein Schlaflied vorsang. Ein wohliges Gefühl breitete sich in ihrem Bauch aus, ein Gefühl wie frische Plätzchen und warme Kissen. Aber da war noch etwas anderes. Eine weitere Emotion, die sie nicht richtig greifen konnte, die sie aber schon einmal empfunden hatte.

Sonnenhof, 2003

Es war ein herrlicher Sonnentag im Juli. Abitur und ein soziales Jahr lagen endlich hinter ihr und ein grandioser Sommer vor ihr. »Interrail« war das Zauberwort. Mit drei Freundinnen würde sie durch Europa reisen. Ungarn, Österreich, Italien, Frankreich und ein paar Länder dazwischen. Sie hatten es seit Wochen geplant. Auf ihrem Bett lag die Kleidung, die sie plante mitzunehmen, ebenso wie alle Gegenstände von ihrer Checkliste. Mit in die Hüfte gestützten Armen stand sie davor und schaute verzweifelt auf den Backpacker-Rucksack, den sie zum Geburtstag geschenkt bekommen hatte. Als sie ihn damals anprobiert hatte, war er ihr riesig vorgekommen. Sie hatte das Gefühl gehabt, ihr ganzes Leben würde hineinpassen. Doch jetzt, wo er vor dem Bett mit den Sachen lag, wirkte er verschwindend klein. Niemals würde sie alles mitnehmen können. Wie aber sollte man etwas aussortieren, wenn man sich schon auf das Nötigste beschränkt hatte?

In diesem Moment hörte sie unten die Tür schlagen. Jo war nach Hause gekommen. Er hatte die letzten Tage niedergeschlagen gewirkt, und sie fürchtete, dass es mit ihrer Reise zusammenhing. Sie war schon ein paarmal ohne ihn unterwegs gewesen, und auch er verreiste immer wieder für ein, zwei Tage, um »Geschäfte zu erledigen«. Aber diesmal würde sie für sechs Wochen weg sein. So lange waren sie noch niemals voneinander getrennt gewesen. Bei Jos harter Schale konnte man nicht glauben, dass ihn dies aus der Bahn werfen würde, aber vielleicht war er doch viel sensibler, als sie dachte.

Sie hörte die Treppe unter seinen Schritten knarren, und dann öffnete sich die Zimmertür. Er sah blass und abgespannt aus. Sein Blick wanderte über die Sachen auf dem Bett. »Ich fürchte, du musst mitfahren, sonst bekomme ich das alles nicht mit!«, scherzte sie, doch Jo lachte nicht. Stattdessen starrte er sie an. Eine Haarsträhne klebte schweißnass an seiner Stirn. Als sie seinen Blick sah, bekam sie Angst, versuchte zu verstehen, was seine Augen ihr sagen wollten.

»Vanille«, stieß er hervor.

Sie verstand nicht sofort, doch dann kapierte sie: Es ging um Vanille, ihren Hasen. Ihm galten in den vergangenen Wochen ihre größten Sorgen, denn auch von ihm war sie noch nie so lange getrennt gewesen. Am liebsten hätte sie ihn mitgenommen, gemeinsam mit ihm Europa entdeckt, doch das ging natürlich nicht. Jo hatte versprochen, sich um ihn zu kümmern. Jetzt stand Jo vor ihr, hatte noch nicht einmal seine Schuhe ausgezogen.
»Wo ist er?«, fragte sie mit zitternder Stimme.
»Es tut mir leid«, sagte Jo.
»Was?« Sie machte einen Schritt zurück und hielt sich die Hände vor den Mund.
»Er ist tot.«

Es war diese Art Schmerz, die sie damals gefühlt hatte, die mitklang, wenn sie an die fremde Frau dachte. Sie hatte lange nicht mehr an Vanille gedacht. Jo hatte ihr damals erzählt, dass er ihn tot im Käfig gefunden hatte, als er ihn füttern wollte. Doch heute war sie sich nicht mehr so sicher, ob die Geschichte stimmte, eigentlich glaubte sie gar nichts mehr, was Jo ihr erzählt hatte. Was, wenn er Vanille wegen ihrer bevorstehenden Reise … so wie er das Meerschweinchen entsorgt hatte? Sie dachte den Gedanken nicht zu Ende. Was, wenn gar nicht Hansen, sondern auch Jo es war, der damals, vielleicht versehentlich, auf Bruno geschossen hatte …? Und wer Tieren etwas antat, der konnte auch ein Mörder sein. Stopp! Sie durfte sich durch all diese Gedanken nicht innerlich auffressen lassen.

Sie öffnete das Fenster und streckte ihr Gesicht in den Fahrtwind, drehte die Musik lauter und begann, das nächste Lied laut mitzusingen. »Es ist alles okay!«, grölte Roland. Wieder parkte sie ohne Skrupel auf den für die Staatsanwaltschaft reservierten Plätzen. Sie hatte überlegt, ob sie Frederik von dem Vorfall auf der Peene gestern Abend erzählen sollte. Doch diese Überlegung erübrigte sich, als sie ihn rauchend vor dem Eingang zur Staatsanwaltschaft fand und er sie lediglich mit einem knappen »Hallo« begrüßte: kalt, beinahe feindlich. Er entsorgte die nur halb aufgerauchte Zigarette in einem Aschenbecher und brachte sie durch die Eingangskontrolle.

»Du rauchst wieder?«, stellte sie auf dem Weg zum Fahrstuhl fest.

»Nur die eine«, sagte er, während er auf die Stockwerkanzeige des Fahrstuhls starrte.

»Anstrengenden Morgen gehabt?«, fragte sie, nur um die peinliche Stille zu beenden.

Er seufzte und nickte. Dann wandte er sich zu ihr und musterte sie. Als wolle er etwas in ihr entdecken, das er bislang noch nicht erkannt hatte.

»Alles in Ordnung?«, fragte sie, als sie in den Fahrstuhl einstiegen.

Er antwortete nicht, während er das Stockwerk auswählte. Nach Anzug und Sakko trug er heute Jeans und Kapuzenpulli. Seine lockigen Haare waren noch ungebändigter als in den letzten Tagen, der Bart gab seinem Gesicht einen dunklen Schatten.

Sie fuhren schweigend nach oben, und er führte sie wieder in sein Zimmer, deutete auf den Tisch. Heute bot er ihr keinen Kaffee an. Er setzte sich ihr gegenüber, wobei er Augenkontakt vermied, und öffnete eine Akte, die vor ihm lag. Wieder schwieg er, als würde er überlegen, wie er beginnen sollte. Dann schaute er sie direkt an. Seine Augen wirkten heute eher traurig als müde. Er schaute zur Tür, als wollte er sich versichern, dass sie geschlossen war.

»Ich sollte das hier vermutlich nicht tun. Eigentlich müssten wir vor laufender Kamera drei Räume weiter sitzen oder in einem Verhörraum beim Landeskriminalamt«, sagte er. »Aber ich weiß nicht. Nach den letzten beiden Tagen hatte ich irgendwie das Gefühl, ich kenne dich ein wenig. Ich weiß, das klingt verrückt. Aber …« Er brach ab. Dann drehte er die Akte zu ihr und schob sie in ihre Richtung. »Weißt du, was das ist?« Er zeigte auf das oberste Blatt.

Sie beugte sich vor, erkannte das Logo der Deutschen Telekom. Es handelte sich um ein Schreiben an die Staatsanwaltschaft. »Funkzellenabfrage«, stand fett gedruckt im Betreff, dahinter eine Adresse. Darunter befand sich eine Tabelle mit verschiedenen Abkürzungen und Zahlenkombinationen. Angeheftet waren Tabellen mit Zahlenkolonnen.

»Das ist eine Funkzellenauswertung. Nach dem Fund der Leiche von Walter Gehrling und dem Verschwinden von Joachim Rausch hat die Soko Wolf bei allen Telekommunikationsprovidern sämtliche Verkehrsdaten der nächstgelegenen Sendemasten abgefragt. Jeder, der in zeitlicher oder räumlicher Nähe zum Tatort mit seinem Mobiltelefon auf Empfang war, wird von der Funkzelle erfasst, egal, ob das Handy nur auf Empfang war oder ob es benutzt wurde.«

Sie schaute hoch, wusste nicht, was das bedeuten sollte.

»In der Regel müssen wir schnell sein, weil die Provider die Daten nicht aufbewahren dürfen, sondern löschen müssen. Hier waren wir schnell«, fuhr er fort. »Es handelt sich um die Funkzelle am Tatort, hinter dem Schreiben siehst du die Nummern aller Mobiltelefone, die sich zwischen 22 Uhr und 6 Uhr morgens in der Nähe des Tatorts befunden haben. Es ist eine ziemlich einsame Gegend, daher lohnt sich eine solche Abfrage, anders als zum Beispiel in Berlin, wo man Zehntausende eingewählte Handys hätte.« Sie wusste noch immer nicht, worauf Frederik hinauswollte und wie dies seine schlechte Laune erklären konnte.

»Wenn du weiterblätterst, findest du alle Mobilfunknummern, die sich zum fraglichen Zeitpunkt in die Funkzelle eingewählt hatten. Wir hoffen, so den Mörder zu finden.«

Er sprach nicht weiter, und sie nickte. Sie hatte es verstanden.

»Blätter bitte um!«, forderte er sie auf.

Sie tat, wie ihr geheißen, auch auf der nächsten Seite standen Dutzende Mobilfunknummern. An einer Zeile blieb sie hängen, weil diese mit einem gelben Stift markiert war. Sie stutzte. Es war ihre Handynummer.

44

Helen Roux hatte sich für heute freigenommen und es auf eine beginnende Grippe geschoben. Dann war sie mit der S-Bahn nach Berlin-Mitte gefahren und hatte sich dort einen Wagen gemietet. Selbst besaß sie kein Auto, war normalerweise passionierte Bahnfahrerin. Aber heute fühlte sie sich in einem Auto sicherer. Zudem wusste sie nicht, was sie am Zielort erwartete. Vermutlich war es eine Schnapsidee, aber sie hatte das Gefühl, etwas tun zu müssen. Nachdem sie gehört hatte, dass Lars Zimmermann erschossen worden war, hatte sie versucht, mehr herauszubekommen. In seiner Redaktion hatte sie nur eine aufgelöste Kollegin erreicht, die ihr nicht hatte weiterhelfen können. Bei der Polizei hatte sie sich als Journalistin ausgegeben, was keine vollständige Lüge war, denn sie verfügte noch über einen Presseausweis. Dort hatte man sie allerdings an die Staatsanwaltschaft verwiesen. Bei der Staatsanwaltschaft Stralsund nannte man ihr einen Dr. Frederik Bach als zuständigen Ansprechpartner, doch dieser war in einer Besprechung. So hatte sie in der Firmenzentrale von *Fenceattack* gesessen und immer wieder an die Waffe in Gorskis Schreibtischschublade denken müssen. Sie war zu Tode erschrocken, als eine Kollegin aus dem Marketing sie von hinten angesprochen hatte. Zimmermann hatte ihr gegenüber erwähnt, dass er von einem Informanten kontaktiert worden war. Irgendjemand musste ihm gesteckt haben, dass ihr Zaun einen mutmaßlichen Wolfsmenschen entdeckt hatte. Mehr noch: Er hatte sogar ein Foto vorliegen. Also war es jemand, der Zugang zum System hatte. Und das genau war es, was sie brauchte: Zugang zu der künstlichen Intelligenz von *Fenceattack*. Nur so konnte sie beweisen, für was der Zaun wirklich konstruiert war. Aber sie wusste nicht, wem sie trauen konnte. Und Lars Zimmermann war tot. Nicht nur das: Direkt um die Ecke war auch Walter ermordet worden. Und Jo war vermisst. Alles war in Vorpommern geschehen.

Sie hatte eine Zigarette nach der anderen geraucht, stets darauf bedacht, Gorski aus dem Weg zu gehen. Was, wenn er mitbekommen hatte, dass sie ihm in seinem Büro hinterhergeschnüffelt hatte? Wenn er das Fehlen der Broschüre in seinem Schreibtisch bemerkte? Vielleicht hatte er in seinem Zimmer eine Kamera installiert? Was, wenn die Putzkraft, die sie in dem Büro überrascht hatte, Gorski davon erzählt hatte? Sie hatte gespürt, wie die Angst langsam in ihr hochgekrochen war. Schließlich hatte sie eine E-Mail geschrieben, dass sie krank war, und war aus dem Büro geeilt. Nun fuhr sie von der Autobahn ab, setzte den Blinker und bog nach links in Richtung Greifswald.

45

Das verstehe ich nicht«, sagte Jenny und schaute Frederik irritiert an. Er fixierte sie, ohne etwas zu sagen. Schlagartig wurde ihr bewusst, worauf er hinauswollte, und sie verstand sein Verhalten vom heutigen Tag. »Du glaubst doch nicht etwa, dass ich …?« Sie sprach es nicht aus, spürte, wie ihre Kehle sich plötzlich zuschnürte.

»Ich glaube gar nichts, aber diese Aufstellung der Telefongesellschaft beweist, dass dein Handy zwischen 3:09 Uhr und 3:38 Uhr morgens in die Funkzelle am Tatort eingeloggt war. Wie kann das sein, wenn du selbst sagst, dass du erstmals morgens gegen 8 Uhr dort aufgetaucht bist, um Jo zu suchen?«

Sie wusste nicht, was sie entgegnen sollte. »Das muss ein Fehler sein«, brachte sie hervor und fand selbst, dass es nicht sehr überzeugend klang. Erneut ging sie die Aufstellung durch, verglich Ziffer für Ziffer der markierten Telefonnummer mit der ihrigen. Jemand hatte mit Kugelschreiber ihren Namen danebengeschrieben. Sie erkannte die kritzeligen Buchstaben: Es war Frederiks Handschrift. Sie rieb sich mit der Hand die Schläfen, ihre Gedanken rasten. Wie konnte das sein?

»Ich habe an dem Abend eine Serie zu Ende gesehen, bin gegen 23:30 Uhr ins Bett gegangen, habe noch etwas gelesen und bin dann eingeschlafen. Mein Handy habe ich in der Küche geladen, wie jede Nacht. Dann liegt es auf der Kaffeemaschine, weil dort eine Doppelsteckdose ist. Wenn ich keinen Notdienst habe, lege ich es nicht ans Bett. Wir Tierärzte schlafen ohnehin zu wenig und schlecht, weil man ständig im Alarmzustand ist, da kann ich dieses Ding nicht auch noch nachts neben mir liegen haben.«

Frederik fixierte sie noch immer, ohne etwas zu sagen, beobachtete mit leicht schräg gestelltem Kopf, wie sie sich wand.

»Bitte glaube mir, ich war in der Nacht nicht dort!« Beinahe fing sie an zu weinen.

»Ich glaube dir«, unterbrach Frederik schließlich sein Schweigen. »Ich weiß nicht, warum, und vielleicht begehe ich gerade den größten Fehler meiner Berufslaufbahn, aber aus irgendeinem Grund glaube ich dir.«

Nun konnte sie die Tränen nicht mehr zurückhalten. Frederik sprang auf, eilte zu seinem Schreibtisch und reichte ihr eine Packung Kleenex. Offenbar wurde in diesem Büro häufiger geweint.

»Dann ist allerdings die entscheidende Frage, wie dein Telefon in der Nacht an den Tatort gekommen ist. Und vor allem, wie es wieder zurück zu dir kam.«

Sie schnaufte aus. »Es muss jemand in der Nacht genommen und danach zurückgelegt haben.«

»Jo?«

Sie zuckte mit den Schultern. »Jemand anderes fällt mir nicht ein.«

»Ist dir an dem Morgen irgendetwas aufgefallen? Lag es woanders?«

Sie schüttelte den Kopf. »Es lädt immer auf der Kaffeemaschine, weil dort die Steckdose ist.«

»Kennt Jo deinen Code?«

»Ja, weil immer mein Geburtsdatum der Code für alles bei uns zu Hause war.« Als sie es aussprach, schämte sie sich für die Fahrlässigkeit.

»Schon in Ordnung!«, sagte Frederik. »Bei mir ist es oft das Geburtsdatum von Jimi Hendrix.« Er legte nachdenklich einen Finger aufs Kinn. »Jo müsste dann nach Hause zurückgekehrt sein, als du geschlafen hast, dein Telefon mitgenommen haben und es anschließend zurückgebracht haben. Warum sollte er das tun?«

Wieder zuckte sie mit den Achseln. »Ein technischer Irrtum ist ausgeschlossen?«, fragte sie.

»Ich denke, ja«, sagte Frederik. »Kannst du prüfen, ob damit telefoniert wurde, oder den Browser-Verlauf checken?« Sie nahm es, und er streckte die Hand aus. »Bringt es etwas, das Telefon auf Jos Fingerabdrücke untersuchen zu lassen?«

»Ich denke, die findet man ohnehin darauf. Da es morgens in der Küche auf der Kaffeemaschine lag, hat er es bestimmt oft angefasst. Oder wenn ich ihm Fotos darauf gezeigt habe. Es sei denn, sie sind mit der Zeit verwischt.«

»Gib es mir bitte trotzdem, wir sollten es in die Forensik geben. In deinem eigenen Interesse. Vielleicht finden wir Fremdspuren.« Er stand erneut auf und holte von seinem Schreibtisch eine Tüte.

Widerwillig schob sie das Telefon in seine Richtung. »Kann ich es ausmachen?«

»Dein Anwalt würde dir vermutlich dazu raten, als Staatsanwalt wäre ich froh, wenn wir den Inhalt prüfen könnten.« Ohne es anzufassen, nahm er es mit der Tüte auf und verschloss diese mit einem Zipp. Dann beschriftete er sie mit einem Filzstift. »Das gebe ich in die Forensik.«

»Und wie telefoniere ich jetzt?«, fragte sie eher sich selbst.

»Wir kaufen dir ein Prepaidhandy«, entgegnete er.

»Was ist mit Lars Zimmermann?«, fragte sie.

»Er ist getötet worden.«

»Warst du am Tatort?«

Er nickte.

»Und hast du einen Umschlag gefunden?«

»Leider nein. Ich habe die Spurensicherung informiert, und die Kollegen suchen danach.«

Sie spürte die Enttäuschung. Vielleicht hatte Jo in dem Umschlag eine Nachricht für sie hinterlassen, hatte ihr für den Fall seines Ablebens alles erklären wollen. Oder betraf es die vielen anderen Geheimnisse seines Lebens? Den Grund für sein Verschwinden?

»Und hat man eine Spur?«, wollte sie wissen.

»Wir stehen ganz am Anfang.«

Sie seufzte. Statt Antworten kamen immer neue Fragen hinzu. Derzeit hatte sie das Gefühl, ständig in einer Sackgasse zu landen.

»Habt ihr bei dieser Firma *Fenceattack* nachgefragt, ob der Zaun in der Nacht von Jos Verschwinden etwas aufgezeichnet hat?«

»Sie haben mitgeteilt, dass sie die Bilddateien alle vierundzwanzig Stunden löschen. Aus datenschutzrechtlichen Gründen.«

»Und was ist mit dem Wolfsmenschen, von dem Zimmermann geschrieben hat?«

»Ich schlage vor, wir schauen uns den Einsiedler an, von dem Piet gestern im ›Fortschritt‹ erzählt hat. Hast du jetzt Zeit?«

Eigentlich hatte sie das nicht. Im Kreis schlich ein Killerwolf herum, wenn er überhaupt noch hier war. Aber sie hatte gerade ihr Telefon abgeben müssen, und wer immer versuchte, sie zu erreichen, würde ohnehin nur auf ihrer Mailbox landen. Vielleicht tat ihr ein bisschen Fahrdienst ganz gut.

»Unter einer Bedingung …«, sagte sie und lächelte matt.

46

Bruno schnüffelte intensiv an einer Bank, dann beeilte er sich, zu ihr aufzuschließen. Mona nutzte die Pause in der Tierklinik, um mit dem Hund eine Runde Gassi zu gehen. Sie hatte ihn in ihr kleines Elektroauto gesetzt und wollte zum Feldweg hinter der ehemaligen Tankstelle fahren. Die Werkstatt mit ehemals drei Tankautomaten war schon vor Jahren geschlossen worden, seitdem schien sich niemand mehr um das mit Brettern zugenagelte Gebäude zu kümmern. Aber man konnte dort gut parken und war schnell in der freien Natur, wo Bruno frei laufen konnte. Doch anders als erwartet, war auch dort bereits alles abgesperrt, und so war sie einen Schleichweg zum Hofladen in Drewelow gefahren und hatte den Spaziergang von dort gestartet.

Während der Schicht am Vormittag hatten sie im Wartezimmer den Fernseher laufen lassen. Auf dem Nachrichtenkanal gab es den ganzen Tag nur ein Thema: den Wolfsriss bei der Festung Spantekow. Reporter berichteten vor Ort, im Hintergrund erkannte sie die Weihnachtsbaumplantage vom alten Korda, der regelmäßig mit seinem hüftlahmen Setter zu ihnen in die Praxis kam. Allerlei Experten kamen zu Wort, auch den Vorsitzenden des Jägervereins Hansen hatten sie interviewt und das Interview immer wieder ausgestrahlt, so lange, bis sie den Fernseher ausgeschaltet hatte. Die Ministerpräsidentin war vor Ort und hatte sich filmen lassen, wie sie wie eine Feldherrin an den Funktürmen mit dem Fernglas über die Landschaft blickte. Sogar die Bundesinnenministerin hatte in Berlin eine Ansprache vor der Presse gehalten und den Angehörigen ihr Mitgefühl ausgedrückt. Bruno lief schwanzwedelnd vor und markierte an einem Straßenschild, das darauf hinwies, dass sie sich in einem Wasserschutzgebiet befanden, sein Revier.

Sie hatte keine Angst vor dem Wolf. Aber sie hatte Helges Schafe behandelt, und sie wusste, wie grausam die Verletzungen eines Wolfs sein konnten. Und sie wusste auch, dass ein Wolf, der einmal den Respekt vor den Menschen verloren hatte, diesen nicht mehr wiedererlangen würde. Da ging es den Tieren nicht anders als ihr. Daher würde man um einen Abschuss nicht herumkommen, auch wenn das Tier nur seiner Natur gefolgt war.

Bruno schien etwas Interessantes erschnüffelt zu haben. Die Nase auf dem Boden, lief er schneller, kreuzte den Weg und folgte der Spur, die Rute in der Luft. Einmal blieb er stehen, reckte den Kopf gen Himmel und bellte laut. Dann schnüffelte er weiter.

»Bruno!«, rief sie ihn zu sich, doch der Hund reagierte nicht. Das war ungewöhnlich. Angesichts der Geschichte mit dem Wolf wollte sie ihn lieber an die Leine nehmen. Sie rief erneut seinen Namen, erneut ignorierte er sie. Zu sehr war er mit seiner Witterung beschäftigt. Sie ging schneller, damit der Abstand zum Weimaraner nicht zu groß wurde. »Bruno!«, rief sie, nun scharf.

Plötzlich blieb Bruno abrupt stehen und schaute schwanzwedelnd nach vorn. Sie folgte seinem Blick, und nun starrten beide auf das Tier, das keine acht Meter vor Bruno mitten auf dem Weg stand. Zunächst hielt sie es für einen Hund, doch es war viel kräftiger gebaut, der Kopf riesig. Beide Tiere standen sich regungslos gegenüber. »Bruno!«, rief sie. Der drehte den Kopf zu ihr, offenbar unschlüssig, was er tun sollte.

In diesem Moment griff der Wolf an. Bruno war für einen Weimaraner mutig und stark, aber er hatte die Eröffnung des Kampfes nicht kommen sehen und war daher von der ersten Sekunde an im Nachteil. Sie kreischte erschrocken auf, was den Wolf für einen Augenblick aus dem Takt zu bringen schien und Bruno warnte. In einer Bewegung drehte er sich zu dem Angreifer, wich der Attacke geschickt aus und machte zwei Sätze nach vorn. Der Wolf schoss an ihm vorbei, drehte sich seinerseits, sodass beide nun ihre Plätze getauscht hatten. Drohend, zähnefletschend standen die beiden Tiere sich gegenüber, der Wolf nun mit dem Rücken zu Mona zwischen Bruno und ihr.

Sie schrie und machte Lärm, suchte den Boden ab, um sich zu bewaffnen, nahm einen Stock auf und schleuderte ihn auf den Wolf. Am Hinterteil getroffen, wandte sich dieser zu ihr. Er rümpfte die Nase, öffnete das Maul, bleckte die Zähne und richtete die Ohren voll auf. Dazu bedachte er sie mit einem Fauchen. Ob Bruno sie beschützen wollte oder nur seinem ureigenen Instinkt folgte, wusste sie nicht. Jedenfalls war nun er es, der das Moment der Überraschung nutzte und sich auf den Gegner stürzte. Sein erster Biss galt den Hinterläufen des Wolfs. Zu einem zweiten kam es nicht mehr, denn Bruno zog sich sofort zurück und floh.

Der Wolf setzte ihm nach. Einige Meter lang sah es so aus, als ob der Weimaraner schneller wäre, doch offenbar war es nur dem Trägheitsprinzip geschuldet, und schon bald schnappte der Wolf nach Brunos Rute. Der Weimaraner quiekte laut auf und schlug sich seitlich in die Büsche, wo beide Tiere verschwanden. Mona rannte ein Stück den Weg hinterher, doch schon bald begann sie, Sterne zu sehen. Als sie austrudelte, hörte sie erneut ein helles Quieken, nun schon weiter entfernt, dann war alles ruhig. Schwer atmend griff sie nach ihrem Telefon und wählte Jennys Nummer. Nur ihre Mailbox meldete sich. »Bruno!«, rief sie verzweifelt, doch nichts geschah.

47

Es dauerte nicht lange, bis Frederik aus der Polizeistation herauskam, unter dem Arm trug er ihr SUP. Es hatte nur zweier Anrufe bedurft, um herauszufinden, wo es verwahrt wurde. Wie von ihr gehofft, hatte er sich irgendeine Geschichte ausgedacht und das Board daraufhin ausgehändigt bekommen. Sie befestigten es gemeinsam auf dem Dachgepäckträger, dann machten sie sich auf den Weg nach Hanshagen, wo laut Piet der Einsiedler lebte.

Da ihr Telefon in der Forensik gelandet war, gab Frederik die Adresse in seinem Smartphone ein und legte es auf die Ablage der Mittelkonsole.

»Und du bist sicher, er hat auf dich gezielt?«, fragte Frederik.

»Ich habe keinen einzigen Schuss gehört, aber ich erkenne, wenn jemand in meine Richtung anlegt.«

»Konntest du sehen, ob es ein Mann oder eine Frau war?«

»Die Person war die ganze Zeit im Schatten eines Baumes. Und ich musste gegen das Licht der untergehenden Sonne schauen. Ich würde sagen, es war ein Mann, aber das ist eher ein Gefühl.«

Frederik rieb sich nachdenklich das Kinn. »Das muss dich sehr erschreckt haben.«

Sie nickte und wunderte sich über sich selbst. Wahrscheinlich waren die letzten Tage so intensiv gewesen, dass diese Sache neben den anderen Dingen etwas verblasste.

»Warum sollte es jemand auf dich abgesehen haben?«, fragte er.

»Ich habe keine Ahnung, und ich mag auch nicht darüber nachdenken. Er hat ja auch nicht geschossen. Vielleicht war es Zufall. Ein Jäger, der sich einen Spaß erlaubt hat, oder einfach irgendein dummer Mensch!«

Frederik schien mit der Erklärung nicht besonders zufrieden.

»Ich habe das Gefühl, wir übersehen etwas. Es gibt eine Klammer, die all die Vorfälle vereint.«

»Meinst du, es hat etwas mit der Insel Riems zu tun?«

»Oder dem Hakenkreuz. Ich habe mir einmal angeschaut, was es mit Göring und dem Namen Heck auf sich hat, die der alte Mann beide im Museum erwähnt hat.«

»Und?«

»Eine abgefahrene Geschichte!«

Berlin, 1937

Flaggen aus vielen Ländern säumten neben Hakenkreuzbannern und der riesigen Statue eines vergoldeten Hirsches den Platz vor den Ausstellungshallen am Funkturm. Der Reichsbund Deutsche Jägerschaft hatte zur internationalen Jagdausstellung nach Berlin geladen, und für heute hatte der Schirmherr, kein Geringerer als Reichsjägermeister Hermann Göring, sein Kommen angekündigt. Seit dem Morgen schon bildeten Hundertschaften von deutschen Jägern vor dem Eingang ein Spalier, durch das Jäger aus aller Welt aufmarschiert waren: Hoch zu Ross präsentierten die in wärmende Pelze gekleideten finnischen Falkner ihre isländischen Adler, während französische Parforce-Jäger ihre aus Dutzenden Tieren bestehenden Hundemeuten umhertrieben.

Göring hatte auf sich warten lassen und war schließlich in dunkelgrüner Jägeruniform erschienen, die seinen enormen Bauch kaum zu verstecken vermochte. Mit Interesse hatte er einige der Verkaufsstände und Länderabteilungen, darunter vor allem die polnische, besichtigt. Doch als Reichsjägermeister beschäftigte ihn nicht nur die Frage, wie *man am besten jagte, sondern auch,* was. *Getreu dem Motto »Viel Feind, viel Ehr« wünschte Göring sich gefährlichere Gegner als Hirsch und Wildsau. Und so hatte er für diesen Tag den Direktor des Zoologischen Gartens Lutz Heck zu der Ausstellung am Funkturm zitiert, um gemeinsam mit ihm vor einer Schar Auserwählter eine wahre Legende unter den Wildtieren wiederauferstehen zu lassen: den Ur. Damit jeder wusste, wie das auch Auerochse genannte Tier einmal ausgesehen hatte, hatte Göring das Modell eines lebensechten Exemplars herbeischaffen lassen. Nun standen Heck und der Generalfeldmarschall in Halle 3, umgeben von einem guten Dutzend Männern in Uniformen und Anzügen, die allesamt vor der Statue des Urs wie Zwerge wirkten.*

»Einen Ur zu erlegen, bringt Ruhm!«, verkündete Göring mit typisch gerolltem »R«. »Schon das Nibelungenlied wusste zu berichten, dass Siegfried nicht nur einen Drachen, sondern auch ›vier starke Ure‹ erlegt hatte«, fuhr er fort. »Und selbst der große Cäsar, der wie unser Führer allgemein als angstfrei und mutig galt, fürchtete den Ur.« Bei der Erwähnung des Wortes »Führer« ging ein respektvolles Raunen durch die Zuhörerschaft. »In seinem De bello Gallico *beschrieb er ihn als ein Wesen, so groß wie ein Elefant, welches weder Mensch noch Tier verschonte. Doch leider ist dieses stolze Lebewesen vernichtet worden. Schon 1430 wurde das letzte Exemplar in Bayern ausgerottet.« Bei seinen letzten Worten hatte der Reichsjägermeister seine Stimme gesenkt, als würde er eine große Tragödie verkünden, nur um sie im nächsten Moment zu neuen Höhen zu heben. »Diesem Mann hier verdanken wir, dass es dabei nicht bleiben muss. Wir brauchen stolze Männer wie die Brüder Heck, die bereit sind, Tatsachen nicht einfach so hinzunehmen. Die Pioniere auf ihrem Gebiet sind und die die Welt mitgestalten!« Applaus brandete auf. Er streckte den Arm aus und forderte Lutz Heck auf, etwas zu sagen.*

Der räusperte sich verlegen. »Ich spreche auch für meinen Bruder Heinz, der in seinem Zoo in München heute leider nicht abkömmlich ist«, begann Lutz mit vorsichtiger Stimme. »Kein Lebewesen ist ausgestorben, solange es noch irgendwo Nachfahren gibt. Man kann die Evolution umkehren. Kreuzt man die richtigen Nachfahren untereinander lange genug, kann man ausgestorbene Ahnen wiederauferstehen lassen.«

Göring machte eine auffordernde Bewegung, und die Anwesenden begannen zu klatschen.

»Mein Bruder und ich haben in den vergangenen Jahren die Welt bereist und nach Rindern gesucht, die dem Ur in Aussehen und Wesen gleichen: So haben wir spanische Kampfstiere mit sardischen Kühen, schottische Hochland- mit argentinischen Steppenrindern gekreuzt, bis wir vor einiger Zeit endlich vor dem leibhaften Abbild des Urs standen.« Er zwang sich ein schmales Lächeln ab, während erneut applaudiert wurde.

»Sie fragen sich, was wir vorhaben mit diesen stolzen Tieren«, über-

nahm Göring wieder das Wort. Er ging zu einem Tisch, über den ein Tuch gelegt war, auf dem ein großes Hakenkreuz prangte. Mit einer Bewegung zog er es zur Seite. Darunter kam eine riesige Landkarte zum Vorschein, auf der wie Zinnsoldaten mehrere Auerochsen in der Größe einer Spielfigur verteilt waren. »Was Sie hier sehen, ist das Gebiet von Bialowieza. Einhundert Quadratkilometer unberührter europäischer Urwald. Stellen Sie sich vor, meine Herren, Sie gehen hier jagen und Ihr Gegner ist der Ur.« Nun sprach er mit Pathos. Er deutete auf die Statue des Auerochsen in seinem Rücken. Erneut brandete begeisterter Applaus auf. Lediglich der Vertreter der polnischen Delegation blieb blass und stumm. Als die Szenerie sich auflöste, blieb er an Görings Seite und nutzte eine Gelegenheit, um Göring anzusprechen. »Herr Vize-Reichskanzler«, sagte er mit brüchiger Stimme. »Bialowieza ist nicht deutsch. Es liegt an der Grenze von Ostpolen und Weißrussland.«

»Ich weiß«, sagte Göring, ohne ihn anzuschauen, und grinste. »Noch.«

»Du hast recht, eine abstruse Geschichte«, sagte Jenny. »Aber es passt zum Rassenwahn der Nazis. So etwas nennt sich Rückzüchtung«, fuhr sie fort. »Die Tiere sehen zwar am Ende so aus wie ihre Vorfahren, aber genetisch sind sie doch unterschiedlich. Daher bezeichnet man es auch nur als Abbildzüchtung.«

»Ich habe im Internet weitergeforscht und herausgefunden, dass die Rinder, die die Brüder Heck damals gezüchtet haben, schließlich Heckrinder genannt wurden. Sie wurden tatsächlich 1941, nachdem Nazi-Deutschland in Russland einmarschierte, in diesem Gebiet bei Bialowieza ausgesetzt. Göring ließ dafür sogar die Einheimischen mit Gewalt vertreiben.« Er machte eine kurze Pause, wie bei einer Schweigeminute. »Jedenfalls gibt es die Heckrinder bis heute, habe ich gelesen. In einem Bericht stand, ein Farmer aus Schottland hat welche nach Großbritannien gebracht. Sie waren aber so aggressiv, dass sie auf jeden losgegangen sind, der sich ihnen auch nur näherte. Am Ende musste der Farmer sie schlachten. Irgendetwas vom wilden Wesen des Urs müssen die Hecks also tatsächlich in sie hineingezüchtet haben.«

»Das also meinte der ›RJM Göring‹, als er die Nachricht nach Riems sandte, von der Wilhelm uns erzählt hat. Was stand dort noch einmal drin?«

»Sinngemäß, dass *Heck Erfolg gehabt hätte, dringend auf das Serum wartete und dass das Projekt Lupus nun volle Priorität hätte.*«

»Projekt Lupus – hast du darüber etwas herausgefunden?«

Frederik schüttelte den Kopf. »Im Internet habe ich nichts gefunden.«

»Was zum Teufel machte eine geheime Akte in Jos Koffer bei uns zu Hause im Schuppen?«, stellte Jenny fest. »Wir müssen herausfinden, was es damit auf sich hatte!«

»Dafür müssten wir den Einbrecher ausfindig machen.«

»Aber ich schätze, da gibt es von der Polizei noch keine Neuigkeiten?«

»Sie haben keine Fingerabdrücke in eurem Haus gefunden.«

»Und meine Personenbeschreibung ist zu dürftig. Was ist mit dieser Funkzellenauswertung?«

»Die wird bei Einbrüchen nicht vorgenommen, zudem wohnt ihr in einem dichter besiedelten Gebiet mit der nahen Bundesstraße, dort gibt es normalerweise schon zu viele Treffer.«

»Du meinst, zu viel Aufwand für einen Einbruch?«

»Das klingt hart, aber auch wir haben viel zu wenig Personal und viel zu viele Fälle. Es ist aber auch ein Problem des Datenschutzes: Provider sind nur bei Kapitalverbrechen verpflichtet, die Daten ihrer Nutzer herauszugeben.«

»Lupus, was kann das bedeuten?«, wechselte sie das Thema.

»Ich kenne nur eine Lupe. Und die Krankheit Lupus«, sagte Frederik.

»Lupus ist auch lateinisch für Wolf«, dachte Jenny laut.

»Wolf? Ich dachte, Isegrim heißt Wolf.«

»Auch! Kennst du nicht die Fabelwesen? Als Grimbart wird der Dachs in Fabeln oder Märchen bezeichnet. Adebar ist der Storch, Meister Lampe der Hase, Meister Petz der Bär, Reineke der Fuchs und Isegrim der Wolf.«

»Klar sagen die mir etwas. Aber mir hat niemals jemand Fabeln vorgelesen.«

»Damit sind dann jeweils auch typische Charaktereigenschaften in der Geschichte verbunden. Die Fabeltiere verhalten sich immer gleich: Grimbart gilt als bedächtig, Meister Petz als gutmütig und Isegrim als böse und verfressen.«

»Isegrim, der böse und verfressene Wolf«, wiederholte Frederik. »Wenn man sich anschaut, was hier bei uns gerade geschieht, würde das ja durchaus passen!«

Eine freundliche Stimme aus seinem Mobiltelefon gebot ihnen, die Landstraße zu verlassen und rechts abzubiegen. Frederik beugte sich in seinem Sitz vor, um den Weg vor ihnen besser erkennen zu können. »Ich habe mich nach der alten NVA-Anlage erkundigt. Wie Piet schon sagte, gibt es dort viele verlassene Gebäude. Ein ziemlich weitläufiges Gelände, komplett verborgen im Wald.«

Die Straße führte nun durch ein Waldgebiet, war aber breit und immer noch hervorragend ausgebaut.

»Die Anlage diente bis zur Wende als Raketen-Torpedotechnische Basis«, fuhr Bach fort.

»Torpedotechnische Basis? Was für ein Wort!«

»Hier sollten wohl Raketen und Torpedos gelagert und gewartet werden. Daher auch die Bunker, für die Gefechtsköpfe.«

1989 war sie sieben Jahre alt gewesen, daher erinnerte sie sich an so gut wie nichts aus der Zeit vor der Wende. Traf sie heute auf Bauruinen der DDR, die aus wirtschaftlichen Gründen oder wegen des Denkmalschutzes nicht abgerissen worden waren, erfasste sie regelmäßig ein Gefühl von Melancholie, das sie sich nicht genau erklären konnte. Vielleicht lag es ja auch nur daran, dass Ruinen ein Zeichen für Vergänglichkeit waren.

48

Sie fuhren auf ein riesiges, grünes Schiebetor zu, das brandneu aussah, parkten direkt davor und stiegen aus. »Hier kommen wir nicht durch«, bemerkte sie.

»Ich habe bei der Anfahrt gesehen, dass die alten Maschendrahtzäune löchrig sind wie ein Schweizer Käse«, sagte Frederik. »Dort sind überall Durchgänge hineingeschnitten.«

Kurz darauf stieg sie durch eines der Löcher im Zaun, während Bach den Maschendraht hochgebogen hielt.

»Wer montiert ein solch gewaltiges Tor, repariert aber die Zäune nicht?«, fragte sie.

»Vermutlich möchte man nur verhindern, dass Autos auf das Gelände fahren.«

Sie drückten sich an einer Reihe stacheliger Ranken vorbei, bis sie auf einer Art Betonpiste standen. Vor ihnen erstreckten sich mehrere überdimensionierte Garagen mit grünen Toren, hinter denen man Flugzeuge hätte verstecken können. Links davon verrottete ein auf Mauersteinen aufgebocktes Schrottauto, über das jemand eine mit Autoreifen beschwerte Plane gelegt hatte, die ihrerseits bereits verrottet war. Daneben stapelten sich Autoreifen, Holzpaletten und Haufen mit allerlei Unrat.

»Nicht sehr einladend hier«, kommentierte Jenny.

Der Boden bestand aus großen Betonplatten, zwischen denen jeweils Unkraut spross. Überall dort, wo der Mensch sich zurückgezogen hatte, hatte die Natur begonnen, sich ihren Lebensraum zurückzuerobern. Sie passierten kleine Waldstücke, in denen abbruchreife Steinhäuschen und Baracken von Bäumen und Büschen überwuchert waren.

»Wäre ich Einsiedler, würde ich mir einen der Bunker als Versteck auswählen«, stellte Jenny fest.

»Die Bunker müssen tiefer im Wald liegen«, mutmaßte Frederik, der auf der Karten-App seines Smartphones die Satellitenansicht geöffnet hatte.

Sie kamen auf eine von Bäumen und Sträuchern gesäumte Straße, die ebenfalls aus einfachsten Betonplatten bestand und streng geradeaus führte. Ein lautes Rascheln rechts von ihnen ließ sie zusammenfahren, Frederik machte einen instinktiven Schritt zurück und stellte sich schützend vor Jenny.

Im nächsten Moment brach aus dem Gebüsch, keine vier Meter neben ihnen, eine Gestalt, deren Anblick nun auch Jenny erschrocken zurückweichen ließ. Augenscheinlich war es ein Mensch, der in einem grünen Tarnanzug steckte. Aber statt in ein Gesicht schaute sie auf einen Wolfskopf. Eine lange, weit aufgerissene Schnauze, die den Blick auf eine Reihe scharfer Zähne samt vier gefährlichen Hauern freigab. Darüber ein Paar starrer, dunkler Augen und zwei spitze Ohren. Rundherum fielen fellige Haare bis auf die Schultern. Eine gut gemachte, sehr echt aussehende Maskierung. Die Person vor ihnen trug keine Schuhe, und dies wohl nie, denn die Füße waren schwarz vor Schmutz. In der rechten Hand hielt er einen langen Wanderstab wie ein Pilger. Er stellte sich ihnen in den Weg, und obwohl seine Körperhaltung nicht aggressiv war, wirkte er allein aufgrund der martialischen Maske bedrohlich auf sie. Dies musste wohl auch Frederik so empfinden, denn sie bemerkte, wie er sich aufrichtete und jeden Muskel seines Körpers anzuspannen schien.

»Guten Tag!«, sagte Frederik mit lauter und fester Stimme.

Ihr Gegenüber bewegte den Kopf ruckartig hin und her, ohne etwas zu antworten.

»Darf ich fragen, wer Sie sind?«, fragte Frederik mit erstaunlicher Ruhe. Erst jetzt fiel ihr auf, dass er ziemlich breite Schultern hatte.

»Das ist Privatbesitz«, sagte ihr Gegenüber mit überraschend quakender Stimme. Wegen der Maske klangen die Worte dumpf. Es schien sich um einen Mann zu handeln. »Hier kann man nicht einfach herumstromern.«

»Das gilt dann wohl auch für Sie«, sagte Frederik. »Warum tragen Sie diese Maske?«

»Tragen wir nicht alle eine Maske?«, fragte ihr Gegenüber.

»Ich würde mich wohler fühlen, wenn Sie Ihre abnehmen und wir uns von Auge zu Auge unterhalten könnten.« Nun griff er in seine hintere Hosentasche und holte ein kleines Ledermäppchen hervor. »Mein Name ist Frederik Bach von der Staatsanwaltschaft in Stralsund, und das hier ist Jenny Rausch vom Landkreis Vorpommern-Greifswald.« Angesichts der Wolfsmaskerade ihres Gegenübers war Jenny froh, dass Frederik sie nicht als Wolfsbeauftragte vorgestellt hatte.

»Und ich würde mich wohler fühlen, wenn Sie mich in Ruhe lassen«, zeigte der Wolfsmensch sich von Frederiks Vorstellung unbeeindruckt. Während er sprach, schien er durch die Löcher für die Augen die ganze Zeit über Jenny anzustarren, was sie verunsicherte.

»Sie leben hier?«, gab Frederik nicht auf, ein Gespräch zu beginnen.

Nun schien ihr Gegenüber unruhig zu werden. Erst jetzt bemerkte sie, dass er um den Oberkörper eine Art gelbes Seil geschlungen hatte. Am Gürtel des Mannes steckten zahlreiche Werkzeuge. Sie erkannte auch ein Messer.

»Warum sind Sie hier?«, wich der Wolfsmann der Frage aus. Immer noch schaute er, während er redete, auf Jenny.

Frederik hätte antworten können, dass sie nach einem Mörder suchten und in der Nähe des Tatorts ein Wolfsmensch von der Kamera eines Weideschutzzaunes gefilmt worden war. Oder dass bei ihr eingebrochen worden war und der flüchtende Einbrecher sich als Wolf maskiert hatte. Das tat er aber zu ihrer Überraschung nicht, sondern schwieg abwartend.

»Das ist die Maske einer Wölfin«, sprang sie ein. »Vermutlich einer Polarwölfin.«

Der Mann starrte weiter in ihre Richtung. »Ich weiß, wer Sie sind, Frau Rausch«, sagte er dann. »Sie sind hier im Kreis für die Wölfe zuständig!«

Sie war überrascht. »Das stimmt«, sagte sie. »Und wie ich hörte, setzen Sie sich für den Wolf ein? Das finde ich bewundernswert!«

»Es sollte nicht bewundernswert, sondern normal sein! Die Tiere waren schließlich zuerst hier.« Sein Ton war aggressiv.

»Haben Sie von den Vorfällen mit dem Wolf gehört? Drüben in Waldenow?«, versuchte Jenny, das Gespräch am Laufen zu halten.

»Wenn Sie damit meinen, dass Tiere sich ihrer Natur gemäß verhalten haben, dann ja«, klang es dumpf hinter der Maske hervor.

Immer noch fixierte der Mann sie durch die dunklen Löcher, hinter denen sie seine Augen nur erahnen konnte.

»Vielleicht können wir uns irgendwo kurz unterhalten? Haben Sie so etwas wie eine Unterkunft hier?«

»Ich kann Sie auch aufs Polizeirevier mitnehmen«, mischte Frederik sich wieder ein.

Der Wolfsmensch schien kurz zu überlegen. »Wir können uns dort vorn hinsetzen!« Er zeigte auf die Stapel Autoreifen vor den alten Garagen.

»Okay.« Sie gingen hinüber, wobei Jenny auffiel, dass der Maskierte ein Bein nachzog. Daher also der Stock. Auch Frederik schien es aufgefallen zu sein. »Sind Sie verletzt?«, fragte er.

»Ein schlimmes Bein«, entgegnete der Mann knapp.

Als sie die Autoreifen erreichten, setzte jeder sich auf einen der Stapel. Sie waren kalt und etwas feucht. Das Wolfsgesicht starrte sie ohne jede Regung an. Manchmal wünschte sie sich, die Menschen würden sich ihre Verhaltensweisen bei den Tieren abschauen. An Hunden etwa mochte sie, dass sie direkten Augenkontakt vermieden. Dies galt als feindselig. Respektierte man sich, sah man aneinander vorbei.

»Der Wolf hat einen Mann getötet«, eröffnete Frederik das Gespräch. »Das kann einen wohl kaum kaltlassen.«

»Es sei denn, man trägt eine Wolfsmaske«, entgegnete der Mann knapp.

Jenny bemerkte, dass er unter seiner Maske schwer atmete. Vermutlich bekam man darunter nicht gut Luft. Sie stellte sich vor, wie Jo sich hier mit dem Mann angelegt hatte.

»In der Lausitz funktionierte das Zusammenleben mit dem Wolf seit über zwanzig Jahren weitestgehend problemlos. Das Wild hat gelernt, wie man sich als potenzielle Beute verhält, und der Wolf als Räuber frisst die Wälder nicht leer. Es liegt immer an den Menschen, wenn es nicht funktioniert.«

»Sie meinen, Schuld hatte der arme alte Mann, der gestern zerfleischt wurde?« Frederik schien langsam ärgerlich zu werden.

»Wo wurde er denn angegriffen? In seiner Küche zu Hause oder im Esszimmer der Wolfstiere? Was würden wir denn sagen, wenn ein Schwein direkt in den Schlachthof hereinmarschiert? Selbst schuld!«, sagte er aufgeregt.

»Er war kein Schwein, sondern ein Mensch!«

»Und die Schafe?«, hakte Jenny nach. Wer anscheinend so wenig Empathie für Menschen besaß, konnte vielleicht besser mit Lämmern mitfühlen.

»Auch bei den Nutztieren ist es nicht die Schuld der angreifenden Tiere, sondern der Menschen, die die Herdenschutzzäune nicht anständig aufstellen. Bei jemandem, der sich im Auto nicht anschnallt und durch einen Unfall verletzt wird, sagen wir doch auch: Selbst schuld!«

»Sie halten also Wölfe für schützenswerter als Menschen oder Nutztiere?« In dem Moment, in dem sie die Frage ausgesprochen hatte, kam sie sich doof vor. Sie sprach gerade mit einem als Wolf verkleideten Menschen.

»Wölfe sind große Beutegreifer und erfüllen eine wichtige Funktion im Ökosystem: Die Evolution baut auf Yin und Yang. Durch die Ausrottung des Wolfes entstand eine riesige Lücke im Ökosystem. Der Wolf ist die ›Gesundheitspolizei‹ des Waldes. Er frisst die kranken und schwachen Tiere und hilft, den Bestand der Beutetiere ›gesund‹ zu halten. Wir müssen ihm dankbar sein, statt ihn zu fürchten.«

Es hatte offenbar keinen Zweck, die Nützlichkeit des Wolfes für das Ökosystem mit jemandem zu diskutieren, der dabei eine Wolfsmaske trug.

»Und wie weit geht Ihr Aktivismus?« Frederik verlor langsam die Geduld. Die Frage schien ihr Gegenüber zu irritieren, jedenfalls antwortete er nicht. »Sagt Ihnen der Name Jo Rausch etwas?«, setzte Frederik nach. »Sie hatten seine Wildkameras gestohlen.«

Der Mann erhob sich und knickte mit dem rechten Bein ein. Gerade rechtzeitig konnte er sich mit seinem Wanderstock fangen. »Ich denke, es ist besser, Sie gehen jetzt«, sagte er.

Auch Frederik erhob sich. »Jo Rausch wird vermisst, können Sie dazu etwas sagen? Er war doch neulich hier, oder?«

Jenny hatte das Gefühl, dass die Augen unter der Maske tatsächlich etwas zu funkeln begannen.

»Er hat, genauso wie Sie, Hausfriedensbruch begangen, als er mich überfiel. Ich habe dieses Gelände gepachtet, und wenn Sie keinen Durchsuchungsbeschluss haben, müssen Sie gehen, oder ich rufe meinen Anwalt an!«

»Ein Wolf, der einen Anwalt hat?«, stellte Frederik mit einem zynischen Lächeln fest. »Ich dachte, Sie sind der Anwalt der Wölfe!«

»Gehen Sie!« Nun klang der Wolfsmensch zum ersten Mal drohend.

Frederik machte einen demonstrativen Schritt auf ihn zu. »Oder was? Zerfleischen Sie mich sonst?«

Frederik griff dem Mann in die Maske, als wolle er sie ihm abreißen. Doch der entwand sich mit erstaunlicher Beweglichkeit. Der Wolfsmensch schien für eine Sekunde seine Beherrschung zu verlieren, hob seinen Stab, als wolle er damit ausholen, dann besann er sich im letzten Moment.

»Es reicht«, flüsterte sie und griff nach Frederiks Ärmel, doch der schüttelte sie ab.

»Hat Herr Rausch Sie gedemütigt? Beleidigt? Gedroht, alle Wölfe zu erschießen? Haben Sie ihm deshalb am Hochsitz aufgelauert?«

»Gehen Sie, oder ich rufe die Polizei!« Der Wolfsmensch klang nach dem kurzen Gerangel außer Atem.

Frederik wartete noch einen Augenblick, dann entspannte er sich. »Wir sehen uns wieder«, sagte er und wandte sich zum Gehen, ohne seinem Gegenüber den Rücken zuzuwenden.

»Das glaube ich nicht!«

Frederik ließ den Wolfsmenschen nicht aus den Augen, während sie in Richtung des Zauns, durch den sie gekommen waren, davongingen.

»Was war das denn?«, fragte Jenny, als sie außer Hörweite waren.

»Ich wollte ihn aus der Reserve locken. So schnell bekommen wir keinen Durchsuchungsbeschluss, und wenn ich ihn zum Verhör laden lasse, muss ich erst einmal wissen, wie er heißt. Hast du einen Kotbeutel?«

Sie schaute ihn irritiert an, doch wie vermutlich alle Hundebesitzer hatte sie tatsächlich einen der schwarzen Plastikbeutel in der Hosentasche. Sie reichte ihn Frederik. Er öffnete seine rechte Faust und präsentierte ein Bündel Haare. Er legte sie in den Plastikbeutel und schloss dessen Zipp-Verschluss. »Von seiner Maske!«

Daher das Theater! Der Wutausbruch hatte auch gar nicht zu Frederik gepasst, dachte sie.

»Meinst du, er hat etwas mit der Sache zu tun?«

»Auf jeden Fall ist er nicht ganz normal!«

Sie hatten die Stelle am Zaun erreicht, und wieder bog Frederik den Draht zur Seite, sodass sie als Erste hindurchschlüpfen konnte. In diesem Moment klingelte Frederiks Handy. Er auf der einen, sie auf der anderen Seite des Zauns, nahm er den Anruf entgegen. Sie verstand nicht, was er sagte, dann zwängte auch er sich durch das Loch.

»Das war Dr. Grothmann. Er bittet dich, sofort zu ihm zu kommen. Er sagt, die DNA, die du bei den toten Schafen entnommen hast, stammt nicht von einem Wolf.«

49

Sie hatte Frederik am Greifswalder Marktplatz herausgelassen. Und auch wenn der Abschied weitaus weniger kühl ausfiel als die Begrüßung am Morgen, war sie sich nicht sicher, ob er ihr nun tatsächlich vorbehaltlos glaubte, dass sie während der Nacht nicht am Tatort gewesen war. Die Aufstellung der Telefongesellschaft war allerdings ein starker Beweis, und sie hatte nicht die geringste Erklärung dafür, wie ihr Telefon in den Bereich des Funkmasts gekommen sein könnte.

Zum dritten Mal in drei Tagen parkte sie direkt vor der Rechtsmedizin. Doch erst dieses Mal musste sie beim Anblick der rot getünchten Tür an Blut denken. Dr. Grothmann begrüßte sie noch ernster als am Tag zuvor. Besaß er sonst die Ausstrahlung eines sonnengebräunten Dauerurlaubers, so machte er jetzt einen angespannten und übermüdeten Eindruck. Sie vermutete, dass er in den letzten vierundzwanzig Stunden viel Druck von Vorgesetzten und Medien bekommen hatte. Wer an die Öffentlichkeit ging und verkündete, der Wolf habe erstmals in Deutschland einen Menschen gerissen, musste ein noch dickeres Fell haben als der Wolf selbst.

»Vielen Dank, dass Sie so schnell gekommen sind«, sagte er. Sie saßen in seinem Büro.

»Es ist kurios«, kam er sofort zum Punkt. Vor ihm lag eine geöffnete Akte. »Heute kam das Laborergebnis zu den Proben, die Sie auf der Wiese von diesem Helge Meier …«

»Schulze«, korrigierte sie.

»Von diesem Helge Schulze genommen haben. Wir hatten ja geglaubt, dass die Bestätigung dafür, dass ein Wolf für das Massaker verantwortlich ist, bloße Routine sei. Und nun ja, das Leben ist voller Überraschungen. Die DNA stammt nicht von einem Wolf!«

»Also doch ein Hund!«, entfuhr es Jenny. Sie spürte, wie ihre Wangen zu glühen begannen. Überlegte, was das für die Hysterie der vergangenen Tage rund um den angeblichen Wolfsriss bedeutete.

»Nun ja«, kam Grothmann ihr zuvor. »Die DNA stammt laut dem Gutachten auch nicht von einem Hund. Das ist das Kuriose.«

»Weder vom Wolf noch vom Hund?«, versuchte sie zu verstehen, was Grothmann ihr sagen wollte. »Wovon dann?«

»Das Gutachten kommt zu keinem endgültigen Schluss. Am Ende schreiben sie ›ign‹. Ich musste auch erst einmal nachschauen, was das heißt: Das steht für *ignition unknown. Unbekannt.*«

Jenny schaute verblüfft. »Wie kann das sein …?«

»Ich habe natürlich im Labor angerufen und nachgefragt. Sie untersuchen bei einer DNA-Probe immer nur bestimmte genetische Marker oder Abschnitte einer DNA. Es ist nicht notwendig, das gesamte Genom zu analysieren. Wölfe haben eine beträchtliche genetische Vielfalt. Auch wenn nur bestimmte Marker analysiert werden, können die Experten charakteristische Unterschiede oder Signaturen finden, die für die Identifizierung einzelner Wölfe erforderlich sind. Die Marker, die hier untersucht wurden, waren eben weder einem Wolf noch einem Hund zuzuweisen. Das Labor ist darauf spezialisiert, Wölfe zu identifizieren. Sie haben nicht alle Tiere, die es weltweit gibt, in ihrer Datenbank zum Vergleich. Am ehesten, sagte die Dame am Telefon, würde die DNA noch zu Schabracken- und Streifenschakal passen, die aber beide nur in Afrika vorkommen. Die Dame verwies aber auf eine Studie in der Zeitschrift *Nature,* die letztes Jahr die DNA von sogenannten Schattenwölfen, auch Dire-Wölfe genannt, analysiert hat, die seit zehntausend Jahren ausgestorben sind. Dafür hatte man wohl auf der ganzen Welt Fossilien und alte Knochenstücke gesammelt. Mit diesen Tieren hat die DNA noch die größte Übereinstimmung. Aber identisch sind sie auch nicht.«

»Schakale? Schattenwölfe?« Jenny hatte das Gefühl, als würde ihr Gehirn implodieren. »Das heißt, dort draußen ist ein ausgestorbener ›Schreckenswolf‹ unterwegs?«

»Wie gesagt, hundertprozentige Übereinstimmung gab es auch hier nicht. Ich würde eher sagen, es ist eine unbekannte … Tierart oder wie man es nennt. Ich bin da kein Profi.«

Jenny wusste nicht, was sie antworten sollte. »Kann ich die DNA-Analyse sehen?«

Grothmann schob sie ihr über den Tisch.

»Was ist mit der DNA von dem Angriff bei der Festung?«

»Noch nicht da. Ich bin gespannt.«

»Glauben Sie, dort kommt ein anderes Ergebnis heraus?«

»Es würde mich wundern. Offenbar haben wir es hier mit einem bislang unbekannten Gegner zu tun.«

»Wie kann das sein?«, dachte sie laut. »Eine neue Spezies? So etwas gibt es vielleicht im Urwald, aber doch nicht hier in Vorpommern! Vielleicht ein Insekt, aber kein Raubtier!«

»Sie sind die Tierärztin«, sagte Grothmann. Noch immer saß er weit vorgelehnt.

»Danke erst einmal«, sagte Jenny und wollte sich erheben.

»Warten Sie bitte noch kurz.« Grothmann stand auf und schloss die Tür. Dann setzte er sich wieder. »Ich habe Sie auch hierhergebeten, weil ich noch etwas anderes zu besprechen habe.« Er schaute sie ernst über seine Lesebrille an. »Sie hatten mich neulich einmal gebeten, einen Vaterschaftstest zu machen.«

Sie nickte.

»Und ich hatte Ihnen mitgeteilt, dass es keine Übereinstimmung gab.«

Sie nickte erneut, spürte, wie ihr Herz schneller schlug.

»Das stimmt auch noch immer, daran hat sich nichts geändert. Allerdings ist dabei Ihre DNA-Probe in unserer Datenbank gelandet. Und aus irgendeinem Grund, das tut mir sehr leid, wurde sie dort bis jetzt nicht wieder gelöscht. Jedenfalls nicht so kurzfristig, wie es hätte geschehen sollen.«

Das war alles? Sie entspannte sich. »Das ist kein Problem«, sagte sie. Der Vaterschaftstest war ein Freundschaftsdienst gewesen, jenseits der Vorschriften des Instituts. Da konnte sie jetzt kaum böse mit ihm sein.

»Das ist es nicht …«, bemerkte Grothmann. »Wir haben doch neulich die Blutlache an den Funktürmen untersucht. Zunächst, ob es sich um Menschenblut handelt, und dann haben wir sie mit der DNA von Joachim Rausch verglichen. Es gab keine Übereinstimmung, das heißt, das Blut stammte nicht von Joachim Rausch.«

Das wusste sie schon. Sie verstand nicht, worauf Grothmann hinauswollte.

»Wir haben die DNA mit der Datenbank des LKA abgeglichen. Aufgrund datenschutzrechtlicher Bestimmungen gibt es meist nicht viele Optionen für die Vornahme eines DNA-Abgleichs. Auch dort gab es keinen Treffer.« Auch das wusste sie schon. »Danach war die Angelegenheit eigentlich für uns erledigt. Allerdings ist heute Morgen eine Kollegin zu mir gekommen und hat mich auf einen Treffer in unserer institutseigenen Datenbank hingewiesen. Die Software sortiert DNA-Proben unter anderem auch nach Ähnlichkeiten, und dabei ist herausgekommen, dass die DNA der Blutlache große Übereinstimmung mit einer in unserer Datenbank gespeicherten DNA aufweist. Nämlich der Ihrigen.« Er lehnte sich in seinem Stuhl zurück.

»Ähnlichkeiten mit meiner DNA? Was soll das bedeuten?«

»Das bedeutet, derjenige, der dort, neulich Nacht, so viel Blut verloren hat, ist Ihr Bruder.«

50

Helen drückte die Klingel erneut. Darüber stand handschriftlich auf einem Klingelschild: »*Redaktion Greif. Bote*« Sie wollte schon wieder gehen, als der Summer ertönte. Mit einem mulmigen Gefühl öffnete sie die Tür. Das Treppenhaus war dunkel und roch nach Putzmitteln. Der Fahrstuhl schien älter zu sein als sie, also nahm sie die Treppe. Im ersten Stock befand sich eine Handelsfirma mit einem arabisch klingenden Namen, im zweiten Stock traf sie auf eine geschlossene Tür, an der ein größeres Schild darauf hinwies, dass hier der *Greifswalder Bote* seinen Geschäftssitz hatte. Die Tür war geschlossen, und sie suchte vergeblich nach einer Klingel, als sie plötzlich einen Spalt geöffnet wurde.

Dahinter kam das verquollene Gesicht einer Frau zum Vorschein. Sie schätzte sie auf Mitte vierzig. Die Augen waren gerötet, der Mascara verlaufen, die Wangen tränennass. Helen wusste nicht, was sie sagen sollte.

»Wir haben geschlossen«, sagte die Frau. Ihre Stimme klang brüchig.

»Mein herzliches Beileid«, sagte Helen. »Mein Name ist Helen Roux, und ich bin extra aus Berlin hierhergereist. Ich würde gern mit Ihnen sprechen. Ich hatte in den letzten Tagen mit Herrn Zimmermann Kontakt und bräuchte ein paar Informationen.« Sie bemerkte, wie die Frau sie von oben bis unten musterte.

»Er war an einer Geschichte dran, die das Unternehmen betrifft, für das ich arbeite, und ich befürchte, dass ihm vielleicht deshalb etwas zugestoßen ist. Geben Sie mir nur fünf Minuten.«

Erneut sah sie das Zögern, doch dann schien die Frau ihr Misstrauen abzulegen. Sie trat zurück und ließ sie hinein. Jetzt sah Helen, dass sie eine schwarze Bluse mit einem riesigen Marienkäfer darauf trug, was im vollständigen Widerspruch zu ihrem traurigen Gesichtsausdruck stand.

Die Redaktionsräume waren klein, aber ordentlich. Direkt hinter dem Eingang stand ein großer Drucker, für den es offenbar nirgendwo anders Platz gegeben hatte. Im Flur lagerten Getränkekisten und Umzugskartons. Im ersten Raum standen drei Schreibtische, die sternförmig aneinandergestellt waren. Auch hier war jeder Quadratmeter des Büros zugestellt, an einer Wand lehnte ein Rennrad. Im nächsten Raum befand sich eine kleine Küche mit einem Tisch für vier Personen. Es roch nach Zigarettenrauch. Selbst hier lagen auf der Arbeitsplatte Stapel alter Zeitungsausgaben. Das Ende des Gangs mündete in das größte Zimmer, in dem sich vier Arbeitsplätze befanden, von denen jedoch nur zwei in Benutzung schienen. Die Frau, die zwei Konfektionsgrößen mehr als Helen trug, was aufgrund Helens Schlankheit nichts bedeutete, führte sie zu dem größten Schreibtisch und bedeutete ihr, sich auf den Bürostuhl zu setzen. Sie selbst ging zu dem zweiten Schreibtisch und nahm dort Platz. Auf der Tischplatte stand ein Mülleimer, daneben lag eine Packung Taschentücher.

Die Frau hatte etwas Rheinländisches an sich und besaß tendenziell eine eher fröhliche Ausstrahlung, die jedoch so gar nicht zu ihrer heutigen Trauermiene passte. Sie nahm ein Taschentuch und schnaufte hinein. »Es ist so schrecklich«, schluchzte sie. »Er wirkte immer so, als sei ihm alles egal. Und gerade deshalb schien er unbesiegbar.« Erneut wurde sie von einem Weinkrampf geschüttelt. »Dabei war er so verloren. Er war der einsamste Mensch, den ich kannte.«

Helen war berührt von der Trauer der Frau, auch sie fühlte einen Kloß im Hals. »Herr Zimmermann hat mich neulich angerufen und mir berichtet, dass er Informationen zu unserem Unternehmen *Fenceattack* hätte. Sagt Ihnen das etwas?«

Sie nickte. »Der Artikel! Mit dem Werwolf. Der hat für viel Aufruhr gesorgt, leider auch bei unseren Investoren.«

»Wie heißen Sie?«, fragte Helen.

»Klara. Ich bin die stellvertretende Chefredakteurin.« Zum ersten Mal lächelte sie.

»Herr Zimmermann erwähnte mir gegenüber einen Informanten, der ihm Material über *Fenceattack* und diesen Werwolf zur Verfügung gestellt hat. Auch ein Foto. Ich würde gern wissen, wer das war.«

Klara legte die Hand mit dem Taschentuch in den Schoß. Plötzlich veränderte sich ihr Gesichtsausdruck. Aus Trauer wurde Misstrauen, vielleicht sogar Angst.

»Sie kommen von diesem Unternehmen und wollen, dass ich Ihnen den Namen eines Informanten nenne, nachdem Lars schlecht über sie geschrieben hat und ermordet wurde?«

Der Blick der Frau wanderte zum Telefon. Sie hatte Helens Anliegen völlig falsch interpretiert. Vielleicht war sie auch einfach ungeschickt vorgegangen. Aber die Situation überforderte auch sie. Sie musste Klaras Vertrauen gewinnen.

»Keine Sorge, es geht nicht darum, den Informanten zu bestrafen, niemand von *Fenceattack* wird davon erfahren. Ich möchte mit dem Informanten Kontakt aufnehmen. Ich suche … Verbündete. Ich glaube, dass mein Unternehmen etwas …«, sie suchte nach den richtigen Worten, »… Verachtenswertes plant. Und ich befürchte, dass Herr Zimmermann meinen Chefs mit seinen Nachforschungen in die Quere gekommen sein könnte. Nur wenn ich weiß, wer von *Fenceattack* auf meiner Seite ist, kann ich die Sache vielleicht aufklären. Wie genau ist er gestorben?« Sie sah, dass das Misstrauen der Frau bröckelte.

»Die von der Polizei sagen nicht viel. Aber ich habe gehört, er ist erschossen worden. Mitten ins Gesicht!« Wieder entkam Klara ein lang gestreckter Schluchzer.

»Ich denke, das Foto von dem angeblichen Werwolf muss Herrn Zimmermann per E-Mail erreicht haben«, sagte Helen. »Können Sie in sein E-Mail-Postfach schauen?«

Klara schüttelte den Kopf. »Lars und ich haben die Zeitung zusammen geführt. Aber jeder hat seine eigenen Postfächer, und nur er kannte seine Passwörter, da hat Lars immer drauf bestanden. Ich habe schon versucht, mir Zugang zu seinem Computer zu verschaffen, aber das ist mir nicht gelungen. Die Zeitung muss ja weitergehen. Das Nachrichtengeschäft ist wie Feuerschüren, es darf niemals ausgehen.«

Helen schaute auf den Computer neben ihren Füßen. Ein altes Modell. »War das hier sein Schreibtisch?«, fragte sie.

Die Frau nickte. Dafür, dass das Büro sonst einen eher chaotischen Eindruck machte, war der Schreibtisch erstaunlich aufgeräumt. Keine losen Blätter, keine Notizen.

»Er hat auch viel von zu Hause aus gearbeitet«, sagte Klara.

Helen spürte Enttäuschung in sich aufsteigen. Es sah so aus, als ob sie hier nicht viel erreichen würde. »Hat er in letzter Zeit mit jemandem von *Fenceattack* telefoniert? Außer mit mir?« Sie bemerkte ein kurzes Zögern, lang genug, um zu erkennen, dass sie einen Treffer gelandet hatte. Aber die Frau vertraute ihr noch immer nicht. »Wissen Sie, was *Fenceattack* macht?«, fragte Helen.

Die Frau zuckte mit den Schultern. »Zäune«, sagte sie dann. »Lars hat von den Wölfen erzählt und dass Ihre Firma von Barrieren profitiert. Denjenigen in den Köpfen und denen auf den Wiesen, hat er gemeint.«

Dieser Spruch war gar nicht so schlecht, dachte Helen. Sie musste lächeln. »Da hatte er recht. Ich habe auch lange geglaubt, wir handeln nur mit Zäunen. Aber unser Business ist es, Dinge zu trennen: Jeder Zaun hat zwei Seiten. Und meist ist es so, dass derjenige, der auf der einen Seite steht, unbedingt auf die andere Seite möchte. Manchmal hängt sogar das Leben davon ab, auf welcher Seite eines Zauns man sich befindet.« Sie seufzte. »Ich ging davon aus, *Fenceattack* baut Zäune, um Tiere und Menschen vor bösen Wölfen zu schützen. Aber nun habe ich herausgefunden, dass das nicht stimmt: Der Wolf ist nur der Anfang. Ein Übungsobjekt. Ein trojanisches Pferd. Sie planen viel Größeres. Vielleicht sogar so groß, dass sie über Leichen gehen.« Sie sah, wie Klara mit sich rang und dann eine Entscheidung traf.

»Es gab einen Anruf. Gestern. Lars und ich waren allein im Büro. Zwei Redakteure sind krank, und die Volontärin ist immer irgendwo unterwegs. Lars' Telefon klingelte, und er ging damit in die Küche. Das tat er oft. Er schloss die Tür hinter sich und hatte das Telefon auf Lautsprecher. Ich habe nicht gelauscht, aber als ich zum Drucker ging, habe ich die Stimmen gehört. Es ist hier alles sehr eng und hellhörig. Ich konnte nicht verstehen, worüber sie gesprochen haben, aber …« Sie stockte. »Der Mann am anderen Ende sprach mit starkem amerikanischem Akzent.«

Helen spürte, wie ihr heiß wurde, sie beinahe zu schwitzen anfing. Sie dachte an Brian, den Einzigen, den sie kannte, mit amerikanischem Akzent. Er hatte ihr gegenüber gestanden, Zimmermann angerufen zu haben, aber behauptet, dass er nur auf dessen Mailbox gelandet war. Das schien eine Lüge zu sein.

»Als er aus der Küche kam, war Lars bestens gelaunt. Er warf sein Handy in die Luft und fing es wieder auf und sagte zu mir: ›Es gibt den Werwolf!‹ Dann nahm er seine Jacke von dem Stuhl, auf dem Sie sitzen, und fuhr nach Hause, um zu schreiben. Die besten Texte hat er zu Hause geschrieben. Im Schlafanzug.« Ein weiterer Weinkrampf schüttelte sie.

Brian hatte mit Zimmermann telefoniert? In diesem Moment riss ein schrilles Läuten Helen aus ihren Gedanken.

»Die Türklingel«, sagte Klara.

»Erwarten Sie jemanden?«

Klara schüttelte den Kopf. »Sie habe ich auch nicht erwartet.«

»Ihre Kollegen?«

»Haben alle einen Schlüssel.«

Helen beschlich ein mulmiges Gefühl. »Dann öffnen Sie bitte vorsichtig, ich komme mit.« Sie sah an Klaras Blick, dass sie bei all der Trauer in diese Richtung noch gar nicht gedacht hatte, denn nun bemerkte sie zum ersten Mal echte Angst in deren Augen.

Es schellte erneut.

Gemeinsam gingen sie durch den engen Flur zur Tür. Zu Helens Enttäuschung gab es keinen Türspion. Es war eine schwere Brandschutztür. Zu dick, um sich dadurch zu unterhalten.

Nun klopfte es, ein leises Klopfen. Klara schaute unsicher zu Helen, die sich hinter ihr platzierte. Auf Helens Nicken hin öffnete Klara die Tür, wie bei ihr einige Minuten zuvor, nur einen Spalt. Nur dass nun auch Helen sich hinter sie schob, um zu zeigen, dass sie mehrere im Büro waren.

Vor der Tür stand ein Mann im Hoodie. Er war etwas größer als Helen, kräftig, mit einem kantigen Gesicht. Sein Haupt schmückte eine schwarze Lockenpracht, und auf den ersten Blick wirkte er nicht bedrohlich. Er blickte sie aus freundlichen, dunklen Augen an.

»Guten Tag, mein Name ist Frederik Bach von der Staatsanwaltschaft in Stralsund. Darf ich reinkommen?«

51

Mona saß hinter dem Empfangstresen der Tierklinik und zitterte. Beinahe eine Stunde lang war sie über Felder, Gräben und sogar durch ein Dornengebüsch geirrt. Ihre Beine und Arme waren zerkratzt, und sie hatte sich eine Blase gelaufen. Immer wieder hatte sie Brunos Namen gerufen, doch keinerlei Reaktion erhalten. Hund und Wolf waren spurlos verschwunden. Bevor beide in die Böschung abgebogen waren, hatte es so ausgesehen, als habe der Weimaraner gegen das Raubtier keine Chance. Einziger Hoffnungsschimmer war, dass sie auch keinen toten Bruno gefunden hatte. Wobei sie sehr wohl wusste, dass Raubtiere ihre Beute nach der Tötung oft verschleppten.

Dann hatte sie zurück in die Klinik gemusst, wo sie nach der Mittagspause allein am Empfang war. Wie sollte sie das nur Jenny erklären? Sie hatte gewusst, dass der Wolf in der Gegend war, und hätte Bruno sofort an die Leine nehmen müssen. Als Tierarzthelferin verlor man zwar nicht den Respekt, aber doch die Angst vor Tieren, anderenfalls könnte sie ihren Job nicht ausüben. War sie tatsächlich zu leichtsinnig geworden? Bei dem Gedanken an Jennys Reaktion schnürte sich ihr die Kehle zu, und Tränen stiegen ihr in die Augen.

Sie hatte auch sofort bei der zuständigen Jagdaufsicht angerufen und die Sichtung des Wolfes gemeldet. Die Telefonnummer klebte für den Fall, dass der Klinik Wildunfälle gemeldet wurden, an ihrem Monitor. Einerseits konnten die Jäger nach Bruno Ausschau halten, andererseits bestand die Gefahr, dass man ihn, wenn der Wolf ihn nicht erlegt hatte und er verwirrt und ängstlich durch den Wald irrte, versehentlich für einen wildernden Hund hielt und erschoss.

»Bruno? Der Weimaraner von Jo Rausch?«, hatte der Jagdaufseher Hansen mit einem Unterton nachgefragt, den sie nicht so recht zu deuten wusste. Er hatte beinahe belustigt geklungen. »Ich werde mich um ihn kümmern, wenn er noch lebt«, hatte er am Ende des Telefonats versprochen. Sie hatte nun schon ein Dutzend Mal auf Jennys Smartphone angerufen, aber immer nur die Mailbox erreicht. Wo war sie nur? Sie schaute auf die Wanduhr neben dem Eingang. Nach Feierabend würde sie noch einmal zu der Stelle fahren, an der Bruno verloren gegangen war, und weitersuchen, bis es dunkel wurde. Sie wusste, wie viel er ihrer Chefin bedeutete. Wenn ihm etwas passiert war oder er vermisst blieb, konnte sie Jenny auch gleich das Herz herausreißen.

52

Jenny fühlte sich wie betäubt. Alles um sie herum schien wie in Watte gepackt oder als sei sie von einer Glaskugel umgeben.

»Das Blut stammt von Ihrem Bruder«, hatte Grothmann gesagt. Ein Satz, an dem so ziemlich alles falsch klang. Bis zum heutigen Tag hatte sie keinen Bruder gehabt. Sicher, seit sie wusste, dass Esther und Jo nicht ihre richtigen Eltern waren, hatte sie sich ausgemalt, woher sie kam, wie ihre richtigen Eltern aussahen, ob sie wohl Geschwister hatte. Aber wenn, dann hatte sie sich das Zusammentreffen mit ihrer richtigen Familie vorgestellt wie in einer kitschigen Fernsehserie. Mit herzlichen Umarmungen und vielen Tränen. Eine Szene, in der ein Rechtsmediziner ihr eröffnete, dass eine auf einem Feldweg gefundene, bereits krustige Blutmenge, deren Verlust womöglich tödlich gewesen war, ihrem bislang unbekannten Bruder gehörte, war in ihren Fantasien nicht vorgekommen. Sie hatte vorgestern Morgen fassungslos vor dem vielen Blut gestanden, ohne zu wissen, dass sie einen Bruder hatte und dass es von ihm stammte. Sie vermochte sich gar nicht vorzustellen, was in jener Nacht geschehen war, in der offenbar Jo Rausch und ihr Bruder aufeinandergetroffen waren, in der aber auf jeden Fall ihr Bruder schwer verletzt wurde und Jo Rausch verschwunden war.

Sie beobachtete sich selbst, wie sie zu ihrem Auto gegangen und zu der Adresse des *Greifswalder Boten* gefahren war, wo Frederik und sie sich verabredet hatten, um gemeinsam etwas zu Mittag zu essen. Sie war zu früh, hatte aber noch immer kein Telefon. Die Eingangstür zum Treppenhaus ging auf, weil jemand das Gebäude verließ, und so entschied sie, in die Redaktion zu gehen und dort auf Frederik zu warten. Er wollte die Kollegen von Lars Zimmermann interviewen und hatte versprochen, dort auch nach dem Umschlag zu fragen, den Jo nach Zimmermanns Darstellung ihm angeblich gegeben hatte. Vielleicht fand sich darin ein Hinweis auf ihren Bruder.

Wie in Trance ging sie in den zweiten Stock und klingelte an der weißen Tür, hinter der sich die Redaktionsräume befanden. Sie wusste nicht, wie lange sie gewartet hatte, immer wieder hallte es in ihren Gedanken: »Ich habe einen Bruder, ich habe einen Bruder.« Schließlich öffnete eine junge Frau die Tür. Als Erstes fiel Jenny auf, wie hübsch sie war. Das perfekte Make-up betonte ihre Wangenknochen und verlieh ihr mit den schwarzen, streng nach hinten gebundenen Haaren ein dominantes Aussehen. Dazu passten der moderne, dunkelbeige Hosenanzug und der goldene Designergürtel. Vom Gesamteindruck her hätte Jenny sie eher im New Yorker Office einer Anwaltskanzlei vermutet als hier, im Büro des *Greifswalder Boten*. Die Frau schaute sie fragend an, ohne etwas zu sagen.

»Ich gehöre zu Frederik Bach«, sagte sie. »Ist er noch hier?«

Nun deutete die Frau ein Lächeln an und trat zur Seite. Im Flur vernahm sie schon Frederiks dunkle Stimme, die sofort beruhigend auf ihr Gedankenkarussell wirkte. Sie ließ die Frau passieren und folgte ihr in eine Küche. Dort saßen Frederik und eine weitere Frau. Sie war bei Weitem nicht so elegant gekleidet wie ihre Kollegin, sondern trug Jeans und eine einfache Bluse mit einem Marienkäfermotiv. Auch sah es so aus, als hätte sie gerade geweint.

Frederik schaute erstaunt zu ihr auf.

»Ich hatte kein Handy und dachte, ich komme dazu.« Der Satz klang entschuldigender als beabsichtigt.

Er erhob sich und streckte den Arm aus. »Das ist meine Kollegin Jenny Rausch.«

Sie glaubte, nicht richtig zu hören. Er hatte sie tatsächlich als seine Kollegin vorgestellt.

Frederik zeigte auf die verweinte Frau. »Das ist Klara Ahrens, sie ist die Kollegin des getöteten Lars Zimmermann und stellvertretende Chefredakteurin des Blattes hier.« Nun deutete er auf die Frau im Hosenanzug. »Und das ist Helen. Sie arbeitet bei *Fenceattack*.«

Helen gab ihr die Hand, während Klara ihr zunickte. Jenny verstand nicht ganz, was hier vor sich ging, warum diese Helen hier war.

»Setzen wir uns!«, sagte Frederik und nahm wieder Platz.

Sie konnte es nicht erwarten, Frederik von der Neuigkeit mit ihrem Bruder zu erzählen, aber das musste nun noch warten.

»Wir sprachen gerade über Herrn Zimmermann und sein Verhältnis zu Jo«, sagte Frederik. »Hier in der Redaktion ist Jo offenbar niemals aufgetaucht.«

»Und Sie wissen auch nichts von dem Umschlag, den Jo ihm gegeben hat?«, kürzte sie ab.

Klara warf ihr einen verständnislosen Blick zu. »Lars war seit einigen Jahren bei uns, aber er war ein Einzelgänger«, begann sie zu erzählen. »Außer über den Job und das Angeln sprach er mit uns wenig. Ich wusste, dass er regelmäßig ins ›Fortschritt‹ ging und dort ein paar Bekannte hatte. Das hat mich gefreut, da er dann hier oben nicht ganz so einsam war.«

Frederik schaute auf seinen Block. »Keine Feinde«, las er laut ab.

»Wir berichten hier meistens über Tombolas und Gulaschkanonen«, sagte Klara. »Ab und an gibt's mal Ärger, wenn der Rosenzüchterverein zu kurz kommt oder irgendein Politiker findet, dass wir einseitig berichten. Aber nichts, wofür man töten würde. Denke ich.«

Frederik wandte sich zu Helen. »Sie sind da offenbar anderer Meinung. Sonst wären Sie nicht hier.«

Jenny verstand gar nichts. Aber ihr entging nicht, wie Helen Frederik anschaute. Wer derart aufgetakelt durchs Leben ging, versuchte zu gefallen. Und sie fand, dass auch Frederiks Blick ein bisschen länger als nötig an ihr hängen blieb.

»Sorry, aber ich habe es nicht ganz verstanden«, ging sie dazwischen. »Sie kommen also von *Fenceattack?*«

Helen wandte sich zu ihr und bejahte mit einem Augenaufschlag. Ihre Wimpern waren so lang wie Streichhölzer.

»Und warum genau sind Sie hier? Ich meine, hier in der Redaktion?« Diese Helen ließ den Blick nicht von ihr ab. Ihre Augen waren tiefbraun und groß wie bei einer Disney-Figur. Sie konnte verstehen, dass Frederik sie attraktiv fand.

»Ich hörte von Lars Zimmermanns Tod. Und ich frage mich, ob mein Unternehmen etwas damit zu tun haben könnte.«

»Ihr Unternehmen?«, fragte Jenny überrascht. »Wie das?«

»So weit waren wir noch nicht«, übernahm Frederik wieder das Ruder und bedachte sie mit einem tadelnden Blick.

Helen senkte die Augen auf die Mitte des Tisches, als müsse sie sich konzentrieren, um Anlauf zu nehmen. »Lars Zimmermann nahm Kontakt zu mir auf. Ihm war zugespielt worden, dass unser Zaun einen angeblichen Werwolf entdeckt habe. Sie sind mit der Funktion unseres Zaunes vertraut?« Sie schaute in die Runde, und alle außer Klara Ahrens nickten. »Der Zaun verfügt über Kameras und allerlei Sensoren und Detektoren. Im Hintergrund läuft eine Software, die dank KI in der Lage ist, nicht nur einzelne Tierarten, sondern sogar einzelne Tiere einer Art voneinander zu unterscheiden. Vor einigen Tagen hat sie tatsächlich in der Nacht ein Subjekt vor dem Zaun als ›Wolfsmenschen‹ identifiziert. Wir hielten es für einen Fehler. Allerdings macht die Software normalerweise keine Fehler. Sie kann zum Beispiel sogar Masken erkennen.«

Jenny und Frederik tauschten einen Blick aus.

»Einige Tage davor hat unsere Software bereits ein Tier als ›Schattenwolf‹ erkannt. Kennen Sie Schattenwölfe? Auch bekannt als ›Schreckenswolf‹ aus der Fernsehserie *Game of Thrones*. Ein Fabelwesen also!« Nun musste Helen lachen.

Anders als Jenny, die ein lautes »Oh« ausgerufen und nun das Gefühl hatte, als würde sich der Boden unter ihr öffnen.

»Was ist, Jenny?«, fragte Frederik. »Du bist ganz blass geworden.«

»Ich fürchte, das mit dem Schattenwolf ist kein Fehler«, brachte sie hervor. Helen wackelte überrascht mit dem Kopf. »Ich komme gerade aus der Rechtsmedizin. Die DNA-Proben, die ich von den Bisswunden an den fünfundfünfzig Schafen genommen habe, die hier auf Helges Wiese gerissen wurden, haben eindeutig ergeben, dass dafür nicht, wie erwartet, ein Wolf verantwortlich ist, sondern ein … unbekanntes Tier. Der Rechtsmediziner meinte, am ehesten passt das DNA-Profil zu einem Schakal oder, und jetzt kommt's, zu einem seit Tausenden von Jahren ausgestorbenen Schreckenswolf, eben auch Dire-Wolf oder Schattenwolf genannt.«

Für einen Moment schwiegen alle.

»Das heißt, die Schafe und der Mann wurden von einem ausgestorbenen Schattenwolf erlegt?«, wiederholte Frederik und legte den Kopf zur Seite. »Das klingt verrückt!«

Jenny nickte.

»Und das heißt, unser Zaun, unsere Software hatte, was diesen Schattenwolf angeht, also recht?«, fragte Helen nach.

Wieder nickte sie.

»Und was ist dann mit diesem Wolfsmenschen?«, warf Klara ein. »Dann hatte Lars also auch damit recht, und es gibt ihn wirklich?«

»Vielleicht nicht so ganz«, deutete Frederik an.

»Ich verstehe langsam gar nichts mehr«, sagte Helen.

»Ich ehrlich gesagt auch nicht«, pflichtete Jenny ihr bei.

Für einen Moment hingen sie alle ihren Gedanken nach.

»Aber warum glauben Sie, *Fenceattack* könnte etwas mit Zimmermanns Ermordung zu tun haben? Nur weil er über den angeblichen Werwolf berichtet hat? Wer nimmt so einen Bericht denn ernst?«, nahm Frederik seinen Gesprächsfaden wieder auf.

»Der Bericht ist für unser Projekt tödlich. Solche Zäune zu entwickeln und vor allem zu bauen, ist sehr, sehr teuer. Der logistische und technische Aufwand ist enorm. Nicht nur das ganze Material und die Technik. Jeder Zaunmeter verfügt über einen Schutz vor dem Untergraben. Die Zaunpfosten werden metertief in den Boden gerammt. Es ist ein wenig wie das Verlegen der Eisenbahnschienen im Wilden Westen. Das heißt, die Firma braucht viel Kapital.«

»Wie viel haben denn Leute wie Walter Gehrling oder Jo investiert?«, fragte Jenny. »Ich meine, sie alle waren nur Tierärzte oder Wissenschaftler, und das auch noch einen Großteil ihres Berufslebens in der DDR. Sie können nicht besonders reich gewesen sein.«

Helen zuckte mit den Schultern. »Zwischen zwei und sechs Millionen Euro, würde ich sagen. Ich habe mir gerade gestern noch einmal die Akte mit den Investorenbriefings und Shareholder Agreements angeschaut.«

»Zwischen zwei und sechs Millionen Euro?«, wiederholte Jenny. »Woher sollte Jo so viel Geld besitzen?« Sie schaute Hilfe suchend zu Frederik, der ebenfalls nur die Mundwinkel verzog.

»Jedenfalls haben sie das Geld in die Gesellschaft eingezahlt und damit dennoch nur kleine Anteile. Eine amerikanische Fondsgesellschaft, deren Geschäftsführer Heinz Danner ist.«

Heinz Danner, dachte Jenny. Er war auch einer von den Kollegen auf Jos Foto, das im Pausenraum des Instituts aufgenommen worden war. Heinz Danner, Jasper Schilling, Walter Gehrling, Gunnar Grabowski und Jo. Anscheinend hatten ihre Bande lange über die gemeinsame Zeit am Institut hinaus gehalten.

»Danner hat Hunderte von Millionen an Risikokapital gegeben. Es ist ein riesengroßes Business. Und *Fenceattack* hat zusätzlich noch EU-Fördermittel erhalten. Doch wie gesagt: Sie brauchen ständig neues Kapital. Und das erhält man nur, wenn man Leute findet, die an die Geschäftsidee von *Fenceattack* glauben, vor allem an die Software. Wenn sich nun aber herumsprechen sollte, dass die Software Schatten- und Werwölfe bekämpfen will, geben wir uns der Lächerlichkeit preis. Und die Finanzierung bricht wie ein Kartenhaus zusammen. Was glauben Sie, wie das die Leute finden, die ihr ganzes Vermögen und viel Schweiß in das Unternehmen gesteckt haben? Sie werden alles tun, um dieses Szenario zu verhindern. Vor allem, wenn …« Sie stockte.

»Wenn was?«, fragte Jenny. »Wenn es nicht nur um Geld geht, sondern auch um Ideologien.«

»Ideologien? Ich verstehe nicht. Sie meinen, ob man für oder gegen den Wolf ist?«

Helen lachte verächtlich. »Das dachte ich, aber die Wölfe interessieren meine Chefs in Wirklichkeit gar nicht. Wie ich erst jetzt herausfand, geht es bei dem Projekt *Fenceattack* und der KI nicht nur darum, die Einwanderung von fremden Wölfen zu verhindern, sondern auch von fremden Menschen.«

»Von fremden Menschen?«, fragte Jenny.

»Migration! *Fenceattack* baut die Zäune auch, um Zuwanderung zu stoppen!«

53

Noch immer saßen sie zu viert um den Tisch in der Küche der Greifswalder Redaktion. Helen hatte gerade erläutert, dass das wahre, ferne Geschäftsziel von *Fenceattack* das Verhindern von Flüchtlingsströmen war, und zwar mithilfe künstlicher Intelligenz.

»Denken Sie nur an Donald Trump und seine Mauer nach Mexiko«, hatte sie ausgeführt. »Die Abschottung der westlichen Welt gegen Zuwanderung wird das Thema der Zukunft sein! Da ist der Wolf nur die Vorhut.«

Sie griff in ihre Designer-Handtasche und nahm eine Broschüre heraus, die sie auf den Tisch legte. Darauf prangte das Logo von *Fenceattack*, und sie sah genauso aus wie die Broschüre, die Jo zu Hause liegen gehabt hatte. Nur war hier kein Wolf hinter einem Fadenkreuz abgebildet, sondern eine Gruppe von Menschen, die auf einem kargen Boden hockten und erschrocken in die Kamera schauten. Die Frauen kochten etwas auf einer Feuerstelle, die Männer sahen ausgezehrt und erschöpft aus. Zwei kleine Kinder spielten im Schlamm. Im Hintergrund waren Zelte zu erkennen. Offenbar ein provisorisches Zeltlager. Helen reichte die Broschüre herum.

Jenny schlug die erste Seite auf, die wie eine Einleitung gestaltet war. Links sah man eine Landkarte von Europa. Jenny las laut vor: »Lange waren Grenzzäune in der EU tabu. Aber der politische Wind dreht sich. Gab es in Europa im Jahr der Flüchtlingskrise von 2015 insgesamt nur 315 Kilometer befestigte Zäune, wuchs deren Länge bis 2022 auf das beinahe Siebenfache an und beträgt nun 2048 Kilometer. Und dennoch sind damit nur gut 15 Prozent der EU-Landesgrenzen durch Zäune geschützt. Und von den 15 Prozent sind viele Zäune minderer Qualität, weil jederzeit überwindbar. Investieren Sie in ein Zukunftsgeschäft. Wir bauen und liefern zu einhundert Prozent unüberwindbare Zäune, verbunden mit einer Software, die nicht nur sicher vergrämt, sondern auch wertvolle biometrische Daten sammelt. Für eine sichere und lebenswerte Heimat. Gegen Überfremdung.«

»Gegen Überfremdung?«, wiederholte Frederik und runzelte die Stirn.

Jenny blätterte um und las weiter. Hier war unter dem Schlagwort »Abwehr«, jeweils mit einem Foto bebildert, in kurzen Absätzen die genaue Funktion des Zaunes erläutert: Neben einem schwarzen Blitz auf gelbem Dreieck stand: »STROM«, und darunter ein kurzer Text, in dem erläutert wurde, dass der Zaun mit 12 000 Volt versorgt wird, die jede Art von Berührung unattraktiv machen. Darunter war der schwarze Zaun in einer riesigen weißen Wolke abgebildet, die sich vom Boden aus verbreitete. »REIZGAS«, stand über dem Abschnitt, der erklärte, dass der Zaun an »sogenannten Hotspots« mit »RSG-Einheiten« ausgestattet sei, die »das auch von der deutschen Polizei verwendete Chili-Extrakt OC (Oleoresin Capsicum)« versprühten. »Während die Technische Richtlinie des Polizeitechnischen Institutes der Deutschen Hochschule der Polizei einen Reizstoff-Maximalgehalt von 0,3 +/– 0,03 Gew.-% vorsieht, arbeiten wir mit höheren Dosierungen, soweit gesetzlich zugelassen.«

Ihre Augen glitten über die weiteren Punkte. »Flashbang/Lärm- und Blendabwehr« beschrieb den Einsatz von »Abwehrmechanismen, die Lärm bis 170–180 dB und sehr helles Licht von 6–8 Millionen Candela verwenden und in ihrer Wirkung dem Einsatz von Lärm- und Blendgranaten gleichen«. Ein fett gedruckter Hinweis verwies darauf, dass diesbezüglich »auf europäischer Ebene noch die gesetzlichen Voraussetzungen geschaffen werden müssten«.

Am Seitenende war eine Drohne zu sehen. »Einzelne Segmente des Zaunes können als Drohnenbasis und -ladestation dienen, von wo aus mittels Patrouillenflügen mobile Maßnahmen losgelöst von der Statik des Zauns durchgeführt werden können.« Auf der rechten Seite der Broschüre waren eine große Kamera und eine Reihe stilisierter Zahlen und Buchstaben abgebildet. »Sammlung biometrischer Daten«, lautete dort die Überschrift. »Die Sensorik unseres Zaunes sammelt zudem zuverlässig biometrische Daten von Personen, die sich dem Zaun genähert haben, und übermittelt diese an die Zentrale in Berlin. So können wertvolle Bewegungs-, Personen- und Aufenthaltsdaten über Subjekte erfasst und geteilt werden, bevor diese in den Wirtschaftsraum der Europäischen Union eindringen. Auf Bedarf können auch weitere Institutionen über von *Fenceattack* angebotene Schnittstellen auf diese Daten zugreifen.« Danach folgte eine Doppelseite mit prognostizierten Unternehmenszahlen bis zum Jahr 2040, wobei am Ende jeweils Milliardenbeträge aufgeführt wurden.

Sie gab die Broschüre an Frederik weiter, der ebenfalls darin blätterte. »Dass der politische Wind sich dreht, stimmt«, bemerkte er. »Ich kann mir gut vorstellen, dass man mit Zäunen demnächst in Deutschland und auf der Welt viel Geld verdienen kann. Das zeigen die jüngsten Wahlergebnisse.«

»*Fenceattack* hat auch einige Lobbyisten, vor allem in Brüssel und Berlin, auf der Lohnliste, um nichts dem Zufall zu überlassen«, bemerkte Helen. »Wie gesagt, ich glaube, es geht den Inhabern von *Fenceattack* nicht nur ums Geld.«

Helen holte ein Foto aus der Handtasche und legte es mitten auf den Tisch. Jenny erkannte darauf Jo und die anderen sofort. Sie waren zwar deutlich älter als auf dem Foto aus dem Labor, das sie in dem Koffer gefunden hatte, aber es waren dieselben Gesichter. Nur dass sie hier ernster in die Kamera schauten. Sie saßen auf Campingstühlen, links war ein Grill zu sehen, im Hintergrund ein Campingwagen. Vielleicht waren sie auf einem Ausflug. Sie erkannte das blau-gelbe Holzfällerhemd, das Jo trug. Es war eine aktuelle Aufnahme. Anders als auf dem alten Foto, das sie gefunden hatte, fehlte Gunnar, von dem der alte Wilhelm berichtet hatte, dass er schon vor der Wende mit seiner Familie bei einem Feuer umgekommen war. An seiner Stelle kniete außen ein Mann, der deutlich jünger war als die anderen und als Einziger in die Kamera lächelte. Er zeigte den erhobenen Daumen. Entscheidend war allerdings, was im Hintergrund zu erkennen war: eine große schwarz-weiß-rote Flagge mit einem schwarzen Kreuz darauf. Helen drehte das Foto um. Auf der Rückseite stand handschriftlich: *»Das Rudel, Vilm, Juni 2023«* Jenny griff danach und betrachtete erneut Jo, der ungewöhnlich zufrieden aussah.

»Was bedeutet das?«, fragte Klara.

»Das bedeutet, dass die Jungs Nazis sind«, sagte Helen.

»Maybe«, sagte Frederik. »Vielleicht aber auch nicht. Diese Flagge auf dem Foto ist keine Flagge aus dem Nationalsozialismus. Diese Version der Reichskriegsflagge ist nicht generell verboten und das Zeigen auch nicht strafbar. Die Nazis modifizierten sie später mit Hakenkreuzen. Deren Nutzung ist aber eine Straftat, daher weichen manche Rechtsextreme in der Öffentlichkeit auf die nicht strafbare Reichskriegsflagge aus. Also ein Indiz für eine gewisse Gesinnung mag es sein, mehr aber auch nicht.«

»Das wusste ich nicht!«, sagte Helen.

»Jo ist doch kein Nazi!«, entfuhr es Jenny. Irgendetwas in ihr bäumte sich auf. Jo und rechts, sogar rechtsextrem, das passte nicht zusammen. Er war in der DDR groß geworden, hatte sich, soweit sie wusste, mit dem Sozialismus arrangiert. Wie konnte er ein Nazi sein?

»Na ja, wie würden Sie das nennen, wenn man sich vor einer solchen Flagge fotografieren lässt?«

Das auf den Hochsitz gesprühte Hakenkreuz kam Jenny in den Sinn.

»Moment einmal: Sie kennen Jo?«, fragte Helen.

Jenny zögerte kurz, dachte daran, dass Frederik sie eingangs ausnahmsweise als Kollegin vorgestellt hatte.

»Er ist mein Vater«, sagte sie dann. Formal stimmte dies, auch wenn er nicht ihr leiblicher Vater war.

»Ihr Vater?« Helen klang überrascht, aber auch ein bisschen besorgt.

»Keine Angst«, sagte Jenny. »Ich … also, ich bin auf Ihrer Seite.« Sie wusste nicht, wie sie die Sache in aller Kürze erklären sollte. »Sie wissen, dass er vermisst wird?«, schob sie hinterher.

»Ja. Gibt es irgendwelche neuen Hinweise?«

Jenny schüttelte den Kopf.

»Fünf Männer, zwei sind tot, einer vermisst«, sagte Frederik und zeigte auf das Foto. »Wer ist das?«, fragte er und deutete auf den jüngeren Mann mit dem erhobenen Daumen.

»Das ist Darius Gorski, Gesellschafter und Geschäftsführer von *Fenceattack*. Er ist quicklebendig. In seinem Schreibtisch habe ich dieses Foto, die Broschüre und eine Waffe gefunden.«

»Eine Waffe?«

Helen nickte.

»Was für ein Modell?«, wollte Frederik wissen.

»Ich kenne mich damit leider nicht aus.«

Vermutlich dachte auch Frederik daran, dass Zimmermann erschossen worden war.

Für eine Weile schwiegen wieder alle am Tisch, versuchten, das gerade Gehörte zu verarbeiten.

»Was geschieht als Nächstes?«, wollte Jenny wissen.

»Ich muss an die Arbeit«, sagte Klara. »Wir haben die Sache mit dem Wolf wegen Lars' Ermordung komplett verpasst. Darum werde ich mich jetzt den Wolfsaktivisten widmen. Bevor Helen kam, hatte ich die Nachricht erhalten, dass jetzt die Aktivisten anrollen!«

»Die Wolfsaktivisten?«, fragte Jenny.

»Es gibt eine Gruppe von Jagdgegnern, die Störaktionen bei Jagden veranstaltet. Sie nennen sich die ›Jagd Saboteure‹, kurz ›Sabs‹. Sie haben angekündigt, nach Vorpommern zu kommen, um etwaige Wolfsjagden zu stören.«

»Wie soll das gehen?«, fragte Frederik.

»Meistens laufen sie in großen Gruppen durch den Wald, machen Lärm, singen Lieder. In Großbritannien lenken sie auch gezielt Jagd- und Fährtenhunde ab. Und manche schreiben ihnen auch Sabotageakte wie das Ansägen von Hochsitzen und andere Dinge zu. Sie haben eine Pressemitteilung herausgegeben, dass sie herkommen und den Wolf beschützen werden. Und dann gibt es noch den Typen mit der Wolfsmaske von YouTube, der auch ein neues Video hochgeladen hat.«

Zum wiederholten Male wechselten Jenny und Frederik Blicke.

»Was will der denn?«, fragte Frederik.

Klara öffnete ein Video auf ihrem Handy. Darauf zu sehen war der Mann mit der Wolfsmaske. Er saß vor der Kamera, im Hintergrund ein dunkler Raum. Er sprach mit überdeutlicher Betonung, laut und aufgebracht. Seine Worte waren mit weißen Untertiteln versehen, die offenbar automatisch erzeugt wurden und von denen einige keinen Sinn ergaben. »Die Politik treibt den Wolf durchs Dorf!«, ereiferte er sich. »Die von den Landwirten und Jägern bezahlten Lobbyisten betreiben die Wiederausrottung des Wolfs!« Er klang aggressiv, wirkte mit seiner Maske, der nach vorn gebeugten Körperhaltung und dem Tarnanzug militant. »Die Wolfspopulation ist ohne Schutz nicht überlebensfähig. Auch Jäger haben die FFH-Richtlinie der EU, das Washingtoner Artenschutzabkommen, die Berner Konvention und das Bundesnaturschutzgesetz zu beachten! Aber denen geht es nur darum, dass der Wolf Beutekonkurrent ist. Sie wollen aus ihren überteuerten Jagdpachten so viel Wildfleisch wie möglich herausholen!«

Jenny drückte auf die Pausetaste auf Klaras Handy. Diese pauschalen Argumente und Vorwürfe gegen die Jägerschaft kannte sie, und sie waren ihr zu extrem. Es gab tatsächlich gute Argumente für den Wolf als Hygienepolizei des Waldes, aber das Schüren von Feindschaft zwischen Wolfsbefürwortern auf der einen Seite und angeblich schießwütigen Jägern auf der anderen Seite konnte sie nicht mehr hören.

»Er hat dazu aufgerufen, Jagd auf die Jäger zu machen!«, sagte Klara. »Es sei an der Zeit, dass die Tiere sich wehren!«

»Was ist das denn für ein Freak?!«, bemerkte Helen, die das Video auch gesehen hatte.

»Das ist kein Freak, das ist Ihr Wolfsmensch!«, sagte Jenny zu ihr gewandt.

Helen schüttelte energisch den Kopf. »Das kann nicht sein!«

»Warum nicht?«

»Wie ich sagte: Unsere KI erkennt mit Leichtigkeit Verkleidungen. Eine bloße Maskierung würde nicht genügen, um unsere Software zu überlisten.«

»Das heißt also, Sie glauben auch, den Wolfsmenschen gibt es wirklich?«, fragte Klara.

»Genauso wie den Schattenwolf?«, bemerkte Jenny.

Helen hob die Schultern. »Ich würde derzeit nicht mehr darauf wetten, dass es ihn nicht gibt.«

54

Gorski ließ sich in seinen Bürosessel fallen. Die Dinge entwickelten sich in eine völlig falsche Richtung. Gerade hatte ihr Lobbyist aus Berlin ihn angerufen. Sie bezahlten ihm seit einem Jahr achttausend Euro im Monat, damit er bei den Parteien im Bundestag für das richtige politische Umfeld sorgte, in dem ihre Geschäftsidee wachsen und gedeihen konnte. Er selbst nannte sich »Landschaftsgärtner«, weil er die politische Landschaft beeinflusste. Aber er sollte nicht nur mithelfen, dass die Begrenzung der Zuwanderung gesellschaftsfähig wurde, sondern auch dafür sorgen, dass zum richtigen Zeitpunkt ihr Unternehmen als Vertragspartner für den Zaunbau bereitstand. Regierungen schlossen Milliardendeals, das wusste jeder. Wer an das große Geld wollte, brauchte Kunden mit viel Geld, und niemand besaß mehr Geld als derjenige, der es sich selbst drucken konnte. Nur davon waren sie mittlerweile so weit entfernt wie die Erde vom Mars.

»Die Werwolf-Geschichte ist rum!«, hatte ihr Mann in Berlin vermeldet und ihm kurz darauf seine Kündigung geschickt. »Ich habe auch einen Ruf zu verlieren«, hatte er sie begründet.

Sein Blick fiel auf die Schublade seines Rollcontainers. Er ging zum Regal, schüttelte einen der dort stehenden Aktenordner, stutzte, wählte den daneben und fischte unter dem Ordner einen kleinen Schlüssel hervor. Dann setzte er sich wieder an den Schreibtisch und schloss den Container auf. Er öffnete die zweite Schublade, griff sich eine Packung mit Medikamenten, der er erst eine und dann, nach kurzem Überlegen, zwei Tabletten entnahm, die er mit einem Schluck aus einer Wasserflasche hinunterstürzte. Er nahm nicht mehr oft Amphetamine, hasste das Tief nach dem Hoch, aber heute musste es sein. Als er sie zurücklegte, stutzte er erneut. Er durchwühlte die Schublade, öffnete die anderen und durchsuchte sie ebenfalls, aber er wurde nicht fündig: Die Broschüre war fort. Ebenso wie das Foto vom Rudel. Jemand war an seinem Schrank gewesen!

Ärgerlich stieß er die Schublade mit dem Fuß zu. Dann, nach kurzer Überlegung, öffnete er die obere Schublade und nahm die Pistole. Es kamen nicht viele als Täter in Betracht. Kurz ging er die Reihe der Verdächtigen in seinem Kopf durch. Bevor er einen Fehler beging und in den eigenen Reihen aufräumte, musste er jedoch alle anderen Möglichkeiten ausschließen. Und damit würde er beim externen Reinigungsdienst anfangen. Die Typen waren ihm immer suspekt gewesen; wenn sie damit etwas zu tun hatten, würde er es aus ihnen herausbekommen. Bis der Kerl mit dem Staubsauger auftauchte, dauerte es noch einige Stunden. Genug Zeit, um sich auf die Suche nach einem neuen Lobbyisten in Berlin zu machen.

Natürlich würde er die Kündigung des Bastards von Landschaftsgärtner nicht einfach akzeptieren. Dafür hatten sie zu viel Geld in diesen Hurensohn gepumpt und zu wenig Gegenleistung erhalten. Das Geld musste zurück. Vielleicht würde er demnächst mit ihm hinaus ins Grüne fahren, dorthin, wo sie allein waren, ihm einen Spaten in die Hand drücken und schauen, wie gut er als Landschaftsgärtner darin war, tiefe Löcher zu graben.

55

Sie hatte Helen ihr Hotel empfohlen, nicht wissend, ob noch ein Zimmer frei war, und Helen hatte den Tipp gern angenommen. Nach dem Gespräch in der Redaktion hatten Frederik und sie in einem Mobilfunkgeschäft um die Ecke ein neues Handy und eine Prepaidkarte gekauft. Ihr Telefon wurde, nachdem sie es Fredrik freiwillig ausgehändigt hatte, mittlerweile in der Forensik des Landeskriminalamts untersucht. Nicht nur sie hoffte auf eine technische Erklärung, warum es in der Nacht von Jos Verschwinden am Fundort von Walter Gehrlings Leiche eingeloggt war.

Danach hatte sie sofort im Büro des Landrats angerufen, vom angeblichen Verlust ihres Handys berichtet und ihre neue Nummer hinterlassen. Der Landrat hatte mit Sorge ebenfalls von der Ankunft der Wolfsaktivisten gehört. Zudem wartete auch er auf die Bestätigung des DNA-Tests durch Dr. Grothmann und die Abschussgenehmigung.

»Wie werden wohl alle reagieren, wenn sie erfahren, dass es kein normaler Wolf, sondern ein Schattenwolf war?«, dachte Jenny laut. Der Ausdruck »Schattenwolf« ging ihr noch immer schwer über die Lippen. Es klang surreal.

»Was ändert das?«, entgegnete Frederik.

»Jagdrechtlich vermutlich alles. Und was den Hass auf den Wolf im Allgemeinen angeht? Keine Ahnung!«

Sie waren auf dem Weg zu Jennys Wagen.

»Ich fasse es noch nicht, dass das Blut am Tatort von deinem Bruder stammen soll«, wechselte Frederik das Thema. Sofort als sie das Redaktionsgebäude verlassen hatten, hatte sie ihm davon erzählt. »Das muss für dich schrecklich und spannend zugleich sein«, bemerkte er.

»Spannend? Das klingt, als wäre es ein Thriller. Tatsächlich fühlt es sich eher an wie …«, sie suchte nach den richtigen Worten, »… ein Albtraum, der einfach nicht enden will.«

Er blieb stehen und wandte sich zu ihr. Sie tat es ihm gleich und schaute ihn erstaunt an. Dann beugte er sich vor und umarmte sie. Sie brauchte einen Moment, um ihre Überraschung zu verarbeiten, doch dann ließ sie sich fallen und genoss seine Geste. Ihr Herz schlug schneller. Es war lange her, dass sie jemand auf diese Art und Weise umarmt hatte. Wieder roch er gut nach Eau de Toilette. Einen Moment verharrten sie so, ohne dass es ihr peinlich wurde. Dann lösten sie sich voneinander und gingen weiter, als sei nichts geschehen.

»Was war das?«, fragte sie.

»Manchmal helfen keine Worte mehr, dann braucht man einfach eine Umarmung«, sagte er. »Ich hoffe, das war okay für dich?«

Sie lächelte. Ja, es war okay für sie. Mehr als das. Gerade nach seinen Zweifeln vom Morgen und seiner Flirterei mit Helen, die sie glaubte, beobachtet zu haben, fühlte sich die Umarmung besonders wertvoll an.

»Was jetzt?«, fragte sie, als sie ins Auto stiegen.

Er schaute auf die Uhr. »In einer halben Stunde kommt die Witwe von Walter Gehrling zu mir ins Büro. Sie reist extra aus Lörrach an, um ihn zu identifizieren und die Leiche nach Hause zu holen. Vielleicht hast du Lust, dazuzukommen. Offenbar waren dein Vater, sorry, Jo, und er gute Freunde. Vielleicht erzählt sie dir Dinge, die sie mir als Staatsanwalt nicht sagen würde.«

Vielleicht wusste sie sogar etwas über ihre Adoption und ihre Herkunft. »Sehr gerne«, sagte sie und fühlte, wie die Umarmung immer noch ihr Herz erwärmte.

Den Weg zur Staatsanwaltschaft konnte sie mittlerweile blind absolvieren. Auf der Fahrt rief sie in der Tierklinik an, um Mona ihre neue Handynummer zu geben und sich nach Bruno zu erkundigen. Die Sprechzeit war jedoch bereits vorüber, und niemand beantwortete ihren Anruf. Sie wusste nicht, ob sie es rechtzeitig schaffen würde, Bruno abzuholen, hatte für diesen Fall allerdings vereinbart, dass Mona ihn mit zu sich nach Hause nahm und er sogar bei ihr übernachten konnte. Wahrscheinlich würde sie ihm irgendein verbotenes Leckerli geben und mit ihm auf der Couch kuscheln. Wie sehr wünschte sie sich einen solchen Abend, einen ganz normalen Abend. Mit Fernsehen, Pizza und einem Glas Wein. Sobald sie konnte, würde sie einen Abend lang nur chillen und mit Bruno kuscheln. Sie hinterließ eine Nachricht auf dem Anrufbeantworter der Klinik, wusste aber, dass dieser vermutlich erst am nächsten Tag abgehört werden würde. Wieder parkte sie bei der Staatsanwaltschaft auf dem Parkplatz für Mitarbeiter, fühlte sich mittlerweile aber beinahe auch als ein solcher.

»Warum hast du mich vorhin als Kollegin vorgestellt?«, fiel es ihr wieder ein.

»Ich hatte keine Lust, alles zu erklären. Außerdem fühlt es sich langsam für mich so an.« Er grinste breit, ein Lächeln, das sie ansteckte.

Als sie eintrafen, saß die Witwe bereits auf einem der Wartestühle im Gang vor Frederiks Büro. Margarete Gehrling war eine resolute Frau. Sie war groß und kräftig, und Jenny schätzte sie deutlich jünger als ihren ermordeten Ehemann. Dafür, dass ihr Ehemann, glaubte man Helen, Millionär war, war sie sehr schlicht gekleidet und kaufte nach Jennys erster Einschätzung eher bei H&M als bei Gucci ein. Lediglich ein großer Brillant, den sie an einer Kette um den Hals trug, fiel auf. Frederik begrüßte sie und bat sie in einen der Konferenzräume, die lediglich über einen funktionalen Tisch, sechs Stühle und einen rollbaren Fernseher an der Seite verfügten. Jenny fragte sich, ob es auch hier Kameras für eine Vernehmung gab, entdeckte aber keine. Margarete Gehrling bat um ein Glas Wasser und schaute Frederik und sie abwechselnd aus schmalen Augen mit einer Mischung aus Neugierde und Trotz an. Dabei suchte Jenny in ihrem Gesicht vergeblich nach Zeichen von Trauer. Ihre Wangen waren gerötet, aber eher vor Wärme als vor Aufregung.

»Ich habe alles bereits der Polizei erzählt«, wartete sie nicht, bis Frederik das Gespräch eröffnete. »Ich verstehe nicht, warum ich hier bin.«

Eine berechtigte Frage, fand Jenny. Frederiks Ermittlungsdrang als Staatsanwalt kam auch ihr immer noch ungewöhnlich vor.

Frederik antwortete mit einem freundlichen, aber abwehrenden Lächeln und stellte sich ihr vor. Dann deutete er auf sie und stellte sie als »die Tochter des verschwundenen Freundes Ihres Mannes, Jenny Rausch« vor. Er hatte sie vorher gefragt, und sie war ausnahmsweise einverstanden in der Hoffnung, so rascher das Vertrauen der Witwe gewinnen zu können.

»Die Tochter vom Jo?«, sagte diese und musterte sie nun das erste Mal richtig. Neben dem bayrischen Dialekt glaubte Jenny, auch noch einen osteuropäischen Akzent aus ihren Worten herauszuhören.

»Da haben Sie aber wenig Ähnlichkeit mit Jo«, stellte die Witwe fest und ahnte nicht, wie sehr sie damit recht hatte. Allerdings löste diese Bemerkung sofort Enttäuschung bei Jenny aus, deutete sie doch darauf hin, dass ihre Gesprächspartnerin keine Ahnung von ihrer Adoption hatte.

»Weiß man mittlerweile, was mit Jo geschehen ist? Warum er Walter dort allein gelassen hatte?«

Eine Interpretation der Ereignisse, auf die sie noch gar nicht gekommen war: dass Jo Walter im Stich gelassen haben könnte.

»Wir wissen es nicht«, sagte Frederik wahrheitsgemäß. »Derzeit versuchen wir, genauer zu verstehen, was Walter hier oben im Norden gemacht hat, ob und, wenn ja, warum er an dem Abend überhaupt zusammen mit Jo dort war.«

»Ich hatte gehofft, Sie könnten mir das sagen. Hätte ich das gewusst, hätte ich ihn am Abend davor nicht als vermisst gemeldet.«

»Erzählen Sie bitte noch einmal!«, forderte er sie auf.

»Es gibt nicht viel zu erzählen: Ich kam von der Arbeit nach Hause, so gegen 20 Uhr. Und da fand ich eine Notiz auf dem Tisch, dass Walter jagen gehen würde und ich nicht auf ihn warten solle.«

»Kam das häufiger vor?«

Sie nickte. »Ich arbeite in einem Feinkostgeschäft, und wir haben bis abends geöffnet. Daher ist Walter oft schon weg, wenn ich nach Hause komme.«

»Und dann?«

»Als ich am nächsten Morgen erwachte, bemerkte ich, dass er nicht nach Hause gekommen war. Auch auf dem Handy konnte ich ihn nicht erreichen. Da habe ich ihn als vermisst gemeldet.«

»Kam das häufiger vor, dass er unangemeldet fernblieb?«

»Niemals!« Die Antwort kam wie aus der Pistole geschossen und wirkte in ihrer Vehemenz schon beinahe wieder unglaubwürdig, dachte Jenny. Vielleicht hatte es Geschichten mit anderen Frauen gegeben.

»Und sein Wagen wurde in der Nähe seines bevorzugten Hochsitzes gefunden?«

Sie nickte.

»Hat er noch einen zweiten Wagen?«

»Den fahre ich.«

»Hat er einen Hund?«, wollte Jenny wissen.

Die Witwe schüttelte den Kopf. »Ich habe eine Hundehaarallergie. Wir haben aber eine Katze. Das nächste Mal, das ich ihn gesehen habe, war eben in der Rechtsmedizin.« Nun öffnete sie ihre kleine Baguette-Handtasche und holte ein Taschentuch daraus hervor, mit dem sie sich die Augen abtupfte.

»War irgendetwas ungewöhnlich, bevor Walter verschwand?«

Sie nickte. »Er war angespannter als sonst.«

»Angespannter?«

»Etwas belastete ihn. Ein, zwei Tage vorher ging es los. Es musste irgendetwas mit seiner Arbeit zu tun haben.«

»Mit seiner Arbeit meinen Sie *Fenceattack*.«

Sie nickte. »Der Zaun. Wir saßen beim Mittagessen, vor meiner Schicht. Da bekam er eine Nachricht auf sein Handy. Er las sie, hörte auf zu essen und verschwand in seinem Arbeitszimmer. Als er wiederkam, wirkte er besorgt.«

»Haben Sie irgendeine Ahnung, von wem die Nachricht kam?«

»Damals nicht.«

»Und heute?«

»Na, ich vermute, von Jo.«

»Und wissen Sie, worum es ging?«

»Wie gesagt, irgendetwas mit dem Zaun. Oder von früher.«

»Von früher?«

»Walter hat nichts darüber gesagt. Aber als er wieder einmal telefonierte und sich dafür im Gästebad eingeschlossen hatte, nun ja, normalerweise tue ich so etwas nicht. Aber ich dachte, er braucht vielleicht Hilfe.«

»Sie haben gelauscht?«

»Nicht wirklich, aber ich habe mal das Ohr an die Tür gelegt, um

zu hören, was er darin macht, mit wem er so heimlich telefoniert.«
Also gab es in der Vergangenheit Frauengeschichten, dachte Jenny, unterbrach sie aber nicht.

»Und da hörte ich, wie Walter sagte: ›Ich habe gewusst, es holt uns irgendwann ein.‹«

»Und konnten Sie sonst noch irgendetwas verstehen?«

Sie zögerte.

»Frau Gehrling, bitte, alles kann uns weiterhelfen.« Jenny sah, wie sie sich quälte.

»Er ist tot. Man sollte ihn in Frieden ruhen lassen.«

»Aber Jo wird noch vermisst«, sagte Jenny.

»Ach, Jo. Der liebe Joachim Rausch.« Aus ihrer Stimme klang Spott.

»Warum sagen Sie das so?«, wollte Jenny wissen.

»Manchmal wünschte ich mir, Walter hätte ihn gar nicht kennengelernt. Vermutlich wäre Walter dann ein glücklicherer Mensch geworden. Und ich auch.«

»Was meinen Sie damit?«, fragte Frederik.

Sie nahm einen großen Schluck vom Wasser.

»Irgendetwas ist geschehen. Noch vor der Wende. Irgendetwas Schlimmes, was Walter bis heute nicht losgelassen hat. Was er nun mit ins Grab nehmen wird.«

»Was …? Was meinen Sie?«

Jenny hörte die Aufregung aus Frederiks Stimme heraus. Auch er war ein Jäger: ein Jäger nach der Wahrheit. Und er spürte offenbar, dass er ihr ganz nahe war. Jenny kannte das Gefühl kurz vor einem Abschuss. Diese Mischung aus Erregung und Angst. Angst, danebenzuschießen, und Angst, zu treffen, Angst vor der Endgültigkeit der Handlung.

»Ich weiß es nicht. Ich habe Walter erst 1995 kennengelernt, als er nach Lörrach kam.«

»Warum ausgerechnet Lörrach?«

»Das habe ich ihn auch einmal gefragt, und er sagte, er wollte so weit weg wie möglich von dort oben.«

»Hat er das so gesagt?«

»Ich weiß nicht, ob er es wirklich genau so gesagt hat. Aber ich glaube, er meinte eigentlich: weit weg von seiner Vergangenheit. Jedenfalls ist im Norden etwas geschehen. Und es hat mit Jo zu tun. Und deren Arbeit in diesem Institut auf dieser Insel.«

»Riems?«

Sie nickte.

»Und Genaueres wissen Sie nicht?«

»Wenn man ihn fragte, wurde Walter ärgerlich. Einmal hat er mich fast geschlagen. Und er war sonst nie gewalttätig«, schob sie rasch hinterher.

»Eine andere Frage«, sagte Jenny. »Walter hat dieses Unternehmen *Fenceattack* gegründet. Wir haben gehört, dass er, Jo und die anderen dafür sehr viel Kapital aufgebracht haben. Jo und Walter waren Tierärzte, soweit ich weiß. Ein guter Beruf, aber keiner, mit dem man Millionär wird. Vor allem nicht in der DDR. Wissen Sie, woher Walter so viel Geld hatte?«

Wieder folgte dieselbe Reaktion wie vorhin, als sie nicht sagen wollte, ob sie noch etwas gehört hatte.

»Bitte, Frau Gehrling!«, ermahnte Frederik sie mit scharfer Stimme. »Sie wollen doch auch, dass wir den Mörder finden, oder? Dann muss ich die ganze Wahrheit kennen.«

»Was hat es mit Walters Tod zu tun, woher er sein Geld hatte?«

Frederik hob die Hände mit den Handflächen nach oben, um zu zeigen, dass er es nicht beurteilen konnte.

»Wissen Sie es denn nicht, Mädchen?«, wandte sie sich an Jenny.

Sie wusste nicht, was sie meinte.

»Sagt Ihnen der Begriff Autobahn-Tierärzte etwas?«, fragte Gehrlings Witwe.

Jenny nickte.

»Mir nicht«, sagte Frederik.

1998

Raststätte Aachener Land

Walter Gehrling hatte Mühe, seine Augen offen zu halten. Die Touren wurden immer anstrengender, aber das bedeutete auch, dass sie mehr verdienten. Nachdem sie die Übergaben anfangs nur in der Dunkelheit durchgeführt hatten, waren sie irgendwann darauf ge-

kommen, dass nächtliche Treffen auf einem einsamen Parkplatz viel verdächtiger waren als am Tage. Sicher gab es tagsüber mehr Zeugen, aber wer interessierte sich schon für zwei Autofahrer, die an einer Raststätte oder einem Parkplatz scheinbar zufällig ins Gespräch kamen? Die Anonymität der Masse. Am besten versteckte man ein Reiskorn in einem Haufen Reis.

Die Anschlussstelle Eschweiler-West hatte er schon vor einigen Kilometern hinter sich gelassen, am Kreuz Aachen würde er die Autobahn verlassen, um umzukehren. Jetzt aber folgte er dem Hinweisschild zur »Raststätte Aachener Land« und setzte den Blinker. Der alte Mercedes Kombi war ein guter Begleiter auf langen Autofahrten, hatte aber vor allem einen unschätzbar großen Vorteil: einen riesigen Kofferraum. Er steuerte eine der äußersten Parkbuchten an und blieb im Fahrzeug sitzen. Er war zehn Minuten zu früh. Normalerweise wäre er noch einmal austreten gegangen und hätte sich einen Kaffee gekauft. Aber heute war er dazu zu müde. Mehr als dreitausend Kilometer hatte er in den vergangenen Tagen abgespult. Ware annehmen, Ware ausliefern. Jo hatte die Aufgabe übernommen, das Hauptlager zu verwalten, und sorgte dafür, dass die Medikamente in Deutschland so verteilt wurden, dass er sie in kleinen Portionen an den Endkunden bringen konnte. Sicher, er hätte den Kofferraum vollpacken und dann einen Kunden nach dem anderen besuchen können. Wäre er dann aber angehalten worden, im schlimmsten Fall zu Beginn seiner Reise, hätte er den ganzen Kofferraum voller illegaler Medikamente gehabt. So fuhr er mit einer, zwei oder, wenn er besonders mutig oder dämlich war, drei Reisetaschen durchs Land. Eine Reisetasche mit Medikamenten konnte man als Tierarzt noch erklären.

Neben ihm rollte ein Pick-up in die Parklücke. Er war so groß, dass er gleich zwei Parkflächen blockierte. Ein Mann in Arbeitskleidung stieg aus und ging unschlüssig zum Heck seines Fahrzeugs. Walter checkte die drei Spiegel seines Fahrzeugs nach etwas Auffälligem, und als alles okay schien, stieg auch er aus. Er ging ebenfalls zum Kofferraum und schaute zu dem Ankömmling. Mit geübtem Auge erkannte man den Landwirt.

»Schönes Wetter heute!«, rief er hinüber, während er sich eine Ziga-

rette anzündete. Dann trat er von einem Bein aufs andere, um das schwere Gefühl aus den Waden zu bekommen.

»Wird Regen geben«, entgegnete der Mann, und Walter nickte zufrieden. Immer derselbe Dialog, egal, auf welchem Parkplatz er anhielt. Hundertfach geführt. Walter öffnete seinen Kofferraum und schob die Reisetasche auf die Ladekante. Sie war schwarz, strapazierfähig und dennoch günstig, denn sie hatten nichts zu verschenken. Jo hatte fünfhundert Stück aus Asien importiert.

Der Landwirt kam zu ihm herüber. »Haben Sie alles dabei?«

Er nickte und hievte die Reisetasche in die Höhe. »Seien Sie vorsichtig mit den Kortisonspritzen«, flüsterte er. »Die sind normalerweise für Nutztiere nicht zugelassen. Nur eine pro Tier! Dasselbe gilt für die Schmerzmittel. Immer schön vorsichtig, nicht übertreiben.«

Der Landwirt nickte. »Haben Sie auch die Anabolika bekommen?«

»Die sind für Sie?«, wollte Walter wissen.

Der Landwirt lachte verächtlich. »Für meinen Bruder, der strengt sich nur im Fitnessstudio an.«

»Er soll sie auf keinen Fall weiterverkaufen, zu risikoreich! Und immer zurückhaltend dosieren, die sind für Tiere! Sonst schrumpfen die Eier«, sagte Walter.

Der Landwirt lächelte und wollte schon die Tasche nehmen, als Walter sie zurückriss. »Erst das Geld!«

Der Landwirt griff in die Brusttasche seiner Latzhose und reichte ihm einen Umschlag. »Wollen Sie nachzählen?«

Walter griff danach. »Selbstverständlich!«

Kurz darauf rollte der Pick-up rückwärts und fuhr mit der Tasche davon. Walter versteckte das Geld in einem Geheimfach hinter der Armatur. Dann sah er zu, dass auch er weiterkam. Immer in Bewegung sein, niemals stehen bleiben. Das war sein Lebensmotto. Eine Reisetasche hatte er noch auszuliefern, dann würde er sich in irgendeinem Motel an der Autobahn aufs Ohr hauen, bevor es in Richtung Heimat ging. Er vermisste seine Frau.

»Sie haben Medikamente für Tiere vertickt?«, fasste Frederik das Gehörte zusammen.

»Wir Tierärzte haben das sogenannte Dispensierrecht«, mischte

Jenny sich ein. »Das umfasst die Berechtigung, für von uns behandelte Tiere Arzneimittel direkt vom Hersteller oder vom Großhandel zu beziehen und an den Tierhalter abzugeben. Diese Freiheit wird immer wieder kritisiert und diskutiert, weil es einigen wenigen schwarzen Schafen unter uns Tierärzten ermöglicht, illegal mit Arzneimitteln zu handeln. So jemanden nennt man auch ›Autobahn-Tierarzt‹, weil er mit einer Ladung Hormone und Antibiotika im Kofferraum zum Beispiel nachts auf einem Autobahn-Parkplatz vorfährt und diese Medikamente dort gegen Bezahlung an Landwirte abgibt, ohne deren Tiere überhaupt untersucht oder auch nur gesehen zu haben.«

Margarete Gehrling nickte zustimmend.

»Und was bringt das dem Landwirt?«, wollte Frederik wissen.

»Der nutzt die Medikamente zur Mast. Du hast bestimmt schon einmal von dem Mastskandal gehört, oder? Letztlich ist das wie Doping für Tiere. Aber so kommen eben auch die Antibiotika ins Fleisch.«

»Und der Tierarzt?«

»Kann damit, wenn er es im großen Stil betreibt, ein Vermögen verdienen«, sagte Jenny. »Wenn es rauskommt, dass er die Medikamente nicht im Einzelfall nach Tierbesichtigung verschreibt, sondern massenweise so verkauft, landet er aber unter Umständen auch im Knast oder verliert zumindest seine Approbation – und sein Ansehen. Wir Tierärzte sollen ja eigentlich helfen.«

»Und so etwas hat Walter gemacht?«, wandte Frederik sich wieder an seine Besucherin.

»Er und Jo und die anderen aus der alten Riems-Gang. In den Neunzigern und frühen 2000ern haben sie damit ordentlich verdient. Jetzt kann man es ja zugeben. Walter ist tot und kann nicht mehr bestraft werden.«

Jenny erinnerte sich an die vielen Medikamentenrechnungen, die sie in dem Koffer in der Scheune entdeckt hatte. Illegaler Medikamentenhandel war ein Verrat aller tierärztlichen Prinzipien. Niemals hätte sie dies von Jo gedacht. Nun wurde ihr auch klar, warum er stets so viel unterwegs war, warum er immer so ein Geheimnis daraus gemacht hatte, was er tat. Wenn Jo für sie als dessen angebliche Tochter jemals auf einem Podest gestanden hatte, so hatten die Erkenntnisse der vergangenen Wochen alles dafür getan, ihn dort herunterzustoßen. Mittlerweile war sie froh, dass er nicht ihr leiblicher Vater war.

»Eine Frage habe ich noch«, riss Frederik sie aus ihren Gedanken. »Stand Ihr Mann rechten Parteien nahe?«

Margarete wirkte überrascht. »Wie meinen Sie das?«

»Ich meine, war er … rechts? Begeisterte er sich für den Nationalsozialismus?«

Margarete lachte. »Er war mittlerweile Baden-Württemberger. Ich denke, er hat die CDU gewählt. Das kann man wohl kaum rechtsextrem nennen.«

Frederik schüttelte den Kopf.

»Jedenfalls war er kein Nazi oder so etwas. Er ist in der DDR aufgewachsen!«

»Vielen Dank«, sagte Frederik und notierte etwas in seinem Block. »Dann bleibt noch eine Frage: Was wollten Sie uns vorhin mitteilen, das Sie gehört hatten, als Walter im Badezimmer telefoniert hatte? Sie sagten«, Frederik schaute auf seinen Block, »er habe gesagt: ›Die Vergangenheit holt uns ein.‹ Und dann noch etwas, bei dem Sie gezögert hatten, es uns zu sagen.«

Erneut schaute sie unglücklich von Frederik zu ihr und dann wieder zurück.

»Frau Gehrling!«, ermahnte Frederik sie.

Jenny sah, wie sie mit sich rang und dann ein Ruck durch die Frau ging.

»Vielleicht habe ich mich auch verhört, aber ich glaube, er sagte: ›Wir müssen ihn töten!‹«

56

Als Gehrlings Witwe gegangen war, saßen sie noch in Frederiks Büro. Er hatte ihnen einen Kaffee gemacht, womit sie den Hunger bekämpften, der sich seit dem Mittag gemeldet hatte. Es war 17 Uhr, und sie musste dringend Bruno abholen.

»Ich glaube, sie lügt«, sagte Frederik.

»In welcher Beziehung?«

»Was die politische Gesinnung ihres Ehemannes angeht. Ist es dir aufgefallen?«

Sie schüttelte den Kopf.

»Sie hat den Blickkontakt gesucht, sich anders hingesetzt, mit der Antwort kurz gezögert und ist dann mit dem kleinen Scherz über die CDU ausgewichen.«

Nichts von alledem hatte sie bemerkt, aber es war Frederiks Job, auf so etwas zu achten. Ihrer war es, zu erkennen, wenn ein Hund Angst hatte oder eine Katze Schmerzen, denn Tiere konnten nicht sprechen.

»Das heißt, du glaubst, ihr Mann war ein Nazi?«

»Die Hakenkreuze, das Foto von dem Campingplatz. Mein Gefühl sagt mir, wir sollten dort weitergraben.«

»Nazis in der DDR?«, wiederholte sie. »Widerspricht sich das nicht?«

»Nur auf den ersten Blick.«

»Mittlerweile würde mich bei Jo nichts mehr wundern«, sagte sie mit düsterer Stimme.

»Immerhin wissen wir nun schon einiges mehr als noch gestern: Walter und Jo hatten, auch nachdem sie aus Riems weggegangen waren und nach dem Ende der DDR, weiter Kontakt. Sie haben zusammen einen Haufen Geld mit illegalem Arzneimittelhandel verdient, und sie wurden offenbar nie erwischt. Den Gewinn haben sie in eine eigene Firma gesteckt, um vorgeblich Schutzzäune gegen den Wolf zu bauen, doch langfristig ging es eigentlich darum, mit ihren Zäunen das Abendland vor Zuwanderung zu schützen und damit ein noch größeres Vermögen zu verdienen. Der Plan geriet ins Wanken, als der Zaun vor einigen Tagen erst einen … Schattenwolf und dann sogar einen Werwolf identifizierte. Kurz darauf ist Walter tot und Jo verschwunden. Und dann gibt es noch die Blutspur von einem Unbekannten, der laut Grothmann dein Bruder ist.«

»Sehr schön zusammengefasst.«

»Daneben gibt es viele offene Fragen. Wer schickte dir die Karte mit der Info, dass Jo nicht dein Vater ist? Und dann muss ich ständig an diesen Vorfall von damals denken, bei dem der Kollege der beiden umkam. Wie hieß er noch?«

»Gunnar Grabowski.«

»Ich habe mir die alte Akte kommen lassen. Nach der Wende wurden die Akten der DDR-Polizei zum großen Teil in die Archive der westdeutschen Behörden überführt. Viel ging verloren, aber hier hatten wir Glück.« Er deutete auf einen Aktendeckel vor sich.

»Darf ich einmal sehen?«, fragte sie.

Er schüttelte den Kopf. »Datenschutz.«

Sie verstand. Langsam vergaß sie, dass sie keine Staatsanwältin war. »Dann sag mir wenigstens, was drinsteht.«

»So wie Wilhelm es geschildert hatte: Am Abend der Maifeierlichkeiten im Jahr 1986 brannte plötzlich das Haus der Familie Grabowski in der Straße ›Am Hang‹. Als die ersten Nachbarn das Feuer bemerkten, hatte es sich schon durch alle Wände und das Dach gefressen. Aber sie waren gegen die Flammen machtlos. Die Feuerwehr kam wegen der Maidemonstration spät, die meisten der Mitglieder waren betrunken und mussten erst einmal nüchtern werden, bevor sie einen Anschluss für das Wasser verlegen konnten. Als endlich gelöscht wurde, war es eigentlich schon vorbei. Hinterher entdeckten die Spürhunde der Brandermittler Brandbeschleuniger. Von den Leichen der Familie blieb nur noch ein Haufen Asche übrig. Man hat sie auf dem Friedhof von Riemserort alle zusammen in einer einzigen Urne bestattet. Vom Hund der Familie gab es gar keine Spur.«

»Wie schrecklich«, sagte Jenny. Die Geschichte berührte sie. Eine ganze Familie von einer Sekunde auf die andere ausgelöscht. »Aber Wilhelm sagt, man hat den Täter ermittelt?«

Frederik seufzte. »Wenn du mich fragst, sind die Ermittlungen ein Desaster. Man hat sich ziemlich rasch auf jemanden eingeschossen, der an dem Abend angeblich in der Straße gesehen worden sein soll. Rate mal, wer die Zeugen waren!«

Sie zuckte mit den Achseln.

»Joachim Rausch, Walter Gehrling, Jasper Schilling und Heinz Danner.«

Sie wusste nicht, was sie sagen sollte. »Was haben die vier denn dort gemacht?«

»Sie hatten zu Protokoll gegeben, dass sie sich Sorgen um Gunnar gemacht hätten, weil er entgegen seiner Gewohnheit nicht zum Maifeierzug gekommen war. Am Nachmittag waren sie bei seinem Haus und hatten geklingelt, doch niemand hatte aufgemacht. Und da wollen sie den Mann zum ersten Mal gesehen haben.«

»Wie hieß der Verdächtige?«

»Das darf ich leider nicht sagen«, erwiderte Frederik. »Datenschutz«, schob er hinterher.

»Später, als sie mit der Feuerwehr zum Löschen kamen, wollen sie ihn erneut unter den Schaulustigen erkannt haben. Niemand anderes konnte sich daran erinnern, aber alle haben auch ausgesagt, dass sie mit Löschen beschäftigt waren und unter Schock standen und nicht auf Schaulustige geachtet hätten. Darauf kam es am Ende aber auch nicht an, weil in der Brandruine die Jacke des Verdächtigen, idealerweise auch noch mit dessen Personalausweis in der Tasche, gefunden wurde.«

»Ein ziemlich starkes Indiz, wie ich finde«, sagte Jenny.

»Wenn du genau zugehört hättest, dann hättest du mitbekommen, wie ich erzählt habe, nämlich dass das ganze Haus in Schutt und Asche gelegen hat. Wieso lag dann dort zwischen den Trümmern eine unversehrte Jacke mit einem Personalausweis, der den Täter auf dem Silbertablett präsentierte?«

»Mit der Frage werden die Ermittler sich bestimmt auseinandergesetzt haben«, sagte sie und deutete auf die Akte.

»Sie meinten, die Jacke sei nass gewesen und habe unter einem feuerfesten Arzneimittelschrank geklemmt. Das beides habe sie vor den Flammen beschützt.«

»Das klingt doch plausibel.«

Frederik verzog den Mund zu einem sarkastischen Lächeln. »Ein schöner Zufall! Wenn du mich fragst, hat jemand die Jacke dort platziert. Jemand, der Zugang zur Brandruine hatte, nachdem das Feuer gelöscht war.«

»Du meinst, jemand von der Feuerwehr?«

Er nickte. »Zum Beispiel. Und wer war in der freiwilligen Feuerwehr? Wer war sogar ihr Leiter?«

»Joachim Rausch.«

»Und Walter Gehrling und Jasper Schilling.«

»Du meinst also, die haben damals getrickst?«

Er zuckte mit dem Mund. »Ja, das glaube ich.«

»Was ist mit dem armen Kerl passiert, den sie verdächtigt hatten?«

»Er wurde 1986 zu achtzehn Jahren Haft verurteilt, kam im Zuge der Wende aber vorzeitig frei.«

»Du meinst, vielleicht hat er Rache genommen an den beiden? Für die falsche Verdächtigung damals?«

Frederik schüttelte den Kopf. »Er ist leider schon gestorben und kommt als Täter nicht in Betracht.«

»Und hat er Verwandte? Kinder?«

Wieder schüttelte Frederik den Kopf. »Auch die können wir als Täter ausschließen.«

»Wie bringt uns das dann weiter?«, fragte sie, nun etwas gereizt.

»Sollten sie die Tat tatsächlich jemandem in die Schuhe geschoben haben, fragt sich doch: Warum? Oder, wer war der tatsächliche Täter?«

Das klang logisch, jedoch schienen Jenny die Anhaltspunkte hier immer noch sehr dünn. Vielleicht sollten sie besser woanders suchen. »Vielleicht weiß auch jemand anderes, wer die wahren Täter damals waren, und will sich heute rächen?«

Ein ungeheuerlicher Verdacht, dass Jo damals das Haus mit der Familie in Brand gesetzt haben könnte. Aber dies war die Spirale, die sie seit vorgestern durchlebte: Nachdem Jo sie ihr Leben lang belogen und vermutlich keinerlei Skrupel vor illegalen Machenschaften gehabt hatte, musste sie ihm auch weitere Ungeheuerlichkeiten zutrauen. Sie musste sich eingestehen, dass sie diesen Mann überhaupt nicht wirklich gekannt hatte. »Ich dachte, die Familie ist damals gestorben, wer sollte dann Rache üben?«

»Das müssen wir herausfinden. Jedenfalls begannen einige Jahre nach dem Brand die Graffitischmierereien in Riemserort. Immer wieder wurden Wörter wie ›Mörder‹ an Gebäude geschmiert. Auch an das Meerschweinchendenkmal!«, sagte Frederik.

»Kann ein Zufall sein.«

»Vielleicht, vielleicht aber auch nicht.« Sein Telefon klingelte, und er sprach kurz, klang leise und nahezu demütig. »Ich muss mal eben eine Akte zum Oberstaatsanwalt bringen«, sagte er. »Ich bin gleich wieder da!«

Er nahm eine Akte vom Tisch, griff sich seinen Schlüsselbund und verschwand. Jenny starrte auf die Akte vor sich, in die Frederik ihr verboten hatte, hineinzuschauen. Seitlich ragte ein alter Zeitungsartikel heraus. Sie verstand, dass sie aus Datenschutzgründen nicht in Behördenakten schauen durfte. Aber Zeitungsartikel waren öffentlich und damit wohl nicht vom Datenschutz erfasst. Sie zog an der Seite mit dem Artikel. Sie war nicht eingeheftet, sondern nur eingelegt, und so konnte sie die Kopie einfach herausziehen.

»Urteil nach Brandkatastrophe in Riemserort«, las sie die Überschrift. Es war ein vergilbter Ausschnitt aus der *Ostsee-Zeitung* von 1986. In dem Artikel wurden zunächst die Geschehnisse rund um den Brand rekapituliert, dann wurde von einem Prozess gegen den mutmaßlichen Brandstifter berichtet, der nun mit einem gerechten Urteil zu Ende gegangen sei. Jenny las und schaute zwischendurch immer wieder zur Tür, jederzeit bereit, den Artikel zurück in die Akte zu schieben. Der Täter wurde zu achtzehn Jahren Haft verurteilt. Sie wollte den Artikel schon weglegen, als ihr bewusst wurde, dass sie den abgedruckten Namen des Täters in der Eile überlesen hatte: Reinhold Bach (53), stand dort. Sie schüttelte sich und las noch einmal, aber es gab keine Zweifel. Der verurteilte Brandstifter hieß Bach, wie Frederik. In diesem Augenblick wurde der Schlüssel in das Schloss gesteckt. Schnell legte sie den Artikel zurück in die Akte, nahm ihre Kaffeetasse in beide Hände und lehnte sich zurück, als ob nichts gewesen wäre.

»Sorry, hat etwas länger gedauert«, entschuldigte Frederik sich.

57

Es war eine Irrfahrt gewesen, aber am Ende hatten sie ihr Ziel dank der guten alten Landkarten erreicht. Nachdem sie gleich an drei Straßensperren abgewiesen worden waren, hatten sie mit ihrem alten T5-VW-Bus, der nicht nur in schickem Camouflage lackiert war, sondern auch über Allradantrieb verfügte, die großen Landstraßen Vorpommerns verlassen und waren durch allerlei Schleichwege, einmal sogar über eine Wiese, in die Nähe des Ortes gerumpelt, wo der Wolf angeblich den Mann angegriffen haben sollte. Sie wussten nicht, ob es wahr oder ein weiteres Puzzlestück der großen Anti-Wolfs-Lüge war, aber es war ihnen auch egal. Als »Wolves' Army« waren sie seit Jahren bedingungslos auf der Seite des Wolfes. Er verkörperte das Ursprüngliche in der Natur. Er war kein Fremder oder Wiedereingewanderter, sondern dies war sein Revier. Jegliche Bemühungen, ihn abzuschießen oder aus dem Wald zu vertreiben, mussten sie im Keim ersticken. Sie waren eine Gruppe von gut zwanzig Unterstützern. Einige Veteranen von ihnen waren bereits bei den nächtlichen Störaktionen während der Jagd auf den Leitwolf des Rodewalder Rudels 2020 dabei gewesen.

Heute Nacht waren sie allerdings nur zu viert. Der erfahrene Partisanenkrieger kannte den Vorteil der kleinen Gruppe. Zudem gingen einige von ihnen richtigen Berufen nach und hatten während der Woche keine Zeit, sich die Nächte um die Ohren zu schlagen. Die anderen würden, soweit sie konnten, am Wochenende nachkommen, und zwei waren in dem Hostel geblieben und mit ihnen übers Funkgerät verbunden. Sie trugen Schwarz, festes Schuhwerk, Funktionskleidung, die nicht ganz unbeabsichtigt an Uniformen von Sicherheitsbeamten erinnerte. Trafen sie im Wald auf jemanden, meist auf Jäger, verlieh ihnen die Uniformierung automatisch Autorität. Dazu trug jeder eine Bodycam und ein Bandana, mit dem sie sich maskierten. Sie wollten alles aufnehmen, um es bei Bedarf auf ihrer Social-Media-Seite zu veröffentlichen, aber selbst mit ihren Gesichtern möglichst nicht im Internet landen. So hatten sie ihren

Bus stehen lassen, mit einigen großen Ästen, die den letzten Sommersturm nicht überlebt hatten, getarnt und waren losgezogen.

Sie hatten sich rasch aufgeteilt, sodass zwischen ihnen gute einhundert Meter lagen und sie so eine Flanke von vierhundert Metern abdeckten. Ihre Aufgabe war es nicht, den Wolf zu suchen. Im Gegenteil: Sie waren sicher, dass einige der Jäger hier nicht auf die Abschussgenehmigung warten, sondern auf eigene Faust losziehen würden. Sie waren hier, um den Wolf zu warnen. Wölfe waren klug, und selbst erfahrene Experten, die dem Raubtier zugewandt waren und es erforschten, bekamen niemals in ihrem Leben auch nur einen einzigen in freier Wildbahn zu sehen. Weil der Wolf wusste, dass in Wirklichkeit nicht er, sondern diejenigen, die erlogene Märchen über ihn erzählten, böse waren.

Detlef und Rainer, die Ältesten der Gruppe, bildeten die äußersten Flanken, während ihr Nesthäkchen Malinka, was das polnische Wort für »Himbeerchen« war, mit Gregor die Mitte darstellte. So unwahrscheinlich es war, dass sie auf einen Wolf oder auch nur einen Fuchs trafen, so wahrscheinlich war es, dass sie einem Jäger in die Quere kamen. Und da war es gut, wenn die Erfahrenen die äußere, auf einer Seite ungeschützte, Position einnahmen.

Sie stapften rufend und lachend durch den Wald. Detlef hatte seine Trillerpfeife dabei, und ab und zu hallte das Geknarze der Funkgeräte durch den Wald. Rainer erzählte einen versauten Witz, über den Detlef dreihundert Meter entfernt lachte. Lediglich Malinka war etwas ruhiger, was nicht ungewöhnlich war, wenn man das erste Mal bei einbrechender Dunkelheit durch einen Wald stapfte. Manchmal quiekte sie, wenn sie einen Ast abbekam, kreischte, wenn sie durch ein Spinnennetz lief, und fluchte, wenn sie mit dem Fuß in einem Fuchsbau stecken blieb. So weit war alles normal, bis Himbeerchen plötzlich wieder aufkreischte, diesmal viel markerschütternder als zuvor.

»Lass mich raten: Eine Maus!«, scherzte Gregor und erntete zwei Lacher von weiter außen, aber bis auf ein Grunzen keine Reaktion von Malinka.

»Alles klar bei dir, Mali? Bist du in ein Fuchsloch gefallen?«

Ein Rascheln, dann ein Wimmern.

»Das ist nicht lustig, Malinka! Ich entschuldige mich bei dir, okay?«

»Malinka?«, rief nun auch Gregor.

»Mäuschen, sag mal Piep!«

Kurz war es ruhig, weil alle horchten. Wieder ertönte ein leises Wimmern und Weinen.

»Kann sie einer von euch sehen?«, rief Gregor, der nun die Gehrichtung geändert hatte und horizontal auf die anderen zuging, dabei mehreren Bäumen ausweichen musste.

»Malinka?!«, brüllten nun alle drei. Es dauerte nicht lange, bis Detlef und Gregor aufeinandertrafen, und zwar genau dort, wo Malinka hätte sein sollen.

»Hast du sie gesehen?«, fragten beide gleichzeitig außer Atem und schüttelten den Kopf. Gregor leuchtete mit seiner Stabtaschenlampe vor sie, doch der dunkle Wald verschluckte das LED-Licht schon nach wenigen Metern, und außer den Schatten einiger Farngewächse war dort nichts zu sehen. Auch Detlef hatte seine Taschenlampe angeschaltet.

»Habt ihr sie?«, fragte Rainer keuchend, der zu ihnen aufgeschlossen hatte. Beide antworteten nicht, sondern leuchteten nun hinter sich in die Richtung, aus der sie gekommen waren. Gute zwanzig Meter entfernt lag etwas auf dem Boden. Beide hetzten los, und als sie bei Malinka ankamen, sahen beide im Licht der Taschenlampe sofort das viele Blut.

58

Hansen blieb stehen und horchte. Nicht weit entfernt hörte er das Geschrei junger Leute. Es war keine Überraschung. Er hatte die Ankunft der kleinen Gruppe mit dem Fernglas beobachtet. Es war gerade noch hell genug gewesen, um zu sehen, wie sie ihren VW-Bus an einer Böschung abgestellt und getarnt hatten. Der auf der Seite aufgebrachte Wolfskopf mit dem darunterliegenden Schriftzug »Wolves' Army« ließ keinen Zweifel daran, was sie beabsichtigten: Unruhe stiften. Man konnte miteinander diskutieren und auch streiten. Aber politische Auseinandersetzungen gehörten nicht in den Wald. Mit ihrem Theater verschreckten sie nicht nur den Wolf, wenn er überhaupt hier war, sondern auch sämtliches Niederwild. Von den Vögeln, die sich gerade zur Nachtruhe setzten, ganz zu schweigen. Er saß auf seinem Klettersitz, in seinem Rücken eine grobborkige Lärche. Von hier überblickte er einen weiten Teil der Umgebung, ohne dass man ihn sah. Am Sitz hing sein Rucksack, in dem er nicht nur eine Kanne Tee, sondern auch ein paar Butterbrote und seinen Flachmann hatte. Wenn es sein musste, konnte er hier bis morgen früh sitzen, und er war niemand, der nicht in einem Baumsitz schlummern konnte. Sein Gewehr hatte er absturzsicher neben sich gestellt.

Er schwenkte mit dem Fernglas in die Richtung, aus der das Gebrüll kam, aber seit die Spinner im Wald abgetaucht waren, hatte er den Blickkontakt verloren. Bei diesem Geschrei musste er erst einmal nicht damit rechnen, dass irgendein Tier in sein Blickfeld geriet. Außer einem vielleicht: der verrückte Hund, der der flotten Arzthelferin aus der Tierklinik entwischt war. Wie hieß er gleich noch mal? Brutus oder Bruno? Es war auch egal, denn nur er wusste, dass sein richtiger Name einmal Argo gelautet hatte, wie der legendäre Jagdhund des Odysseus. Niemand außer ihm und Jo.

Es war eine regnerische Nacht vor vielen Jahren, als er mit dem jungen Argo im Wald unterwegs gewesen war. Er hatte ihn als Welpen von einem Züchter im Saarland geholt. Viel Zeit, Energie und Geld hatte er in den Knaben gesteckt, doch der hatte seinem legendären Namen keine Ehre machen können: zu verspielt, zu schreckhaft, zu unkonzentriert. So auch an jenem unheilvollen Abend, als er ihm während der Vorbereitung für die Brauchbarkeitsprüfung bei der Schweißarbeit im Regen davongelaufen war.

Neubrandenburg, 2018

Er wusste nicht, ob Argo eine Fährte aufgenommen hatte oder einfach nur ins Trockene wollte, aber urplötzlich hatte er sich losgerissen und war davongestürmt. Er fluchte. Seine wasserabweisende Kleidung hatte trotz höchster Wassersäulen-Eigenschaft schon lange den Kampf gegen den Regen verloren. Die Schleppleine, die der kleine Bastard hinter sich herzog, hinterließ eine tiefe Furche im aufgeweichten Boden. Es brauchte daher keines Fährtenlesers, noch nicht einmal einer Lesebrille, um dem Rüden zu folgen. Regen und Zweige peitschten ihm ins Gesicht, und immer wieder fuhr der Wind in seine Kapuze und riss sie ihm vom Kopf. Es fühlte sich eher an, als würde er durch den Wald schwimmen, um den Köter wieder einzufangen. Von Beginn an hatte er ihm Ärger bereitet. Es gab nichts Schlimmeres als einen Jagdhund mit einem Dickkopf. Wo andere starke Wesenseigenschaften schätzten, brauchte er eine Maschine, die gehorchte.

Wieder trat er in eine Pfütze und versank bis über die Kante seiner Gummistiefel, was einen Schwall Wasser in seine Schuhe spülte. Auch seine Socken waren schon lange nass. Aber er konnte auch nicht aufgeben. Welch Schmach, wenn einer seiner Jagdkollegen seinen Hund mit der Schleppleine vor ihm fand. Das geschulterte Gewehr blieb an einem Busch hängen, beinahe wurde er umgeworfen. So bemerkte er nicht den Mann in der orangen Öljacke, der plötzlich vor ihm auftauchte. Klitschnass wie er selbst hockte er direkt vor ihm und schaute ebenso erschrocken zu ihm auf wie Hansen zu ihm herunter. Es war Jo, der etwas zu großkotzige Tierarzt, einer der wenigen in der Kreisjägerschaft, der sich traute, ihn regelmäßig zu kritisieren. Er saß auf dem Boden, und erst dachte Hansen, er kümmere sich um ein geschossenes Reh, bis er die Schleppleine bemerkte und den blutenden Hund.

»Was für eine Scheiße«, fluchte Jo, während er eine seiner Hände auf das Fell des Hundes drückte. Das Blut des Hundes bildete derweil eine hellrote Lache in der Pfütze darunter.

Nun ging auch Hansen in die Knie.

»Gehört der dir?«, fragte Jo.

Hansen nahm die Kapuze ab, um ihn gegen den Wind und Regen besser verstehen zu können, und bejahte.

»Scheiße, ich dachte, das wäre ein Wildschwein!«, fluchte Jo. »Bei dem Regen. Ich saß dort in dem Maisfeld, und dann brach er aus dem Busch. Ich dachte, der rennt mich über den Haufen, und habe abgedrückt!« Jo deutete auf ein Gewehr mit Schalldämpfer, das neben ihm auf dem Boden lag.

Er schaute Jo in die weit aufgerissenen Augen. Es lag kein Ärger, keine Trauer und auch keine Verzweiflung im Blick des Mannes, sondern Scham. Hansen war der für das Revier zuständige Jagdaufseher, und niemand erschoss gern den Hund des Jagdaufsehers.

»Geh weg, ich gebe ihm den Gnadenschuss«, sagte Hansen und nahm sein Gewehr von der Schulter, doch Jo reagierte nicht. Stattdessen öffnete er das geschlossene Augenlid des Hundes mit dem Daumen, tastete dessen sich rasch hebende und senkende Brust ab.

»Ich gebe dir tausend Euro für den Hund!«, sagte er dann und griff mit der einen Hand unter seine Jacke. Er kramte einen Moment, bis er eine Rolle Scheine hervorholte, von denen er fünf Zweihunderteuroscheine abzählte. Er hielt Hansen das Geld entgegen. Die Scheine waren nass mit blutigen Fingerabdrücken. Er zögerte einen Moment. Jo war Tierarzt, wenn einer den Hund retten konnte, dann er. Zudem wusste jeder Jäger: War ein Hund erst einmal angeschossen worden, taugte er nicht mehr zum Jagdhund. Er griff nach den Scheinen, doch Jo zog sie in letzter Sekunde zurück.

»Kein Wort über dies hier. An niemanden. Niemals.« Er hielt Hansen die andere Hand entgegen, und er schlug ein. Als er ein zweites Mal nach dem Geld greifen wollte, zog Jo es erneut zurück.

»Wie heißt er?«, wollte er wissen.

Hansen wurde wegen des Theaters mit dem Geld langsam ärgerlich.

»Bruno«, log er aus Trotz. Vor allem aber war ihm peinlich, zuzu-

geben, welche hohen Erwartungen er in den Hund mit der Namensgebung gesetzt hatte.
Endlich gab Jo ihm das Geld, und er steckte es in seinen Regenmantel. Jo hievte den Hund in die Höhe.
»Augenblick noch!«, sagte Hansen und nahm dem Hund das Halsband mit der Marke ab.
»Ist der gechipt?«, fragte Jo.
»Denkst du, ich bin blöd?«, sagte Hansen.
Jo nickte. Kurz darauf verschwand er mit dem Hund auf dem Arm neben dem Maisfeld.

Bei dem Gedanken an damals spürte Hansen heute noch die Nässe. Ein Schauer lief ihm über den Rücken. Gut, dass es heute trocken war. Der Hund war zäher gewesen als erwartet und hatte den damaligen Abend überlebt, und er hatte damals für all das nichts gekonnt. Das nächste Mal hatte er Argo erst an der Leine mit Jos hübscher Tochter wiedergesehen, sich aber nichts anmerken lassen. Und nun sollte der Unglückshund ausgerechnet durch sein Revier streunen, wenn dieser vermaledeite Wolf ihn nicht zuvor erwischt hatte, was er persönlich glaubte. Den Kampf »Hund gegen Wolf« gewann stets der Wolf. Aber niemand wusste, wie viele Leben der kleine Kerl eigentlich hatte. Vielleicht machte er seinem Namen Argo doch noch alle Ehre. Das Jagdgesetz war allerdings eindeutig: Sollte der Hund überlebt haben und sich auf die Fährte eines Stücks begeben, durfte er auf ihn anlegen, musste er zum Schutz des Wilds sogar schießen. Doch eigentlich war er aus einem ganz anderen Grund hier, wollte etwas viel Gefährlicheres jagen.

Er nahm das Fernglas und ließ es über die Landschaft gleiten. Sollte er den Wolf sehen, konnte er für nichts garantieren. Wenn er die Gelegenheit bekam, das Menschen tötende Monster zu schießen, musste er es dann nicht tun? Auch ohne formale Abschussgenehmigung? Wieder hörte er Lärm. Rasch schwenkte er nach rechts und sah, wie die Gruppe aufgeregt aus dem Wald herauslief. Erst dachte er, es wären nur noch drei, doch dann erkannte er, dass zwei von ihnen einen ihrer Kameraden trugen. Einer der Chaoten schien sich im Wald verletzt zu haben. Sie stolperten in Richtung ihres Wagens, einer rief etwas aufgeregt in ein Funkgerät, das er dicht vor seinen Mund hielt. Vermutlich hatten sie erreicht, was sie mit ihrer Lärmerei beabsichtigt hatten: So schnell würde der Wolf sich nicht zeigen. Aber er hatte Zeit und die Geduld eines großen Jägers. Er lehnte sich zurück und beobachtete den Waldrand. Er war hier, um zu wachen, während alle anderen sich in Sicherheit wiegten.

59

Nichts verkörperte das Lebensgefühl hier oben an der mecklenburgischen Küste so sehr wie ein Fischbrötchen: im Einklang mit der Natur, einfach und bescheiden. Für ein gutes Fischbrötchen brauchte es vier Dinge: Erstens natürlich ein gutes Stück frischer Fisch. Zweitens ein weiches Brötchen. Anders als die Heerscharen von Touristen, die im Sommer nach knackigen Semmeln fragten, wussten die Einheimischen ein weiches Brötchen zu schätzen. Drittens: Ein Fischbrötchen war kein Burger. Daher brauchte es das ganze Gedöns wie Tomaten, Salat und Mayonnaise nicht. Bestenfalls waren neben dem Fisch ein paar Zwiebeln erlaubt. Und viertens musste man beim Hineinbeißen unbedingt aufs Wasser gucken. Und das taten sie und Frederik.

Sie standen im Stralsunder Hafen vor dem Fischkutter, von dem frisch zubereitete Brötchen mit am Morgen gefangenem Fisch verkauft wurden, und schauten hinaus auf die Nordmole. Vor einigen Minuten war die Bombe geplatzt: Landrat Brock hatte sie auf ihrem provisorischen Smartphone angerufen und ihr berichtet, dass die DNA-Analyse da sei: Es sei kein normaler Wolf gewesen, der Hannes Bauer getötet hatte, sondern ein sogenannter Schreckenswolf, den man seit Jahrtausenden für ausgestorben hielt.

»Er wirkte verwirrt«, sagte Jenny, während sie in ihr Brötchen biss. »Aber mir war es nach dem Gespräch mit Grothmann nicht anders ergangen. Das Ministerium in Schwerin hat eine unkomplizierte Abschussgenehmigung zugesagt, allerdings prüft dort deren Rechtsamt noch die Rechtslage. Der als ausgestorben geltende Schattenwolf gehört vermutlich nicht zu den besonders geschützten Arten und wird vom Naturschutzgesetz daher nicht geschützt, je nachdem, wie man den Begriff Wolf definiert.« Je häufiger sie sie benutzte, umso mehr gefiel ihr die Bezeichnung »Schattenwolf«.

»Na ja, jetzt, wo es kein normaler Wolf zu sein scheint, ersparen wir uns vielleicht wenigstens die Diskussionen um den möglichen Abschuss und die emotionalen Proteste der Wolfsaktivisten«, sagte

Frederik, der sich für ein Brötchen mit geräucherter Makrele entschieden hatte.

»Das glaube ich eher nicht«, orakelte Jenny. Normalerweise aß sie als Vegetarierin keinen Fisch. Aber sie hatte in den letzten beiden Tagen insgesamt zu wenig gegessen und spürte, dass sie dringend etwas Energie benötigte. Ein veganes Fischbrötchen hatte der Verkäufer nicht im Angebot gehabt. Immerhin hatte sie sich für einen Fisch entschieden, der am frühen Morgen noch in der Ostsee geschwommen war. Jenny nahm einen Schluck aus der Flasche Radler mit Sanddorngeschmack, welche beide sich zum Feierabend hin gegönnt hatten. Die Stralsunder Brauerei war weit über die Landesgrenzen hinaus bekannt für ihr gutes Bier, und die Stralsunder tranken es mit Stolz. Der wenige Alkohol genügte, um einen Knoten in ihr zu lösen, den sie den ganzen Tag über mit sich herumgetragen hatte.

»Du hattest gesagt, der Oberstaatsanwalt kannte Jo und hat deshalb so einen Druck auf die Ermittlungen gemacht, dass du dich persönlich kümmerst«, kam sie zum Thema. »Als wir neulich zusammensaßen und ich den Oberstaatsanwalt nach Jo gefragt habe, meinte er aber, er würde ihn leider nicht kennen.«

Sie beobachtete Frederik genau, der statt einer Antwort erneut in sein Fischbrötchen biss und zu kauen begann. Sie wartete, bis er den Bissen heruntergeschluckt hatte.

»Du meinst den Großen, mit dem wir neulich zusammensaßen?«

Sie nickte.

»Es ist der andere Oberstaatsanwalt, der Jo kennt. Gröninger. Vielleicht sagt dir das was.«

Sie schüttelte den Kopf. Aus dieser Schlinge hatte er sich mit Leichtigkeit befreit. Aber was war mit dem Mann, der damals für die Morde in Riemserort verurteilt wurde und genauso hieß wie er? Als sie dies in dem Zeitungsartikel gesehen hatte, war ihr sofort eingefallen, wie komisch Frederik jeweils reagiert hatte, wenn die Sprache auf den Brand von damals gekommen war. Doch sie verzichtete darauf, ihn jetzt weiter in die Enge zu treiben.

Frederik legte sein Mobiltelefon auf den Stehtisch und öffnete eine Fotodatei. Erst auf den zweiten Blick erkannte Jenny, was sie dort sah: ein Tattoo auf blasser Haut. Es zeigte ein liegendes Z, das in der Mitte durch einen längeren senkrechten Strich zerteilt wurde.

»Woher hast du das?«, fragte sie.

»Aus der Rechtsmedizin von Dr. Grothmann.«

Sie war irritiert. »Woher hat er das? Das ist Jos Tätowierung!«

»Nein, das ist Walter Gehrlings Tätowierung.«

Beide schauten sich verdutzt an.

»Zwei Männer mit derselben Tätowierung …« Jenny griff zu ihrem Handy und überlegte. »Ich habe Ansgars Telefonnummer nicht. Aber ich wette, sein Vater hatte auch eine.«

»Das Rudel«, sagte Frederik.

Sie nickte. »Was bedeutet das Zeichen?«

Frederik schüttelte den Kopf. Dann hob er einen Zeigefinger. »Ich habe eine Idee!«, sagte er und nahm sein Mobiltelefon. Er durchsuchte die Kontakte und wählte einen Namen aus. »Michael?«, fragte er in den Hörer. »Ich stehe hier mit einer Kollegin, Frau Jennifer Rausch. Wir ermitteln in einem Fall. Kann ich dir einmal etwas zusenden? Per SMS, jetzt?«

Der Gesprächspartner musste bejaht haben, denn Frederik nahm das Telefon kurz vom Ohr und tippte darauf herum. Dann stellte er auf Lautsprecher, sodass sie mithören konnte. Sie waren weitestgehend allein, die nächsten Gäste der Fischbude waren Touristen und mit sich selbst beschäftigt.

»Das Zeichen ist eine Wolfsangel«, hörte sie die dunkle Stimme am anderen Ende sagen.

»Ist das ein Nazi-Symbol?«, wollte Frederik wissen.

Sein Gesprächspartner lachte. »Einerseits ja, andererseits nein. Der Dichter Hermann Löns unterschrieb damit seine Briefe, noch heute ist die Wolfsangel Bestandteil im Wappen mancher Verbände und auch Städte und Gemeinden. Aber die Nationalsozialisten haben sich die Wolfsangel wie so manches andere Symbol angeeignet. So trugen die Adjutanten der Hitlerjugend sie als Ärmelaufnäher, auch der ›Nationalsozialistische Schülerbund‹ verwendete das Symbol als Ausdruck seiner Wehrhaftigkeit. Da es nicht grundsätzlich verboten ist, ist das Symbol auch heute bei vielen Nazis noch beliebt.«

»Wie gesagt, ich stehe hier mit einer Kollegin von der Behörde. Sie ist Wolfsbeauftragte des Kreises. Ihr Vater Joachim Rausch wird vermisst, dessen Freund Walter Gehrling ist ermordet worden. Können wir einmal auf Videokonferenzmodus wechseln? Wir hätten ein paar Fragen.«

»Klar, ich bin Rentner. Ich bin immer froh, wenn mal jemand an mich denkt.«

Frederik schaltete um und lehnte sein Mobiltelefon an seine halb volle Bierflasche. Ein gutmütiger Brummbär um die sechzig erschien auf dem kleinen Display. Er hatte lange graue Haare, die über die Schultern fielen, und trug einen Pullover mit Reißverschluss. Er schien in einem Sessel zu sitzen, hinter ihm erkannte Jenny eine Wand mit Büchern, wie es sie heute in vielen Wohnzimmern gar nicht mehr gab.

»Michael war früher im Staatsschutz tätig als Experte für die rechtsextreme Szene«, stellte Frederik ihren Videopartner vor. »Aber das Besondere ist, dass er auch zu DDR-Zeiten bereits im rechtsextremen Milieu ermittelt hat. Kann man das so sagen?«

Michael nickte. »Nachdem sich in der DDR die neonazistischen Gewalttaten häuften, wurde schon 1982 eine Sonderkommission gegründet. Wir bestanden aus vier Offizieren der Kriminalpolizei und einer Soziologin von der Humboldt-Universität. Wir untersuchten damals in der DDR Straftaten von Skinheads und Nazi-Schmierereien, unter anderem in Kasernen.«

Jenny war baff. Dass es ein Neonazi-Problem in der DDR gegeben hatte, wusste sie nicht.

Michael musste ihre Irritation bemerkt haben. »Erst einmal wundert man sich. Aber wenn man es zu Ende denkt, führt jede Bewegung zu einer Gegenbewegung. Und wenn man halt vom Sozialismus, also von ganz links, die Schnauze voll hat, dann weichen manche nach ganz rechts aus und träumen plötzlich von der Rückkehr des Nationalsozialismus. So war es jedenfalls damals in der DDR.«

»Das klingt plausibel.«

»Es gab sogar richtige Nazi-Zellen, die Waffen gehortet und Aufstände geplant haben.«

»Sagt dir die Gruppe ›Das Rudel‹ etwas? Vier oder fünf Männer, die sich hier oben bei uns in den Achtzigern oder Neunzigern zusammengetan haben? Auf der kleinen Insel Riems?«

Man konnte sehen, wie Michael nachdachte. »Das ist lange her, aber ich glaube nicht, dass ich die kenne. Aber das heißt nichts: Wir haben damals sicher nur die Spitze des Eisbergs erwischt. Allerdings, das mit dem Rudel kann gut sein. Wenn mit dem Begriff ›Rudel‹ und mit dem Tattoo der Wolfsangel auf Wölfe abgestellt wurde, würde das zu den Neonazis passen – Wölfe waren ein beliebtes Symbol der Nazis. Hitler ließ sich von Freunden selbst ›Der Wolf‹ rufen, und sein Hauptquartier nannte er ›Wolfsschanze‹. Mit dem Wolf verbanden die Nazis die Urwildnis Germaniens. Sie bewunderten seine Blutrünstig- und Gnadenlosigkeit. Goebbels schrieb im Nazi-Blatt schon 1928: ›Wir kommen nicht als Freunde, auch nicht als Neutrale. Wir kommen als Feinde! Wie der Wolf in die Schafherde einbricht, so kommen wir!‹«

Frederik und Jenny tauschten betroffene Blicke.

»Wir konnten in der DDR leider nicht lange effektiv arbeiten, denn noch vor der Wende gerieten wir selbst ins Fadenkreuz«, sprach Michael weiter.

»Ins Fadenkreuz der Nazis?«, fragte Frederik.

Michael lachte verbittert. »Nein, ins Fadenkreuz der Stasi.«

Rostock, 1986

Oberstleutnant Michael Daßler saß über einem Haufen Akten. Seit der Gründung der »AG Neonazi« hatten sie immer mehr Fälle von nazistischen Umtrieben und Straftaten in der DDR aufgedeckt. Nazi-Randale in Fußballstadien, Adolf-Hitler-Schmierereien auf Toiletten der Humboldt-Universität und in einer NVA-Kaserne waren noch die harmloseren Delikte. Mittlerweile waren sie ernsteren Plänen auf der Spur: Eine rechtsradikale Gruppierung in Sachsen hatte die sowjetischen Streitkräfte ausgespäht, eine Wehrsportgruppe im Harz Wehrertüchtigungs-Camps für junge Arbeiter und Volksarmisten organisiert, um das Deutsche Reich in den Grenzen von 1938 wiederherzustellen.

Bei ihrer Gründung hatten Daßler und seine drei Kripo-Offi-

ziers-Kollegen sich abends zugeprostet, weil sie geglaubt hatten, den entspanntesten Job der gesamten DDR-Kriminalpolizei ergattert zu haben. Rechtsextreme Straftaten katalogisieren lautete ihre Aufgabe – etwas, das es in einem antifaschistischen Staat wie der DDR nicht geben konnte. Schon bald mussten sie aber erkennen, dass es Nazis in der DDR zwar nicht geben durfte – aber zuhauf gab. Je genauer sie hinschauten, je tiefer sie gruben, umso mehr nazistische Gesinnung entdeckten sie. Sie waren es gewohnt, alles, was der staatlich verordneten Gesinnung widersprach, zu dokumentieren, und so wuchsen ihre Aktenberge von Woche zu Woche. Bald schon hatten sie das reine Katalogisieren der Delikte vernachlässigt und sich – ganz wie sie es als Volkspolizisten gelernt hatten – an die Aufklärung der Taten gemacht.

Doch je mehr sie notierten, je länger sie abends im Büro saßen, umso düsterer wurde die Miene ihres Vorgesetzten. Und ausgerechnet heute, wo der Bericht über ein Waffenlager in der Nähe von Quedlinburg eingegangen war, hatte ihr Chef sie zu sich gerufen. Sie hatten noch gescherzt, dass sie jetzt befördert werden würden, dass sie, die Nazi-Jäger, wohl einen Vortrag auf dem Parteitag der SED in Berlin halten sollten. Niemand wusste so gut um faschistische Strukturen wie sie. Vielleicht würden sie sogar einen Orden erhalten. Doch es kam alles ganz anders.

»Meine Herren«, hatte ihr Chef das Gespräch viel formaler eröffnet, als sie erwartet hatten. »Heute ist ein fröhlicher und trauriger Tag zugleich. Fröhlich, weil ich Ihnen gratulieren darf: Sie haben die AG Neonazi zu einem grandiosen Erfolg geführt. Traurig, weil dies das Ende der AG ist. Sie wird wegen Erfolgs aufgelöst. Sämtliche Akten werden heute im Laufe des Tages vom MfS abgeholt. Ich danke Ihnen persönlich für Ihren Einsatz. Sie erhalten alle neue Aufgaben. Ab morgen fahren Sie wieder Streife, Sie bekommen jeder einen neuen Kollegen zugeteilt. Beamte mit Ihrer Erfahrung brauchen wir in diesen schwierigen Zeiten auf der Straße, nicht hinter Aktenbergen!«

»Die Fälle sind nicht abgeschlossen!«, protestierte Daßler und erntete einen strengen Blick seines Vorgesetzten. »Oh, doch, das sind sie!« Daßler wollte etwas erwidern, doch etwas in der Stimme seines

Chefs hielt ihn davon ab. Plötzlich verstand er, dass es genau darum ging: Die Akten wanderten in den Giftschrank. »Das MfS übernimmt die weitere Bearbeitung«, ergänzte der Chef der Kripo. »Ich erwarte lückenlose Zusammenarbeit!« Kurz darauf saßen sie im Pausenraum. Keiner sagte etwas. Sie alle wussten, dass dies das Ende ihrer Karriere bei der Kripo war.

»Sie wurden kaltgestellt?«, fragte Jenny.

»Wir waren bei unseren Ermittlungen zu erfolgreich. Unsere Ermittlungsergebnisse, dass die DDR ein gewaltiges Nazi-Problem hatte, waren nicht willkommen. Nazi-Delikte wurden vor Gericht strafrechtlich als ›Rowdytum‹ abgetan. Uns wurden die Ermittlungen verboten, und 1988 wurde ich sogar ganz aus dem Amt entfernt. Ich habe in meiner Stasi-Akte gesehen, dass die Stasi mich bereits seit 1985 verstärkt überwacht hat und ich sogar als ›Träger der politisch-ideologischen Diversion‹ eingestuft wurde. Ich als Ermittler! Nur weil ich bei meinen Ermittlungen Kenntnis vom Treiben der Neonazis erhalten hatte, war ich plötzlich angeblich selbst eine Gefahr für den Sozialismus!«

»Und nach der Wende?«, wollte Jenny wissen.

»Fanden wir eine Heimat beim LKA und später beim Staatsschutz. Man kann sagen, die Wende hat meine Karriere gerettet.«

»Krass«, kommentierte Frederik. »Das war mir so gar nicht bewusst.«

»Wie gesagt, ich freue mich immer, wenn sich mal jemand bei mir meldet. Und geht gern davon aus, dass dieses ›Rudel‹ mit den Runen-Tattoos eine Neonazi-Zelle war. Vermutlich tut ihr ihnen damit kein Unrecht.«

Frederik bedankte sich noch einmal und beendete das Video-Telefonat.

»Jetzt war Jo also auch noch ein Nazi«, sagte Jenny. Sie fühlte eine große Leere in sich. Als sei das komplette Fundament, auf dem sie ihr Leben aufgebaut hatte, innerhalb kürzester Zeit zerbröckelt. Die Lüge mit ihrer Adoption, der illegale Medikamentenhandel, die Investition in *Fenceattack* und nun vielleicht auch noch heimlicher Neonazi. Sie hatte diesen Mann in der Tat niemals wirklich gekannt.

Den Vater, den sie glaubte zu haben, gab es nicht. Ein Teil ihres Lebens war eine Illusion. Dafür hatte sie seit heute einen Bruder, von dem sie nicht wusste, ob er überhaupt noch lebte und vor allem, wer er war. Eine Welle der Erschöpfung erfasste sie. Zum ersten Mal seit Tagen hatte sie das Gefühl, nicht weitermachen zu können. Für morgen früh war die große Wolfsjagd anberaumt, Brock hatte sie gebeten, um 5 Uhr am Treffpunkt bei den Wassertürmen zu sein.

»Wenn es kein Wolf ist, sind Sie als Wolfsbeauftragte ja raus«, hatte Brock verkündet und sie gebeten, dennoch dazuzukommen. »Als Jägerin wissen Sie, was zu tun ist. Vielleicht können Sie den einen oder anderen Aktivisten, der versucht zu stören, beruhigen. Außerdem brauchen wir dort vermutlich eine Veterinärin, die den Tod feststellt, wenn wir ihn erwischt haben, und DNA-Proben nimmt. Bringen Sie Ihren Koffer mit!« Die Koordination der Jagd wollte Brock gemeinsam mit der Polizei übernehmen, und ihr war es recht. Bis dahin sollte auch die Abschussgenehmigung vorliegen oder aber ein Bescheid, dass es keiner solchen bedarf.

Zudem würden die Fährtenleser bereitstehen, hatte Brock verkündet. Mit dem Beginn in aller Herrgottsfrühe hoffte man, mögliche Aktivisten fernzuhalten. Das bedeutete, sie musste morgen früh spätestens gegen 4 Uhr aufstehen, was wiederum hieß, dass sie früh ins Bett musste. Aber wie sollte sie einschlafen bei all diesen Gedanken im Kopf?

»Ich möchte heute Abend nicht allein sein«, brach es plötzlich aus ihr heraus. »Kommst du noch auf einen Absacker mit ins Hotel?«

Sie sah Frederiks überraschten Blick, und ihr wurde bewusst, wie das gerade Gesagte klingen musste. »So meinte ich es nicht«, schob sie sofort hinterher. Blut schoss ihr in die Wangen. Oder meinte sie es doch so? Hatten die letzten Tage nicht bewiesen, dass man das Leben leben musste, wie es kam?

»Ich möchte mich nur nicht allein betrinken«, sagte sie.

Frederiks Gesichtsausdruck entspannte sich. »Ich kann mir vorstellen, was du derzeit durchmachst. Natürlich leiste ich dir Gesellschaft. Ich muss ja heute nicht mehr fahren.« Er grinste, und sie spürte ein angenehmes Flattern im Bauch.

60

Brian Auster schloss die Tür auf. Den Nachmittag über war er in Berlin gewesen und hatte einige Besorgungen gemacht, nun war er in sein kleines Apartment in der Potsdamer Innenstadt zurückgekehrt. Lange Jahre war er in Deutschland, hatte sich in die Weihnachtmärkte verliebt und sogar das Wetter mit dem Wechsel der Jahreszeiten zu schätzen gelernt. Vor allem hatte er einen guten Job gehabt. Wo man gut arbeiten konnte, dort konnte man auch gut leben, hatte sein Vater immer gesagt. Er war noch einer der letzten Cowboys in Texas gewesen. Er erinnerte sich an einige Abende, an denen er mit seinem Vater und den anderen Männern am Feuer gesessen hatte, vor ihnen nichts als die weite Prärie. Die Männer hatten Geschichten erzählt aus fernen Zeiten, die Freiheit und die Vergangenheit gelobt.

Doch obwohl er auf dem Rücken eines Pferdes aufgewachsen war, hatte er stets am Computer gesessen, hatte er sich in einer Welt aus Bits und Bytes mehr zu Hause gefühlt als unter freiem Himmel. Aber nun zog es ihn zurück in die Heimat. Er stellte die Einkäufe im Flur ab und ging ins Wohnzimmer, wo er starr vor Schreck stehen blieb. Im Sessel saß ein Mann.

»Ich dachte schon, du kommst gar nicht mehr nach Hause«, sagte Gorski. Entspannt saß er im Sessel, die Hände auf den Armlehnen. Als Erstes fielen Brian die schwarzen Handschuhe auf, die er trug. Als Zweites die Pistole, die in seinem Schoß lag. Er schaute sich um. Einige der Schränke standen offen, auf dem Boden lag der Inhalt.

»Was willst du?«, fragte Brian verächtlich und tat so, als würde er die Waffe übersehen.

»Ich habe nach der Broschüre gesucht und dem Foto.«

»Ich habe keine Ahnung, wovon du sprichst«, sagte Brian und steuerte den zweiten Sessel an, der dem ersten gegenüberstand. »Darf ich?«, fragte er.

»Nur zu«, sagte Gorski, und Brian setzte sich. »Aber ich habe das gefunden!«, sagte Gorski und griff neben sich. Er hielt ein Flugticket in die Höhe. »Du willst uns verlassen?«, fragte er. »Ein One-Way-Ticket nach Dallas? Wann wolltest du es uns sagen? Oder wolltest du es uns gar nicht sagen? Glaubst du nicht, dass es uns etwas angeht, wenn unser IT-Chef uns verlässt? Ich weiß, dass du unsere Software manipuliert hast, um uns zu schaden. Ich verstehe nur nicht, warum. Weil du aus Texas kommst? Weil dein Vater ein Cowboy war und dir beigebracht hat, dass Freiheit das höchste Gut ist? Und jetzt möchtest du mir wahrscheinlich erklären, dass es das ist, was wir mit unserem Zaun beschneiden!«, sagte Gorski grinsend.

»Ich möchte dir überhaupt nichts erklären, du bist ein Arschloch«, sagte Brian.

Gorskis Lächeln erstarb. Er richtete die Waffe auf Brian.

»Also, wo ist die Broschüre, und wo das Foto?«

Nun war es Brian, der lächelte. »Du irrst dich! Ich habe an der Software gar nichts manipuliert. Sie hat tatsächlich einen Werwolf entdeckt!«

»Darauf beharrst du noch immer?«, fragte Gorski.

Brian nickte. »Und ich habe auch nichts gestohlen.«

»Der alte Dickkopf«, sagte Gorski.

»Mein Vater hat mir auch nichts von Freiheit gelehrt. Gelehrt hat er mich, dass ein Mann niemals unbewaffnet sein sollte.« Im nächsten Moment hob Brian seinen Arm und zielte mit einer Pistole auf Gorski.

61

Sie saßen in der Bar des Hotels. Es war eine gemütliche Ecke mit einem kreisrunden Bartresen, über dem an einem ebenso runden Reck kopfüber Dutzende von Gläsern herabhingen. Lediglich weil es noch früh war, hatten sie einen Platz bekommen. Das Hotel war noch immer überfüllt mit Journalisten und Medienmenschen aus aller Welt. Bei der Ankunft hatten sie einige Gesprächsfetzen aufgeschnappt. Die Unterhaltungen drehten sich um den Schattenwolf. Die Nachricht, dass hier eine ausgestorbene Tierart durch Vorpommern streunte und Menschen riss, sorgte nicht etwa für Beunruhigung, sondern für Sensationslust. Auf dem Weg hatte Frederik mal wieder die Schlagzeilen der großen Zeitungen vorgelesen.

»Ausgestorbenes Raubtier bedroht Vorpommern« und »Urwolf frisst Rentner« waren noch die harmlosesten Überschriften gewesen. Und auch den Wolfsaktivisten war, wie von ihr erwartet, nicht etwa der Wind aus den Segeln genommen, im Gegenteil: Die Rückkehr einer ausgestorbenen Art schien ihre Ambitionen noch zu befeuern.

»Ich verstehe es nicht«, sagte Frederik, während er in seinem Gin Tonic rührte. »Wo kommt dieser Schattenwolf plötzlich her? Überhaupt, was für ein komischer Name. Und warum ausgerechnet hier in Vorpommern?«

»Eigentlich heißt er *Aenocyon dirus.* Aber es ist ja nicht die wirkliche Art auferstanden. Wie du es von den Rückzüchtungsversuchen der Gebrüder Heck erzählt hast: Es ist nur ein Abbild gezüchtet worden, ein Tier, das dem früheren *Aenocyon dirus* möglichst ähnlich ist. Genetisch unterscheiden sie sich erheblich.«

Frederik nahm einen Schluck vom Gin. »Du meinst also, dass irgendwer diese Schattenwölfe herangezüchtet hat?«

Sie nickte und nahm ihrerseits einen Schluck vom Espresso Martini, den sie sich hatte mixen lassen. Ihr Lieblingsdrink an schwierigen Tagen, er machte gleichzeitig betrunken und wach.

»Wer kommt dafür in Betracht?«

»Derjenige müsste eine gewisse Affinität zu Hunden haben, Geld und Möglichkeiten, um Tiere aus der ganzen Welt für die Züchtung zu besorgen, und viel Platz. Und er müsste es offenbar im Geheimen tun, sonst spräche es sich herum, oder sonst wären diese Tiere in den vergangenen Jahrzehnten bereits aufgetaucht.«

Einen Moment dachten beide nach. Jenny hatte kurz das Gefühl, einen Erinnerungsfetzen zu diesem Thema greifen zu können, doch dann war er schon wieder fort. Sie nahm einen weiteren Schluck. Der Wodka brannte wohlig in ihrer Kehle, sie merkte, wie der Alkohol wieder zu wirken begann. Am Ende der Theke lachte eine Frau laut auf. Frederik hatte seine Ärmel hochgekrempelt, zum ersten Mal konnte sie seine Tattoos auf beiden Armen richtig erkennen.

»Herkules«, sagte er, bevor sie fragen konnte. Er hielt den Arm so, dass die Tätowierung zu sehen war. Es war ein gelungenes Motiv: Ein bärtiger, muskulöser Mann mit dem typischen Antlitz griechischer Helden hielt auf der Schulter eine Weltkugel. Von der anderen Schulter hing ein Mantel.

»Warum gerade Herkules?«, fragte sie.

»Kennst du die Geschichte von Herkules und Atlas?«

Sie schüttelte den Kopf. Sicher hatte sie die griechischen Sagen alle schon einmal gehört, aber sie hatte die meisten auch wieder vergessen.

»Als Herkules bei einer der ihm gestellten zwölf Aufgaben die goldenen Äpfel der Hesperiden beschaffen sollte, bat er Atlas, ihm zu helfen. Atlas musste als Strafe für einen verlorenen Titanenkampf quasi die Welt auf seinen Schultern tragen. Er erklärte sich sofort bereit, Herkules zu helfen, wenn dieser ihm kurz das Himmelsgewölbe abnehmen würde. Das tat Herkules, und Atlas pflückte ihm die Äpfel. Dann allerdings genoss Atlas die neu gewonnene Freiheit und beschloss, Herkules die Weltkugel nicht wieder abzunehmen. Herkules erklärte sich bereit, die Aufgabe für immer von Atlas zu übernehmen, wenn dieser noch einmal kurz den Uranos, die Personifizierung des Himmels, halten würde, damit er seinen Mantel richten könnte. Atlas fiel auf diese einfache List herein, und Herkules floh mit den Äpfeln.«

»Ein schönes Märchen«, sagte Jenny.

»Eine Sage!«, korrigierte Frederik.

Jenny nahm einen weiteren Schluck vom Wodkagetränk. »Okay, eine schöne Sage. Aber warum hast du von allen Geschichten gerade diese tätowiert? Ich meine, wir haben vielleicht anderthalb Quadratmeter Haut, da ist die Entscheidung sehr schwierig, finde ich. Da sollte man Motive wählen, die etwas mit einem zu tun haben. So wie die Justitia hier auf deinem anderen Arm. Die finde ich sehr schön, weil auch sie wie eine griechische Heldin aussieht.« Es war ein großflächiges Tattoo auf dem linken Unterarm mit einer kriegerisch aussehenden Justitia mit Augenbinde, die in der einen Hand die Waage, in der anderen Hand drohend ein Schwert hielt.

»Und was bedeutet das?« Sie zeigte auf einen Schriftzug an der Oberseite des Armes.

»Das ist Sanskrit und bedeutet: Die Gerechtigkeit schützt diejenigen, die sie schützen.«

»Hast du das vor oder nach deinem Jurastudium tätowiert?«

»Eine Textzeile aus unserem erfolgreichsten Song.«

»Kremple mal bitte weiter hoch«, sagte sie. Mit fortschreitendem Alkoholpegel wurde sie mutiger. Sie griff nach seinem Hemd.

»Lass!«, sagte er mit verlegenem Lächeln.

»Ist das ein Gemälde auf dem Oberarm?«

Zu sehen war eine nackte Frau in den Armen eines ebenfalls unbekleideten Jünglings mit wallendem Haar, der zwei Flügel auf dem Rücken trug.

»Amor und Psyche. Nach einem Gemälde von William Adolphe Bouguereau.«

»Wie viele Tätowierungen hast du denn? Geht das hier noch weiter?«

Sie strich sich über Schultern, Brust und Bauch.

»Ich würde sagen, von den anderthalb Quadratmetern Haut habe ich einen Quadratmeter tätowiert«, sagte Frederik. Auch er wirkte hier an der Bar nun gelöster als in den letzten Tagen.

»Hast du auch ein Tattoo in Gedenken an eine ehemalige Liebe?«, blieb sie hartnäckig.

Frederik lächelte nur.

»Zeig!«

»Das kann ich hier in der Bar nicht.«

»Oh!«, rief sie laut aus. »Etwas Schlüpfriges?«

»Aus!«, sagte Frederik, als spreche er mit einem Hund.

Jenny lachte. Sie genoss den kurzen Moment der Entspannung und nahm eine Handvoll Nüsschen. »Seit wann bist du Single?«, fragte sie.

»Wer sagt, dass ich Single bin?«

Einen Moment schaute sie ihn verdutzt an. Dann begann er zu grinsen. »Eigentlich seit fünf Jahren.«

»Seit fünf Jahren?«, wiederholte sie erstaunt.

Nun schaute Frederik ernster auf das halb leere Glas vor ihm. »Als ich noch in der Band war, war ich lange Jahre mit Ellen zusammen, sie hat als Backing Vocal gesungen. Mit meiner Zeit in der Band war dann auch unsere Beziehung erledigt. Sie hatte keine Lust auf ein spießiges Leben mit einem Staatsanwalt.«

»Und seitdem?«

»Ich war den Großteil meines Lebens allein, musste schon früh selbst klarkommen. Vielleicht bin ich auch gar nicht mehr beziehungsfähig.«

Sie schaute ihn an. Nun machte er einen verlorenen Eindruck auf sie.

»Warum warst du viel allein? Bist du Einzelkind?«

»Meine Mutter hat unsere Familie früh verlassen. Noch bevor ich zwei war. Ich weiß nicht viel zu ihr. Mein Verdacht ist, dass sie Dissidentin war und weggesperrt wurde, vielleicht ist sie auch ausgereist. Und mein Vater – der ging auch irgendwann, als ich sechs Jahre alt war. Ich kam dann in ein Kinderheim. Insgesamt war ich in vier verschiedenen Heimen, bevor ich mit fünfzehn Jahren in eine Pflegefamilie kam. Aber dort blieb ich auch nicht lange. So musste ich schon früh lernen, dass ich mich nur auf einen Menschen verlassen kann, nämlich auf mich selbst.«

Sie dachte an das Tattoo, auf dem Herkules die gesamte Welt zu tragen hatte. Vielleicht war es doch persönlicher, als sie zunächst gedacht hatte. Und dann fiel ihr der Zeitungsartikel ein, in dem stand, dass im Jahre 1986 ein Reinhold Bach wegen der Brandmorde in Riemserort zu einer langjährigen Haftstrafe verurteilt worden war. Sie rechnete, Frederik war 1980 geboren, also 1986 sechs Jahre alt gewesen. Langsam fügte sich das Puzzle für sie zusammen.

»Was sinnierst du?«, fragte er. »Habe ich dich mit meiner Geschichte gelangweilt?«

Sie lächelte. »Gar nicht, im Gegenteil. Ich habe nur gerade überlegt, wie hart es sein muss, wenn man ohne Eltern aufwächst.«

»Das bist du im Endeffekt ja auch«, sagte Frederik, und die harte Wahrheit hinter seinem Satz verursachte sogleich einen tiefen Schmerz in ihrer Brust. Sie trank von ihrem Espresso Martini, der zwar »Martini« hieß, aber tatsächlich keinen Tropfen Wermut enthielt.

Plötzlich spürte sie Frederiks Hand auf der ihren. Im allerersten Moment wollte sie ihre Hand wegziehen, doch dies war nur eine instinktive Reaktion. Tatsächlich mochte sie es. Hitze stieg in ihr auf, und es war nicht nur der Alkohol. Sie drehte ihre Hand, sodass nun ihre Handflächen ineinanderlagen. Sie schauten sich an, und sie spürte, wie ihr Herz schneller zu schlagen begann. In diesem Augenblick legte ihr jemand eine Hand auf die Schulter.

»Vielen Dank für den Tipp«, sagte eine helle Stimme.

Sie fuhr herum. Es war Helen Roux.

»Ich habe das letzte Zimmer bekommen«, sagte sie.

Wie vorhin sah sie auch heute Abend perfekt aus. Sie hatte sich umgezogen, trug jetzt ein tief ausgeschnittenes grünes Kleid, das ihre schlanke Taille betonte. Ihre Haare waren nach hinten gekämmt und schienen noch etwas feucht. Frederik begrüßte sie erfreut.

»Darf ich?«, fragte sie und schlüpfte neben Frederik auf den freien Barhocker. »Ich sehe, ihr seid schon etwas weiter als ich«, sagte sie mit einem Blick auf ihre beinahe leeren Gläser.

In diesem Moment klingelte Frederiks Telefon. Er beantwortete den Anruf, hörte zu, dann suchte er nach einer Serviette, deutete dem Barkeeper, dass er einen Stift benötigte, und notierte eine Nummer. Dann legte er auf.

»Das war mein Kollege aus der Forensik. Er hat gerade dein Handy untersucht und sagt, du hast in den letzten fünf Stunden bestimmt zwanzig Anrufe von dieser Telefonnummer erhalten.« Er schob die Serviette zu ihr.

Die Nummer sagte ihr nichts, aber sie war auch nicht besonders gut darin, Nummern auswendig zu lernen. Dafür vergaß sie niemals ein Gesicht oder Namen. Sie nahm ihr Prepaidhandy und wählte die Nummer.

»Endlich! Mein Gott, wo warst du?«, meldete sich Mona.

»Wo bist du?«, fragte Jenny. An Monas Stimme hatte sie sofort herausgehört, dass etwas nicht stimmte.

»Ich bin hier am Forst. Bruno ist fort!«

Jennys Knie begannen zu zittern. »Fort?«

»Er wurde vom Wolf angegriffen, er hat mich beschützt.« Sie hörte, wie Monas Stimme versagte. »Und dann sind beide in den Wald. Bruno vorweg und der Wolf hinterher …«

Der Wolf hinterher. Jenny versuchte zu verstehen, was sie da hörte. »Wie sah der Wolf aus?«

»So rötliches Fell, sehr stämmig. Gefährlich.«

Der Schattenwolf, dachte sie. Ihre Kehle schnürte sich zu. »Wann war das?«

»Heute Mittag.«

»Heute Mittag?« Sie erschrak über die Bestürzung in ihren eigenen Worten. »Und seitdem hast du nichts mehr von ihm gehört?«

»Nein.«

»Was ist mit dem GPS-Tracker an seinem Halsband? Ich kann ihn orten!«

»Das hatte er nicht um. Ich wollte ihn gerade anleinen, als es geschah …«

Einen Moment schwiegen beide.

»Ich habe bereits Jäger Hansen Bescheid gesagt. Er will nach Bruno suchen … Und ich bin gerade wieder selbst unterwegs.«

Hansen hatte sie Bescheid gesagt? Sie sah vor ihrem geistigen Auge das feiste Grinsen, das er aufgesetzt hatte, als sie ihn mit Bruno in der Stadt getroffen hatte.

»Du bleibst, wo du bist«, sagte sie. »Ich komme!«

»Alles klar«, sagte Mona kleinlaut.

»Hörst du? Du wartest, bis ich bei dir bin! Setz dich solange in dein Auto!«

»Das tue ich.«

Sie legte auf. Frederik und Helen schauten sie mit ebenso neugierigen wie besorgten Blicken an.

»Mein Hund. Der Wolf hat versucht, ihn sich zu holen.« Sie erhob sich.

»Wo gehst du hin?«, fragte Frederik, der sich auch erhoben hatte.

»Ich muss ihn suchen. Es tut mir leid!« Sie drückte Frederiks Hand.

»Ich komme mit!«, sagte er.

Sie lächelte. »Sorry, aber im Wald würden wir zu zweit nur Lärm machen. Vielleicht traut Bruno sich nicht zu mir zurück, wenn ein Fremder bei mir ist.« Sie sah, wie bei dem Wort »Fremder« Enttäuschung über sein Gesicht zog.

»Viel Glück«, wünschte Helen mit besorgter Miene, und Frederik nickte nur.

Sie ließ die beiden an der Bar stehen und verschwand in Richtung Hotelhalle, um aus dem Kofferraum ihre Jägerkleidung zu holen und sich umzuziehen. Als sie sich ein letztes Mal umdrehte, sah sie, wie beide wieder nebeneinander am Tresen Platz genommen hatten und Helen gerade ihren Arm um Frederiks Stuhllehne legte, wobei sie ihm das bezauberndste Lächeln der Welt zuwarf.

62

Sie fuhr zu schnell, und sie hatte einen Espresso Martini getrunken. Die Wirkung des Wodkas war jedoch in der Sekunde verflogen, als sie gehört hatte, dass Bruno vermisst war. Jetzt spürte sie nur noch den Espresso und fühlte sich so wach wie seit Tagen nicht mehr. Und sie spürte noch etwas, etwas, das sie in den beiden letzten Tagen nicht mehr empfunden hatte: Wut. Unbändige Wut. Sie konnte nicht genau benennen, auf wen sie eigentlich wütend war. Vordergründig auf diesen Fake-Schattenwolf. Sollte er tatsächlich ihrem Bruno etwas angetan haben, konnte sie für nichts garantieren. Doch sie war reflektiert genug, um zu realisieren, dass es noch jemanden gab, auf den sie mindestens genauso wütend war: Jo. Irgendwie hatte sie es in den beiden letzten Tagen geschafft, ihm gegenüber gar nichts zu empfinden. Doch jetzt war diese Sperre plötzlich wie fortgerissen, und mit all den negativen Gefühlen überkam sie auch ein unbändiger Ärger auf ihn.

Sie kannte den Hofladen in Drewelow, vor dem Mona auf sie wartete. Um diese Zeit hatte er geschlossen, aber sie sah ihren kleinen roten Wagen schon aus der Ferne. Als sie daneben parkte, stieg Mona aus und empfing sie am Kofferraum. Mona fiel ihr um den Hals und weinte bitterliche Tränen. Sie war sich nicht sicher gewesen, wie sie auf Mona reagieren würde, denn natürlich war es auch ihre Schuld, dass Bruno verschwunden war: In einem Gebiet, wo ein gemeingefährliches Raubtier sein Unwesen trieb, mit dem unangeleinten Hund Gassi zu gehen, war in etwa so vernünftig, wie ohne Sicherheitsgurt Auto zu fahren, nur dass nun nicht sie selbst, sondern der Hund die Folgen zu tragen hatte. Doch nun, wo sie bei Mona all die Angst um Bruno und vielleicht auch vor ihrer Reaktion bemerkte, konnte sie ihr nicht mehr wirklich böse sein. Die Umarmung tat ihr gut, und sie wartete, bis das Beben der Brust unter ihren Armen langsam abebbte. Dann ließ sie sich von Mona alles erzählen, vor allem genau erklären, wo sie Bruno das letzte Mal gesehen und welche Gebiete sie auf eigene Faust den Tag über abgesucht hatte. Sie sah die Kratzer und Wunden an ihren Armen.

»Geh nach Hause«, sagte sie, während sie im Kofferraum ihre Ausrüstung zusammensuchte.

»Niemals, ich lasse dich doch nicht im Dunkeln allein durch den Wald gehen, wenn ich an allem schuld bin!«, platzte es aus Mona heraus.

Jenny nahm das Gewehr aus dem Koffer und schob das Magazin hinein. Dann setzte sie das Zielfernrohr auf und schraubte den Schalldämpfer an. Sie griff ihre Stabtaschenlampe und befestigte sie am Gürtel. Eine weitere Lampe legte sie sich mit Stirnband um den Kopf. Sie steckte noch ihr Messer ein, ein Fahrtenmesser mit einem Griff aus Hirschhorn. Es war ein Geschenk von Jo zu ihrem achtzehnten Geburtstag.

»Geh nach Hause, Mona«, wiederholte sie. »Du kannst mir nicht helfen, zu zweit scheuchen wir nur alle im Wald auf. Wenn Bruno dort ist, wird er über kurz oder lang zu mir gelaufen kommen.« Sie holte ihre Hundepfeife aus der Brusttasche der olivgrünen Jagdweste. »Ich bin als Jägerin doch immer nachts allein im Wald unterwegs!«

»Aber nicht, wenn dort ein gefährlicher Wolf umherstreunt. Im Radio haben sie gesagt, es ist kein normaler Wolf, sondern ein seit Jahrhunderten ausgestorbenes Tier! Wie gruselig!«

»Das ist alles Quatsch! Glaub mir! Ich passe auf«, sagte sie und schulterte ihr Gewehr. Dann schloss sie den Kofferraum.

Mona blieb unschlüssig stehen. »Nimm dein Handy mit – und melde dich bei mir. Ich bleibe wach, bis ich etwas von dir gehört habe.«

»Ich verspreche es!« Sie stoppte. »Brunos Halsband brauche ich bitte noch und die Leine!«

Mona ging zu ihrem Auto und holte beides von der Rückbank. Sie verstaute das Halsband in ihrer Weste, legte die Leine um die Schulter. Dann umarmten sie sich ein weiteres Mal, und Jenny marschierte los.

Mittlerweile war es vollkommen dunkel geworden, der abnehmende Mond verbarg sich heute Abend hinter Wolkenfetzen und kam nur ab und an einmal heraus. Dank des LED-Lichts ihrer Stirnlampe konnte sie einige Meter weit sehen. Sie schaute nach rechts und links, wo der Weg von Büschen und jungen Bäumen gesäumt wurde. Alles, was sie hörte, war ihr schneller Atem. Als erfahrene Jägerin hatte sie diejenigen Teile ihres Gewehrs, die beim Gehen aufeinanderschlagen und Lärm machen konnten, mit Panzerband abgeklebt. Aber auch wenn sie in der Lage war, sich möglichst geräuschlos zu bewegen, machte sie sich nichts vor: Wild und Wölfe wussten dank ihrer guten Nasen, dass sie kam, lange bevor sie irgendein Geräusch von sich gab.

Sie fand die Stelle, die Mona klugerweise markiert hatte. An einem Busch flatterte ihr rostrotes Halstuch. Sie löste den Knoten und band sich das Tuch an den Hosenbund. Dann machte sie einen großen Schritt über den Graben und nahm denselben Weg, den Bruno einige Stunden zuvor gegangen, nein gelaufen war. Und zwar um sein Leben. Sie kannte keine Studien darüber, ob ein Weimaraner gegen einen Wolf eine Chance hatte. Und in diesem Fall handelte es sich auch noch um einen besonderen »Wolf«. Aber solange sie ihn nicht gefunden hatte, ging sie davon aus, dass Bruno noch lebte. Sie leuchtete auf den Boden, suchte nach Blutspuren, fand aber keine. Nach einigen Metern ging sie in die Hocke, schaltete die LED-Lampe auf ihrer Stirn aus und verharrte so für einige Minuten.

Langsam gewöhnten ihre Augen sich an die Dunkelheit. Viele glaubten, im Wald sei es nachts leise. Aber das stimmte nicht. Im Wald gab es lauter Geräusche. Sie hörte weit entferntes Hundegebell. Das war nicht Bruno, sondern es stammte von den Wachhunden auf einem der nächstgelegenen Gehöfte. Etwas raschelte hinter ihr. Zu leise für ein großes Tier, vermutlich eine Maus oder ein Igel. Ein Käuzchen rief in der Ferne. Für sie, die wegen ihrer Misophonie Probleme mit dem Ertragen von Alltagsgeräuschen hatte, war jeder Besuch im Wald Erholung. Sie liebte nicht nur die Bäume und Pflanzen um sich herum, sondern auch die würzigen Gerüche, den Duft nach ätherischen Ölen und Erde und eben die Ruhe. Der Klang der Natur machte ihr nichts aus, es waren die Geräusche anderer Menschen, die sie triggerten.

Selbst heute wirkte die Magie des Waldes beruhigend auf sie. Sie nahm die Hundepfeife und blies dreimal kräftig hinein. Ein extrem heller Laut ertönte. Bruno war auf dieses Geräusch konditioniert. Wenn er sich in der näheren Umgebung aufhielt, würde er zu ihr gelaufen kommen. Sie wiederholte das Ganze im Abstand von einer Minute dreimal. Dann wartete sie weitere drei Minuten. Einmal raschelte etwas lauter, keine fünf Meter entfernt. Ihr Herz machte schon einen Sprung, doch dann war es wieder ruhig.

»Bruno!«, rief sie, aber nichts geschah. Als ihre Knie steif wurden, erhob sie sich aus der Hocke und ging weiter. Zwischenzeitlich hatte der Mond sich durch die Wolken gekämpft und tauchte die Umgebung um sie herum in ein bläulich fahles Licht. Sie schaltete die LED-Lampe aus und schlängelte sich durch Lücken im Dickicht. Dabei nahm sie ihr Gewehr vor den Körper, damit der Gurt nicht an einem Ast hängen blieb. Sie kannte diese Gegend nicht besonders gut. Offenbar ging die Vegetation hier schnell in einen dichten Kiefernwald über, wobei die Abstände zwischen den Bäumen noch groß genug waren, um hindurchzulaufen. Immer wieder kam sie an kleine Lichtungen, die durch Fällarbeiten entstanden waren. Schließlich stieß sie auf einen breiteren Forstweg. Sie nutzte die Deckung eines Stapels gefällter Bäume, ging abermals in die Hocke und blies wieder in die Hundepfeife. Erneut wartete sie einige Minuten und beobachtete dabei den Weg vor ihr. Nichts rührte sich.

Gerade als sie weiterging und den zweiten Schritt machte, ertönte rechts vor ihr ein wütendes Grunzen. Sie riss das Gewehr nach vorn und wollte schon den Abzug drücken, als sie das Wildschwein erkannte. Empört schnaufend rannte es direkt vor ihr über den Weg, gefolgt von drei Frischlingen. Die Familie verschwand laut quiekend links im Wald, dann war wieder alles ruhig. Sie atmete tief durch. Normalerweise war eine Rotte Wildschweine nichts, was sie erschreckte. Aber heute war es anders. Sie wollte kein Lebenszeichen von Bruno verpassen. Sollte er hier irgendwo umherirren, würde sie ihn hören, riechen, spüren. Ihre Sinne waren so geschärft, dass jedes Geräusch, jede Bewegung Alarm in ihr auslöste. Sie versuchte, ihren Atem zu beruhigen, dann ging sie langsam weiter.

In ihrer Tasche vibrierte das Telefon. Sie griff hinein und schaltete es aus. Das leiseste Geräusch konnte ihre Anwesenheit verraten, und derzeit wollte sie am liebsten unsichtbar sein. Sie spürte Durst, hatte aber nichts zu trinken dabei. Vermutlich eine Nachwirkung des Kaffeelikörs und der salzigen Nüsse. Dass sie vor einer guten Stunde noch an einer Hotelbar gesessen hatte, kam ihr in dieser Umgebung surreal vor. Kurz wanderten ihre Gedanken zu Frederik und Helen, die eiskalt ihren Platz an der Theke eingenommen hatte. Aber sofort verbot sie sich solche Anflüge von Eifersucht, sie musste sich voll und ganz auf die Suche nach Bruno konzentrieren.

Nachdem zwei weitere Versuche, ihn mit der Pfeife anzulocken, scheiterten, wechselte sie ihre Strategie und begann, laut nach ihm zu rufen. Es widersprach jeder Erfahrung als Jägerin, lärmend durch den Wald zu gehen, und fiel ihr daher schwer. Aber Bruno würde auf ihre vertraute Stimme reagieren und, wenn er in der Nähe war, zu ihr kommen. Dass sie Wild und Wölfe dadurch verscheuchte, war ihr sogar recht. Weder wollte sie auf die Jagd gehen noch einem Wolf begegnen.

»Bruuuuuunnoooo«, rief sie mit der freundlichsten Stimmlage, die sie in dieser Situation erzeugen konnte. Sie folgte dem Forstweg. Er war gerade so breit, dass Fahrzeuge hier entlangfahren konnten, um geschlagene Baumstämme abzutransportieren. Sie wusste nicht, wohin er verlief, aber sie wollte ihn bis zum Schluss ablaufen und würde dann im rechten Winkel abbiegen, um das Areal Stück für Stück abzugehen. Die Nacht war noch jung, und sie war durchaus in der Lage, bis zum Morgengrauen einige Quadratkilometer abzusuchen. Während sie lief, schaute sie auf den Boden, der hier, tief im Wald, wo die Sonne nur selten durch die Baumkronen drang, matschig und aufgeweicht war. Das LED-Licht ihrer Stirnlampe tauchte den Matsch in grelles Licht, sodass man jede Spur erkennen konnte.

Als Erstes fiel ihr das Fehlen menschlicher Spuren auf. Außer zwei Reifenspuren gab es keine Abdrücke. Sie sah viele Trittsiegel von Hasen, die gerade Trittspur eines Fuchses, die an eine Perlenschnur erinnerte. Sie erkannte die Zeichnung eines Rehs mit den länglichen, spitz zulaufenden Abdrücken. Und dann stockte ihr der Atem: Erst hielt sie den Mittelfußballen mit den vier Zehenballen für das Trittsiegel eines Hundes. Doch dafür waren sie viel zu groß. Das, was sie hier sah, war eindeutig die Spur eines Wolfes. Vielleicht eines Schattenwolfes? Sie wusste nicht, ob es bei den Trittsiegeln Unterschiede gab. Ihr Blick folgte der Fährte, die von links nach rechts einmal über den Weg verlief. Jetzt entdeckte sie einen ähnlichen, aber kleineren Abdruck. Bruno? Sie spürte, wie ihr Herz schneller schlug. Mit der Stirnlampe folgte sie den Spuren, die von dem Weg mitten in den Wald hineinführten. Sie suchte nach Blut, sah aber keins. Die Spuren endeten abrupt auf dem trockeneren und bemoosten, mit braunen Tannennadeln übersäten Waldboden. Sie vermutete, dass die Tiere geradeaus weitergelaufen waren, und folgte der nun imaginären Spur. In ihrer Vorstellung war Bruno vorweg-, der Wolf hinterhergerannt. Die Abstände zwischen den Kiefernstämmen wurden kleiner, und sie musste immer wieder ausweichen.

Sie achtete auf abgebrochene Zweige, fand einmal aufgewühlte Erde, in einer Pfütze tatsächlich einen weiteren, riesigen Pfotenabdruck. Sie war auf der richtigen Spur. Die Baumreihen wurden zunächst enger, dann lichteten sie sich, und schließlich kam sie auf eine größere Lichtung, hinter der der Wald endete. Die Lampe auf ihrer Stirn tauchte die Kulisse in schwaches Licht. Keine dreißig Meter entfernt, hinter einem Graben, begannen Wiesen und Felder.

Sie schaute sich um, dann rief sie erneut: »Bruuuuuuunnooo!« Sie verharrte, blickte nach allen Seiten. Als sie den Kopf nach längerem Stillhalten und Lauschen wieder nach links bewegte, erschrak sie. Keine zehn Meter entfernt, vom Licht ihrer Stirnlampe schwach angestrahlt, stand ein Tier und schaute sie an. Sie hatte es weder kommen hören noch gesehen. Schaute man genauer hin, hatte das Tier tatsächlich nur auf den ersten Blick Ähnlichkeit mit einem Wolf. Der Schädel war deutlich breiter, wirkte beinahe kastenförmig. Die Beine waren kürzer, dafür aber viel kräftiger. Und selbst im Schein der Lampe konnte man die deutliche rostrote Färbung des Fells erkennen. Ein silberner Streifen zog sich entlang des Unterbauchs. Sie stutzte. Um den Hals glaubte sie, ein breites Halsband zu erkennen. Vielleicht war es aber auch nur ein Lichtreflex, oder die aufgestellten Haare erzeugten diesen Eindruck. Sie schob das Gewehr vor die Brust und legte an, was das Tier mit einem gurgelnden Laut begleitete, während es sie weiter beobachtete. Sie hoffte, dass das intensive

LED-Licht das Tier genügend blendete, um ihm die Angriffslust zu nehmen. Für den Fall, dass nicht, zielte sie nun direkt auf dessen Brust. Sie war zuversichtlich, dass sie auf die Distanz mit dem Schießen schneller war als das Wolfstier.

Aufregung stieg in ihr auf. Sie wusste nicht, ob die Abschussgenehmigung bereits vorlag oder ob sie für einen solchen *Aenocyon dirus* nun überhaupt eine brauchte. Jetzt hatte sie die einmalige Gelegenheit, ihn zu entnehmen. Sie dachte an die grausam massakrierten Schafe auf Helges Wiese, an das Leitschaf Trude und an den übel zugerichteten Körper von Hannes Bauer. War das Tier allerdings noch nicht zum Abschuss freigegeben, oder handelte es sich gar nicht um das gesuchte Exemplar, würde sie bei einem Abschuss rechtliche Probleme bekommen.

Der Lauf ihres Gewehrs begann zu zittern, als sich etwas in ihrem Augenwinkel bewegte. Sie drehte den Kopf leicht zur Seite, sodass ihre Stirnlampe das Areal rechts von ihr ausleuchtete. Und da sah sie ihn: einen weiteren Schattenwolf. Etwas kleiner als der erste. Auch er war kein normaler Wolf, hatte mit dem gedrungenen Körperbau und der etwas geringeren Schulterhöhe in der Tat etwas von einem Schakal. Wie sein Kollege starrte er sie regungslos an. Auch hier glaubte sie, um den Hals ein Halsband auszumachen. Sie hatte jetzt allerdings ganz andere Probleme: Gegen ein angreifendes Tier konnte sie sich wehren, bei zweien auf diese Distanz standen ihre Chancen mit einer Langwaffe jedoch deutlich schlechter. Sie schwenkte den Kopf hin und her. Beide Tiere standen weiter wie erstarrt und beobachteten sie nur.

Aus einem Instinkt heraus leuchtete sie nach links – und blickte auf ein drittes Tier. Nun schnellte ihr Puls in die Höhe. Drei Tiere, keines weiter entfernt als zehn Meter. Vorsichtig drehte sie den Kopf zur Seite. Hinter ihr befand sich der Wald, eng stehende Bäume, die eine schnelle Flucht verhinderten. Mittels rascher Kopfbewegungen leuchtete sie mit der Stirnlampe von Tier zu Tier. Sie machten noch immer keine Anstalten, sich zu rühren. Als würden sie sich abstimmen, darauf warten, dass einer den ersten Schritt machte.

Plötzlich sah sie, wie sich aus dem Dickicht ein weiteres Tier zu dem ersten gesellte, deutlich kleiner und zierlicher. Vielleicht ein

Jungtier. Nun waren es schon vier, und sie wusste nicht, ob sich um sie herum noch weitere Tiere versteckten. Sie hörte ein Knacken in ihrem Rücken, wagte aber nicht, sich umzudrehen. Es gab also nicht nur einen Schreckenswolf, sondern ein ganzes Rudel. Wie konnte das sein?

Sie kämpfte gegen die aufsteigende Panik. Auch wenn es keine normalen Wölfe waren, das größte und stärkste Tier, das, welches sie auch zuerst entdeckt hatte, musste der Leitwolf sein. Auf ihn musste sie sich konzentrieren. Er würde für die anderen das Signal zum Angriff geben, die Attacke eröffnen. Sie zielte auf ihn. Gelang es ihr, ihn auszuschalten, würden die anderen Tiere den Angriff vielleicht abbrechen und sich zurückziehen. Am Gewehrlauf vorbei sah sie, wie das Tier den Kopf senkte und sich seinerseits auf ihre Bewegungen fixierte. In diesem Augenblick wusste sie, dass sie angreifen würden. Heute Abend waren die Tiere die Jäger und sie die Gejagte.

63

Im nächsten Moment geschahen drei Dinge, von denen sie schon, während sie noch passierten, nicht sagen konnte, in welcher Reihenfolge sie stattfanden: Es ertönte ein Schuss, so laut und so nah, dass es in ihren Ohren klang und nicht nur sie, sondern auch der Wolf vor ihr erschrocken zusammenfuhr. Gleichzeitig fiel keinen Meter vor ihren Füßen eines der Tiere zu Boden, es war das Exemplar auf 2 Uhr, das sie offenbar von der Seite hatte angreifen wollen, ohne dass sie es bemerkt hatte.

Dann gingen alle anderen Wölfe gleichzeitig zum Angriff über. Sie hatte auf die Brust des Großen gezielt, den Schuss durch den plötzlichen Knall hinter ihr aber nach oben verzogen, sodass sie den nun auf sie zustürzenden Wolf verfehlte. Dafür ertönte direkt hinter ihr ein weiterer Schuss, und als sie sich zur Seite drehte, sah sie Kai Hansen, der mit der Langwaffe im Anschlag keine zwei Schritte hinter ihr stand und schon wieder schoss. Die kleine Sekunde der Ablenkung bereute sie, denn nun hatte sie der Wolf zu ihrer Linken bereits erreicht.

Sie riss den Kolben ihres Gewehrs hoch und stieß damit nach dem Tier, das gerade zum Sprung ansetzte. Sie traf etwas Weiches und hörte, wie der Wolf laut aufjaulte. Hinter ihr ertönte ein Schrei, und während sie zu Boden fiel, sah sie, wie gleich mehrere der Wölfe Hansen ansprangen und zu Boden brachten, darunter auch das vermeintliche Leittier. Sie stieß erneut mit dem Gewehr nach dem Wolf, der sich von ihrem ersten Schlag erholt hatte und wieder auf sie zustürzte.

Ein Schmerz durchzog ihren Arm, sie spürte die Zähne in ihrer Haut. Dann an ihrem Bein. Mit beiden Füßen trat sie nach dem Tier und traf es mit ihren schweren Stiefeln am Kopf, worauf es von ihr abließ. Sie tastete nach dem Abzug, riss das Gewehr hoch und gab aus kürzester Distanz einen Schuss aus dem Gewehr ab, der vom angreifenden Wolf mit einem lauten Quieken quittiert wurde, was ihr verriet, dass sie vermutlich getroffen hatte. Sie rollte zur Seite, ließ dabei das Gewehr los, um sich nicht selbst anzuschießen, stieß mit der Schulter hart gegen einen Baum und sah zu, dass sie wieder auf die Beine kam. Blut lief über ihren Arm, und auch ihre Hose fühlte sich am Oberschenkel feucht und warm an.

Schwer atmend sah sie, wie keine vier Schritte entfernt zwischen den Bäumen drei oder vier Wölfe Hansen am Boden bearbeiteten. Einer zerrte an dessen Hosenbein, ein anderer stieß immer wieder in Richtung von dessen Kehle, während ein Dritter sich in dessen Arm verbissen hatte. Sie zog das Messer aus der Scheide an ihrem Gürtel und wollte sich gerade auf den ersten der Wölfe stürzen, als sie einen harten Schlag gegen den Hinterkopf erhielt und plötzlich alles um sie herum tiefschwarze Nacht wurde.

64

Die Tür zum Apartment stand offen. Die Nachbarin wunderte sich. Normalerweise war Brian Auster ein zurückhaltender und ordnungsliebender Mann. Sie blieb kurz im Hausflur stehen und horchte. Vielleicht brachte er gerade etwas herauf, aber unten am Eingang hatte sie niemanden gesehen. Sie selbst trug zwei schwere Einkaufstaschen. Mit vorsichtigen Schritten näherte sie sich der Haustür.

»Hallo? Herr Auster?«, rief sie und bog den Kopf, um durch den Spalt der Tür in den Wohnungsflur zu schauen. Sie trat noch einen Schritt näher. »Herr Auster?« Der Mann war Amerikaner. Er war immer gut gekleidet und gepflegt und konnte sich durchaus auf Deutsch unterhalten. In der Vergangenheit hatten sie, vor allem am Wochenende, den einen oder anderen Plausch im Treppenhaus gehalten. Mit dem Fuß stieß sie die Tür weiter auf. Im Flur war niemand zu sehen. Sie überlegte schon, die Tür einfach zuzuziehen, vielleicht hatte er einfach in Hektik die Wohnung verlassen. Um diese Zeit war er meistens auf der Arbeit. Doch dann fiel ihr ein, dass er vielleicht auch einen Schlaganfall oder Herzinfarkt erlitten hatte und ihre Hilfe brauchte. Mit einer Einkaufstasche in jeder Hand durchquerte sie den Flur. Sie war noch nie in seiner Wohnung gewesen, aber auch hier war alles ordentlich und sauber. Der Flur mündete ins Wohnzimmer.

Sie erschrak, als sie den Mann im Sessel sitzen sah. Er starrte, den Kopf in den Nacken gelegt, gegen die Decke und schien zu schlafen. Gerade wollte sie sich für die Störung entschuldigen, als sie das Blut sah und zu schreien begann. Ihre Taschen fielen auf den Boden, Äpfel und Zwiebeln rollten über die Dielen, und sie rannte laut schreiend hinaus ins Treppenhaus.

65

Das regelmäßige Geräusch eines Tropfens bohrte sich durch ihren Gehörgang in ihr Gehirn. Wie alle in kurzer Folge wiederkehrenden Töne löste es in ihr eine unbändige Ungeduld aus, die sich erst zu Ärger und dann zu Wut steigerte. Schließlich kam sie zu sich. Um sie herum war es dunkel. Hinterkopf und Nacken taten ihr weh, und ein dumpfer Schmerz pochte in ihren Schläfen. Sie brauchte eine Weile, um zu realisieren, dass sie aus einer längeren Ohnmacht erwacht war. Ihr Mund fühlte sich trocken an. Sie versuchte, sich aufzurichten, was sie sofort bereute. Jetzt spürte sie auch den Schmerz auf der linken Seite, im Bein und über dem Handgelenk. Sie fasste sich an den Unterarm und erfühlte einen eng angelegten Verband. Langsam kehrte die Erinnerung zurück. Die Wölfe, die sie im Wald umzingelt hatten. Hansen, der ihr aus dem Nichts zu Hilfe gekommen war. Der Anblick, wie die Wölfe sich auf ihn gestürzt, ihn immer wieder gebissen hatten. Der Moment, als sie ihm hatte helfen wollen – und der Filmriss.

Sie lag auf einer harten Pritsche, im Nacken ein weiches Kissen. Irgendwo, nicht weit entfernt, vernahm sie das Geräusch von Wassertropfen auf Beton. Langsam drehte sie den Kopf zur Seite. Sie befand sich in einem dunklen Raum, der nur spärlich beleuchtet war. Sie blickte auf einen kleinen Esstisch mit zwei Stühlen. Darauf brannte eine flackernde Kerze. Dahinter erkannte sie eine Küchenzeile mit Gasherd und einfachem weißen Kühlschrank. In der Ecke befand sich ein Elektroheizofen, dessen Lamellen dunkelrot leuchteten und aus dessen Richtung sie einen feinen, heißen Wind spürte. Sie richtete sich weiter auf, was die Schmerzen in ihrem Kopf noch vergrößerte. Wände und Boden bestanden aus nacktem Beton. Sie betastete ihren Hinterkopf und spürte eine große Beule, bei deren Berührung sie ein stechender Schmerz durchfuhr.

»Es tut mir leid«, sagte eine dumpfe Stimme.

Erschrocken fuhr sie herum. In ihrem Rücken saß jemand auf einem altmodischen Schaukelstuhl. Ihr Herz krampfte sich zusammen, als sie die Wolfsmaske erkannte.

»Ich musste dich niederschlagen, aber du warst im Begriff, die Tiere zu verletzen.« Während er sprach, blickte er auf den Wanderstab, der neben ihm am Tisch lehnte und den sie neulich bereits bei ihm gesehen hatte. Er hatte sie geduzt.

Sie brauchte einen Moment, um zu verstehen, was er gerade gesagt hatte. Vermutlich hatte sie eine leichte Gehirnerschütterung, dennoch zwang sie sich, sich ganz aufzusetzen. Ihr Rücken lehnte am kalten, feuchten Beton.

»Du hast mich niedergeschlagen?«, sagte sie und fasste sich erneut an die Beule, was sie sofort bereute. »Die Wölfe haben mich angegriffen!«

Er schüttelte langsam den Kopf. Dass sie sein Gesicht nicht sah, machte sie nervös. Wie neulich blickte sie auf die erstarrte Gummifratze eines Wolfsgesichts. Es war nicht nur lächerlich, sondern auch beängstigend. Es erinnerte sie an Horrorgeschichten, in denen maskierte Clowns die Bösewichte spielten.

»Sie haben dir nichts getan. Bis ihr auf sie geschossen habt.«

»Ihr«, hatte er gesagt, Hansen fiel ihr wieder ein. »Was ist mit dem anderen Mann?«, fragte sie.

»Er ist an allem schuld! Hätte er nicht geschossen, wäre nichts geschehen. Ich war ja da. Die Tiere hätten euch nichts getan. Und nun? Keisha ist verletzt, ob Flocke es überleben wird, weiß ich nicht.«

Zum ersten Mal hörte sie, wie seine sonst so monotone Stimme Emotionen zeigte. Er hatte den Tieren Namen gegeben.

»Wie lange war ich bewusstlos?«

»Ich habe dir etwas gegen die Schmerzen gegeben.«

»Wie spät ist es?«

»Morgens.«

Morgens! Sie musste lange geschlafen haben. Lag es an dem Schlag auf den Kopf oder an dem Zeug, das er ihr gegeben hatte? Die Benommenheit, die sie noch immer empfand, ließ sie auf Letzteres tippen. Der kalte, feuchte Ort machte ihr Angst. Wieder vernahm sie das Tropfen, welches ihre Misophonie triggerte.

»Wo sind wir?«, fragte sie, während sie versuchte, wach zu werden. »Bei mir zu Hause.«

»Wie bin ich hierhergekommen?«

»Ich habe dich hergebracht.«

»Warum?«

Diese Frage schien ihn aus dem Konzept zu bringen, denn er antwortete nicht sofort. »Die Leute denken immer, Wölfe sind zähnefletschende grausame Tiere. Dabei lieben sie Harmonie und Frieden. Es gibt wohl kaum ein anderes Tier, das so sozial ist, bei dem die Familie mehr im Vordergrund steht als bei den Wölfen.«

Sie sagte nichts, ließ ihn reden. Ob Frederik sie vermissen würde? Ihr Prepaidhandy fiel ihr ein. Zuletzt war es ausgeschaltet in ihrer Weste gewesen. Wo war die? Sie schaute sich um, konnte sie aber nirgends entdecken. Ebenso wenig ihr Gewehr und die übrige Jagdausrüstung. Aktuell trug sie eine Jogginghose und ein weißes T-Shirt. Bei dem Gedanken, dass der Wolfsmensch sie ausgezogen hatte, wurde ihr übel. Aber er hatte auch ihre Wunden behandelt.

»Ein Rudel besteht immer aus den Eltern, den Welpen, Onkeln und Tanten. Und alle kümmern sich altruistisch um die Kleinsten. Die Onkel und Tanten würgen Futter hervor oder bleiben als Babysitter beim Nachwuchs, während das Rudel samt den Wolfseltern auf Jagd geht. Daher kann man bei einem Rudel durchaus von einer richtigen Familie sprechen. Keisha ist die Tochter von Legolas und Freya. Und Flocke ihr Bruder. Es wird den anderen Tieren das Herz brechen, wenn Flocke es nicht überlebt.« Nun brach seine Stimme, und er begann unter der Maske zu schluchzen.

Jenny kam sich vor wie in einem Traum. Hätte ihr verletzter Arm, in den sie der Wolf gebissen hatte, nicht ohnehin schon so geschmerzt, hätte sie sich einmal gekniffen. Sie suchte den Raum nach möglichen Waffen ab. Der Stock, mit dem er sie offenbar niedergeschlagen hatte, lehnte noch immer am Tisch neben ihm. Auf der Arbeitsplatte der Küchenzeile sah sie einen Messerblock stehen. Sie wusste nicht, wie schnell der Wolfsmensch war, neulich hatte er gehinkt. Daher wohl auch der Stock.

»Eine Behinderung«, hatte er auf Frederiks Frage geantwortet. Aber sie wusste auch nicht, wie schnell sie war mit dem verletzten Bein und dem sich schwer anfühlenden Kopf. Aktuell war ihr schwindelig und übel.

»Ein Wolf würde die Mitglieder seines Rudels niemals im Stich lassen. Im Gegenteil: Wölfe geben sogar ihr Leben, um die Kleinsten und Schwächsten des Rudels zu schützen.«

»Schön«, sagte sie, während sie weiter nach etwas suchte, um sich selbst zu verteidigen. Sie musste hier raus. Sie suchte einen Ausgang, doch der vordere Teil des Raums lag im Dunkeln. Der Raum war fensterlos. Vielleicht ein Keller, in dem er sie gefangen hielt? Und niemand wusste, dass sie hier war. Sie spürte, wie sich in ihrer Magengegend alles zusammenzog.

»Hast du jemals erlebt, wie es ist, in einer richtigen Familie aufzuwachsen?«, fuhr er fort. Er hatte aufgehört, mit dem Stuhl zu wippen, beobachtete sie weit vorgebeugt durch seine Maske.

Sie stutzte. War das Gespräch für sie bislang das sinnlose Geplänkel eines vermutlich psychisch kranken Mannes gewesen, wurde es jetzt plötzlich persönlich. Aber etwas in seiner Stimme ließ sie ehrlich antworten: »Das ist eine Frage, die ich mir gerade in letzter Zeit häufiger gestellt habe. Ich denke nicht.«

»Ich habe das auch nicht erlebt«, sagte er. »Bis die Tiere kamen und das Rudel mich aufgenommen hat, als sei ich einer der Ihren.«

»Du meinst, das Rudel, das mich angegriffen hat?«

»Das Rudel, das du angegriffen hast.«

»Die Schattenwölfe?«

»So nenne ich sie nicht.«

»Wie dann?« Langsam gelang es ihr, ihn in ein Gespräch zu verwickeln. Aber es interessierte sie nun auch.

»Wir nennen sie Ostseewölfe.«

»Wir«, hatte er gesagt. Ihr Blick fiel auf eine Reihe von Haken an der Wand neben der kleinen Küchenzeile. Über jedem Haken stand ein Name, und die meisten waren leer. Nur an dem Haken, über dem »Nero« stand, hing ein schweres Lederhalsband, wie sie sie bei den Wölfen im Wald ausgemacht hatte. Daran erkannte sie ein schwarzes Gerät in der Größe einer Streichholzschachtel.

»Du legst den Wölfen Halsbänder mit GPS-Trackern an?«, kommentierte sie laut. Einem wilden Wolf konnte man ohne Betäubung kein Halsband verpassen. Dies bedeutete, dass die Wölfe zumindest gegenüber dem Wolfsmenschen zahm sein mussten. Dass es vielleicht sogar seine Tiere waren.

»Meistens kehren sie von allein zurück, aber wenn nicht, kann ich sehen, wo sie sind. Meistens zumindest!« Er seufzte, erhob sich und ging humpelnd zu einem Laptop, das zugeklappt auf dem Tisch gelegen hatte. Er klappte es auf und öffnete ein Programm. Kurz darauf zeigte er ihr einen Kartenausschnitt, auf dem ein roter Pfeil, der wohl ihren Standort zeigte, sowie mehrere blaue Punkte auf einem Flecken zu sehen waren. Dann stellte er es zurück.

»Woher kommen die Ostseewölfe?«, nahm sie seine Bezeichnung für die Tiere auf. Es klang in der Tat besser als »Schattenwölfe«. »Wer hat sie gezüchtet?«

Er hatte sich wieder in seinen Schaukelstuhl gesetzt. »Ein Freund von mir hat immer gesagt: Alles Böse kommt zurück. Und alles Gute auch«, wich er ihrer Frage aus.

»Du lebst also mit diesen Wölfen zusammen? Wo sind sie jetzt? Und warum trägst du immer die Maske?«, fragte sie. »Weil du Teil des Rudels bist?«

Er lehnte sich zurück und begann wieder, sanft zu schaukeln. »Du erinnerst dich wirklich an nichts mehr, oder?«, stellte er fest.

Irritiert schaute sie ihn an. »Wie lange war ich bewusstlos?«

»Das meine ich nicht. Ich meine von früher.«

»Von früher?«

»Ich meine dein altes Leben, bevor du in diese neue Familie gekommen bist. Als du noch nicht Jenny geheißen hast, sondern Alexandra.«

Ihr stockte der Atem. Dieser Satz traf sie aus dem Nichts. Sie hatte mit allem gerechnet, aber nicht damit. Nun kniff sie sich doch in den gesunden Arm. Es schmerzte. Sie suchte in ihrem Kopf nach einer Entgegnung, doch dort war nichts außer dem Gefühl von Watte und Verwirrung. Und auch den Namen Alexandra hatte sie in den vergangenen Tagen bereits einmal gehört. Als sie sich mit dem blinden Wilhelm im Museum in Riems unterhalten und er sie am Anfang des Gesprächs, wie sie dachte, versehentlich, so genannt hatte.

»Keiner hat es dir erzählt?«

Er lachte dumpf unter seiner Maske. »Daran siehst du wieder, wie grausam Menschen sind. Wölfe adoptieren auch fremde Wölfe. Aber sie tun es aus Barmherzigkeit und nicht, um Unrecht zu vertuschen.«

Nun richtete sie sich auf der Pritsche vollständig auf, ignorierte den Drehschwindel, der sie überfiel. Ihr Puls begann zu rasen, mit jedem Herzschlag pochte es hinter ihrem Auge.

»Was weißt du?«, brachte sie hervor.

»Alles.«

In diesem Moment ertönte ein lautes Schrillen rechts von ihr, das sie erschrocken zusammenfahren ließ. Der Wolfsmensch sprang auf, griff den Stock und humpelte in den Teil des Raums, der bislang im Dunkeln lag. Ein automatisches Licht, vermutlich mit Bewegungsmelder, ging an, und nun sah sie, dass die Kammer viel größer war als angenommen. Sie blickte auf ein Pult, auf dem zwei erstaunlich alte Monitore standen, die wiederum eine Reihe von Kamerabildern zeigten. Über den Monitoren war an der Wand so etwas wie ein Klingelkasten befestigt, der den Alarm von sich gegeben hatte.

Weiter hinten sah sie eine schwere Eisentür, die von innen mit einem großen Rad gesichert war, wie sie es von Tresorräumen kannte. Daneben waren an der Wand mehrere knallrote, armgroße Hebel installiert, über denen an der Wand »Zu« und unter denen »Offen« geschrieben war. Sie standen auf »Zu«. Auf den Monitoren erkannte sie die Bunkeranlagen der alten NVA-Anlage in Hanshagen, wo sie mit Frederik den Wolfsmenschen besucht hatte. Dieser hatte mittlerweile seinen Stock wieder an das Pult mit den Monitoren gelehnt und begutachtete, mit den Armen auf den Tisch gestützt, die Kamerabilder von Nahem.

»Sie sind da!«, hörte sie ihn murmeln.

Sie hatte die Gelegenheit genutzt und sich ebenfalls erhoben. Ihre Füße waren nackt, der Betonboden kalt und rau. Nun spürte sie auch die Wunde unter ihren Fußsohlen wieder, die sie sich bei dem Unfall mit dem SUP-Board zugezogen hatte. Ihre Knie waren wackelig, und die Übelkeit wuchs bei jedem Schritt. Weil sie barfuß war, hatte der Wolfsmensch ihr Kommen nicht bemerkt und erschrak, als sie plötzlich hinter ihm stand. Er griff nach seinem Stock und trat einen Schritt zurück. Sein mit Vorsicht gepaartes Misstrauen erinnerte sie tatsächlich an das Verhalten eines Wolfs, wenn er

Menschen begegnete. Hatte sie vor einigen Minuten noch überlegt, wie sie ihn am besten überwältigen konnte, war dieser Gedanke nun wie weggewischt. Sie musste erfahren, was er über sie und ihre alte Familie wusste. Oder ob er nur bluffte.

Nun schaute auch sie auf den Monitor, und ihr Herz machte einen Hüpfer. Sie sah Frederik, wie er, angestrahlt von einem Scheinwerfer, gerade direkt suchend in die Kamera schaute. Er sah gestresst aus. Offenbar regnete es. Seine Haare klebten nass an der Stirn, sein Blick wirkte sorgenvoll und gehetzt. Aber auch entschlossen. Sie glaubte zu erkennen, dass er Kaugummi kaute. In seiner Begleitung waren mehrere Polizisten. Einer hielt einen Schäferhund an der Leine, zwei Maschinenpistolen vor der Brust.

»Wir müssen hier weg!« Der Wolfsmensch bewegte sich an ihr vorbei, weg von der Tür. »Dort hinten gibt es einen geheimen Ausgang!«

Sie zögerte, wusste nicht, was sie tun sollte. Einerseits nahte ihre Rettung, stand Frederik mit einem Haufen Polizisten vor der Tür. Andererseits schien dieser Mann mit der Wolfsmaske Antworten für sie zu haben, nach denen sie so lange gesucht hatte.

»Warum fliehst du vor der Polizei? Du hast doch gar nichts getan! Du hast mich sogar gerettet, hierhergebracht und behandelt!« In diesem Moment fragte sie sich, wie dieser humpelnde Mann sie hatte hierhertragen können. Der Ort, wo sie von den Wölfen überfallen worden war, befand sich weit entfernt von der alten NVA-Anlage hier in Hanshagen.

»Ich muss zu den Tieren!«, sagte er. Mittlerweile hatte er den Schaukelstuhl umrundet. Sie folgte ihm, als sie plötzlich ihre Jägerstiefel unter einem der Stühle stehen sah, ihre Weste hing über der Lehne. Sie setzte sich und zog die Schuhe an. Auf den Monitoren sah sie aus der Ferne, wie mittlerweile eine Gruppe Polizisten in olivgrüner Kampfausrüstung zu Frederik gestoßen war. Einer trug eine große Ramme. Offenbar handelte es sich um so etwas wie eine SEK-Einheit. Allerdings befanden sie sich in einem Bunker, und sie bezweifelte, dass man hier mit einer solchen Ramme so einfach eindringen konnte. Ein lautes Rattern ließ sie herumfahren: Der Wolfsmensch hatte eine Eisenleiter, die in der Ecke an der Wand befestigt war, heruntergelassen. Am oberen Ende erkannte sie einen runden Ausstieg, der sie an einen Gullydeckel oder die Luke eines U-Boots erinnerte.

»Komm!«, rief der Wolfsmensch. Offenbar wollte er, dass sie vorausging. Sie schaute wieder zu den Monitoren, auf denen hektische Betriebsamkeit vor dem Bunker zu sehen war. Helle Lichtblitze von den Sirenen der Einsatzfahrzeuge zuckten über eine Vielzahl der Kamerabilder.

»Komm jetzt!« Ihr Gastgeber – oder sollte sie doch »Geiselnehmer« sagen? – klang drängend. Aber er bedrohte sie nicht. Zumindest nicht direkt. Sie stand auf. Mit ihren Schuhen fühlte sie sich wieder sicherer auf den Beinen. Sie zog auch die Weste über und prüfte die Taschen. Kein Handy, keine Waffen. Sie war hin- und hergerissen.

»Was weißt du über mich? Und wer bist du?«, rief sie.

»Komm mit, dann erzähle ich dir alles! Wir müssen zu den Tieren, bevor sie sie finden!«

Er griff nach der Leiter und zog sich die ersten beiden Sprossen hinauf, den Stock unter die Achsel geklemmt. Als er oben angekommen war, öffnete er laut ächzend den Deckel des Ausstiegs. Nun waren schon nur noch seine Füße zu sehen. Offenbar würde er tatsächlich ohne sie gehen. Sie sprintete zu den Hebeln neben der Tür, hängte sich mit ihrem ganzen Gewicht daran und stellte ihn auf »Offen«. Die Wunden an Arm und Bein brannten. Dann lief sie zur Leiter und streifte ihr Armband ab. Sie schaute hinauf und blickte genau auf die Wolfsmaske, die zu ihr hinunterschaute. Offenbar wollte er die Klappe gerade hinter sich schließen.

»Warte! Ich komme mit!«, rief sie und zog sich auf die erste Sprosse, was den Schmerz der Bisswunde am Arm erneut explodieren ließ. In ihrem Rücken begann der Alarm erneut zu schrillen. Frederik und die Polizisten kamen. Und sie floh vor ihnen.

66

Helen saß beim Frühstück und starrte auf die Zeitung. »Mitgründer von KI-Zaunfirma *Fenceattack* tot aufgefunden«, lautete die Überschrift des Artikels, den sie immer wieder gelesen hatte. Viel stand nicht drin: Gorski war tot in einer Wohnung in Potsdam aufgefunden worden. Aufgrund der Auffindesituation ging man von einem Gewaltverbrechen aus. Einzelheiten wollte die Polizei aus ermittlungstaktischen Gründen nicht bekannt geben. Sie fror, und der Kaffee und das Croissant, welches sie vor fünf Minuten vom Frühstücksbüfett des Hotels genommen hatte, lagen unangetastet vor ihr. Darius tot? Und das, nachdem Walter bereits ermordet worden war? Auch Zimmermann war getötet worden, nachdem er sich für *Fenceattack* interessiert hatte. Was war hier los? Ein Schauer lief ihr über den Rücken. Sie schaute sich um, hatte schon seit Längerem das Gefühl, beobachtet zu werden.

Der Frühstücksraum war gefüllt mit Journalisten und Medienleuten. Heute Morgen hatte es in all den Gesprächen, die sie aufgeschnappt hatte, nur ein Thema gegeben: Ein Jäger war am späten Abend halb tot im Wald aufgefunden worden, offenbar war auch er von einem Wolf angegriffen worden. Dasselbe Schicksal hatte ausgerechnet eine Wolfsaktivistin ereilt. Beide waren ins Krankenhaus eingeliefert worden. Die Aktivistin hatte aus dem Krankenbett auf Instagram ein Foto gepostet, mit der Subline: »Ich bin schuld! Tötet ihn nicht!« Offenbar war in den Wäldern von Vorpommern dieser als ausgestorben geltende Schattenwolf unterwegs und holte sich ein Opfer nach dem anderen.

Heute Morgen hatte eine Hetzjagd auf ihn begonnen, worüber Kamerateams live vom Hoteleingang in die Morgensendungen der TV-Sender berichteten. Doch das war ihr nun alles egal. Sie musste verstehen, was bei *Fenceattack* geschah. Sie hatte schon versucht, Frederik zu erreichen, den Staatsanwalt. Womöglich konnte er mehr über die Sache mit Gorski und Auster herausfinden. Vielleicht konnte sie bei den Ermittlungen helfen. Er hatte sie gestern Abend allein an der Bar sitzen lassen, hatte sich verabschiedet, kurz nachdem die Tierärztin losgezogen war. Sie selbst hatte in den letzten Tagen Gorski verdächtigt, hinter der Ermordung Zimmermanns zu stecken. Doch der war nun selbst tot. Das hieß, irgendjemand anderes musste für die Tat an Zimmermann verantwortlich sein.

Walter tot, Gorski tot, Zimmermann tot und Jo vermisst. Es würde sie wundern, wenn er noch lebte. Was war mit ihr? War sie als zentrale Figur des Unternehmens auch in Gefahr? Erneut lief ihr ein Schauer über den Rücken. Plötzlich hatte sie nur noch ein Ziel: zu überleben. Sie musste denjenigen, der hinter alldem steckte, finden, bevor er sie fand. Sie rief Brian an, landete jedoch nur auf seiner Mailbox. Dort hinterließ sie eine Nachricht. Hoffentlich war ihm nichts passiert.

67

Sie entstiegen der Bunkeranlage mitten in einem Gebüsch. Der Ausstieg befand sich auf einem Betonsockel irgendwo auf dem weitläufigen Gelände der ehemaligen Militäranlage. Auch hier waren breite Wege aus einfachen Betonplatten von Sträuchern, Büschen und Bäumen überwuchert. Die Natur holte sich zurück, was ihr die Nationale Volksarmee, kurz NVA, vor Jahrzehnten beim Bau dieses Stützpunktes genommen hatte. Der Wolfsmensch schloss den Deckel hinter ihnen. Nun sah es aus wie der stinknormale Einstieg zu einer Kanalanlage. Er legte seinen Zeigefinger vor die Schnauze seiner Wolfsmaske, was normalerweise lustig ausgesehen hätte, doch Jenny war nicht zum Lachen zumute. Er deutete ihr, sich nicht zu bewegen, und lauschte eine Weile, dann griff er ihren Arm und zog sie mit sich.

Es war kühl. Am Horizont ging gerade die Sonne auf und tauchte den Himmel in ein zartes Lila. Nach wenigen Schritten rang sie bereits nach Luft, und auch der Wolfsmensch neben ihr keuchte unter seiner Maske, die seine Atemgeräusche noch verstärkte. Ein Geräusch, das sie nur schwer ertrug. Am liebsten hätte sie ihm die Maske vom Kopf gerissen, sie verstand nicht, warum er diese Verkleidung ständig trug. Es musste darunter furchtbar heiß und unbequem sein.

In diesem Teil der ehemaligen NVA-Anlage war sie bei ihrem Besuch mit Frederik noch nicht gewesen. Auch hier dominierten hässliche Betonflächen, die von Pflanzen und Unkraut überwuchert waren. Immer wieder gab es Wände und Stelen aus Beton sowie Rampen, die unter die Erde führten, deren ehemaligen Zweck sie nicht erraten konnte. Immer wieder trafen sie auf verrottete Hütten, Häuser und sogar zwei abgetakelte und ausgeschlachtete Lkw.

Ihr Begleiter steuerte auf eine graue Plane zu, die, anders als alles andere hier, neu aussah. Darunter kamen zwei blitzblanke Quads zum Vorschein: Eines war dunkelgrün, das andere rot lackiert, in beiden steckte abfahrtbereit der Schlüssel.

Der Wolfsmensch warf seinen Stock fort, stieg auf das dunkelgrüne Fahrzeug auf, und sie nahm hinter ihm Platz. Damit hatte er sie also am gestrigen Abend hierhergebracht. Er zündete den Motor, und sie rollten los.

»Wohin fahren wir?«, fragte sie, bekam aber keine Antwort. Sie hielt nach dem blauen Licht der Sirenen Ausschau, die weit entfernt durch die Baumwipfel blitzten. Die Fahrt dauerte nicht lange, dann bogen sie zwischen zwei verfallenen Lagerhallen, bei denen ein Großteil der Fensterscheiben zerschlagen war, auf einen schmalen Weg ein. Nach guten hundert Metern stieg der Wolfsmensch ab und räumte einige Paletten zur Seite, die dort zufällig zu liegen schienen, jedoch offenbar von ihm selbst dort platziert worden waren. Dahinter kam ein weiterer Weg zum Vorschein. Dies alles hatte sie bei ihrem Besuch mit Frederik nicht zu sehen bekommen.

Regenwasser und Matsch spritzten Jenny ins Gesicht, die den Reißverschluss ihrer Weste weiter zuzog, um dem Fahrtwind zu trotzen. Der Weg wurde immer enger und schlammiger, die Bäume dichter. Schließlich blieben sie stehen, und der Wolfsmensch sprang vom Fahrersitz. Auch sie stieg ab und versank bis zu den Knöcheln im Schlamm. Der matschige Untergrund machte schmatzende Geräusche, während sie zu dem Mann aufschloss.

Bald wurde der Untergrund fester, und nachdem sie ein altes Gartentor durchquert hatten, das mit einem nagelneuen Fahrradschloss gesichert war, sah sie die Zwinger. Es waren drei große Gehege, die mit dunklem Draht gesichert waren. Sie hörte das Heulen und Jaulen der Tiere, bevor sie die Gehege erreicht hatten. Und dann sah sie sie: dieselben Tiere, die sie am Vorabend im Wald bedroht und angefallen hatten. Sie verhielten sich wie Hunde. Sie sammelten sich am Eingangsgatter, schoben sich unter- und übereinander, winselten und wedelten dabei mit dem Schwanz.

Als der Wolfsmensch im Begriff war, die Tür zu öffnen, wich sie zurück. Nach gestern Abend hatte sie keine Lust auf eine zweite Begegnung mit den Tieren. Doch die Sorge war unbegründet: Er quetschte sich durch den Eingang, worauf die Tiere an ihm hochsprangen, einige der größeren leckten ihm zur Begrüßung über die Maske. Er ging in die Hocke und tätschelte die Tiere. Der Umgang wirkte vertraut und liebevoll. Eines der Tiere hatte angetrocknetes Blut am Hinterteil und hinkte.

»Legolas, Freya, Nymeria, Sommer, Ghost und Keisha!« Alle hatten Namen. »Du kannst reinkommen. Sie tun dir nichts, wenn ich dabei bin!«, rief er ihr zu, bevor das größte Tier über sein Gesicht leckte.

Sie dachte an Helges Weide. »Einer von ihnen hat einen Menschen getötet.«

»Das stimmt nicht!« Der Wolfsmensch klang empört.

»Ich habe die zerfressene Leiche selbst gesehen. Und Dutzende tote Schafe auf der Weide eines Freundes.«

»Es war keiner von diesen«, rief er, während er sich langsam erhob.

»Wir haben DNA-Spuren!«

»Aber es war keiner von denen hier. Das war Nero.« Nun klang er traurig.

»Wo ist Nero?« Sie schaute in die anderen Gehege.

»Nero ist anders als seine Geschwister. Nicht immer, aber seit … Jedenfalls ist er fort.«

»Ausgerissen?«

Er nickte. »Die hier würden keiner Fliege etwas zuleide tun.«

Sie spürte ihre Wunden an Arm und Beinen. »Außer sie fühlen sich bedroht.«

»Ich habe sie gestern Abend nicht angegriffen!«

»Sie hätten dir auch nichts getan, wenn dein Kollege nicht auf sie geschossen hätte.«

»Normale Tiere nehmen Reißaus, wenn man auf sie schießt.«

»Sie sind halt weder ängstlich noch scheu und verteidigen ihre Familienmitglieder!«

Er ging zu einer Gittertür, durch die ein Gatter vom anderen getrennt wurde, öffnete sie und betrat das Nachbargehege. Sie folgte ihm auf der sicheren Seite des Zauns. Einer der Schattenwölfe bemerkte sie und sprang gegen das Gitter. Vielleicht erinnerte er sich noch an ihre Auseinandersetzung von gestern, erkannte ihren Geruch.

Im nächsten Gehege sah sie einen Unterstand, aus dem vier Beine herausragten. Dort lag ein Tier. Das musste wohl Flocke sein. Sie wusste nicht, ob sie es war, die die Tiere beim Kampf verletzt hatte, oder Hansen, der, um sie und sich selbst zu verteidigen, ebenfalls auf die Tiere geschossen hatte. Der Wolfsmensch ging neben dem Tier auf die Knie und legte ihm seine Hand auf den Körper, als könne er den Wolf damit heilen. Dann drehte er sich zu ihr um.

»Du bist doch Tierärztin, oder? Kannst du ihm helfen?«

Auch dieses Gehege hatte einen Eingang, durch den sie zögernd hineinging. Sie kniete sich neben den Wolfsmenschen. Das Tier lag auf der Seite und atmete schwer. Als es sie bemerkte, öffnete es die Augen und knurrte einmal leise, worauf der Wolfsmensch ihm über die Flanke strich und es sich sofort beruhigte. So von Nahem sah es wunderschön aus. Das Fell hatte eine rotbraune Farbe, die im Licht der aufgehenden Sonne beinahe rosa schimmerte. Die Muskelpartien an den Beinen waren extrem ausgeprägt, der Kopf im Verhältnis zum Körper sehr groß. Die Beißkraft der starken Kiefer musste gewaltig sein, aber jetzt, wo das Tier hier vor ihr lag, wirkte es mit seinen großen Augen, die abgesehen von der gelben Farbe beinahe etwas Menschliches hatten, nicht mehr aggressiv, sondern nur noch verletzlich und zutraulich. Wegen der rötlichen Färbung des Fells hatte sie die Wunde an der Brust zunächst nicht gesehen. Vorsichtig inspizierte sie die Schussverletzung. Ein Projektil hatte das Tier an der linken Brustseite getroffen und die Flanke verletzt.

»Ich habe keine Ausrüstung dabei«, sagte sie.

Der Wolfsmensch sprang auf und kam kurz darauf mit einem professionellen, komplett ausgestatteten Tierarztkoffer inklusive verschreibungspflichtiger Medikamente zurück.

»Woher hast du den?«, fragte sie erstaunt. Sie öffnete ihn und checkte, was ihr zur Verfügung stand. Dann begann sie, die Wunde zu untersuchen und grob zu versorgen, wobei ihr Begleiter das Tier durch Streicheln und gutes Zureden beruhigte. »Das Tier muss in eine Klinik«, sagte sie schließlich. »Es ist glücklicherweise nur ein Streifschuss, aber die Kugel hat das tiefere Gewebe verletzt und sich an den Rändern bereits entzündet. Er muss an den Tropf und braucht Antibiotika.«

In diesem Moment zerriss das Rattern eines Hubschraubers über ihnen die Stille. Das Drehen der Rotorblätter hallte von den leer stehenden Gebäuden hinter ihnen wider. Auch das verletzte Tier zuckte erschrocken zusammen und versuchte, sich aufzurichten, die Tiere im Nachbarzwinger begannen zu heulen. Der Wolfsmensch neben ihr war aufgesprungen. Über ihren Köpfen drehte ein tief fliegender Hubschrauber eine Runde, Jenny sah einen Suchscheinwerfer. Nicht weit entfernt hörte sie Sirenengeheul.

»Wir müssen hier weg!« Der Wolfsmensch lief zum Nachbargatter, betrat es durch die Zwischentür und rannte zur hinteren Seite, wo er eine weitere Tür öffnete. Dann ging er zum Rudel und scheuchte die Tiere durch leichte Schläge aufs Hinterteil zur offenen Tür, von wo sie in die Freiheit gelangten. Er schloss die Tür hinter ihnen, doch die Tiere rannten nicht fort, sondern warteten auf ihn.

»Haut ab!«, rief der Wolfsmensch und gab laute Zischgeräusche von sich, während er mit den Händen wedelte. »Lauft!«

Die Tiere schienen unentschlossen. Wieder knatterte der Hubschrauber über ihnen, und das erste Tier drehte ab und rannte los, worauf die anderen ihm folgten. Der Wolfsmensch blickte ihnen eine Weile wie erstarrt hinterher, dann kam er zurück zu ihr und dem verletzten Wolf.

»Wir müssen ihn mitnehmen!«, sagte er und versuchte, Flocke anzuheben, der einmal laut winselte und nach ihm schnappte.

»Er ist zu schwer! Und zu verletzt!«, sagte Jenny. Sie schätzte das Tier auf mindestens siebzig Kilogramm. Selbst sie beide zusammen konnten es, mit ihren Verletzungen, nicht tragen.

Der Wolfsmensch lief hektisch hin und her, schlug sich mit der Hand immer wieder auf die Maske. »Wir können Flocke nicht zurücklassen!« Er wirkte verzweifelt. Dann beugte er sich zu dem Arztkoffer und schob ihn näher an sie heran. »Schläfre ihn ein!«, forderte er sie auf. »Jetzt sofort!«

Sie schüttelte den Kopf. »Das tue ich nicht. Die Verletzung ist nicht zwangsläufig tödlich. Er kann überleben!«

»Wenn sie ihn finden, werden sie ihn erschießen. Und ich kann nicht bei ihm sein. Er wird furchtbare Angst haben, allein mit denen!«

Sie schaute in den Koffer. Tatsächlich befanden sich darin auch mehrere Ampullen Natrium-Pentobarbital, was zum Einschläfern geeignet war. Diese Medikamente waren streng verschreibungspflichtig. »Wo hast du den Koffer her?«, fragte sie noch einmal. Wieder flog der Hubschrauber direkt über ihrem Kopf, das Geräusch der Rotoren schmerzte in ihren Ohren.

»Tu es! Jetzt!«

Sie schüttelte den Kopf. Sie würde kein Tier einschläfern, das noch gute Überlebenschancen hatte.

Plötzlich hatte der Wolfsmensch eine Pistole in der Hand. Während sie noch neben dem Tier und dem Arztkoffer hockte, stand er über ihr und richtete die Waffe auf sie. Eine kleine Glock 45, vermutlich Kaliber 9 mm Luger.

»Tu es!«, wiederholte er im scharfen Ton.

Das Geräusch der Polizeisirenen kam näher. Sie blickte direkt in den Lauf der Waffe, der nun leicht zu zittern begann.

»Nein!«, wiederholte sie mit fester Stimme. »Sag mir erst, wer ich bin und was du über mich weißt!« Obwohl sie sein Gesicht nicht sah, spürte sie, dass er überlegte. Vielleicht war ihre emotionale Erpressung etwas gemein, aber er war es, der sie mit der Waffe bedrohte.

»Du heißt Alexandra. Du bist am 12. Mai 1982 geboren. Dein Lieblingskuscheltier war ein Bär, der ›Tiemi‹ hieß.«

Sie dachte an das Plüschtier, das sie in Jos Koffer im Schuppen gefunden hatte. Leise wiederholte sie den Namen »Tiemi« und spürte, wie sie am ganzen Körper Gänsehaut bekam. Der Name kam ihr vertraut vor.

»Und was ist mit meinem Bruder?«, fragte sie. »Weißt du etwas über ihn? Weißt du, wo er ist? Was ist mit meinen Eltern?«

»Was mit deinen Eltern ist?« Er klang verbittert. »Frag Jo!«

»Das kann ich nicht!«

»Nimm deine Maske ab!«, forderte sie.

Eine Polizeisirene ertönte, nun ganz nah.

Er hob und senkte die Waffe. »Tu es! Schläfre ihn ein! Jetzt!« Seine Stimme brach, wie vorhin im Bunker.

Sie gehorchte nicht, sondern erhob sich langsam, ohne hektische Bewegungen, sodass sie jetzt Auge in Auge standen. Noch immer bedrohte er sie mit der Waffe.

»Wenn du möchtest, dass er stirbt, jetzt und hier, dann erschieß ihn doch!«

Sie bemerkte, wie das Zittern der Waffe stärker wurde. Wieder schlug er sich mit der freien Hand auf die Maske, blickte zwischen ihr und dem verletzten Wolf hin und her. Er kniete neben dem Wolf nieder, streichelte ihm sanft über den Kopf und gab ihm einen Kuss auf die Schnauze. Einen Moment verharrte er so, dann richtete er sich wieder auf, steckte die Waffe zurück in den Hosenbund und lief zur Tür des Gatters.

»Komm!«, sagte er in strengem Ton und legte die Hand an den Hosenbund.

Sie schaute zu dem verletzten Wolf, der sie beide mit trübem Blick beobachtete. Sie kniete nieder, strich ihm einmal sanft über das Fell, dann folgte sie dem Wolfsmenschen.

68

Das SEK hatte die Räume soeben freigegeben. Nachdem die Türen des Bunkers plötzlich wie von Geisterhand geöffnet wurden, hatten sie zunächst eine Falle vermutet. Das SEK hatte die Vorhut gebildet und war zuerst eingedrungen. Erst als der Komplex von der Spezialeinheit gesichert war, konnten auch Frederik und die anderen Polizeibeamten hinein. Noch in der Nacht hatte er die Beamten der Soko »Wolf« hinzugezogen.

Frederik war nervös, denn er wusste nicht, was ihn erwartete. Lebte Jenny noch? Was hatte der Kerl mit der Wolfsmaske mit ihr angestellt? In den vergangenen Stunden hatten die Kollegen von der Kriminalpolizei versucht, seine Identität herauszufinden, doch das war bis jetzt nicht gelungen. Der Mann schien ein Phantom zu sein.

Seit er Jenny gestern Abend, nachdem er die Bar verlassen hatte, gefolgt war, suchte er sie. Er verzieh es sich nicht, dass er sie zunächst allein hatte ziehen lassen. Vielleicht lag es an dem Alkohol, den sie getrunken hatten. Daran, dass er diese Helen aus falsch verstandener Höflichkeit nicht hatte allein lassen wollen. Oder einfach daran, dass er ein Idiot war. Wie so oft im Leben, hatte er die falsche Entscheidung getroffen.

Jenny war schon eine gute Stunde weg gewesen, als er die Telefonnummer auf der Serviette gewählt hatte, die sein Kollege aus der Forensik für Jenny durchgegeben hatte. Er hatte ihre Kollegin Mona erreicht, die ihm beschrieben hatte, wo genau sie sich mit Jenny getroffen und wieder von ihr getrennt hatte. Dann war er mit dem Taxi dorthin gefahren und hatte sich auf die Suche nach ihr begeben. Er war durch den dunklen Wald geirrt, bis Schüsse durch den Wald hallten. Es hatte eine weitere gute Stunde gedauert, bis er den schwer verletzten Hansen gefunden hatte. Von diesem erfuhr er, dass auch Jenny dort gewesen war. Er hatte die Rettungskräfte noch gerade rechtzeitig dorthin dirigiert. Sein letzter Stand war, dass Hansen verblutet wäre, wenn er ihn nicht gefunden hätte. Er lag auf der Intensivstation, sein Zustand war kritisch, aber stabil.

Danach hatte er nicht gewusst, wo er nach Jenny suchen sollte. Bis Mona sich erneut bei ihm gemeldet und ihm den entscheidenden Tipp gegeben hatte. Alles, was er hatte tun müssen, war, sich Jennys Smartphone von einem Boten aus der Forensik bringen zu lassen. Das war die Wende bei der Suche nach ihr gewesen.

Seit den frühen Morgenstunden glaubte er zu wissen, dass sie sich bei dem Irren mit der Wolfsverkleidung im Bunker der verlassenen NVA-Anlage befand. Schnell hatte sich herausgestellt, dass der Bunker von außen gewaltsam so gut wie nicht zu öffnen war. Doch gerade als sie über Strategien sprachen, die massiven Tore aufzusprengen, waren die Türen plötzlich von innen geöffnet worden.

Nach Betreten der riesigen Bunkeranlage, die im Kriegsfall Fahrzeuge und Torpedos vor gegnerischen Luftangriffen schützen sollte, waren sie durch zehn Meter hohe Hallen gelaufen, in denen der Muff der vergangenen Jahrzehnte herrschte. Es war feucht und roch nach Schimmel. Er vermutete, dass seit Aufgabe der Anlage weder Tageslicht noch Frischluft hier eingedrungen war.

Die Kollegen vom Spezialkommando hatten einen alten Bauplan besorgt, der für den Brandfall bei der örtlichen Feuerwehr hinterlegt war. Dieser hatte ihnen den Weg in ein verzweigtes Tunnelsystem unter dem Bunker gewiesen, an dessen Ende sich weitere Räume anschlossen. Es hatte einige Zeit gedauert, bis auch dieser Weg gesichert war, aber nun stand er in einem Raum, ganz am Ende des unterirdischen Ganges, der sich komplett von den verlassenen Teilen der NVA-Anlage unterschied.

Hier hatte sich jemand häuslich eingerichtet, und zwar gar nicht mal so unbequem: Im Raum, der nur spärlich von gelblichen Notlampen an den Wänden beleuchtet wurde, standen eine Pritsche, die offenbar als Schlafplatz diente, sowie ein Tisch mit zwei Stühlen und sogar ein alter Schaukelstuhl. Neben einer Küchenzeile mit Spüle, Herd und Ofen gab es eine aufwendige Videoüberwachung, mit der viele Bereiche der NVA-Anlage auf mehreren Monitoren eingesehen werden konnten.

Er schaute sich um und fand neben der Tür einen Lichtschalter. Es dauerte eine Weile, dann schaltete sich mit einem lauten Geräusch eine Halogenstrahler-Beleuchtung an der Decke ein, die den gesamten Raum in grellweißes Licht tauchte. Was eben noch wie eine beinahe romantisch anmutende Stube gewirkt hatte, sah nun nach einem kahlen Bunkerraum mit Wänden aus nacktem Beton aus.

Auf der Sitzfläche eines der Stühle lagen Unmengen von Verbandszeug. Wundkompressen und große Rollen Haftbandagen, Verbandsklammern sowie eine orange Glasflasche, auf der »Jod« stand. Zudem eine geöffnete Plastiktüte mit einem sterilen Nähset. Offenbar waren hier Wunden versorgt worden. Auf dem Boden entdeckte er Reste von Blut, die nur oberflächlich weggewischt und danach angetrocknet waren. Auf dem Tisch sah er ein Gerät, das er nicht kannte.

»Das ist ein Hautklammergerät zum Tackern von Wundrändern«, erklärte der junge Polizeibeamte des LKA neben ihm, der ihn begleitete. »Kenne ich aus dem Boxsport.«

Frederiks Magen krampfte sich zusammen. Hier musste jemand schwerer verletzt gewesen sein. Er ging zur Küchenzeile, fand daneben eine Art Garderobe. An einem der Haken hing ein breites Hundehalsband, das mit einem kleinen Bauteil in Scheckkarten-Größe versehen war. Er zählte acht Haken insgesamt, die anderen waren leer. Weiter in der Ecke befand sich ein Spind. Ein schmaler Stahlschrank in funktionalem Grau, etwas höher, als er selbst groß war. Er öffnete ihn und erstarrte. Beide Schranktüren waren innen mit Zeitungsartikeln, Fotos und Bildern beklebt. Einige der älteren Artikel kannte er nur zu gut. Andere berichteten über die Errichtung des Wolfsschutzzauns durch *Fenceattack*. Auch ein Foto des Gründers Walter Gehrling und des Geschäftsführers Darius Gorski, ausgeschnitten aus irgendeiner Tageszeitung, fand er. Besonders beunruhigte ihn aber die rechte Seite; diese war über und über mit Bildern beklebt – Fotoaufnahmen von Jenny Rausch. Ein Ausdruck von einer Website, wo sie als Ärztin der Tierklinik in Greifswald vorgestellt wurde, ein Zeitungsartikel, in dem über die Beschlagnahme von Tieren auf einer Eselsfarm durch das Veterinäramt berichtet wurde. Daneben Aufnahmen, die wie Fotos von Paparazzi wirkten. Heimliche Schnappschüsse aus einiger Entfernung. Dies sah aus wie das Werk eines Stalkers.

Er trat zurück und fotografierte die Türen mit seinem Smartphone ab. Dann widmete er sich dem Inhalt des Schranks. Es war ein typischer Spind mit einem Regalboden oben und einer eisernen Kleiderstange darunter. Die Stange war leer, aber auf dem Schrankboden darunter lehnten an der Seite mehrere Gewehre. Als er sich bückte, erkannte er einige Wolfsmasken, wie der Einsiedler sie neulich bei ihrem Aufeinandertreffen getragen hatte. Er holte einen Stift aus seiner Jackentasche und hob damit eine in die Höhe, ohne sie anzufassen. Unter den Masken lag alte Wäsche.

Er stutzte und nahm das oberste Kleidungsstück. Es handelte sich um eine blutgetränkte Hose. Er breitete sie aus, hielt sie hoch. Vom Schnitt her würde er auf eine Damenhose tippen, er schätzte sie auf Größe 38, vielleicht 40. Ein Hosenbein war zerfetzt, das Blut noch feucht und frisch, das roch er sogar. Er griff in die Hosentaschen, bei der hinteren wurde er fündig: Jennys Prepaidhandy, das sie zusammen in Greifswald gekauft hatten. Wieder krampften sich seine Innereien zusammen. Jenny war also tatsächlich hier gewesen, und sie schien verletzt zu sein, viel Blut verloren zu haben! Er legte ihre Hose zurück und holte ein weiteres Kleidungsstück hervor. Auch dies war eine Hose, aber einige Kleidergrößen größer, eine Arbeitshose mit Camouflage-Muster, wie der Wolfsmensch sie bei ihrer Begegnung getragen hatte. Auch sie war am Bein zerfetzt, auch sie war blutig. Dieses Blut war jedoch deutlich älter und wie das Blut auf dem Boden bereits angetrocknet. Er runzelte die Stirn und legte auch dieses Kleidungsstück zurück. Die Spusi würde sich darum kümmern. Er hatte nur ein Ziel: Jenny zu finden.

Er richtete sich auf und schaute direkt auf den Regalboden. Dort lagen Kartons mit Munition. Und ein beigebrauner Akteneinband. Er nahm die Akte, sah den Schriftzug »Reichsforschungsanstalt Riems«. Darunter stand in schwarzen gedruckten Lettern: »Projekt Lupus«. Ein bereits verblichener Stempel wies darauf hin, dass diese Akte »streng geheim« war. Unten erkannte er das Wappen mit dem Reichsadler und dem Hakenkreuz. Das musste die Akte sein, von der Jenny erzählt und die sie in Jos Scheune gefunden hatte. Die gemeinsam mit dem Koffer gestohlen worden war – von einem Einbrecher mit Wolfsmaske. Anscheinend hatten sie ihren Täter.

Er klappte die Akte auf, blätterte sich durch die pergamentdünnen, vergilbten Seiten. Viele waren mit Schreibmaschine beschrieben, manche zusätzlich mit handschriftlichen Notizen in altdeutscher Schrift versehen. Er steckte die Akte unter seine Jacke.

»Schauen Sie mal hier, ein Ausgang!«, hörte er den LKA-Beamten von der Soko hinter sich rufen. Er ging zu ihm. Sie standen vor einer Metallleiter, die nach oben zur Decke führte, wo ein kreisrunder Ausgang zu erkennen war. Frederik prüfte, wie stabil die Streben der Leiter waren, und hielt inne. Genau vor ihm baumelte an einer Schraubenmutter, die die Sprossen zusammenhielt, ein goldenes Armband, das mit einem Dutzend bunter Perlen bestückt war. Er erkannte es sofort: Es war Jennys Taylor-Swift-Bracelet, das sie ihm vor einigen Tagen noch lachend präsentiert hatte.

Er überlegte kurz, schaute sich um, dann nahm er es und steckte es in seine Hosentasche. Er spürte, wie das Adrenalin durch seinen Körper floss. Vermutlich wollte Jenny ihm damit ein Zeichen geben. Er holte Jennys Smartphone aus seiner Jackentasche und schaute auf das Display – hier unten hatte er keinen Empfang. Er griff nach der Leiter und begann, hinaufzuklettern.

69

Ihr Begleiter schien mehr Schmerzen im Bein zu haben als sie selbst mit ihrer Bisswunde am Oberschenkel, jedenfalls humpelte er immer stärker. Vermutlich lag es daran, dass er seinen Stock nicht mehr bei sich hatte. So dauerte es, bis sie das Quad erreichten. Der Hubschrauber überflog gerade einen anderen Teil des Geländes, offenbar hatte man sie noch nicht entdeckt. Allerdings vernahm sie, mal weiter entfernt, mal näher, immer wieder Sirenengeheul. Ganze Armadas von Einsatzfahrzeugen schienen auf dem Weg hierher zu sein. Wie hatte Frederik sie nur gefunden?

Der Wolfsmensch klemmte sich hinters Steuer, dann wendete er viel zu schnell. In diesem Moment hörte sie die Rufe. Jemand brüllte ihren Namen. Sie drehte sich um, sah in der Ferne zwei Männer auf sie zulaufen. Sie konnte es nicht sicher erkennen, glaubte aber, dass der eine Frederik war.

»Warte!«, sagte sie und legte dem Wolfsmenschen, der vor ihr auf dem vierrädrigen Motorrad saß, von hinten ihre Hand auf die Schulter.

»Niemals!«, entgegnete er und holte plötzlich wieder die Pistole hervor.

»Spinnst du?«, kreischte sie und griff nach seinem Arm. Während er weiterfuhr und versuchte, seinen Arm zu befreien, löste sich ein Schuss in den Himmel. Das Quad kam ins Schlingern, kippte zur Seite, fuhr ein Stück auf nur zwei Rädern, bevor der Wolfsmensch die Hand mit der Pistole nach vorn riss und gegensteuerte.

»Halt sofort an!«, schrie sie und trommelte mit beiden Fäusten auf seinen Rücken, doch er gab so viel Gas, dass die Räder durchdrehten und große Matschbrocken nach hinten warfen. Sie schaute sich um, die beiden Männer waren verschwunden.

Sie preschten einen Sandweg entlang, wobei er viel zu schnell fuhr. Jetzt bereute sie es, mit ihm mitgegangen zu sein. Das Quad kam auf dem matschigen Untergrund immer wieder ins Schlingern.

Sie hielten sich parallel zur Landstraße, verließen den Feldweg, wechselten auf einen schmalen asphaltierten Weg.

»Halt an!«, rief sie wieder, doch der Fahrtwind verwehte ihre Worte. Ihre Haare flogen nach hinten, die Augen tränten vom kalten Zug.

Als sie sich der Bundesstraße näherten, verringerte er die Geschwindigkeit kurz, überquerte die Straße und gab danach wieder Gas. Sie war noch niemals in ihrem Leben Quad gefahren, und sie schwor sich, es auch nie wieder zu tun. Mittlerweile klammerte sie sich an die Haltegriffe; jede Bodenwelle, die sie mitnahmen, schmerzte in ihren Armen und Beinen.

An einer Gabelung, an der die Straße sich teilte, hielten sie an. Der Wolfsmensch blickte sich um, sie tat es ihm gleich, und da sah sie es: Weit hinter ihnen näherte sich ein knallrotes Quad mit zwei Personen. Ihr Begleiter hatte es auch gesehen, wütend heulte der Motor ihres Quads auf und fuhr mit schlingernden Hinterreifen den rechten Weg entlang, der weiterhin asphaltiert, aber gemäß den warnenden rot-weißen Schildern nur für landwirtschaftliche Fahrzeuge freigegeben war. Hinter einem kleinen Wäldchen sah sie den alten Wasserturm aufragen. Dort war Walter Gehrling getötet und Jo vermisst worden. Sie schaute sich immer wieder um, das Quad hinter ihnen holte zwar nicht auf, aber sie hängten es auch nicht ab. Vielleicht war es Absicht, und ihre Verfolger wollten nicht zu dicht auffahren, um sie nicht zu gefährden. Oder sie befürchteten, wieder beschossen zu werden.

Plötzlich zog ihr Quad zur Seite und rumpelte über die Einfahrt zu einem Feld. Es war bereits abgemäht. Sie fuhren mitten drüber, bis das Quad, kurz bevor sie einen Hain am Ende erreichten, plötzlich absackte und sich festfuhr. Der Wolfsmensch stellte sich aufrecht und gab mit den Daumen an den dafür vorgesehenen Hebeln am Lenker Gas. Das Fahrzeug jaulte auf, während die Hinterreifen weiter durchdrehten und erneut große Matschklumpen fortschleuderten. Jenny sah, wie sich der hintere Teil des Fahrzeugs unter ihr immer tiefer eingrub. Hier würden sie nicht mehr herauskommen. Sie drehte sich um, sah aber noch niemanden hinter ihnen.

Schließlich musste auch der Wolfsmensch eingesehen haben, dass sie nicht weiterkamen. Laut fluchend stieg er ab und fuchtelte mit der Pistole, die er noch immer in der Hand hielt, vor ihrem Gesicht.

»Komm!«, sagte er und deutete mit der Waffe auf die Bäume vor ihnen.

Sie glaubte nicht, dass er ihr etwas tun würde, hatte aber Sorge, dass er erneut auf ihre Verfolger schießen könnte, unter denen sie Frederik vermutete. Daher folgte sie ihm. Sie hatte Mühe, auf dem durchweichten Untergrund zu laufen. Als sie den Schutz der Bäume fast erreicht hatten, hörte sie hinter sich lautes Motorgeräusch, und im nächsten Moment bog das rote Quad um die Ecke und nahm denselben Weg wie sie auf das Feld. Offenbar war es leicht, ihren Spuren im Matsch zu folgen. Anders als sie zuvor, blieben ihre Verfolger jedoch am Anfang des Felds stehen. Zwischen ihnen lagen gute dreihundert Meter, aber sie glaubte, hinter dem Fahrer Frederik zu erkennen.

Ihr Begleiter neben ihr hob wieder die Waffe, doch diesmal schoss er nicht. Das Ziel war ohnehin zu weit entfernt, und vielleicht wollte er Munition sparen.

»Willst du ein Leben lang ins Gefängnis?«, schrie sie. »Wenn nicht, dann lass es mit dem Schießen! Wo wollen wir überhaupt hin?«

»Mich bekommen sie nicht«, entgegnete er. »Jedenfalls nicht lebend!«

Er griff wieder ihren Oberarm und zog sie mit sich, hinein in den kleinen Wald. Sie schaute ein letztes Mal nach dem roten Quad, das nun langsam am Feldrand entlangrollte und so dem tiefen Matsch auswich. Ihre Verfolger schienen schlauer zu sein als ihr Begleiter, der sein rechtes Bein nun bedenklich hinter sich herzog und unter seiner Maske laut keuchte.

»Du hast doch bislang nichts Illegales getan«, rief sie. Auch ihre Verletzungen schmerzten, und sie wünschte sich nichts mehr, als dass sie endlich anhielten. »Meine Verletzungen kommen von den Wölfen, und du hast mich gerettet. Hybride Mischungen aus Hunden und Wölfen zu halten ist nicht verboten!«

Der Mann unter der Wolfsmaske lachte laut auf. »Wenn du wüsstest!«

Er stolperte über einen mit Gras bewachsenen Baumstumpf, kam aus dem Gleichgewicht, doch sie fing ihn auf. Er umklammerte sie, um nicht zu stürzen, und für eine Sekunde verharrten sie beide so, ohne dass er sich von ihr löste. Beinahe wirkte es so, als würde er sie umarmen.

»Schön, dich noch einmal wiederzusehen, kleine Alex«, sagte er mit erstaunlich sanfter Stimme. Dann strich er ihr mit der Waffe in der Hand etwas unbeholfen über die Wange.

Die Worte und die Geste berührten sie auf eine Art, die sie nicht verstand. Sie spürte einen Kloß im Hals, wollte Fragen stellen, doch er zog schon wieder weiter.

»Hier entlang«, unterbrach der Wolfsmensch den Moment, und zum zweiten Mal, seit er über seinen verletzten Wolf gesprochen hatte, glaubte sie zu hören, dass seine Stimme unter der Maske versagte.

Sie gingen zwischen den an dieser Stelle lichten Bäumen hindurch. Er hinkte, sie humpelte. Das Motorgeräusch hinter ihnen wurde lauter, aber die Bäume verhinderten, dass sie jemanden sah. Über ihnen ertönte wieder das Knattern eines Hubschraubers. Der Wolfsmensch erhöhte das Tempo, sie konnte kaum folgen. Er ging nach rechts, schlug einen Haken nach links, sie hatte das Gefühl, als würden sie im Kreis gehen. Und dann erkannte sie: Er hatte keinen Plan. Sie blieben stehen, sie hielt ihre verbundenen Wunden, er fasste sich ans Bein, beide rangen nach Atem.

»Bist du mein Bruder?«, fragte sie unvermittelt. Sie verabscheute es, bei dieser Frage nicht in das Gesicht ihres Gegenübers blicken zu können, sondern auf die lächerliche Wolfsfratze schauen zu müssen, die sie nun völlig ausdruckslos mit geöffnetem Maul anstarrte. In diesem Augenblick ertönten hinter ihnen Rufe.

»Jenny!«, hallte es von irgendwo zwischen den Bäumen. Es war eindeutig Frederiks Stimme.

Erneut zog er sie mit sich, doch dann blieb er plötzlich wie angewurzelt stehen. Vor ihnen versperrte ihnen der Zaun den Weg. Schwarz und glänzend stand er dort, massiver und höher, als sie ihn in Erinnerung hatte. Ein unüberwindbares Hindernis. Sie schaute nach links und rechts und sah kein Ende. Der Wolfsmensch suchte nach einem Ausweg. Dann wandte er sich zu dem Zaun. Sie dachte an den Prospekt, den sie in den Redaktionsräumen des *Greifswalder Boten* gesehen hatte. »STROM, REIZGAS, BLENDABWEHR«, hatte dort gestanden.

»Nicht!«, rief sie, doch es war zu spät. Er hatte den Zaun bereits berührt. Es gab einen Knall, ein Zischen, und dann stürzte er mit einem leisen Schrei zu Boden. Sie sprang zu ihm, bückte sich neben ihm. Er hielt sich die Hand; als sie ihn berührte, schob er sie zur Seite.

»Der Zaun steht unter Strom!« Sie schaute auf die weiteren Düsen, Sensoren und Elektrobauteile, die am nächsten Zaunpfahl befestigt waren. »Er versprüht Gas und andere schlimme Dinge. Halte Abstand!«

Ihr Begleiter rollte sich zur Seite, richtete sich stöhnend wieder auf. Nun saßen sie beide nebeneinander, mit ausgestreckten Beinen auf dem Boden.

»Jenny«, hörte sie Frederik erneut rufen, er entfernte sich von ihnen. Sie widerstand dem Reflex, »Hier!« zu rufen, als sie plötzlich wieder die Waffe in der Hand des Wolfsmannes neben ihr sah. »Nicht«, sagte sie und legte ihre Hand auf die Pistole.

»Bist du mein Bruder?«, wiederholte sie ihre Frage von vorhin. Sie sah durch die Löcher in der Maske, wie er sie anblickte. Die Augen kamen ihr bekannt vor. Sie hatten dieselbe Farbe wie die ihrigen.

»Wo sind unsere Eltern? Was ist passiert?«, schob sie hinterher. »Ich habe ein Recht, es zu erfahren! Und nimm endlich die Maske ab!«, flehte sie.

Er senkte die künstliche Schnauze auf die Brust und sprach mit matter Stimme.

Riemserort, 1986

Gunnar Grabowski erwachte an diesem Morgen früh. Das war nichts Ungewöhnliches: Normalerweise war er jeden Tag spätestens um halb sieben im Institut. Als Virenforscher war er für die Testreihen der MKS-Impfstoffe zuständig. In den vergangenen Tagen wa-

ren die Versuchs- und Probestämme aus der BRD und Frankreich eingetroffen, und sie hatten hundertfünfzig Schweine mit den Versuchs-Vakzine-Chargen des Typs 01-Lausanne und MKS-Typ 01-Cloppenburg infiziert. Es war für ihr Institut eine ungewöhnlich hohe Anzahl von Versuchstieren gewesen, weshalb sie am Tag zuvor noch bis spät in die Nacht gearbeitet hatten. Er war nicht vor 2 Uhr im Bett gewesen. Umso erstaunlicher, dass er nicht länger schlafen konnte, zumal heute der 1. Mai war und er gar nicht ins Labor musste.

Er beobachtete Agnes, die neben ihm lag. Ihre Augen waren geschlossen, und sie machte einen friedlichen Eindruck. Auch wenn sie schlief, war sie wunderschön. Er hörte ein schnelles Tapsen, dann ein regelmäßiges Klackern. Tapsen, Klackern, Tapsen. Das Tapsen wurde schneller. Langsam schlug er die Decke zur Seite, um seine Frau nicht zu wecken, und setzte sich auf. Der Fußboden war kalt. Er schlich auf Zehenspitzen in den Flur und schloss die Schlafzimmertür hinter sich ohne ein Geräusch. Im Wohnzimmer ging er zum Käfig mit dem Meerschweinchen, das für das Klackern verantwortlich war. Es saß im Hamsterrad und rannte ohne Unterlass. Er beugte sich vor und beobachtete das kleine Tierchen. Die Augen waren weit aufgerissen, und er sah nur das Weiße im Auge, was ihm komisch vorkam. Vor einigen Tagen hatte er es aus dem Labor mitgebracht. Alex war außer sich vor Freude gewesen und hatte es, wegen des Geruchs seines Fells, sofort Karamell genannt: Er hatte das Meerschweinchen in seiner Thermoskanne aus dem Institut herausgeschmuggelt. Der billige Kaffee aus Vietnam roch typischerweise nach Karamell-Popcorn und Rohkakao, und obwohl er die Kanne ausgewaschen hatte, hatte das Meerschweinchen anscheinend den Geruch angenommen.

Natürlich war es streng verboten, Tiere aus dem Labor zu schaffen. Hier auf Riems war offiziell vieles verboten, was aber nur wenige interessierte. Regeln waren das eine, sie zu befolgen, stand auf einem anderen Blatt. Seit vor vier Jahren keine zwanzig Kilometer entfernt die Maul- und Klauenseuche ausgebrochen war und sie dem Institut die Schuld daran gegeben hatten, waren die Sicherheitsvorschriften massiv verschärft worden – auf dem Papier. Tat-

sächlich war niemand daran interessiert, ihnen das Leben auf Riems zu erschweren. Es war schon belastend genug, dass sie hier im Sperrgebiet im Südwesten des Greifswalder Boddens, auf diesem zwischen dem Festland und der Insel Rügen gelegenen flachen Ausläufer der Ostsee, gefangen waren. Seuchensperrgebiet. Niemand durfte die Insel und das vorgelagerte Riemserort verlassen und auch niemand sie besuchen. Das schweißte zusammen. Und natürlich hütete der Pförtner an der Sicherheitsschleuse, dessen Tochter in Agnes' Grundschulklasse ging und dessen Sohn Gunnars Faustballmannschaft angehörte, sich, Gunnars Thermoskanne am Abend nach möglicher Schmuggelware zu filzen.

Das Meerschweinchen war zunächst sehr verängstigt und schüchtern gewesen, was ihm nicht anders gegangen wäre, wenn er einige Stunden in einer Thermoskanne hätte verbringen müssen. Er hatte schon vor einigen Wochen in seiner Werkstatt im Schuppen heimlich einen Käfig mit Laufrad gebaut. Als sie Karamell dort hineinmanövrieren wollten, war er ausgebüxt und unter die Kommode im Wohnzimmer gelaufen. Enrico hatte das Meerschweinchen darunter aufgestöbert und dies mit einem wütenden Biss in die Nase bezahlt. Der Deutsche Schäferhund hatte sich daraufhin jaulend und beleidigt unters Bett verzogen. Die Zähmung des viel größeren Angreifers schien dem Meerschweinchen ein heldenhaftes Selbstvertrauen zu verleihen, denn es versuchte, es auch mit ihnen aufzunehmen.

Er wusste nicht, ob es wirklich vorgehabt hatte, ihn zu beißen, als es auf ihn zugeschossen kam, denn Jans Kescher war schneller gewesen. Zappelnd hatten sie es damit endlich in den Käfig bugsiert, wo es gleich mehrere Ausbruchsversuche startete. Diese bestanden darin, dass das kleine Terrorschweinchen sich immer wieder wütend gegen die Gitterstreben warf. Vielleicht war noch etwas Kaffee in der Thermoskanne gewesen, vielleicht vertrug so ein kleines Tierchen einfach kein Koffein. Es hatte gedauert, bis Karamell sich einigermaßen beruhigt hatte und schließlich erschöpft eingeschlafen war.

Heute Morgen war die alte Kraft offenbar zurückgekehrt, und jetzt schien es einen neuen Rekord im Meerschweinchen-Laufrad-Mara-

thonlauf aufstellen zu wollen. Das erklärte das Klacken, das er gehört hatte. Aber nicht das Tapsen. Er ging in die kleine Küche und traf dort auf Enrico, der auf dem grünen Linoleumboden wie ein Tiger im Käfig auf und ab lief. Gunnar prüfte den Trinknapf, er war leer. Er war sich sicher, dass er ihn vor dem Zubettgehen noch aufgefüllt hatte. Der Fressnapf war hingegen noch halb gefüllt. Offenbar hatte Enrico, der nun nervös gähnte, keinen Hunger, aber Durst. Wieder gähnte Enrico und gab dabei ein jaulendes Geräusch von sich, das er noch niemals zuvor gehört hatte. Er machte vier Schritte, drehte sich auf der Stelle, lief fünf Schritte, schien ihn gar nicht zu beachten, wendete erneut und gähnte.

»Was ist los, Großer?«, fragte er und quetschte sich an Enrico vorbei, was der überraschend mit einem schlecht gelaunten Knurren quittierte. Gunnar blieb stehen und überlegte, ob er den Hund dafür zurechtweisen sollte. Aber es war früh, und er war müde. So gab er ihm lediglich einen Klaps auf den Po und ging zum Napf, um das alte Futter, das bereits angetrocknet war, zu entsorgen.

In dem Moment, als er den Futternapf berührte, machte Enrico einen Satz und packte seinen nackten Arm. Das Gebiss drang tief in das Fleisch. Gunnar schrie auf und versuchte, das Tier abzuschütteln, doch dies schien Rico, wie Jan ihn immer nannte, nur noch wütender zu machen. Während die Zähne auf Knochen stießen, griff Gunnar nach der Bratpfanne, die in der Spüle stand, und schlug damit auf Enricos Kopf ein. Der Schlag überraschte den Hund, und er ließ für eine Sekunde locker. Dies nutzte Gunnar, um sich zu befreien. Er stolperte über den Hund, rannte zum Ausgang der Küche und hätte es vielleicht sogar bis zum rettenden Schlafzimmer geschafft, wäre nicht Agnes vom Lärm wach geworden und ihm in diesem Moment im engen Flur entgegengelaufen.

»Was ist …?«, rief sie verschlafen und schob ein »Oh, mein Gott, du blutest!« hinterher, als sie seinen zerfleischten Arm sah.

»Zurück!«, rief Gunnar, während er sich an ihr vorbeidrängte und sie mit sich ziehen wollte. Doch es war zu spät. Enrico stürzte sich mit zwei mächtigen Sätzen auf Agnes und riss nun sie zu Boden. Dies war der Moment, in dem sich die Tür zum Kinderzimmer öffnete.

»Vater hat dich zur Hintertür herausgelassen. Mama und Papa haben mit Rico gekämpft wie die Löwen, aber sie hatten keine Chance. Er war wie von Sinnen. Ich denke, er hat ihre Schlagadern verletzt oder so. Rico war wie vom Teufel besessen.«

Sie spürte, dass ihrem Bruder die Erinnerung schwerfiel.

»Und du?«

»Ich hatte mich unter dem Bett versteckt und durch die offene Tür des Kinderzimmers alles mit angesehen. Irgendwann nahm Rico wohl deine Spur auf und lief durch die Hintertür raus. Ich dachte …« Er stockte, und sie strich ihm sanft über den Arm. »Ich dachte, er hat dich auch geholt.«

Sie hörte, wie Jan unter der Maske schniefte.

»Und du?«

»Ich blieb erst versteckt unter dem Bett. Heute denke ich, ich hatte einen Schock, war traumatisiert. Irgendwann hörte ich die Stimmen der Männer, die Mama und Papa gefunden haben. Sie waren sehr aufgeregt und suchten nach dir und dem Hund. Ich wollte weglaufen, aber sie waren schon im Haus. Ich habe mich dann rasch in den Raum neben Papa und Mama gelegt und tot gestellt. Alles war voll Blut …« Sie spürte, wie die Erinnerung ihn aufwühlte. »Die Männer stritten leise in der Küche, und dann kam irgendwann das Feuer.«

»Dann erst kam das Feuer?«, fragte sie erstaunt.

»Jenny!« In diesem Augenblick tauchten zwischen zwei Büschen Frederik und ein weiterer Mann auf, der einen olivgrünen Anorak trug und in der Hand eine Pistole hielt, die er auf sie beide richtete. Blitzschnell hob auch Jan seine Pistole. Doch er zielte mit seiner Waffe nicht auf Frederik oder den Mann, sondern auf sie.

70

Bleibt zurück, oder ich erschieße Alexandra!«, rief Jan.

Sie schaute ungläubig auf die Pistole, die genau auf ihr Gesicht gerichtet war.

»Kriminalpolizei. Legen Sie die Waffe auf den Boden«, sagte der Mann neben Frederik ruhig, aber bestimmt. »Geben Sie auf! Unsere Kollegen riegeln die gesamte Gegend ab. Sie können nicht entkommen!«

Sie sah durch die Löcher in der Maske, wie Jans Augen hektisch flackerten. »Du musst das nicht tun«, sagte sie. »Alles wird gut. Lass uns nach Hause gehen!«

Wieder stieß Jan ein sarkastisches Lachen aus, wie vorhin. »Glaubst du wirklich, die lassen mich nach alledem nach Hause gehen? Nichts ist gut! Sie werden nicht ruhen, bis sie meine Tiere abgeschossen haben. Bis sie alles zerstört haben. Wie damals. Nein, kleine Alex, nichts wird gut. Wir beide haben genug gelitten.«

»Ich habe nicht gelitten!«, protestierte sie. »Aber ich leide, wenn du mich mit einer Waffe bedrohst oder wenn dir etwas passieren sollte!«

»Ich lasse nicht zu, dass wir wieder getrennt werden«, sagte er, schaute wieder zu Frederik und dessen Begleiter. In diesem Augenblick sah sie, dass er resignierte, dass er aufgeben würde. Langsam senkte er seinen Arm, als plötzlich ein Schuss fiel. Jenny ließ sich erschrocken zurückfallen, aber es war nicht Jan, der geschossen hatte. Sie sah zu dem Polizisten. Er war in die Hocke gegangen und schaute sich ebenso überrascht nach allen Seiten um. Frederik lag auf dem Boden, die Hände auf dem Hinterkopf verschränkt. Erleichtert notierte sie, dass er sich gerade wieder aufrappelte. Auch er hatte nur Deckung gesucht. Sie blickte zu Jan neben sich. Er lag auf dem Rücken, mit dem Kopf direkt vor ihren Knien, und gab nun ein leises Röcheln von sich. Sie sah das Blut auf seiner Brust.

»Er ist getroffen! Er ist getroffen!«, kreischte sie. Im nächsten Moment war Frederiks Begleiter schon bei ihnen und nahm Jan die

Waffe aus der erschlafften Hand. Dann drehte er sich mit dem Rücken zu ihnen und scannte die Umgebung. Sie sah, wie er etwas in ein Funkgerät sprach.

»Wer hat geschossen?«, rief Frederik, während auch er zu ihr krabbelte. Sie hatte bereits Jans Hemd aufgerissen. Darunter kam eine große Wunde, mitten über dem Herzen, zum Vorschein.

»Bist du okay?«, fragte Frederik, als er sie erreichte.

Sie wusste nicht, ob sie okay war, sie fühlte nichts außer Panik.

»Er hat keinen Puls!«, rief sie, nachdem sie ihre Hand unter die Maske geschoben und an seinem Hals gefühlt hatte. Sie griff nach der Maske, tastete unter den zotteligen Wolfshaaren nach deren Anfang und streifte sie vorsichtig ab. Als sie das Gesicht darunter sah, brach ihr das Herz.

71

Helen hatte Lars Zimmermanns Wohnadresse von dessen Kollegin Klara Ahrens erhalten. Nun stand sie unten vor dem Eingang des unscheinbaren Mehrfamilienhauses. Laut dem Klingelschild hatte Lars Zimmermann ganz oben unter dem Dach gelebt. Vor dem Eingang fegte ein älterer Herr den Bürgersteig.

»Verzeihung, kannten Sie Lars Zimmermann?«, fragte sie.

Der Mann hielt inne, stützte sich auf den Besen und blickte ihr skeptisch entgegen. »Wer will das wissen?«

Helen hatte nicht bedacht, dass alle hier wussten, dass Zimmermann ermordet worden war. Jeder Fremde, der sich für Zimmermann oder die Tat interessierte, schürte erst einmal Misstrauen. Aber für solche Situationen hatte sie ihre Schauspielausbildung absolviert.

»Ich bin eine Kollegin von Lars. Lesen Sie den *Greifswalder Boten?*«

Der Mann nickte. Sie schätzte ihn auf knapp über sechzig. Entweder verdiente er sich als Hausmeister ein paar Euro dazu, oder er war Rentner und fegte aus Ordnungssinn oder wegen der körperlichen Bewegung. Jedenfalls schien ihm die kleine Unterbrechung seiner Tätigkeit nicht unwillkommen. Er holte aus der Brusttasche seines verschwitzten Hemds eine Zigarette hervor, und Helen gab ihm Feuer, wobei sie sich selbst eine anzündete. Nun waren sie schon einmal zwei Fremde, die gemeinsam rauchten.

»Sie können sich vorstellen, was für ein Schock das für uns alle ist. Die Polizei tappt wohl im Dunkeln, und da haben wir gedacht, wir sind es Lars schuldig, uns selbst auf die Suche nach dem Täter zu machen. Ich meine, recherchieren können wir als Journalisten ja.«

Ihr Rauchpartner nahm einen Zug und nickte bedächtig.

»Er war ein ruhiger Kerl. Vielleicht ein bisschen verschroben und ab und zu etwas schluderig bei der Mülltrennung. Aber im Großen und Ganzen hat er keinen Ärger gemacht!« Dieser Satz bestätigte ihre Vermutung, dass sie es tatsächlich mit dem Hausmeister zu tun hatte. »Er hatte nie Besuch. Weder von Damen noch von Herren.«

Helen nickte, als würde sie diese Information weiterbringen, auch wenn das nicht der Fall war.

»Und an dem Tag, als er erschossen wurde? Haben Sie da etwas mitbekommen?«

Der Mann schüttelte den Kopf. »Ich wohne rechts im Erdgeschoss. Normalerweise sehe ich jeden, der hier ein und aus geht. Die Haustüren haben einen Türspion. Aber an dem Nachmittag war ich beim Skat.«

Wieder nickte sie. »Und wer hat ihn gefunden?«

»Der Hund von der Studentin oben rechts hat sich beim Rausgehen vor die Tür vom Zimmermann gesetzt und gebellt. Als sie ihn wegziehen wollte, hat sie das Blut gesehen, das unter dem Türblatt durchgelaufen ist. Da war verdammt viel Blut. Eine Riesenschweinerei. Aber sie haben es mich nicht wegmachen lassen. Da kam so ein Typ von der Spezialreinigung.«

»Und hat jemand anderes was mitbekommen?«

Er kratzte sich am Kopf. »Die jungen Leute interessieren sich alle nur noch für ihren Scheiß. Wenn die durchs Treppenhaus gehen, schauen die auf ihre Telefone und grüßen nicht mal mehr. Außer die Studentin oben. Die ist in Ordnung. Und der Zimmermann, wie gesagt, der war es auch.«

Ihr kam eine Idee. Sie holte ihr Smartphone heraus, suchte ein Bild von Gorski. »Haben Sie den hier schon einmal gesehen?«

Der Mann schüttelte den Kopf. In diesem Augenblick klingelte ihr Telefon, und das Foto von Darius verschwand. Sie kannte die angezeigte Nummer nicht.

»Entschuldigen Sie«, sagte sie und drückte den grünen Button.

»Klara Ahrens hier.«

Für einen kurzen Augenblick erschrak sie. Gerade hatte sie sich als deren Kollegin ausgegeben.

»Sie hatten mir Ihre Nummer gegeben, falls mir noch etwas einfällt wegen des Informanten«, sagte Klara. Sie klang noch immer traurig.

Helen merkte, wie ihr Puls beschleunigte, und nahm einen tiefen Zug von ihrer Zigarette. Der Hausmeister hatte seine Arbeit derweil wieder aufgenommen und fegte Schmutz in den Rinnstein.

»Und?«, fragte sie mit trockenem Hals.

»Es gab einen Hackerangriff auf Lars' E-Mail-Account. Wir wollten ihn uns heute anschauen, gemeinsam mit einem Techniker von der Polizei. Und der hat gesagt, jemand hat die ganzen Daten rausgezogen aus seinem Postfach, wenn ich es richtig verstanden habe.«

Helen spürte, wie ihre Kehle sich zuzog. Sie wollte die Zigarette fallen lassen, besann sich aber, als sie den Besen des Mannes neben ihr sah.

»Und weiß man, von wo der Hackerangriff kam?«

»Noch nicht. Aber der Mann von der Polizei hat gesagt, nicht aus dem Ausland.«

»Und hat die Polizei irgendetwas zu dem Informanten gefunden? Oder zu möglichen Tätern gesagt?«

»Sie halten sich bedeckt. Aber ich denke, wenn die Polizei den Hacker findet, hat sie vielleicht auch den Täter. Daher dachte ich, ich sage es Ihnen einmal. Vielleicht erzählt die Polizei Ihnen auch mehr. Wir von der Presse sind nicht unbedingt deren beliebteste Gesprächspartner.«

»Vielen Dank! Und sagen Sie, wenn ich irgendetwas für Sie tun kann!«

Sie legte auf und drehte nachdenklich die Zigarette in ihrer Hand, während sie auf das Display starrte. Alle führenden Köpfe von *Fenceattack* waren tot oder vermisst wie Jo, außer Brian und sie selbst. Sie hatte versucht, ihn zu erreichen, aber sein Mobiltelefon war ausgeschaltet, und auf ihre Nachrichten hatte er, anders als sonst, nicht reagiert. Brian war als IT-Chef von *Fenceattack* der Einzige, den sie kannte, der zu solch einem Hackerangriff in der Lage wäre.

Ihr kam eine Idee. »Verzeihung, noch eine Frage«, wandte sie sich erneut an den Hausmeister. »Haben Sie diesen Mann hier schon einmal gesehen?« Sie zeigte ihm das Porträtfoto von Brian, mit dem *Fenceattack* auf der Investoren-Website warb.

Er beugte sich über ihr Display, wobei sie sah, dass er seine halb aufgerauchte Zigarette zwischenzeitlich hinters Ohr gesteckt hatte.

»Den habe ich in der Tat gesehen. Ich weiß nicht genau, wann, kann der Tag gewesen sein, an dem Zimmermann gestorben ist. Ich weiß es so genau, weil er so ein komisches Deutsch sprach mit amerikanischem Akzent. Meine Schwester lebt in Virginia Beach, und obwohl sie Deutsche ist, fängt sie auch schon an, so zu reden wie der.«

»Was hat er gesagt?«

»Gar nichts, also nichts zu mir. Aber er hat laut telefoniert, und da habe ich es gehört. Und er hatte so Klamotten an, die wir sonst nicht tragen.«

»Und Sie haben ihn ins Haus gehen sehen?«

Der Hausmeister schüttelte den Kopf. »Er stand hier draußen, wo wir gerade stehen. Und hat telefoniert. Ich bin dann runter zum Waschkeller und habe den Münzautomaten geleert. Als ich wieder hochkam, war er verschwunden. Meinen Sie, er hat was mit der Sache zu tun?«

Ja, das meinte sie. Und wenn es tatsächlich Brian war, der den E-Mail-Account von Zimmermann gehackt und danach die richtigen Schlüsse gezogen hatte, dann wusste er jetzt womöglich, wer der Informant war, der Zimmermann unter dem Decknamen Aletheia die Werwolfsichtung gesteckt hatte. Dann wusste Brian jetzt, dass sie, Helen Roux, die Verräterin, die »Göttin der Wahrheit« war.

72

Er ist mein Bruder!«, schrie Jenny. Sie legte seinen Kopf vorsichtig auf ihren Knien ab. Jans Gesicht war eine einzige Narbe. Brandwunden, wohin man schaute. Deformierte Lippen, die Nase nur ein Stumpf mit zwei Löchern, keine Augenbrauen. Sie war Tierärztin, aber sie sah sofort, dass hier jemand vor langer Zeit Verbrennungen höchsten Grades erlitten hatte. Und dass diese niemals operativ behandelt worden waren. Daher also die Maske, die er niemals abnahm. Es war keine reine Spielerei, nicht die bloße Liebe zu Wölfen, er hatte sich darunter versteckt, weil er entstellt war.

Seine Augen waren geschlossen, und sie spürte, wie ihre Hand, die auf seiner Brust ruhte, feucht von seinem warmen Blut wurde. Frederik schüttelte ihn an den Schultern, doch er hing schlaff in ihren Armen. Der Schuss hatte ihn genau ins Herz getroffen.

»Er ist tot«, sagte sie schluchzend. Beugte sich hinunter und gab ihm einen Kuss auf die vernarbte Stirn. Die Haut fühlte sich an ihren Lippen rau, beinahe ledrig an. Sie bemerkte Frederiks irritierten Blick.

»Er war mein Bruder«, sagte sie und hielt Jans Kopf.

»Der Schütze muss weit entfernt gewesen sein«, bemerkte Frederiks Begleiter, der immer noch nervös die Umgebung beobachtete. Währenddessen trafen weitere Polizisten ein. Über ihnen flogen zwei Hubschrauber, und irgendwann kamen auch Sanitäter herbeigelaufen, die sie sanft, aber bestimmt von dem Wolfsmenschen, der ohne seine Maske nun nur noch Mensch war, fortzogen. Zwei von ihnen nahmen sich ihrer an und führten sie durch den kleinen Wald und über das Feld davon.

Sie war nicht in der Lage, einen klaren Gedanken zu fassen, Tränen liefen ihr über das Gesicht. Ihre eigenen Wunden brannten, und die Welt um sie herum fühlte sich unwirklich an. Bis eine Hand nach ihrer griff, es war die von Frederik. Dankbar lehnte sie sich an seine Schulter, während er seinen Arm um sie legte. Sie sprachen nicht, sondern stapften, begleitet von zwei Sanitätern, über das Feld, vorbei an dem stecken gebliebenen Quad, dessen Anblick in ihr erneute Trauer auslöste, zur Straße, wo der Rettungswagen mit blinkendem Blaulicht auf sie wartete.

Sie schaute sich ein letztes Mal um, bevor sie einstieg. Jetzt wusste sie, wer sie war. Sie hatte ihren Bruder endlich gefunden und sofort wieder verloren. Viele Fragen waren noch immer unbeantwortet.

Der Check im Krankenhaus dauerte lange. Frederik wich, während sie wartete, nicht von ihrer Seite. Und auch wenn sie die vielen Fragezeichen in seinen Augen sah, sprachen sie nicht viel. Er gab ihr den Raum, den sie brauchte, um ihre Gedanken zu sortieren. Ihre Bisswunden wurden fachmännisch versorgt. Ihr Blutdruck war zu niedrig, und der Arzt wollte sie dortbehalten, aber sie entließ sich selbst. Es war für sie als Veterinärin nicht das erste Mal, dass sie Bisswunden erlitten hatte. Diese waren allerdings schlimmer als alle bisherigen.

Die tiefer liegenden Gewebestrukturen waren durch die hohe Beißkraft des Tiers gequetscht, was zu den Schmerzen führte. Aber die Untersuchung hatte ergeben, dass weder Gelenk- noch Knochengewebe betroffen war. Das größte Risiko bestand in der Wundinfektion. Etwa zwanzig Prozent der Hundebisse führten zu solchen Infektionen und sogar fünfzig Prozent der Katzenbisse, weshalb sie in der Tierklinik bei Katzen besondere Vorsicht walten ließen. Sie wusste nicht, wie es sich mit Bissen eigentlich ausgestorbener Schattenwölfe verhielt, weshalb sie im Krankenhaus eine Infusion mit Medikamenten erhalten hatte. Die Wunde am Bein war genäht worden. Am Arm hatte ihre Kleidung Schlimmeres verhindert.

Die Hände voll mit Verbandszeug, Antibiotika und Schmerzmitteln, waren Frederik und sie in eines der oberen Stockwerke gefahren. Frederiks Ausweis als Staatsanwalt hatte ihnen Türen geöffnet, die ansonsten verschlossen geblieben wären, und so standen sie schließlich vor dem Bett von Kai Hansen. Er sah aus wie eine einbalsamierte Mumie; wären die Schläuche und Kabel nicht gewesen, hätte man ihn für den Protagonisten eines billigen Sketches halten können. Doch da er an diverse Gerätschaften angeschlossen war, sah man ihm an, dass es bei ihm um Leben und Tod gegangen war.

Die Krankenschwester hatte ihnen mitgeteilt, dass er unter starken Medikamenten stand, und sie hatten schon wieder gehen wollen, als er plötzlich die Augen öffnete. Viel war von seinem Gesicht nicht zu erkennen, aber sie sah an den Lachfalten in den Augenwinkeln, die ihr bei dem eher griesgrämig daherkommenden Mann bislang noch nie aufgefallen waren, dass er Notiz von ihr nahm. Da auch seine Hände und Arme von den Verletzungen, die er bei der Abwehr der Wölfe erlitten hatte, bandagiert waren, strich sie über eine freie Stelle am Oberarm, die vom Jod ganz orange eingefärbt war.

»Danke«, sagte sie und schluckte die aufsteigenden Emotionen herunter. Er schloss und öffnete die Augen einmal. Dann ließen sie ihn allein. Dass Freunde und Familienmitglieder einem unter Gefährdung ihres eigenen Lebens zu Hilfe eilten, mochte selbstverständlich sein, wenn dies scheinbare Feinde taten, rührte sie dies umso mehr.

»Er wird wieder gesund«, antwortete die Krankenschwester auf ihre Frage, nachdem sie das Zimmer wieder verlassen hatten. »Aber es wird dauern, bis die Wunden verheilt sind.« Ein Satz, der auch für sie galt, und zwar auf vielfache Art und Weise.

»Ich habe Hunger«, sagte sie, als sie endlich vor dem Ausgang des Krankenhauses standen. »Gehen wir etwas essen? Dann können wir uns unterhalten.«

73

Sie fanden gegenüber der Klinik ein kleines Asia-Restaurant, das »Cheng Noodles« hieß. Die Karte pries die besonders dicken und langen, traditionell mit der Hand gezogenen und in einer Schale mit Chiliöl, Pak Choi und wahlweise Tofu oder Fleisch gereichten »Biangbiang-Nudeln« an. Beide bestellten, auch Frederik aß heute fleischlos.

Sie hatte von ihm ihr Smartphone zurückerhalten. Als Erstes hatte sie Mona angerufen, ihr berichtet, dass es ihr gut gehe, und gefragt, ob sie etwas von Bruno gehört hatte, was sie verneinte. Dann hatte sie Mona von dem verletzten Schattenwolf namens Flocke erzählt und den Standort auf dem NVA-Gelände beschrieben. Mona hatte versprochen, den Wolf von der »Tierrettung« dort abholen und in die Klinik bringen zu lassen.

»Sie sollen aber aufpassen, denn dort könnten noch andere Wölfe herumlaufen«, hatte Jenny gewarnt. Am liebsten wäre sie selbst hingefahren, aber die Strapazen der vergangenen Stunden machten es ihr unmöglich. Neben den körperlichen Schmerzen fühlte sie eine riesige Schwere in ihrem Herzen. Sobald sie an Jan dachte, musste sie weinen.

»Wie hast du mich gefunden?«, fragte sie Frederik, während beide ihre Nudeln schlürften, was bei Jenny schon wieder die Misophonie triggerte. Sie hasste das Geräusch, aber der heiße Sud tat ihr gut, und so schlang sie das Essen geradezu herunter. Erst jetzt wurde ihr bewusst, wie lange sie nichts mehr gegessen hatte.

»Deine Kollegin Mona hat mich darauf gebracht. Ich wusste, dass du dich gestern Abend, nachdem du die Bar verlassen hattest, mit ihr treffen wolltest. Ihre Telefonnummer, die mein Kollege aus der Forensik mir durchgegeben hatte, weil sie auf deinem Smartphone angerufen hatte, hatte ich dir auf die Serviette geschrieben. Kaum warst du weg, bereute ich es, dass ich dich nicht begleitet hatte. Also habe ich sie angerufen und gefragt, wo ihr beide seid. Sie sagte mir, dass du allein losgezogen seist. Aber sie sagte mir auch, dass du Brunos Halsband dabeihast, an dem ein GPS-Tracker für Hunde befestigt sei. Ich musste nur noch dein Smartphone aus der Forensik holen, auf dem die dazugehörige Tracking-App gespeichert ist. So konnte ich Brunos Halsband tracken, das du mitgeführt hast. Das Tracken hat nicht immer funktioniert, insbesondere, als ihr beide in die Bunker gegangen seid. Aber ich hatte eine letzte Ortung auf der NVA-Anlage, und da wusste ich Bescheid.«

Jenny griff in die Tasche ihrer Weste und holte das Halsband heraus, das sie noch immer mit sich herumtrug. Sofort empfand sie eine ungeheure Sehnsucht nach Bruno. Wehmütig steckte sie es wieder ein.

»Nachdem ich Hansen halb tot im Wald entdeckt hatte, hatte ich eine Riesenangst um dich«, sagte er.

»Du hast ihn entdeckt?«

»Ich bin in den Wald gegangen, um dich zu suchen. Plötzlich hörte ich Schüsse und, als ich näher kam, Schreie. Und ein Motorgeräusch. Ich dachte, das sei so etwas wie eine Säge. Heute weiß ich, dass es das Quad war, mit dem Jan dich entführt hat.«

»Er hat mich nicht entführt!«

»Er hätte dich in ein Krankenhaus bringen müssen!«, stellte Frederik fest.

Auch wenn sie wusste, dass er recht hatte, spürte sie das Bedürfnis, Jan zu verteidigen. »Er hatte Angst«, sagte sie.

Sie merkte, wie Frederik mit einer Antwort zögerte.

»Was?«, fragte sie.

»Du sagtest vorhin, er war dein Bruder? Wir haben über den Einsiedler nichts herausfinden können. Offiziell existiert er gar nicht.«

Sie erzählte ihm von ihren Gesprächen mit Jan.

»Dein richtiger Name ist Alexandra?«, sagte Frederik und verzog die Lippen zu einem frechen Lächeln. »Den Namen mag ich auch.«

»Ich bin und bleibe Jenny«, sagte sie.

Wieder lächelte Frederik. Er legte seine Hand auf die ihre, was bei ihr einen feinen Schauer auf dem Rücken erzeugte. Dann streichelte er ihren Handrücken mit dem Daumen. »Ich kann nicht einmal erahnen, wie schwierig und verwirrend das alles für dich sein muss.«

»Ich denke, ich habe das alles noch gar nicht verarbeitet, vermutlich brauche ich dafür mein gesamtes restliches Leben.«

Frederik presste die Lippen aufeinander.

»Was ist?«, fragte sie.

»In dem Raum im Bunker habe ich deine zerrissene und blutverschmierte Kleidung gefunden. Aber dort waren noch andere Klamotten, Herrenkleidung. Ebenso blutverschmiert, aber älter.«

»Du denkst an das viele Blut neben Jos Auto?«

Er nickte.

»Daher hinkte er auch. Er muss sich dort am Bein verletzt haben.«

»Weißt du, wie?«

»Leider hatte ich keine Zeit, mit ihm darüber zu sprechen.«

Frederik nahm sein Smartphone und tippte etwas hinein. »Ich frage die Gerichtsmedizin«, kommentierte er, als er ihren Blick bemerkte. Ihr wurde schlecht, als sie daran dachte, dass Jans Leiche in dieser Sekunde irgendwo in einem Kühlfach lag.

»Da wäre noch etwas«, sagte Frederik. Er wirkte bedrückt. »Du erinnerst dich, dass ich deinem Bruder bei unserem Besuch und unserem kleinen Streit die Haare von der Wolfsmaske gerissen habe? Die Soko Wolf hat sie in der Forensik untersuchen lassen, und sie passen zu den Haaren auf Walter Gehrlings Kleidung.«

»Du meinst, er ist für dessen Tod verantwortlich?«, beendete Jenny seinen Gedankengang. Sie dachte daran, was für eine Angst Jan vor der Polizei gehabt hatte. Wie zynisch er gelacht hatte, als sie gemeint hatte, er habe nichts zu befürchten. »Wenn du wüsstest«, hatte er ihr geantwortet. Hatte er tatsächlich Walter Gehrling getötet – und war er vielleicht auch an Jos Verschwinden schuld? War dabei etwas schiefgegangen? Hatte Jo sich gewehrt und ihn verletzt? Sie hatte gerade verarbeiten müssen, dass Jo nicht der war, für den sie ihn gehalten hatte. Aber war ihr Bruder nun auch noch ein Mörder? Eine dunkle Wolke zog über ihr auf.

»Die Kamera von *Fenceattack* hat in der Nacht deinen Bruder am Zaun aufgenommen. Wenig später stirbt Walter Gehrling, die Haare der Maske deines Bruders finden sich an seiner Kleidung. Jo, der auch dort ist, verschwindet spurlos. Dein Bruder wird schwer verletzt. Das sind die Fakten, die wir derzeit kennen.«

»Und wo ist dann Jo?«

»Ich sage es nicht gern, aber er könnte ihn getötet und seine Leiche entsorgt haben.«

»Obwohl Jan schwer, womöglich sogar lebensgefährlich, am Bein verletzt war?«, hielt Jenny entgegen.

Frederik zuckte mit den Schultern.

»Und was ist mit meinem Handy, das in jener Nacht am Tatort in einer Funkzelle angemeldet war und morgens wieder bei mir in der Küche lag?«

Erneut zuckte Frederik resigniert mit den Schultern. »Hat Jan noch irgendetwas erzählt, das uns weiterhilft?«, fragte er nach kurzem Grübeln.

Sie schüttelte den Kopf. »Er hat über die Nacht gesprochen, als … meine Eltern umkamen.«

»Erzähl!« Frederik lehnte sich neugierig nach vorn.

»Es scheint so, als sei unser Familienhund ausgetickt. Im Blutrausch hat er meine Eltern angegriffen. Mein Vater hat mich gerettet, indem er mich durch die Hintertür rausgelassen hat, und so bin ich anscheinend entkommen.«

»Hast du eine Erklärung dafür, warum der Hund so aggressiv war? Das ist doch nicht normal, dass der seine Herrchen zerfleischt!«

Sie schüttelte den Kopf. »Hundeangriffe kommen immer wieder vor, und oftmals richten sie sich gegen die Besitzer.«

»Aber?« Frederik blickte sie an.

»Ich weiß nicht. Es ist eine verrückte Idee. Aber Jan hat erzählt, dass der Hund vor der Attacke von unserem Meerschweinchen gebissen wurde.«

»Von welchem Meerschweinchen?«

»Gunnar, also mein Vater«, das Wort ging ihr nicht leicht über die Lippen, »hat ein Meerschweinchen aus dem Institut auf der Insel Riems geschmuggelt und mir geschenkt.«

»Eines der Versuchstiere?«

Sie nickte. »Das Tier soll sich merkwürdig verhalten haben. Erst ruhig, dann aggressiv, und es hat unseren Hund gebissen. Ansgar hat doch erzählt, dass in Riems an Tierseuchen geforscht wird und wurde.«

»Du meinst, das Meerschweinchen hatte vielleicht eine Krankheit und hat den Familienhund damit infiziert? So etwas wie …?«

»Tollwut zum Beispiel«, sagte sie.

»Dazu passt vielleicht, was ich bei Jan im Bunker gefunden habe.« Frederik nahm sein Handy, öffnete die Foto-App und zeigte Jenny ein Bild.

»Die Akte aus Jos Koffer!«, rief sie. Er nickte. »Dann war Jan der Einbrecher?«

»Sieht so aus!«

»Hast du hineingeschaut?«

Er nickte und wischte mit dem Finger durch verschiedene Fotos, die er vom Inhalt der Akte gemacht hatte.

»Wie schon der alte Wilhelm im Museum erzählt hat, scheinen die Nazis unter dem Namen ›Lupus‹ auf Riems ein geheimes Forschungsprojekt durchgeführt zu haben, um, wie soll ich sagen, die ultimative Biowaffe zu erschaffen.«

»Die ultimative Biowaffe?«

»Keinen Virus oder so etwas. Sondern ein besonders böses und aggressives Tier.«

Reichsforschungsanstalt Insel Riems, 1943

»Erhöhen Sie die Dosis!« Obwohl der Mann einen weißen Laborkittel trug, sprach er im militärischen Befehlston. Unter dem Kittel schauten die Beine einer steingrauen Stiefelhose aus Gabardine hervor, wie sie nur Offiziere trugen.

»Herr Oberstabsarzt, ich weise darauf hin, dass wir schon über dem liegen, was als Maximaldosierung vorgesehen war«, erwiderte ein Mann mit feuerroten Haaren, der ebenfalls einen weißen Kittel trug und vor einem Apparat kniete, welcher wie eine überdimensionierte Standluftpumpe aussah. Der Schweiß stand ihm auf der Stirn, während er hoch konzentriert aus einem großen Laborkolben eine durchsichtige Flüssigkeit in den Impfautomaten füllte. Von der Apparatur führte ein roter Schlauch zu dem betäubten Tier, das vor ihnen auf dem Behandlungstisch lag.

»Tun Sie, was der Oberstabsarzt verlangt!« Die Anweisung kam

vom Präsidenten der Insel Riems, Schmidt, der neben dem Offizier stand.
Der Rothaarige gehorchte.
»65 Millimeter Prämolar P4«, meldete ein anderer Mann, der gerade dabei war, die Zähne des Tieres, dem die Zunge schlaff aus dem Mund hing, zu vermessen. »Backenzahn M1 32 Millimeter«, meldete er laut hinterher und trug beides auf einem Klemmbrett ein.
»Warum messen Sie nur diese beiden Zähne und nicht auch die anderen?«, fragte der Offizier seinen Gastgeber.
»Der Prämolar P4 im Oberkiefer, auch Reißzahn genannt, und der Backenzahn M1 des Unterkiefers bilden die sogenannte Brechschere. Sie sind entscheidend für die tatsächliche Beißkraft. Und die ist bei diesem Tier so hoch wie bei keinem unserer Versuche zuvor. Ich schätze, über anderthalb Tonnen!«, erläuterte Schmidt mit stolzgeschwellter Brust.
Der Offizier, der aufrecht, mit hinter dem Rücken verschränkten Armen vor dem Untersuchungstisch stand, nickte zufrieden.
»Je mehr Beißkraft, umso mehr Feinde können wir zermalmen!«, stellte er fest. Die Laborhelfer setzten ein höriges Lächeln auf. Nun begann der Rothaarige, mit den Handgriffen der Pumpe den Kolben im Zylinder auf und ab zu bewegen, worauf durch den Schlauch eine Flüssigkeit in die Adern des Tieres lief. »Eine Spritze wäre zu klein, daher nutzen wir für die Injektion des Serums den Impfautomaten«, kommentierte Schmidt.
»Wann werden wir erste Ergebnisse sehen?«, fragte der Offizier.
»Die Inkubationszeit des Rabies-Virus beträgt in der Regel mehrere Monate. Dies war eine der Aufgaben, denen wir uns gestellt haben. Unser spezielles Tollwut-Virus sollte in wenigen Tagen anschlagen.«
»Dann werde ich bereits wieder in Berlin sein, ich erwarte Ihren Bericht«, stellte der Offizier fest.
»Ich werde eine Taube schicken«, entgegnete Schmidt.
Wieder nickte der Offizier zufrieden. Er machte einen Schritt vor, beugte sich herunter und betrachtete über seine Nickelbrille den muskulösen Körper, schließlich das Gebiss.
»Es ist fantastisch, wenn man bedenkt, dass dieses Tier für Tausende von Jahren ausgestorben war, und nun liegt es hier in Fleisch und

Blut in seinem perfekten Abbild vor uns. Dem Monster möchte ich nicht auf dem Schlachtfeld begegnen«, stellte er fest.

»Was Hannibal die Elefanten waren, werden uns diese Überwölfe sein«, pflichtete Schmidt ihm bei.

Ein helles Surren ertönte. Der Helfer, der eben noch das Gebiss vermessen hatte, trat, nun mit Schutzbrille ausgestattet, mit einem Schleifgerät an das Tier heran.

»Wir werden noch seine Zähne nachschleifen, sodass sie scharf wie Rasierklingen sind!«, erläuterte Schmidt. »Und nun stellen Sie sich vor, wie das Virus durch die Blutbahnen zirkuliert und jegliche natürliche Hemmungen ausschaltet. Ein Untier, krank vor Zorn, gesteuert von einem Virus, das seinen Wirt zum Beißen zwingt, um von Wirt zu Wirt weitergereicht zu werden.«

Der Offizier setzte eine besorgte Miene auf. »Kann es unsere eigenen Soldaten infizieren oder, noch schlimmer, die des Feindes, die sich dann ihrerseits von Aggressivität gesteuert auf die unseren stürzen?«

»Das kann es nicht«, sagte Schmidt und wirkte dabei plötzlich nicht mehr so selbstsicher. »Das Virus ist eines, das nur noch Tiere befällt.«

»Wir bräuchten allerdings Hunderte von diesen Monstern oder sogar Tausende. Und wir müssten sie hinter die Frontlinien ins Feindesland bringen, um sie dort auszusetzen. Ich werde dem Generalfeldmarschall von Ihren Fortschritten berichten. Sollte das Experiment gelingen, verfrachten Sie dieses Exemplar in eine Kiste, und dann schaffen wir es nach Berlin. Wir haben diesen Wolf von den Toten auferstehen lassen, nun ist es an der Zeit, dass er uns dient.«

Jenny schaute die einzelnen Fotos von den Aktenseiten durch. Sie überflog Zeichnungen eines wolfsähnlichen Tieres, Berichte über den Import von Schakalen, Hyänen und Hunderassen aus der ganzen Welt, Zuchtprotokolle, in denen Charaktereigenschaften von Tieren beschrieben wurden, Abhandlungen über das Tollwutvirus und dessen Eigenschaften.

»Das ist Wahnsinn!«, kommentierte sie. Sie zeigte auf die Unterschrift mit Datum unter einem Bericht. Dieser stammte von 1943 – was hat das mit heute zu tun? »Wenn es damals tatsächlich solche rückgezüchteten Tiere gegeben hat, wären die heute doch längst alle tot!«, dachte sie laut. »Es sei denn, die Population hätte irgendwo überlebt.«

»Ich halte es für unmöglich, dass die Tiere hier bei uns im besiedelten Mecklenburg in den vergangenen achtzig Jahren unbemerkt geblieben wären«, sagte Frederik.

»Es sei denn, man hätte sie irgendwo eingesperrt und versteckt«, gab Jenny zu bedenken.

»Wie ist dein Bruder Jan in den Besitz der Tiere gelangt?«, fragte Frederik.

Sie hatte keine Ahnung.

»Und dieses Virus?«

»Für ein Virus gilt letztlich dasselbe wie für alle anderen Lebewesen: Es muss auch überleben. Und sogar die terrestrische Tollwut ist bei uns seit 2008 ausgerottet.«

Jenny dachte an den aggressiven Wolf namens »Nero« und Jans Worte, dass dieser eine Wolf anders sei als die anderen.

»Wenn aber das Meerschweinchen, das Gunnar 1986 aus dem Institut mit nach Hause brachte, ein solches Virus in sich getragen hätte …«, sagte Frederik.

»… würde das bedeuten, dass es damit zuvor auf der Insel Riems infiziert worden sein muss«, schlussfolgerte Jenny.

»Das würde bedeuten, dass sie 1986 auf der Insel noch immer mit solchen Viren geforscht haben müssten«, sagte Frederik. Einen Moment hingen beide ihren Gedanken nach.

»Oder es war die normale Tollwut«, sagte Jenny. »Daran forscht man dort noch heute.«

Frederik seufzte. Sie wussten einfach zu wenig. Ihre Gedanken wanderten zu Jan und seinen Wölfen, die im Zwinger nicht besonders aggressiv, sondern mit ihm sehr vertraut gewirkt hatten.

»Jan konnte sich jedenfalls in dieser Nacht, als meine Eltern vom Hund angegriffen wurden, verstecken, er wurde aber durch das spätere Feuer verletzt.«

»Warum ist es ausgebrochen? Hat er dazu etwas gesagt?«

Sie legte ihr Besteck zur Seite und schob die Schüssel weg. »So wie ich es verstanden habe, brach es erst lange nach dem Vorfall mit dem Hund aus. Jan sagte, er habe zwischendurch noch Stimmen von Männern gehört, die seine Eltern gefunden hätten. Sein, ich meine, unser Vater sei verletzt gewesen, habe aber noch gelebt. Jan muss dann dem Feuer entkommen sein, hat sich dabei aber diese schlimmen Brandwunden zugezogen.«

Auch Frederik hatte seine Bowl mittlerweile zur Seite gestellt, er hatte kaum etwas davon gegessen. Sie spürte förmlich, wie aufgewühlt er nach ihrer Erzählung war.

»Nichts davon habe ich in einem der Artikel über den Brand gelesen. Es hieß immer, die Familie sei wohl von dem Feuer überrascht worden, alle vier und der Hund seien verbrannt.«

»Offensichtlich nicht.« Jenny dachte an ihre Eltern, fühlte aber keine wirkliche Trauer. Wieder stieg in ihr die Angst vor der Mitleidsermüdung auf, die so viele Tierärzte ereilte. Aber sie erinnerte sich an ihre Eltern nicht, hatte kein einziges Bild von ihnen vor Augen.

»Du wurdest von Jo adoptiert. Er muss dich nach dem Brand gefunden haben. Aber was ist mit Jan passiert? Wenn er offiziell als tot galt, wo war er dann all die Jahre, nein Jahrzehnte? Warum stand nichts über ihn in der Zeitung?«

Eine berechtigte Frage, aber auch eine, die sie nicht beantworten konnte.

»Ich frage mich, wer die Männer waren, die Jan gehört hat und die vermutlich das Feuer gelegt haben. Und warum«, sagte Jenny.

»Wer wohl?«, sagte Frederik mit düsterer Stimme. »Dafür kommt wohl nur Jo in Betracht. Er hat dich später adoptiert, das heißt, er musste dort gewesen sein. Und er war Mitglied der Feuerwehr.«

»Aber warum haben sie Gunnar nicht geholfen?«

»Vielleicht wollten sie etwas vertuschen.«

»Die Sache mit dem Meerschweinchen? Den ganzen Vorfall? Wenn sie das Meerschweinchen im Institut mit dem Nazi-Virus infiziert hatten, trugen sie eine Mitschuld.«

Der Gedanke, dass Jo am Tod ihres leiblichen Vaters schuld sein könnte, war für sie kaum zu ertragen.

Frederik fuhr sich durch die Haare, die auch heute wieder wild abstanden. Da er ein Poloshirt trug, sah sie seine Tattoos. »Das bedeutet dann aber auch, dass der verurteilte, angebliche Brandstifter unschuldig war«, resümierte er gedankenverloren.

»Du meinst deinen Vater?«

Frederik riss die Augen auf. »Du weißt es?«

74

Sie schüttelte den Kopf. »Ich weiß gar nichts, außer dass der Brandstifter, der damals verurteilt wurde, Reinhold Bach hieß. Und dass du offenbar nicht ganz ehrlich mit mir bist.« Sie fixierte ihn.

Er lehnte sich zurück, hob die Hand, ließ sie resigniert wieder fallen. »Es tut mir leid«, sagte er schließlich.

»Der Oberstaatsanwalt kannte Jo nicht. Du hast in dieser Sache von Anfang an selbst ermittelt, weil du deinen Vater entlasten wolltest. Das kann ich verstehen, aber das heißt auch, du hast von der ersten Sekunde an gelogen!«

Frederik griff nach seinem Glas und nahm einen Schluck vom Wasser. »Es tut mir so leid«, sagte er. »Aber am Anfang kannte ich dich ja noch gar nicht gut. Es war meine einzige Chance, dreißigjähriges Unrecht wiedergutzumachen.«

Grimmen, 1986

Frederik schreckte erst hoch, als die Männer bereits vor seinem Bett standen. Wie sie das Treppenhaus hinaufgeschlichen waren, die Tür mit einer Ramme eingeschlagen, den Vater in Unterhose aus dem Bett gezerrt und bäuchlings auf den Boden geworfen hatten, wobei dessen Nasenbein brach – all das hatte Frederik nicht mitbekommen, während er in seinem Kinderbettchen schlief. In den ersten Jahren, nachdem seine Mutter gegangen war, hatte er Probleme mit dem Ein- und Durchschlafen gehabt. Sein Vater hatte ihm erzählt, wie er nächtelang mit ihm spazieren gefahren war, weil er nur im Kinderwagen zur Ruhe kam. Sobald man ihn in ein Bett legte, wurde er unruhig, wachte immer wieder weinend auf. Dann hatte er lange Zeit im Bett bei seinem Vater übernachtet, doch seit einem guten Jahr hatte er seinen Schlaf wiedergefunden oder der ihn. Und so brauchte es die aggressiven Rufe vierer Polizisten, bis er aufwachte.
Er blickte in die gezückten Waffen der Polizisten, die ihn wie einen Schwerverbrecher behandelten, bis sie erkannten, dass er ein Kind

war. Ärgerlich darüber, dass er sie so erschreckt hatte – sie hatten nur mit einer Person in der Wohnung gerechnet –, zerrten sie ihn aus dem Bett. Schlaftrunken versuchte er, sich zu befreien und zu seinem Vater zu laufen, was ihm eine saftige Ohrfeige bescherte. Jemand sagte ihm, dass er nicht zu seinem Vater konnte und dass er ihn vermutlich eine lange Zeit nicht mehr sehen würde. Derselbe Mann befahl ihm, sich anzukleiden, was dem kleinen Frederik in Gegenwart eines Fremden unangenehm war. Dann wurde er in ein Polizeiauto verfrachtet und zu einer Wache gefahren. Dort wurde er auf einen Stuhl gesetzt, und als er fragte, ob er auf Toilette dürfe, lautete die Antwort: »Nein.« Als er fragte, was das alles sollte, wurde ihm erklärt, dass sein Vater ein böser Mensch sei, der anderen Menschen etwas Schreckliches angetan habe und dafür nun bestraft werden müsse.

Man suchte in Akten nach seiner Mutter, und als man herausfand, dass es keine mehr gab, tuschelte man untereinander und brachte den kleinen Frederik schließlich mitten in der Nacht in ein Kinderheim nach Greifswald. Die dortige Leiterin war ärgerlich, dass dieser kleine Junge, der sich auch noch eingenässt hatte, ihre wohlverdiente Nachtruhe störte, und brachte ihn, um die anderen Kinder nicht zu stören, erst einmal in einer Kammer unter dem Dach unter, in der die Reinigungsmittel und Bettwäsche gelagert wurden und nur eine alte Pritsche stand. Keine fünf Stunden, nachdem man ihn aus seinem Kinderbett gerissen hatte, lag der kleine Frederik also in der Besenkammer eines Kinderheims in Greifswald und horchte auf die unheimlichen Geräusche hinter den Wänden. In diesem Moment fing er an zu weinen, und es war niemand dort, der ihn trösten konnte.

»Ich habe meinen Vater seit diesem Tag in den nächsten Jahren nicht mehr gesehen. Zunächst wusste ich gar nicht, was mit ihm geschehen war«, fuhr Frederik mit seiner Erzählung fort, während er die chinesischen Stäbchen wie Drumsticks durch seine Hände rotieren ließ. »Er wurde nur zwei Monate später wegen Mordes zu lebenslanger Haft verurteilt. Er kam ins Gefängnis nach Brandenburg/Havel, aber das hat mir damals keiner erzählt. Die Leiter der Kinderheime, in denen ich unterkam, fanden es für meine Entwicklung besser, wenn ich meinen Vater nicht im Gefängnis besuchte. Für mich war es schrecklich, aber ich mag mir nicht vorstellen, wie es für meinen Vater gewesen sein muss, der mit dem Urteil ›lebenslang‹ unschuldig ins Gefängnis kam und von einem Tag auf den anderen von seinem Sohn getrennt wurde, für den er allein gesorgt hatte. Man hat ihm die Freiheit und mir die Kindheit genommen.«

»Wie schrecklich!« Nun war es Jenny, die unendliches Mitleid mit Frederik fühlte und das Bedürfnis hatte, den kleinen Jungen in ihm zu umarmen.

Sie sah, wie Frederiks Augen feucht wurden. Er wandte sich ab und bestellte bei der Kellnerin die Rechnung – und bat sie, ein Taxi zu rufen.

»Wie ist es für deinen Vater weitergegangen?«

»Die Wende war seine Rettung. Er wurde 1994 von einem Tag auf den anderen entlassen. Ein Grund wurde nicht genannt. Es gab damals Häftlingsrevolten. Politische Häftlinge wurden in jenen wilden Zeiten sofort entlassen, Gefangene mit kurzen Strafen etwas später. Die Schwerverbrecher hatten es schwieriger, einige sitzen bis heute. Aber bei meinem Vater öffneten sich eines Morgens die Zellentüren, und er kam genauso plötzlich frei, wie er verhaftet worden war. Ich weiß noch, dass er eines Tages vor mir stand. Er war für mich ein Fremder. Aber mein Vater war ein Kämpfer, und er hat niemals seinen Lebensmut verloren, noch nicht einmal seine Lebensfreude. Er hat das hinter sich gelassen und bis zu seinem Tod noch viele glückliche Jahre verlebt. Auch wenn er über die Zeit im Knast niemals mit mir geredet hat.«

»Das ist schön«, sagte Jenny. Die Geschichte rührte sie. Sie erinnerte sich, dass Frederik ihr erzählt hatte, dass sein Vater im vergangenen Jahr verstorben war.

»Nur ich, ich konnte damit nicht abschließen«, fuhr er fort. »Die Nacht, als mein Vater zu Unrecht verhaftet und ich meiner Kindheit beraubt wurde, hat etwas in mir zerbrochen: den Glauben an die Gerechtigkeit. Das klingt jetzt vielleicht ein wenig kitschig, aber für ein Kind ist das wichtig, dass man gerecht behandelt wird. Vor allem, wenn man in Kinderheimen aufwächst, wo die Ungerechtigkeit regiert. Am schlimmsten war, dass ich wusste, dass mein Vater unschuldig ist, weil er, als er das Haus in Riemserort angezündet haben sollte, bei mir war. Ich war sein Alibi, aber es hat nicht nur niemand einem Sechsjährigen geglaubt, sie haben mich noch nicht einmal gefragt.«

»Und deswegen bist du Staatsanwalt geworden?«

»So einfach ist es nicht, aber vielleicht unterbewusst. Dass ich Jura studiert habe, war eher eine Bauchentscheidung. Wie gesagt: Gerechtigkeit war mir immer wichtig. Und als junger Mann denkt man ja noch, Recht hätte etwas mit Gerechtigkeit zu tun.«

»Hättest du dann nicht eher Anwalt werden müssen? Um diejenigen, die ungerecht behandelt oder zu Unrecht angeklagt werden, vor dem Gefängnis zu bewahren?«

»Als Staatsanwalt kann ich dafür sorgen, dass Ungerechtigkeit gar nicht erst entsteht. Wäre mein Vater damals auf einen Staatsanwalt gestoßen, der sich bemüht hätte, die Wahrheit herauszufinden, wäre er niemals im Gefängnis gelandet. Aber in der DDR war es nicht unüblich, jemand Unschuldiges büßen zu lassen. Hauptsache, man konnte einen Schuldigen präsentieren. Für das System war es wichtig, dass Verbrechen nicht ungesühnt blieben. Das suggerierte, dass das System funktionierte. Wenn man Straftaten nicht vertuschen konnte, was bei einem Brand mit angeblich vier Toten nur schwer möglich war, dann musste man wenigstens rasch eine Aufklärung liefern.«

Die Geschichte hatte Jenny mitgenommen, für einen Moment hatte sie sogar die Schmerzen an ihren frisch verbundenen Wunden vergessen.

»Aber wieso warst du an jenem Morgen, als Jo verschwand, bei dem alten Wasserturm? Was hat die Geschichte mit Gehrling und Jo mit dem Fall deines Vaters zu tun? Die einzige Verbindung bin ich als Jos Tochter, aber ich wusste bis heute noch nicht einmal selbst, dass damals meine Eltern verbrannt wurden, dass dein Vater für den Mord an meinen Eltern und mir verurteilt wurde.« Als sie es aussprach, erschrak sie über die Wahrheit hinter ihrer Erkenntnis. Frederiks Vater war in der DDR für die angebliche Ermordung von Jan und ihr sowie die tatsächliche Tötung ihrer Eltern verurteilt worden.

Und obwohl sie dafür am allerwenigsten konnte, fühlte sie plötzlich Scham.

»Durch den Brief«, sagte Frederik.

Jenny horchte auf. »Ein Brief?«

In diesem Moment kam die Kellnerin mit der Rechnung, und draußen fuhr das Taxi vor, das sie bestellt hatten.

75

Nachdem sie von dem Hackerangriff auf die Redaktion des *Greifswalder Boten* und Brian Austers Anwesenheit am Tatort erfahren hatte, fühlte sie sich schrecklich. Brian war einer ihrer wenigen Vertrauten bei *Fenceattack* gewesen. Mit seinen erstaunlichen Manieren und immer gut gekleidet, verkörperte er nicht den typischen IT-Nerd, wirkte oftmals eher wie ein amerikanischer Gentleman. Und dennoch lebte er den größten Teil seines Lebens in der Welt aus Nullen und Einsen, besaß diese Leidenschaft für das Programmieren. Man merkte in jeder Sekunde, dass die Software sein Baby war. Sie bewunderte heimlich Leute, die Leidenschaften pflegten, denn sie selbst hatte keine wirkliche. Sie mochte Mode, Kosmetik, Wein und las gerne Sachbücher über Selbstoptimierung. Auch ging sie regelmäßig ins Gym. Aber eine wirkliche Leidenschaft war das alles nicht. Noch nicht einmal in der Liebe ließ sie sich wirklich fallen, war noch immer auf der Suche nach dem richtigen Mann, um eine Familie zu gründen.

Umso geschockter war sie, dass sie nun Brian einen Mord zutraute. Auf dem Weg ins Hotel drehte sie sich immer wieder um, achtete auf Verfolger. Wenn er in der Nähe war und wusste, dass sie die scheinbare Fehlfunktion seiner *Fenceattack*-Software an die Presse verraten hatte, war sie vermutlich nicht mehr sicher. Sie überlegte, ob sie sich an Frederik wenden sollte. Aber was dann? Würde sie in ein Zeugenschutzprogramm kommen? In ein Safe House gebracht und von Polizisten bewacht? Sie wusste nicht, wie so etwas in der Realität wirklich ablief, aber sie wollte auf keinen Fall die Kontrolle über ihr Leben verlieren. Nein, sie würde ins Hotel gehen, ihre Sachen packen und davonfliegen. Sie hatte überall auf der Welt Freunde, viele aus der Schauspielschule. Vielleicht flog sie zu Mary nach Hongkong oder zu Lauren nach Miami. Sie konnte von dort aus immer noch eine anonyme Nachricht an die Polizei schreiben und mitteilen, was sie wusste.

Als sie die Lobby des Hotels betrat, kam der Concierge auf sie zugeschossen. »Dort wartet ein Herr auf Sie, in der Bar«, sagte er betont diskret mit einem verschmitzten Lächeln.

Ein Stoß Adrenalin breitete sich in ihr aus. Das konnte nur der Staatsanwalt sein. Wenn sie nun mit ihm zusammensaß, würde sie ihren Verdacht gegen Brian kaum verschweigen können. Sie durchquerte die kleine Empfangshalle und bog um die Ecke in die kleine Bar.

Als sie ihn sah, rutschte ihr das Herz in die Hose. Sie wollte sofort wieder umdrehen, aber Brian hatte sie bereits entdeckt. Er saß am Tresen, vor sich einen Drink, und lächelte ihr mit einem vertrauten Grinsen freundlich zu. Sie wusste nicht, was sie tun sollte, konnte aber wohl kaum einfach davonrennen. Zumindest war sie hier in der Öffentlichkeit in Sicherheit. Obwohl es Nachmittag war, war die Bar bereits gut gefüllt. Offensichtlich galt für einige der Medienvertreter die Regel »Kein Alkohol vor 17 Uhr« nicht. Auch zwei Pärchen und sogar eine Familie mit zwei kleinen Kindern, die in einer Ecke Karten spielten, entdeckte sie.

Sie dachte an Audrey Hepburn. Eine Übung aus der Schauspielschule, womit sie sich auf den Schauspielmodus konditionierte. Jetzt war sie nicht mehr Helen, sondern Audrey, die Schauspielerin.

»Was machst du denn hier?«, fragte sie mit breitem Zahnpastalächeln und ging zu ihm.

Er erhob sich, legte die Hände an ihre Oberarme und gab ihr zwei Wangenküsse, was bei ihr einen kalten Schauer verursachte. »Dasselbe wollte ich dich fragen«, sagte er mit seinem typischen breiten texanischen Akzent. »Setz dich!« Er zeigte auf den Platz neben sich.

Widerwillig folgte sie seiner Aufforderung.

»Ich brauchte einfach mal eine Luftveränderung nach allem, was bei *Fenceattack* passiert ist«, sagte sie. »Es ist so schrecklich, hast du das von Darius gehört?«

Er setzte eine ernste Miene auf. »Allerdings. Aber vermutlich musste es mit ihm irgendwann so ein Ende nehmen.«

Sie wusste nicht, was sie darauf antworten sollte. »Wie hast du mich gefunden?«, wechselte sie das Thema.

Brian winkte den Barkeeper heran. »Was trinkst du?«

»Ich habe gar keine Zeit«, sagte sie.

»Du lässt mich doch wohl nicht allein trinken? Einen Negroni für meine zauberhafte Begleitung, bitte!« Er wandte sich wieder zu ihr. »Das ist doch dein Lieblingsdrink, oder?«

»Ich trinke normalerweise um diese Zeit keinen Alkohol«, entgegnete sie.

Brian nahm seinen Whiskey-Tumbler und leerte ihn mit einem großen Schluck. »Es sind ja auch keine normalen Zeiten«, sagte er und lächelte matt.

Sie beobachtete den Barkeeper beim Mixen ihres Aperitifs, bis der vor ihr stand. Wenn sie ehrlich war, konnte sie einen Schluck Alkohol in dieser Situation gut gebrauchen. Vielleicht nahm es ihr die Anspannung, und sie konnte die Rolle der arglosen Kollegin noch überzeugender spielen. Das Getränk schmeckte bittersüß und passte daher perfekt zu ihrem bisherigen Leben.

»Warum hast du das getan?«, fragte Brian plötzlich mit ernster Stimme. Das Geplänkel war also vorbei.

»Was?«, fragte sie und setzte ein irritiertes Lächeln auf.

»Du weißt, was ich meine. Du hast Zimmermann die Sache mit dem Werwolf gesteckt. Zwar hast du eine neue E-Mail-Adresse angelegt, aber ich konnte die E-Mail über die IP-Adresse bis zu dir zurückverfolgen. Um sicherzugehen, habe ich mich in deinen Computer gehackt und die E-Mail dort im Postausgang gefunden. Du brauchst es also nicht zu leugnen. Bitte halte mich nicht auch noch für dumm. Es genügt, dass du mich verraten hast.«

Nun wurde sie ärgerlich. »Was ist schlimmer: Jemandem nicht die Wahrheit zu erzählen oder jemanden umzubringen?«, konterte sie. »Ich weiß, dass du am Tag seiner Ermordung bei Zimmermann warst. Die Nachbarn haben dich gesehen!«

Sie hatte erwartet, dass er sich ertappt fühlte, aber wenn er es tat, ließ er sich zumindest nichts anmerken.

»Hättest du nicht diese E-Mail geschrieben, hätte Zimmermann niemals davon erfahren«, sagte er. »Dann würde er heute noch leben.«

Sie lachte empört auf. »Soll ich jetzt etwa schuld an seinem Tod sein? Du bist ja ein Psychopath!«

Brian zuckte mit den Schultern. »Jede Aktion führt zu einer Reaktion, dessen muss man sich bewusst sein.«

»Also bestreitest du nicht, dass du ihn getötet hast?« Sie schaute sich um. Der Angestellte hinter der Bar war am anderen Ende mit dem Polieren von Gläsern beschäftigt und unterhielt sich dabei mit einer Kollegin, und auch von den anderen Gästen schien sich niemand für sie beide zu interessieren.

»Und was ist mit Darius?«, schob sie hinterher.

»Bist du verkabelt?« Er griff nach ihrer Handtasche, die sie auf dem Sitz neben sich abgestellt hatte, doch sie fiel zu Boden. Sie beugte sich herunter, um sie am Henkel wieder aufzuheben.

»Ich gehe besser«, sagte sie und wollte sich vom Barhocker erheben.

Er legte seinen Arm auf ihren. »Verzeih mir, ich stehe unter Druck!« Nun klang er wieder wie der alte Brian. »Bitte setz dich!«

Sie zögerte, doch dann blieb sie sitzen.

»Wem hast du noch von dem Werwolf-Bug erzählt?«, fragte er. »Nur Zimmermann? Und warum hast du das getan?«

Sie hatte keine Lust mehr auf Versteckspiel. Dann klärten sie es eben jetzt und hier.

»Weil eine künstliche Intelligenz, die Fehler macht, noch gefährlicher ist als eine KI, die keine Fehler macht!«

»Wie meinst du das?«

»Programmierte Ungerechtigkeit. Künstliche Intelligenz besteht aus Algorithmen, und die werden von Menschen geschrieben. Daher ist der Programmiercode immer subjektiv. Leider sind Programmierer oft männlich und weiß, genau wie du. KI handelt daher nicht selten chauvinistisch und rassistisch. People of Color und Frauen werden dort, wo KI entscheidet, benachteiligt. Der beste Beweis für die Fehlbarkeit ist doch die von dir entwickelte Software, die dank einer modifizierten Gesichtserkennungssoftware glaubt, einen Schatten- oder sogar einen Werwolf zu identifizieren! Hier geht es nur um Wölfe, was aber, wenn es einmal um mehr geht? Wenn von der richtigen Identifizierung durch eine solche KI Leben und Tod abhängen? Ich hatte das Gefühl gehabt, die Welt muss davon erfahren!«

»Weißt du, wie viel Zeit und Geld in die Entwicklung der Software geflossen ist?« Nun klang er zum ersten Mal ärgerlich. »Das ist kein Spiel! Diese Software ist mein Meisterwerk. Dort steckt meine gesamte Energie drin! Das lasse ich mir nicht verderben! Die Software hat keinen Fehler! Es gibt den Schattenwolf wirklich!«

»Aber es gibt keine Werwölfe«, sagte sie, jedoch nicht mehr so überzeugt wie noch vor einigen Tagen.

»Es ist ein Problem des Trainingsmaterials gewesen«, entgegnete Brian. »Eine sogenannte ›Datenvergiftung‹. Eine Gesichtserkennung ist immer nur so gut wie die Daten, mit denen sie das aktuelle Objekt, bei uns keine menschlichen Gesichter, sondern Tiergestalten, vergleichen kann. Der Algorithmus lokalisiert Merkmale in dem Bild der Kamera, verordnet sie als Koordinaten in einem hochdimensionalen Raum und fasst ähnliche Bilder in einem Cluster zusammen. Nimmt unsere Kamera ein neues Bild auf, vergleicht der Algorithmus Pixel mit Pixel unserer Datenbank, und wenn die KI Übereinstimmungen findet, meldet sie einen Treffer. Wir haben unsere KI nicht nur mit Daten von Wildkameras, sondern, weil es schnell gehen musste, da wir in der Entwicklung mal wieder keine Zeit hatten, auch aus Foto-Online-Verzeichnissen und Suchmaschinen gefüttert. Dort hat unser Bot nach allen Begriffen der Tierwelt gesucht, vor allem aber nach ›Wolf‹. Ich habe entdeckt, dass unter den Millionen von Fotos so auch Bilder von Werwölfen mit in unsere Datenbank eingespeist wurden. Nur daher kannte der Computer den Begriff des ›Wolfsmenschen‹ oder ›Werwolf‹. Unsere Daten waren also vergiftet, und als die KI vor der Linse einer unserer Kameras eine Mischung aus Mensch und Wolf entdeckt hat, zum Beispiel Wolfsschnauze und gleichzeitig zwei Arme und Beine, hat sie vollkommen richtig eine Übereinstimmung mit den Bildern vom Werwolf in der Datenbank gemeldet! Sie hat sich also gerade bewährt! Und das vollkommen wertungsfrei!«

Sie verstand nur Bahnhof, konnte sich nicht konzentrieren. »Ich dachte, der Algorithmus erkennt Masken an der Atmung darunter, an Temperaturschwankungen um die Nase herum. So hast du es uns erzählt!«

»Das ist das wahre Rätsel«, sagte Brian gedankenverloren. »Vielleicht war die Maske in diesem Fall aus einem Material, das die Thermomessung verhinderte. Zum Beispiel aus Silikon. Oder aber derjenige, der darunter steckte, wies anatomische Anomalien auf, wie beispielsweise ein Inhalationstrauma.«

»Ein Inhalationstrauma?«

»Ein Trauma, das die Atmungsströme verändert. Zum Beispiel durch Verbrennungen. Dann würde die Software die Atmung unter der Maske nicht als solche erkennen.«

»Oder die Software ist doch einfach Schrott!«, stieß Helen verächtlich aus. »Und nachdem ich mittlerweile herausgefunden habe, wofür der Zaun eigentlich dienen soll, verachte ich euch nur noch!«

Brian setzte ein zynisches Lächeln auf. »Weißt du, wie krank Leute wie du mich machen? Wie leid ich es bin? Diese Träumer und Weltverbesserer?«

»Ich habe mich für diese Firma engagiert! Und ihr habt mich und all die anderen missbraucht, um eure politische Agenda durchzusetzen!«

»Politische Agenda?« Brian machte einen verächtlichen Laut. »Ein Zaun ist ein Zaun. Und im Gegenteil: Wir werden mit unserem Zaun weltweit für Frieden sorgen.«

»Ihr werdet für nichts anderes als für noch mehr Ungerechtigkeit sorgen!«, entgegnete Helen.

»Was für eine selbstgefällige Übermoralisierung! Wir bauen Zäune! Keine Panzer oder Gewehre! Das ist doch die alte Leier mit den Brotmessern, die fürs Kochen oder Morden genutzt werden können, und niemand würde jemals einem Küchenmesserhersteller einen Vorwurf machen.«

»Damit macht ihr es euch zu einfach! Ihr baut nicht einfach nur Zäune, ihr baut Verteidigungssysteme! Tiere und Menschen vom Überqueren einer bestimmten Grenze, ob sie sich nun vor einem Eigentum, Gefängnis oder Landstrich befindet, abzuhalten, ist das eine, diejenigen mit Strom, Gas oder Lärm zu traktieren, das andere! Was kommt als Nächstes? Selbstschussanlagen, wie damals in der DDR? Weißt du, warum ich mit Nachnamen Roux heiße? Weil meine Vorfahren Hugenotten waren. Protestanten, die im 16. Jahrhundert vor den Katholiken aus Frankreich geflüchtet sind. Meine ganze Familiengeschichte baut auf Flucht auf. Ebenso wie die von Millionen von Deutschen, die nach dem Krieg vertrieben wurden. Was wäre mit diesen Menschen geschehen, wenn es damals Zäune wie eure gegeben hätte?« Ärgerlich nahm sie einen Schluck von ihrem Drink, der nun nur noch bitter schmeckte.

»Wir schaffen mit unserer Software und unseren Zäunen keine neue Welt, sondern wir zementieren nur die bestehende.«

»Und dafür lohnt es sich, zu morden?« Obwohl sie nur wenige Schlucke genommen hatte, spürte sie bereits die Wirkung des Alkohols.

Er lächelte. Ein eiskaltes Lächeln, das ihr erneut einen Schauer über den Rücken laufen ließ.

»Du glaubst wirklich, es geht um Ideologien? Das Ganze ist ein Geschäft! Ein Mega-Geschäft! Mein eigener Vater ist Migrant. Du kennst ihn! Ich trage den Nachnamen meiner Mutter. Mein Vater heißt Heinz Danner.«

Sie riss die Augen auf. »Du bist der Sohn von Heinz Danner? Dem Hauptinvestor von *Fenceattack?*«

»Mein Vater hat mich hierhergeschickt. Mein Job war es, die künstliche Intelligenz zu überwachen, aber auch alles andere. Niemand vertraut irgendwelchen Kerlen wie Gorski Millionen an, ohne aufzupassen, dass sie keinen Mist damit anstellen. Und mein Vater hat mir vertraut.« Nun wirkte er plötzlich melancholisch. »Hast du noch Eltern?«, fragte er.

Sie antwortete nicht, fühlte sich plötzlich betrunken. Er nahm einen weiteren Schluck von seinem Whiskey. »Weißt du, wie es ist, wenn du ein Leben lang hinter den Erwartungen deines Vaters herrennst?«

Dallas, Texas, 2018

Brian Austers Vater saß nicht, sondern er thronte auf seinem Schaukelstuhl auf der Veranda, von wo aus er seine Ländereien überblicken konnte. Wie immer trug er seinen Cowboyhut aus Büffelleder. Es war ein lauer Sommerabend, an dem nur die Mücken störten. Die Dürre der vergangenen Wochen war vor einigen Tagen von heftigen Regenfällen abgelöst worden, die nicht nur für das dringend notwendige Wasser, sondern auch für eine Mückenplage gesorgt hatten. Heute Nachmittag war der Himmel plötzlich aufgerissen, und nun tauchte die untergehende Sonne die ausgetrockneten Weiden in ein versöhnliches Orange. Heinz Danner schien seit diesem Sommer ein Bedürfnis zu fühlen, sich zu versöhnen. Es war keinen Monat her, dass er sich mit seiner vierten Frau, die deutlich jünger als Brian war, auf die Modalitäten der Scheidung geeinigt hatte. Heinz befand sich im Spätherbst seines Lebens, und bevor altersmäßig der Winter anbrach, wollte er anscheinend seine Angelegenheiten geregelt haben. Dies, so vermutete Brian, war der Grund, warum sein Vater ihn herbestellt hatte.

Brian kam nur noch selten raus zur Farm. Er lebte in Silicon Hills, das sich in Texas gerade zu einem neuen Silicon Valley entwickelte, und betreute einige Tech-Firmen. Es hatte sich früh gezeigt, dass Mathematik ihm leichtfiel, und als er seinen ersten Computer geschenkt bekommen hatte, war zumindest ihm klar gewesen, dass der Platz davor derjenige auf dieser Welt war, an dem er sich am geborgensten fühlte. Alle Versuche seines Vaters, ihn im Reiten, Lassowerfen, Schießen und Jagen auszubilden, ihn zu einem Haudegen zu erziehen, waren gescheitert. Irgendwann hatte sein Vater sich damit abgefunden, dass er ein Nerd war, und ihn fortan spüren lassen, dass er nicht die Art von Sohn war, den Heinz Danner sich gewünscht hatte.

Heinz hatte eine Farm im Norden von Texas gekauft, etwas, wovon er, über Jahrzehnte eingesperrt in der DDR, geträumt hatte. Nicht die paar Rinder, die er nach seiner Ankunft erwarb, sondern der Boom des Frackings hatte ihn um die Jahrtausendwende reich gemacht. Kluge Investments mithilfe noch klügerer Freunde hatten sein Vermögen stetig vermehrt, und heute gehörte Heinz Danner in diesem Teil von Texas zu den reichsten Bürgern.

Sie hatten sich beide Zigarren angezündet, der Husten verriet, dass Brian anders als sein Vater das Rauchen der teuren Havannas nicht gewohnt war.

»Probiere den Blended Bourbon«, sagte Heinz. »Es ist der beste Jahrgang seit Langem.« Er deutete auf die vor Kurzem renovierte Halle, in der die Eichenfässer mit dem Bourbon lagerten. Sie destillierten ihn nicht zum Verkauf, sondern für den Eigenbedarf. Brian

trank einen Schluck, verzog das Gesicht und gab nach dem Herunterschlucken ein befreites Stöhnen von sich. »Gut«, sagte er.

»Schön, dass du gekommen bist«, sagte Heinz. »Wie du weißt, hatte ich immer gewisse Bedenken gegen deinen Computerkram«, holte Heinz aus, bevor er einen langen Zug von der Zigarre nahm.

»Informatik«, korrigierte Brian.

»Richtig, verzeih, ich bin mit den Begrifflichkeiten nicht so vertraut.« Heinz wirkte heute milde. »Ich muss zugeben, ich habe mich vielleicht geirrt in der Bewertung deiner Talente«, fuhr er fort. »Vermutlich ist es tatsächlich so, wie alle sagen, dass das Alter einen kurzsichtig macht. Auch für die Chancen, die sich am Horizont auftun.« Heinz griff neben sich und reichte Brian ein Mäppchen.

»Fenceattack«, las dieser laut ab. »Was ist das?«, fragte er misstrauisch, während er nach einem Aschenbecher für seine ausgegangene Zigarre suchte. Er blätterte die Unterlage durch.

»Ein Projekt, das mir von Freunden angetragen wurde. Ich finde es sehr interessant. Aber wir bräuchten noch jemanden, der sich mit Computerkram auskennt. Und«, er nahm einen weiteren Zug von seiner Zigarre. »Und ich bräuchte dort drüben in Europa jemanden, der auf meine Dollarnoten aufpasst. Wir werden vermutlich sehr viel Geld investieren, und wir müssen sichergehen, dass man gut damit umgeht. Ich habe Freunde, die sich beteiligen, aber ich brauche jemanden, dem ich bedingungslos vertrauen kann. Dich, mein Sohn. Es ist an der Zeit, dass du in das Familienbusiness einsteigst. Schließlich wirst du das hier alles einmal erben!«

Brian spürte, wie ihm heiß wurde. »Jemanden, dem ich bedingungslos vertrauen kann« – hatte sein Vater das wirklich gerade gesagt? Er spürte einen Kloß im Hals.

»Also, Junge, bist du dabei?«, fragte Heinz, der sich erhob und ihm seine braun gebrannte Hand entgegenhielt. Brian zögerte nur kurz, dann schlug er ein. Sein Vater zog ihn an sich heran und klopfte ihm auf den Rücken. »Enttäusche mich nicht, Junge!« Heinz löste sich von seinem Sohn und blickte zum Horizont, während er an seiner Zigarre zog.

»Was für eine rührende Geschichte«, lallte Helen. »Heinz Danners Sohn als Statthalter in Deutschland. Soll ich etwa Mitleid mit dir haben? Mordest du aus einer Art Ödipus-Komplex heraus? Um deinem narzisstischen Vater zu gefallen? Du bist erbärmlich!«

Sie griff nach ihrem Drink, verfehlte ihn jedoch, lehnte sich zurück, wollte ihre Handtasche nehmen, griff aber auch hier ins Leere. Plötzlich schwankte alles um sie herum, als befände sie sich auf einem Boot auf schwerer See.

Brian sah sie mitleidig an und lächelte. »Hast du wieder zu viel getrunken?«, rief er übertrieben laut. »Komm, Schatz, wir gehen! Ich helfe dir!«

Sie wollte protestieren, hatte doch nicht einmal das Glas geleert. Sie wollte auf keinen Fall mit ihm gehen. Doch dann entglitt ihr plötzlich der Gedanke und dann die ganze Welt. Alles um sie herum verschwamm zu einem Meer aus Farben.

76

Ihr Auto parkte noch beim Bioladen, wo sie sich am Abend zuvor auf der Suche nach Bruno mit Mona getroffen hatte, daher nahmen Frederik und sie ein Taxi. Sie wollte nur noch nach Hause. Jan, der Einbrecher mit der Wolfsmaske, war tot. Warum war er bei Jo eingebrochen? Und vor allem: Wer hatte ihn nur erschossen? Die Frage ging ihr nicht mehr aus dem Kopf. Ebenso der Gedanke an Bruno, der noch immer verschwunden war.

»Also, was für einen Brief hast du erhalten?«, nahm sie ihr Gespräch aus dem chinesischen Nudelrestaurant wieder auf. Sie saßen beide auf der Rückbank und hatten dem Taxifahrer die Adresse vom Sonnenhof als Zielort genannt.

»Es war eine Glückwunschkarte. Sie kam vor einigen Wochen«, sagte Frederik. Im Taxi roch es nach Zigarettenrauch. Ihr fiel auf, dass Frederik gar keine Nikotinkaugummis mehr kaute. Ob er wieder rauchte? »Die Karte lag plötzlich in meinem Briefkasten. Es stand nur mein Name ohne Adresse auf dem Umschlag, das heißt, es musste sie jemand persönlich eingeworfen haben.« Er griff nach seiner Jacke, die er auf dem Schoß liegen hatte, und holte einen zerknitterten Briefumschlag hervor, auf dem mit der Hand in geraden Buchstaben »Frederik Bach« geschrieben stand. »Ich habe ihn als kleinen Gefallen in der Forensik untersuchen lassen, aber er trug keinerlei Spuren. Jemand muss ihn mit Akribie behandelt haben, vermutlich mit Handschuhen.«

Er öffnete ihn und holte eine Karte heraus, die dasselbe Format wie der Umschlag hatte. »Herzlichen Glückwunsch zur bestandenen Prüfung«, stand in goldenen Lettern darauf. Es gab nur zwei Sätze auf der Karte: *»Ihr Vater ist unschuldig!« und »Die wahren Mörder waren Walter Gehrling, Jasper Schilling, Joachim Rausch und Heinz Danner.«*

Sie schluckte, als sie die Glückwunschkarte sah. Nicht nur, weil Jo darin als Mörder ihrer richtigen Eltern bezeichnet wurde. Sie nahm ihr Smartphone und durchsuchte ihre Fotobibliothek. Als sie das Foto gefunden hatte, vergrößerte sie es und legte das Smartphone neben Frederiks Brief. Auf dem Foto war die gleiche Glückwunschkarte wie die von Frederik zu sehen, nur dass bei ihr »Herzlichen Glückwunsch zur Geburt« gestanden hatte. Dieselbe Machart, dieselbe goldene Schriftart. Auch der weitere Satz auf der Innenseite der Karte »*Joachim und Esther Rausch sind nicht deine Eltern*« war in derselben Schriftart gehalten. Für eine Weile trat Stille ein.

»Wir müssen sie ungefähr zur gleichen Zeit bekommen haben«, stellte Frederik fest.

»Aber wer hat uns die Nachrichten geschickt?«, fragte Jenny.

»Dein Bruder Jan?«

»Aus irgendeinem Grund traue ich ihm eine solch akribische Aktion nicht zu. Ich schätze, einen Brief ohne jegliche Spuren zu übersenden, ist bei der heutigen Kriminaltechnik nicht ganz einfach. Und du sagtest, Jans Haare waren sogar an der Leiche von Walter Gehrling zu finden. Jemand, der bei einem Brief so vorsichtig vorgeht, würde wohl kaum so fahrlässig bei einem Mord sein.«

»Ich weiß nicht«, sagte Frederik. »Was, wenn doch Jo hinter allem steckt? Alle Fäden laufen stets bei ihm zusammen, und er scheint zudem große kriminelle Energie zu besitzen: So wie es aussieht, war er zu DDR-Zeiten Teil einer Neonazi-Zelle, er hat dich nach dem Brand damals einfach mitgenommen und illegal adoptiert, deine Geburtsurkunde gefälscht, er hat als Tierarzt anscheinend ein Vermögen mit illegalem Medikamentenhandel verdient, und er war in der Nacht dabei, als Gehrling getötet und Jan verletzt wurde. Die Kameras von *Fenceattack* haben in der Nacht einen Werwolf gesehen, das war vermutlich Jan. Vielleicht ist Jan in der Nacht durch die Gegend gestreift und Gehrling zu Hilfe gekommen. Und Jo kennt sich als Tierarzt bestimmt auch mit sterilen Umgebungen aus, ist in der Lage, einen Brief so zu präparieren, dass er keine Spuren enthält. Vielleicht war er es sogar selbst, der die Briefe an uns beide versendet hat.«

»Warum hätte er das tun sollen?«, fragte sie verblüfft.

Frederik zuckte mit den Schultern. »Reue? Wir erleben es oft, dass Menschen im Alter, nach vielen Jahrzehnten, ihr Gewissen erleichtern und reinen Tisch machen wollen.«

»Er hätte es mir auch direkt sagen können!«

»Vielleicht hat er es sich nach all der Zeit nicht getraut?«

»Und dann hat er sich Handschuhe übergezogen, eine anonyme Nachricht getippt und alles nur Mögliche unternommen, um den Absender zu verschleiern?«

»Er könnte auch Lars Zimmermann getötet haben, weil dieser schlecht über *Fenceattack* geschrieben hat und Jo sein Investment oder die Zukunft von *Fenceattack* als Anti-Migrations-Projekt in Gefahr gesehen hat.«

Wenn das alles stimmte, hätte Jo mit dem Tod ihrer Eltern, Walter Gehrling und Lars Zimmermann schon mindestens vier Menschen auf dem Gewissen. Vielleicht wollte sie auch einfach nicht glauben, dass ihr Vater ein eiskalter Serienmörder war.

»Er könnte im Übrigen auch Jan erschossen haben. Er ist Jäger und auf solche Entfernung vermutlich zielsicher. Und die beiden waren neulich schon einmal aneinandergeraten, als dein Bruder seine Wildkameras gestohlen hat. Vielleicht hatte er auch Sorge, dass Jan dir die Wahrheit von dem Feuer erzählt, und hat ihn deshalb erschossen. Womöglich hat er dich die ganzen letzten Tage verfolgt. Konnte er auch Brunos Halsband und somit dich orten?«

Sie wusste nicht, ob ihr Vater die App zum Orten von Brunos GPS-Tracker noch benutzte. Aber es konnte sein. Alles, was Frederik sagte, klang durchaus logisch. Und es war nicht von der Hand zu weisen, dass sie seit Jos Verschwinden einige schockierende Geheimnisse über ihn erfahren hatte. Und dennoch widerstrebte es ihr. »Warum sollte er Gehrling umgebracht haben?«

Frederik verzog die Mundwinkel. »Vielleicht hatten sie Streit. Oder er wollte das Geld, das sie bei *Fenceattack* einnahmen, nicht mehr teilen. Dazu passt, dass auch der weitere Gesellschafter und Geschäftsführer von *Fenceattack* Darius Gorski ermordet wurde. Wir ermitteln nicht in dem Fall, sondern die Potsdamer Kollegen. Aber wir wurden informiert.«

Noch ein Toter? Jenny fühlte, wie sie dies alles überforderte. Sie wollte nur noch nach Hause auf ihre Couch. Aber dort war eingebrochen worden. Und dort erinnerte alles an Jo. Sie dachte an Brunos Körbchen, das leer sein würde, wenn sie ankam. Wie hieß es so schön? Zuhause ist dort, wo die Familie ist. Sie hatte keine Familie mehr. Noch nicht einmal einen festen Freund. Und auch ihr Hund war fort. In diesem Moment wurde ihr bewusst, dass sie auch kein Zuhause mehr besaß. In den Wochen, nachdem sie erfahren hatte, dass sie adoptiert war, hatte sie darauf gehofft, ihre wahre Familie kennenzulernen, doch nun wusste sie, dass sie alle tot waren. Sie fühlte plötzlich eine große Einsamkeit, gefolgt von einer Panik, wie sie kleine Kinder erfasste, wenn sie im Einkaufszentrum verloren gingen.

»Alles in Ordnung?«, fragte Frederik.

Sie nickte, dann schüttelte sie den Kopf, ließ sich zur Seite fallen und legte ihren Kopf auf seiner Schulter ab. Er schlang seinen Arm um sie. Eine Weile verharrten sie so.

»Ach, ich habe noch etwas für dich!«, sagte Frederik und griff in seine Hosentasche. Er hielt ihr das Prepaidhandy entgegen, das sie als Ersatz für ihr Smartphone gekauft hatten, nachdem sie dies in der Forensik hatte abgeben müssen. Sie nahm es, es war ausgeschaltet. Sie schaltete es ein und schmiegte sich an ihn, schloss die Augen und dämmerte langsam weg, bis plötzlich das Telefon klingelte.

»Hallo?« Sie hatte nicht geschaut, wer der Anrufer war.

»Na endlich! Brock hier, ich versuche seit Stunden, Sie zu erreichen!«

»Sorry, ich war verhindert.«

»Als Wolfsbeauftragte haben Sie auch Pflichten. Da hätte ich mir ehrlich gesagt ein bisschen mehr Unterstützung erhofft!« Er wirkte schon wieder gestresst.

»Jetzt bin ich ja da«, sagte sie müde.

»Wir haben die Abschussgenehmigung für das gesamte Rudel, auch wenn das Ministerium meint, wir brauchen eine solche für diese Art von Was-auch-immer-für-Wölfe nicht«, sagte Brock. »Wir haben schon eine erste Sichtung, es scheinen tatsächlich mehrere dieser Tiere unterwegs zu sein. Wann können Sie hier sein?«

Jenny richtete sich auf. Sie dachte an Jans Liebe zu den Tieren und daran, wie er sie freigelassen und allen einen Namen gegeben hatte. Die Tiere waren seine Familie gewesen. Die Familie, die er im richtigen Leben niemals gehabt hatte.

»Vielleicht kann man die Tiere einfangen!«, schlug sie vor. »Mit Lebendfallen oder Betäubungsgewehren!«

»Damit sie wieder einen Menschen anfallen? Frau Rausch, ich bitte Sie!«

»Es ist nur eines der Tiere des Rudels so aggressiv, die anderen nicht, solange man sie nicht in die Enge treibt.« So hatte Jan es ihr erklärt. Wie hatte er das aggressive Tier doch gleich genannt? Nero?

»Woher wollen Sie das bitte wissen?«

»Das kann ich Ihnen jetzt nicht erklären.«

»Frau Rausch, ich verstehe, dass Sie als Wolfsbeauftragte auch so etwas wie die Anwältin des Wolfes sind. Aber dies sind keine Wölfe, und für Kuschelkurs haben wir jetzt keine Zeit mehr. Ich bin verantwortlich für die Bürger in diesem Kreis und für alles, was ab jetzt geschieht. Wollen Sie mir diese Verantwortung abnehmen?«

Sie verstand, was Brock meinte. Und sie konnte sich vorstellen, welchem Sturm er ausgesetzt sein würde, wenn erneut Menschen oder Nutztiere zu Schaden kamen.

»Unterstützen Sie uns nun auf der Jagd oder nicht?«

»Ich fürchte, das kann ich nicht ...« Sie dachte an ihre Verletzungen.

»Dann sehen wir uns demnächst in meinem Büro!«

Er hatte aufgelegt. Frederik schaute sie fragend an. Sie schüttelte nur den Kopf und steckte das Telefon wieder weg. Der Gedanke, dass Jans Tiere abgeschossen wurden, bereitete ihr Gewissensbisse, aber sie wusste nicht, wie sie es verhindern konnte. Wo Menschenleben in Gefahr waren, war ein Abschuss formal gerechtfertigt. Und ihre Bedenken folgten einem bloßen Gefühl, einer geheimen Verpflichtung gegenüber ihrem Bruder. Und dennoch fühlte sie sich unendlich schlecht damit.

Das Taxi bog auf die Auffahrt zum Sonnenhof ein. Das Haus und die Scheune lagen verlassen vor ihnen. Sie zahlten das Taxi und gingen zur Haustür. Auch hier gab es ein Schlüsselversteck. Jo hasste verbeulte Hosentaschen. Dieser Schlüssel befand sich im doppelten Boden eines an drei Ketten hängenden Blumentopfs, der vor der Haustür vom Dachüberstand herabbaumelte. Den Blumentopf mit Geheimtresor hatte Jo im Internet entdeckt. Sie öffnete das geheime Türchen zum doppelten Boden und langte mit spitzen Fingern hinein, um nach den Schlüsseln zu tasten.

»Wer weiß von dem Versteck?«, fragte Frederik.

»Nur Jo und ich, denke ich.« Sie verstand, dass er auf den Einbruch anspielte. Jenny ging zum Briefkasten und öffnete ihn. Mehrere Briefe fielen ihr entgegen. Sie schaute im Sichtfenster nach den Absendern. Bei den ersten beiden handelte es sich um Werbung, der dritte kam von den Stadtwerken, vermutlich eine Rechnung. Der Absender des vierten Briefes war die Stadt Putbus, was ihr nichts sagte. Sie öffnete ihn.

»Erinnerung«, stand in fetten Lettern im Betreff und darunter:

»Sehr geehrter Pächter,
bei Durchsicht unserer Unterlagen ist uns aufgefallen, dass der fällige Halbjahrespachtbetrag für die von Ihnen gepachtete Insel Vilm noch nicht gezahlt ist. Wir bitten um sofortige Überweisung, alternativ senden Sie uns bitte das anliegende SEPA-Mandat unterschrieben zurück, damit wir den Betrag zukünftig bei Fälligkeit einziehen können. Zur Erledigung notieren wir uns eine Frist von zwei Wochen.
Mit freundlichen Grüßen
Ihre Stadtverwaltung Putbus.«

Sie schaute auf den offenen Betrag: 78 560,00 Euro. Sie gab den Brief an Frederik weiter, der ihn überflog.

»Wusstest du das?«, fragte er.

Sie schüttelte den Kopf. »Dort ist also das Foto entstanden, das Helen uns gezeigt hatte. Das Rudel auf den Campingstühlen mit der Flagge mit dem Eisernen Kreuz darauf«, sagte sie. Sie griff nach ihrem Smartphone und wählte die Telefonnummer von Ansgar. Er ging sofort dran.

»Ja?«, meldete er sich. Er klang gestresst.

»Hi, Jenny hier. Ich habe eine Frage an dich.«

Er antwortete nicht sofort, für einen Moment dachte sie, die Verbindung sei gekappt. »Jenny!«

»Alles in Ordnung?«, fragte sie.

»Ja, klar.«

»Ich habe ein aktuelles Foto gefunden, auf dem Jo und dein Vater und einige andere Männer abgebildet sind. Es scheint auf einem Campingplatz oder so auf einer Insel Vilm aufgenommen worden zu sein. Weißt du etwas darüber? Offenbar hat Jo die Insel gepachtet?«

»Die kleine Insel Vilm vor Rügen?«

»Keine Ahnung. Ich habe noch nie davon gehört. Das Foto stammt vom Juni letzten Jahres.«

»Mmh. Nicht, dass ich wüsste. Sie haben manchmal zusammen Ausflüge gemacht, das stimmt. Mein Vater und dein Vater, meine ich. Wie Männer das halt tun.« Er klang erkältet. »Aber ich weiß nicht mehr, wohin. Und von einem Campingplatz hat Vater nie etwas erwähnt. Wie kommst du darauf, dass Jo die Insel gepachtet hat? Ich wusste gar nicht, dass so etwas geht! Eine ganze Insel?«

»Er hat eine Rechnung über die Pacht bekommen. Ein ungeheurer Betrag. Und da dachte ich, weil er ja immer noch vermisst wird, vielleicht ist er dort.«

»Ich weiß leider nichts darüber, tut mir leid. Aber selbst wenn er die Insel gepachtet hat, warum sollte er sich dort ohne jedes Lebenszeichen verstecken?«

Sie dachte an die Morde und die anderen kriminellen Taten, die Frederik Jo anlastete.

»Ich weiß es nicht«, log sie. »Ich danke dir, Ansgar. Wir sollten bald mal zusammen essen gehen.«

»Das machen wir! Pass auf dich auf!«

Sie legte auf. Irgendetwas an dem, was Ansgar gesagt hatte, störte sie, aber sie bekam es nicht zu fassen. Frederik hatte das Telefonat mit angehört. Er öffnete die Suchmaschine auf seinem Handy und gab »Insel Vilm« ein. *»Die Insel Vilm ist eine im Rügischen Bodden gelegene, etwa 95 Hektar große und 2,8 Kilometer lange Insel in der Ostsee. Sie gehört zur Stadt Putbus auf Rügen und liegt 2,5 Kilometer vor der rügenschen Südküste, ca. 20 Kilometer vom Festland bei Greifswald entfernt. Von Lauterbach auf Rügen ist sie mit dem Boot in ca. 10 Minuten erreichbar. Sie besteht aus den drei Inselkernen Kleiner Vilm, Mittel-Vilm und Großer Vilm. Seit 1994 ist die Insel an Privatpersonen verpachtet, das Betreten ist streng verboten.«*

»Das perfekte Versteck«, bemerkte Jenny. Ihre Müdigkeit war wie verflogen. »Lass uns zusammen hinfahren. Wenn Jo wirklich dort ist, möchte ich mit ihm reden. Vermutlich ist er bewaffnet, aber mir wird er nichts tun.«

»Sicher?«, sagte Frederik. »Was war an dem Abend auf der Peene mit dem SUP?«

Sie erschrak, als ihr bewusst wurde, dass sie sich nicht sicher war. Nicht mehr.

»Ein Freund von mir hat ein Boot«, sagte Frederik. »Ich rufe ihn an. Wir können von dort mit dem Boot hinfahren.« Er griff zum Telefon und wählte eine Nummer. Das Gespräch war kurz. »Er wartet auf uns im Hafen von Lubmin.«

Sie öffnete die Haustür. Im Haus roch es nach abgestandener Luft, gekipptem Blumenwasser und Frederiks Rasierwasser.

»Warte hier unten, ich mache mich kurz frisch.«

»Soll ich vorher nachschauen, ob alles in Ordnung ist?«

»Das brauchst du nicht, aber ich mag das Ritterliche an dir.«

Er lächelte. Sie mochte auch sein Lächeln. Es hatte etwas Spitzbübisches. Seine moosgrünen Augen versprühten Lebensfreude und Zuversicht zugleich und erinnerten sie an Flocke, wie er sie verletzt angeschaut hatte. Sie griff nach dem Revers von Frederiks Bomberjacke, die er heute trug, zog ihn zu sich heran und gab ihm einen Kuss, den er nach einem kurzen Moment der Überraschung erwiderte. Sie spürte seine Hände an ihrem Rücken. In ihrem Kopf explodierte ein Feuerwerk, und sie fühlte ein Glück, wie sie es seit Wochen oder Monaten nicht mehr empfunden hatte. Dazu kam das Kribbeln im Bauch, das wie Frederiks Hände immer weiter nach unten wanderte. Ihre Hände krallten sich in Frederiks Jacke, und plötzlich schrie sie vor Schmerzen auf. Frederik wich erschrocken zurück.

»Der Arm«, sagte sie mit einem entschuldigenden Lächeln. Sie war außer Atem. Erleichtert sah sie, dass auch er lächelte.

»Ich rufe für die Fahrt nach Lubmin schon einmal das Taxi«, sagte Frederik.

»Das brauchst du nicht, Jo hat hinten in der Scheune noch einen fahrbaren Untersatz.«

»Einen fahrbaren Untersatz?«

»Ich hoffe, du bist nicht zimperlich, wenn dir ein bisschen frische Luft um die Nase weht.«

77

Helen war wie gelähmt. Sie fühlte sich benommen, bekam aber alles mit. Allerdings gehorchten ihre Arme, Beine und auch ihre Kehle, die sich trocken und zugeschnürt anfühlte, nicht mehr. Sie wollte um Hilfe schreien, aber es gelang ihr nicht. Brian hatte seinen Arm unter den ihren geschoben, sie hatte mitbekommen, wie er mit dem Barkeeper über ihr angebliches Alkoholproblem gescherzt und dessen Hilfe mit einigen jovialen Sprüchen abgelehnt hatte. Sie wurde von Brian durch die Lobby des Hotels geschleppt, wo sie, wie jemand, der von einem reißenden Fluss davongetragen wurde, versucht hatte, nach etwas zu greifen, an dem sie sich festhalten konnte, aber nichts fand. Er hatte sie durch den Eingang des Hotels nach draußen gebracht, wobei sie sich von anderen Gästen wegen ihres scheinbar angetrunkenen Zustands einige belustigte Blicke einfing. Sie hatte sie ansprechen, um Hilfe bitten wollen, aber ihre Zunge lag schwer in ihrem Mund wie ein Lappen.

Er zerrte sie zu einem blauen Kombi, der direkt vor dem Hotel parkte. Ihr Kopf fiel immer wieder in den Nacken, als sei ihre Halswirbelsäule aus Gummi, und so fühlte sich auch der Rest ihres Körpers an. Die Beifahrertür ging auf, sie dämmerte kurz weg und erwachte erst wieder durch das gleichmäßige Rütteln des Autos. Ihr Kopf wurde in einer Kurve nach links geworfen, und sie sah Brian auf dem Fahrersitz neben ihr. Er trug jetzt eine Brille und starrte konzentriert auf die Straße.

»Lass mich«, lallte sie.

Er drehte sich zu ihr und schaute sie grinsend an. Ein Grinsen, wie sie es im Kino schon einmal gesehen hatte. Von einem Mann mit grünen Haaren und rot geschminktem Mund, auf dessen Namen sie gerade nicht kam.

»Als ich dich das erste Mal gesehen habe, da habe ich gedacht, du bist die Richtige für uns!« Seine Stimme hallte und klang weit entfernt. »Ich hatte meinem Vater noch geschrieben, wie begeistert ich von unserer Wahl bin. Wir handeln mit Zäunen, mit künstlicher Intelligenz – da brauchten wir ein hübsches Gesicht, das uns nach außen repräsentiert. Nachdem du dich beworben hattest, habe ich mir bei Youtube sogar ein altes Theaterstück angeschaut, in dem du mitgespielt hast, und Heinz hat Walter grünes Licht für deine Einstellung gegeben.«

Sie versuchte, die Augen offen zu halten. Tastete mit der rechten Hand nach dem Türgriff, aber ein Gurt schnitt in ihren Hals. Sie musste sich abschnallen, aber wie ging das nur noch?

»Aber du musstest dich einmischen. Zerstören, was dabei war, dich groß zu machen. Mein Vater ist in der DDR aufgewachsen, und er hat immer gesagt, das System kann noch so perfekt sein, am Ende scheitert es am kleinsten Zufall.«

Sie sah Bäume am Fenster vorbeifliegen, versuchte, sich aufzurichten, aber nichts geschah. Ihr Kopf schien nicht mehr zu ihrem Körper zu gehören, wanderte bei jeder Kurve hin und her wie eine Fahne im Wind. Sie spürte Brians Hand auf ihrer Stirn, wie er ihren Kopf gegen den Beifahrersitz drückte, dann schlief sie wieder ein. Das nächste Mal erwachte sie, als es unter ihr schaukelte wie auf einem Boot. Das Gefühl hatte sie bereits in der Bar gehabt, doch diesmal glaubte sie, auch Wellen zu hören, die gegen einen Schiffsrumpf schlugen. Das Schaukeln bereitete ihr große Übelkeit, und sie döste wieder weg. Als sie wieder zu sich kam, schob sich eine Hand unter ihren Po. Sie wurde in die Höhe gerissen, schwebte kurz. Sie ertastete etwas Weiches, krallte ihre Fingernägel hinein, erntete einen Schmerzensschrei. Jemand schüttelte sie, etwas schlug brennend gegen ihre Wange. Dann spürte sie einen großen Druck auf dem Bauch und wieder ein Schaukeln. Jemand trug sie. Einen langen Weg. Und stöhnte und ächzte dabei.

Als sie die Augen endlich aufbekam, sah sie einen Rücken, Beine, den Boden. Jemand hatte sie offenbar wie einen Sack über die Schulter geworfen, trug sie über einen Schotterboden. Zum ersten Mal gelang es ihr, den Kopf zu heben, und sie sah einen Wald, in einiger Entfernung einen Bootsanleger, dahinter Wasser. Die Wirkung von was auch immer in ihrem Körper schien nachzulassen.

Und dann sah sie die Pistole. Sie steckte im Hosenbund, nur der schwarze Griff schaute heraus. Sie streckte den Arm aus, doch er gehorchte noch nicht. Sie wurde gedreht, als Brian sich umschaute, sah eine Hütte aus dunklen Holzstämmen. Die Tür war blau, die Fenster hinter ebenso blauen Holzläden versteckt. Das Häuschen verschwand, als Brian sich erneut umdrehte, und nun schaute sie wieder zu dem Bootssteg, von dem sie gekommen waren. Sie versuchte, mit den Beinen zu strampeln, sich zu wehren, doch Brian hielt sie mit eisernem Griff über seiner Schulter.

»Lass das, du Miststück!«, fluchte er.

Sie versuchte erneut, nach der Waffe im Hosenbund vor ihr zu greifen. Ihre Finger bewegten sich! Sie legte all ihre Konzentration in ihren Arm, sprach mit den Gelenken, den Muskeln, den Sehnen, versuchte, ihren Neuronen zu befehlen, diese verdammte Hand zu bewegen. Und tatsächlich, langsam kehrte Leben hinein.

In diesem Augenblick stießen ihre Füße gegen etwas Hartes, sie hörte das Klimpern eines Schlüsselbundes, dann das Quietschen einer lange nicht mehr geölten Tür. Plötzlich öffneten sich ihre Finger, und sie spürte das kalte Eisen des Pistolengriffs in ihrer Hand. Sie zog die Pistole aus dem Bund, zielte auf die Beine, ihr Finger glitt in den Abzug, und sie drückte ab.

Der Knall war ohrenbetäubend. Ihr Träger fiel schreiend zu Boden und damit auch sie. Etwas knackte in ihrer Schulter, und ihr Gesicht wurde feucht. Sie hörte, wie Brian vor Schmerz jammerte, dann vor Wut grunzte. Sie versuchte, sich zur Seite zu rollen, wegzurobben, die Pistole fest umklammert. Nun sah sie Brian auch, wie er im Eingang der Hütte kniete und sich den Unterschenkel hielt, an dem aus einem dunklen Loch in der Jeans hellrotes Blut quoll. Sie wollte aufstehen, aber ein stechender Schmerz in der Schulter hielt sie am Boden. Sie hob den Arm mit der Pistole, die plötzlich schwer wie eine Hantel in ihren Fingern lag.

Brian richtete sich auf, sein Gesicht war wutverzerrt. Sie sah, wie er sich umschaute, humpelnd nach einer Axt griff, die direkt neben der Tür an der Hütte lehnte. Sie hievte die Pistole in die Höhe, zielte auf Brian, ihr Arm zitterte, und dann glitt der Griff der Waffe langsam aus ihrer Hand, die ihr noch immer nicht ganz gehorchte.

Brian machte einen Schritt auf sie zu. Er schrie vor Schmerz und Wut und hob die Axt in die Höhe. Sie sah das rostige Axtblatt, das gleich auf sie herabsausen und ihren Kopf spalten würde, als plötzlich durch die geöffnete Tür der Hütte hinter Brian ein dunkler Schatten heranflog und ihn von den Beinen riss. Das Adrenalin ließ nun auch sie endlich auf die Beine kommen, und dann sah sie es: ein Tier, ein riesiger Hund oder Wolf, der über Brian stand. Verbissen in seinen Hals, schleuderte er dessen bereits leblosen Körper mühelos hin und her wie eine Puppe.

Es hatte keinen Kampf gegeben, Brian war innerhalb von einer Sekunde tot gewesen. Sie sah Blut spritzen, hörte Knochen knacken. In diesem Moment schien das Tier sie zu bemerken, drehte langsam den Kopf in ihre Richtung, Brians Genick noch immer in seinem Maul. Sie bückte sich, hob die Pistole mit beiden Händen auf, zielte auf das Tier. Versuchte, sich zu konzentrieren. In diesem Augenblick schlug ihr etwas hart gegen die Schläfe, und es wurde dunkel.

78

Es war ein feuerroter Triumph Spitfire von 1980, ein Roadster-Cabrio, das Jo sich Anfang der 2000er »besorgt« hatte. Angeblich hatte er es von einer Dame in der Nähe von Berlin übernommen, die ihren Führerschein wegen des Alters abgegeben hatte. Aber heute glaubte sie keine mehr von Jos Geschichten. Der Wagen stand in einer der hinteren Scheunen unter einer Plane. Die Batterie lud über ein Verlängerungskabel ständig an einer Steckdose, weshalb das Fahrzeug sofort ansprang. Frederik hielt das Scheunentor offen, während sie hinausrangierte.

Wenig später waren sie auf dem Weg zum Campingplatz. Der Fahrtwind riss an ihren Haaren. Sie hatte im Flur von Jos Haus zwei Schals gefunden, die sie sich umgewickelt hatten. Der Motor röhrte. Sie schaute zu Frederik, der schweigend, mit mahlenden Kiefern neben ihr saß – aber nicht Kaugummi kaute.

»Rauchst du wieder?«, rief sie.

Er schüttelte den Kopf. »Vermutlich hat das Adrenalin in den letzten Tagen das Nikotin abgelöst, und ich bin jetzt ein Adrenalin-Junkie. Sonst würden wir jetzt auch nicht ohne Polizei dorthin fahren!«

Sie lächelte. Seit Frederik ihr die Nazi-Akte gezeigt hatte, arbeitete es in ihrem Kopf.

»Sie haben daran geforscht«, schrie sie gegen den Fahrtwind und das Motorgeräusch an.

Frederik schaute sie fragend an und schob den Schal über seinen Mund. »Woran?«

»An dem Virus! Jo hatte die Akte mit den Nazi-Forschungen in seinem Besitz. Sie lag in seinem Koffer. Als er zu DDR-Zeiten auf Riems arbeitete, hat 1986 ein Meerschweinchen den Hund meiner Familie mit einem tödlichen Virus infiziert, und sie haben es hinterher vertuscht. Er hat mich adoptiert, das Ganze wie einen Brand aussehen lassen, und sie haben Spuren gelegt, die deinen Vater als Täter haben erscheinen lassen. Vielleicht waren sie selbst Nazis, vielleicht wollten sie die Nazi-Forschungen für die DDR nutzen, keine Ahnung. Das kann uns nur Jo beantworten.«

»Und die Schattenwölfe? Meinst du, die haben dein Vater und seine Freunde auch wiederbelebt? Rückgezüchtet?«

»Wer weiß, aber wie haben sie dann bis heute überlebt?«

»Bei deinem Bruder? Hier rechts!« Frederik schaute auf die Navigations-App auf seinem Handy und deutete auf die nächste Kreuzung. Ihre Hände fühlten sich kalt an, und dies nicht nur, weil es kühl war im Cabrio.

»Und warum ist er bei euch eingebrochen?«

»Vielleicht gehörte er dazu! Steckte mit ihnen unter einer Decke. Und sie brauchten die Akte. Jo konnte sie nicht holen, und da hat Jan sie gestohlen.«

Für einige Kilometer hingen sie beide weiter ihren Gedanken nach, die Lärmkulisse in dem Cabrio-Oldtimer war ohnehin zu laut, um sich zu unterhalten. Lubmin lag gute zwanzig Autominuten von Greifswald entfernt am Greifswalder Bodden. Sie war ein- oder zweimal in dem kleinen Seebad gewesen, kannte die langen Sandstrände und wusste, dass das Ufer dort mit großen Kiefern bewaldet war, woran sich das Waldgebiet Lubminer Heide anschloss. Jetzt gehorchte sie den Wegweisern zum Hafen. Dort angekommen, parkten sie den Oldtimer. Sie folgten einem Schild, auf dem »Marina Lubmin« stand. Der Hafen war klein, aber romantisch. Direkt daneben erstreckte sich ein scheinbar unendlicher Sandstrand. Sie mochte es, wie die Masten der Segelboote ein buntes Mikado vor dem blauen Himmel bildeten.

Frederik führte sie auf einen der vorn gelegenen Bootsstege, an dem eine Reihe von Motorbooten ankerten. An einem mittelgroßen Boot mit blauem Verdeck stand ein Mann in Frederiks Alter. Er war groß gewachsen, hatte dunkle Haare, einen ebenso dunklen Bart und ein aufgeschlossenes Lächeln. Frederik stellte sie einander vor. Er hieß Patrick.

»Du hast Glück gehabt, ich hatte Nachtschicht«, sagte Patrick, als die beiden sich bei der Begrüßung umarmten und gegenseitig auf den Rücken schlugen.

»Ihr wollt also zur Insel Vilm«, sagte Patrick und runzelte die Stirn. »Die darf man eigentlich nicht betreten.«

»Sie gehört meinem Vater«, sagte Jenny. »Also, er hat sie gepachtet.« Und den Pachtzins nicht bezahlt, dachte sie.

»Das wusste ich gar nicht, dass die verpachtet ist. Ich dachte, die darf man nicht betreten, weil sie Vogelschutzgebiet ist«, entgegnete Patrick, während er ihnen auf das Boot half.

Am Heck gab es eine kleine Bank mit gepolsterten, aber dennoch harten Sitzen, auf denen Jenny Platz nahm. Patrick löste derweil die Leinen am Bug. Dann hielt er Frederik ein überraschend kleines Paar Schlüssel entgegen.

»Du weißt, wie es geht?«, fragte er lächelnd. »Immer geradeaus, dann könnt ihr die Insel nicht verfehlen.«

Frederik nickte und nahm den Schlüssel.

»Du fährst?«, bemerkte Jenny erstaunt von hinten.

»Sorry, ich habe keine Zeit. Ich muss meinen Sohn vom Kindergarten abholen«, entschuldigte Patrick sich und sprang zurück auf den Steg. Von dort beobachtete er, wie Frederik den Motor anließ und zurücksetzte. Mit erstaunlicher Sicherheit manövrierte Frederik sie aus dem Hafenbecken, während Patrick ihnen mit sorgenvoller Miene hinterherwinkte.

»Er hat Angst um sein Boot«, sagte Frederik.

»Woher kannst du Boot fahren?«, fragte sie, während sie auf das offene Meer hinaustuckerten.

»Ich habe einmal mit einer älteren reichen Frau geschlafen, die hatte eine Jacht, und ich habe uns immer in unser Liebesnest gefahren«, sagte er.

Jenny wusste nicht, was sie antworten sollte. Frederik brach in Lachen aus.

»Nur ein Scherz. Ich habe einen Motorbootschein. Als junger Mann habe ich bei Segelregatten mitgemacht. Während des Jurastudiums wäre ich sogar einmal beinahe bei Olympia mitgesegelt. Es fehlte nur noch ein dritter Platz im Ausscheidungsrennen, am Ende brach unser Mast, und wir wurden Vierter. Aber heute komme ich dazu nicht mehr.« Er reckte den Hals und justierte das Steuer.

Die See war an diesem Tag etwas aufgewühlt, und Jenny spürte die Wellen schon bald in ihrem Magen.

»Fixiere einen Punkt am Horizont, oder suche dir einen am Festland«, sagte Frederik, der offenbar bemerkt hatte, dass sie ein wenig blass war. »Wir fahren ungefähr fünfundzwanzig Knoten, ich denke, wir sind in einer guten halben Stunde dort.«

Jenny erhob sich und reckte das Gesicht in den Wind, was ihr guttat. Dagegen war die Fahrt in dem Oldtimer-Cabrio nichts gewesen. Sie spürte das Salz auf den Lippen. Unter normalen Umständen wäre die Fahrt beinahe romantisch gewesen. Sie stellte sich nun neben Frederik und legte ihren Arm um seine Schulter, er erwiderte ihre Geste, indem er sie an der Hüfte griff. So schwebten sie schweigend über das Meer. Die Sonne lag hinter einem Schleier aus Wolken und kämpfte sich ab und zu heraus. Nach einiger Zeit kam vor ihnen ein grüner Fleck mitten im Meer in Sicht; als sie näher fuhren, erkannte sie Bäume, dann einen ganzen Wald.

»Das muss die Insel sein«, sagte Frederik. »Ich denke, wenn es einen Anleger gibt, dann auf der anderen Seite, nach Rügen hin.« Er verlangsamte die Fahrt und lenkte links an der Insel vorbei, die vor ihnen immer größer wurde.

Es war ein beeindruckendes Stück Land mitten im Meer, dessen Form sie ein wenig an einen Wal erinnerte: mit einer großen Landmasse, die nach hinten immer schmaler wurde, an das sich am Ende dann aber wieder, wie eine Flosse, ein vertikales Landstück anschloss. Sie sah Sandstrände, steile Küsten, Bäume, dazwischen Wiesen und auch hier einige Häuser, die aus der Ferne verlassen wirkten.

»Im Internet steht, dass hier früher die DDR-Bonzen Urlaub gemacht haben«, sagte Frederik. »Sogar Honecker war ein paarmal hier.« Als sie die südliche Spitze umrundet hatten, sah sie nicht weit entfernt Land. »Das ist Rügen«, sagte Frederik. »Und dort ist der Bootsanleger!«

Er zeigte auf einen schmalen Holzsteg vor der Insel, an dem zwei Boote lagen. Eines war ein Motorboot wie das ihre, das andere deutlich kleiner. Frederik drosselte den Motor weiter, die letzten Meter glitten sie geräuschlos heran. Sie parkten zwischen den beiden Booten. Frederik stieg von Bord und leinte ihres an. Dann half er ihr an Land.

»Also ist jemand hier«, schlussfolgerte Frederik beim Blick auf die beiden anderen Boote. Sie drehten sich um. Vom Steg führte ein Trampelpfad über eine vertrocknete Wiese hinauf zu einem Haus, das eher einer alten Fischerhütte glich. Es hatte eine himmelblaue Tür und ebenso blau angemalte Holzläden.

»Sieht verlassen aus«, bemerkte Jenny, unter der der feste Boden noch immer zu schwanken schien. Alle Fensterläden waren geschlossen. Der Weg hinauf zur Hütte war mit Laub bedeckt.

»Sieht tatsächlich nicht so aus, als ob dort jemand ist«, sagte Frederik. »Aber es gibt noch andere Häuser!«

Sie gingen weiter, vor ihnen war das Laub aufgewirbelt, es sah aus, als ob eine Herde Wildschweine dort gebuddelt hätte. »Wenn Jo sich hier versteckt, dann soll es wohl auch so aussehen, als wäre keiner hier«, sagte sie.

Nun hatten sie die Eingangstür erreicht. Sie war tatsächlich blau gestrichen, die Farbe aber an einigen Stellen abgeblättert. Darunter schien ein dunkles Gelb durch. Frederik zeigte auf die Axt, die an der Wand lehnte. Jenny sah das Blut am Griff und auch unten an dem verrosteten Eisenblatt. Es sah frisch aus. Ein kalter Schauer lief ihr über den Rücken. Auch Frederik hatte es entdeckt.

»Was machen wir? Die Polizei rufen?«, flüsterte Jenny.

»Bis die hier wären, dauert es lange«, erwiderte Frederik.

Er fasste an den Knauf und drehte ihn. Die Tür öffnete sich ein Stück.

79

Jenny schaute zu Frederik, der noch immer den Knauf in der Hand hielt und sie unschlüssig anblickte.

»Hallo?«, rief Jenny durch den schmalen Türspalt in die Hütte hinein. »Ist dort jemand?«

Sie lauschten, doch es kam keine Antwort. Frederik gab der Tür einen Schubs, und sie schwang mit einem lauten Quietschen vollständig auf.

»Kommt rein!«, ertönte plötzlich eine Stimme aus der Hütte. Sie kam ihr bekannt vor, doch sie konnte sie nicht gleich zuordnen. Aber es war nicht Jo. Sie wechselte mit Frederik erneut einen Blick, dann trat sie als Erstes ein. Es roch nach feuchtem Holz, gemischt mit dem typisch strengen Geruch, wie sie ihn aus Tierställen kannte. Im Inneren war es dunkel, lediglich in einer Ecke brannte eine kleine Tischlampe. Ihre Augen brauchten einen Moment, um sich an das Zwielicht zu gewöhnen. Die Hütte war keine zwanzig Quadratmeter groß. Sie bestand aus einem einzigen Raum, in einer Ecke führte eine Holzleiter nach oben. Am anderen Ende des Raumes stand eine Sitzecke aus Holzmöbeln. Daneben befand sich ein Esstisch mit vier Stühlen und dahinter, in die Ecke des Hauses hineingebaut, eine offene Küche. Rechts von ihnen erkannte sie einen schwarzen Kaminofen.

Jetzt, wo sie in der Hütte stand, roch es nach Urin und Tierkot. Auf einem der rustikalen Stühle in der Sitzecke, vielleicht fünf Meter entfernt, saß eine Person, deren eine Gesichtshälfte von der Lampe angeleuchtet wurde. Jetzt erkannte sie ihn: Es war Ansgar. Er trug einen Kampfanzug mit Camouflage-Muster, wie ein Soldat. Neben ihm lehnte ein Gewehr. Seine Hände konnte sie nicht sehen.

»Jenny! Kommt rein!«, wiederholte er seine Aufforderung. »Kommt rüber zu mir, und setzt euch!«

Sie zögerte. Anders als am Telefon klang er nicht mehr erkältet, aber er sprach mit matter Stimme. Sie machte einen Schritt auf ihn zu und trat gegen etwas Weiches. Beinahe wäre sie über das Bündel auf dem Boden gestolpert, das sie vorher nicht hatte sehen können.

Es war ein Mensch, der in Embryostellung auf dem Holzfußboden kauerte.

»Helen!«, rief Frederik neben ihr und kniete nieder. Sie machte es ihm nach. Er strich der Frau die Haare aus der Stirn, jetzt erkannte auch Jenny das hübsche Gesicht von Helen Roux. An der Schläfe klaffte allerdings eine Wunde, von der Blut über die Wange gelaufen war. Jenny fühlte den Puls am Hals, er war schwach. Als Frederik Helen auf den Rücken drehte, stöhnte sie leise und öffnete für einen kurzen Moment die Augen.

»Wir müssen einen Krankenwagen rufen!«, rief Frederik. Er erhob sich und griff nach seinem Handy.

»Geht es Ihnen gut?«, versicherte er sich in Ansgars Richtung.

»Sie ist okay, sie braucht keinen Rettungswagen. Und für ihn ist es zu spät.« Ansgar deutete in die unbeleuchtete Ecke, und Frederiks und Jennys Blicke folgten ihm. Dort lag ein weiterer Körper mit dem Rücken zu ihnen. Die Haare am Nacken waren schwarz und feucht vor Blut. Jenny konnte nicht erkennen, wer es war.

»Jo?«, fragte sie mit brüchiger Stimme.

»Nein, nicht Jo. Jetzt legen Sie bitte das Handy beiseite, und setzt euch endlich, ich würde ungern auf euch schießen.«

Ansgar hob die Hände aus dem Schoß, und jetzt erst sah sie die Pistole in seiner Hand. Frederik zögerte.

»Sie braucht dringend ärztliche Hilfe!«, protestierte Jenny.

»Wie gesagt, es geht ihr gut!« Nun klang er gereizt.

Plötzlich schwenkte er die Pistole zur Seite und schoss. Jenny zuckte erschrocken zusammen, der Lärm des Schusses war in der kleinen Hütte ohrenbetäubend. Putz rieselte von der Decke.

»Ich sage es euch zum letzten Mal, setzt euch!«

Jenny bückte sich, brachte Helen in die stabile Seitenlage, dann folgte sie Frederik. Die Sitzecke bestand aus einem Sesselstuhl, einem kitschigen Modell mit hölzernem Gestell, Armlehnen und samtigem Bezug. Gegenüber standen zwei Holzstühle mit Armlehnen, die vom Esstisch herübergeschoben worden waren. Er hatte sie erwartet.

Frederik und sie nahmen jeder auf einem der Stühle Platz. Jetzt erst sah sie den Hund, der neben Ansgar auf dem Boden lag. Bei näherer Betrachtung erkannte sie, dass es kein Hund war, sondern ein Schattenwolf. Er war riesig, noch größer als die anderen Exemplare, die sie im Wald oder bei Jan gesehen hatte. Auf den ersten Blick konnte man meinen, er schlief, aber seine lange rosafarbene Zunge hing seitlich aus dem Maul. Ihr Blick wanderte zu dem Gewehr, dann zurück zu dem Wolf, in dessen Flanke noch ein roter Pfeil steckte. Es war ein Betäubungsgewehr.

»Er schläft nur. Ich habe ihn gestern erst gefunden, betäubt und hierhergebracht, bevor die Jäger ihn abschießen. Ich kannte diese Hütte von meinem Vater Jasper. Wie du sagtest, er und die anderen haben die Insel hier gepachtet. Als ich heute herkam, um ihn zu versorgen, stieß ich auf die beiden anderen dort. Ich musste Nero wieder betäuben, sonst hätte er auch die Frau getötet. Er hielt dies wohl für sein Revier.« Ansgar warf einen besorgten Blick auf den Wolf, dann kurz auf die Armbanduhr. »Ich schätze, in einer halben Stunde wacht er wieder auf.«

Er wandte sich zu Frederik und streckte seine Hand aus. »Ihr Handy, bitte!« Um seiner Forderung Nachdruck zu verleihen, richtete er seine Waffe auf ihn.

Frederik griff in seine Jacke und warf das Handy zu ihm herüber, Ansgar fing es mit der freien Hand auf, schaute darauf und steckte es dann ein.

»Was soll das hier?«, fragte Frederik. »Was ist mit Helen geschehen, und warum bedrohen Sie uns mit der Waffe? Wo ist Jo? Und wer ist der Tote dort?«

»Das sind eine Menge Fragen auf einmal«, sagte Ansgar und lächelte schwach. Die Pistole in seiner Hand war eine Walther, wie sie an dem typisch geriffelten Lauf erkannte. Aus drei Metern Entfernung eine tödliche Waffe. Er griff hinter sich, und nun warf er Frederik etwas zu. »Fesseln Sie Jenny an die Armlehne und dann sich selbst. Damit Sie nicht auf dumme Ideen kommen.«

Nun erkannte sie die beiden Handschellen in Frederiks Hand.

»Das werde ich nicht tun«, sagte dieser mit entschlossener Stimme. Ansgar hob die Waffe drohend in seine Richtung.

»Lassen Sie uns gehen!«, forderte Frederik und erhob sich.

»Setzen Sie sich!«

Frederik schüttelte den Kopf, und Ansgar schoss.

80

Nein!«, schrie Jenny, als Frederik auf der Stelle zusammenbrach. Sie sprang auf, um ihm zu Hilfe zu eilen, doch Ansgar richtete die Waffe jetzt auf sie.

»Hinsetzen!«, schrie er.

Unschlüssig blieb sie stehen und sah, wie Frederik sich mit schmerzverzerrtem Gesicht den Bauch hielt. Der Schuss hatte ihn unterhalb des Herzens in die linke Seite getroffen.

»Aufstehen!«, befahl Ansgar. Er klang kalt und unerbittlich, nicht so wie der liebe Kerl, den sie von früher in Erinnerung hatte.

»Du bist irre!«, rief Jenny voller Wut. Sie fasste unter ihre Jacke, doch in diesem Moment zielte Ansgar wieder auf sie.

»Die Handschellen! Der nächste Schuss geht an Jenny!«

Frederik schaute auf seine blutgetränkte Hand und presste sie wieder auf seine Rippen.

»Nimm du die Handschellen!«, sagte Ansgar und deutete mit der Waffe auf sie.

Sie erhob sich, bückte sich nach den Handschellen auf dem Boden und ging zu Frederik, der sich zurück auf den Stuhl gehievt hatte.

»Sorry«, flüsterte sie, während sie das eine Ende um sein Handgelenk und das andere um die Stuhllehne schloss. Dann ging sie zurück zu ihrem Stuhl und tat dasselbe mit ihrem linken Arm. Sie war Rechtshänderin.

»Ansgar!«, sprach sie ihn an und versuchte, den Hass, den sie gerade spürte, zu unterdrücken. »Was soll das hier? Wir kennen uns, seit ich klein war.«

Jetzt, wo sie beide gefesselt waren, setzte Ansgar ein milderes Lächeln auf, in dem sie auch eine Portion Traurigkeit zu entdecken glaubte. Sie schaute zu Frederik, der mit schmerzverzerrtem Gesicht im Stuhl hing. Sie hoffte, dass es nur ein Streifschuss war.

»Ich kenne dich sogar, seit du geboren bist, als du noch Alexandra geheißen hast. Deine Eltern haben dich immer Alex gerufen. Und dein Bruder auch.« Seine Worte lösten einen tiefen Schmerz in ihr aus.

»Stimmt, du kanntest Jan! Was würde er zu dem sagen, was du hier gerade machst?! Er ist tot!«

»Ich weiß.« Ansgars Stimme versagte. Seine Augen begannen zu glänzen.

»Und ich konnte es nicht verhindern.«

Jenny schaute erstaunt zu Frederik. Und plötzlich fügten die fehlenden Puzzleteile sich in ihrem Kopf zusammen.

»Du!«, sagte sie. »Von dir hatte Jan den Tierarztkoffer. Du hast mit ihm zusammen die Tiere gepflegt! Ihr seid seit Kindheitstagen befreundet!« Sie schaute auf den Verband an ihrem Arm. »Und du hast mich letzte Nacht versorgt!«

Wieder dieses Lächeln, doch diesmal mischte sich ein Anflug von Sehnsucht in seinen Blick.

»Ja, wir«, sagte er, noch immer mit glasigen Augen. »Jan und ich!«

Riemserort, 1986

Die Flammen fraßen alles auf, was ihnen in den Weg kam. Ansgar hatte bis dahin noch niemals ein so großes Feuer gesehen. Er wollte es sich von hinten anschauen. Alle waren mit Löschen beschäftigt; bevor die Feuerwehr eintraf, hatten sie eine lange Menschenkette gebildet und Wasser aus einem nahen Teich geschöpft. Das Haus der Grabowskis war verloren, aber immer wieder flogen Funken und brennende Asche auf die Nachbarhäuser, die die Helfer nun mit Wasser bespritzten, um sie zu schützen.

Er nutzte die Gelegenheit und schlüpfte an allen vorbei durch das schmiedeeiserne Tor in den Garten. Im hellen Schein des Feuers erkannte er die Fußballtore. Hier hatte er mit Jan so viele glückliche Stunden verbracht. Jan und er träumten davon, eines Tages in der Nationalmannschaft zu spielen. Er lief ein Stück in den Garten, an dessen Ende sich der dunkle Wald erstreckte. Er schaute auf das brennende Haus: eine riesige Wand aus Flammen, in allen Farben, von Dunkelblau bis Hellorange. Am erschreckendsten war die Lautlosigkeit, mit der die Flammen sich allem Brennbaren näherten.

Nur ab und zu ertönte ein Knistern oder ein Knacken, manchmal ein Krachen, wenn eine der Innenwände umfiel und im Flammenmeer landete. Und selbst von hier spürte man die riesige Hitze.
Plötzlich hörte er hinter sich ein leises Wimmern. Er drehte sich um und lauschte. Es kam aus der kleinen Werkstatt, die Gunnar sich im Garten eingerichtet hatte. Jan und er hatten sich bereits diverse Male Dinge daraus »entliehen«, zum Beispiel, um sich Seifenkisten zu bauen, mit denen sie die Straße am Hang hinunterbretterten.
Langsam ging er auf den kleinen Schuppen zu, wieder hörte er etwas, diesmal war es eher ein Stöhnen. Es kam von innen. Vielleicht eine der Katzen oder ein Igel? Er öffnete vorsichtig die Schuppentür und schaltete die Glühbirne, die von der Holzdecke hing, ein.
Und dort entdeckte er ihn: Jan. Er saß mit dem Rücken an eine der Werkbänke gelehnt. Sein Haar war ebenso kohlrabenschwarz wie das Gesicht. Das T-Shirt, das er trug, war am Kragen versengt.
»Mein Gott, du lebst!«, brach es aus ihm heraus, aber sein Kumpel reagierte nicht. Mit geschlossenen Augen rang er schwer atmend nach Luft. »Warte hier! Ich hole die Feuerwehrleute!«, rief Ansgar und wollte loslaufen, als er plötzlich Jans festen Griff an seinem Handgelenk spürte.
»Nein!«, keuchte er. »Sie haben das Feuer gelegt!«
»Was redest du da?«, entgegnete Ansgar, dessen Arm vom eisernen Griff schmerzte.
»Sie haben es gelegt«, stöhnte er wieder. »Und ich will nicht ins Heim. Ich weiß, wie es dort ist. Stefan ist dort hingekommen und hat mir geschrieben.«
Stefan war ein Mitschüler gewesen, dessen Eltern, so erzählte man sich, eines Tages in die BRD geflüchtet waren und ihn allein in Riemserort zurückgelassen hatten. Es war eine große Sache damals, und nicht wenige hatten diese Rabeneltern verflucht. Stefan war in ein Heim gekommen, und danach hatten sie ihn nie wiedergesehen.
»Ich brauche Wasser«, japste Jan. »Und irgendetwas Kühles für mein Gesicht. Es tut so weh. Es brennt so.«
Ansgar blieb unschlüssig stehen, dann rannte er schließlich nach Hause und holte eine Flasche Wasser, einen Eimer mit Wasser, einige kalte Lappen und etwas Eis aus der Tiefkühltruhe. Er fiel nicht

groß auf mit seinem Eimer, zwischen all den Löschhelfern, als er in den Garten zurückkehrte. Er versuchte Jans Gesicht zu reinigen, wobei dieser vor Schmerzen aufschrie und wimmerte, sodass er ihm sogar einmal ein Stück Holz aus der Werkstatt zwischen die Zähne pressen musste, damit sie nicht entdeckt wurden. Auch Jans Hände waren schrecklich verbrannt, die Haut darauf schlug bereits Blasen. Er bekniete ihn, ins Krankenhaus zu gehen, doch der Widerstand in Jan war stärker als seine Schmerzen.

»Hier kannst du nicht bleiben«, raunte Ansgar, nachdem Jan die Flasche Wasser gierig ausgetrunken hatte. Er lag mit den Lappen, auf die Ansgar noch Eiswürfel gelegt hatte, auf dem Boden. »Sie werden dich hier entdecken und doch ins Heim bringen. Und zu mir kannst du auch nicht! Sie denken, du bist tot!«

»Meine Eltern, meine Schwester, Enrico, alle sind tot«, schluchzte Jan plötzlich. Ansgar wusste nicht, was er sagen, wie er ihn trösten sollte. Er nahm Jans Hand und streichelte sie dort, wo sie am wenigsten verbrannt war, bis Jan ruhiger wurde. In diesem Moment fühlte er eine Verbundenheit, eine Herzlichkeit zu seinem Freund, wie noch nie zuvor.

»Ich habe eine Idee«, sagte er plötzlich. »Das Schlachthaus! Dort kannst du erst einmal für ein paar Tage unterkommen!«

Nach einem Ausbruch der Maul- und Klauenseuche vor vier Jahren hatte das Ministerium alle Fleischverarbeitungsbetriebe im Umkreis von zehn Kilometern zur Insel dichtgemacht. Das Gelände vom VEB Schlacht- und Verarbeitungsbetrieb Mesekenhagen lag seitdem verlassen in einem bewaldeten Gebiet.

Jan gab ein Grunzen von sich, was wohl Zustimmung bedeuten sollte, und es dauerte über zwei Stunden, bis Ansgar ihn dorthin geschleppt hatte. In den Folgetagen verschlechterte sich Jans Zustand. Er schlief die meiste Zeit, und seine Lunge gab beim Atmen merkwürdige Geräusche von sich. Er schrie vor Schmerzen, was in den verlassenen Gebäuden niemand mitbekam, und er spuckte Blut. Er wollte nicht trinken und konnte nicht essen.

Ansgar besuchte ihn vor Antritt seiner Arbeit als Tierpfleger auf der Insel und rannte gleich nach Feierabend wieder zu ihm. Er stahl Suppe in der Kantine des Instituts, Eier von den Versuchshühnern und schleppte Flaschen mit Leitungswasser zu Jan. Auch Verbandszeug fand er bei seinem Vater im Labor. Die Wunden in Jans Gesicht entzündeten sich und nässten, die Nase war praktisch nicht mehr vorhanden, und wenn Jan die Verbände abnahm, konnte Ansgar gar nicht hinschauen.

Es wurde erträglicher, als Ansgar eine Creme für Verbrennungen auftrieb, die der Sohn des Betriebsarztes ihm gegen einen Besuch im Stall, der normalerweise streng verboten war, besorgte. Es dauerte Monate, bis es Jan langsam besser ging. Das Schlachthaus, wie sie es nannten, war das perfekte Versteck. Bis auf ein paar neugierige Jugendliche, die sie rasch vertrieben, kam niemand mehr hierher. Das schnelle Vergessen gehörte in der DDR zur Überlebensstrategie. Mit der Zeit wurde Ansgar zum geschickten Versorger und Inneneinrichter: Er organisierte eine Matratze, Kleidung, Essen, ohne dass jemand etwas bemerkte.

»Jan verließ das VEB für Jahre nicht. Manchmal bastelten wir uns beide Masken und gingen zu zweit verkleidet durch den Ort, aber er ertrug die Blicke der Leute nicht, auch wenn sie nur seiner Maske galten.« Man sah, dass die Erinnerung Ansgar schmerzte und tröstete zugleich. »Er war so tapfer!«

Zum ersten Mal fragte Jenny sich, ob zwischen den beiden mehr war als nur Freundschaft. Sie drehte sich zu Helen, die leise Geräusche von sich gab. »Sie braucht wirklich einen Arzt«, sagte sie. Sie vermutete eine Gehirnerschütterung, vielleicht sogar ein Schädel-Hirn-Trauma durch die Wunde am Kopf. »Was ist mit ihr passiert? Und wer ist der tote Mann in der Ecke?«, wollte sie wissen.

»Sie haben versucht, hier einzudringen, und wurden von meinem Wachhündchen gestoppt. Sie hat anscheinend auf den Mann geschossen, und als ich dazukam, wollte sie auch auf meinen Wolf hier schießen, daher musste ich eingreifen. Ich lasse es nicht zu, dass man ihn tötet.«

Sie schaute auf die Blutlache zu Frederiks Füßen, die Tropfen für Tropfen wuchs. Zum ersten Mal gab nun auch der Wolf zu Ansgars Füßen ein schmatzendes Geräusch von sich, danach schnarchte er leise weiter.

»Wenn Sie Helen und uns gehen lassen, kann ich ein gutes Wort für Sie einlegen. Körperverletzung, Freiheitsberaubung. Bei guter Führung sind Sie in zwei Jahren wieder draußen. Wenn einer von uns stirbt, bekommen Sie lebenslänglich!«, presste Frederik hervor. Das Sprechen schien ihm Schmerzen zu bereiten.

Ansgar schien zu überlegen, dann streckte er die Hand aus und streichelte den Kopf des Wolfs. »Wenn Nero erwacht, wird er sehr wütend sein, vermute ich. Dann kann ich auch ein gutes Wort für Sie einlegen«, sagte er zu Frederik gewandt.

81

Frederik fixierte Ansgar mit einem bitterbösen Blick. Sie spürte, dass er vor Wut kochte. Das war also Nero, der Wolf mit dem Aggressionsproblem, von dem Jan berichtet hatte. Der Killerwolf.

»Woher kommen die Wölfe?«, wollte Jenny wissen. »Wieso lebten sie bei Jan? Oder soll ich besser sagen: bei euch?«

Ansgar lächelte. »Sie waren Jans neue Familie«, sagte er mit einem melancholischen Ausdruck im Gesicht.

Riemserort, 1986

Ansgar kam erst spät nach Hause. Seine Mutter schlief, das Bett seines Vaters war noch leer. Er war voller Adrenalin. Seine Kleidung roch nach Rauch. Er stellte sich unter die kalte Dusche und wusch sich lange mit Seife. Dann legte er sich ins Bett, konnte aber nicht schlafen. Wenn er die Augen schloss, sah er Jans verkohltes Gesicht vor sich, hörte das Knistern der Flammen, spürte noch immer die Hitze des Feuers auf seiner Haut. Er musste schließlich in einen Halbschlaf gefallen sein, denn er hatte das Kommen seines Vaters nicht gehört. Jemand rüttelte an seiner Schulter.

»Ansgar! Jetzt wach endlich auf!«

Als er die Augen öffnete, sah er in das rauchverschmierte Gesicht seines Vaters. Er wälzte sich aus den Kissen und folgte ihm in die Küche, wo sein Vater sich ein Bier öffnete, womit er sich in den Sessel setzte.

»Sind alle tot?«, fragte er.

Sein Vater nickte.

»Auch der Hund?«, fragte er.

Sein Vater starrte durch ihn hindurch, ohne zu antworten.

»Enrico, Jans Hund, meine ich. Ist der auch tot?«

Plötzlich schien sein Vater wieder aufzutauchen. »Ich sagte, alle sind tot, die ganze Familie, und du fragst nach dem Hund? Dem Scheißköter?«

Erschrocken sah er die Tränen in den Augen seines Vaters.
»Enrico war kein …«
Sein Vater griff nach seinem Arm, zog ihn zu sich heran und versetzte ihm einen Schlag auf den Hinterkopf.
»Ich will, dass du nie mehr von diesem Hund redest!«, brüllte er und schlug erneut zu, diesmal auf den Arm, die Schultern, den Hinterkopf. Am Ende versetzte er ihm eine Ohrfeige und schubste ihn von sich weg, dass er lang auf den Teppich hinschlug.
Ansgar hielt sich die brennende Wange und unterdrückte die Tränen, während er beobachtete, wie sein Vater weinend nach dem Bier griff. Er nahm drei große Schlucke, wobei er die Rotze hochzog, wischte sich die Augen ab und wandte sich dann wieder an ihn.
»Hörst du, ich habe eine Aufgabe für dich, die du jetzt erledigen musst. Sofort!«
Ansgar nickte eingeschüchtert.
»Ich will, dass du zu den geheimen Stallungen gehst und die Wolfstiere erschießt.« Er erhob sich und ging zu dem Wohnzimmerschrank, an den die Kinder niemals herandurften, was ihnen von klein auf eingeimpft worden war. Er öffnete eine kleine Porzellanschale, holte einen Schlüssel heraus und öffnete damit die Tür des Schranks.
Ansgar hatte, wenn er allein gewesen war, bereits nach dem Schlüssel gesucht, ihn aber nicht gefunden. Als sein Vater den Schrank öffnete, sah Ansgar einige alte Bücher und anderen Kram, doch sein Vater verstellte ihm den Blick. Er nahm vorsichtig einen Jutebeutel heraus, schloss den Schrank wieder ab und steckte den Schlüssel in die Hosentasche. Aus dem Jutebeutel entnahm er eine Pistole und eine Packung Munition.
»Du nimmst diese Waffe und erschießt die Tiere, und zwar alle! Jeden Einzelnen von ihnen, hörst du? Später kommen Walter, Heinz, Jo und ich und werfen sie heimlich in die Tierkadaververwertungsanlage, das wird niemand merken. Hörst du? Wichtig ist, dass du es gleich tust und dass keiner etwas davon mitbekommt. Und sei schön vorsichtig, hörst du?« Er hielt ihm die Waffe und die Munition entgegen.
Ansgar starrte darauf, ohne sich zu rühren.

»Nimm endlich!«, sagte sein Vater schließlich. »Oder willst du dir noch eine fangen?«

Widerwillig nahm Ansgar die Pistole.

»Am besten nimmst du ein paar Lappen vor den Lauf und machst es leise.«

Ansgar griff nach der Waffe und der Munition.

»Was ist mit den Welpen?«, fragte er und kassierte sofort wieder einen Schlag auf den Hinterkopf.

»Alle, habe ich gesagt!«

Jenny schaute besorgt zu Frederik, dem es während der Erzählung zunehmend schlechter ging.

»Ich habe alle Tiere erschossen«, sagte Ansgar mit feuchten Augen. »Alle bis auf die drei Welpen. Zwei waren gerade erst geboren, der Dritte stammte aus einem etwas älteren Wurf. Ich habe es nicht übers Herz gebracht. Mir war klar, dass ich sie verstecken musste. Also habe ich sie zu Jan in das verlassene Schlachthaus gebracht. Er war dort sowieso ganz allein. Seine Verletzung, der Verlust seiner Familie, das alles hat ihn depressiv gemacht. Mit der Pflege der Kleinen ist er aufgeblüht. Ich habe die vier so oft besucht, wie ich konnte. Mein Vater hat die fehlenden Kadaver nicht bemerkt. Sie waren beim Entsorgen im Dunkeln viel zu aufgeregt, entdeckt zu werden. Es war das reinste Chaos.«

»Und seitdem hat Jan mit den Wölfen gelebt?«, fragte sie ungläubig.

»Er ist immer Einsiedler geblieben, vor allem wegen seiner Narben. Nach der Wende zog er um in die verlassene NVA-Anlage in Hanshagen. Sie wurde seine neue Heimat. Irgendwann kannte er jeden Winkel. Mit seinen Youtube-Videos verdiente er unter falschem Namen Geld und konnte sich eine Pacht leisten. Ein paarmal haben Fremde die Wölfe dort gesehen, aber sie hielten sie wohl für Hunde.«

»Das heißt, dein Vater hat in der DDR die Schattenwölfe gezüchtet?«, fragte Jenny. Sie schaute auf den Wolf neben Ansgar, der nun laut vor sich hin schnorchelte. An seinem Maul glaubte sie, Blut zu erkennen.

»Ich bevorzuge den Begriff Ostseewolf. So haben Jan und ich sie genannt. Nicht nur mein Vater hat sie gezüchtet. Das ganze ›Rudel‹, wie sie sich damals genannt haben. Heinz, Walter, Jasper, Jo und Gunnar. Alle fünf. Und ich, als Jaspers Sohn, war damals in der DDR für die Pflege der Versuchstiere auf Riems verantwortlich und habe mich dann eben auch um die Ostseewölfe gekümmert.«

»Und keiner auf Riems hat etwas von der Zucht bemerkt?«

»Wir haben einen Stall im Quarantäne-Bereich genutzt. Die Stallungen waren sehr unübersichtlich, und niemand ging dort gerne hin, auch aus Angst, sich anzustecken. Zuständig für die Tiere waren vor allem mein Vater Jasper und ich.«

Insel Riems, 1984

»Schau sie dir an, sie sind erst einen Tag alt und echte Prachtexemplare!« Jasper deutete auf die drei kleinen Welpen, die mit geschlossenen Augen neben ihrer erschöpften Mutter lagen.

»Sind ihre Beine nicht zu kurz?«, fragte Jo und legte den Kopf skeptisch zur Seite.

»Die Proportionen stimmen«, versicherte Jasper. »Sie passen genau zu den in den Teergruben von La Brea gefundenen Fossilien des Schreckenswolfs.«

In diesem Moment schlug rechts von ihnen etwas gegen den Zaun. Durch die hölzernen Latten war ein hochschulteriges Wolfstier zu sehen, das dort ungeduldig auf und ab lief.

»Der Vater«, kommentierte Ansgar und zeigte auf den Eimer mit den Küken. »Er wartet auf die Fütterung.« Seit er nach der Schule seinem Vater Jasper bei der Pflege der Tiere im Institut half, wirkte er viel reifer.

Jo drehte sich um und schaute in Richtung der rot verklinkerten Gebäude des alten Instituts. »Wo bleiben Walter und die anderen? Wir müssen zurück ins Labor, bestimmt wundert man sich dort schon, was wir hier machen!«

»Walter hängt in der Pathologie fest, und Heinz hat in seiner Epidemiologie heute Morgen ein Seminar«, sagte Jasper. Er lächelte. »Aber keine Sorge, mein Freund. Seit wir überall verbreitet haben, dass die Schafe hier hinten mit dem neuen Milzbranderreger aus

Simbabwe infiziert sind, traut sich niemand mehr auch nur in die Nähe der Stallungen. Sie denken, wir ziehen Proben!«
»Wie lange können wir diese Legende noch aufrechterhalten?«, fragte Jo.
Der Wolf im Gehege vor ihnen blieb plötzlich stehen, reckte den Hals in die Luft und begann zu heulen.
»Er soll das lassen!«, rief Jo aus, der immer noch nervös seine Hände knetete. »Sie werden uns auf die Schliche kommen! Der Präsi hat mich neulich schon nach dem nächtlichen Geheule gefragt. Und ob ich es auch gehört habe.«
Jasper runzelte die Stirn. »Was hast du ihm gesagt?«
»Dass es die Hütehunde sind, die wir aus der Mongolei eingeflogen haben.« Jo schaute in Richtung des benachbarten Geheges, in dem man nur zwei riesige, weiße Fellhaufen liegen sah.
»Tatsächlich geben sie keinen Ton von sich«, bemerkte Ansgar. »Eigentlich schlafen sie den ganzen Tag.«
»Sie haben ihren Dienst als Deckrüden getan«, stellte Japser fest. »Für unsere Rückzüchtung brauchen wir sie nicht mehr. Ich werde Walters Bruder bitten, sie weiterzuverkaufen. Nach Polen oder Rumänien. Sie sollen gute Hütehunde sein.«
»Ich habe nie verstanden, wie diese Rückzüchtung funktioniert«, bemerkte Ansgar von der Seite. »Man kann doch nichts wiederauferstehen lassen, was schon lange tot ist!«
»Weil du dumm bist!«, schnauzte Jasper seinen Sohn an. »Ich habe es dir schon so oft erklärt.«
»Nein, die Frage ist klug«, beschwichtigte Jo. »Tatsächlich züchten wir nichts wirklich zurück. Aber jedes Tier hat seine besonderen Eigenschaften, wie wir Menschen auch. Und Eigenschaften werden halt weitervererbt. Wärest du beispielsweise wirklich dumm, dann wäre die Wahrscheinlichkeit groß, dass dein Vater es auch schon war, weil du es von ihm geerbt hast!«
Ansgar lächelte verschmitzt, während Jasper die Stirn in Falten legte.
»Möchte man also ein Tier mit kurzen Beinen züchten, sucht man dafür Eltern mit kurzen Beinen aus. Und dieses Prinzip kann man auf alle Eigenschaften eines Tieres erweitern. Wir haben uns den Canis dirus, den Schreckenswolf, zum Vorbild genommen und in

aller Welt Tiere gesucht und miteinander gekreuzt, die ihm auf die eine oder andere Art ähnlich sind, bis endlich die da herausgekommen sind!« Er deutete auf die Welpen.
»Das heißt, sie sehen am Ende nur aus wie Schreckenswölfe, sind aber gar keine!«, fasste Ansgar zusammen.
»Im Ergebnis hast du recht«, sagte Jo.
»Jetzt geh, und füttere die Tiere!«, herrschte Jasper seinen Sohn an und wischte ihm mit der Hand über den Hinterkopf. Ansgar nahm den Futtereimer und schloss das Gatter auf.
»Hör auf, ihm solche Details zu erzählen. Je weniger er weiß, umso besser«, flüsterte Jasper in Jos Richtung. Sie beobachteten, wie Ansgar von den Tieren bestürmt wurde, nur das Muttertier mit den Welpen schien sich für die Fütterung nicht zu interessieren.
»Es war nicht alles schlecht, was früher auf dieser Insel passierte«, sagte Jasper.
»Du meinst die Nazis?«
»Ich meine alles, was hier geschah! Diese Insel ist ein Ort der Inspiration. Ich kümmere mich hier seit Jahren um die Versuchstiere. Am Ende töten wir sie durch unsere Experimente, angeblich für eine bessere Zukunft. Alles schaut immer nur nach vorn. Aber mit unseren Rückzüchtungen haben wir eine Art Zeitmaschine erschaffen. Damit reisen wir in die Vergangenheit und lassen Ausgestorbenes wiederauferstehen! Wir korrigieren einen Fehler der Evolution! Weil wir es können!« Er senkte die Stimme. »Wir müssen mit dem Serum vorankommen!«
Nun sprach auch Jo leise. »Daran können wir nur nach Feierabend arbeiten und in den Betriebsferien.«
»Wenn wir erst einmal das Serum fertig entwickelt haben, werden wir diese Tiere zu wahren Kampfmaschinen verwandeln. Dann werden wir aus ihnen die grausamen und erbarmungslosen Jäger machen, die sie bereits vor zehntausend Jahren waren.«
»Und wie willst du sie kontrollieren, wenn sie einmal infiziert sind?«, fragte Jo.
»Vielleicht gar nicht. Nichts fürchtet das sozialistische System mehr als Chaos. Stell dir vor, was wir mit diesen Tieren anrichten könnten.«

In diesem Augenblick traten Walter und Heinz durch die Tür der Schafsbaracke hinter ihnen.

»Da seid ihr ja endlich!«, rief Jasper. Er drehte sich zu einer Kühlbox, auf der in abgewetzten gelben Lettern »Vorsicht Biogefahr« stand, und holte aus ihr mehrere Flaschen Bier hervor.

»Wo ist Gunnar?«, fragte Jo, während Jasper die Flaschen verteilte.

»Er ist noch bei seinen Meerschweinchen, der kommt gleich!«, entgegnete Heinz.

»Dann hat er Pech gehabt«, sagte Jo und hob das Getränk in seiner Hand zum Toast. »Auf das Rudel!«

»Auf das Rudel«, wiederholten die anderen.

»Wie haben die fünf das angestellt? Für die Rückzüchtung benötigt man genetisches Material aus aller Welt ... und das, wenn die genetischen Informationen, die ich habe, stimmen, anscheinend von Tieren wie Schakalen und Hyänen«, bemerkte Jenny. Sie hoffte, Ansgar durch ihre Unterhaltung abzulenken. Im Hinterkopf arbeitete sie an einem Plan, ihm zu entkommen. Aber die Situation schien ausweglos.

»Wir waren das Institut in Riems! Alles, was wir benötigten, wurde mithilfe von Devisen besorgt. Schakale, Hyänen, alles kein Problem. Die Seuchenprävention und Impfstoffproduktion stand in der DDR ganz oben auf der Liste. Man kann als sozialistischer Staat nur eine gesunde Kuh melken.«

»Braucht das nicht Jahrzehnte, so eine Züchtung?«, stöhnte Frederik.

»Nicht Jahrzehnte, aber Jahre. Sie hatten Zeit. Einmal überraschte der Direktor mich mit einigen der Tiere. Ich habe ihn überzeugt, dass das Hunde sind, die wir für Untersuchungen zur Tollwut aus Tschechien importiert haben.«

Helen schaute besorgt zu Frederik, der blass in seinem Stuhl hing. Die Wunde schien ihm immer größere Schmerzen zu bereiten.

»Er braucht einen Arzt, sofort! Und Helen auch!«, insistierte sie erneut.

»Menschen sind viel widerstandsfähiger, als du denkst«, entgegnete Ansgar. »Glaub mir, ich habe damit Erfahrung.«

Jenny ging ihre Möglichkeiten durch. Ansgar war bereit zu schießen; solange er auf sie zielte, konnte sie nichts gegen ihn ausrichten. Er wirkte auf sie mental labil und gefährlich. Wie ein verletztes Tier.

»Was haben Sie mit uns vor?«, fragte Frederik.

»Sie sind zu mir gekommen, nicht umgekehrt.«

»Weil wir auf der Suche nach Jo sind! Wissen Sie, wo er ist?«

»Er wird nicht kommen«, sagte Ansgar vielsagend.

Sie hatte es unterlassen, Jo die richtigen Fragen zu stellen, als sie das konnte, und er war spurlos verschwunden. Und sie hatte Jan verloren, bevor er ihr alles erzählen konnte. Noch einmal würde sie diesen Fehler nicht machen. Zudem hatte sie das Gefühl, dass sie Ansgar nur erzählen lassen musste, bis ihre Chance kommen würde. Sie verschränkte die Arme vor ihrem Bauch und fühlte heimlich nach dem Pistolenhalfter unter ihrer Jacke. Sie hatte sich auf dem Sonnenhof, bevor sie gestartet waren, nicht nur schnell frisch gemacht, sondern auch für das erwartete Treffen mit Jo vorbereitet. Als Jägerin besaß sie auch eine Pistole.

82

Warum haben Jo und die anderen damals die Wölfe gezüchtet? Was sollte das?«, fragte Jenny.

»Die Nazi-Akten! Walter und mein Vater Jasper haben sie eines Tages gefunden. Im Institut ...«

Riemserort, 1979

»Ratten sind schlau; wenn die erste von denen in die Falle geht, machen die anderen danach einen großen Bogen darum.« Jasper stieß die angelehnte Holztür auf und schaltete das Licht ein.

»Mir doch egal«, entgegnete sein groß gewachsener Kollege Gunnar, der den Kopf einziehen musste, um sich nicht den Kopf an der Kellertür zu stoßen.

»Der Direktor hat gesagt, wir sollen hier unten die Fallen aufstellen; und das tun wir jetzt.« Er bückte sich und stellte den Karton mit den Fangeisen auf dem Boden ab. »Ist das kalt hier unten!«, bemerkte er und knöpfte auch die letzten beiden Reihen seines weißen Laborkittels zu.

»Und feucht! Dahinten steht sogar Wasser! Nach dem Dauerregen laufen in den letzten Wochen ständig die Auffangbehälter der Abwasserdesinfektionsanlage über. Das bekommen die von der Technik einfach nicht in den Griff, habe ich gehört! Sie meinen, es fehlen ihnen die erforderlichen Ersatzteile.«

Jasper nahm eine der Fallen, spannte den Schlagbolzen und stellte sie in den Gang. »Immer schön nah an die Wand, haben die gesagt, da sind ihre Laufwege!«

»Wenn die Ratten das mit der kaputten Abwasseranlage mitbekommen, haben wir ein Problem«, sagte Jasper und spannte ebenfalls eine der Fallen.

»Weil Ratten Abwasser lieben?«, fragte Gunnar.

Jasper war ein paar Schritte weitergegangen. »Ich meine nicht die Ratten hier unten, du Hornochse«, rief er über den Gang. »Ich mei-

ne die Stasi-Ratten! Wie man so hört, sollen hier im Institut mittlerweile einige davon unterwegs sein. Man wird in Berlin nicht glücklich sein, wenn unser Abwasser ungefiltert in die Ostsee fließt. Ich lege meine Hände nicht dafür ins Feuer, dass das virenfrei ist!«
Jasper hatte innegehalten und war in die Hocke gegangen. »Ich denke, hier ist auch Rattenkacke. Vielleicht sollten wir von den Genossen auf dem Bauernhof unten im Ort doch lieber ein paar Giftköder besorgen!«
»Das mit den Stasi-Ratten würde ich nicht so laut sagen, nachher hört dich noch jemand«, entgegnete Gunnar, während er die nächste Falle präparierte.
»Hier unten? Hier hört niemand etwas. Es sei denn, du bist auch so eine Ratte. Oder vielleicht bin ja auch ich eine und will dich testen?«
Gunnar starrte ihn unsicher an, ohne etwas zu entgegnen.
»Nur ein Spaß, Gunnar!« Jasper begann, laut zu lachen. »Wenn ich so eine Stasi-Ratte erwische, werde ich sie jedenfalls zerquetschen!«
Er griff nach der Klinke einer Tür und drückte sie hinunter. »Offen!«, bemerkte er überrascht. »Komm, wir schauen mal hier hinein!«
»Genügt es nicht, wenn wir in den Gängen bleiben?«, rief Gunnar. Doch zu spät, Jasper war bereits in dem Raum verschwunden.
»Die Mistviecher fressen sich überall hindurch! Bring die Taschenlampen mit, ich glaube, hier drin gibt es kein Licht!«
Nur widerwillig gehorchte Gunnar. Er folgte seinem Kollegen und gab ihm am Eingang die Taschenlampe.
Jasper schaltete sie ein, der Lichtschein war gelb und schwach. »Hast du nicht die großen Artas-Lampen dabei?«, fragte er.
»Wir haben hier im Institut nur die Miniversion, die anderen sind nicht lieferbar«, entgegnete Gunnar.
Jasper fluchte.
»Nimm meine, die ist noch ganz okay«, stellte Gunnar beim Blick auf den Kegel seiner Lampe fest.
Jasper nahm sie und leuchtete in den Raum hinein.
»Riecht nach Schimmel!«, bemerkte Gunnar und rümpfte die Nase.
»Macht nichts, wir schauen uns mal um.« Jasper machte einen Schritt nach vorn. »Pass auf, hier steht etwas!«, warnte er. Der Lichtkegel der Taschenlampe erleuchtete Regale an der Wand, in

denen Reagenzgläser, Tiegel, Gasbrenner und anderer Laborbedarf lagerten.

»Was ist das?«, fragte Jasper und leuchtete auf einen großen Sack im untersten Regal.

»Futter für die Meerschweinchen«, entgegnete Gunnar. Er griff hinein und zerrieb den Inhalt zwischen zwei Fingern zu Staub. »Scheint aber nicht mehr ganz frisch.«

Jasper zog den Sack mit einem lauten Ächzen heraus. Auf der Rückseite war er aufgerissen, der Inhalt hatte sich hinter dem Regal verteilt. »Kein Wunder, dass hier unten Ratten sind! Das ist für die natürlich ein Paradies.« Er zog den Sack weiter heraus. »Schau mal!« Mit der Lampe leuchtete er auf eine Stelle an der Wand dahinter. »Vermutlich kommen die Viecher da durch.« Mit der bloßen Hand brach er ein Stück des Mauerwerks heraus. »Weich wie Pappmaschee!« Nun nahm er die Taschenlampe und schlug einmal dagegen, worauf ein weiterer Brocken herabfiel.

»Lass das lieber!«, sagte sein Begleiter.

»Warum? Meinst du, die Ratten greifen uns an?« Erneut nutzte er die Lampe als Schlaginstrument, worauf sie zu flackern begann und ausging.

»Nein, deswegen! Die Lampen können nichts ab.«

Jasper betätigte den Schalter, doch die Lampe ging nicht an.

»Leuchte du!«, sagte er zu Gunnar. Der Lichtkegel von Gunnars Lampe war kaum heller als ein Kerzenschein. »Scheißbatterien«, fluchte Jasper, streckte sich, nahm die Faust und schlug damit gegen die Wand, worauf erneut ein handtellergroßes Stück herausbrach. Dahinter öffnete sich ein Hohlraum. »Leuchte mal hinein! Irgendetwas ist da drin!« Jasper krempelte seinen Ärmel hoch.

»Du willst doch jetzt nicht etwa mit der Hand da reingreifen … Pass bloß auf die Ratten auf!«

»Sei nicht immer so ein Angsthase, Gunnar!«, ächzte Jasper, während er seinen Arm bis zum Ellbogen hineinsteckte. »Du musst wissen …« Mitten im Satz stockte er und schrie auf. Panik stieg in seine Augen, sein Gesicht wurde rot, und seine Miene verzerrte sich zu einer schmerzerfüllten Grimasse. Mit blanker Verzweiflung versuchte er, den Arm aus dem Loch herauszuziehen, doch irgendet-

was schien dies zu verhindern. Sein Körper wurde weiter an das Loch herangezogen und sein Oberkörper hin und her geworfen, wodurch sich weitere Brocken aus der Wand lösten. Auch Gunnar schrie nun laut auf und fiel vor Schreck nach hinten, wobei er die Taschenlampe verlor.

»Hilf mir doch!«, rief Jasper mit panischer Stimme. Der Kollege rappelte sich auf, packte ihn am freien Arm und versuchte, ihn von der Wand wegzuziehen. »Du tust mir weh, du Idiot!« Jasper zog den Arm aus dem Loch und hielt ihn in die Höhe. »Verarscht!«, sagte er und begann, sich vor Lachen zu schütteln. Er bewegte die Finger, um zu zeigen, dass sie vollkommen unversehrt waren. »Dein Gesichtsausdruck! Ich pack mich weg!« Er hielt sich vor Lachen den Bauch. »Wenn ich das den anderen erzähle!«

»Du bist so ein Arsch!«, stieß Gunnar aus und stützte sich, nach Atem ringend, auf den Knien ab. Jasper griff nach der Taschenlampe und hielt sie senkrecht unter sein Kinn, sodass der Lichtschein sein Gesicht in ein unheimliches Licht tauchte. »Ich bin die Monsterratte«, sagte er mit verstellter Stimme und brach erneut in Lachen aus.

»Was ist das?«, fragte Gunnar plötzlich und zeigte auf das Loch in der Wand, das für einen kurzen Moment durch die Lampe in Jaspers Hand beleuchtet worden war. Gunnar drängte sich an Jasper vorbei und zerrte an einem Päckchen in dem Loch. Jasper setzte sich neben ihn und brach weitere Brocken der Wand heraus, bis sie den Gegenstand endlich aus dem Loch herausgezogen hatten.

Es war kein Paket, sondern ein Packen verschnürter Akten. Mit der Hand wischte Jasper den Schmutz vom Aktendeckel.

»Reichsforschungsanstalt Riems«, las er laut ab. »Projekt Lupus 1943.« Er pustete weiteren Staub von der Akte. Darunter kam ein »Streng geheim« zum Vorschein.

»Besser, wir melden den Fund«, sagte Gunnar.

Jasper kniff die Augen zusammen. »Vielleicht lesen wir es auch erst einmal selbst. Dann erfährt auch keiner von den Stasi-Ratten, dass du heimlich Meerschweinchen rausschmuggelst und verkaufst.«

Gunnar sah ihn entgeistert an. »Ich sage nichts, Jasper«, stammelte er. »Versprochen!«

Sie dachte an die Akte aus Jos Koffer.

»In den Akten war nicht nur die Rückzüchtung hin zu den Ostseewölfen beschrieben«, fuhr Ansgar fort, »sondern auch Versuche, ein Tollwutvirus so zu modifizieren, dass es Tiere aggressiver macht, ohne sie zu töten. Als Kind habe ich auf die Ostseewölfe aufgepasst, für mich war es so, als würden mein Vater und die anderen nur besonders große Hunde züchten. Von dem ganzen Nazi-Dreck und davon, dass du den Brand überlebt hast und Jo dich heimlich adoptiert hatte, habe ich erst erfahren, als Jasper es mir später am Totenbett meiner Mutter erzählte. Offenbar hatte er im Angesicht des Todes das Bedürfnis, sein Gewissen zu erleichtern. Zuvor rang er mir neben meiner sterbenden Mutter das Versprechen ab, niemandem zu seinen Lebzeiten davon zu erzählen. Ich musste es ihm schwören. Er berichtete mir, wie er und die anderen eines Tages beschlossen hatten, etwas gegen die Diktatur in der DDR zu unternehmen. Sie fühlten sich im wahrsten Sinne des Wortes im Stich gelassen. Sie wollten reisen, Kongresse besuchen, reich werden, doch all das ging nicht in der DDR. Die Stasi hatte das Institut seit Jahren unterwandert, und auf Riems herrschte trotz der Gemeinschaft ein ständiges Misstrauen. Ein Kollege wurde verhaftet, weil er in kleinem Kreis über die Honeckers gelästert hatte. Man konnte sich niemals sicher sein, ob nicht ein Kollege für die Stasi spitzelte. Jasper war schon immer von den Nazis fasziniert. Erst nach seinem Tod habe ich in den geheimen Schrank hineingeschaut, aus dem er mir damals die Waffe gegeben hatte, mit der ich die Wölfe erschießen musste. Er war voller Nazi-Devotionalien. Alte Orden, Fotos, historische Pistolen. Sogar eine Ausgabe von *Mein Kampf.* Mein Vater musste die anderen mit seiner Faszination für die Forschung der Nazis angesteckt haben, jedenfalls gründeten sie Anfang der Achtzigerjahre eine kleine Zelle auf Riems. Zunächst begnügten sie sich mit Diebstahl von Eigentum des Instituts, klauten hochwertige Instrumente, die sie auf dem Schwarzmarkt verkauften. Dann schlugen einige von ihnen vor, die Sowjets auszuspähen und sich mit anderen Nazis in der DDR zu vernetzen. Jasper erzählte, dass einige von ihnen 1982 für den Ausbruch der Maul- und Klauenseuche im nahen Greifswald sorgten, um das System zu sabotieren. Sie hatten Rinder in einem VEB mit Viren aus Riems infiziert. Und dann fanden sie die alte Akte und waren fasziniert von der Forschung der Nazis an dem ›Überwolf‹. Der ultimativen Biowaffe, wie mein Vater immer sagte. Sie träumten von einer Armee von aggressiven Tieren. Das war natürlich alles Unsinn, aber der sozialistische Staat, die Reglementierung bis in die intimsten Bereiche und dazu die Isolation im Sperrgebiet auf der Insel Riems und in Riemserort, all das bereitete für solche Ideen einen fruchtbaren Boden.«

»Bis zu dem Abend, an dem meine Familie starb«, sagte Jenny.

83

Sie dachte an die Schilderungen von Jan. »Ich weiß mittlerweile alles: Dein Vater und die anderen hatten Versuche mit dem Nazi-Virus an Meerschweinchen unternommen, und Gunnar hatte eines davon mit nach Hause gebracht und Jan und mir geschenkt. Aber sie hatten sich getäuscht oder schlechte Arbeit gemacht. Das Virus war sehr wohl infektiös. Das Meerschweinchen hat den Schäferhund meiner Familie infiziert.«

»Enrico«, unterbrach Ansgar sie. »Der Hund hieß Enrico.«

»Enrico ist über meinen Vater und meine Mutter hergefallen und hat sie im Viruswahn zerfleischt. Vorher hat mein Vater mich gerettet, indem er mich in den Garten hinausgelassen hat. Und Jan konnte sich verstecken. Als Jo und die anderen später die Leichen fanden, gerieten sie in Panik.«

»Sie wollten nach Gunnar schauen, weil er am Morgen nicht zur Maifeier erschienen war. Sie haben die zerfleischten Leichen gefunden und das Meerschweinchen, das, wie mein Vater mir später sagte, aussah wie ein ›Zombie‹. Jan lag neben den Leichen deiner Eltern, besudelt mit ihrem Blut, und sie hielten ihn ebenfalls für tot, wollten ihre Spuren beseitigen, bevor andere das Massaker entdeckten. Von Enrico war im Haus nichts zu sehen. Sie haben eins und eins zusammengezählt und beschlossen, das Haus anzuzünden«, vollendete Ansgar.

»Was war mit mir?«

»Sie durchsuchten das Haus, fanden dich aber nicht. Jasper hat erzählt, Jo hatte dann später in der Nacht Brandwache. Er hat dich irgendwo hinter dem Haus entdeckt und erst einmal mit nach Hause genommen. Danach haben Esther und er dich adoptiert und sind von Riems fortgezogen, auf den Sonnenhof, wo dich keiner kannte. Jo hat das mit seinen Kontakten eingefädelt.«

»Wann hast du davon erfahren?«, fragte sie. »Als du mir das Meerschweinchen geschenkt hast, wusstest du es. Du wolltest Jo damit ärgern.«

»Ärgern? Ich wollte, dass er Angst hat! Und dass er weiß, dass ich es weiß! Kannst du dir vorstellen, was es für einen Teenager bedeutet, wenn er die Tiere, um die er sich seit Jahren gekümmert hat, die er geliebt und verehrt hat, denen er bei der Geburt geholfen hat, töten muss?«

»Von dir stammen auch die Schmierereien am Meerschweinchendenkmal! ›Mörder‹, hast du geschrieben! Und das Denkmal ins Meer geworfen!«

»Ein Denkmal! Was für eine Heuchelei! Die Meerschweinchen auf Riems sind nicht etwa bei einem tragischen Unfall gestorben, sie haben sie über Jahrzehnte für Versuche systematisch getötet! Ich hatte mich damals auch um die Meerschweinchenzucht gekümmert. Hast du einmal ein Meerschweinchenbaby gesehen? Wenn es zum ersten Mal die Augen öffnet? Und die Wölfe waren meine Familie! Mein Vater war nicht besonders liebevoll, meine Mutter Tag für Tag damit beschäftigt, ihn zu besänftigen. Als ich auf Riems anfing, mich um die Tiere zu kümmern, war das für mich wie eine neue Welt. Bis dahin waren Tiere für mich etwas, das man aß. Als kleiner Junge habe ich sogar Ameisen mit der Lupe versengt oder Blattläuse zerdrückt. Aber als ich ihnen so nahe kam, als sie mich akzeptierten und in ihr Rudel aufnahmen, da erkannte ich plötzlich, dass Tiere so viel besser sind als Menschen! Anders als Menschen können Tiere nicht böse sein. Und dann, an jenem Morgen, zwang mein Vater mich, meine Familie zu töten!«

Nun liefen ihm die Tränen über die Wangen. »Sie haben mir vertraut! Gero, der Leitwolf, hat mich damals abgeleckt, als ich mit der Pistole kam. Er hat mich direkt angeschaut, ich habe die Waffe genommen, auf seine Stirn gedrückt und abgedrückt!« Erneut wurde Ansgar von einem Weinkrampf geschüttelt. Dabei ließ er die Waffe in seiner Hand sinken.

Jenny schaute zu Frederik, der mit geschlossenen Augen im Sitz hing und kurz davor zu sein schien, das Bewusstsein zu verlieren. Sie ließ ihre Hand in die Jacke wandern, dorthin, wo ihre Pistole steckte. Sie hatte noch niemals auf einen Menschen geschossen, noch nicht einmal in ihrer Fantasie. Aber sie war eine gute Schützin. Im Geiste ging sie den Ablauf durch. Frühestens wenn ihre Hand die

Jacke verließ, würde er die Waffe erkennen können, dann hatte sie nur noch Millisekunden Zeit, um zu zielen und schneller zu schießen, als er es tun würde. Verlor sie dieses Wettrennen, würde er sie aus drei Metern Entfernung einfach erschießen, war sie schneller, würde sie auf seine rechte Brust zielen. Sein Kopf war ein zu kleines Ziel, mit ihm konnte er mit einer schnellen Bewegung ausweichen. Die Brust hingegen war breit und unbeweglich und bot somit das sicherere Ziel. Ziehen, Zielen, Schießen. Alles in einer fließenden Bewegung. Das war ihr Plan.

Ansgar wischte sich die Augen ab und fasste die Waffe wieder fester. Diesen Augenblick hatte sie verpasst. Sie wandte sich nach rechts.

»Frederik!«, rief sie.

Er riss die Augen auf und schaute zu ihr hinüber.

»Du darfst nicht einschlafen, hörst du!«, sagte sie eindringlich.

Er nickte matt, atmete tief durch und rückte in seinem Stuhl höher.

»Seid ihr etwa ein Paar?«, fragte Ansgar. »Sag nichts, natürlich seid ihr ein Paar. Wie süß!«

»Hast du uns beiden die Briefe geschickt?«, fragte Jenny. »Kein Wunder, dass die Forensiker nichts gefunden haben! Du bist absolut sterile Laborarbeit gewohnt.«

»Als mein Vater gestorben und ich nicht länger an mein Versprechen gebunden war, entschlossen wir uns, dir und ihm die Wahrheit zu sagen. Es war Jans Idee.«

Jenny schaute zu Frederik, der mittlerweile bewusstlos zu sein schien. Viel Zeit blieb ihr nicht mehr, wenn sie ihn und sich retten wollte. Aber sie durfte nichts übereilen. Es war ihre letzte Chance.

»Warum habt ihr beide mich nicht früher kontaktiert?«, fragte Jenny verbittert. »Warum hat Jan sich nicht bei mir gemeldet?«

»Jan wollte es ein paarmal tun. Aber wir dachten, du bist glücklich in deinem neuen Leben. Und er meinte, es sei besser, wenn du die schreckliche Wahrheit nicht erfährst. Er wusste, wie es war, damit leben zu müssen, und es fiel ihm schwer.«

»Ich hätte für ihn da sein können«, protestierte sie.

»Ich war für ihn da!« Nun klang Ansgar wieder wütend. Der Wolf zu seinen Füßen bewegte sich, drehte sich auf den Rücken und gähnte. »Er kommt zu sich«, sagte Ansgar.

»Was ist mit Nero?«, wollte sie wissen, um seine Aufmerksamkeit auf den Wolf zu lenken. »Warum ist er so aggressiv?«

»Er ist alt«, sagte Ansgar. »Der älteste Rüde, den wir je hatten.«

»Ihr habt ihn mit dem Virus infiziert, habe ich recht? Dem Virus, an dem die Nazis und später dein Vater und die anderen geforscht haben und das am Ende meine Eltern tötete, weil Enrico sich damit infizierte?«

»Nero hatte damals nur noch wenige Monate zu leben. Vielleicht ein Jahr. Wegen der Schmerzen war er ohnehin schon unberechenbarer als früher. Tierärzte wie du hätten ihn vermutlich eingeschläfert. Aber wir haben ihm eine zweite Chance gegeben.«

»Eine zweite Chance? Indem ihr ihn mit einem todbringenden Virus infiziert habt?«

»Ich habe in Jaspers geheimem Schrank Unterlagen zu dem Virus gefunden. Berichte über Wirkungen und Nebenwirkungen. Danach macht es die Tiere zwar wilder, aber als Nebenwirkung auch schmerzunempfindlich, weil es die Nozizeptoren, die für Schmerzen verantwortlichen Rezeptoren, blockiert. Und dann fand ich in Jaspers Nachlass die Ampullen mit dem Serum. Sie waren vierzig Jahre alt, und wir wussten nicht, ob sie überhaupt noch wirken. Aber nachdem Nero so litt, keines der Schmerzmittel mehr half, bettelte Jan mich an, ihm das Serum zu verabreichen. Nur einmal, testweise. Wir separierten Nero von den anderen Tieren, und ich spritzte das Serum. Wir warteten drei Tage, ohne dass etwas geschah, und dachten schon, es sei nicht gelungen. Doch dann, am vierten Tag, wurde er agiler. Er rannte wieder im Gehege hin und her, und die Schmerzen schienen tatsächlich weniger geworden zu sein. Ich spritzte eine zweite Dosis, und als Jan ihm am darauffolgenden Tag etwas zu fressen geben wollte, hat er ihn angegriffen. Jan konnte die Attacke mit einer Harke aus dem Zwinger abwehren, aber Nero entkam. Er trug keinen Sender, weil wir ihn ja eingesperrt hatten. Wir machten uns auf die Suche nach ihm. Mit den Quads.«

Sie schaute zu Frederik und Helen. Sie konnte nicht mehr länger warten, sie musste es zu Ende bringen. In diesem Augenblick kam

Nero zu sich und richtete sich wie von der Tarantel gestochen plötzlich auf. Als er auf wackeligen Beinen vor ihr stand, wirkte er noch riesiger.

»Junge, bleib liegen!«, sagte Ansgar und strich ihm über das Fell, worauf der Wolf nach seiner Hand schnappte.

Das war der Moment, auf den Jenny gewartet hatte. Sie zog ihre Waffe aus dem Holster, zielte und drückte den Abzug.

84

Es wäre ein guter Plan gewesen, hätte Frederik nicht offenbar denselben gehabt. In dem Augenblick, in dem sie die Waffe zog, bemerkte sie eine Bewegung im Augenwinkel. Im nächsten Moment flog ein Gegenstand auf Ansgar zu, der ihn voll auf der Brust traf – und offenbar ihren Schuss ablenkte. Es war die Lampe, die bis eben noch auf einem kleinen Beistelltisch neben Frederik gestanden hatte. Sie wollte ein zweites Mal schießen, doch von rechts hechtete nun Frederik mitsamt dem Stuhl, an den er noch immer mit der Handschelle gefesselt war, ins Schussfeld und stürzte sich auf Ansgar. Der war völlig überrascht von dem Angriff.

Nicht aber Nero.

Seine Urinstinkte waren darauf trainiert, unvorhergesehene Attacken abzuwehren. Und auch wenn er noch etwas benebelt von der Betäubung war, so war der Angriff eines Menschen, der dazu noch verletzt und an einen Stuhl gefesselt war, keine große Herausforderung. Noch bevor Frederik Ansgars Sessel erreichte, hatte Nero sich zu ihm gedreht und nach seinem Ärmel geschnappt. Mit dem anderen Arm noch an den Stuhl gefesselt, verlor Frederik das Gleichgewicht und stürzte krachend zu Boden, wobei der Stuhl ihn unter sich begrub.

Jenny sah den Wolf über Frederik, dessen Arm in dem riesigen Maul, dachte an die über eine Tonne Beißkraft, mit der der Wolf mühelos Knochen zermalmen konnte. Mit Tränen in den Augen zielte sie auf den Wolf und schoss zweimal. Als der erste Schuss Nero traf, ließ er von Frederik ab und schaute irritiert zu ihr auf, nach dem zweiten Schuss kippte er einfach zur Seite weg. Den nächsten Schuss gab Ansgar ab und traf sie in die rechte Schulter. Das durch das eindringende Projektil verursachte Trauma ließ die Muskeln ihres rechten Arms erschlaffen, und die Waffe fiel zu Boden. Wie in Zeitlupe sah sie, wie Ansgar erneut in ihre Richtung anlegte. Sie wollte die Arme schützend vors Gesicht halten, doch ihr linker Arm war noch immer an den Stuhl gefesselt, und der rechte gehorchte nicht mehr.

So fühlte sich also Sterben an. Sie schaute zu Frederik, der unter dem Tisch und dem toten Körper von Nero begraben lag, schloss die Augen und dachte an Bruno, den sterbenden Jan auf ihrem Schoß und ihre Eltern, die sie nie kennengelernt hatte. Doch nichts geschah. Kein Schuss.

Als sie die Augen wieder öffnete, war der Platz, auf dem Ansgar bis eben gesessen hatte, leer. Frederik rührte sich ebenso wenig wie der Wolf. Sie schaute nach rechts, wo noch immer Helen lag und sonst niemand zu sehen war. Als sie sich nach links wandte, roch sie zuerst das Benzin. Erst danach sah sie Ansgar mit dem Kanister, aus dem er das Benzin in der Hütte verteilte, wobei er langsam rückwärts zum Ausgang lief.

»Ansgar!«, rief sie. »Tu das nicht! Mach mich los!«

Er hielt kurz inne. Seine Augen waren weit aufgerissen, sein Blick wirr. »Jan und du, ihr hättet schon 1986 in den Flammen sterben sollen. Offenbar ist das euer Schicksal. Offiziell seid ihr seit damals tot. Ihr wart nur lebende Gespenster! Niemand wird je erfahren, wie es wirklich war, und ich hole mir mein Leben zurück.«

Sie zerrte an der Handschelle, was ihr höllische Schmerzen am Verband und an der Schulter verursachte.

»Hast du Jan getötet? Hast du ihn erschossen?«, rief sie.

Ansgar verzerrte sein Gesicht zu einer Grimasse. »Niemals!«, brüllte er. »Aber es ist gut, dass er tot ist. Unter Menschen wäre er zugrunde gegangen, erst recht im Gefängnis!« Er sprach mit tränenerstickter Stimme.

Sie hörte, wie Frederik laut neben ihr stöhnte, als er versuchte, den schlaffen Körper des Wolfs von seinen Beinen zu hieven. Sie drehte sich zu Ansgar, der den Kanister mittlerweile neben der Tür abgestellt hatte und nun ein Sturmfeuerzeug in der Hand hielt.

»Ansgaaaaaar!!!«, rief Jenny. »Ich kann ein gutes Wort für die Schreckenswölfe einlegen! Für Legolas, Freya, Nymeria, Sommer und Ghost! Mit meiner Hilfe können wir sie retten!«

»Mach es gut, kleine Alexandra! Grüß mir Jan«, sagte Ansgar und warf das Feuerzeug auf den Boden vor sich, während er nach hinten aus der Tür trat.

Mit einem dunklen Grollen entzündete sich das Benzin und bildete innerhalb von Sekunden eine Feuerwand. Jenny kreischte auf, sprang auf die Füße, doch die Handschelle riss sie zurück. Von ihrer verletzten Schulter breitete sich ein lähmender Schmerz in ihrer gesamten rechten Körperhälfte aus, der bunte Lichter vor ihren Augen erzeugte. Mit letzter Kraft zog sie den Stuhl herüber zu Frederik, der noch immer hilflos auf dem Boden lag. Sie packte seinen Arm und zog ihn das letzte Stück unter dem toten Wolf heraus, wobei er vor Schmerzen aufschrie. Sie ging neben ihm zu Boden. Das Feuer breitete sich mit rasender Geschwindigkeit aus. Dichter Rauch nahm ihr Atem und Sicht. Mit dem lahmen Arm versuchte sie, sich die Bluse über den Mund zu ziehen, ein Hustenanfall schüttelte sie. Im Schein des Feuers sah sie Frederiks Gesicht, der sie nun anschaute.

»Ich hätte dich gern noch besser kennengelernt«, röchelte sie.

»Ich dich auch«, antwortete er und lächelte sein freches Grinsen.

Sie spürte seine warme Hand in der ihren. So musste es sich also angefühlt haben für Jan, als das Feuer sich damals ausgebreitet hatte. Sie hoffte, dass sie beide und Helen erstickten, bevor die Flammen kamen, spürte, wie ihr schon schwindelig wurde. Im Rauch erschienen Jan und Bruno – und plötzlich auch das Gesicht von Jo. Warum er? Dann sah sie eine Axt, die direkt neben ihrer Hand einschlug. Sie spürte, wie ihre linke Hand plötzlich frei war.

»Wir müssen hier raus!«, rief Jo und packte sie unter den Armen. Im nächsten Moment wurde sie hochgerissen.

»Frederik!«, schrie sie und zeigte neben sich.

Jo drehte sich um, und wieder fuhr die Axt herunter. Mit einem lauten Ächzen half er auch Frederik auf die Beine. Er hakte sie beide rechts und links unter, und sie schleppten sich zu dritt in Richtung des Lichtscheins hinter den dichten Rauchschwaden. Dort, wo sie eben noch gelegen hatten, knisterte hinter ihnen bereits das Feuer.

Jenny spürte, wie der Rauch ihr die Sinne nahm, als sie plötzlich losließ und sich neben Helen zu Boden fallen ließ. »Geht weiter!«, rief sie, während sie nach Helens Haaren tastete, ihrem Nacken und sie schließlich unter den Armen packte, wie ein Rettungsschwimmer es im offenen Meer tun würde. Helen stöhnte leise auf. Sie hob sie an, doch ihre Schulter versagte ihr den Dienst. Sie versuchte es erneut, aber Helens Körper war zu schwer. Tränen stiegen ihr ins

Gesicht, eine Flamme berührte ihren Arm. Sie spürte, wie sie das Bewusstsein verlor. Plötzlich drängte sich jemand neben sie, griff nach Helens rechter Seite, und dann bewegte Helens Körper sich wie von allein.

Der Weg bis zur Tür kam ihr unendlich lang vor, doch plötzlich spürte sie den kalten Luftzug, sah das grelle Licht um sie herum und bekam wieder Luft. Sie zog noch drei, vier Schritte weiter, dann stolperte sie nach hinten, schlug hart auf dem Boden auf und verlor endgültig das Bewusstsein.

85

Als Erstes hörte sie ein regelmäßiges Piepen. Dann spürte sie den unangenehmen Geruch von Desinfektionsmitteln in der Nase. Schließlich öffnete sie die Augen und schaute in grelles Neonlicht. Ihr Mund war trocken, der Hals schmerzte. Und sie verspürte unendlichen Durst. Sie drehte den Kopf zur Seite und blickte auf einen mintgrünen Vorhang. Obwohl der Nacken schmerzte, drehte sie den Kopf auf die andere Seite und schaute in das Gesicht von Dr. Grothmann.

»Bin ich tot?«, flüsterte sie.

Der Rechtsmediziner lächelte. »Gott sei Dank nicht! Das ist kein Seziertisch, Sie sind im Krankenhaus!«

Sie schaute wieder an die Decke, bewegte die Füße, die Arme, was in der rechten Schulter schmerzte. Überall waren Kabel und Schläuche. Langsam kam die Erinnerung zurück. An die Hütte im Wald, Ansgar, den Schuss, das Feuer. Sie drehte sich wieder zu Grothmann, der neben ihrem Bett stand. »Was ist mit Frederik?« Sie sah ein kurzes Zögern in seinem Blick.

»Dem geht es gut, er liegt auf einer anderen Station.«

»Und Helen?«

»Frau Roux? Sie wird es auch überstehen.«

Ihre Augen fielen zu. Für einen Moment döste sie, aber etwas fehlte, eine Sache ließ ihr keine Ruhe. Sie suchte in den Windungen ihres Gehirns danach. Dann fiel es ihr plötzlich ein. Sie zwang sich, die Augen wieder aufzureißen. »Was ist mit Jo?«, fragte sie.

Nun wirkte Grothmann verblüfft. »Ihrem Vater? Keine Ahnung. Soweit ich weiß, wird er weiter vermisst.«

Eine Antwort, die sie nicht befriedigte. Wieder fielen ihr die Augen zu, und sie sah vor ihrem geistigen Auge die Szene in der Hütte, als plötzlich Jos Gesicht vor ihr erschienen war und er Frederik und sie gerettet hatte.

Als sie das nächste Mal erwachte, war es dunkel. Sie fühlte sich viel frischer und erholter. Die Kabel und Schläuche waren verschwunden. Sie blieb eine Weile liegen und sortierte ihre Gedanken. Hatte sie die Szene mit Dr. Grothmann nur geträumt? Was sollte der Rechtsmediziner hier im Krankenhaus machen?

Frederik geht es gut, hatte er gesagt, aber sie hatte in seinem Blick gesehen, dass das nicht die Wahrheit war. Sie richtete sich vorsichtig auf, was nur sehr langsam ging. Durch den dünnen Vorhang fiel Licht einer nahen Straßenlaterne und erhellte das Krankenzimmer so weit, dass sie alles erkennen konnte. Sie war allein. Sie drehte sich um, was wieder in der Schulter schmerzte, und drückte den roten Knopf, der hinter ihrem Bett baumelte. Es dauerte eine halbe Ewigkeit, bis die Tür sich öffnete und eine Schwester das Zimmer betrat.

»Sie sind wach!«, begrüßte sie sie mit einem erfreuten Lächeln, und als sie sah, dass Jenny im Bett saß, machte sie zwei rasche Schritte und stützte sie im Rücken. »Nicht so schnell mit der Kavallerie«, sagte sie. »Legen Sie sich lieber wieder hin.« Sie half Jenny, sich zurück auf das Kopfkissen zu betten.

»Wie lange bin ich schon hier?«, fragte sie.

»Heute die dritte Nacht. Sie wurden gleich nach der Ankunft operiert. Dann gab es einen Tag, an dem wir nicht so zufrieden mit Ihnen waren und Sie schlafen geschickt haben, seit gestern haben wir die Medikamente reduziert.«

»Ich habe Kopfschmerzen«, sagte sie und ließ den Kopf kreisen, um den Nacken zu entspannen.

»Das kommt von den Medikamenten, nehmen Sie die hier, und trinken Sie.« Sie gab ihr eine Tablette aus einem Kästchen auf Jennys Nachttisch, füllte aus einer Glasflasche Sprudelwasser in ein Glas und gab es ihr.

Jenny spülte die Tablette herunter. Das Wasser schmerzte im Hals. »Was ist mit mir?«, fragte sie.

»Sie haben eine Verletzung an der Schulter und hatten eine Rauchvergiftung.«

Verletzung an der Schulter klang so harmlos. Sie erinnerte sich daran, dass Ansgar auf sie geschossen hatte.

»Was ist mit Frederik Bach?«, fragte sie.

»Dazu kann ich leider nichts sagen«, entgegnete die Krankenschwester. »Fragen Sie morgen den Arzt. Und die Polizei möchte auch mit Ihnen sprechen, sobald Sie sich dafür fit fühlen. Ach ja, und eine Mona war bei Ihnen. Sie hat an Ihrem Bett gesessen, während Sie geschlafen haben.«

»Ist Frederik hier im Krankenhaus?«

»Nicht auf unserer Station. Wie gesagt, dazu kann ich nichts sagen. Auch aus Datenschutzgründen.«

Sie hatte das Gefühl, dass die Schwester mehr wusste.

»Jetzt ruhen Sie sich erst einmal weiter aus, es wird noch einige Zeit dauern, bis Sie wieder vollständig gesund sind«, sagte die Schwester und schüttelte ihre Decke aus, bevor sie sie über sie legte.

Jenny bedankte sich und schloss die Augen. Als die Schwester ihr Zimmer verlassen hatte, schlug sie die Decke zur Seite und setzte sich auf die Bettkante, wofür sie eine gefühlte Ewigkeit brauchte. Ihr war übel und schwindelig. Nach mehreren Anläufen stellte sie sich auf die Beine, die sich zitterig anfühlten. Sie trippelte zum Badezimmer und setzte sich dort erst einmal auf die Kloschüssel. Nach einer guten Minute zog sie den Bademantel über, der neben der Dusche an einem Haken hing. Latschen suchte sie vergebens. Der Weg zur Zimmertür ging schon besser, auch wenn ihre Schulter sich bei jedem Schritt mit einem stechenden Schmerz beschwerte. Sie öffnete die Tür und schaute hinaus. Der Gang war leer.

Links am Ende des Gangs war ein Fenster, also ging sie nach rechts. Mit jedem Schritt gewann sie etwas Sicherheit, und auch die Schmerzen im Kopf wurden weniger. Die Tür am Ende des Gangs öffnete sich automatisch. Kurz darauf stand sie im Fahrstuhl und betrachtete sich im Spiegel. Sie sah schrecklich aus. Ein Auge war blutunterlaufen und blau, ohne dass sie wusste, wie das geschehen war. Ihr Blick war glasig und trüb. Die Haare waren völlig durcheinander, aber nicht versengt. Sie dachte an Jans Gesicht. Sie war dem Feuer entkommen, hatte Glück gehabt. Sie öffnete den Bademantel und betrachte die Verbände an der rechten Schulter. Die Ränder waren orange vom Jod.

Als sie im Erdgeschoss angekommen war, schloss sie den Bademantel und ging barfuß zur Rezeption. Hinter dem Tresen saß eine junge Frau in einem rosafarbenen Kittel. Am Hals und an der Schläfe hatte sie mehrere Tattoos. Ihre Haare waren lila gefärbt. Sie schien etwas auf dem Handy zu spielen. Als Jenny vor ihr auftauchte, blickte sie ihr erst überrascht, dann genervt entgegen. Sie kaute Kaugummi, was bei ihr sofort zu einer Gänsehaut führte und Erinnerungen an Frederiks Kaugummikauerei weckte.

»Ich möchte zu Frederik Bach«, sagte sie. »Er muss hier auf einer der Stationen liegen.«

»Und Sie sind?«

»Jenny Rausch.«

»Ich meine: verlobt, verwandt, verschwägert?«

»Verlobt«, log sie. »Wir hatten einen Unfall und sind zusammen eingeliefert worden. Ich möchte ihn besuchen.«

Die Nachtwache ließ den Blick auf ihr ruhen, als würde sie nachdenken, was sie tun sollte. Dann wandte sie sich zu ihrem Computer und gab etwas ein. »Frederik Bach, Station 4, Zimmer 436«, las sie ab.

Jenny fühlte unendliche Erleichterung. Wenn er hier im Krankenhaus lag, dann lebte er. »Danke«, sagte sie mit Tränen in den Augen.

»Sie können dort aber nicht hingehen!«, sagte das Mädchen hinter dem Tresen. Jenny schaute an sich herunter. Mit ihrem Bademantel und den nackten Füßen musste sie schrecklich aussehen. »Geht schon«, sagte sie.

»Nein, das ist die Isolierstation für ansteckende Krankheiten!«

86

Sie saß auf ihrer Bettkante, Dr. Grothmann neben ihr auf demselben Stuhl, auf dem er gesessen hatte, als sie das erste Mal wach geworden war. Es war kein Traum gewesen.

»Verzeihen Sie die kleine Lüge, aber Sie waren noch in der Aufwachphase, und ich wollte Sie nicht beunruhigen. Als Herr Bach erste Anzeichen einer Virusinfektion zeigte, hat man mich wegen der Verletzungen an seinem Arm konsultiert, und ich habe sie als Bissverletzung diagnostiziert. Man hat dann weitere Untersuchungen vorgenommen und ein bisher unbekanntes Virus identifiziert. Es ist anscheinend eng verwandt mit Rabies lyssavirus, aber nicht vollständig identisch.«

»Er hat Tollwut?«, fasste Jenny zusammen. Sie spürte, wie ihr Magen sich zusammenzog.

Grothmann presste die Lippen zusammen und nickte. »Eine mutierte Variante. Also so etwas Ähnliches.«

Jenny musste die Informationen erst einmal verdauen. »Was ist mit seinen anderen Verletzungen?«, wollte sie wissen.

»Er hatte eine Schussverletzung, es wurde aber nichts Lebenswichtiges verletzt. Und eine Rauchgasvergiftung, die man im Griff hat. Daran wird er nicht sterben.«

»Aber an der Tollwut«, vollendete Jenny den Satz. Sie wusste: Tollwut endete in nahezu hundert Prozent aller Fälle tödlich.

»Sie haben ihm sofort den Tollwutimpfstoff verabreicht, aber er zeigt bereits Symptome, ist aggressiv, unruhig, hat sogar die typische Angst vor Wasser. Und wir wissen nicht, ob die Impfung auch gegen das mutierte Virus hilft.«

Jenny schnappte nach Luft. Nach der Rauchgasvergiftung war sie ohnehin noch kurzatmig, aber nun begann sie zu hyperventilieren.

»Wir verstehen nicht, wie er sich angesteckt haben kann. Und woher die Bisswunde an seinem Arm stammt. Es muss ein großes Tier gewesen sein, so etwas wie ein Wolf – oder Löwe«, sagte Grothmann. »Ich meine, ihr habt euch aus einer brennenden Hütte gerettet. Was zum Teufel ist dort auf dieser Insel geschehen?«

Grothmann hatte ihr erzählt, dass Anwohner auf Rügen durch die Rauchsäule der brennenden Hütte alarmiert wurden und mit Booten nach Vilm hinübergesetzt waren, wo sie Frederik, Helen und sie vor der vollkommen niedergebrannten Hütte gefunden hatten. Ein Feuerlöschboot aus Stralsund hatte den Rest erledigt.

Es hatte keine Spur gegeben von Ansgar oder von Jo. Man ging davon aus, dass sie sich selbst gerettet hatten.

Sie überlegte kurz, dann erzählte sie Grothmann alles. Es tat gut, mit jemandem zu sprechen. Als sie fertig war, fühlte sie sich erleichtert.

Grothmann starrte sie mit großen Augen an. »Jo hat Sie gerettet?«

»So meine Erinnerung.«

Wieder kniff er die Lippen zusammen. »Sie wissen, dass die menschliche Psyche uns manchmal einen Streich spielt? Gerade bei traumatischen Erlebnissen? Unfallopfer erinnern sich oft gar nicht mehr an die tragischen Minuten oder gar Stunden davor, und andere haben falsche Erinnerungen … Niemand hat Jo gesehen. Nichts deutet darauf hin, dass er dort war. Und warum hätte er Sie nach der Rettung allein lassen sollen?«

»Ich beginne auch zu zweifeln«, stellte sie fest. Die gesamten letzten Tage lagen in einer dichten Wolke aus Nebel. Vielleicht hatte sie sich dies im Koma nur zusammenfantasiert.

»Aber wir brauchen Frederiks Handy. Darauf hat er Fotos von der Akte zum Projekt ›Lupus‹ gespeichert. Vielleicht findet sich darauf eine Anleitung für einen Impfstoff oder ein Heilmittel.«

Grothmann verschwand und kam eine halbe Stunde später mit einem Plastikbeutel zurück.

»Das sind die Sachen, die Bach bei seiner Einlieferung bei sich hatte. Die lagen noch hier im Krankenhaus.« Er legte den Beutel auf Jenny Bettdecke ab. »Normalerweise geht das natürlich nicht …«, fügte er noch an.

Sie riss den Beutel hektisch auf und schüttete den Inhalt auf ihr Bett vor sich. Sie sah seinen Block, den er immer bei sich trug, den kleinen Stummelbleistift, mit dem er hineinschrieb. Bei dem Anblick der Packung Nikotinkautabletten, Sorte »Freshmint« für Raucher von bis zu zwanzig Zigaretten am Tag, traten ihr Tränen in die Augen. Beim nächsten Stück, das sie sah, musste sie laut schluchzen: Es war ihr Taylor-Swift-Armband, das sie im Bunker zurückgelassen hatte. Sie nahm es in die Hand und ließ die Perlen durch ihre Finger gleiten. Dann streifte sie es über ihren Arm. Sie schaute zu Grothmann, der protestieren wollte, jedoch verstummte, als er ihre Tränen sah. Kein Handy. Sie erinnerte sich, wie Ansgar es Frederik abgenommen hatte. »Shit!«, stieß sie aus.

»Wir haben keine Zeit mehr«, stellte Grothmann fest und erhob sich. Er begann, die Sachen wieder in den Plastikbeutel zu räumen. Dann schaute er auf das Armband an ihrem Arm und verschloss den Beutel wieder mit einer Klammer.

Jenny fühlte zu der Müdigkeit, die sie erfasst hatte, eine große Ohnmacht in sich aufsteigen. »Wir müssen etwas tun!«, sagte sie und wollte sich zur Bettkante robben. »Die Akte muss irgendwo sein! In Frederiks Büro!«

»Sie müssen sich schonen!«, mahnte Grothmann. »Es war eine ziemlich große Operation!«

In diesem Moment öffnete sich die Tür, und die Schwester steckte ihren Kopf hinein. »Hier sind zwei Damen von der Polizei, die Sie sprechen möchten«, sagte sie.

Grothmann verabschiedete sich, und Jenny kroch zurück ins Bett. »Einen Augenblick noch!«, sagte sie, immer noch verweint. »Geben Sie mir bitte noch fünf Minuten.«

Als sie allein war, ließ sie ihren Tränen freien Lauf. Die Anspannung der letzten Tage löste sich. Sie hatte darauf bestanden, Frederik in seinem Krankenzimmer besuchen zu dürfen, aber man hatte sie nicht gelassen. Er sei derzeit nicht er selbst, hatte man ihr gesagt, und sie hatte sich nicht vorstellen wollen, in welchem Zustand er sich befand. In jener Nacht, als sie nach Bruno gesucht hatte und von den Wölfen angefallen worden war, hatte er sich aufgemacht, sie zu suchen. Er war zum Bunker gekommen und hatte sie niemals aufgegeben. Sie musste ihm helfen.

Sie glitt wieder aus dem Bett und stellte sich an das Fenster. Vor ihr lag der Parkplatz des Klinikums. Das Wetter war grau und trübe. Um Fassung ringend, schaute sie über die Reihen der Autos, einen Parkautomaten, die Bushaltestelle, hin zu einer kleinen Verkehrsinsel unter ihrem Fenster. Und da sah sie ihn, wie er bewegungslos dastand und zu ihrem Fenster hinaufstarrte: Jo.

87

Du warst es also wirklich«, sagte sie.

Er drehte sich erschrocken um. In seinem Gesicht erkannte sie Überraschung, vielleicht auch Freude, aber keine Panik.

»Mein Gott, dir geht es gut!«, rief er aus und kam auf sie zu.

»Geht so«, sagte Jenny. Sie sah aus wie eine Krankenschwester, trug Hose, Kittel und eine Jacke, die sie sich im Schwesternraum gegriffen hatte, während die beiden Polizeibeamtinnen im Besucherzimmer der Station darauf warteten, zu ihr zu kommen.

Jo trug eine braune Cordhose und einen Anorak, den sie nicht kannte. Unter einer Wollmütze wirkte sein Gesicht müde und abgespannt. Anders als sonst hatte er einen stoppeligen, grauen Bart, über dem rechten Ohr klebte ein Pflaster. »Ich will dich gar nicht länger stören«, sagte er und wandte sich zum Gehen.

»Da oben warten zwei Polizistinnen auf mich«, entgegnete sie. »Ein Zeichen von mir, und sie nehmen dich fest. Lauf nicht weg. Ich möchte mich nur mit dir unterhalten.« Sie sah, wie er zögerte. »Und ich brauche vielleicht noch einmal deine Hilfe.« Dieser Satz schmerzte, aber sie hatte keine Wahl. Sie schaute sich um. Am Übergang zur Hauptstraße sah sie einen Coffeeshop. »Der Krankenhauskaffee schmeckt schrecklich, komm, ich gebe dir einen Cappuccino aus!« Sie hielt inne. »Ich habe gar kein Geld dabei, ich fürchte, du musst mich einladen.«

Kurz darauf saßen sie in der hintersten Ecke des Coffeeshops. Für die anderen Besucher war sie eine Krankenschwester, die in ihrer Pause, vielleicht mit ihrem Vater oder einem ehemaligen Patienten, einen Kaffee trank.

»Was ist mit deinem Ohr?«, wollte sie wissen.

»Brandwunde«, entgegnete er knapp und schob ein »Geht schon« hinterher.

»Wo warst du all die Tage?«, fragte sie, als ihr Vater mit zwei großen Bechern vom Tresen zurückgekommen war und sich auf den Stuhl neben ihr gesetzt hatte.

»Meistens in der Hütte auf Vilm, aus der ich dich gestern herausgeholt habe. Oft auch in deiner Nähe.«

»Der Jäger am Ufer der Peene, das warst du?«

»Ich habe dich bloß durch das Zielfernrohr meines Gewehrs beobachtet.«

»Und ich dachte, du zielst auf mich!« Sie hatte dies ärgerlicher ausgesprochen als beabsichtigt.

»Das tut mir so leid! Als du ins Wasser gesprungen bist, hatte ich Panik, dass du ertrinkst! Beinahe wäre ich selbst hineingesprungen, um dich zu retten.«

»Du kannst überhaupt nicht schwimmen«, sagte sie.

Er lächelte matt. »Ich weiß.«

Sie musste mitlachen, obwohl ihr gar nicht danach zumute war. Wenn sie sich in den letzten Tagen ein Wiedersehen mit Jo vorgestellt hatte, war es ein Treffen voller Hass auf ihrer Seite. Eine Abrechnung. Aber jetzt fühlte sie nichts davon. Im Gegenteil: Alles an ihm kam ihr vertraut vor. Vielleicht lag es an den Ereignissen der vergangenen Tage, oder aber es war die Sorge um Frederik, die alles überstrahlte.

»Jo, was ist in der Nacht passiert, als du verschwunden bist?«

Sie beugte sich vor und schaute ihm in die Augen, während sein Blick an ihr vorbei in die Ferne glitt. Er schien durch sie hindurchzusehen. Vielleicht überlegte er, wo er anfangen sollte.

»Ich weiß, dass ich nicht Esthers und deine Tochter bin«, kam sie ihm zuvor. »Ich weiß, dass ich Alexandra heiße und dass meine Eltern Gunnar und Agnes von ihrem eigenen Schäferhund zerfleischt wurden, den ein Meerschweinchen aus dem Institut mit einem Virus infiziert hatte, das du und deine Nazi-Freunde aus Langeweile oder in eurem Nazi-Wahn entwickelt hattet, um die ultimative Biowaffe zu erschaffen. Ich weiß, dass du meine Geburtsurkunde gefälscht hast. Ich weiß auch, dass du nach der Wende mit illegalem Medikamentenhandel anscheinend ein Vermögen gemacht hast, das du in ein Unternehmen gesteckt hast, mit dessen Hilfe du und deine Nazi-Freunde zukünftig jegliche Migrationsprobleme auf dieser Welt lösen wolltet. Und ich weiß, dass in der Nacht, in der du verschwandst, Walter starb und Jan schwer verletzt wurde und dass der einzige Verdächtige derzeit du bist.« Jetzt zog sich doch etwas in ihrer Brust zusammen.

Jo starrte sie an. »Ich wollte es dir immer sagen, dass du nicht unsere leibliche Tochter bist«, fing er an zu reden. »Immer wieder! Aber Esther war dagegen. Und nach dem Unfall und ihrem Tod befürchtete ich, dass es dir den Boden unter den Füßen wegreißen würde. Und wenn man die Chance einmal verpasst hat, wird es immer schwieriger …«

»Jetzt hat es mir den Boden unter den Füßen weggerissen!« Wieder sprach sie zu laut. Tränen stiegen ihr in die Augen, die sie mit einer raschen Bewegung wegwischte. Sie wollte keine Schwäche zeigen. Nicht jetzt.

»Das tut mir leid. Für den Fall, dass mir etwas passiert, habe ich dir alles aufgeschrieben und einen Umschlag mit meinem Testament meinem Freund Lars Zimmermann übergeben. Ich konnte ja nicht ahnen, dass er …« Er sprach nicht zu Ende und starrte auf seinen Kaffee.

»Du hast meine Geburtsurkunde gefälscht«, schoss es aus ihr heraus.

»Als ich dich damals fand, brauchtest du meine Hilfe. Ich hatte Brandwache und ging in den nahen Wald, um auszutreten. Da sah ich plötzlich Gunnars Schäferhund. Er lag unter einem Baum und schlief. Ich lief zu meinem Auto und holte mein Jagdgewehr. Als ich zurückkam, war der Hund fort. Ich schlich durch das Wäldchen, und plötzlich sah ich ihn wieder, ganz nah bei dir. Du kauertest auf dem Waldboden, und er stand über dir mit fletschenden Zähnen. Ich habe ihn erschossen. Der Knall muss dich erschreckt haben, als ich zu dir kam, hieltest du dir die Ohren zu und hattest die Augen geschlossen. Du warst so klein und zerbrechlich und durchgefroren. Ich trug dich aus dem Wald. Erst einmal wollte ich dich nur aufwärmen, später dann wollte ich dich als Waisenkind vor dem Heim retten. Ich hatte schlimme Sachen über die Kinderheime in der DDR gehört. Und Esther und ich, wir hatten uns schon so lange ein Kind gewünscht.«

Sie dachte an die Krankenhausakte mit den Berichten über die Fehlgeburten, die sie zu Hause in dem Koffer gefunden hatte.

»Ich habe dich mit nach Hause genommen, und als du auf unserer Couch eingeschlafen warst, eingehüllt in eine Decke, wie eine kleine Prinzessin, da bettelte Esther mich an, dass wir dich behalten. Jemand beim Standesamt schuldete mir noch einen Gefallen, und so bekamen wir die Geburtsurkunde. Esther ist mit dir erst einmal zu ihren Eltern gefahren, und wir haben behauptet, dass sie auf Kur ist. Dann sind wir aus Riemserort weggezogen, weil man dich dort kannte. Wir waren plötzlich glücklich!«

In ihrem Kopf rasten die Gedanken. »Ich erinnere mich daran, dass Esther meist unglücklich war. Und sehr kalt zu mir.« Wieder kamen ihr vor Wut die Tränen.

»Nicht in den ersten Jahren! Später kam der Alkohol. Sie plagten Gewissensbisse, weil du nicht unser richtiges Kind warst, aber sie wollte dir auch nicht die Wahrheit erzählen, da sie befürchtete, dass du dich dann von uns abwenden würdest. Und was sollte ich dir bitte sagen? Dass deine Eltern von einem Hund zerfleischt wurden und ich daran schuld war?«

Jenny schaute sich um, aber niemand interessierte sich für ihr Gespräch. Jo strich sich mit Daumen und Zeigefinger über beide Augen.

»Und warst du schuld?«, fragte sie mit brüchiger Stimme.

»Jasper kam mit diesem Nazi-Kram an. Wir waren fünf Arbeitskollegen und Freunde. Unsere Familien verstanden sich gut, die Kinder der anderen spielten zusammen. Es waren lange Abende auf der Insel und in Riemserort. Wir waren isoliert vom Rest der DDR. Da kommt man auf Ideen. Ich muss zugeben, die Idee, etwas gegen den allgegenwärtigen Staat zu unternehmen, hat mich begeistert. Der Nazi-Mist war mir egal, aber Jasper und Gunnar fanden eine alte Akte über die Forschungen der Nazis auf der Insel. Es ging darum, ausgestorbene Wölfe zum Leben zu erwecken, und um Viren als Biowaffe. Wir waren alle Virologen oder hatten damit zu tun. Und uns faszinierte der Gedanke, Totes wiederauferstehen zu lassen. Wir haben es getan! Nach Feierabend und manchmal auch, wenn wir nichts zu tun hatten, haben wir versucht, das Virus aus den alten Akten zu züchten. Uns war ziemlich schnell klar, dass das, was die Nazis sich da ausgedacht hatten, gefährlich und vermutlich auch ansteckend war. Aber darauf waren wir auf Riems spezialisiert, im Umgang mit Viren geübt – auch mit gefährlichen. Mein Gebiet waren die Impfstoffe. Daher habe ich versucht, ein Anti-Serum herzustellen.«

»Ein Gegenmittel?« Sie spürte, wie ihr Herz schneller schlug.

»Wir haben es damals entwickelt, noch in der DDR. Wie so oft, wenn man an Viren forscht, entdeckt man dabei auch, was das Virus tötet.«

»Und ist es dir gelungen?«, unterbrach sie ihn mit sich überschlagender Stimme.

Er nickte. »Ich war gut, vermutlich sogar der beste Impfstoffentwickler in der DDR.«

»Hast du es noch irgendwo? Kannst du mir sagen, wie man es herstellt?«

Jo schien zu überlegen. »Aus dem Kopf nicht. Aber wir haben es damals aufgeschrieben. Die Anleitung müsste in den Akten sein, die in meinem alten Koffer in unserem Schuppen im Sonnenhof liegen!«

Jenny fühlte Enttäuschung in sich aufsteigen. »Das tun sie nicht mehr«, sagte sie und erzählte von dem Einbruch.

»Das Schwein«, kommentierte Jo.

Sie schilderte in kurzen Worten, dass Frederik von einem infizierten Wolf gebissen wurde und nun selbst an dem Virus litt. Als sie es aussprach, klang es noch viel verrückter – und dramatischer. In diesem Moment wurde ihr bewusst, dass es vermutlich keine Hoffnung mehr gab.

»Das ist ja schrecklich«, sagte Jo. Sie nickte und kämpfte gegen den Kloß in ihrem Hals.

»Hast du eine Idee, wie ich ihm helfen kann?«, fragte sie.

Jo dachte nach und schüttelte dann den Kopf.

»Jedenfalls wusste auch dein Vater Gunnar von der Gefahr des Virus«, nahm er seine Erzählung wieder auf. »Und er wusste auch, dass wir es an Meerschweinchen getestet haben. Das kommt einem aus heutiger Sicht vielleicht barbarisch vor, und das war es wohl auch. Aber nicht damals. Damals in der DDR, die mit Selbstschussanlagen auf ihre eigene Bevölkerung zielte, da war ja für manche noch nicht einmal ein Menschenleben viel wert. Man hat Tiere viel achtloser behandelt als heute. Das war wohl überall auf der Welt weit verbreitet. Gunnar hat schon immer Meerschweinchen gestohlen und für eure kleine Familie ein bisschen Geld dazuverdient. Und irgendwann hat er wohl in die falsche Kiste gegriffen … Jasper und Walter fanden Agnes und ihn und informierten mich. Als Heinz und ich dazukamen, hatten sie das Haus schon angezündet, um alle Spuren zu verwischen.«

Sie sah, wie seine Augen feucht wurden. Wieder starrte er durch seine Kaffeetasse hindurch, die er noch nicht angerührt hatte. Jenny hatte Probleme, sich auf Jos Geschichte zu konzentrieren, aber vielleicht war es gut, wenn sie nicht zu sehr über Frederiks Zustand nachgrübelte.

»Dann war es eher ein Unfall?«, fragte sie.

Jo schüttelte langsam den Kopf. »Walter hat erst später erzählt, dass Agnes und Gunnar noch lebten, als sie eintrafen.«

»Du meinst, als sie das Haus angezündet haben?« Jenny spürte, wie ihr kalt wurde. »Warum haben die meine Eltern nicht gerettet?« Bei den Worten »meine Eltern« brach ihre Stimme erneut.

Jo zögerte. »Walter fürchtete, dass sie durch die Bisse des anscheinend ebenfalls tollwütigen Hundes infiziert sein konnten. Und wie sollten wir das Virus erklären, wenn es im Krankenhaus festgestellt wurde …?«

»Und deswegen haben sie meine Eltern sterben lassen?« Jenny hatte es geschrien, aber aus ihrer zugeschnürten Kehle drang nur ein heiseres Flüstern.

»Das dachte ich. Jahrzehntelang. Aber das ist nicht die Wahrheit.«

»Was dann?« Jennys Stimme stockte noch immer. Ihr Hals fühlte sich mit einem Mal staubtrocken an.

»Du erinnerst dich daran, dass ich meine Stasi-Akte eingesehen habe?«

Sie nickte. »Du hast sie damals vor meinen Augen verbrannt. Und davor warst du bei Ansgar und hast ihn verdächtigt, der Stasi-Spitzel zu sein!«

»Das weißt du?«

»Er hat es uns erzählt. Aber er meinte, das sei Blödsinn.«

»Er hat recht«, sagte Jo und faltete seine Hände ineinander. »Aus der Akte ergab sich, dass ich während der Zeit auf Riems von einem Spitzel mit dem Decknamen ›IM Tierpfleger‹ ausspioniert worden bin. Er hat nichts von meinen Nazi-Aktivitäten gemeldet, aber vieles andere aus dem Institutsalltag, was mich ins Gefängnis hätte bringen können. Für mich war klar, dass es Ansgar sein musste. Er hatte sich damals um die Tiere auf der Insel gekümmert und als Jaspers Sohn viel Gelegenheit, uns auszuspionieren. Doch als ich nach Riems gefahren bin und ihn damit konfrontiert habe, wirkte er ernsthaft überrascht von meinem Vorwurf, und er hat mich überzeugt, dass er damit nichts zu tun hatte, denn er hat mir die Stasi-Akte von seinem Vater Jasper gezeigt. Daraus ergaben sich drei Dinge: Erstens wurde Jasper auch von IM Tierpfleger bespitzelt. Zweitens schien IM Tierpfleger zu befürchten, von Jasper und Walter enttarnt worden zu sein. Er hatte dies gegenüber seinem Kontaktmann geschildert. Und drittens berichtete IM Tierpfleger in dieser Akte von einer Bildungsreise zu einem MKS-Kongress nach Prag, die Jasper 1984 gemeinsam mit ihm unternommen hatte. Da war mir alles klar.«

»Ich verstehe nicht.«

»Ansgar zunächst auch nicht, bis ich es ihm erklärt habe: 1984 waren nur drei Mitarbeiter des Instituts zum Kongress nach Prag gereist. Jasper, ich und – Gunnar. Dein Vater.«

Sie wusste nicht, was sie sagen sollte. In ihrem Kopf war nur eine große Leere.

»Das heißt, Gunnar war der Stasi-Spitzel«, fuhr er fort. Einen Augenblick wartete er auf ihre Antwort, doch sie starrte ihn nur an.

»Damit möchte ich keine Schuld von uns nehmen. Aber sei nicht zu hart in deinem Urteil über ihn. Er hatte damals eine Familie. Deine Mutter Agnes war sehr krank. Vielleicht haben sie ihn erpresst – Behandlung nur gegen Informationen.«

Sie schüttelte den Kopf. Im Moment überraschte sie nichts mehr. Die Welt dort draußen schien voller schlechter Menschen. Heute wie früher in der DDR.

»Du meinst also, Jasper und Walter haben damals, kurz vor Gunnars Tod, herausgefunden, dass er sie bei der Stasi angeschwärzt hatte?«, fand sie langsam ihre Worte wieder. »Deshalb haben Jasper und Walter meinen Vater und meine Mutter absichtlich getötet? Weil Gunnar ein Stasi-Spitzel war?« Sie spürte, wie sich unter ihren Füßen die Erde öffnete, als sie es aussprach.

Jo verzog das Gesicht und knetete erneut seine Hände.

»Das hat mich Ansgar auch so gefragt. Ich kann es nicht beweisen, dass sie ihn deswegen getötet haben. Aber ja, das ist heute meine Vermutung!«

»Heißt das, sie haben sogar das Meerschweinchen, das er mir mitgebracht hat, absichtlich mit dem Virus infiziert?«

»Ich weiß nicht, ob das schon zu ihrem Plan gehörte. Aber den Brand haben sie gelegt, obwohl deine Eltern noch lebten, als sie eintrafen, so viel ist sicher.« Sicher war für sie gar nichts mehr. Konnte sie Jo nach alledem überhaupt glauben? Aus seinen Augen sprach vor allem Trauer. Er wirkte müde, wie sie.

»Und Jans und meinen Tod haben sie dabei einfach in Kauf genommen?«, dachte sie das eben Gehörte zu Ende. Auf ihrem Körper breitete sich eine Gänsehaut aus. Sie lehnte sich instinktiv zurück. »Und du hast sie gedeckt?« Jo musste das Zittern in ihrer Stimme bemerkt haben.

»Damals wusste ich nichts von alledem, ich schwöre es dir«, sagte er.

Sie spürte, wie sich in ihr eine Mischung aus Verzweiflung und Wut breitmachte. »Wie viel ist dein Schwur noch wert?«, flüsterte sie, um nicht zu schreien. »Und dann habt ihr die Brandstiftung auch noch einem Unschuldigen angehängt?«, ergänzte sie. Sie dachte an Frederiks traurige Augen, wenn er vom Schicksal seines Vaters gesprochen hatte. In diesem Moment hatte er auf sie wie ein verlassener kleiner Junge gewirkt.

»Auch das waren Jasper und Walter. Walter hatte die Jacke von diesem Unglücksvogel samt Ausweis im Feuerwehrauto. Wie hieß er noch? Bach? Sie hatten die Jacke gefunden, offenbar hatte er sie bei den Maifeierlichkeiten verloren. Jedenfalls kam Walter wohl auf die Idee, für den Fall, dass man die Brandstiftung bemerkt, ihm das Ganze in die Schuhe zu schieben …«

»Aber du bist nicht eingeschritten!«, unterbrach sie ihn.

Sie dachte darüber nach, wie viel Leid diese Verleumdung nicht nur über Frederiks Vater, sondern auch über ihn selbst gebracht hatte. »Selbst wenn das alles stimmt, befreit es dich nicht von deiner Schuld«, flüsterte sie mit unterdrückter Stimme. »Man hat immer die Wahl.«

Jo entgegnete nichts, sondern starrte nur trübe vor sich hin. »Ich weiß«, sagte er schließlich. Wieder griff er sich mit Daumen und Zeigefinger an die Augen. »Walter, Heinz und Jasper wussten natürlich davon, dass ich dich mitgenommen und heimlich adoptiert hatte. Und seit dieser Nacht war ich ihnen ausgeliefert. Wenn ich bei ihren Nazi-Spielen nicht mehr mitmachen wollte, drohten sie mir damit, dich bei den Behörden zu melden. Später, nach der Wende, drohten sie, es dir zu sagen. So zwangen sie mich, beim Medikamentenhandel mitzumachen. Ich war der einzige zugelassene Tierarzt von uns dreien und daher in der Lage, Medikamente zu verschreiben und zu besorgen. Es wurde ein florierender Handel, der uns viel Geld einbrachte. Unter anderem pachteten wir von diesem Geld die Insel Vilm, wo wir uns in Ruhe zurückziehen konnten. Nachdem andere mit dem Handel aufflogen, wurden wir vorsichtiger und gaben die Sache auf, und dann kamen Walter und Heinz mit *Fenceattack* auf mich zu und zwangen mich, mein Geld darin zu investieren. Ich wollte es wirklich nicht, aber zwischenzeitlich hatte Ansgar uns einmal besucht und dir ein Meerschweinchen geschenkt, ich weiß nicht, ob du es noch erinnerst? Das war eine klare Warnung an mich, und ich machte weiter mit.«

Jenny schaute auf Jo, wie er zusammengesunken vor ihr saß und seine Hände ineinanderrieb. Plötzlich war er nicht mehr der laute skrupellose Verbrecher, zu dem er in den vergangenen Tagen seit seinem Verschwinden in ihren Vorstellungen geworden war, sondern ein gebrochener Mann. Natürlich konnte dies alles ein neuerliches Schauspiel sein. Aber etwas in seinem Blick, seiner Stimme verriet ihr, dass er sie diesmal nicht täuschte.

»Vor einigen Tagen kontaktierte Walter mich. Er teilte mir mit, dass eine Kamera an dem Zaun seines Unternehmens ganz in der Nähe zu meinem Wohnort einen Schattenwolf identifiziert hätte. Also eines jener Tiere, die wir vor Jahrzehnten auf Riems gezüchtet hatten! Da Jasper und Walter in jener Nacht alle Tiere hatten töten lassen, hielten sie es für eine Botschaft, vielleicht eine Drohung. Walter befürchtete, dass jemand von dem Drama wusste, dass wir vielleicht sogar verfolgt wurden. Er teilte mir an jenem Tag mit, dass er auf dem Weg zu mir sei. Und er hatte Jasper, den er seit Tagen nicht erreichen konnte, eine Nachricht hinterlassen, dass er dazukommen sollte. Heinz lebt in den USA und konnte nicht kommen. Walter hatte selbst seiner Frau nichts davon gesagt. Er hatte so getan, als fahre er zu Hause zur Jagd, hatte sein Auto zur Tarnung im Wald stehen lassen und war stattdessen mit dem Taxi zur Bahn gefahren. Er wollte seine Frau am späten Abend anrufen und ihr mitteilen, er habe auf der Jagd einen Freund getroffen und wolle, weil es so spät sei und am frühen Morgen eine Nachsuche anstehe, bei diesem übernachten. Doch dazu kam es nicht mehr. Als wir an meinem Hochsitz ankamen, in dessen Nähe der Wolf beobachtet worden war, erschraken wir: Jemand hatte ihn beschmiert. Die Wörter ›Mörder‹, ›Nazi‹ und sogar ein Hakenkreuz waren daraufgesprüht worden.«

»Ansgar«, sagte Jenny.

Jo schüttelte den Kopf. »Wir erwischten den Kerl auf frischer Tat. Er kauerte im Gebüsch neben dem Hochsitz. Er trug eine Wolfsmaske. Ich kannte ihn schon, weil er mir vor Kurzem Wildkameras gestohlen hatte. Ein Aktivist, der in der alten NVA-Anlage wohnte.«

»Mein Bruder Jan«, sagte Jenny und erntete erneut einen überraschten Blick von Jo.

»Dass er Jan, also dein Bruder ist, wusste ich zu dem Zeitpunkt noch nicht. Da hielt ich Jan noch für tot. Walter bedrohte ihn jedenfalls mit seiner Jagdwaffe und zwang ihn auf den Hochsitz. Er forderte ihn auf, seine Maske abzunehmen, und wollte aus ihm herausprügeln, was er wusste. Plötzlich tauchte Ansgar wie aus dem Nichts auf, und in diesem Moment schlug der Wolfsmensch Walter mit einem langen Stock die Waffe aus der Hand, dann schlug er ihm auf den Kopf, packte ihn und warf ihn vom Hochsitz. Er war sofort tot.«

»Jan hat ihn ermordet?«, rief Jenny aus. Sie wusste nicht, wie viele dieser Informationen sie noch ertragen konnte.

»Ansgar bestand darauf, dass es Notwehr war. Er erzählte, dass sein Vater Jasper erst vor Kurzem nach langer Krankheit verstorben war. Er hatte Walters Nachricht auf Jaspers Anrufbeantworter abgehört, in der er Jasper von der Sichtung des Schattenwolfes und dem Plan, ihn abzuschießen, berichtet hatte. Ansgar und der Wolfsmensch …«

»Jan«, korrigierte Jenny.

»Jan und er hatten entschieden, dorthin zu kommen, um zu verhindern, dass wir den Wolf erlegen. Mit den Schmierereien wollte Jan uns einen Denkzettel verpassen. Sie hatten wohl keinen genauen Plan. Ich habe noch eine andere Theorie …«

»Und die wäre?«

»Rache. Ansgar hat durch mich erfahren, dass dein Vater Gunnar ein Stasi-Spitzel war und dass Walter und Jasper es wussten. Da ist die Annahme eben nicht weit, dass Walter und Jasper deine Eltern damals absichtlich getötet haben. Du und Jan, ihr wart Kollateralschäden. Kurz nachdem ich Ansgar die Wahrheit gesagt habe, starb dessen Vater Jasper, angeblich eines natürlichen Todes. Und Jan hat Walter ermordet. Vielleicht war beides geplanter Mord.«

Das klang durchaus plausibel. Auch wenn sich Jenny nicht vorstellen wollte, dass Ansgar seinen eigenen Vater ermordet hatte.

»Und du? Warum haben sie dir nichts getan?«

»Ansgar wusste, dass ich ihn für den Informanten hielt. Dass ich also zumindest von Gunnars Stasi-Tätigkeit keine Ahnung hatte, bis ich Jaspers Akte gesehen habe.«

»Wie ging es an dem Abend weiter?«

»Sie erzählten mir, dass der Wolf zu ihnen gehörte und einige Tage zuvor ausgebrochen war. Sie suchten den Wolf, auch an diesem Tag. Ansgar hatte eine Art Hundepfeife dabei, mit der er versuchte, ihn anzulocken. Offenbar waren die Tiere darauf trainiert. Da war mir sofort klar, dass Ansgar damals nicht alle Tiere getötet hatte. Wir hatten sie mitten in der Nacht heimlich in die Tierkadaververwertungsanlage geworfen und nicht nachzählen können.«

Jenny dachte an den Abend, an dem sie Bruno gesucht und selbst mit der Pfeife gepfiffen hatte. Vermutlich hatte sie so die Schattenwölfe angelockt!

»Das mit dem Anlocken funktionierte an jenem Abend, ging aber anders aus als erhofft«, fuhr Jo fort. »Als wir bei meinem Auto angekommen waren, griff der Wolf wie aus dem Nichts an. Er war unglaublich aggressiv, biss Jan sofort ins Bein und verletzte eine Arterie. Er war in Lebensgefahr, verlor viel Blut. Ich schoss auf den Wolf, verfehlte ihn aber. Dennoch zog er sich von uns zurück. Ich band Jans Bein mit einem Gürtel ab. Dann wollte ich ihn ins Krankenhaus bringen, aber das wollte Ansgar auf keinen Fall. Weil Jan Walter getötet hatte und weil sie Angst hatten, dass ihr Wolf gejagt werden würde. Da hatte ich die Idee, dass wir Jan in deine Tierklinik bringen und ich ihn dort operiere.«

»In meiner Klinik?« Jenny richtete sich auf, was sofort ein Stechen in ihrer Schulter zur Folge hatte. Auch sie hatte ihren Kaffee noch nicht angerührt.

»Dort ist schließlich alles vorhanden, was man benötigt. Da die Klinik in der anderen Richtung liegt, fuhr ich zum Sonnenhof und holte dein Handy, weil ich wusste, dass ihr ein digitales Zugangssystem habt und man mit deinem Smartphone alle Türen zur Klinik öffnen kann. Ansgar blieb bei Jan. Als ich zurückkehrte, fuhren wir mit Ansgars Auto weiter, denn es war schon voller Blut. In der Klinik operierte ich Jan.«

»Du? In meiner Klinik?« Jennys Stimme überschlug sich.

»Ich bin zwar Tierarzt, aber eine Arterie kann ich noch flicken. Danach säuberten wir alles.«

Jenny dachte daran, wie Mona ihr am Telefon am Morgen nach Jos Verschwinden von der Unordnung in der Klinik berichtet hatte.

»Ansgar war danach allerdings voller Panik, dass Jan sich beim Wolf infiziert haben könnte. Er erzählte mir, dass sie den Wolf zuvor mit dem Nazi-Tollwut-Virus infiziert hatten. Bei den Forschungen damals haben wir festgestellt, dass das Virus seinen Wirt vollkommen schmerzunempfindlich macht. Ihr alter Wolf hatte offenbar unendliche Schmerzen, und sie hofften, diese mit dem Virus heilen zu können. Was für ein Irrsinn! Man sollte meinen, sie hätten aus unseren damaligen Fehlern gelernt. Ich erzählte ihm von der Akte in meinem Schuppen und dass ich damals auch ein Anti-Serum entwickelt hatte, dessen Zusammensetzung sich aus der

Akte ergeben müsste. Ansgar fuhr mich daraufhin im Morgengrauen zum Sonnenhof, damit ich die Akte holen konnte. Er wollte das Serum im Institut nachbauen. Ich legte dein Smartphone zurück in die Küche und schnappte mir ein paar Klamotten, um zu verschwinden. Da hörte ich dich gerade aufstehen und nach Bruno rufen. Daher hatte ich keine Zeit mehr, die Akte aus dem Schuppen mitzunehmen. Ansgar war außer sich. Ich beschrieb ihm aber, wo sie lag. Danach wollte er mich zurück zu meinem Auto fahren, aber als wir dort am frühen Morgen ankamen, war überall schon Polizei. Irgendjemand hatte wohl das verlassene Auto mit Bruno entdeckt. Also fuhr Ansgar mich direkt nach Greifswald, wo er mich am Bahnhof absetzte. Ich fuhr mit der Bahn nach Lauterbach und setzte von dort nach Vilm über, um mich erst einmal zu verstecken. Später kam ich mit dem Boot zurück und hielt ein Auge auf dich.«

»Daher war mein Handy in der Nacht am Tatort eingeloggt!«, rief Jenny aus. »Und die Polizei hat mich schon verdächtigt, dass ich dort war und etwas damit zu tun haben könnte!«

»Das tut mir leid«, sagte Jo erschüttert.

»Was ist mit deinen Herztabletten?«, schoss es aus ihr heraus.

Jo fasste in die Brusttasche des Hemdes und holte eine Packung hervor. »Ich hatte schon ein neues Rezept. Einmal im Monat hole ich sie ab.«

Jenny schüttelte den Kopf. Jetzt ergab alles einen Sinn. »Ich verstehe nur nicht, warum du dich versteckt hast. Warum hast du keinen Kontakt zu mir aufgenommen? Du musstest doch wissen, dass ich mir unendliche Sorgen um dich machen würde.«

»Meinst du etwa, die Polizei hätte mir geglaubt? Sie hätten herausgefunden, dass Walter und ich zur Jagd verabredet waren. Und er kommt in meiner Gegenwart zu Tode? Sie hätten mein ganzes Leben durchleuchtet, den illegalen Medikamentenhandel entdeckt.«

»Ich denke, der ist verjährt.«

Jo presste die Lippen aufeinander. »Das weiß ich nicht. Aber wegen des Mordes an Walter hätten sie mich drangekriegt. Wie hätte das geklungen, wenn ich gesagt hätte: Nein, dort war ein Mensch mit Wolfsmaske, der war es!«

»Die Kamera von *Fenceattack* hat ihn aufgenommen. Und es stand sogar in der Zeitung.«

Wieder schüttelte Jo nur den Kopf. »Ich habe mich in der Falle gefühlt. Die anderen beiden waren zu zweit, ihre Aussagen hätten immer gegen meine gestanden.«

»Du hättest kein Motiv gehabt!«

»Dass Walter mich mit dem Wissen um deine illegale Adoption jahrzehntelang erpresst hat, war kein Motiv?«

Dieser Punkt ging an Jo. »Vor allem aber hat Ansgar mir gedroht, dich zu kontaktieren, wenn ich sie an die Polizei verrate«, sagte Jo.

»Das hat er schon vor Wochen getan«, sagte Jenny und erzählte von dem Brief. Sie sah, wie sehr es Jo schmerzte, dass sie die Wahrheit auf diesem Weg erfahren hatte.

»Deshalb warst du so abweisend zu mir«, resümierte er. »Ich wusste überhaupt nicht, was ich falsch gemacht hatte.« Eine ganze Menge, dachte Jenny, sagte es aber nicht. Sie spürte, wie all ihre Wut verraucht war. Wieder tat er ihr beinahe leid, wie er dort saß, nun ein Häufchen Elend.

»Ich denke aber, Ansgar hat die Drohung anders gemeint. Er hat damit gedroht, dir etwas anzutun. Daher bin ich von Vilm zurückgekehrt und habe dich im Auge behalten«, sagte Jo.

Jenny erinnerte sich daran, wie sie sich während der letzten Tage beobachtet gefühlt hatte.

»Was ist mit Bruno?«, fragte sie. »Du hast ihn allein im Auto gelassen!«

»Als ich das Auto holen wollte, war die Polizei ja schon vor Ort, ich sah aus der Ferne, wie ein Beamter gerade durch die Scheibe ins Auto schaute. Ansgar wendete, und wir fuhren mit dem frisch operierten Jan davon.«

Jenny lehnte sich zurück und nahm einen Schluck von ihrem Kaffee, der mittlerweile kalt geworden war. Durch das Seitenfenster des Cafés sah sie zwei Frauen, die beide Jeans und eine schwarze Jacke trugen und sich suchend umschauten. Das mussten die beiden Polizistinnen sein, die im Krankenhaus auf sie gewartet hatten. Sie musterte Jo. Sein Blick flackerte ängstlich. Es war nicht mehr viel übrig von dem skrupellosen Patriarchen, den sie in ihm gesehen hatte.

Beinahe war sie versucht, ihm zu verzeihen. Womöglich hatte er sie wirklich vor einer schrecklichen Kindheit in Heimen bewahrt. Sie dachte an Frederiks Andeutungen über seine Jugend im Heim.

»Hast du Jan erschossen?«, stellte Jenny die alles entscheidende Frage und spürte, wie erneut alles in ihr verkrampfte.

Jos Augen wurden feucht. »Ich hatte dich an jenem Abend im Wald verloren, als du nach Bruno gerufen hast, dann aber die Schreie und Schüsse gehört. Dann sah ich diesen Bach. Ich bin ihm danach gefolgt, erst zum Bunker und dann bis zu diesem Zaun. Ich kam etwas später hinzu, da ihr querfeldein mit Quads unterwegs gewesen seid, ich hingegen mit einem Mietwagen, der nur über die ausgebauten Straßen fahren konnte. Ich habe dann aus der Ferne durch das Zielfernrohr gesehen, wie Jan dich vor dem Zaun mit der Pistole bedroht hat. Ich hatte schon gesehen, wie er Walter getötet hatte.« Seine Stimme stockte, er sprach nicht weiter. Jenny spürte, wie ihr Tränen über die Wangen liefen. »Er war mein Bruder!«, sagte sie schließlich. »Er hätte mir nichts getan!«

Jo kniff die Lippen aufeinander. »Bist du dir da sicher?«

Jenny wollte empört bejahen, doch dann verstummte sie. Nein, auch jetzt war sie sich nicht sicher, ob er ihr wirklich nichts getan hätte. Er hatte offenbar auch zugelassen, dass die Wölfe über sie hergefallen waren. Er hatte sie niedergeschlagen. Und er hatte Walter getötet. Auch wenn Ansgar und er sie anschließend versorgt hatten. Im Bunker hatte er sie niemals direkt bedroht. Aber auch wenn er ihr Bruder war, kannte sie ihn nicht wirklich. Er schien schwer traumatisiert zu sein.

»Ich habe bis dahin noch niemals einen Menschen getötet«, sagte Jo, dem nun ebenfalls Tränen über das Gesicht liefen. »Aber ich habe gesehen, wie er in einem gewaltigen Wutanfall Walter getötet hat, und ich wollte nicht riskieren, dich für immer zu verlieren.« Er streckte seine Hand aus und berührte ihre Finger.

Ihr erster Reflex war es, seine Hand fortzuschlagen, aber sie tat es nicht. Sie schniefte und wischte sich mit dem Ärmel die Tränen vom Gesicht. Ihr Blick fiel an Jo vorbei zur Tür, vor der die beiden Polizistinnen standen und sich beratschlagten. Eine hatte ein Smartphone am Ohr.

»Du magst diesen Bach, oder?«, fragte Jo.

Überrascht vom Themenwechsel, nickte sie. Beim Gedanken an Frederik und seinen Zustand kamen ihr nun noch mehr Tränen. »Du musst jetzt gehen«, sagte sie und schaute an ihm vorbei. »Sofort!«

Er schaute sie irritiert an.

»Da draußen stehen zwei Polizeibeamte, die mit mir sprechen wollen, wegen dem, was auf Vilm geschehen ist. Und ich denke, sie kommen gleich hier herein.«

Jo blickte sich um, wandte sich wieder zu ihr. »Habe ich dich verloren?«, fragte er.

Sie schaute ihn an. »Das weiß ich noch nicht, aber wenn du jetzt nicht gehst, dann erkennen sie dich. Dein Foto war in der Zeitung. Dann gehst du ins Gefängnis.«

Er erhob sich und schob den Stuhl zur Seite. Sie sah, wie sich die Polizistinnen zum Eingang wandten.

»Was ist mit Ansgar?«, fragte sie.

»Du musst keine Angst mehr vor ihm haben«, entgegnete er, dann griff er nach seiner Mütze, zog sie auf und ging zur Tür, durch die in diesem Moment die beiden Polizeibeamtinnen in das Café kamen. Jo drängte sich an ihnen vorbei nach draußen. Die beiden Kriminalbeamtinnen scannten das Café, dann entdeckten sie sie im hinteren Teil. Sie kamen auf sie zu und blieben vor ihrem Tisch stehen.

»Frau Rausch?«, sagte die eine. Jenny griff nach ihrem Becher und nahm einen demonstrativen Schluck. »Wir wollten mit Ihnen sprechen.«

»Sorry, ich musste einmal raus!«, sagte Jenny. »Jetzt hätte ich aber Zeit für Sie.«

Die andere Polizistin schaute stirnrunzelnd auf die beiden Becher auf dem Tisch vor ihr.

»Sie sind nicht allein?«, fragte sie.

»Doch, bin ich«, entgegnete Jenny. »Ganz allein.«

88

Helen Roux blickte sich ein letztes Mal um und schloss dann die Tür ihres Krankenzimmers. Vor einer Stunde hatte der diensthabende Arzt sie entlassen. Sie hatte eine Gehirnerschütterung erlitten und eine leichte Rauchgasvergiftung. Die Wunde an ihrer Schläfe war geklebt worden, vielleicht würde sie deshalb irgendwann einen plastischen Chirurgen kontaktieren müssen, vielleicht trug sie diese Narbe aber auch mit Stolz, denn sie zeigte, dass sie überlebt hatte. Anders als bei den Narben auf ihrer Seele. Und das war nicht übertrieben: Walter war ihr Vertrauter gewesen, und doch hatte er sie getäuscht, und nun war er tot. Zimmermann war wegen ihr gestorben, und die Stunden, als sie Brian ausgeliefert war, dem Tod ins Auge geschaut hatte, hatten sie traumatisiert. Sie würde sich einen Psychotherapeuten suchen, dem sie sich anvertrauen konnte. Und einen neuen Job.

Von *Fenceattack* war nichts mehr übrig als eine Unternehmenshülle – und viele Kilometer Zaun. Sie hatte versucht, jemanden in der Unternehmenszentrale zu erreichen, aber diese war verwaist. Und sie hatte versucht, Heinz Danner in den USA anzurufen, um ihn persönlich vom Tod seines Sohnes zu unterrichten. Doch er hatte sich verleugnen und ihr ausrichten lassen, er trauere um seinen einzigen Sohn. Von der Polizei hatte sie erfahren, dass Brians sterbliche Überreste bereits freigegeben und auf dem Weg in die USA waren.

Wenn nicht ein finanzielles Wunder geschah, würde *Fenceattack* Insolvenz anmelden und die Zäune bald abgebaut werden, falls sich jemand fand, der dafür zahlte. Ansonsten würden sie als ewiges Mahnmal stehen bleiben, ihr war es egal. Dieser Ausflug in die Wirtschaft hatte ihr gelangt. Sie würde zu ihren Wurzeln zurückkehren und sich ein Theater suchen, irgendwo in Europa. Auf der Bühne wussten alle, dass geschauspielert wurde, dass alle nur eine Rolle spielten. Anders als in der Unternehmenswelt, wo es genauso war, aber niemand es ehrlich aussprach.

Sie schaute im Zimmer von Jenny vorbei, doch es war leer. Jenny und Frederik hatten sie aus der brennenden Hütte gerettet, und dafür empfand sie unendliche Dankbarkeit. Die Schwester hatte ihr anvertraut, dass es nicht gut um Frederik stand, eine weitere Narbe auf ihrer Seele. Sie hatte in ihrer Verzweiflung sogar für ihn gebetet. Als sie das Krankenhaus verließ, atmete sie tief durch. Es roch nach Meer. Sie winkte eines der Taxis vom nahen Taxistand heran.

»Wohin?«, fragte der Taxifahrer, als sie eingestiegen war.

»Irgendwohin, wo es keine Zäune gibt«, sagte sie.

89

Jenny hatte der Polizei nur wenig weiterhelfen können. Sie sagte, sie wisse nicht, wer sie aus der brennenden Hütte gerettet habe. Vielleicht war es auch nur eine Täuschung ihres Bewusstseins gewesen und sie und Frederik, den man nicht befragen konnte, hatten sich und Helen Roux doch selbst gerettet. Auch wusste sie nicht, wer Helen in das Haus auf der einsamen Insel verschleppt hatte, und konnte auch nichts zu dem Mann sagen, dessen verkohlte Überreste man in der Brandruine des Hauses gefunden hatte.

Die Polizisten standen ebenso auf dem Schlauch: Weder hatten sie Neuigkeiten zum Verbleib von Jo, noch konnten sie Einzelheiten zur Ermordung Jans mitteilen. Nachdem die Polizisten abgezogen waren und sie sich einen weiteren Kaffee bestellt hatte, hatte sie beim Landrat angerufen.

Keiner der Schattenwölfe war bislang erlegt worden, man hatte noch nicht einmal einen gesichtet, was sie freute. Die erste gute Nachricht seit Langem. Sie wusste, dass von den Wölfen nach dem Tode Neros keine Gefahr mehr ausgehen würde.

Später kehrte sie in ihr Krankenzimmer zurück, wo sie einen Einlauf der Krankenschwester kassierte, die bereits eine Fahndung nach ihr hatte einleiten wollen. Nach dem Ausflug ins Café und dem Treffen mit Jo verspürte sie eine große Müdigkeit und schlief trotz der Sorge um Frederik augenblicklich ein.

Als sie geweckt wurde, war es mitten in der Nacht. Grothmann stand vor ihrem Bett. Er trug Freizeitkleidung.

»Es geht Frederik schlechter«, sagte er mit betroffenem Blick. »Ich habe organisiert, dass Sie zu ihm können. Der Student, der Nachtwache hat, arbeitet auch bei uns im Institut. Kommen Sie, ich schleuse Sie zu ihm!«

Sie spürte, wie bleierne Angst sie erfasste. »Was bedeutet das, es geht ihm schlechter?«, fragte sie.

»Es kann sein, dass er die Nacht nicht überlebt«, entgegnete Grothmann, diesmal ohne jede Schonung.

Blanke Verzweiflung erfasste sie. Es sollte keine Stippvisite werden, sondern Grothmann wollte ihr ermöglichen, Abschied zu nehmen. »Dann hat die normale Tollwutimpfung nicht angeschlagen?«

Er schüttelte den Kopf, ohne etwas zu sagen.

Sie zog sich etwas über, dann folgte sie ihm. Sie fuhren mit dem Fahrstuhl hinauf in den obersten Stock. Als sie die Etage betraten, sah sie sofort das Schild »Isolierstation«. Grothmann führte sie in einen Raum, der sich als Umkleidezimmer entpuppte. Unter seiner Anleitung zog sie einen Schutzanzug an, der aus mehreren Schichten bestand und sie an ihren Besuch auf der Insel Riems und die Bilder während der weltweiten Corona-Pandemie erinnerte.

Mit Handschuhen, Mundschutz, Schutzbrille und Kopfhaube näherten sie sich schließlich einer Schleuse, die sich auf ein Zeichen von Grothmann wie auf magische Weise öffnete. Er zeigte zu einem Fenster, hinter dem ein junger Mann saß. Der Student. Sie gingen einen Gang hinunter und betraten gleich das erste Zimmer, auf dem ein Schild vor dem Betreten warnte. »Infektion! Vor Eintritt bei Pflegepersonal melden!« Das taten sie nicht.

»Der Raum steht unter Unterdruck. So können keine Viren heraus«, sagte Grothmann, als er die Tür öffnete.

Das Zimmer sah ansonsten aus wie ihr Zimmer, nur war Frederik vor lauter Geräten zunächst nicht zu erkennen. Der Raum war hell erleuchtet. Schon von Weitem hörte sie das Piepsen und gleichmäßige Schnorcheln einer Beatmungsmaschine. Als sie ihn sah, brach es ihr das Herz. Seine Lockenpracht war unter einer Haube verborgen wie die ihre, warum, wusste sie nicht. Obwohl er schlief, machte er keinen friedlichen Eindruck. Unter den geschlossenen Augenlidern sah sie die hektischen Bewegungen seiner Pupillen. Dabei wirkte sein Gesicht angespannt, als würde er große Anstrengung ertragen – oder Schmerzen. Am Mund erkannte sie weißen Schaum. Und auch der Rest seines Körpers war keineswegs ruhig, seine Arme und Beine zuckten immer wieder, als stünden sie unter Strom. Oder als sei er besessen, dachte sie. Und letztlich war es ja auch so. Das Virus hatte die Kontrolle über seine Neuronen übernommen.

Erst auf den zweiten Blick sah sie, dass seine Arme mit schwarzen Riemen an die Seitenstangen des Bettes gefesselt waren. Sie schaute auf das Tattoo mit Herkules, der die Weltkugel hielt. Tränen traten ihr in die Augen. Sie standen am Fußende, da sie wegen der Geräte nicht näher herantreten konnten. Auf dem Tisch neben ihm lag eine Schachtel Pralinen, die ihm jemand geschickt zu haben schien, ohne von seinem Zustand zu wissen. Vielleicht seine Schwester. Oder die Staatsanwaltschaft, dachte sie.

»Hallo, Frederik!«, sagte sie laut, und plötzlich wurden seine Bewegungen heftiger.

»Er ist schon nicht mehr bei Bewusstsein«, sagte Grothmann. »Keine Ahnung, ob er Sie hören kann.«

»Kann ich eine Weile mit ihm allein sein?«, fragte sie.

Grothmann zögerte, dann nickte er. »Fünf Minuten, mehr haben wir nicht. Aber halten Sie sich fern! Sie sind selbst Ärztin, und ich vertraue Ihnen!«

»Er wird mich nicht beißen«, sagte sie.

Als die Tür sich hinter Grothmann schloss, schob sie eines der fahrbaren Geräte zur Seite und ging neben ihm in die Hocke. Sie griff nach seiner Hand, die sich noch immer unruhig hin und her bewegte. Als sie sie umschloss, beruhigte sie sich plötzlich. »Oh, Frederik«, sagte sie mit tränenerstickter Stimme. Sie schaute ihn an, auch seine Gesichtszüge schienen sich jetzt zu entspannen. Sie dachte daran, wie sehr er gegen das Rauchen angekämpft hatte, und nun lag er hier wegen eines Wolfsbisses. Den er sich eingefangen hatte, weil er sie beide hatte retten wollen.

»Wir kennen uns erst seit ein paar Tagen«, sprach sie weiter. »Aber irgendetwas in mir gibt mir das Gefühl, als würden wir uns schon viel länger kennen.« Nun übermannten sie die Tränen. »Ich weiß nicht, was aus uns geworden wäre, aber ich hätte gern noch mehr Zeit mit dir verbracht!« Sie richtete sich auf und strich ihm mit ihrem Latexhandschuh über die Wange. Sie bildete sich ein, dass seine Mundwinkel sich zu einem kurzen Lächeln verzogen. »Ich danke dir, dass du die letzten Tage für mich da gewesen bist«, fuhr sie fort und musste nun hemmungslos weinen. Sie wollte ihn nicht gehen lassen. »Leider konnte ich nicht dasselbe für dich tun«, vollendete sie den Satz, dann schluchzte sie. Sie ging in die Knie und umschloss fest seine Hand.

Einen Moment verharrte sie so. Dachte an das spitzbübische Lächeln, das Frederik ihr in den vergangenen Tagen immer wieder geschenkt hatte. Daran, wie er ständig mit den Fingern getrommelt hatte. An ihren Kuss im Sonnenhof. Zu gern hätte sie noch seine restlichen Tätowierungen kennengelernt. Aber dann sagte etwas in ihr, dass sie stark sein musste, falls er sie hören konnte. Sie richtete sich auf und streifte ihr Armband ab, schob seine Handfessel nach hinten und zog es über seine Hand. »Mach es gut!«, sagte sie und hatte das Bedürfnis, ihn auf die Stirn zu küssen.

In diesem Augenblick öffnete sich die Tür. »Sind Sie bereit zu gehen?«, fragte Grothmann. Sie nickte und war froh, dass er unter ihrer Maskierung ihre Tränen nicht sehen konnte. Sie gingen zurück in den Umkleideraum und entsorgten schweigend die Schutzkleidung.

»Das werde ich Ihnen niemals vergessen«, sagte sie, als sie wieder am Fahrstuhl standen.

»Markus«, sagte er und hielt ihr seine Hand entgegen, die sie mit einem dankbaren Lächeln drückte. »Jenny!«

Sie fuhren zurück auf ihre Etage.

»Und ihn kann nichts mehr retten?«, fragte sie, während er die Fahrstuhltür aufhielt.

»Wenn nicht noch ein Wunder geschieht oder jemand ein Gegenmittel erfindet, nicht.« Er verabschiedete sich, und die Aufzugtüren schlossen sich.

Eine Weile blieb sie noch stehen, dann ging sie zurück zu ihrem Zimmer. Niemals hatte sie sich so verlassen gefühlt wie in diesem Moment. Alle, die sie jemals geliebt oder auch nur gemocht hatte, hatten sie verlassen. Auch Bruno war nicht mehr aufgetaucht, bei jedem Gedanken an ihn schnürte sich ihr Hals zu. Sie spürte, wie ihre Kräfte schwanden, ihre Beine weich wurden. Sie öffnete die Tür zu ihrem Zimmer und wankte in Richtung ihres Bettes, als sie plötzlich wie erstarrt stehen blieb: Mitten auf dem Bett stand ein Kuscheltier.

Sie erkannte es sofort: Es war der Bär mit der roten Krone und der Medaille um den Hals, den sie in Jos Koffer gefunden hatte. Er lehnte an ihrem Kopfkissen und hielt etwas in der Hand. Als sie näher kam, erkannte sie einen Zettel, auf dem jemand mit unsicherer Handschrift »Für Frederik« geschrieben hatte. Er klebte an einem kleinen Fläschchen mit einer durchsichtigen Flüssigkeit. Ihr Herz machte einen ungeheuren Sprung, dann streckte sie sich und hämmerte wie wild auf den roten Notrufknopf hinter ihrem Bett.

EPILOG

Sie saß auf dem Hochsitz und beobachtete die Lichtung, auf der eine Ricke mit ihrem Kitz äste. Es war wundervolles Wetter, zum ersten Mal in diesem Jahr über achtzehn Grad. Die Vögel sangen, und langsam brach die Dämmerung an. Sie schätzte das Kleine auf wenige Wochen. Der Winter war milde gewesen, und die Rehe hatten früh Nachwuchs bekommen. Sie war gute hundert Meter entfernt, nahe genug für einen gelungenen Schuss. Sie schob das schwere Gerät vor sich, legte es auf der Balustrade ab, schaute durch den Sucher, bis das Kitz voll im Fadenkreuz war, und drückte ab. Einmal, zweimal, dreimal. Plötzlich schaute die Ricke auf, und im nächsten Moment liefen Mutter und Kind davon. Sie hielt die Kamera, die Frederik ihr zum Geburtstag geschenkt hatte, vor sich und schaute auf das Display. Keines der Fotos war perfekt geworden, aber sie war zufrieden. Zwar ging sie noch immer auf die Jagd, aber sie musste zugeben, dass sie an der Fotografie mehr und mehr Gefallen fand. Vielleicht ging Frederiks Plan, sie von der Jagd abzuhalten, irgendwann doch noch auf. Sie erhob sich und streckte ihre steifen Glieder von sich. Wie beim Jagen hatte sie beim Warten auf den perfekten Schnappschuss die Zeit vergessen, Frederik wollte heute mit ihr essen gehen. Ins »Fortschritt«.

»Wie in alten Zeiten«, hatte er gesagt. Mittlerweile hatte er sich beinahe vollständig von seiner Tollwutinfektion und der Schussverletzung erholt. Sein rechter Arm war noch immer etwas taub, und dann und wann plagten ihn Gedächtnislücken, aber die Ärzte waren guter Hoffnung, dass dies auch noch vergehen würde. Ein Mann, der vergessen konnte, war nicht das Schlechteste.

Seit vier Wochen ging er sogar wieder halbtags zur Arbeit. Das Anti-Serum hatte sofort angeschlagen. Selbstverständlich rätselten alle über dessen Herkunft, aber es war, wie es war: Es hatte plötzlich auf ihrem Bett gestanden. Ein Wunder. Auch wenn sie wusste, dass Jo dahintersteckte, dass er es, wie auch immer, Ansgar abgenommen hatte. Sie vermutete, dass Ansgar es in seinem Labor auf der Insel

Riems hergestellt hatte, nach der Anleitung aus der gestohlenen Akte. Was sie nicht wusste, war, wie Jo es von dort besorgt hatte.

»Zutritt nur mit Fingerabdruck«, hatte Ansgar bei ihrem Besuch auf der Insel erklärt. »Wer hier hineinwill, bräuchte also meinen Finger.« Ein Satz, über den sie in den vergangenen Monaten oft nachgedacht hatte. Sie wusste nicht, wo Ansgar seit dem Tag, an dem er versucht hatte, sie umzubringen, und an dem Jo sie gerettet hatte, abgeblieben war. Jo hatte ihr im Café beim Krankenhaus versichert, dass sie keine Angst mehr vor ihm zu haben brauchte, und darauf vertraute sie.

Wie hatte Frederik so schön gesagt? Nach der Wahrheit suchen ist wie Zwiebelschälen; man muss sich Schicht um Schicht vorkämpfen, und oft fließen dabei Tränen. Sie hatte in den vergangenen Monaten genügend Tränen vergossen. Manchmal musste man die Wahrheit nicht kennen, auch wenn sie eine Ahnung hatte.

Frederik und sie waren gemeinsam in den leer stehenden Sonnenhof gezogen. Man hatte ihr erklärt, dass sie Jo irgendwann für tot erklären konnte, wenn es bis dahin kein Lebenszeichen von ihm gab. Dann würde sie ohnehin alles erben. Bis dahin war sie quasi die Verwalterin seines Vermögens.

Jos Umschlag hatte sich in Zimmermanns Nachlass doch noch aufgefunden. *»Für meine geliebte Tochter Jenny«*, hatte darauf gestanden, und er enthielt ein lupenreines Testament, dank dem ihr mit Jos Tod dessen gesamter Besitz überschrieben wurde. Bis heute war er verschwunden. Jo und Ansgar waren damit genauso verschollen wie die Schattenwölfe Legolas, Freya, Nymeria, Sommer, Ghost und Keisha. Sie waren wie vom Erdboden verschluckt. Seit dem Tag, an dem Jan sie freigelassen hatte, hatte sie keiner mehr gesehen. Sie war die Einzige, die gewusst hatte, dass die Tiere GPS-Tracker trugen und man sie mit Jans Laptop aus dem Bunker auf wenige Meter orten konnte. Mit ihrem spurlosen Verschwinden teilten sie dasselbe Schicksal wie Flocke, der verletzte Schattenwolf, den sie in der Tierklinik gesund gepflegt hatten und der bei einem Einbruch ausgerechnet in der Nacht aus ihrer Tierklinik gestohlen worden war, bevor er an das Friedrich-Loeffler-Institut für weitere Untersuchungen übergeben werden sollte. Bis heute stritt sie wegen des Einbruchs, bei dem auch einige Medikamente und Utensilien zur Tierpflege verschwanden, mit der Versicherung, weil es keinerlei Einbruchspuren gegeben hatte.

Sie nahm die Kamera und zappte mit einem Lächeln durch die Fotos in der Galerie. Gestochen scharfe Bilder, auf denen ein älterer Mann zu sehen war, der glücklich in die Kamera lächelte. Umgeben von einem Rudel Wölfe. Auf dem nächsten Foto kniete er neben einem Ostseewolf, der auf dem Rücken lag, und streichelte ihm den Bauch. Ihr gefiel der Begriff »Ostseewolf«, weil er nicht so gefährlich klang. Sie schaute das nächste Bild an. Ein Bootssteg, der verlassen dalag; an dessen Ende stand der alte Mann neben einem verwitterten Schild, auf dem »Willkommen auf Vilm« stand und darunter »Betreten verboten«. Sie lächelte. Es war schon wieder eine Weile her, dass sie dort gewesen war. Sie nahm sich vor, den gemeinsamen Ausflug mit Frederik auf Patricks Boot zu wiederholen. Es war langsam an der Zeit, dass auch er die Wahrheit erfuhr.

Sie hängte sich die Kamera um den Hals und stieg die Leiter hinab. Als sie unten angekommen war, schaute sie sich um. Dann griff sie in ihre Tasche, holte die Pfeife heraus und blies hinein. Sie wartete kurz und wiederholte das Ganze. Völlig ruhig stand sie da und lauschte auf jedes Geräusch. Bis heute hatte sie Bruno nicht gefunden. Aber seit dem Tag im Krankenhaus glaubte sie an Wunder. Sie würde immer wieder hierherkommen und Brunos Pfeife benutzen. Sie war sich ganz sicher: Eines Tages würde er zu ihr zurückkommen.

NACHWORT

Von allen Konflikten auf unserem Planeten ist der *Human-Wildlife Conflict,* der die Probleme beschreibt, die entstehen, wenn sich Lebensräume von Menschen und Tieren überlappen, vermutlich nicht der allerdringendste. Und dennoch schafft es die Diskussion um den richtigen Umgang mit dem Wolf in Deutschland beinahe wöchentlich auf die Titelseiten. Und bei kaum einem anderen Thema stehen sich Befürworter und Gegner so unversöhnlich gegenüber. Ein Grund für die großen Emotionen beim Thema Wolf mag sein, dass es uns zu Grundsatzfragen führt, vor allem zu der Frage, ob wir Menschen Teil der Natur sind oder diese beherrschen, ob wir uns mit ihr arrangieren müssen oder sie durch Eingriffe verändern dürfen. Nicht weniger emotional wird daher auch die Auseinandersetzung um das Für und Wider der Jagd geführt. Wie man auch dazu steht, wird das Jagen jedenfalls immer beliebter: Weit über 400 000 Jagdscheinbesitzer gibt es mittlerweile in Deutschland, wobei auffällig ist, dass der Anteil (junger) Frauen in der Jagdgemeinschaft überproportional wächst.

Wer meinen Thriller *Der Wald – Er tötet leise* kennt, weiß, dass meine Geschichten sich stets an zahlreiche tatsächliche Fakten anlehnen, wobei gerade die unglaublichsten Begebenheiten wiederum am wahrsten sind:

Am durch künstliche Intelligenz gesteuerten Wolfsschutzzaun, der nicht nur Tierarten, sondern auch einzelne Wölfe unterscheiden kann, wird, finanziert mit Bundesmitteln, bereits seit Jahren geforscht. Auch soll dieser KI-unterstützte Zaun einzelne Wölfe mit individualisierten Methoden wie Lichtblitzen, Ultraschall oder Duftabwehrstoffen vergrämen. Bekannt sind solche KI-basierten Überwachungssysteme beispielsweise bereits aus der Fischzucht. Apropos Zucht – was das Thema Rückzüchtung von Wildtieren angeht, basiert dieser Thriller ebenfalls auf wahren Ereignissen: So haben die Nazis unter der Anleitung von Reichsjägermeister Hermann Göring mithilfe von Zoodirektor Lutz Heck tatsächlich an einer Rückzüchtung des Auerochsen geforscht und dieses Projekt auch 1937 auf der Berliner Jagdausstellung präsentiert. Dabei ist Abbildzüchtung das richtigere Wort, denn man kann ausgestorbene Tierarten auf diese Weise genetisch nicht wieder zum Leben erwecken, allerdings durchaus Abbilder züchten, die den alten Arten optisch sehr nahekommen. Einige wenige Exemplare der Heckrinder gibt es wohl heute noch.

Auch den heute oft als Schattenwolf bezeichneten *Aenocyon dirus*, richtig übersetzt mit *schrecklicher Hund*, gab es wirklich. Neueste Studien haben ergeben, dass dieser Schreckenswolf dem heutigen Wolf zwar ähnlich sah, mit diesem aber nicht verwandt war. Er war deutlich imposanter, schwerer und stärker. Warum dieser gefährliche Jäger vor etwa zehntausend Jahren plötzlich ausstarb, ist nicht bekannt. Tatsächlich gibt es aber mit dem sogenannten »Dire Wolf Project« im Nordwesten der USA den Versuch, durch Abbildzüchtung eine Hunderasse zu schaffen, die dem *Aenocyon dirus* hinsichtlich Skelettbau und Aussehen ähneln soll. Umfangreiche Informationen dazu finden sich im Internet.

Wenn in der Geschichte von »Nazi-Zellen« in der DDR die Rede ist, so stellt dies ein bislang nur wenig erforschtes Phänomen dar: Tatsächlich war Rechtsextremismus in der DDR aber verbreitet, und es gab unorganisierte wie organisierte Neonazis. Dass der sozialistische Staat versucht hat, dies mit allen Mitteln zu vertuschen, überrascht nicht. Erkenntnisse dazu wanderten noch vor der Wende in den Giftschrank.

Keinen Giftschrank, aber Kühlschränke mit den tödlichsten Viren der Welt gibt es auf der im Südwesten des Greifswalder Boddens zwischen dem Festland und der Insel Rügen gelegenen Insel Riems. Sie hat eine bewegte Geschichte und gilt bis heute als das »Alcatraz der Viren« oder auch die »gefährlichste Insel Deutschlands«. Dort haben schon die Nazis im »Dritten Reich« heimlich an Biowaffen geforscht, wie spätere Studien enthüllt haben. Zu DDR-Zeiten waren sie und der für die Mitarbeiter auf dem Reißbrett errichtete Stadtteil Riemserort streng abgeschirmt vom Rest der Republik. Und dennoch kam es 1982 in deren unmittelbarer Umgebung durch entwischte Viren zu einem Ausbruch der Maul- und Klauenseuche.

Heute beherbergt die Insel nicht nur eines der weltweit modernsten Laboratorien zur Virusforschung, sondern leistet das Friedrich-Loeffler-Institut auf Riems auch einen nicht zu ersetzenden Beitrag bei der Prävention, Diagnose und Bekämpfung von Tierseuchen, die Verbesserung der Tierhaltung und -ernährung sowie die Erhaltung und Nutzung tiergenetischer Ressourcen.

Die Insel Vilm vor der Südküste Rügens im Greifswalder Bodden durfte von 1959 bis zur Wende nur von auserwählten Mitgliedern der SED-Führungsriege betreten werden, denn das urwüchsige Naturschutzgebiet war das Regierungsgästeheim der DDR. Das Eiland gehört heute der Stadt Putbus und kann von einer limitierten Anzahl von Tagesgästen im Rahmen von geführten Exkursionen besucht werden. Dabei gilt die Insel als unberührtes Paradies für Pflanzen und Tiere. Während dort Tiere also in einem geschützten Raum leben dürfen, ist der Mensch in seiner Geschichte aber auch bis heute nicht davor zurückgeschreckt, Tiere für seine Zwecke zu missbrauchen: Davon zeugt nicht nur das Meerschweinchendenkmal auf der Insel Riems, das der Tausenden als Versuchstiere gestorbenen Nagetiere gedenkt. Dabei ist es aber nicht das einzige seiner Art: In London, östlich des Hyde Parks an der Park Lane auf Höhe des Brook Gate, erinnert seit 2004 das »Animals in War Memorial« an im Kriegseinsatz gestorbene Tiere. Tatsächlich hat der Einsatz von Tieren als Kriegswaffe eine lange Tradition. Nicht nur Pferde, Hunde und Tauben, sondern Dutzende von Tierarten wurden in der Geschichte der Menschheit in kriegerischen Auseinandersetzungen eingesetzt – und umgebracht. Glühwürmchen als Lichtquellen, Schnecken zum Aufspüren von Senfgas und Pferde für die berittenen Soldaten sind nur einige Beispiele. Dass die Nazis auf der Insel Riems tatsächlich mit Tollwut-Viren infizierte Wölfe als die ultimative Biowaffe gezüchtet haben, entspringt (hoffentlich) der Fantasie des Autors, denn dies ist ein Roman. Dass aber beispielsweise Tauben mit ansteckenden Krankheiten infiziert wurden, um als fliegende Biowaffe die Gegner zu dezimieren, ist belegt. Und so zeigt sich mal wieder: Bei aller spannungsgeladenen Fantasie, die zwischen zwei Buchdeckel eines Thrillers passt, ist die Wirklichkeit oft noch viel grausamer, als man es sich ausdenken kann.

Zum Abschluss möchte ich noch »Danke« sagen: Ein Buch wie dieses wäre nicht ohne die Mithilfe und Unterstützung eines ganzen »Rudels« möglich. Mein allererster Dank gilt meinem Freund und Literaturagenten Klaus Kluge, der mich seit vielen Jahren begleitet und dessen Begeisterungsfähigkeit für neue Projekte und Ideen mir große Inspiration ist. Vor allem aber danke ich meiner Lektorin Andrea Hartmann, die mit nimmermüdem Einsatz meine Texte in die richtige Richtung lenkt und mir in den Weiten des Schreibens stets sicherer Kompass und Ratgeberin ist. Dank gebührt auch Steffen Haselbach, der von Beginn an an mich und meine Texte geglaubt hat. Genauso, wie all den tollen Menschen bei Droemer, die mit ihrem täglichen Engagement Geschichten groß machen und dem Verlag ein Gesicht geben. Ebenso danke ich meiner Außenlektorin Birgit Förster, deren Klarheit, Sorgfalt und Talent zur Recherche erst dafür sorgen, dass ich guten Gewissens behaupten kann: *»Beinahe alles in meinen Büchern ist wahr.«* Bei diesem Titel konnte ich zudem auf die Expertise zahlreicher Menschen zurückgreifen und möchte mich insoweit insbesondere bei Frank Schmuggerow bedanken, der mich sicher durch das Jagdrevier Mecklenburg-Vorpommerns geführt hat. Zudem möchte ich meinen Testlesern danken, insbesondere Sabine, Regina, Cécilia und Josephine. Und dann sind dort noch die Menschen, ohne die alles keinen Sinn ergeben würde: Allen voran meine Ehefrau, deren Input jedes meiner Bücher besser macht und für die meine Bewunderung so unbeschreiblich groß ist, dass selbst mir als Autor die Worte fehlen.

Sollten Sie mir und meinen Büchern gewogen sein, folgen Sie mir gern auf Instagram unter *tiborrode,* wo ich aus dem Leben eines Schriftstellers berichte und alle Neuigkeiten zu meinen aktuellen und neuen Projekten als Erstes teile.